길

길

강 평 원 수 필 집

學古房

≪ 약력
麥醉 : 강평원 1948년생 육군부사관학교 졸업
(사)한국소설가 협회회원 (현)소설가협회 중앙위원
재야사학자 上古史회원
공상 군경: 국가 유공자

≪ 저서
『애기하사.꼬마하사 병영일기-전 2권』 1999년 · 선경→신문학 100년 대표소설
『저승공화국TV특파원-전2권』 2000년 · 민미디어→신문학 100년 대표소설
『쌍어속의 가야사』 2000년 · 생각하는 백성→베스트셀러
『짬밥별곡-전3권』 2001년 · 생각하는 백성
『늙어가는 고향』 2001년 · 생각하는 백성
『북파공작원-전2권』 2002년 · 선영사→베스트셀러
『지리산 킬링필드』 2003년 · 선영사→베스트셀러
『아리랑 시원지를 찾아서』 2004년 · 청어→베스트셀러
『임나가야』 2005년 · 뿌리→베스트셀러
『만가 : 輓歌』 2007년 · 뿌리
『눈물보다 서럽게 젖은 그리운 얼굴하나』 2009년 · 청어
『아리랑』 2013년 · 학고방
『살인이유』 2015년 · 학고방→베스트셀러

≪ 소설집
『신들의 재판』 2005년 · 뿌리
『묻지마 관광』 2012년 · 선영사

≪ 시집
『잃어버린 첫사랑』 2006년 · 선영사
『지독한 그리움이다』 2011 · 선영사→베스트셀러
『보고픈 얼굴하나』 2014년 · 학고방
베스트셀러-Best seller : 7권 스테디셀러-Steady seller : 11권
비기닝셀러-Beginning : 5권 그로잉셀러-Growing : 3 권
신문학 100년 대표소설 : 4권→국립중앙도서관에서 작가에게 원고료를 지불하고 전자책
으로 만들어둠

≪ 중 단편소설: 19편 대중가요: 28곡 작사 발표→CD제작
(KBS 아침마당 30분)(MBC초대석 30분)(국군의 방송 문화가 산책 1시간)(교통방송 20분)
(기독방송20분) (마산 MBC 사람과 사람 3일간 출연) (KBS 이주향 마을산책 30분)(월간:
중앙 특종보도)(주간: 뉴스 매거진 특종보도) (도민일보 특종보도)(중앙일보특종보도)(현
대인물 수록) (국방부 특집 3부작 휴전선을 말한다. 1부에 출연)(연합뉴스 인물정보란에
사진과 이력등재)(KBS1TV 정전 60주년 특집다큐멘터리 4부작 DMZ 1부와 2부에 출연)

작가의 말

이 책 원고는 2014년 9월에 탈고 되어 10월에 도서출판 "학고방"에 보내져 사장님과 통화를 하여 2015년 초에 출간하기로 하였으나 자기마음대로 못생긴 "신은미"라는 제미교포 아줌마가 북한이 좋다고 술 취한 미친개 꼬리에 불붙은 것처럼 전국을 돌면서 북한이 좋다고 "종북 콘서트"를 열고 다녀 그녀에게 주려고……. 집필하던 책을 중단을 하고서 앞서 발표한 책의 내용 일부와 새로운 사건을 취재를 하고 내가 군 생활에 겪은 일들을 보태어 출간하게 된 "살인 이유" 제목의 원고를 완성하여 2015년 5월에 출간을 부탁하여 6월에 출판을 하기로 하였으나……. 대한민국을 공포로 몰아넣었던 메리스란 전염병과 출판사 확장이전으로 2015년 9월 17일에 인쇄가 들어가 저에게 10월 5일에 책이 들어 왔습니다. 다행이도 출간 1개월 만에 "살인 이유"는 인터넷 사이트 등 몇 곳에서 베스트와 베스트셀러가 되었습니다. 저는 중소 기업인이었으나 승용차 급발진 사고로 인하여 병원에 입원 중 책을 집필 하였는데 언론에서 많은 관심으로 인하여 전망 있는 기업을 업을 정리를 하고 작가의 길로 들어섰습니다. 51세의 늦은 나이로 문단에 나와 그간에 한해를 거루고 1~3권씩 집필하여 독자님들의 호응과 언론사의 높은 관심으로 집필한 책 중 베스트셀러 -Best seller : 8권 스테디셀러-Steady seller : 11권

비기닝셀러-Beginning : 5권 그로잉셀러-Growing : 3권

신문학 100년 대표소설 : 4권→국립중앙도서관서 작가에게 원고료를 지불하고 전자책 만들어둠ㆍ"쌍어속의 가야사", "임나가야", "저승공화국 TV특파원" 소설집 "신들의 재판" 등은 한국학술정보원에ㆍ역사소설 "아리랑 시원지를 찾아서"와

"쌍어속의 가야사"는 국가 지식포털에 · 신문학 100년 소설인 "북파공작원전" 2권과 "저승공화국 TV특파원" 전 2권은 한국과학기술원에 데이터베이스로 구축 저장된 책들이며 한국 도서관에 문화관광부 선정 우수도서로 현재 14권이 데이터베이스 되어 있습니다. 특히 국립중앙도서관에서 저자와 출판사 허락 없이 전자책으로 만든 "쌍어속의 가야사"는 종이책 열람이 많아 훼손을 막기 위해 전자책으로 만들어 두었다는데…… 이 책은 가야사는 대한민국에서 태동되지 않았다는 것을 중국 문헌을 통해 집필한 책입니다. 국사편찬 위원에서 자료로 사용하고 있다고 합니다. 나머지는 출판사와 저작권 계약이 만료되지 않아 보내지 못하고 있습니다. 위와 같은 내용을 알고 있는 선배는 현제 우리나라에 생존해 있는 작가 중에 16년이란 짧은 기간에 베스트셀러를 제일 많이 집필한 작가라고 합니다.

저는 현제 몸이 불편하여 장거리 여행을 못하고 있는데…… 2015년 에 출간된 "살인 이유"는 도서출판 "학고방"에서 편집을 잘해 주어서 좋은 결과가 이루어진 일일 것입니다. 지금 대한민국 정치판은 국정교과서로 한바탕 난리를 격고 있습니다. 이승만 · 박정희 · 전두환과 노태우 4대 정권은 대다수 국민이 알고 있듯 총구에서 탄생한 정권입니다. 자세한 이야기는 앞서 출간한 "살인 이유"에 상재 되었습니다. 이 책은 현제 많은 독자들이 관심을 가지고 구독을 하고 있으며 선배 소설가들과 동료들을 비롯하여 후배들에게서 "살인 이유" 대하여 전화와 댓글이 많아지고 있는데 정치권에서도 많은 관심을 가지고 나에게 호와-맥취=麥醉 인장이-도장=印章 붙어 있는 책을 부탁을 하여 출판사에서 저자에게 주는 인세에서-팔린 이익금 책값 80%로를 공제하고서 주문을 받아 보내주었습니다. 출판사에서는 저자 보관용으로 10~20권을 주기 때문입니다 사실 김해시장도 주지 못했습니다만 12만부를 발행하는 김해시보에 책 출간 소식을 기사화를 하여 단체에서 책을 원하고 있는 실정이지만 프로작가는 공짜로 책을 아무에게나 주지 않습니다. 경남지역 있는 모든 신문사도 주지를 않았습니다. 이해를 바랍니다. 책이 출간 후 공교롭게도 영화 "어떤 살인"이란 제목의 영화가 상영되고 있습니다. 지나온 역사는 언제나 승자와·집권자의·편에서 기록을 하였습니다. 그러나 지금의 자유민주주의 국가에선 어림없는 일입니다. 일시적인 승자의 편에 편승하려는 작금의 일부 보수파 정치인의 뜻대로 될 수 있을지는 몰라도 후대의 역사가들은 준엄한 심판을 내릴 겁니다. 그 임무를 수행하는 일은 시대의 증인이며 이 땅의 취후의 양심의 보류인 우리 같은 작가에 의해서 입니다. 작금의 이승만의 치적과 박정희 치적을 유신의 딸인 박근혜 대통령의 지시로 국정 교과서를 만들겠다는 계획아래! "청치 권은 아니다" 대다수의 "역사학계 집필진과 교수들은 "그러려고 한다" 연일 공방을 벌이고 있습니다. 대다수 역사 교과서를 집필을 반대한다는 뉴스와 신문기사가 넘쳐나고 있습니다. 이승만·박정희·전두환·노태우 등 4대 정권은 총구에서 탄생한 정권임을 국민들의 대다수가 알고 있는데 그들의 업적을 미화하려는 파렴치한 행동을 보면 짙은 가래를 끓어 올려 얼굴에 뱉어 버리고 싶습니다. 5.18광주 민주항쟁 때 공수부대원에 의해 딸을 잃은 김현녀 씨가 1988년 국회 "광주청문회"에 나와 "피 맺은 한"을 토해내는 장면은 보았을 것입니다! "임신한 우리 딸이 총에 맞는디…… 죽은 사람은 있고 왜 죽인 사람은 없는 것이오? 세상에 나와 보지도 못하고 죽은 내 손자는 어쩔 것이얀 말이오? 세상에 임신한 사람인 줄 뻔히 알면서도 총을 쏘는 그런 짐승 같은 놈들이 어디 있느냐 말이오? 뭔 죄가 있어서, 뭔 죄를 지었다고……. 그런 일을 저지른 놈도 더도 말고 더도 말고 나 같은 일을 똑같이 당해보라" 하면서 울부짖던 모습이 지금도 눈앞에 선하게 떠오릅니다. 1980년 5월 20일 세상을 떠난 일명 "5월의 신부"인 최미애 씨는-당시 23세·만삭의 몸으로 그날 오후 전남대 부근의 자신의 집에서 나와 고교 교사인 남편의 제자들이 걱정이 되어 휴교령이 내려진 학교에 갔다가 점심때가 넘도록 소식이 없어 마중을 나가보니 전남대 앞에서 시위대와 계엄군 간에 치열한 공방이 벌어지고 있어 발걸음을 멈추고 구경을 하고 있었는데 시위대가 짱돌을-냇가에서 주운 반질반질한 돌·던지자 군인 하나가 한쪽 다리를 땅에 대고

"앉아 쏴" 자세를 취하고 조준 사격을 했는데…… 총소리와 함께 최 씨가 힘없이 쓸려지는 모습을 보고서 당시 하숙집을 운영하던 최 씨의 어머니 김순녀 씨는 숨진 딸을 보는 순간 번개같이 달려 가 풀썩 주저앉아 피투성이가 된 딸을 끓어 안고 보니 **"총탄을 머리에 관통당하여 죽은 딸 뱃속에서 8개월 된 태아가 거센 발길질을 하는 것을 보았다"**는 증언하는 모습을 보고 온몸에 소름이 돋고 구토가 일어나려 했습니다. 지금도 임신한 여인에게 조준 사격한 공수부대원을 밝혀내어서 죄를 물어야 8개월 된 아기가 죽지 않으려고 **몸부림 치는** 형상이 내 기억에서 지워 질것 같습니다. 그 놈은 어디서 살고 있는지…… 당한 쪽의 원한과 슬픔을 알고 있습니다. 저는 다큐멘터리 실화 소설 자료를 모으기 위해 3여년을 피해지역을 찾아다니면서 증언하는 사람들의 참혹한慘 酷 이야기를 듣고 혈압이 올라 구토를 하기도 했습니다. 독자 여러분! 그리고 보수 진영의 정치인 여러분! **자기 딸·며느리·누나·여동생·형수·자신의 마누라 등등 일가친척이** 위의 열거한 정권욕에 의해 그런 꼴을 당했다면 과연 그렇게 처참하게 일가친척을 죽인 그들의 업적을 찬양 고무하겠습니까? 이승만은 미국으로 도망을 쳤고 박정희는 부하에게 사살을 당하였으며 전두환 과 노태우는 임기가 끝나고 감옥에서 형식적인 수형 생활을 하고 풀려서 이 하늘아래 숨 잘 쉬고 잘 살고 있습니다. "살인 이유"를 집필하면서 밝혀진 사실은 해방 후 이승만→박정희→전두환과 노태우 등의 4대四代 정권이 이어져 오면서 저질러진 국가폭력의 역사에는 한 가지 묘한 공통점이共通點 존재하고 있었습니다. 바로 하나도 빠짐없이 북한이 관계關契 되어 있다는 점입니다. 보도연맹은 알다시피 좌익 사상을 가진 사람들을 교화시키기敎化 위해 조직된 단체란 명분을 가지고 시작했고 조봉암 법살은法殺 그에게 간첩 누명을 씌움으 로써 가능했던 사건입니다. 또한 인민혁명당 사건역시 애꿎은 사람들에게 "북한의 사주를 받아 국가전복을 꾀하는 자"들로 몰아부처 처형시킨 사건입니 다. 마지막으로 녹화사업 역시 "적화사상赤化思想"으로 물든 학생들의 사상을 푸르게 녹화시킨다는 명분하에 시작된 것이었습니다. 또한 한국전으로 빨치산 소탕과정에서 지리산자락 일대에서 벌어진 양민 학살사건 역시 통치자 이승만 잘못 판단으로 저질러진 사건입니다. 전두환이 저지른 광주 민주화운동 때 학살사건도 북의 사주에 일어난 반란사건으로 몰아 저지른 사건입니다. 사대 정권이 유지되면서 내려온 이 공통점은 바로 남한을 붉은 혁명…….
한국적 매카시즘이 국가폭력과 깊숙한 핵을 이루고 있다는 증거입니다. 그렇다면 이것이 최종적으로 시 사 하는 의미는 무엇일 까요? 그것은 남북분단 이후 항상 적화통일을 하려는 북의 야욕이 사실상 남한 극우세력 독재정권의 최대 협력자였다는協力者 것입니다. 당시의 정권에 이의를 제기하는 모든 사람을 빨갱이로 몰아세워 죽이는 것을 정당화正當化 시키기 위해서 가장 필요한 존재는 바로 눈앞에 당면한 적인 북한이었습니다. 정말로 어쩌구니 없다 못해 희극적이기까지 한 이 현실을 뒤늦게 알아 버린 우리국민은 웃을 수밖에 없었습니다. 서로를 증오해憎惡 마지 못하는 두 국가가 사실은 서로의 가장 강력한 협조자라는協助者 것이었습니다. 국민을 보호하면서 통치를 해야 할 3대정권의 몰락의 그 시대 사건의 주도적이 역할을 한자들이 면면을 살펴보면……. 우리가 흔히 북풍이라고北風 부르는 정치가 있습니다. 국내 정치 문제가 있을 때 북한에서 간첩이 내려오거나 북한의 위협이 있던지…….
남북 문제가 경색되어 온 국민의 관심이 북한 문제에 휩쓸려 정치 현안이 소멸하는 현상입니다. 이런 일은 위정자들이 자신의 정치적 난국을 해결하기 위해 모두 조작한 사건입니다. 북풍의 원조는 이승만 정권 때 김창룡이란 자가 꾸민 정치적 사건에서 시작되었습니다. 김창룡은金昌龍 1920년 7월 18일 -1956년 1월 30일 함경남도에서 출생 일제강점기 시절 일본군 부사관으로 태평양전쟁에 참천했고 해방 후 여순사건에 진압을 맡았습니다. 당시 여순사건을 조사하는 중에 박정희 소령을 수사한 기록도 있습니다. 당시의 법대로라면 박정희는 현장에서 재판과 최소한의 소명도 없이 현장에서 사살되어야 될 사람이었습니다. 왜냐고요? 당시엔 죄 없는 민간인도 수를 해알릴 수 없게 억울하게 죽었습니다. 그런데 박정희는 친일 장교 입니다. 내가 집필하여

2015년 9월에 출간한 "살인 이유" 450여 페이지의 자료에 학살 사건의 가해자와 피해자의 진술이 낱낱이 상재되어 있습니다. 경남과 전남을 비롯하여 제주 4.3사건까지의 증언록입니다. 2015년 국정 교과서를 박정희가 속해 있던 부대가 독립군을 토벌했다는 주장이 나왔습니다. 실제로 그 부대가 전투에 참가했다는 기록이 현재로선 발견되지 않았다고 주장을 하는 사학자도 있습니다. 만주 군관학교를 나온 후 활동을 하던 중 해방이 되었다는 겁니다. 해방 당시 그는 갓 일본군 중위로 진급한 상태였습니다. 그러나 대다수 진보 사학자들은 친일 논란이 거론될 때마다 박정희 전 대통령이 친일을 한 책임의 핵심 인물로 오르내립니다. 당시 교사는 안정된 직장이었는데 문경보통학교 교사였던 그는 그 직을 그만두고 일본군에 자원하여 1939년 10월 만주에 있는 일본이 관리하는 만주 군관학교가 있다는 것을 알고 군인 체질이었던 그는 출세욕으로 군관학교를 선택을 했다는 겁니다. 그러나 당시 만주군관학교-일본이 관리ㆍ입학 자격 연령이 16세 이상에서 19세 인데 그는 23세로 나이가 많아 군관학교에서 불합격을 시키자. 고육지책으로 군관학교에 "충성 맹서"를 다짐하는 혈서를-血書 써서 보내자. 이 글을 본 학교에선 예외적으로-例外的 입학을 허용했다는 당시 현지에서 발행되던 『만주신문』-1939년 3월 31일자 보도된 혈서내용은 아래와 같습니다.

　　　상략: 「……일계-日系=일본 계통ㆍ군관 모집요강을 받들어 읽은 소생은 모든 조건에 부적합한 것 같습니다. 심히 분수에 넘치고 송구스러운 줄 아오나 무리가 있더라도 반드시 국군에-만주국군ㆍ채용해 주실 수 없겠습니까. ……일본인으로서 수치스럽지 않을 만큼 정신과 기백으로 일사봉공-一死奉公 할 굳건한 결심입니다. 확실히 하겠습니다. 목숨이 다하도록 충성을 다 바칠 각오입니다. …… 한 사람의 만주국 군인으로서 만주국을 위해 나아가 조국을-日本 위해 어떠한 일신의 영달도 바라지 않고 멸사봉공과-滅私奉公 견마의-犬馬 충성을 다할 결심입니다.」 하략:

위와 같은 내용을 대다수 정치인이나 국민들은 모르고 있습니다. 고대부터 "역사는 승리자에 의해 쓰여진다"는-history is written by the victors 유명한 말이-famous quote 있듯 지금도 통치자 이념에 맞게 쓰려는 **똥개** 같은 사학자들이 있는 것입니다. 경제는 끝없이 추락하고 있어 116만 여명의 우리나라 미래인 젊은이들의 고통을 생각지 않고 다가올 선거에 밥그릇 챙기기에 연일 쌈박질하는 정치인을 우리 국민은 준엄한 심판을-선거에서· 내려야 할 겁니다. 나 역시 국가의 최고 통치자의 특별 명령에 의하여 국군 창설이후 처음 만들어진 "북파 공작원에-일명=멧돼지부대·" 차출되어 인간이 얼마나 참을 수 있는가 한계의 특수 교육훈련을 수료 후 팀장이 되어 북한을 두 번 넘나들면서 테러를 가한 특수 요원인 테러부대 팀장이었습니다. "서울 불바다" 이야기란 북측의 방송을 들을 때마다 눈물이 납니다. 나의 작전으로 개성을 지나 평산까지 갔으나⋯⋯ 복귀하라는 국방부의 난 수표를-암호문· 못들은 척하고 작전을 하였으면 김정은은 태어나지 못했을 겁니다. 당시에 얻은 **"허혈성 심장질환"** 병을 얻어 부산 보훈 병원에서 3명의 전문 의사에게 진료를 받고 15여 년 동안 하루에 20여 개의 알약을 먹고 견디었습니다. 그런데 하루는 관람석에서 공연을 보고 있는데 토악질이 두서너 번 나올듯하더니 하품이 계속 나오고 눈앞이 갑자기 흐려지는 겁니다. 그래서 안경에 습기가 묻어 그러나 하고 닦았는데도 점점 더 흐려지는 겁니다. 휴대폰으로 각시에게 전화를 하려고 했으나 그 뒤로 정신이 몽롱한 상태로 관중석을 내려와 도로까지 나온 것은 아는데 그 뒤로 정신은 잃어버렸는데 마침 지나가던 택시가 쓰러진 나를 발견하고 김해 중앙병원응급실로 데려다 주어 심장 전문의 송여정 과장의 시술로 살아났습니다. 내가 죽는다면 그런 식으로 죽으면 가족들의 고생을 시키지 않고 얼마나 좋을 까요! 그 때 택시기사가 모르고 지나쳤다면 이 책은 유고집이 되었을 겁니다. 그 뒤로 부터 2014년 2월에 구입한 승용차를 단 한 번도 아파트 밖으로 끌고 나온 적이 없습니다. 내가 죽는 것은 내 운명이지만 차를 끌다가 앞서와 같은 일이 벌어져 사고가나 상대방이 희생되면 그보다 큰 죄가 없을 것 같아서 입니다. 나를 알고 있는 모든 사람들은 만나면 왜 차를 타고 다니지 않는 지 또한 아래 이가 3개가 빠졌는데 그런대로 잘사는 사람이…… 의구심이 나는지 물어 봅니다. 차는 앞서 이야기고 이빨은 고혈압·당료·혀혈성 심장 질환으로 가슴에 스턴트 3개와 1개의 풍선 확장 시술을 하여 피가 잘 돌게 하는 약을 복용하기 때문에 발치를 못한다는 겁니다. 우리 각시는 전부 발치를 하고 틀 이를 하라고 하지만 1개를 발치하는데 나를 담당하는 의사와 치과 의사가 15일간 합의를 하여야 된다는 겁니다. 2015년 11월 24일 김해 중앙병원에 입원을 하여 아래이빨 양쪽 두개를 2일 간격으로 발치를 하고 퇴원을 하였는데…… 26일 밤 12시에 발치한 곳에서 피가 나오기 시작하여 멈추지 않아 병원 응급실에 실려 갔지만 1시간여를 기다려도 피가 멈추지 않는 겁니다. 담당 의사와 연락이 되지 않아 할 수 없어 양산시에 있는 부산대 응급실로 갔으나 곧바로 치료를 못하고 응급실에서 2시간을 기다려도 지혈이 안 되는 겁니다. 그 간에 흘린 파가 종이 커피 잔으로 8-9개는 될 겁니다! 치과 의사가 다른 환자 치료중이라 3시간여 동안 피를 흘린 것입니다. 아~이래서 죽는구나! 포기를 했습니다. 우리각시가 빨리 치료를 안 한다고 항의를 하자. 곧바로 치료를 하여 살아났습니다. 그래서 틀니를 포기도 했고 KBS 인간극장에서 3번이나 출연을 부탁을 했지만 거절을 하였습니다. "무조건 하루 30분 이상 걸어라"는 의사의 지시를 따르고 있습니다. 출판사를 두개를 운영하는 "학고방"에 50여권의 원고가 출판 대기 중임에도 저의 책을 앞서 출간을 해주어 도서출판 "학고방" 하운근 사장님을 비롯하여 임직원 여러분께 진심으로 감사를 드립니다. 앞서 출간한 "살인 이유" 책 서문에도 상재 했지만 이번까지 4권의 책을 출간을 하면서 출판사에 단 한 번도 가지를 못하고 있어 전화상으로 "조연순" 편집부 차장님에게 교정 관련을 부탁하여 미안하게 생각을 합니다. 아마도 나의 병을 잘 알고 있고 공상군경 국가유공자여서 특별히 관심을 가지고 사장님을 비롯하여 임직원이 모두 알고 있어 특별히 관심을 가지고 책을 먼저 출간을 해주는 것 같습니다!! 지금 집필하고 있는 원고는 "책과 신문을 든 남자가 더 매력적이다." 제목의 원고를 집필하고 있는데 무려 5개월 째 입니다. 저는 보통 시집은 1~2개월이고 장편 소설은 1~3개월입니다. 이 책을 집필 하느라 의자에 너무 오래 앉아있어서 궁둥이에 쥐 눈이 콩알 반쪽정도 피부병이 생겨 "노토피" 보습크림 160 그램 용양인 두개를 궁둥이에 바르면서 집필을 하고 있습니다. 이 책은 제가 그동안 집필한 책 중 제일 공들여 집필을 하고 있습니다. 스마트폰에 빠져서 책 읽기를 외면하는 작금의 우리사회가 그로 인하여 거치러진 사회적인 여러 문제 때문에 2015년 국가에서 인성교육을 국가적 교육 사업으로 한다는 얘기를 듣고 이 나라의 작가로서 책무를 느끼고 다양한 부조리와 우리 젊은 세대들이 처한 당면 과제를 각 신문에 전문가들이 기고한 글과 인터넷에 올려진 아름다운 말을 인용하여·차용·표절·엮음·이 책의 내용과 알맞은 곳에 문맥에 맞게 5% 정도 윤색을-實色 하여 집필을 했습니다. 글을 읽고 "어! 내 글이 엉뚱하게 연결됐네." 하실 분도 있을 겁니다. 이해를 하시길 바랍니다. 제대로 집필이 완성되면 2016년 초 봄에 출간을 하려고 합니다. 그때까지 독자님들과 만났으면 합니다. 이번 "길" 책에 문맥이 겹치는 부분이 몇 군데 있습니다. 조연순 편집부 차장님도 지적을 하였는데…… 이 책 원고는 그간에 여러 곳의 중앙문예지에 발표된 이야기와 새로운 작품이어서 여러 제목의 꼭지별로 모두가 따로 집필 되었기에 중요 문맥에서 겹치는 내용이 있습니다. 흔히들 소설가를 칭할 땐 "작은 신神 이다"라고 부르고 다른 한편으로 "사기꾼이다"라고 부릅니다. 전자는 박학다식-博學多識 하여 많은 것을 알고 있다는 뜻이고 후자는 주변의 이야기를 듣고 자기 상상대로 만들어 약해진 부분을 부풀려 동력을 살리기 때문입니다. 그러한 것을 아시면 이해를 할 것입니다. 그러한 부분은 중요 부분이기 때문에 두 번 읽었다고 생각을 하시면 됩니다. 끝으로 나를 이때까지 살게 해주신 심장 내과 명의 김해중앙병원 송여정 과장님께 감사의 말을 드립니다. 항시 걱정을 하십니다. 우리 막내 딸 또래인데 딸같이 등을 쓰다듬으면서 "아버님! 절대로 무리하지 마세요."

하면서 갈 때마다 걱정을 해주십니다. 이 책의 제목에 맞게 표지 사진을 만들어 사용하게 허락해주신 정진승 사진작가에게 고마움을 전합니다. 김해 예총에 수많은 사진작가가 있는데도 책 내용에 적합한 사진을 제공해 주어서입니다. 책 표지 내용은 몇 십 년 함께 살아온 늙은 부부가 이른 아침 안개가 자욱한 거리를 나란히 걸어가는 모습입니다. 사람이 세상을 살아가면서 갖가지의 자신의 길을 걸어갑니다. 그 길 끝은 성직자들이 말하는 저승길입니다. 제가 독자님들에게 부탁하고 싶은 말은 절대로 저승길을 가면 안 됩니다. 언젠가 가겠지만…….

2015년 11월 5일 저자 맥취-麥醉
강 평 원

차 례

길…….

寶鏡寺-Bogyeongsa-Temple

"야! 일마야. 무슨 불만이 있어! 도끼눈으로 나를 바라보느냐?"

"부처! 당신은 이방인-異邦人=STRANGER. 아닌가요."

"그것이야 세상 사람이 다 아는 사실이 아닌가?"

"당신이 이 세상에 태어나자말자 동서남북으로 세 발자국을 걸으며…….
천상천하天上天下 유아독존─唯-오직 유 我-나 아 獨-홀로 독 尊-높을 존.이라고! 옹알거
렸다는 말이 사실인지 알고 싶어서 그 해답을 찾으려고 무던히 연구를 했지
만……. 아직 속 시원히 답을 내 놓는 중을 못 만나서 오늘 답을 찾으려고
합니다."

"야! 그것은 중들이 먹고 살기위해 거짓말을 하는 것이다. 이 땅의 성직자
중 거짓말 안하는 사람은 없다. 거짓말은 성직자의 전매특허다. 성직자의
성공은 얼마나 거짓말을 잘하느냐 못하느냐에 달려 있는 것이다."

"하늘 위와 하늘 아래서 오직 자신만이 제일 으뜸인 인간이라고 했다니…….
기독교인들이 말하는 하느님이 알면 기암을 할 것이고! 이를 믿는 사람들이
알면……."

"그것 때문에 나를 꼬나보았느냐?"

"아니요. 당신은 생물이 아닌데! 왜 돈이 필요합니까?"

"그 말은 무슨 뜻인고?"

"당신을 만나려면 돈을 지불하라면서 절집입구에서 돈을 받고 있는데…….
이를 어떻게 생각합니까? 불교에선 날숨과 들숨을 알아차리는 것이 기도라고

하고 하는데 108배에 3000배를 하여도 신도에겐 나아지는 게 없다고 합니다. 그렇다면 무엇을 얻었는가. 중이 되어 당신께 귀의 하여 수행하는 것이 완전한 행복인가요? 바루를 들고 탁발걸식 하던 중은 요즘엔 없어 졌습니다."

"……."

"할 말이 없습니까? 외각 문에서도 돈을 받고 절문 양편에 흉악스런 얼굴을 하고! 인간을 짓밟고 서있는 사천왕들의 모습에 간담이 서늘하였소. 그들 발밑에는 수많은 동전을 비롯하여 지폐가 놓여 있는데……. 이러한 짓거리는 공포를 조성하여 시줏돈을 더 갈취하려는 당신의 부하들의 못된 행동을 지켜만 보고 있는 당신이 더 나쁘다는 것을 인식을 못하고 있으니!"

"너는 나를 깡패 두목으로 생각하는 모양인데! 인간은 출생부터 순수하게 창조됐으나 삶의 현장에서 각기의 교육에 환경에 따라 사악-邪惡함을 배우게 되는 것이다."

"그 창조란 말은 기독교의 성직자들이 말하는 것입니다. 한 나라의 태자인 당신은 행복하게 여생을 누릴 수 있는 군왕의 자손인데 그러한 것을 떨치고 고행을 하는 결정적인 이유가 무엇입니까?"

"내가 세상이 어떻게 돌아가는가를 보려고 카필라 성의 네 성문으로 나가서 인간들의 고통을 직접 보고 출가를 결심 했다. 카필라의 태자로 안락한 생활을 하는데……. 계급사회로 인해 고통 받는 사람과 몇몇 소수가 절대적인 권력과 부를 누리는 모습을 보고 출가를 결심 한 것이다. 그러나 그때나 지금의 사회를 보면 크게 달라져 보이지는 않는 구나! 불교나 기독교나 세상의 모든 종교는 선-善에서 우러나는 사랑이니라. 언제나 사랑하는 쪽이 약자가 아니더냐? 사랑은 친밀감-intimacy 열정-passion 책임-decision/commitment로 발현 되느니라. 서로가 어우러져 살아가려면 그렇게 해야 되느니라."

"나는 이 땅의 중들이 말하는 설법 모두가 돈으로 연결되어 있다고 봅니다. 신문 광고란에 보면 중이 달마도를 불자에게 그려주는데 그 대가로 시주공양을 많이 주는 사람부터 소원성취가 잘 이루어지고……. 작명을 해 주는 중은 자기가 이름을 지어주는 사람은 운수가 대통한다는 거짓말 광고를 하고 있으며 길을 묻는 불자에게 여명-黎明을 비춰줍니다 란 광고에 사업/취업ㆍ시험/승진ㆍ결혼/자식ㆍ영가/조상ㆍ창업/주식ㆍ부동산/건강을 신통-神通하게 사주 봐준다고 하는데 미리예약을 하여야 볼 수 있고 한 사람당 3만원을 받아야한다는 것입니다. 쪼다! 자기의 사주를 봐서 모든 것을…… . 점쟁이 무당도 아니고 여하튼 성직자의 거짓말에는 돈과 결부되어 있다는 것이지요. 우리 아들이 고등학교 3학년 때의 일입니다. 이웃에 있는 절이 증축을 하는데에 용이 그려진 대들보를 시주-가격이 200만원 를 하면 원하는 대학에 합격할 수 있다하여 시주를 하였습니다. 또한 관내에 있는 절에서 당신의 옷을 시주금으로 찰-가격이 500만 원를 하면 원하는 대학학과에 합격을 한다 는 중들의 말을 듣고 우리 각시가 시주를 했지만…… . 그것만이 아닙니다. 대구에 있는 팔공산 갓 바위에 기도를 하면 소원 성취한다 하여 일요일마다 부산에서 그곳에 가서 세상에서 가장 낮은 자세로 기도를 했습니다. 그러나 모두가 헛수고가 되어 결국 경기도 일산에 기숙학원에 보내어…… ."

　"유전능사귀추마-有錢能使鬼推磨라는 중국의 속담이 있다. 돈으로 귀신도 부릴 수 있다는 말은 돈이 있으면 무슨 일이든 할 수 있다는 말이다."

　"귀신-鬼神 세계도 돈이면 무슨 일이라도 해결을 해 준다는 것인데…… . 얼마 전 언론보도에 의하면…… . 평범한 시민이! 무속인-무당=당골래 30여명에게 사기를 친 사건이 크게 보도가 되었습니다. 그들은 귀신을 부리는 사람입니다. 그러한데 60대 여인에게 사기를 당한 것입니다. 자식이 교통사고로 죽어 2,000만 원을 들여 당신에게 보내는 천도 제를 지내야 하는데…… . 보상을 많이 받기위해 변호사를 선임하는데 들어가는 돈이 급하니 2,000만원을 급히 빌려달라고 설치는 바람에 젯밥에 어두워 모두들 빌려주었는데 …… . 무속인의 말처럼 귀신을 불러 하늘로 보낸다는 천도 제는 말짱 거짓말이다 이 말입니다. 귀신을 부린다는 30명의 무당들이 당했다는 것이지요!"

　"…… ."

"당신이 관장하는 세상에 수 천 억의 불교신자들이 시줏돈을 주었을 텐데! 어느 누구에게도 당신은 도움을 주지 않았습니다. 그래서 당신을 굳게 믿었던 사람이 윤회 된 적이 없습니다. 지금도 수십억의 종교인이 성직자의 거짓술수에 돈을 벌어서 바치고 있지만……. 그들에게 소원을 들어준다는 말은 특허 난 것 같은 거짓말이지요?"

"무당이 부리는 귀신이 어리바리 했나 보다! 죽음을 기억하라-Memento Mori 죽어보지 못한 네가 죽은 뒤 어떠한 일이 벌어질지는 모르지 않느냐? 너는 이 세상에 태어난 이유를 알고나 있느냐?"

"오직 종족 보존을 위해 태어난 것 아닙니까? 죽은 당신은 누구의 몸으로 윤회輪廻를 하였소? 인간의 수명을 100년을 넉넉하게 잡아도 수 백 번 윤회를 하였을 텐데! 죽은 뒤를 생각하라는 성직자의 공갈 협박에 모두 속고 있는 것이요. 내 나이 66년의 세월 중 부모 형제 일가친척 수많은 지인들이 저승으로 갔는데……. 단 한 사람도 이승으로 돌아오지를 않았습니다. 저승이 너무 좋아서 그런가요? 당신을 믿는 사람들은 죽어서 다른 사람의 몸을 빌려 좋은 집안으로 윤회 된다고 합니다. 다른 사람은 몰라도 어머니는 나를 보려고 올 텐데……. 중국 놈이나. 일본 놈이나. 우리나라사람이나. 궁둥이에 몽고반점 -시퍼런 점.이 있는데 저승이 좋아 험한 세상으로 다시태어나기 싫어서 엄마 자궁에서 안 나오려 하자. 삼신할미가 빨리나가라고 발길질 하여 멍이 들었나 요?"

"……."

"사람은 태어날 때부터 평등하다-Man is bom equal by na-ture 고 하였습니다. 그렇다면 죽음도 똑같은 기회를 주어야 되는 것 아닙니까?"

"너희의 속담에 이런 말이 있지 않느냐? 하늘은 스스로 돕는 자를 돕는다. Heaven helps those who help themselves. 란 말이 있듯 시주施主를 하거나 헌금獻金을 많이 하는 것은 남을 돕는 것이 아니냐? 그래야 성직자들도 살아 갈 것이고……. 그들의 평안한 안식처를 제공하는 것이고."

"그래서 좋은 죽음-Well dyig 이 있고 나쁜 죽음이 있는 것입니까? 고통스럽게 죽는 사람이 있으며! 편하게 죽는 사람이 있습니다."

"인간이면 누구나 고통 없이 편하게 죽는 것이 소망-少望일 것이다! 그러나 그러한 일도 운명이라는 것이다."

"저는 고통 없이 죽는 게 소망이 아니라. 대망-大望 입니다. 종교를 믿어 구언을 받으라는 말은 헛구호였습니까? 종교인은 신이 도와주니까! 죽을 때 편한 하게 영면-永眠 하여야 하는데…… 고통 없이 죽이는 사형대를 사용하던 때가 1792년 4월 25일 첫 번째 희생자를 낸 단두대-斷頭臺=Guillotine 는 프랑스 혁명당시 수많은 사람을 처형하면서 그 이름이 세상에 알려졌습니다. 단두대 는 글자 그대로 목을 단박에 자르는 도구인데……. 혁명 때 매일같이 노천에서 사형이 집행되고 있었습니다. 당시는 단두대가 사용되기 전이었다고 합니다."

"멀라고 잔인한 도구를 만들어 사용을 했냐?"

"그 도구가 나오기 전엔 형리-망나니 가 사형수 묶어 놓고 낫으로 목을 베었는데……. 간혹 실수로 단번에 베지 못하여 처참한 광경이 벌어지자. 이 광경을 지켜본 파리대학교 "기요틴"해부학과수가 '죄수의 사회적인 신분이 나 위치에 상관없이 같은 종류의 위법 행위는 같은 형벌로 처벌하여야 한다'는 생각에 의해 국민회의에 죄수의 고통을 덜어주는 기계를 사용하자는 제안을 했는데……. 이것이 바로 단두대입니다. 단두대가 사용 되면서 1873년엔 무려 26,000명의 사람이 처형됐으며 그 후 루이 16세와 왕비 마리 아투아네트와 로베스 피에르가 단두대에 죽었습니다. 이 기계의 설계자는 프랑스외과 학회 회원이었던 "앙트완 루이"가 만들었다고 합니다. 이 기계는 14세기 아일랜드에 서 사용되었고 15세기엔 이탈리아 등에서 사용되었다고 합니다."

"많이도 죽였군! 단두대를 개인적으로 가장 많이 사용한 자는 히틀러다. 무려 16,000명이나 처형을 했다지?"

"히틀러는 사이코페스로 알려진 인물입니다. 아이러니한 것은 그 단두대가 설치되었던 장소에 루이 15세 기마상이 있었는데 프랑스 혁명 때 파괴되고 그 자리에 오베리스크 탑이 세워졌다는 것입니다."

"그것이 뭔데?"

"이 탑은 이집트의 조형물인데 프랑스가 뺏어 갔지요. 23미터 높이에 230톤의 석재물인데 당시에 운반하는데 7년이 걸렸다는 기록입니다. 그 몸체에는 당시 운반할 때의 모습이 자세하게 그려져 있습니다."

"돌덩어리를 멀리고 힘들게 뺏어가서 혁명광장에 세워두느냐?"

"전쟁 기념물이겠지요! 바티칸에 있는 성 베드로 대성당 앞에도 똑같은 모양의 탑이 세워졌는데 탑에 대하여 말도 많고……. 음모론적-陰謀論的인 얘기를 하고 싶은 사람들에게는 좋은 소제를 제공하고 있다고 합니다. 꼭대기에 있는 십자가는 박해를 받던 그리스도교가 이교-異敎도를 물리치고 승리했다는 기념 의미로 만들었다는 것입니다. 그 탑의 상징은 남성의 성기-性器라는 것입니다. 그래서 요즘 신흥 종교인들이 가톨릭을 헐뜯을 때 빠지지 않고 사용하는 소재라고 합니다."

"그 광장에서 수많은 사람이 희생되었으니 인구증가를 위해 출산을 많이 하라고 남자 성기의 상징물-象徵物을 힘들게 뺏어다 세운 모양이다!"

"출산 증가하면 영감님을 믿는 신자가 많아 좋고 중들은 시주를 많이 받아 좋고 상부상조 하겠습니다!"

"이 세상을 세세지탱하고 너희가 살아가는 데는 후손이 꼭 있어야 하는 것이 아니냐? 그래서 윤회가 있는 것이다."

"웃기고 있네요! 세계에서 몇 안 되는 빈국-貧國인 네팔과 미얀마 지역의 중들이 옛 부터 여자가 결혼을 하면 첫날밤 신부와 배관-섹스=여자 성기 구멍을 뚫는 공사를 하도록 불법-不法으로 불법-佛法을 만들어 실행하는 바람에……. 어떤 날은 수 곳에서 밤낮으로 배관 공사를 하여 중놈들의 공구-성기 가 오염되어 에이즈란 무서운 병이 세계에서 제일 많은 나라가 되었습니다. 그곳의 아이들은 자신의 의지-意志와 상관없이 에이즈 병에 걸린다는 것입니다. 윤회는 없고 섹스를 해야만 인간이 탄생하는 것입니다."

"나가 시키지도 않았는데도 그런 일들이 벌어지는데 어쩌란 말이냐?"

"영감님도 결혼을 한 뒤에 출가를 했기 때문에 빠구리-섹스 를 해 보아서 그 즐거움을 알고 있을 것 아닙니까? 중들의 대갈빡을 보면 머리 중앙이 볼록하게 솟아있습니다. 이유는 빠구리를 못하여서 이고! 시주 돈이 적게 들어오면 화가 나서입니다. 화火 기운이 머리꼭대기로 치밀어 오르는 바람에 대갈통 꼭지가 볼록하다는 것입니다."

"내 머리통이 볼록한 것이 섹스를 못해서 그렇다는 것이냐?"

"만져보기는……. 군사 통치로 세계에서 제일 가난한 불교국가인 미얀마의 한 사찰의 불탑엔 다이아몬드를 비롯한 8,000여개의 보석이 박혀 있으며 54톤의 금으로 만들어 졌습니다. 천상에서 편히 살고 있다는 영감님이 재물을 탐하지 않았을 것 아니요? 가난에 찌든 중생에게 나누어주면 되련만 재물에 눈이 어두운 중들이 못된 짓만 일삼아하기에 애꿎은 국민이 가난에 시달리고 완치가 어려운 무서운 질병이 창궐하여 삶의 자체가 고달파진 것입니다. 돈벌어주는 신도가 제일 많은데……!"

"나는 그런 법이 있는 줄도 몰라."

"영감님이 좀 도와주면 안 되나요? 군사정권과 싸움으로 수년을 가택연금과 감옥을 드나든 미얀마 아웅산 수치 여사는 '자선을 베푸는 것 보다 사랑을 하라'하였답니다. 사랑은 받는 기쁨보다 주는 기쁨이 두 배이기 때문이지요. 대다수 세상의 성직자들은 그러한 것을 알면서도 행동으로 옮기지 않는 것이 더 큰 죄를 범하고 있는 게 아닙니까? 영감님의 말을 적은 경전에는 이 세상천지를 인간의 망념-妄念이 만들어낸 하나의 허상무대-虛像霧帶무대라고 기록되어 있습니다."

"그 말의 뜻은 범부凡夫는 이 세상을 아무리 분석하고 연구해도 그 이치를 알 수 없기 때문이다! 왜냐하면 허상-虛像은 답이 나오지 않기 때문이다."

"나는 '세상의 악한 자는 누구인가?'물어 온다면 '공갈 협박을 하는 자者'라고 대답을 할 것입니다."

"왜?"

"성직자들의 설교에는 꼭 협박의 말이 들어 있습니다. 신도들에게 상처를 주는 과도한 구업-口業을 주지 말아야 하는데……. 공갈 협박은 특허나 같고 폄하貶下와 폄훼貶毁를 하기도 합니다. 시줏돈이나 헌금을 많이 하라는 뜻에서 하는 짓거리 입니다. 불가의 천수경-千手經을 보면 앞부분에 정구업진언-淨口業眞言이 나옵디다. 이 뜻은 이제까지 자기가 지은 구업-거짓말.을 정화해 주는 주문-呪文을 경전 앞부분에 배치하였다는 것은 얼빵한 중들은 모르고 있습니다."

"내가 그것을 가르치려고 이 땅에 왔느니라. 프랑스 콩코드 광장에 세워둔 오베리스크 탑 때문에 너에게 불교계 비난의 말을 들었다. 그 높은 탑에 십자가는 멀라고 세웠는지는 아느냐? 하느님 말이 잘 들리지 않아서 그런가! 땅보다 하늘이 더 가까우니 하느님 말이 잘 들릴 텐데 교회 탑들을 보면 모두가 그러하더라."

"어리바리한 영감탱이……. 하느님 말-하늘의 목소리=Voices Heavens을 더 가깝게 들으려면 지상에서 하늘과 제일 가까운 히말라야 산 꼭대기에 교회를 지으면 되지요."

"일마 자슥이 머라고 씨부룽 거리냐? 전부 얼어 죽는다. 너 말을 듣고 보니 성경의 기록도 전부 거짓말 같다! 이야기 주제가 잠시 딴 방향으로 흘렀다. 너희 나라도 죄인의 목을 쳐 죽이는 제도가 있었지 않느냐? 지금 세계 도처에서 벌어지고 있는 기도교적인 테러를 보아라. "헤즈볼라" "알카에다" IRCC-이란혁명수비대급진 이슬람주의 무장 세력인 "이라크 레반트" "이슬람 국가-ISIL=이슬람 극단주의 단체 보코하람"등 한낮에 길거리에서 신은 유일신-唯一神인 하나님인데 하나님 아들 예수를 신으로 믿는 사람들을……. 칼로 생선을 토막 하듯이 목을 잘라 죽이지 않더냐? 수많은 테러집단이 '너 죽이고 나 죽는다'란 사상교육을 받고 행하는 짓이 매일 일어나고 있다. 옛날이나 현시대나 인간이 하는 짓은 똑같이 답습-踏襲을 하고 있는 것이 아니더냐? 불교계에선 그러한 일이 없지 않으냐?"

"우리나라도 조선시대 때 서남터 사형장에서 망나니가 칼로 목을 잘라서 사형을 집행하였는데……. 술을 먹고 춤을 추면서 하느라 단번에 자르지 못하여 참혹한 광경이 벌어지곤 했다는 것입니다. 그래서 돈 많은 사람들은 망나니에게 뒷돈을 주어 '단칼에 잘라 고통 없이 죽여 달라'는 부탁을 했다는 아이러니한 이야기가 전해져 내려 왔던 것입니다. 얼마 전에 우리나라 사람도 중동에 포교활동을 하러간 부산의 김선일씨가 이슬람교도들에게 잡혀 공개된 장소에서 톱으로 목을 절단하여 죽임을 당하는 반인륜적인 사건이 벌어졌습니다."

"멀라고……. 위험한 지역에 간 것이 잘못 아니냐?"

"하느님 아들 예수를 신으로 믿기에 도와주겠지 하는 마음으로 가서 포교布敎 활동을 하다가 참혹한 일을 당한 것이지요!"

"이슬람교도들이 참으로 악질적이구나! 그건 그렇고……. 망나니가 죄인을 죽이면서 술은 멀라고 먹느냐?"

"돈을 받고 사형집행을 하는 일이 직업이지만……. 사람의 목숨을 끊어버리는데 말짱한 정신으로 하겠습니까? 그래서 실수를 하여 단번에 죽이지 못하니 당하는 사람은 얼마나 큰 고통이겠습니까?"

"……."

"갑자기 꿀 먹은 벙어리가 되었나! 세상에서 가장 고통스럽게 죽은 사람은 하느님 아들이라는 예수는 십자가를 짊어지고 가선 그 십자가에 두 손과 두 발에 못을 밖아 땡볕이 내려쬐는 들판에 세워두어 죽게 하였으니……. 그 고통은 상상이 안 갑니다. 아들을 죽이는데도 그의 아버지인 하느님과 어머니인 마리아는 하늘에서 그 광경을 내려다보고 있었을 것인데……."

"종교적으로 같은 부류가 아니라고 분쟁으로 인한 생명경시生命輕視는 세계 도처에서 일어나고 있다. 예수의 죽음에서 부터……."

"우리나라도 종교적 핍박의 시대가 있어 참수형을 가하는 시대가 있었습니다. 정조 15년-1791년 전라도 진산군-지금은 충남 금산군 진산면의 한 가난한 양반

집에서 일어난 "해괴한" 사건으로 온 나라가 충격에 휩싸였지요. 윤지충이란 양반 집 아들이 어머니가 죽었는데도 효건-孝巾만 쓰고 상복-喪服도 입지 않고 조문-弔問도 받지 않았습니다. 또한 신주-神主는 불태우고 제사-祭祀도 지내지 않았습니다. 누가 봐도 명백한 천주교-天主敎와 유교-儒敎와의 정면충돌이었습니다. 그러한 일로 윤치충은 참수형-斬首刑을 당해 한국 천주교 사상 최초의 순교자가 됐답니다."

"불교에서는 천도재-薦度齋와 49재-四十九齋를 지내 영혼이 평안한 마음으로 나에게 보내는 제사다. 그런 짓을 하는 사람을 가만두지를 않았겠지?"

"그는 체포된 후 관아의 심문에 다음과 같이 대답을 하였답니다. '사람이 죽으면 육신은 흙으로 돌아가고 영혼은 천국으로 가든지 아니면 지옥으로 갑니다. 죽은 사람은 집에 남을 수 없고 또 남아 있어야 할 영혼도 없습니다. 위패들은 아버지도 어머니도 아닙니다. 그저 나무토막에 불과합니다. 제가 어떻게 그것들을 부모처럼 여겨서 받들 수 있겠습니까?'라는 말에 당시에 선교사-宣敎師도 들어오지 않던 시절 자생-自生! 천주교인으로서의 놀라울 뿐이었답니다."

"지금은 성당이 많아 신부와 수녀가 많아 신도들도 많지 않느냐? 그리고 지금은 제사를 지내고 있지 않느냐?"

"1874년 첫 한국천주교회사-史를 집필한 프랑스 신부 "샤를 달레"는 제사금지-祭祀禁止에 대해 '조선 국민 모든 계층의 눈을 찌른 것'이라고 탄식을 했다고 합니다. 그리하여 교황청은 1939년에 이르러 제사를 허용했습니다. 대다수가 유교를 믿는 조선사회에서 제사를 거부하여 참수형을 당한 윤치중은 훗날 천주교 성인으로 추대되었습니다."

"천주교의 높은 직급이냐?"

"가톨릭에서 순교했거나 덕행이 뛰어났던 인물을 사후에 신앙의 모범으로 삼아 공경하도록 특별지위에 추대하는……. 시복시성-諡福諡聖이 된 것입니다. 시복시성은 가톨릭에 익숙지 않은 사람에겐 낯선 용어이지요. 한자-漢字 그대로 풀자면 '복자福者=Blessed 와 성인聖人=Saint 칭호를 올린다諡'라고 직역할 수 있습니다. 한국 최초의 신부였던 김대건안드레아 과 다산 정약용의 조카였던 정하상성 바오로 이 대표적인 인물입니다. 천주교 신부와 수녀는 혼인을 하지 않기 때문에 나라의 출산정책出産政策에 반하는 집단입니다. 그런데 자기들은 어떻게 태어났나를 고민을 해야 할 것입니다."

"난, 모르겠다만……. 옛 부터 지상의 모든 국가에서는 종교적 다툼으로 인하여 타 종교에 대하여 핍박逼迫이 있었고 지금도 세계도처에서 단 하루도 빠지지 않고 일어나고 있지 않았느냐?"

"알기는 아는 군요? 기독교에선 부활復活하여 그 역시 하늘에서 선악善惡을 다스리는 신이 되었다고 하는데……. 지구를 잠시 떠났던 소수의 사람이 다시 지구로 돌아오는 일이 있었지만 그들을 제외하곤 성직자의 설법인 신의 왕림이니 윤회니 하는 것은 모두가 거짓말입니다."

"죽어보지 않았던 자가 천국과 지옥을 어찌 안단 말이냐? 지상을 잠시 떠났다가 돌아온 사람이라면 혹시 하늘에서 신으로 살고 있는 마리아와 그의 아들인 예수가 왔다는 말이냐?"

"우주인을 말하는 것이지요. 그들은 인공위성을 타고 달까지 갔다오기도 하고 지구 밖의 공간에서 머물다 오기도 했습니다. 그러니까, 당신이 말을 했듯 신들이 있다는 것은 모두가 거짓말입니다. 중들의 이야기로는 당신은 죽을 때 남아있는 것이란 몸을 가리는 누더기 옷 한 벌에 흙으로 만든 식기 하나였다고 하면서……. 세계도처에 수도 헤아릴 수 없는 당신을 모형화한 불상의 모습은 기름기가 자르르 흐르는 듯한 얼굴에 온 몸은 금으로 치장을 하였다는 게 이해가 안가요! 당신도 거짓……."

"모르는 것이 없네! 너는 나를 예수에 빗대어 폄하貶下 했으니! 러시아산 시바스리갈 독주를 망나니에게 왕창 먹여 너를 죽게 할까. 아니면 편하게 죽게 단두대에 사형선고a death sentence……."

"…….

"선생님 커피한잔 하시렵니까?"

"……"

오늘은 김해문인협회 회원들과 문학여행을 보경사로 가는 날인데 어젯밤 들뜬 마음 때문에 잠을 설친 뒤라 피곤하여 버스 안에서 깜박 잠들어 흉흉한 꿈을 꾸었나보다! 예쁘고 상냥하고 언제나 예의바른 행동을 하는 라옥분 시인이 커피 잔을 들고 조심스레 깨운 것이다. 내가 김해문인협회에 가입 후 글을 쓰는 동료로서 인연을 맺고 활동하는 동안 저런 여성이라면……. 김해시 중부경찰서 관내 각 단체를 다니면서 활동사항을 훑어보는 담당형사가 "다른 사람 말은 잘 믿지 않지만 강 선생님의 말은 믿겠습니다. 김해시를 대표하는 덕망 있는 여성을 추천-推薦한다면 누구를 하겠습니까?"라는 질문에 "김해문인협회에서 활동을 하다가 이런 저런 이유로 활동을 그만둔 수필가인 나갑순 선생입니다."……몇 날이 지나고 "강 선생님이 말씀하신대로 그분이 여성복지관 어린이집 원장으로 계시더군요. 말을 나누어보니 훌륭합디다."라 고 했다. 라옥분 시인도 어린이집 원장이다. 어린이집 원장이어서가 아니라 일상적인 행동에서 보면 충분한 도덕적지표-道德的指標로 본받을 여성상이다. 협회 가입 후 두 번째 월례회 때 길거리에서 나를 보더니 반갑다고 꼭 끓어 않고서 인사를 하는 것이다. 궁둥이를 뒤로 빼지 않고서……. 이 말은 장난이 아니며 가식적-假飾的이지 않고 진정으로 가슴속에서 일어나는 반가워서 하는 행동이다. 불가-佛家선 옷깃만 스쳐도 인연-因緣이라고 한다. 흔히들 듣는 말이어서 쉬운 일이라고 생각을 하겠지만 천만에 말씀이고 만만에 콩떡이다. 부모형제가 아닌 사람과는 어려운 일이다. 옷깃이란 목선에서 가슴 쪽으로 내려오는 선을 말하는 것이다. 힘주어 꼭 끓어 안아야 닿는 선이다. 인연을 맺겠다고 아무나 끓어 안으면 성추행 범으로 걸린다. 나에게만 하는 행동이 아니라 모든 회원에게 예의범절-禮儀凡節있는 행동을 하는 것이다. 이젠 김해시 를 대표하는 여성으로 추대를 하고 싶다. 커피 잔을 받아 두 손으로 살며시 감싸니 라옥분 선생의 어른을 공경하는 따뜻한 마음이 전해지는 것 같아 갑자기 정신이 맑아진다. 차창 밖은 농부의 삶을 풍요롭게 해주는 계절에 내리는 비는 졸음에 칭얼대는 아기에게 조용한 자장가를 불러주며 아기의 등을 다독이는 엄마의 손처럼 자연을 다독이고 있다. 오늘은 때 묻지 않는 자연을 만나겠다! 차는 좁은 계곡을 술에 취한 듯 기우뚱거리며 부지런히 달린다. 무심코 바라보는 차창 밖 길옆에 작은 무덤 앞에 조화 두 묶음이 좌우로 노여 있다. 아마 망자亡者는 살아생전 꽃을 좋아 했나 보다! 저 망자는 여자일까? 남자일까? 제법 깊은 계곡에서 혼자 있으니 쓸쓸하거나 무섭지는 않을까! 나이드니 식욕으로도 채울 수 없는 허기가 있듯 갑자기 고향 선산에 잠들어 있는 어머니 생각에 가슴아래 잠겨있던 슬픔이 빗장을 풀고나와 눈 밑에 슬픔을 그리고 있다. 그러자 갑자기 복받쳐 오는 설움들이 속앓이를 한다. 차창에 부딪쳐 흐르는 빗물은 닦을 수가 있지만 내마음속 눈물은 닦을 수가 없다. 방금 전의 흉흉한 꿈을 꾸어서일까! 어느 누가 인생을 다 알 수 있다고 할까? 나이가 들면서 이승과 가보지 않은 저승을 비교해보는 버릇이 생겼다. 이젠 저승길 문턱에 가까이 다다름일까! 그래서 슬픔을 크게 소리 내어 울어 본적이 없다. 사는 동안 부모형제를 비롯하여 일가친척과 수많은 지인들의 떠남은……. 이젠, 이승에서 저승으로 가는 현장을 목격의 기억은 공기 중에 말라버릴 물기가 아니다. 띄엄띄엄 도랑가엔 시린 발을 반쯤 담구고 있는 사철나무들이 울타리를 하고 있다. 다가올 계절보다 앞서 나선 길을 따라 가을빛이 내려앉은 들판에 탐스런 결실의 알곡식을 위해 따가운 햇살이 일렁이면 좋으련만! 무더운 여름을 지나 자연은 어느덧 높은 산맥에서부터 단장을 하고 있는데……. 차가운 빗방울이 대지의 뭇 생명을 두드려 깨우며 아침 머물렀던 자리의 흔적痕迹들을 까불까불 촐싹대면서 뒤따라오던 떠돌이 바람이 갑자기 방향을 바꾸어 급하게 지우고 떠난다. 잊어버리고 있었던 이야기가 흐르는 곳엔 누군가 다가오기를 기다렸던 풍경들은 아마 젊은 회원들에게는 오랜 세월동안 기억하는 아름다운 풍경이 될 것이다. 기암괴석 이 즐비한 산 끄트머리에서 부터 꽃단장을 하고 있는 가을은 머뭇거리고 아름다운 설경을 만들려는 성급한 겨울이 기웃거리는 계절에 하얀 설렘이 색 바랜 흙길을 멀겋게 채색하고 떨어지는 낙엽은 어김없이 계절의 약속을 지키고 있다. 자연의 세계에서도 시간과 속도에 순응-順應하며 사는 것이 어떤 것인지 조금은 알 수 있을 것 같다. 눈앞에 보이는 풍경은 빠르게 지나는 세상의 속도를 잠시 내려놓게 하는데……. 게으른 머슴 낮잠 자기 좋을 만하게! 추적추적 궁상-窮狀맞게 비가 그쳤다 내렸다 반복하고 있다. 여성 동료들께서 비와 관련된 노래를 합창을 한다. 내가 제일 좋아하는 노래인 프랑스 작곡가 "폴모리아 악단-Paul Mauriat"이 연주했고 가수 채은옥이 불렀던 빗물 경음악이 흐르면 더욱 슬퍼질까!

> 조용히 비가내리네/추억을 말해주듯이/이렇게 비가 내리면/그날이 생각이 나네/옷깃을 세워 주면서 우산을 받혀준 사람/오늘도 잊지 못하고/빗속을 혼자서가네/ 우~우~우~우~~~

  그림과 사진은 느낌으로 끝나지만 음악은 사연 속으로 가기도하고 주인공이 되곤 한다. 오늘의 문학여행이 흘러 온 저 넘어 아름다운 기억에 의해 그간에 피폐-疲弊해진 나를 치료해줄 것이다! 한층 더 가깝게 보이는 절집을 보며 버스는 쉬지를 않고 발걸음을 재촉한다. 합창과 대화는 점점 줄어들고 버스의 거친 숨소리만 크게 들린다. 힘들어하는 버스를 위해 키를 잠시 낮추어줄만하건만 산은 여전히 요지부동-搖之不動이다. 날을 세운 산세자락에서 힘겹게 살고 있는 나무들 모습이……. 회색도시 울타리 안에서 살고 있는 나처럼 한번 뿌리내리면 영원히 사는 물기어린 나무들이 품어낸 맑은 숨으로 단풍잎은 더욱 선명해졌다. 옹기종기 모여 둥지를 튼 나무군락이 삶에 지친 인간을 부르고 인간은 화답을 하듯 자연을 찾아가 피로를 푼다. 우리나라의 대다수의 절집들은 자연이 만들어낸 풍경과 내내 같이 하고 있다. 빨리 나고 빨리 사라지는 세상 속에 느림의 미학이 여유롭다. 가보지 않고 만나지 않고 경험해

보지 않고 이야기 할 수 없는 것 아닌가. 말하지 말라. 속으로 만들어 놓은 아름다운 말을 꺼내보아도 좋을 시간은 다가오는데……. 누구에게나 가슴속에 사무친 그리운 이름 하나 있을 것이다! 긴 하늘의 치마 자락의 붉은 노을 같은 풍경을 기대 했는데……. 봉우리부터 그어졌던 안개의 선이 산허리를 타고내린 짓 꾸준 숲길이 만만치 않음을 말해주고 있는 듯 산 정상을 넘어가느라 힘들었나! 산허리엔 공양을 못하여 허기진 중들의 도포-道袍자락 같은 구름이 잠시 쉬고 있다. 보이지 않는 무언가 찾으려가는 길에서 버리고 채우려 했으나 차창 밖으로 시선을 둘러보니 단단한 피부 속에 감추어둔 태고-太古의 숲은 옛 땅을 그대로 간직한 채 오늘도 묵묵히 서있다. 목적-目的을 위해 떠난 길이 아니라도 삶이 힘들어진다고 느낌이오면 한 번 쯤은 가볼만한 곳이 절집이라고 한다. 자연과 내가 닮아가는 길 아름다운 비경-秘境을 가슴에 않고 있기에……. 아무에게나 산은 길을 허락하지 않아 버스가 힘들어 하는 것일까. 갑자기 버스발걸음이 늘어지자. 팍팍했던 지대에서 숨을 틔우는 길가에 늘비한 모습의 야생화가 차창에 매달린다. 하늘이 낮아지지 않았다면 자연의 수많은 고운 눈들과 마주했을 텐데! 차창에 매달려 있던 야생화가 손을 놓자. 이내 펼쳐진 풍경은 여자가 중을 좋아 하다가 상사병으로 죽어 꽃이 되었다는 꽃무릇이 붉은 융단을 깔아 놓은 듯하다. 한참이나 걸어가다가 되돌아서서 바라보면 손을 흔들 것 같아 보이는 것은 익숙하게 자주 들여다보고 싶은 것은 고향을 닮은 풍경처럼 펼쳐져 있기 때문이다. 바라보이는 곳곳마다 만추-晩秋 된 풍요-豊饒가 넘친다. 방뇨-放尿가 급한가보다. 몇몇 일행이 버스에서 내릴 채비를 서두른다. 소리 없이 갖가지 이야기를 품고서 내려앉은 계절의 아름다움이 눈부시지 않고 소박함이 더 아름다운 목적지는 가까운 풍경 속에 있다. 절집으로 들어가는 입구 주차장에 차가 멈춰 섰다. 우산을 받쳐 쓰고 절집을 향해 모두가 조급-躁急한 발걸음이다. 저 멀리에서 산의 은밀-隱密한 속삭임이 들려오자! 나도 거치러진 숨소리에 걸음의 무게를 실어본다. 길가 양편엔 갖가지 상품이 진열되어 관광객의 눈을 유혹-誘惑하고 있는데…….

나의 시선-視線을 길게 끌어 당겨 발걸음을 더디게 하는 물품-物品이 있다. 절 입구 양편에 줄지어선 식당과 기념품을 파는 상점 앞 진열대에 "벌떡 주-酒"라는 병들이 오래도록 시선을 붙잡는다. 도저히 궁금증을 뒤로 할 수 없어 비를 덜 맞으려고 재촉하던 발걸음에 급 재동을 하고 모이를 구별하는 닭 머리처럼 고개를 좌우로 갸웃거리며 다가가 살펴보니…… 남자 성기를 모형화-牡荊話한 술잔을 겸한 술병이었다. 설명문을 해석해보니 "한잔 마시면 성기가 벌떡 일어나서 빠구리-섹스.가 잘된다."라는 술이다. 부연 설명하자면 "고개 숙인 성기가 벌떡 일어선다."는 것이다. 이런? 남의 안방을 둘러보는 조심스러움과는 달리 금 새 마음이 평온해진다! 내가 더 특별한 관심을 가지는 이유는 "고개 숙인 남성의 성을 단박에 해결한다는……."

  "비아그라" "시알리스" "들거라" "서그라" "자꾸 서그라" "서서 시들지 말그라" 등의 주가는 휴지가 되고 말…… 물품-物品이 만들어진 것이다. 불가입구-佛家入口에 웬! 진풍경인가? 싶어 모든 회원이 힐끔거리며 지나간다. 나도 한 병 사 갈까. 그리하면 이튿 날 우연하게 엘리베이터에서 마주친 아래층에 살고 있는 적당히 잘생긴 아주머니가 충혈 된 눈으로 "선생님! 어젯밤 충간-層間 소음-騷音 때문에 밤샘 잠을 못 잤다."고 항의를 하며 내 아랫도리를 요염-妖艶스런 눈길로 바라볼 것인데! 반면에 가구점 침대를 실은 차가 우리 집 현관문 앞에……. 아니지 이웃을 불편을 주어선 안 되지. "벌떡 주"를 구입은 포기했다. 벌떡 주 진열대를 요염한 눈길을 주면서 발걸음을 더디게 걷던 회원들이 사가지고 가는지를 눈여겨보아야지. 아무튼 오늘밤 가을 소나타를 연주하던 귀뚜라미들이 평소와는 달리 이곳저곳에서 유난히 크게 들려오는 야한 신음소리에 잠시 연주를 멈출 것이고! 온 종일 하늘에 드리워져 답답했던 회색커튼-구름.을 걷어낸 뒤……. 누구의 관섭도 없이 자기 마음대로 남의 집 안방을 기웃거리며 창문턱을 넘나들던 달빛과 별빛이 오늘은 창문 쪽으로 다가가다가 부끄러워서 발걸음을 주춤거릴 것이다. 아마도 오늘 김해시 밤하늘 색은 분홍빛으로 변하겠다!

길…….

이 생각 저 생각 끝에 길 양편에 핀 꽃무릇 설화가 불현듯 떠오른다. 정말로 꽃무릇이 변심-變心한 중을 그리워 하다가 상사병에 걸린 여자가 죽어서 윤회-輪廻된 것일까? 생각엔……. 꽃무릇은 9월경에 꽃이 핀 다음 말일 경에 꽃잎이 시들어 떨어진 뒤 모든 자연이 몸 불리기를 중단하는 10월에 잎이 나오기 때문에 꽃잎과 이파리가 못 만나다는 뜻에서 수도하는 중과 그를 좋아하는 여자가 못 만나다는 것에 비유하여 설화가 만들어 졌을 것이다! 요즘은 대처승이-결혼을 할 수 있는 성직자. 절반을 차지하고 있다. 젊은 나이에 중이 되면 인구 생산은 누가 할 것인가? 불현 듯 떠오른 생각……. 요즘 TV에서 농촌에 관한 프로를 자주 보는데 출연자 대다수가 늙으신 분들만 보여서 생각을 많이 한다. 모두 세상을 떠나고 난 뒤 농촌엔 젊은이가 없어 놀고 있는 땅이 있어도 농사일을 해보지 않았기에 어떻게 할 도리가 없을 것이다. 더욱이 한민족끼리 총부리를 겨누고. 여차하면……. 서울을 불바다로 만들어버리겠다는 북녘의 악질 집단과 전쟁이라도 벌어지면 싸울 병력이 없어 나라를 빼앗기는 운명에 처할 것이다. 1차 대전 후의 독일이나 2차 대전 후 일본에도 그랬듯이 역사적으로 보면 그런 경우들이 있다. 1713~1787년 까지 프로이센을 통치했던 빌헬름 1세와 그의 아들 프리드리히 2세는 전쟁으로 인하여 젊은 군사 인구가 급격하게 감소하자. 과감한 출산을 통하여 인구증과 정책을 펼쳤다. 그 내용을 보면 "60세 이하의 남성은 수도원에 들어가지 말라."또는 새로운 법을 만들어서 "남자는 아내를 둘씩 가지라"는 포고령을 내려 중혼-重婚을 합법화-合法化시키고 강간-強姦이나 근친상간-近親相姦조차 형벌-刑罰 대상에서 제외시키기도 했다. 동방의 땅 예의지국-禮儀之國인 우리나라 같으면 탄핵-彈劾 대상이 되겠지만……. 인간이 이쯤 되면 "아기를 낳는 도구일 뿐이다"라고 여성 단체에서 연일 시위를 하고 난리 법석을 떨 것이다. 그러나 이런 정책으로 후에 통일 독일의 기초를 다지는데 기여했다고 한다. 이젠 정치인을 비롯하여 우리 젊은이들도 심각하게 생각해보아야 할 것 같은 생각이 든다. 더 늦기 전에 말이다. 우리나라 노인 인구는 매년 28만 명이 늘어나고 청소년은 22만 명이 줄어들고 있다고 한다. 서울에 유치원이 35%씩 줄어드는 것을 보아도 이를 반증 해 주는 것이다. 우리나라도 한때 인구 증산 정책을 권장 하였다. 동족상잔同族相殘의 한국전쟁6.25.이 끝나고 피폐疲弊해진 땅에서 참으로 그땐 살기가 힘들었고……. 전쟁으로 많은 젊은이들이 죽었다. 그러다 보니 일 할 남자아이들이 많이 필요하였고 생긴 대로 출산하니 집집마다 자손들이 바글 바글 하였다. 또한 먹을 복은 자기가 가지고 태어난다는 어리석음도 있었지만! 지금처럼 피임약이 있고 배를 가르고 낙태수술落胎手術 받을 수 없었기 때문이기도 했다. 그래서 70년대엔 둘만 나아 잘 기르자며 산아제안産兒擠按을 위해 복강경과 정관 시술을 시행하는 정책으로 돌아섰다. 지금 대한민국의 현실은 세계에서 노인과 1인 가구가 가파르게 증가하고 있는 나라라고 사회 뉴스를 장식하곤 한다. 그래서 독신으로 사는 사람에게 비우호적非友好的인 환경으로 변하여 가고 있는 건 분명하다. 요즘 혼자 사는 사람을 길거리에서 만나면 대뜸 이런 말이 나오는데 "결혼 안 해? 올해는 결혼 해야지." "애는 왜! 안 낳아? 빨리빨리 낳아."그러나 사람에 따라 다르겠지만! "애정이나 취향의 문제"이다. 환경호르몬 때문인지 나약한 정신력 때문인지는 몰라도 불임부부도 나날이 늘어나는 추세. 이 세상을 살아가는데 "가족이 최고"라는 말이 어떤 집단에서는……. "가족은 거추장스럽고 불행"으로 여기기 때문인지도 모르지만! 지금처럼 낮은 출산율出産率을 방치했다간 나라의 경쟁력이 떨어질 수밖에 없는 노릇이다. 유엔보고에 의하면 지금으로 부터 300년 후면 지구에서 제일먼저 없어질 나라가 대한민국이라고 하였다. 가임적령기 여성들이 덩크족-결혼 하여 살지만 아이는 갖지 않음 으로 살아가는 현실에 경제적 어려움으로 출산을 기피하는 여성이 많아지고 환경적 요인으로 인하여 불임의 숫자가 점점증가 하는이때 정부당국에선 장기적 대책을 세워야 할 시급한 일이다고 미래학자들의 주장을 귓가에 흘려서는 안 될 일이다. 사실 종교적인 이유로 신부·수녀·중-대처승은 결혼하여 아기를 가짐 등의 비非혼자를 제외하고 "스펙"이 좋다는 요즘의 일부 "골드 미스"또는 "골드 미스터"를 제외한 혼자 사는 사람은 "미운 털"이 박힌 존재로 취급 받아왔다. 로마시대에는 홀로 사는 사람이 많이 있었고……. 나폴레옹 전쟁 후 프랑스에서는 비혼자非婚者가 "군인을 생산하지 않는 배은망덕한 집단"『장클로드 볼로뉴의 독신의 수난사』으로 분류 되어 사회에 지탄-指彈이 되기도 했다. 제2차 세계대전이 끝나고 전쟁으로 젊은이들이 많이 전사하고 없자. 패망국敗亡國인 일본은 베이비붐의 일환으로 여성의 허리에 차고 있는 기모노가 연애할 때 쓰이는 방석-깔개 으로 사용하였다한다. 가임여성은 길거리에서 젊은 남자를 만나면 깔고서 연애를 하는 풍습이 된 것이다. 그래서 한때는 세계에서 성이 가장 문란한 나라로 인식 돼 왔다. 격세지감이긴 하지만……. 우리나라도 보릿고개 시절엔 자식을 많이 두면 세금 공제를 못 받았는데 지금은 반대로 싱글 족은 근로소득세 공제혜택을 거의 못 받고 국민주택 대출도 쉽지 않다고 한다. 참으로 아이러니한 일이다! 따지고 보면……. 신부와 수녀를 비롯하여 중들-대처 중들은 빼고 은 국가적으로는 필요치 않는 존재로 분류 할 수 있다. 인류가 살아가는 목적인 생산성-生産性엔 전혀 도움이 안 되기 때문이다! ……먹고 살아야하는 기본문제인 식량 생산과 그 뒤를 뒷받침할 아기를 생산을 안 하는 무리며 입으로 갈취喝取하는 집단-集團이기 때문이다! 2003년 천성산 도룡뇽 소송을 주도했던 지율-본명=조경숙 이라는 여자 중이 생각이 난다. 경부고속철도의 천성산을 지나는 터널공사를 방해를 하여 국가적으로 엄청난 피해를 주었다. 공사구간 늪지대의 생태계가 파계된다고 주장을 하며 총 241일간 단식 농성을 벌였다. 그는 환경 단체회원들과 동물 도룡뇽을 원고로 공사 중단 가처분 신청을 냈으나 2년 8개월만인 2006년 6월 대법원에서 최종적으로 기각됐다. 당시 대법원은 "한국 환경정책 평가연구원 등의 검토의견 등을 종합한 결과 터널공사로 신청인들이 제기한 소송 건은 환경 이익이 침해될 개연성이 있다고 보기 어렵다"고 밝혔다. 공사 현장을 무려 24차례나 무단으로 들어갔던 여자 중은 2009년 업무방해죄로 대법원에서 징역 6개월에 집행유예 2년의 확정 판결을 받았다. 그 여자 중의 주장과는 달리 "천성산

터널공사 완공 후에도 도룡뇽이 그대로 잘 살고 있다"는 주민들의 증언과 한국양서파충류 생태연구소의 심재환 소장 등의 조사 결과가 나중에 각 언론에 공개 되었다. 이후 여자 중은 2010년 10월에 이르러 자신의 홈페이지에 "슬프게도 올 봄 천성산에 도룡뇽 천지 였다"란 제목의 글을 올렸다. 그 소송으로 인하여 공사가 3년간 중단과 재개로 인하여 직접인 피해액이 145억 원이고 간접피해로 인한 손해액이 무려 3조 억 원이라는 것이다. 국가와 국민에게 엄청난 피해를 준 조경숙 이라는 여자는 우리나라 불교계의 암적 존재다. 이 여자 중은 아기도 생산안하는 등 곡식만 축내는 짐승만도 못하는 생물이다. 짐승이라면 진즉 누군가도 모르게 잡혀 먹혔을 것이다! 이러한 여자 때문에 불교계가 같은 급으로 취급되고 있는 현실이다. 그 여자 중은 언론에 유명세를 타서 지금도 이러한 일을 찾아다닐 것이다. 언론에 비친 조경숙 씨의 모습은 거지같았고 얼굴은 자기마음 데로 못 생긴 여자였다. 그런 얼굴로 언론에 자주 비치니 그런 짓을……. 따지고 보면 우리나라 절집 대다수는 풍광이 좋은 깊은 산중에 수많은 자연을 훼손하고 세웠다. 하루에도 몇 번씩 스피커에서 크게 울려나오는 염불소리와 목탁을 두드리는 소리는 온 갖 산 짐승의 잠을 방해를 하고 있을 것이다. 지금도 확장공사를 더러는 하고 있다. 불자를 많이 받아들기 위해 주차장 공사를 하거나 절 집을 지으면서 명산에 큰 상처를 내는 것을 수 곳에서 나는 보았다. 그러한 곳에 가서 공사 가처분 신청을 한다면 이해를 하겠다. 다른 짐승은 피해를 보아도 상관없다는 그 여자를 고약하게 비난하는 어느 기독교인의 말……. "도룡뇽만 그렇게 좋아 한다면 따뜻하고 안전한 자기 성기 속에 넣어서 보호를 하지. 안에서 꼬물거리면 흥분되어 이성과의 섹스를 하는 기분도 들것인데!" 꽃무릇의 설화가 일부의 성직자에겐 불편하겠지만! 구질구질 한 비 때문에 떠오른 생각이다. 풍경에 취해 바지런히 걷다보니 어느새 절집이다. 고즈넉하던 절집에 삶의 기척이 들리는 이유는 낙엽만큼이나 관광객이 많이 찾아온다는 유명한 사찰이어서 인가 제철을 맞아 단풍구경을 하기의해 온 사람들로 절집곳곳에서 생기가 돌고 있다. "부처를 보려왔으면! 2,500원을 내라"는 쪽 간판이 조폭 똘만이처럼 삐딱한 자세를 하고 떡하니 버티고 서 있다. 신-神이 있는 곳을 그냥 맨손으로 들어가지 말라는 경고판-警告版이다. 나는 국가유공자여서 그냥 공짜로 볼 수 있기에 통과…….

보경사는 602년-신라 진평왕 25년 진나라에서 유학을 끝내고 돌아온 대덕 지명법사가 창건한 신라고찰이다. 지명법사-智明法師는 왕에게 동해안 명산에서 명당을 찾아…… 진나라에서 유학을 할 때 어떤 도인-道人으로부터 받은 팔면보경-八面寶鏡을 묻고 그 위에 불당을 세우면 외국의 침입을 막고 이웃나라의 침략을 받지 않으며 삼국통일을 하리라는 말을 들었다고 전하자 왕은 기뻐하며 그와 함께 동해안 북쪽 해안을 거슬러 올라가다가 해아현-海阿縣 중남산 아래에 있는 큰 연못 속에 팔면경-八面鏡을 묻고 못을 매워 금당을 건립 후 보경사라고 이름을 지었다는 설명문이다. 그 뒤 고려 고종 때 원진국사를 비롯하여 많은 고승들이 중창을 거듭하여 오늘에 이르고 있으며 현존하는 당우로는 일주문·해탈문·산신각·명부전·팔상전·영산전·대적강전과 대웅전이 있다. 중요문화제는 원진국사비-보물 252호 원진국사부도-430호 서운암자 동종-보물 11-1호 등를 비롯하여 괘불탱화-11609호 가 있다. 절문주방을 넘어서자. 양쪽에 헐크보다 더 큰 4명의 사천왕들이 의협을 하는 자세로 인간을 짓밟고 있는 모양새다. 소문만복래-笑門萬福來도 아니고 개문만복래-開門萬福來도 아닌 개문대전래-開門大錢來이다! 절문을 열면 돈이 보인다. 죄를 지은 불자가 시주를 하지 않고 들어가면 사천왕상들이 고약한 인상을 지어서 겁을 먹은 중생들이 동전을 비롯한 지폐를 발아래 던져주고 지나갔을 것이다! 지폐와 동전이 수북하게 쌓여있다. 개성공단 근로자들이 좋아하는 초코파이는 뇌물-賂物을 주었나. 좋은 몸으로 윤회-輪廻해달라고! 상자가 뜯긴 채로 먼지가 묻은 채 내동댕이쳐져 있다. 아마도 사천왕들은 부처를 경호하는 신들이기에 오래전부터 절집 공양 간을 채우는데 일부를 책임져 왔을 것이다! 설명문엔 사천왕은 수미산에서 위엄과 덕으로 국토를 지킨다는데……. 수미산은 인도에 있는 것 아닌가! 설명문을 자세히 들여다보니

남방증장천왕-南方增長天王은 출가한 신을 보호하는 신이고.

동방지국천왕-東方持國天王은 선과 악을 관장하는 왕이며 고기는 먹지 않고 향기만 맡고 사는 음악 신이고.

서방광무천왕-西方廣目天王은 죄인에게 벌을 내려 아픈 고통을 느끼게 하며 죄인을 반성하게 하고 도심-道心 일으키게 하는 왕이며.

북방다문천왕-北方多聞天王은 항상 재액을 소멸시키고 여의주로 신통력-神通力을 발휘하여 중생의 원하는 것을 모두 들어 주겠다는 서원을 세웠다는 허황된 말로 중생들을 속이고 있다.

"돈 많은 사람은 돈을 버느라! 죄를 많이 지어서 종교를 믿고. 돈을 못 벌어 가난에 찌들어 살아온 사람은 사후 더 좋은 삶을 위해 믿어라!"라는 성직자들 설교의 글이다. 적광전-寂光殿은 신라 진평왕 25년-603년 에 창건 되었으나 현존 건물은 조선 숙종 3년-1677년 에 중건한 것이며 그 후 몇 차례의 중수-重修가 있었단다. 건물은 정면 3칸 측면 2칸의 겹처마에 맞배지붕의 목조와가-木造瓦家로 되어있으며 적광전은 다포 집 임에도 불구하고 연등천장 인 것을 비롯하여 몇 가지 특색이 있고 치목수법-治木修法이 건립연대와 부합된 다. 깊은 계곡까지 가슴에 간절한 소망을 하나 품고 찾아온 수많은 불자들의 크고 작은 염원-念願담겨있는……. 수를 헤아릴 수 없는 연등이 절집 천정에 그들의 삶처럼 아슬아슬하게 매달려 있다. "영원한 인생이 아니기에 오늘까지 살아있음에 감사합니다."하고! 모두들 세상에서 가장 낮은 자세로 기도하는 모습이 경건하기도하다. 오체투체-五體投體를 하느라 땀이 범벅인 얼굴에 신열 이 난 아기의 옹알거림처럼! 염불을 외우는 자기마음대로 늙고 못생긴 보살을 보면서 나는 육체투체-六體投體를하였다. 여자는 5체투체이고? 남자는 두 손+=2 개·두 발+=2개·이마-1개·거시기-1개를 합하면 여섯 군데가 땅에 닿아 6체투 체다. 여자는 엎드려도 거시기가 땅에 닿지 않으니까. 오체투체이고…….

108배는 힘들어 포기하고 시주함에 세종대왕님을 모두 보란 듯 짝 펴서 넣고 두 손 모아 합장-合掌을 하였다. 남들이 하는데 나만 안하면 모양새가 영 아니 어서다. 삶이 두려워질 때 찾아와서 크고 작은 액수의 시줏돈을 넣으면서 간절히 빌었을 소원들에는 갖가지의 바람이 많았을 텐데! 누구의 기도가 더 간절했을까? 모두가 속았을 것이다. 그러나 그곳엔 불자들의 발길 이어짐은 여전 할 것이다. 모두가 부질없는 짓이건만! 신화-神話를 만들어 내는 성직자 거짓말이 사람의 마음을 더 허탈-虛脫하게 만들었을 것이다. 이곳 주지승-住持僧은 날마다. 고집불통이던 대갓집 시어머니에게서 곳간 열쇠를 물러 받은 며느리 기분이 들것이다. 대갓집 곳간에서 생쥐가 울고 나올 일 없듯이 이곳의 공양 간에서도 배곯은 생쥐가 울고나올 일은 없을 것 같아보였다!

중들의 삶의 흔적을 들여다 볼 수 있는 팔상전-八相殿·산영각-山靈閣·원진각-圓眞閣·영산전-靈山殿·명부전-冥府殿등 곳곳을 둘러 본 뒤 점심 식사를 하기위해 절 문을 나섰다. 향토음식이 주는 소박함은 오래된 고향의 추억을 한 아름 안겨 주었다. 아무리 좋은 음식이라도 추억의 맛을 이길 수는 없다. 이 또한 훗날 기억에 남는 아름다운 추억이 될 것이다! 묘하게 눈길을 끌어당기는 벌떡주를 곁눈 질 하며 다음 행선지를 오어사를 보기위해 버스에 올랐다. 버스 안에서 벌떡주를 한잔 마시게 되었다. 같이 동행한 연극협회 고문께서 구입하여 고루고루 한잔씩 나누어주어서 마시게 되었다. 술을 잘 안하지만 내 안에 자리 잡은 궁금증인……. 설명문처럼 되나 싶어서다. 술을 마신 뒤 여성회원들과 멀지 감치 떨어져 앉아서 눈 맞춤도 하지 안했다. 잘못하여 손이라도 더듬으면 성-性 추행범-醜行犯으로 몰려 닭장-호송버스 타고 한동안 수행을 해야 할 것이기 때문이다.

오어사는 포항시 오천읍 항사리 운제산-雲梯山에 자리한 대한불교 조계종

제11교규 본사인 불국사 말사-末寺다. 이 건물은 신라 진평왕 때 처음 건립한 것으로 전하는데……. 원래는 항사사-恒沙寺라고 부르다가 오어사-吾魚寺라고 불리게 되었다고 한다. 그 이유는 신라의 고승인 원효-元曉와 혜공-惠空이 수도를 하다가 법력-法力으로 개천에서 죽은 물고기를 생환토록 하는 내기를 하였는데……. 두 마리 중 한마리가 살아서 힘차게 헤엄을 치자 이때 살아 움직이는 고기를 보면서 서로 가 자신이 살린 고기라고 하여 이때부터 나오-吾와 고기어-魚글자를 써서 오어사라고 불리어졌다는 것이다. 깨달음을 구하는 구도의 길이 이와 같을까? 무었을 구하고 무었을 깨달았을까. 파도처럼 넘실거리는 산자락을 더듬어 걸어서 절집을 찾아오고 되돌아갔던 천 년 전의 이 길을 걸었던 사람들도 영원 했으리라! 오어사 앞마당에 작은 석탑이 여행자의 크고 작은 소망을 품고 있는 듯하! 숨소리를 조금만 줄이면 나무들의 숨소리가 들려올 것 같고 조금만 귀를 기우리면 나무가 물을 빨아먹는 소리가 들릴 것 같은 조용함이……. 변덕쟁이 하늘이 걸어 놓은 풍경이다. 암자 옆 호수엔 늦가을 쓸쓸한 그리움이 물들어 있다. 부처는 달 밝은 밤이면 답답한 법당에서 나와 호수 위 가로-架路 모양의 출렁다리를 혼자 거닐며 수만리 인도 고향땅의 부모형제와 처자식이 그리워 흘린 눈물이 가득차서 호수물이 넘치게 했을까. 아니면 세상의 번잡한 일들을 호수에 다 녹여 없애리라는 마음을 다잡아 보았을까. 키 높이가 각기 다른 산봉우리들이 나란히 손을 잡고서있는 숲을 가꾸느라 산신들이 힘들어 흘린 땀과 함께 공해에 찌든 산을 씻어 내던 빗물이 흘러내려 깊은 호수를 만들었을 것 같은 느낌이다. 빗물은 깊은 물을 만나면 산이 그려주는 그림을 보여주면서……. 청명한 날엔 파란하늘을 한가득담은 호수는 초록수초-草綠水草와 어우러져 한 폭의 걸개그림을 그렸다가 지우기를 수 없이 반복 했을 것이다. 그 아름다웠을 풍경을 흙탕물이 지워서 무척이나 아쉽다. 그러나 이러한 풍경도 결국은 마음의 속에 지워지지 않고 오랜 세월동안 기억하는 풍경이 될 것이다. 그래서 가는 길을 막는다고 심술을 부리며 지나가는 바람은 나뭇가지 하나만 흔들어

놓고 지나지 않는 것이다. 산골짜기를 휘돌아 쉼 없이 흐르는 물길을 따라 그 옛날의 전설이 흐르고 또한 새로운 이야기를 만들었을 것이다. 호수가 낮잠을 자면 산은 제 얼굴을 호수에 비춰보며 내밀한 속살을 들여다봤을 것이다. 전설을 한가득 머금은 호수는 흙탕물이지만 호수를 가득히 채우고 넘쳐흐르는 물소리가 마음을 깨끗이 정화淨化해준다. 바지런한 바람이 깊은 계곡까지 오느라 힘들었나! 앉을 자리가 마땅치 않아 서성거리다가 몇 잎의 낙엽을 호수위에 술렁술렁 띄어 놓고 그 위에서 잠시 앉아 놀고 있다. 그러자 그리움으로 물든 호수는 들숨과 날숨에 같이 호흡 하며 수시로 일렁이고 있다. 무슨 이유에서일까? 나 때문일까! 이름 모를 새때 무리가 아름다운 목소리로 유쾌한 수다를 떨고 있다. 아무래도 돌아서는 마음이 가볍지는 않을 것 같다. 어둠이 게으름 피고 있는 신 새벽부터 스님이 두드리는 청아한 산중의 목탁소리는 중생의 무명을 일깨워주는 한줄기 불빛이 아닐까. 소리는 무에서 유로 이끄는 선이 되었으리라. 중생의 고통이 없기를 바라는 지장보살과 약사여래보살에게 기도하는 순간 회원들의 마음이 깨끗해질 것이다. 소원 하나 품고 되돌아오는 길……. 깊은 산속에서만 만날 수 있는 삶의 체취와 오어사 익숙한 풍경은 기억 속에 오랫동안 지워지지 않는 그리움으로 남을 것이다. 오어사 주지승은 보이지 않았다.

"조계종 고위 스님 16명 상습도박"제목 기사가 2113년 7얼 9일 조선일보 A.14면에 실린 내용이다.

『조계종 고위 스님들이 국내외에서 상습적으로 거액의 도박을 했다는 주장이 나왔다. 경북 포항 오어사 전 주지 장주 스님은 8일 포항시청 브리핑룸에서 기자회견을 열고 "조계종 고위급 스님 16명이 지난 몇 년간 전국을 돌며 한판에 최소 300만원에서 1000만원의 판돈을 걸고 상습적으로 카드 도박을 했다"며 승려 16명의 전현직과 실명, 도박 정황 등을 공개했다. 장주 스님은 "나도 함께 도박을 한 파계승이다. 국내는 물론 마카오, 라스베이거스 등 해외까지 나가 도박을 했다"고도 했다. 이에 대해 조계종은 "일방적인 음해성 허위 주장이며, 총무원장 선거를 앞두고 종단을 음해해 개인적인 이득을 취하려는 무모한 행동"이라며 "종단 안팎에선 장주 스님이 오어사 주지에 연임되지 못한 불만 때문에 이런 주장을 한다는 말이 있다"고 반박했다. 스님은 이날 기자회견에 앞서 대구지검 포항지청을 방문해 도박 장소와 관련자 등을 적은 '자수서-自首書'를 제출했다.』

누군가는 거짓말을 하고 있다. 주지자리를 놓고 도박을 했으면……. 골 아픈 중들아! 당시에도 오어사 주지는 도박을 하느라 절집을 비웠을까!

…….

창포말 등대는 영덕 대게 집게발형식으로 만들었다. 영덕 대게가 200여 미터 동해의 깊은 바다 속의 삶이 지겨워서 산 정상을 오르려. "오르막길이 너무 힘들다"고 연신 가픈 숨을 쉬면서 크게 투덜거리며 지나가는 차들이 무서워서 잠시 멈춰달라는 손 신호같이! 왼손 집게손을 번쩍 들고 있는 것처럼 보이는 등대의 조형물이 한동안 눈길을 붙잡는다. 아니, 집게발사이에 끼워져 보이는 조명등이 용왕님의 여의주 같아 보여서 더 눈길을 붙잡는지도 모르겠다. 조명등이 밤중에 산을 오르는 게들에게는……. 소라 고동 속의 미로 같은 계단을 힘들게 올라가니 둥그런 전망대가 있다. 보호대를 난간을 붙잡고 눈을 크게 뜨니 저 멀리 거리낌 없이 탁 트인 청정해역 동해가 한 눈에 들어온다. 바라다 보이는 풍경은……. 바람에 일렁이는 물결이 잔잔한 노래를 만들어 갈매기와 합창을 하고 있다. 한 폭의 산수화 같은 여백의 아름다움은 자연의 몸에서 묻어나온 춤이다. 회원들과 같이 바라본 풍경이 아름다운 추억이 되어 가슴속 깊은 곳에 아로새겨질 것이다. 크거나 작거나 배워서 기억하는 것이 오늘을 온전히 살아가는 방식이다. 자연이 내준 고운 풍경을 눈과 마음에 담으며 가벼운 발걸음은……. 그러한 것이 바닷가 길을 걷는

길…….

이유가 된다. 바닷가엔 군데군데 낚시꾼이 있다. 갑자기 낚시 줄에 팽팽한 긴장감이 느껴져 보이는 것은 아마 큰놈이 걸린 모양이다! 저 강태공 식구들의 저녁상은 기대해도 되것다.

....

하루 종일 비를 맞아 후줄근해진! 버스가 귀향길이 늦었다고 적당히 투덜거리며 빠른 걸음으로 해안도로를 더듬는다! 그러자 금방 표정을 바꾸려던 풍경이 눈높이를 맞추려 한다. 동해안바닷바람은 토라지기를 잘하는 소녀 같다. 이별의 인사라도 하려는 듯! 멀리서 날 보려 급하게 달려온 파도가 거치러진 숨을 토하며 흰 거품을 방파제에 쏟아낸다. 대자연의 숨결이 무척이나 버거웠던 모양이다. 길은 심심할 틈이 없게 새로운 이야기를 만들어 내고 있는데…… 바쁜 갈 길을 가로 막는다고 심술을 부리던 바람이 잠시 걸음을 멈추고 코스모스 어깨를 어루만지고 있다. 곳곳의 자그마한 어촌들이 주마등 같이 스쳐 지나간다. 길가에 철지난 "데이지"꽃이 군데군데피어 있다. 꽃 수술이 황색이고 꽃잎이 백색이어서 계란 프라이? 아니다. 참새 알을 프라이하여 잔디밭에 뿌려놓은 것처럼 보인다. 발걸음이 빠른 계절은 어김없이 후미진 곳까지 찾아와서 산 중턱을 오르다가 잠시 힘든 걸음을 멈추고! 계절의 감각을 잃고 게으름을 피우고 있는 몇몇 자연에게 고루고루 색동옷을 입히고 있다. 숲이 보석 같은 풍경을 꺼내 놓고 있어 잠시 지루할 틈이 없어 마음의 거리도 점점 가까워진다. 산자락 끄트머리에 똬리를 틀고 앉아 있는 고만고만한 형형색색形形色色의 집들을 경계로 쌓은 그리 높지도 않고 모나지 않는 담장에서 정이 묻어난다. 외로움을 달래주는 것은 가만히 말을 걸어오는 속 깊은 풍경이다. 걷다가 잠시 멈추어서면 피로를 달래주는 것은? 아이들의 재잘거림이 시간에 묶어서 추억이 각인되어 있는 가지 뻗은 골목길이다. 빠르고 쉬운 것들이 대접받는 세상에 이만한 여유로운 느림의 미학이 또 있을까! 얼마나 왔을까! 온 종일 회색 커튼을 두르고 있던 하늘에선…… 얇아진 구름틈새사이로 달빛과 별빛이 희미하게 새어 나오고 있다. 차는 어느덧 포항시를 지나 김해로 연결된 고속도로 톨게이트를 지나고 있다. 오늘의 문학여행길에 회원들 모두가 힘들었을 텐데! 환한 얼굴들이다. 아름다운 여행의 빛깔은 회원들의 기억으로 오랫동안 남아 있을 것이기에 아름다운 풍경을 보고 기억을 잠재울 수 없는 문인들 모두가 빈손으로 돌아가지 않을 것이다. 보았던 풍경은 비록 짧은 시간의 흔적이었겠지만 김해문인협회 회원들의 컴퓨터는 만추 된 가을걷이 농부의 마음같이 풍요로울 것이다. 모두가 좋은 글과 수가지의 아름다운 이야기들을 만들어 낼 것이기 때문이다!

종교의 성직자와 신도들의 길…….

요즘 종교계에선 돈 때문에 구설수에 오르내리고 있다. 물론 성직자도 신이 아닌 사람이기에 먹고 살아야 한다. 그러나 너무 탐욕에 두 눈이 어두워 문제가 발생한다. 절에 가면 곳곳에 어김없이 불전 함이 있다. 죽은 뒤 다시 사람으로 태어나 현세보다 더 나은 삶을 바라는 불자의 신분으로 부처가 내려다보고 있는데 시줏돈을 안 넣을 불자는 없을 것이다! 저 옛날 고다마 싯다르타가 인간의 생로병사-生老病死에서 깨달음을 얻고자……. 탁발구걸을 하며 살다가 죽을 땐 흙으로 빚은 그릇하나와 시체를 덮을 걸레처럼 헤어진 옷 한 벌이었다. 세상의 모든 종교도 하나의 사업체다. 그러하니 불법적인 일들이 끝없이 일어나자 비난의 목소리가 하늘을 찌른다. 성직자는 어쩔 수 없이 거짓말을 하거나 편법을 사용한다. 이승을 떠난 어느 중이 평소 자주했던 말이 새삼스럽게 떠오른다. "무소유-無所有"무소유란 아무것도 갖지 말란 뜻이 아니고 "가질 것은 갖되 불필요한 것은 버려라"는 아주 평범한 말이다. 빈손으로 태어나 빈손으로 간다는 공수래공수거-空手來 空手去는 숙명-宿命이요 진리-眞理를 모르는 사람이 없을 것이다. 그러한데도 올바른 사회의 도덕적지표-道德的指標가 되어야할 중들이 만행-萬行을 해야 할 진데……. 작금의 중들의 처신을 보면 기가 찬다. 예전의 중들은 대다수가 돈과 권력의 명예보다는 도-道와 진리에 관심이 많았고……. 이 때문에 가진 것을 모두 버리고 속세를 떠나온 사람들이었다. 그래서 불가-佛家에선 "중 벼슬은 닭 벼슬만도 못하다"고 했다. 중에게 주지 등을 맡으라고 하면 "수행-修行에 방해가 된다"며 거절하는 바람에 사찰마다 애를 먹었다고 한다. 요즘은 불교계의 살림이 넉넉해지면서 사정이 옛날과는 많이 달라졌고! 이제는 작은 직책이 웬만한 중이면 거쳐야하는 경력처럼 됐다. 원장-스님·부장-스님·실장-스님·국장-스님·종회의장-스님·종회의원-스님 등의 호칭이 너무나 세속 적이지 않는가! 위는 중앙이고……. 지방에서는 주지-스님·총무-스님·재무-스님·교무-스님·관장-스님 등이다. 불교계의 말썽이 끊이지 않는 것은 이처럼 벼슬하는 중들이 많아진 풍토와도 무관하지 않다. 탐욕에 어두워 사회곳곳에서 만행-萬行이 아닌 만행-漫行-부도덕.을 저지르고 있다. 불교의 만행이란 중들이 10년 동안 경전-經典을 읽어 세상의 이치-理致를 깨닫고 10년을 참선-參禪해 내면의 깨달음을 얻고 나서 10년간 세상에 나아가 여러 곳을 두루 돌아다니면서 온갖 수행-修行을 한다는 의미다. 주는 사람의 기쁨이고 받는 사람의 행복이었던 "탁발걸식-托鉢乞食이란"말이 무의미-無意味해진지 이미 오래다. 종교나 국가도 돈 앞에선 단번에 힘을 잃는다. 그래서 지금의 세상엔 돈의 힘이 국가를 지탱해주고 개인의 삶도 풍족하게 한다. 한때 유전무죄-有錢無罪·무전유죄-無錢有罪라는 우리나라 가난한 사람들의 자조적인 평가가 만고불변-萬古不變의 진리였다. 그렇다면 종교적으로 보면 돈이 별로인 나는 죄인인가! 기독교에서 "부자가 천당으로 가기는 낙타가 바늘구멍을 들어가는 것 보다 더 힘들다"라고 설교하면서 헌금을 많이 하라고 꼬득이던데……. 불교사상의 궁극적인 목표는 그들이 최고신-最高神=得道의 경지에 통달하는 니르바나-Nirvana 열반 인데 이 열반이란 자신을 희생하여 사랑하는 마음으로 선행을 하고……. 그리고 고뇌하는 모든 욕망을 배제하는 수련을 통하여 자신을 극복한 자만이 얻을 수 있는 영적인 단계이며……. 이 열반의 달성은 두 단계로 나누어진다. 즉 속세에서 얻을 수 있는 완성의 단계인 즉 개체-個體가 영혼-靈魂으로 합쳐지는 단계를 말하는 것이다. 불교 사상이 승려들에게 요구하는 도덕적 기준 역시 매우 엄격하다. 살생과 남의 것을 소유하는 행위·간음·거짓말·음주 그리고 금이나 은의 소유가 엄격-嚴格히 금지 하고 있다. 그래서 이세상의 모든 성직자-聖職者는 도덕적 지표-道德的指標가 되어야 밝은 세상을 유지되는 것이다. 지표-指表란

길…….

방향을 가리키는 표지를 말하는 것이다. 승려들은 선과 악 진실과 거짓을 항상 확인하고 선택하면서 살아야 된다. 이러한 선택의 과정이 그들의 삶을 통일시키고 가치 있게 이끌어주기 때문이다. 이러한 태도가 어떤 때는 이 세상이 축복-祝福과 저주-詛呪 선-善과 악-惡으로 구성되기 때문에 저주와 악으로 부터 이웃을 구하기 위하여 이웃과 타 종교인에게 자신이 확신하는 절대 신념의 내용을 선택하도록 강요하게 되는데…… 한마디로 세상의 모든 종교 활동은 궁극적으로 상대방에 대한 사랑의 표시인 것이다. 다만, 이러한 태도는 타종교 상황에서는 독선적이라고 평가 될 수밖에 없다! 종교인은 "가장 원숙圓熟한 인간이다"라고 한다. 가장 통일된 삶을 영위하는 사람이 종교인이기 때문이다. 종교인은 절대가치를 추구하기 위하여 자신의 세속적 삶을 희생하면서 이웃을 사랑하고 봉사하면서 살아야 한다. 지금의 중들은 구도의 길은 너무 힘들어 고급대형승용차를 타거나 아니면 손전화로 신도를 모으거나 시줏돈을 요구하는 세상이 되었다. 일부 타락한 중들은 카지노를 드나들면서 도박을 하고 있다. 만약에 돈을 딴다면 천만 다행이다. 그러나 카지노도 하나의 사업체다. 어리바리한자들이 돈을 따가게 할 사업을 하지 않는다는 것을 모르는 자들만이 드나들어 패가망신을 하게 게임기를 설치 해둔 곳이다. 그래서 업-業의 굴레인 습관-習慣이 무섭다는 것이다. "21세기에 가장 잘 팔리는 것은? ……두려움이다. 그러니 시주 많이 하고 헌금 많이 하라. 좋은 자리가 보장될 것이다. 그러면 두려움은 자연 없어질 것이다."라는 종교계의 한결같은 구호다! 이 세상에서 "최고의 영업사원은 최고의 거짓말쟁이다."빗대어 말하면 대형 종교단체의 우두머리는 최고의 거짓말쟁이라는 것이다. 얼마 전에 중-僧의 표본으로 살고서 세상을 떠난 이성철-李性澈은 선불교 전통을 대표하는 수행승이며 수필가인 그가 생전에 자주한 말을 기록한 어록에는 "산은 산이고 물은 물이로다"란 말로 세간에 화제가 되었다. 이 말은 지금으로부터 약 700여 년 전 중국에서 쓰여 진 금강경오가해-金剛經五家解에 수록된 글이다. 이 책은 금강경을 다섯 고승이 해설한 문집인데……. 그 중 한사람인 야보-冶父-

종교의 성직자와 신도들의 길…….

47

아비 부 라는 중의 시구-詩句인, 산시산 수시수 불재하처-山是山 水是水 佛在 何處란 글이다. "산은 산이고 물은 물인데 부처는 어디 계신단 말인가?"시의 앞부분을 성철 중-僧이 인용하여 윤색-潤色한 것이다. 불자들이 무슨 뜻이냐고 물어 보았지만-Make a secret of one s aim 자기의 목적을 비밀-秘密로 한 채 A TO SECRET-Secret처럼 답을 하지 않았다. 그 중이 죽자. 각 언론 매체에서 특집으로 다루었 다. 또한 글 가방이 큰 사람들이 해석을 그럴싸하게 내놓았다. 일반인도 해답을 찾으려고 머리를 많이들 굴렸을 것이다! 답은 간단하다. "산은 산이고 물은 물이다"라는 어리바리한 자가 말하는 것처럼! 이 평범한 말은 세상의 중들에게 거짓말 不-아니 불·欺-속일 기·自-스스로 자·心-마음 심 을 하지 말라는 것이다. 삼제수가 들었으니 시주를 많이 하고 기도를 하란다거나. 중국서 대량 복사한 부적을 장당 100원에 밀수입하여 장당 500만원에 팔면서 지갑에 넣고 다니거나 집 출입 문 주방에 붙이면 운수대통 한다는 거짓 꼬임과 공양을 많이 하면 죄가 면제되어 사후死後 윤회-輪廻-다른 사물이 아닌 인간.때 좋은 몸으로 태어난다는 등등 거짓말로 신도를 모아 탐욕-貪慾을 부리지 말라는 것이다. 중 생활을 하면서 격어 보니 모두가 거짓말인걸 알아버린 것이다. 평범한 진리인데도 그 난리법석을 떨었으니……. 참으로 웃기는 일이 아닌가! "산은 산이니까 산이라고 말하고 물은 물이니까 물이라고 말하라"는 아주 쉽고 아무나할 수 있는 보편적인 말인데도 다른 중들보다. 그 중은 불경의 내용을 철저하게 잘 지켜 수행을 하였기에 승가-僧家-佛家의 어른으로 인지된 것이다. 중들의 어른이신 그분의 말을 잘 들어야 착한 중이 될 터인데! 수많은 답들을 만들어 냈다. 한마디로 거짓말을 하지 말고 보이는 대로 말을 하라는 것이다. 그래서 사람들에겐 눈은 마음의 창문-窓門이라 했다. 성직자의 금전욕 심은 끝이 없다. 죽으면 한 푼도 못 가져간다. 지구상의 생물-生物은 언젠가는 모두가 죽는다. 2,200여 년 전 진나라의 첫 번째 황제인 진시황은 6개 나라를 정복하여 중국을 통일하고 영원한 부귀를 누리려고 살아생전 불로초-不老草를 구해 영원불멸-永遠不滅=살려 하려고 했으나 그 역시 한줌의 흙으로 돌아갔다.

죽음을 직감한 진시황은 죽은 뒤에도 지상의 권력을 유지하려 수천 개의 병사 인형들이 지키는 76미터 높이의 무덤을 만들었다. 지금도 그의 꿈이 이루어지고 있을까? 허리만 낮추면 소중한 것을 놓치지 않을 텐데! 어찌 인간의 마음이 탐욕으로……. 한마디 해야겠다. "자비는 마음이 아니라. 실천이다."

기독교에선 계율-戒律로 돈벌이가 정해져 있다. 그 한 예로 성경엔 "안식일安息日을 기억하여 거룩히 지키라"는 계명이 있고 찬송가 뒷면에 한 번 더 크게 강조되어 있다. 당시엔 마땅히 "토요 안식일 예배"를 드리는 것이 충절의 믿음이었다. 그런데 왜 모든 기성교회모두가 성경에도 없는 일요일에 예배를 보고 있는가? 이러한 일은 일천 오백년간 베일에 숨겨진 공공연한 비밀이다. 그 불가사의한 사건을 밝혀 보면……. 주후 132년 로마제국에 대한 유대인들의 애국적 반란이 3년간에 걸쳐 크게 일어났다. 이를 무력으로 진압하는 과정에서 9백 여 개의 마을이 초토화되었고 무려 2백여 만 명의 사람이 죽었다. 곧이어 로마의 황제 하드리안은 그 보복조치로 모세오경인 할례의식과 안식일 예배 등을 금지시키면서 이를 어기면 사형에 처한다는 칙령-勅令까지 반포했다. 더 가혹한 박해가 유대인뿐만 아니라 예수가 죽은 이후 생겨난 파벌-派閥이 서로 다른 기독교인들에게도 불어 닥쳤는데……. 그들도 안식일을 지킨다는 이유에서였다. 이에 겁을 먹은 일부 기독교인들이 토요일에 예배를 하지 않고 태양신을 섬기던 로마인들을 따라 일요일에 예배를 보기 시작했다. 겉으로는 유대인들과의 차별성을 표방했지만 사실은 핍박-逼迫을 피해보려는 아첨-阿諂이었다. 드디어 자칭 기독교인으로 개종-改宗을 선언한 콘스탄틴 로마황제의 토요일 예배말살 계획이 주후 321년 봄에 성공하게 되었다. 이른바 일요일 공휴일화에 따른 강제로 휴업령까지 선포된 것이다. 이러한 강력한 법령으로 인하여 기독교 사상 최초의 계명이 바뀌게 되어버린 것이다. 그리고 4년 후 태양의 날인 일요일을 부활절-復活節로 성수-聖守하라는 니케아 종교회의를 거쳐서 364년 라오디게아 종교회의에서 마침내 토요일 대신 일요일을 거룩한 날로 성별하자는 악법-惡法이 제정되었으니……. 이것이 오늘날 "주일

대예배"의 뿌리가 되었던 것이다. 이러한 일로 기독교인들에겐 곤란한 처지에 직면하게 됐으며 다른 한편으론 오해誤解를 사거나 욕을 먹기도 한다. 6일간 힘들게 일을 하여 일요일에 편히 쉬려고 하는데! 너희들 번 돈 일부를 헌금하라는 것이다. 그것이 십일조十一租란 법을 만들어 돈을 거두어 들였던 것이다. 그러니까! 신도들은 벌어드린 재산소득 의 10분의 1을 신神에게 바쳤던 고대 유대교의 관습에 유래한 것이다. 구약성서에는 "땅에서 나는 것은 곡식이든 과일이든 그것의 10분의 1은 주主의 것이니 주께 바쳐야 하는 일이 거룩한 것이다. ……소나 양도 10분의 1은 주의 것이다."『레위기 27장 30~32절』 "저는 주主께서 주신 것 가운데 열의 하나를 주께 드리겠습니다."『창세기 28장 22절』 등의 십일조와 관련된 부분이다. 예수가 바리새파 사람들에게 "당신들은 박하와 운향과 온갖 채소들의 십일조는 꼬박꼬박 바치면서 정작 정의와 하나님께 대한 사랑에 대해서는 태만하기 이를 데 없소! 그처럼 십일조도 마땅히 바쳐야 하지만……. 그보다 더욱 정의와 하나님께 대한 사랑을 힘써 행해야 하오."『누가복음 11장 42절』라고 말한 신약성서의 부분도 그리스도교인 역시 십일조를 지켜야 한다는 근거로 인용 된 것이다. 십일조보다 더 중요한 건 정의正義와 사랑임을 강조 한『누가 11장 42절』 것인데 하늘에서도 신이 인간이 먹는 음식을 먹나? 성직자들아! 일부 신도-믿음이 적은 들은 무척이나 불편 했을 것이다! 예배당에 가면 그저 입만 벌리면 돈 이야기다. 돈이 없으면 교회도 지탱하지 못한다. 지금도 어떤 교회선 10%를 헌금하라고 한다. 하늘이 국세청도 아니고! 그러자니 열심히 일하고 돈 내려가느라고 남의 길흉사를 찾아볼 엄두를 못내는 것이다. 우리나라 부가가치세의 10%도 여기에서 시작된 것이 아닌가! 하는 생각이 든다.

　"주여! 연보-捐補함에 떨어지는 백원짜리 동전소리는 흡사 지옥으로 떨어지는 악마의 동전소리 같사옵니다."연보가 끝난 뒤에 목사가 울음 섞인 목소리로 이렇게 기도 했던 것이다. 평소에도 목구멍에서 억지로 만들어 낸 가성-假性처럼 들린다고 교인들이 간혹 흉을 보던 그 목소리였다. 그런데 기도소리에 울음기가 섞이자……. 그것이 더욱 이상하게 지어낸 가성의 목소리로 들리는 것이다. "당신은 부자가 천국에 들기는 낙타가 바늘구멍에 들어가는 것 보다 더 어렵다고 하셨습니다. 그런데 지금은 가난한 자들이 천국에 들기는 낙타가 바늘구멍에 들어가는 것보다 더 어렵습니다. 일주일 내내 일해도 백 원짜리 동전 하나밖에 준비하지 못하는 저희들의 가난을 긍휼히 여기 소 서……."

위의 글은 김신운 소설가의 「율치 연대기」 장편소설 176페이지 글을 윤색潤色한 글이다. 시골교회의 어려운 재정사정을 빗댄 내용이다. "오늘 연보가 얼마나 걷어졌느냐?"신도들의 물음에 장로는 "1만 2천원입니다."라고 대답하자. "오늘 21명이 출석 했는데 평균 500원씩 연보 하였는데 목사가 기분 나쁜 소리를 왜 하느냐?"재정을 담당하는 교회 장로에게 시골 노인들이 따지자. "주당 1만 2천원인데 한 달에 4주일이니 4만 8천원을 가지고 어떻게 교회를 운영하느냐?"장로가 신도들을 나무라는 줄거리다. 목사의 기도소리가 듣는 신도들의 생각에 따라 공갈 또는 위협 주술呪術=기도 로 들렸을 것이다! 그래서 장로에게 따지려고 시비를 건 것이다. 신도들이 연보-헌금.을 적게 하여 교회를 꾸려가기가 어렵다는 것과 신도들이 기도문을 듣고 연보를 적게 하면 천국으로 들지 못한다는 협박조로 기도를 한 것이다.

목사도 먹고살아야 하고 교회의 운영비를 비롯하여 소소하게 들어가는 잡비가 많을 것이다! 그러자니 신도를 속이고 또는 공포심恐怖心을 주는 설교를 하여 수년 또는 수십 년 동안 살아 온 것이다. 노동을 하여 삶을 살아온 것이 아니라 남-신도.을 속여 받은 헌금으로 살아 왔다는 것이다. 헌금을 많이 거두려면 거짓말과 협박성의 말을 많이 하여야한다. 몇 년 또는 수십 년을 거짓말을 하여 신도를 모았으니……. 바티칸에서 살고 있는 프란치스코 교황은 20평짜리 집에서 사는데 이웃에서 살고 있는 신부는 100평 아파트 두 채를 리모델링 하여 200평으로 만들어 살고 있으며 거짓말 잘하는 이웃나라 신부는 400억 짜리 집을 사서 살고 있다는 외신 보도를 보았다. 신부라면 결혼도 하지 않아 혼자이어서 재산을 물러 줄 자식도 없을 텐데! 거짓말을 하여 번 돈으로 호화롭게 살고 있는 것이다. 습관이란 드리는 것보다 버리는 것이 더 힘든 것이다! 돈이 그렇다. 돈이면 신들의 마음을 움직일 수 있다면 얼마나 좋을까. 사십 오조 억 원의 돈을 가진 스티브잡스가 그 많은 돈으로 신들의 마음을 사지 못하고 죽은 것은 세상엔 "신은 없다"라는 단적이 면을 보여주고 있는 것이다. 스티브잡스가 교회에 전 재산을 헌금했으면 신의 도움을 받아 지금 살아 있을까? 성직자에게 물으면 "천국에서 편히 살라고 데려 갔다"고 거짓말을 할 것이다. 통화의 혁명을 일으킨 스티브잡스에게 전화를 해보면 단박에 들통 나겠지만! 돈이면 사람의 마음은 움직일 수 있는데 "낙타가 바늘구멍을 들어가는 것 보다 부자의 하늘나라가기가 더 힘들다"마태복음 19장 24절의 뜻을 알고서 스티브잡스가 헌금을 안했나. 그를 데려간 이유는 헌금이 많이 거치지 않아 하늘 재정이 부실하여 재산이 탐이 나서! 그도 아니면 천지간天地間에 통화의 혁명을 일으키려 데려갔나! 언론 보도에 의하면 우리나라에서 제일 부자들인 삼성 그룹의 이맹희 큰형과 이건희 셋째 간에 상속분쟁 소송이 벌어졌다. 아버지가 남긴 재산 8조 억 원 중 4조 억 원을 상속권자인 장남이니까. 동생에게 달라는 소송이다. 차-암······. 두 분 다 70세를 넘겨서 지금쯤 저승사자가 소환장을 준비하고 있을 것인데 ······. 그래서인가! 우리나라 재벌들의 사회적인 공헌도는 정주영 회장을 13%로 이병철회장이 10%로 인정하고 63%를 부정적으로 벌어들인 것으로 생각하고 있다는 조사 결과다. 대다수 세계의 부자들은 자수성가自手成家 부자인데 지금의 한국은 상속형 부자들이다. 기독교에선 부자가 천당에 가기는 낙타가 바늘구멍을 통과하는 것 보다 더 어렵다는데 두 분 다 종교를 안 믿나! 이재현 CJ 회장은 1600억 횡령과 배임 등으로 징역 4년을 선고 받아다. 그러나 병들어 교도소를 들락거리며 치료를 받고 있다. 머지않아 저승으로 갈 것 같은 느낌인데······. 영국의 팝가수인 "스팅"은, 영화 "레옹"의 주제곡 "셰이프 오브 마이 히트-Shape of my heart"등 수많은 명곡으로 유명한 그는 자신의 재산을 자녀들에게 물려주지 않겠다고 선언을 했다. 2014년 6월 22일 영국 텔레그래프 등 외신에 따르면 스팅은 최근 언론과 인터뷰에서 "내 아이들이 각자 알아서 일을 해야 한다"며 "우리가 지금 지출하고 있기 때문에 남겨줄 돈이 많지 않을 것이라고 이미 아이들에게 얘기했다"고 밝혔다. 현재 10대에서 30대에 이르는 3명의 아들과 3명의 딸을 둔 스팅의 재산은 1억 8000만 파운드-한화로 약 3119억 원이다.

기자들의 질문에……. "자식들에게 골칫덩이가 될 재산을 남기고 싶지 않다"밝히고 "아이들 모두가 스스로 일해야 한다는 것을 잘 알고 있으며 고맙게도 내게 뭔가를 바란 적도 거의 없다"고 말했다. 마치 "셰이프 오브 마이 하트"의 가사 일부인 'He doesn't play for the money he wins. He doesn't play for respect. He deals the cards to find the answer-돈 벌기 위해서도 존경을 받기 위해서도 아니다. 카드를 돌리는 이유는 해답을 찾기 위해서"라는 부분이……. 그의 가치관을 간접적으로 보여주고 있는 듯하다. 미국에서 영화배우로 활동하는 맏딸 미키 섬너는 자신의 아버지가 누군지 밝히지 않은 채 2008년 "하비의 마지막 로맨스"의 단역부터 시작해 활동을 하였다. 최근에 이르러 그녀의 아버지가 스팅이라는 사실이 밝혀져 주목을 받고 있다……. 스팅은 1951년에 우유배달부인 아버지와 미용사인 어머니 사이에 4남매 중 첫째로 태어났다. 어린 시절부터 아버지를 도와 새벽 우유배달로 용돈을 벌었고 건설현장 노동자로 일도 했으며 초등학교 영어 보조 교사로 일을 하여 집안 살림을 도왔다. 그런 그가 1977년 록 밴드 "더 폴리스-The police"를 결성해 메인 보컬과 베이시스트로 데뷔한 스팅은 평화와 인류애를 노래하는 음유시인이었다. 동시에 대중과 가수들로부터 인정받는 뮤지션으로 평가받고 있다. 스팅은 "더 폴리스"시절까지 합치면 현재까지 약 1억 장에 이르는 음반 판매량을 기록 했으며 미국 그래미상도 16차례나 수상을 하였다. 1984년 솔로로 데뷔한 그는 수많은 히트곡을 발표로 인하여 영국 문화발전과 인권보호와 빈곤추방을 비롯한 아마존 열대우림 보호 등 다양한 활동에 헌신한 공을 인정받아 2003년 명예작위를 받았다. 빌 게이츠 마이크로소프트-MS 공동창업자와 음반 제작자인 사이먼 코웰 등도 자신의 재산을 자녀들에게 돌려주지 않고 사회에 환원하겠다는 의사를 밝힌 바 있다. 그러나 저러나 스팅 자신이 어려서 가난한 집안에 태어나 돈의 중요성을 알았기에 열심히 일하여 재산을 축적하였을 것이다. 자식들도 아버지 덕분에 남보다 우수한 환경에 공부를 하여 앞날이 밝을 것이다.

앞서 이야기 했듯 세계에서 최고의 부자인 "빌게이츠"는 자식에게 유산을 물려주지 않겠다했다. 그 대신 교육을 철저히 가르치겠다고 했다. 내가 생각하는 것은 어느 정도의 재산을 나누어 주는 것이 부모의 도리라고 본다. 그러한데 한국의 부자들은 그렇지 않는다는데 비난을 받고 있는 것이다. 우리나라 몇몇 대통령의 일가친척이 큰 뇌물 때문에 자살과 또는 감옥살이로 패가망신을 당하지 않았던가! 인간과는 달리 신神은 공평하다고 했다. 개신교-통일교.의 대표적인 인물 문선명의 재산은 무려 4조 억 원이 훨씬 넘는다고 한다. 그는 이 많은 재산을 모으기 위해 교리를 어긴 탈세로 6번을 감옥살이를 했다. 돈· 명성·권력 등 욕망-慾望을 억제-抑制해야할 성직자가 세속적 힘의 추구로 그는 신임을 잃어 버렸고! 자식 간에 재산다툼과 교권 장악으로 소송이 붙어 있다한다. 일천 억만 가져도 죽을 때까지 흙을 밟지 않고 살 것 인데! 형제간에 재물 싸움을 하고 있다. 죽기 전에 전 재산을 하늘나라로 헌금-獻金을 해 버렸다면 자식 간에 재산을 서로 많이 가지려는 다툼은 없었을 것이다. 자기는 받을 줄만 알았지 헌금은 안한 모양이다. 문선명 교주-敎主는 300여 만 명의 신도에게 얼마나 많은 거짓 설교-說敎를 하여 그 많은 재산을 모았을까! 2014년 대한민국 국민을 슬픔으로 젖게 만든 세월호 사건 주범인……. 유병언의 거짓설교로 인하여 신도들에게서 착취한 돈으로 자식들의 호화생활이 만천하에 폭로 되었다. 사후엔 신이 될지 모르지만……. 지상에 있는 한 먹고살아야 한다. 죽을 때 재산 일부라도 가져갔을까? 하늘의 계명-誡命이 사랑이라고 한 성직자가 아닌가. 문선명 목사가 감옥에 여섯 번이나 들어가면서 하느님께

길…….

자기를 벌한 검사와 판사를 혼내주라고 기도를 안 했나! 언론보도에 의하면 모 종교단체에서 3천억을 들여 교회를 짓는데 말썽이 나 있다는 것이다. 그 교회 목사가 거짓말을 하여 그 많은 돈을 신도들에게서 편취騙取하였다는 것이다. 얼마나 거짓말에 달인達人일까? 아마! 같은 동족이면서 철천지원수가 된 38선 이북 빨갱이 교단주인 김일성과 그 아들 김정일을 비롯한 손자 김정은 무리들보다도 더 많은 거짓말로 꼬득이였을 것이다! 나이가 든 탓일까! 무교인 내가 "죽으면 어떻게 되는가?"하는 문제에서 "죽으면 영혼靈魂은 존재存在하는가?"하는 물음과 "신神~god 은 존재하는가?"그리고 "신이 인간을 창조創造한 것인가?"아니면 "인간이 신을 창조한 것인가?"의 물음을 내 자신에게 답을 구하고 있다. 성경엔 사람이 다시 살 수 있는 방법이 기록 되어 있습니다. 그 내용을 보면……. 이 세상에 죄와 사망이 들어온 후에 하나님께서는 죽은 자들이 부활을 통하여 생명으로 회복되는 것이 자신의 목적임을 알려 주셨습니다. 그러므로 성서는 이렇게 설명합니다. '아브라함은……. 하나님이 능히 죽은 자 가운데서-자기 아들 이삭을. 다시 살리실 줄로 생각 한지라'-히브리 11:17-19 아브라함의 확신은 잘못된 것이 아니었습니다. 성서는 전능하신 그분에 관하여 '하나님은 죽은 자의 하나님이 아니요 산 자의 하나님이시라'고 하였기 때문입니다. -누가 20:37·38 그렇습니다. 전능하신 하나님께서는 자신이 원하는 사람들을 부활시킬 능력을 가지고 계실 뿐 아니라 그렇게 하시기를 원하십니다. '이를 기이히 여기지'말라 무덤 속에 있는 자가 다 그의 음성을 들을 때가 오나니 선한 일을 행한 자는 생명의 부활로 악한 일을 행한 자는 심판의 부활로 나오리라. -요한 5:28·29 사도 24:15 이러한 말씀을 하신 후 얼마 되지 않아 예수께서는 이스라엘의 나인이라는 도시에서 지나가는 장례 행렬을 만나게 되셨습니다. 죽은 젊은이는 어느 과부의 외아들이었습니다. 예수께서는 심히 슬퍼하는 그 과부의 모습을 보시자 동정심을 느끼게 되셨습니다. 그래서 예수께서는 그 시체에게 '청년아 내가 네게 말하노니 일어나라'고 명령을 하셨습니다. 그러자 그 사람은 일어났고 예수께서는 그를 그이 어머니에게 돌려 주셨습니다. -누가 7:11-17 예수께서는 유대인 회당의 관리자인 야이로의 집을 방문하셨을 때 그 과부가 경험했던 바와 같은 환희에 찬 일이 일어났습니다. 열 두 살 된 야이로의 딸이 죽었는데 예수께서 야이로의 집에 이르시자 죽은 아이에게 가서 '아이야 일어나라'고 말씀하셨습니다. 그러자 아이가 일어났던 것입니다. -누가 8:40-56 그 후에 예수의 친구 나사로가 죽었습니다. 예수께서 그의 집에 도착하셨을 때에는 나사로는 이미 죽은 지 나흘이나 되었습니다. 그이 누이 마르다는 심한 슬픔에 잠겨 있었음에도 '마지막 날 부활에는 다시 살 줄 내가 아나이다'라고 희망을 말하였습니다. 그러나 예수께서는 무덤으로 가서 돌을 옮기게 하시고 '나사로야 나오라'고 부르셨습니다. 그러자 그가 나옵니다. -요한 11:11-44 이러한 엉터리로 기록된 성경을 믿고 있는 종교인들의 모습을 보면……. 천국이!!!

우리나라에선 종교가 돈벌이가 잘되는 곳이다. 서울엔 기네스북에 올라있는 세계에서 제일 큰 교회도 있으니 말이다. KBS에서 방영을 한 특집프로에서……. 여성 신도가 하는 말이 "자기남편이 일어서지도 못하는 장애자가 되었는데 기도를 신도들과 했더니 혼자서 일어나 걷더라"는 것이다.

"그렇게 기도가 잘 들어진다면 비라먹을 년 놈들아 잊을 만하면 서울을 불바다로 만들어 버리겠다고 공갈치는 악질들인 북한 괴뢰집단 우두머리들을 모두 죽여 달라는 기도를 해라. 그래야 교회도 오래오래 번성할 것이고 너희들도 근심 걱정 없이 살아 갈 것이다."-2014년 소설가:강평원

2013년 5월 23일 동아일보에 국내 상위 출판사인 김영사의 광고에 천국을 환상이라 믿었던 하버드 메디컬 스쿨 신경외과 전문의 교수 이븐 알렉산더 의사가 집필한 "삶과 죽음 너머 세계를 만나고 돌아오다"부제에 "나는 천국을 보았다"는 제목의 책을 광고를 하면서 "출간 즉시 교보문고· 예스24· 알라딘·

인터파크 베스트셀러"고 했다. 출간 즉시 몇 만권이 팔려야 되는데…….
그런 거짓 광고를 하고 있는 것이다. 별종 인간이다! 천국을 보았다는 역대교황
도 없었는데……. 거짓말을 하였다가 대단한 창피를 당한 사람이 있다. 2014년
6월 우리나라 국무총리 지명자인 문창극 씨는 자신이 30여 년 동안 몸담았던
신문에 상재했던 칼럼과 교회에서 신도들에게 강연내용 때문에 각 언론에
몰매를 맞고……. 14일 만에 국회 청문회에 나가보지도 못하고 자진 사퇴를
하였다. 일제 식민사관과 남과 북으로 갈라지게 한 것이 하느님 뜻이라는
것이다. 신앙적인 생각에서 하였던 말이라고 하였다. 진짜 하느님이 있다면
하늘에 가서 물어보고 싶은 마음이다. 통화의 혁명을 이룩한 스티브잡스가
하늘로 갔다고 하지만……. 통화도 안 되는 세상이다. 티브이 화면에 비친
얼굴이 지명을 받고 나올 때와 사퇴 발표의 모습을 보면 희극과 비극이다.
자신의 이름 끝 글자처럼 "극"적으로 지명되어 비 "극"이 되어 버렸다. 국무총리
란 자리가 어떠한 자리인가. 언론인으로서 30여년을 살아온 사람이 그러한
칼럼과 강연을 했을까! 종교인이란…….

　세계의 모든 종교는 고대국가 그리스철학의 사상을 받들어 만들었다고
한다. 고대 그리스 철학자 아리스토텔레스-Aristoteles~BC 525~426 와 프라톤
-Plato en 은 사람이 사상을 주도하고 있었는데 아리스토텔레스와 그의 사상을
추종하는 철학자 에피쿠루스·히포크라테스·데이비드 흄은 "영혼은 육체와
불가분의 관계에 있으며 사후에 영혼은 존재하지 않는다."라고 주장한 반면에
철학자인 플라톤-BC 427~347 과 그의 사상을 추종하는 소크라테스·피타고라
스·탈레스·밀레두스 등의 철학자는 "사람의 육체는 죽어도 영혼은 죽지
않고 살아있다."라고 영혼불멸설-靈魂不滅說을 주장하였다. 철학자 플라톤과
그의 추종자들은 왜? 영혼불멸-靈魂=spirits 을 주장하였을까. 나의 생각으로
는……. 인간의 수명과 관계가 있지 않을까? 고대인들의 평균수명이 38세
전 후 이였음을 감안하면 오래 살고 싶은 소망과 더불어 영원불멸을 바라는

욕심에서 이런 주장들이 나왔을 것이다! 진나라 시 황제처럼……. 이러한 믿음으로 인하여 이성을 상실한 종교적 신앙의식으로 작용하였을 것이라는 생각이 든다. 세계의 모든 종교는 플라톤의 철학사상을 받아들이고 불교는 거기에다 영혼-靈魂의 윤회-輪廻설까지 포함시켜 창시 된 것이다. 세계최초의 종교인 조로아스터교를 비롯한 유대교·로마교·기독교·이슬람교·불교·힌두교·자이나교·시크교·도교·유교 등 세계 모든 종교는 "영혼이 불멸한다." 라는 플라톤의 철학사상을 받아들이고 그 전제하에 부활-復活이나 환생-還生론……. 그리고 천국-天國과 천사-天使와 지옥-地獄과 악마-惡魔의 개념-槪念을 도입하여 이론화-理論化하고 체계화-體系化한 것이다. 사실 종교는? 자신이 처한 상황에서 자신의 능력으로는 해결하지 못 하는 것에서 오는 소망을 종교적인 믿음의식으로 받아드린 것에 불과한 것이다. 예언자-預言者들은 일반 대중의 관심과 변화를 끌기 위해서 초능력자-超能力者 또는 절대적인 보이지 않은 신-神=God 의 이름을 빌린 것이다. 그것이 신의 말씀-logos 으로 나타난 것이다. 엄청난 거짓말이 이성-reason이 되었고 엄청난 거짓이 살아가는 의미-logos가 된 것이다. 고사 성어에 삼인성호-三人成虎 라는 말이 있다. 이 말은 세 사람이 입을 모으면 살아있는 호랑이도 만든다는 말이다. 많은 사람들이 같은 말을 하면 거짓말도 진실로 받아들여진다는 뜻이다. 일종의 군중-群衆심리라고 할까! 한사람이 말을 하면 의심을 하나 여러 사람이 똑같은 말을 하면 의심을 피하는 기법이다. 그래서인가 2013년 3월 7일 채널 A. 동아 방송보도에 따르면 전문직 범죄자 순위를 종교인·의사·예술인 순으로 보도를 하였다. 알렉산더 대왕의 가정교사였던 아리스토텔레스에게 묻기를 "거짓말을 해서 얻은 것이 무엇입니까?"하고 물었더니 "그 사람이 진실을 말해도 사람들이 믿지 않을 것이다."라고 했다. 서울 대학교 뱃지-badge 를 라틴어로 번역하면 베리타스 룩스 메아-Veritas Lux Mea 즉 "진리는 나의 빛"이라는 단어이다. 이 말의 뜻은 "진실을 나의 빛"으로 삼아야 한다는 뜻이 담긴 내용이다. 철학자 칸트-Immanuel Kant 의 아버지가 늙어서 폴란드-Poland 산악 지대를 지나 고향인 실레지아

-Silesia 로 가는 도중에 한 떼의 강도를 만나 가지고 있던 돈과 교통수단인 말까지 빼앗기었다. 강도가 "가진 것 모두가 이것이냐?"고 위협을 가하고 물을 때 "숨긴 건 없고 가진 것 모두이요"라는 대답을 하고 돌아서 발걸음을 재촉하는데……. 소맷자락 끝에 무겁고 딱딱한 것이 전달되어 손으로 만져보니 옷깃 속에 숨겨서 가지고 가던 황금-黃金덩어리였다. 강도가 "더없느냐?"고 물었을 때 "그것이 전부"라고 거짓말을 한 것이 생각이 나서 가던 걸음 멈추고 뒤돌아서서 강도들을 향하여 "여보시오! 여보시오."하고 큰소리로 불러 세운 뒤 공포에 질려 잊어 먹음을 솔직하게 말을 하고 옷깃 속에 있던 금덩이를 꺼내주면서 가져가라고 했더니……. 아무도 감히 손을 내밀지 못했다. 오히려 두목인 듯한 자가 빼앗은 말과 돈이든 지갑을 건네주면서 "어서가라"라고 했다는 것이다. 이 이야기는 선한 양심이 악을 이겼다는 하나의 설화이다. 거짓말을 하지 말라는 뜻이다. 기독교 일부 못된 종파에 성직자가 2012년 12월 21일이 성경에 기록되어 있는 세상종말론-世上終末論=노아방주 으로 떠들었다. 덩달아 2012년이란 영화가 나왔다. 영화의 줄거리는 최첨단 현대판 노아방주를 만들어……. 지진으로 세상이 종말에서 살아남는다는 내용이다. 수대의 배에서 각종 동물과 수 천 명의 인간이 살아남는다. 신에 의한 종말론의 설득력이 떨어진 허구였다. 모든 생물이 멸종-滅種을 해야지 지구 종말일 것이다! 1992년 10월 28일 휴거-終末 예언 했던 김여명 목사도 2011년 11월 15일이 종말이라고 했던 또 다른 목사도 교단에서 파직당하여 시골구석으로 은신해 살고 있다. 거짓말을 할 이유가 있었다면 진실을 말할 더 좋은 이유가 있었을 텐데! 그들은 또다시 종말론을 예언하고 있을까. 20세기 서구의 물질문명-物質文明을 비판하는 대표적인 문명사적인 용어는 세계 혹은 세기말 의식 -catastrophism 이라고 해야 할 것이다. 세상 종말이 왔다면……. 이 글도 상재 못할 뻔하였다. 그들이 주장한 날에도 세상 종말론 말이 빗나갔는데 무어라고 변명을 할까? 뭇사람을 불안케 한 그들은 스스로 종말을 해야 할 것이다. 2012년 12월 21일 프랑스 뷔가라슈에 세계 곳곳의 종말론 자들이 모여들에

관광객이 주민보다 많아서 "마야인"모체의 사회선 취재진이 많아 수입이 짭짤했다는 소식이다. 그러나 인류의 종말은 만천하에 거짓으로 드러났다.

　인간에게 종말론을 이야기 하자면…….
　멕시코-Mexico city 의 수도 멕시코시티에서 북동쪽으로 약 40킬로미터 떨어져 있는 곳에 멕시코의 자랑이며 신대륙 발견 이전 미주대륙에 세워진 가장 거대한 피라미드 건축물들이 존재하는 테오티와칸의 유적지가 있다. 테오티와칸의 전성기 때 건설된 태양신인 이 피라미드는 높이가 71.2미터이고 한 변의 길이가 223.5미터로 세계에서 세 번째 크기이다. 피라미드의 명칭은 "신들이 태어난 장소"라는 뜻인데 언제 누가 건설했는지 알 수 없는 수수께끼의 유적이라 한다. 다만 BC.원년에서 AD.500년 사이에 전성기를 맞은 것으로 알려져 있고 신전을 비롯한 종교적 건축물과 일반인들의 주거지도 다수가 발견되고 있다고 한다. 이곳에서 인간의 심장과 피를 제물로 바쳤던 제사의식이 스페인의 지배를 받던 16세기까지 천년동안 지속되었다는 학계의 보고다. 해발 2,300미터의 고원지대에 성립된 아즈텍제국의 이 찬란한 건축물이 훼손을 당하게 된 것은……. 1520년에 갑자기 나타난 신대륙 문명을 꿈에 안고 온 에스파냐의 페르난도 코르테스에 의해 멸망을 했다. 그 문화를 지키기 위해 유럽의 열강들이 많은 노력을 했으나……. 특히 약탈과 노예제도 행위로 인하여 찬란한 문화는 서양을 침탈했던 스페인의 정복자들이 멕시코를 점령하고 가톨릭을 확장하려고……. 그들의 과거를 지우기 위해 아즈텍문명을 파괴하고 교회를 세우면서 반대하는 원주민을 전멸시켜버린 것이다. 스페인이 점령기간에 원주민 수탈과 착취한 금이 당시에 세계에서 보유하고 있는 금의 80%로의 양이었다고 한다. 다른 한편으론 1750년 스페인과 포루투갈은 남미 오지에 있는 그들의 영토 경계 문제를 합의를 보았으나 유럽의 한구석의 탁자위에서 그은 선이 얼마나 끔직한 사태를 불러일으킬지는 아무도 관심이 없었지만……. 그곳에서 선교활동을 하던 제수이트 신부들은 과라니족을 감화시켜 근대적인 마을로 발전시키고 교회를 세우는데 성공을 한다. 신부들 중에 악랄한 노예 장사꾼이었던 멘도자는 가브리엘 신부의 권유로 신부가 되어 헌신적으로 개화에 힘쓰고 있었다. 새로운 영토 분계선에 따라 과라니족의 마을은 무신론의 포루투갈 식민지로 편입되고 불응하는 과라니족과 일부 신부들을 설득하려는 추기경이 파견 되지만 결과는 푸루투갈 군대와 맞서 싸운 과라니족의 전멸全滅로 끝난다. 이러한 것을 두고 과라니족에겐 종말이라는 것이다. "자기의 직속부하 추기경이 파견했는데 전쟁에서 패하게 만든 하늘의 신은 자기를 믿는 신도들이 모두 죽어가는데 무었을 하고 있었느냐?"라고 묻고 싶다. 하느님이 인간을 만들었다고 하는 신도들에게 묻고 싶다. 사람의 심장과 피를 재물로 바치는 것은 하느님께 "자기 자식의 피와 심장을 먹어라"는 것이 아닌가! 깊은 땅굴 속에 숨어 있어도 신들은 훤히 볼 수 있으니 죄를 짓지 말라고 설교하던 성직자들의 말들은 전부……. 실화인 위의 역사를 미국 올랑 조페 감독이 "미션"이라는 제목으로 드라마·영화를 만들었다. 옛날이나 지금도 하느님·하나님·마리아·예수 등 하늘 신을 믿는 종교 간의 다툼으로 일일 평균 45명이 죽어가고 있다고 한다. 왜 그럴까? 성직자나 종교인의 답은 곧 신이 벌하러 온다는 구차한 변명을 하고 있다. 요즘에 와서 갑자기 우리나라에도 이슬람교도들이 주장하는 세상에서 오직 유일신唯一神인 하나님을 믿는 "하나님교회"가 많이 생겨나고 있다. 세상에서 제일 악종인惡種人테러단체의 대다수가 하나님을 믿는 이슬람교도들이다. 신은 하나다. 그러니 하나님의 아들인 예수를 믿는 자는 없애야 한다고 자폭 테러를 세계도처에서 단 하루도 쉬지 않고 자행하고 있다. 우리나라도 장차……. 나만의 걱정인가!

기독교에선 인간에게 고난苦難이 시작된 이유를 이렇게 나열을 해 두었다. "하느님께서 인간이 그처럼 놀라운 장래를-천당에서 편히 영생을 누리게 할 목적으로 가지고 계셨다면……. 왜! 이토록 오랫동안 고난하게 살게 만들었느냐?"고 물었다. 성경엔 천지창조-天地創造 후 아담과 이브를 만들 때 그들의 몸과 정신을 완전하게 만들었다는 것이다. 그러나 내가 생각하는 것은 불량품이다. 왜? 하느님 말을 듣지 않고 법을 어겼기 때문이다. 그래서 화가 난 하느님은 더 이상 인간에게 영생-永生을 주지 않아 결국 늙어 병들어서 고생을 많이 하고 죽게 만들었다는 것이다. 실수를 인정해서 인가! 유대 땅에서 건축 일을 하면서 살고 있는 가난한 목수의 마누라인 마리아에게 수태-受胎케 하여 예수를 아들로 가졌다. 허나 아들 예수는 죄를 지어 제일 고통스럽게 죽는다는 십자가에 못 박혀 죽었다. 그렇다면 예수도 불량품이다. 예수가 죽은 후 유대인 대학살 기간에 수백만 명이 목숨을 잃었고 1억 명이 넘는 사람들이 전쟁으로 인하여 죽었다. 지금도 예수가 태어난 이스라엘은 중동의 화약고다! 종교가 생긴 후 종교 간에 전쟁으로 인하여 35억여 명의 인간이 죽었다는 것이다. 그런데, 하느님과 마리아를 비롯한 예수는 지금 하늘에 선……. 성직자들의 거짓은 말로 표현하기 어렵다. 어리석은 종교인들아! 천지 창조 때 아담과 이브를 만들 때처럼 흙으로 만들지 왜! 남의 마누라에게 임신을 시켜 아들인 예수를 출산케 하는 것은 지상의 법으론 간통죄에 해당된다. 그래서인가! 경찰청 국회 안정행정위원회소속 새누리당. 강기윤 위원에게 제출한 국정감사 자료에 따르면 2008년부터 2013년 상반기 까지 5년 6개월 동안 강간 및 강제추행범죄로 검거된 자료에 따르면 직업별로 나눠보면 종교인이 가장 많다는 보도다. 하느님 닮아서 인가! 사이비 종교 정명석 목사가 여자신도들과 성행위와 성추행사건은 해외서도 이루어져 나라망신을 시키기도 했다. "못생긴 여자들은 사탄이 싫어하니 미인여자만 신도로 모집하랴"고 하여 그들과 한방에서 섹스를 하기도 했고 자기가 신이라고 하여 자매와 함께 그룹 섹스를 하였다는 것이다. 이단 교주 들은 거짓말로 돈을 끌어모으고 나면 문란한 성행위를 하였다. 세상의 남자들은 황제-皇帝망상을 가지고 있다. 지위가 높아지고 나면 못된 마음을 가지게 되는 것이다. 여하튼 언론에 성직자의 비리 보도는 끝나지 않고 계속 이어지고 있다. 하늘 길·땅 길·바다 길

·모두가 정해져 있다. 남이 간다고 따라가는 길은 내 길이 아니다. 내가 가는 길이 따로 정해지지 않다고 남이 가는 길인 저승길을 가지 않듯이 종교의 길도 남이 가자고 하여 따라나서면 저승길이나 다름없다. 그 길은 한번가면 영원히 오지를 못한다.

『전임 교황인 베네딕토 16세가 스스로 교황직에서 물러난 것은 "하느님이 그렇게 말씀하셨기 때문"이라고 말했다. 베네딕토 16세는 최근 바티칸 내에 있는 수도원을 찾은 한 방문객이 사임한 이유를 묻자 "기도를 하다가 하느님과 함께해야 한다는 절대적인 열망이 가슴에 차오르는 성스런 메시지를 받았다. 신비한 체험이었다."고 말했다. 그는 이어 "교황 프란치스코가 업무를 수행하며 보여주는 '카리스마'를 보니 나의 사임이 진정 '하느님의 뜻'이라는 것을 알 수 있었다"고도 했다. 교황 프란치스코는 베네딕토 16세를 '함께 사는 할아버지'처럼 생각하며 정기적으로 베네딕토 16세에게 조언을 구하고 있다고 AFP가 21일 보도했다. 2005년부터 8년간 재임한 베네딕토 16세는 1415년 교황 그레고리 12세가 사임을 한 이후 598년 만에 자진 사임한 교황이다.』 라는 조선일보 2013년 8월 23일자 A·23면에 실린 기사다. 위의 글 뜻은 하느님의 말을 들었다는 뜻이다. 그런 거짓말을 하다니 참으로 웃기는 놈이다. 하루가 멀다 않고 터지는 중동 종교인들 간에 벌어지는 테러로 인하여 수많은 사람이 매일 죽어가고 있다. 하느님을 만났다는 베네딕도는 성직자의 본분을 다하였는가를 묻고 싶다. 종교의 황제皇帝라는 그런 임무를 수행하는 자者가 하느님을 만났다고 거짓말이나 하고……! 성서의 알림과 모든 증거가 알려주는 바에 따르면 인간이 하느님으로부터 독립함으로 시작된 비극적인 실험이 끝난 때가 가까워지고 있다는 것이다. 하느님으로부터 독립한 인간의 통치권은 결코 성공할 수 없다는 것이 이미 충분하게 증명이 되었다고 한다. 성직자와 신도들은 "하느님의 통치권만이 평화·행복·완전한 건강·영원한 생명을 허용할 수 있으며 따라서 여호와께서 더 이상 악과 고난을 허용하지 않으실 때가 가까워 오고 있다"라고 한다. 허나 위의 말은 단 하나도 지켜지지 않고 있는데……. 종교인들의 무어라고 답을 할 것인가! 프란치스코 교황이 선출되고 불과 3개월 뒤인 지난해 6월 교황청이 발칵 뒤집혔다. 교황청에서 22년간 해외 자산 관리 업무를 맡았던 고위 성직자인 눈치오 스카라노-63세 신부가 '돈세탁'혐의로 스위스에서 체포된 것이었다. 그가 전직 금융 브로커와 군軍사법경찰 등과 짜고 스위스에서 밀반입하려고 시도했던 금액은 2000만유로-약 298억원 에 이르렀다. 이들은 세관 검사를 피하기 위해 전용기를 대절했다. 증거인멸을 위해 휴대전화까지 불태우는 치밀함을 보였다. 눈치오 스카라노 신부는 이와는 별도로 이탈리아 남부 살레르노에 방 17개짜리 호화 아파트를 사들인 혐의도 받았다. 그가 해외 계좌를 개설하고 허위로 기부를 받은 것처럼 꾸미는 데 동원한 '돈세탁'창구가 바티칸 은행이었다는 BBC 보도다. 곧 죽을 때도 되었고! 신부라면 재산을 물려줄 자식도 없을 텐데……. 여호와께서 고난을 허용하지 않겠다고 했는데 그사이를 못 참고 성모 마리아 돈을 도둑질을 했다니 그간에 무척이나 고난 했던 모양이다!

"현금을 내면 당신 어머니가 천국에 가실 수 있어."농사를 짓는 A 씨(49)가 '영적인 능력'이 있다고 알려진 이모 씨(73·여자)를 알게 된 것은 같은 신앙생활을 하면서다. 이 씨는 경기도 가평과 하남 일대의 기도원에서 "하나님의 응답을 받아 예지력睿智力이 있는 사람"으로 알려져 있었다고 한다. A 씨는 자신의 집안 상황을 꿰뚫어 보는 이 씨를 전적으로 믿게 됐는데……. 사실은 이 씨는 범행대상의 지인을 통해 그 집 가정상황을 속속들이 모두 알아내고서 행동에 들어갔기 때문에 믿을 수밖에 없었던 것이다. 어머니를 위한 헌금을 바치라는 말에 3,000만 원을 보냈다. 하지만 이 씨의 요구는 끝이 없었다. A 씨가 헌금을 내기 어렵다고 하자 이 씨는 "헌금을 하지 않으면 사람이 죽는다. 가족과 부모님이 지옥에 간다."는 등의 말로 위협하기 시작했다. 그의 공갈 협박에 결국 A 씨는 감사헌금과 십일조 등의 명목으로 12년 동안 5억 5,000만 원을 바쳤다. 이 씨가 피해자들에게 '철저한 비밀유지'를 원칙으로 해서 그의 범행은 12년간 지속되었던 것이다. 그 외 3명으로부터 10억여 원을 가로챈 혐의-사기-로 구속됐다는 기사다. 서울시 강동구 등촌동에 6억 원 상당 고급빌라에 거주하면서 따로 11억 상당의 주택도 소유한 것으로 밝혀졌다는 것이다. 하나님을 빙자한 사기죄를 범하였는데! 하나님은 벌하지 아니하였으니 하나님은 사기방조죄를 지은 것이다.

2014년 4월 16일에 일어난 세월호 침몰사건 때문에 온 나라가 슬픔에 잠겼다. 그 사건에도 기독교복음침례교회의 신도와 집행부가 관여 되어 있었다. 수백 명의 승객들이 침몰되어가는 뱃속에서 400여명의 인명이 구원의 손길을 기다리는데……. 진두지휘할 선장은 "구조팀이 올 때까지 기다리라"는 말을 남기고 선원들과 먼저 탈출을 했다. 결국 304명이 희생되었다. 이 종교는 "구원 파"라는 종교다. 하나님이 구해줄 줄 알았나? 구해달라고 기도나 했나? 탈출한 선장을 기자들이 찾아 가보니 병원 침대에서 물에 젖은 신사임당과-오만 원 세종대왕-만 원을 말리고 있었다는 것이다. 큰 욕을 해야겠다. "개새끼보다 못한 놈"실 소유자나 마찬가지인 유병언이란 자는 2천억을 부도를 낸 자다. 그런 자가 10여년 사이에 2천여 억의 돈을 가졌다는 것이다. 이 종교가 "십일조-자기가 벌어들인 돈 10분의 1을"를 하는 구원파란 종교집단이다. 종교계에선 이단이라고 한다. 이단은 메시아를 믿고 교주를 신으로 받드는 곳이다. 세상의 말세론을 주장하며 구원파란 종교의 교리는 "말세가 되면 돈은 필요 없게 된다. 그러니까 하나님의 돈은 우리가 맡는다."라는 교리를 들먹이면서 유병언이란 사기꾼 교주는 신도들의 돈을 갈취한 것이라고 한다. 재산을 신도나 자식들 앞으로 해 두었다는 것은 부도 금을 해결 하지 않으려고 한 것이다. 그는 신도들의 헌금과 억지 물건을 팔아서 모은 재산의 세금을 내지도 않았다. 그의 죄를 밝히려는데 신도들이 공권력에 도전을 하였다. 얼마나 허구의 교단인지를 온 국민이 알았을 것이다. 유병언은 한국예총 사진작가에 등록도 안 된 아마추어 작가가 장당 몇 백 만원에서 8천만 원씩 받았고 달력을 만들어 부당 5백만 원씩 구원파와 관련된 계열 회사나 신도들에게 강제로 달력과 사진을 팔아 수백억 원을 비자금으로 모아 해외로 빼돌렸다는 보도도. 사진은 해외서나 국내에 팔린 적이 없는 아마추어 작가의 수준인 사진을 팔았다니 날 강도가 아닌 가……. 몇 십억의 세금을 못낸 그런 자가 프랑스 베르사유 궁전 앞에 분수대 공사를 하는데 20억을 기부 했다고 한다. 자신의 재산은 0원이라고 한 자가 거액의 기부금은 어디서 나왔을까? 이러한 짓거리만 보아도 사기꾼이다. 유 씨는 "교회에 속해 있는 사업에 돈을 바치면 지구가 종말이 왔을 때 공중으로 들림-휴거=休居을 받는다"는 교리의 핵심을 삼아 교인들에게 사기를 친 것이다. 세상에서 제일 악질들인 하나님 교회수장! 신도라는 것에 공감이 간다. 하나님이 아니고 하느님을 믿는 종교집단에서 는……. "하나님 종교를 믿는 사람이 이 세상에서 가장 악질이다"라고 한다. 극단적인 예를 들자면 몸에 폭탄 띠를 두르고 내 한 몸 갈가리 찢겨서 죽더라도 이슬람의 원수를 죽이면 낙원에 가서 아름다운 여인들의 서비스를 받는다는 식의 신앙이 무고한 인명을 살상하며 지금도 세계도처에서 테러를 매일 자행하면서 지구의 평화를 해치고 있다. "신은-하나님=유일신:唯一神하나다"라 는 그들의 주장은……. 이슬람의 세계에서는 오직 한 길인 알라의 길로 통한다. 모하메드가 받아 적었다는 코란은 절대 적이다. 신은 하나라고 밀어붙이는 -pushy 이슬람은 신은 "알라 뿐이다"라는 것이다. 하나님의 아들 예수를 믿는 자는 없어져야 한다는 그들의 그릇된 생각에서다. 그래서 예수를 믿는 이스라 엘을 멸종 시켜야한다고 매일 테러를 하고 있는 것이다. 예수는 하나님의 아들인데 하나님 가족을 믿는 사람이 있어서는 안 된다는 종교인들은 "원수라 도 동등하게"란 코란의 한 구절을 무시한 채 이 세상에서 제일 무서운 테러 집단이 되어 세계도처에서 잔인한 폭력을 가하는 바람에 세계경찰이라고 하는 미국도 9.11테러를 당해 무고한 수천의 민간인이 억울한 죽음을 당했다. 대다수 종교인은 "죄업으로 가득 찬 세상에 심판의 날이 닥쳤을 때 특정 종파의 신도들만을 구원해 준다"는 교리를 가진 종교집단들이 작금에 우리나 라에도 하나님의 교회가 번성하면서 신문광고도 대대적으로 하고 있다. 내가 살고 있는 아파트에서 150여 미터거리에도 있다. 북한괴뢰집단보다 더 무서운 집단이 많이 생겨서 걱정이다. 세상에서 무서운 것은 우리주변에 많다. 그러나 "너 죽이고 나 죽는다"는 테러를 하는 사람이 제일 무서운 것이다. 내가 그러한 테러를 하는 부대에서 작전을 하였기에 잘 알고 있다. 어느 누구도 막을 수 없는 집단이다.

김해시 연지공원에서…….

"머지않아 하느님께서는 불만족스러운 사물의 제도 전체를 멸망시키기 위해 인간사에 개입을 할 거다"란 말로 위협을 하면서 "종교를 믿어 구원을 얻어라"는 말로 날 꼬득이는 성직자를 만났다. 모 교회 부목사라는 일마가하는 말이 "하느님을 만났다"고 하여 "어떠한 모습이냐?"물었더니 "바람이다"라고 하여 "지금 나뭇가지를 흔들고 지나가는 바람이란 말이냐?" "그렇다"고 서슴없이 대답을 하였다. "개새끼를! 그냥?"나불거리는 입을 찢어 버리고 싶었다. "번개는 하느님이 인간이 죄를 지으면 벌을 내릴 때 사용하는 칼이라고 하는데……. 2007년에 세계 신新 7대 불가사의不可思議로 꼽히는 브라질 리우데자네이루시의 산 정상에 세워진 38미터의 예수동상을 년 평균 6회 이상 손과 머리에 벼락을 때려 파손을 시켜 보수를 하느라 골머리가 아프다는 브라질시 당국의 말인데 자식이 말을 듣지 않아서 때리는 것인가? 700여 미터의 높은 산위에 38미터 키의 동상이라면 하늘이 가까워서 보통사람보다도 하느님의 말이 더 잘 들릴 텐데!"

"……."

그는 답을 못하고 자리를 피했다. 나는 우리와 같은 민족인데도 핵 무장을 하여 자기 말을 따라주지 않으면 서울을 불바다를 만들어 우리의 삶의 터전을 없애 버리겠다는 북한의 김정은을 죽여주면 하느님을 당장에 믿겠다. 어찌 보면 김정은과 하느님이 닮은꼴이다. 자기들의 뜻대로 움직이지 않으면 멸망을 시킨다는 공갈 협박이! 예수를 믿는 자를 없애기 위해! 유대인 600여만 명을 학살한 히틀러를 벌하지 않은 하느님과 예수는 직무유기를 했는데!
종교인의 답은 무엇일까? 그렇다면 지구의 멸망-滅亡끝에 누가 살아남을 것인
가? 성서에는 "올바른 사람들은 땅에 머무르고 나무랄 데 없는 사람들은
땅에 남아 있을 것이다. 그러나 악한 자들은 땅에서 끊어지고 배신자들은
땅에서 뽑힐 것이다."라는 기록이다. -잠언 2:21절과22절-

　"죄는 성전 제단 뿔에 새겨 집니다."예레미야 17장 1절에 쓰여 있는 말이다.
우리가 범죄를 저지를 때마다 하나님은 우리의 죄를 제단 뿔에 기록하시고
그대로 심판을 한다는 내용이다. 종교를 비난한 나의 이름도 쓰여 지겠네!
그놈의 뿔이 얼마나 크기에 인류가 생성되고 종교가 생긴 뒤로 수백억의
인구가 태어나고 죽었다. 그런데 죄지은 사람의 이름을 모두 적다니…….
이세상의 모든 인간은 성경의 말대로라면 죄를 짓고 산다. 고대사회는 종이와
인쇄기술의 미발달로 책이 희귀하였던 당시 상황으로는 일반인들은 경전-經典
이나 성경-聖經을 구하여 읽지도 못하였고! ……읽어주는 경전이나 성경을
듣고도 왜? 라는 의문-疑問조차 하지 못하였다. 일반대중은 기득권을 확보한
교회-宗團의 권위에 눌려 감히 역-易 발상도 하지 못하고 맹목적-盲目的으로
믿을 수밖에 없었을 것이다. 이 모두가 정보부족과 교육기관이 없었던 탓이다.
배움과 진실에 목말라 하던 고대인들은 그런 이유로 회당-synagogue 에서
토라-Tora 를 읽어주고 기도를 주도하였던 랍비-指導者=指導者가 인텔리로 추앙
을 받은 것은 어찌 보면 당연한 결과였을 것이다. 2000년 전 고대사회 사람들이
얼마나 삶이 고통스러웠으면 "하늘나라가 가까워졌다. 모두 회개하라."라고
거짓 외치는 사람을 구세주-救世主라고 섬기며 자신들을 헌신하였겠는가?
문제는 현시대에도 놀라울 정도로 과학이 발달되어 인간이 우주를 오고
감에도 불구하고 교회나 사찰에 사람들이 넘쳐나고 있는 현상은 무슨 이유일
까? 일종의 군중심리에서! 아니면 길들여진 습관-習慣때문에……. 그도 아니면
일상의 업에 한-恨이 맺힌 것이 많아서 신-神=god 을 찾을 수밖에 없는 것에서
일까! 기독교에선 이미 2,000년 전에 외친 말을 지금까지도 "하늘나라가 가까워

지고 있다."또는 "지구의 종말-終末이 임박하였다."라고 하는 사람들이 있는 것을 보게 되면 인간이란 무엇인가? 하는 물음을 되새긴다. 종교가 허구-虛構라는 사실을 모르고 하는 말인지 아니면 허구라는 사실을 알면서 그러는 것인지! 무교인 나는 알 수가 없다. 석가처럼 수행에 나서면 알까. 불교의 경전은 영혼-靈魂=spirits 이 불멸-不滅이었으면 하고 소망-所望에 불과한 것이다. 그 소망을 잠재의식-潛在意識으로 받아드린 것에 불과하다. 이 세상을 살아간다는 게 누구나 무거운 짐-burden 이다. 삶이란 그 어느 누구에게나 고통인 것이다. 종교인을 비롯한 절대 권력자나 평범한 소시민도 인생은 모두에게 미완성-未完成이다. 그러한 데도 성직자는 "믿음으로 구원을 받아라."한다. 그 이면엔 어김없이 돈이다. 그래서 성직자를 종교적 인간-homo religious 이라고 하는 것일까.

내가 겪은 이야기를 상재해 본다. 문인 협회 들어 온지 14년 동안 겪은 일들이다. 그간 집필되어 출간한 책이 17편-22권 이다. 단 한 번도 출간기념회를 개최하지 않았다. 그러한데 회원 중에 책을 출간하여 기념회를 개최한 몇몇 회원이 있다. 공교롭게도 기독교인이고 3명인데, 3명 다 최 씨 성을 가졌으며 모두 남자다. 물론 참석하여 두 분에겐 5만원의 축의-祝儀 금을 주었고 한 분은 출판 기념회를 열지 않았으나……. 지부장이어서 금액에 수십 배에 해당하는? 장거리 용무가 있을 때 내 자가용으로 5년여 간을 태워주었다. 난 22권의 책을 집필 출간 했으나 출간 기념회를 열지 않은 것은 책을 출간하면 주위 친구들이 출간 기념으로 열어 줘야한다는 선배들의 말을 따랐다. 난 객지어서 친구가 없어서! 그러나 자식을 셋이나 결혼을 시켰는데 그들은 단 한 사람도 참석하지 않았다. 그들의 불참은 앞서 이야기한 일요일이기-주일의 대예배 때문일 것이라고 생각한다. 불교인은 바쁜 일이 있어 참석 못하면 축의금을 인편으로 보내거나 아니면 직접 나에게 참석하지 못함을 사과하며 축의금을 주었다. 기독교인에게 책을 우편으로 보내기도 했는데 잘 받았다는 전화 한 통화 없었으며 쓰디쓴 300원짜리 길 다방-자판기. 커피 한잔 대접 받아 본적이 없다. 어떻게 보면 치사한 말이라고 하겠지만……. 이러한 이야기가 흘렀나! 소설집 "묻지마 관광"출간을 하고 책을 나누어주면서 "길 다방-자판기. 커피 한 잔 사 달라."라는 말을 농담 삼아 말 했는데 그 현장에서 길 다방 커피 100잔을 살 수 있는 30,000원을 봉투에 넣어주는 여성 회원이 있었다. 뒤에 안일이지만 기독교인이었다. 그동안 내가 종교인을 편견 했나! 여하튼 대다수의 기독교 종교인은 성직자명령믿음 에 잘 따라 죽은 뒤 천당에서 편히 영생-永生하는 일보다는 그들의 세상에선 더 큰일이 없을 것이다. 라고 크게 이해를 한다. 축의금과 부의금 낼 돈으로 헌금을 남보다 더 많이 하면 천국에선 남보다 더 좋은 자리를 받아 그들의 염원念願대로 살아질까! 우리나라에는 6만여 교회가 있어 개신교인만 하더라도 무려 1,000만여 명이라 한다. 그러나 요즘 교회를 떠난 신도가 많아 어려움에 처한 교회가 부지기수라 한다. 교회를 떠난 신자들 절반 이상이 "교회와 맞지 않은 부분이 있어서"라고 했다한다. 구체적으로는 "배타적·이기적·물질중심주의적인 성직자들 때문에 마음의 변화를 크게 겪게 되었다"는 것이다. 위의 내용에 함축-含蓄된 말은 성직자의 거짓말이 심경의 변화를 가져오게 했다는 것이다. 종교의 비판이지만 좋은 성직자와 아름다운 신도들도 더러는 있다. 그러나 내가 격은 대다수의 종교인과 성직자들은…….

성경엔 "온 세상은 악마의 지배를 받고 있습니다." -요한 첫째 5:19.
"악마가 저질러놓은 일을 파멸시키려고 하느님 아들이 나타나셨던 것입니다." -요한 첫째 3:8. 공동번역 개정판.

현재 이 세상을 다스리는 통치자는 잔인하고 이기적이지만 예수는 그와는 전혀 다른 분입니다. 예수가 왕으로서 어떻게 다스릴지에 대해 하느님은 이렇게 약속하십니다. "그는 낮은 자와 가난한 이를 아껴보고……. 그들의 영혼을 압제와 폭력으로부터 구속한 것이다."라고 말하고 있습니다.
　-시 72:13.14.

여호와께서 약속하신 일은 이미 이루어진 것이나 다름없습니다!
-이사야 55:10.11.

성경에서는 "하느님께서는 거짓말하실 수 없다."분명이 알려 줍니다.
-히브리 6:18.

　기독교의 성직자나 신도들은 하느님이 세상을 지배하고 있다고 하였는데 악마들에게 세상을 빼앗겼나! 요한 첫째 5:19 기록에는 "온 세상은 악마의 지배를 받고 있습니다."라고 되어 있다. 작금의 세계의 도처에서 벌어지고 있는 악행들을 보면 그간에 하느님이 악마가 되었나! 성경의 기록에는 하느님이 세상을 지배하고 있다고 했으니 하느님이 악마 아닌가? ……. 아니면 성경 번역을 잘 못했나! 지구상엔 수많은 민족이 살며 언어와 문화를 소중히 여기면서 살고 있다. 삶의 방식은 엇비슷하다. 그래서 자신의 문화가 담긴 종교는 큰 힘이 되지만 자기와 생각이 다르다 해서 싸우고 있는 것이다.
　종교적인 서적인 성경·불경·코란 등의 번역자는 소설가들보다 더 사기꾼이다. 흔히 소설가를 칭할 때 "사기꾼"이라고 하며 또는 "작은 신-神"이라고 부른다. 전자는 자그마한 사연을 크게 부풀려 이야기를 만들어서이고 후자는 남보다 많이 알고 있다는 것에서이다. 종교적 서적을 번역하면서 작가의 상상력을 보태여 집필한다. 그래서 터무니없는 거짓말이 섞이게 되는 것이다. 결론은 돈 버는 사업이 잘되게 영업방식을 기록한 책이다. "왜?"답을 요구하면 지구가 생생이래 기독교적인 신은 한 번도 나타나지 않았으며, 불교적으로 윤회되어서 이승으로 온 사람이 없다. 그리고 아담과 이브를 만들 때처럼 흙으로 만들지 가난한 목수의 아내 마리아와 관계를 맺어 아들 예수를 낳았는데……. 아들이 죄를 지어 처형을 당해도 구해주지 않은 아버지가 신이라는 말은 허구이다. 신이란 이름을 만들어 낸 것은 우리 인간이다. 세상의 수많은 인종과 수천의 언어와 누리는 문화는 각기 다르다. 세상의 모든 사물을 신인 하나님이 만들었다는 것은 거짓말이다. 내가 만난 수많은 성직자와 신도들에게 답을 요구했지만 어느 누구도 답을 못했다. 다만 종교는 좋은 것이다. 교리대로 행동을 한다면……. "이세상의 생물은 반드시 소멸한다. 이것은 진리요 피할 수 없는 숙명이다."그러니까? 세월이란 살아있는 생물을 절대로 비껴가지 않는다는 것이다. 교회나 절에 다니는 신도들은 아무런 종교를 믿지 않은 사람들보다 대체로 평균수명도 길고 건강하다는 KBS에서 특집 방송을 하였다. 10가지 등분으로 구분하여 조사를 했는데……. 종교인의 평균 수명이 70세. 그런데 소설가작가 수명이 맨 마지막인 57세라는 것이다. 이참에 종교를 가져볼까. 각설하고……. 종교인의 수명이 긴 것을 헤아려 본다면 우선 성경과 불경에 기록된 신앙의 가르침을 실천하려다보면 건전한 생활습관을 갖게 되어 술·담배·마약 등 각종 "중독성 물질"을 멀리하는 절제된 생활을 하게 된다. 평범한 사람들이 온갖 세파에 부대끼다보면 자연 스트레스의 바다에 빠져 허우적거리기 쉽다. 그러나 신앙인은 정신적으로 의지할 데 없는 일반 사람보다는 쉽게 마음의 평안에 이를 수 있다. 자기가 믿는 신앙의 중심에는 신이 존재存在하든 존재치 아니하든 자기가 믿는 교리에 있는 신의 가르침을 진심으로 믿는 사람은 나약한 어린이를 보살피는 어머니 같은 존재를 마음 한구석에 모시게 되는 것이다! 흔히 기복祈福신앙을 비판하지만……. 종교를 통하여 나와 내 가족의 평안을 간구懇求하는 행위는 심리적 치유와 같다. "이마누엘 칸트"는 "회의적 신앙만이 참다운 믿음이라고 했다"지만 모든 사람이 칸트 수준에서 종교를 이해할 수 없다. 종교학자인 오강남 교수의 저서 "종교란 무엇인가"에서 "교회의 친교적 봉사적 심지어 기복적 기능을 필요로 하는 사람에게는 교회가 그 필요를 충족시켜줄 수도 있어야 한다"고 말한다. 어린이에게 행복감을 주는 산타클로스의 실제 존재를 이성적으로 따질 필요는 없을 것이다. 그러기에 종교를 믿는다는 것은 천상復活=살아남과 윤회輪回=다른 몸을 빌려 태어남 가 있기를 바라는 마음에서 이 세상에 종교가 번성하고 있는 것이다.

이 글을 읽은 종교인을 길거리에서 마주치면……. 부부간에 다툼으로 인하여 남편에 폭행을 당하고 친정집에 피신해 있는 마누라를 찾으려고 사립문을 들어서는 사위 놈을 바라보는 장인영감보다도 더 험악한 얼굴로 바라보겠지! 울 엄니 살아 계실 적에 "남이 너를 바라 볼 때 고운 눈으로 바라보는 사람이 되라"고 훈육-訓育을 했었는데…….

다만 성경·불경·코란 등에 기록되어 있는 교리대로 행동한다면 종교를 믿는 것은 좋은 일이다. 세상을 살아가는데 꼭 필요한 것은? 돈이다. 종교가 돈 때문에 나쁜 방향으로 가고 있는 것이다. 신의 도움을 받는 종교인들아! 또는 신을 부리는 무당을 비롯하여 점쟁이들아! 유병언이 있는 곳을 모른다면 다 거짓말이지? 5억의 상금이 걸렸는데…….

사심이 없다는 리더가 더 위험하다. 성경·코란과 불경 등에 기록된 내용은 사랑이다. 2014년 8월 18일 교황은 우리나라를 떠나면서 죄지은 사람을 일흔 일곱 번을 용서하라는 말을 남겼고 166회 사랑하라는 말을 했다. 결과는 사랑하면 모든 게 용서가 되는 것이다. 서로 간에 미움으로 인하여 예루살렘을 향한 지독한 광기가 지구상의 끝없는 살상-殺傷을 일으켜 온 것이다. 고대부터 존재한 예루살렘의 도시가 어떻게 우리 현대 세계에 불을 붙였나-How the Ancient City Ignited Our Modern World 다. 기독교와 유대교 이슬람교라는 세 종단의 탄생지인 예루살렘이 지금의 서로 간에 갈등은……. 고대 로마군이 예루살렘을 공격하자. 유대인의 저항·중세 십자군의 점령과 살라딘의 반격에 의해 근세에 유럽의 식민점령 등 2000여 년간에 예루살렘의 지배세력은 11차례나 바뀌면서 그때마다 극단적인 무자비한 폭력이 일어났다. 왜? 다들 사이코패스-공감능력이 부족한자. 같이 예루살렘을 차지하려고 안달이 났을까? 신을 핑계로 자신들의 욕망을 채우려고 한 탓이다. 예루살렘이라는 화면 위 천년왕국에 대한 강렬한 환상을 투사할 수 있을 때 비로소 역사가 완성되리라는 잘못된 종교적 심념이 "예루살렘 병"이라는 것이다. 따지고 보면 기독교·이슬람교·유대교 모두가 피해자가 아닌 가해자들이다. 2014년 이스라엘의 무분별한 공격이 세계적인 비판을 받고 있지만……. 지난 10여 년간 극단주의 이슬람교도들이 자살폭탄 테러를 가하는 바람에 수많은 이스라엘 국민이 죽었다. 그래서 기독교인이라면 꼭 들리고 싶어 하는 예루살렘 성지 순례 길인 "십자가의 길"인 14개 장소가 중세 후기 그리스정교회에서 관광을 독점하는데 대응하려고 프란치스코회에서 만든 허구-虛構인 것이다. 사실 따지고 보면 종교의 근원-根源은 폭력-暴力인 것이다. 그래서 종교 자체가 살육에서 황홀감과 카타르시스를 느끼는 인간의 본성에서 비롯된 것이다. 태초부터 인간은 생존을 위해 사냥을 하면서 살해를 할 때마다 일종의 카타르시스를 경험 했던 것이다. 세월이 흐르면서 농업의 발달로 유랑생활에서 정착생활을 하면서부터는 가축을 제단에 올려 도살함으로써 집단적-集團的 흥분을 느끼며……. 이러한 과정을 거치면서 더 큰 존재와의 교감을 추구하면서 종교가 발생한 것이다. 그러한 과정이 "희생제의-犧牲祭儀개념인"라틴어로 "성스럽게 하다"는 의미이지만 사실은 의식적인 살인행위로 보아야한다. 출애굽기에 아브라함이 사랑하는 아들 이사악을 하느님의 제물로 바치려 한다. 예수가 십자가에 죽임을 당한 골고다 언덕은 아브라함이 이사악을 죽이려고 한 장소라는 통념-通念이 확대면서 "죽음이 곧 구제"가 된다는 희생제의 개념이 기독교 내에서 강화되면서, 이후 이슬람교까지 영향을 미쳐 "인간은 자신과 다른 종교를 믿는 자를 죽임으로써 산다"는 폭력의 논리-論理가 확산 된 것이다. 그리하여 종교의 갈등으로 근세에 들어 자살폭탄 테러가 발생하게 된 것이다. 이율배반적이게도 좋은 종교란 "나쁜 종교"가 존재하기 마련이고……. 순결-純潔한 종교 따위는 존재할 수 없을 이해해야 한다. 그래야 배타성을 넘어 종교인은 자기반성을 통해 폭력을 멈출 수 있을 것이다. 종교의 지도자가

길…….

사심이 없어야 더 발전할 수 있다. 온갖 사심으로 가득하였던……. 하나님 교회의 수장이었던 유병언 교주는 금수-禽獸같은 짓을 하여 신도들의 돈을 온 갖 수단으로 긁어모아 자신과 가족이 호화롭게 살았지만 하나님의 종으로 자처한 그는 구원을 받지 못하고 야산에서 길을 잃고 헤매다가 쓸쓸한 죽음을 맞이하여 지상의 낙원이라는 금수원에 묻혔다. 나는 유병언도 나쁘지만 이 땅의 지식층이라는 사람들이 그에게 속아 그를 도피시키려고 협조한 열성 신도들의 행동을 보고 인간의 어리석음이 그런 나쁜 종교를 탄생시킬 수도 있음을 세월호 사건으로 붉어진 성직자의 종말을 보았다. 그러나 하나님교회 구원파 종교인은 유병언의 장례식에 수 천 명의 신도가 모여서 성대히 치렀다는 언론의 보도도. 그러나 자식인 둘째 아들과 딸이 참석안함은……. 그의 이 세상의 삶은 실패작이다.

사랑은 조건 없이 또는 아낌없이 사랑을 해야 한다. 사기꾼 종교 교주인 유병언은 자식들에겐 사랑을 했지만 신도들에겐 편애를 했다.

이슬람 수니파 무장단체인 이슬람국가-IS가 영국인 "혜인스"씨를 참수-斬首=TM톱으로 머리를 전단하는 짓 를 하였다. 프랑스 구호단체에서 일하던 혜인스 씨는 2013년 3월에 시리아 난민캠프 터를 둘러보고 터키로 돌아가다가 무장괴한에게 납치되었다. 그는 프랑스 구호단체가 주도하는 난민 보호 활동을 위해 시리아에 입국한 사흘 만에 IS에 납치 된 것이다. 15년 동안 옛 유고연방의 난민구호와 리비아의 장애인보호를 비롯한 남수단의 휴전 감시에 열정적으로 참여했다. 참수장면의 동영상을 공개한 IS 무장단체의 참수하는 행위는 인간 본성의 진화에 역행하는 반인륜범죄행위다. 이런 극악무도-極惡無道한 행위를 하고 있는데! 하느님은 무었을 하고 있는가?

2014년 9월 19일 동아일보 A29면 전면에 예수님은 이미 '흰 구름'을 타고 돌아오셨습니다. 그분이 곧 말세에 말씀이 육신 되어 중국에 은밀히 강림하신 전능하신 하나님입니다. 전능하신 하나님께서 "심판이 하나님 집에서부터 시작된다"는 새 사역을 전개하셨고 국도-國度 시대를 개척하셨으며 인류를 구원하고 온전케 하는 모든 진리를 발표하셨고 중국에서 한 무리 이긴 자들을 만드셨습니다. 오늘날, 하나님께서 중국에 은밀히 강림하여 하신 사역은 이미 큰 성공을 이루었고 곧 만국만민을 향해 공개적으로 나타나실 것입니다. 라는 제하에 하나님이 하는 일은 어느 누구도 막을 수 없다는 글을 전면에 상재한 것을 보면 인간이 얼마나 어리석음을 알 수 있다. 이 하나님의 교화이슬람교=회교 또는 회회교 는 모하멧-Mdhammed이 창시한 것으로서 현제 세계적으로 가톨릭과 거의 맞먹는 신도수를 가진 거대한 종교다. 코란에 기본교리인 육신-六信은 (1)알라-하나님 외엔 다른 신을 둘 수 없다.(2)알라와 인간 사이엔 천사-天使라는 중개자-仲介者가 있다. (3)코란-Koran 은 알라의 마지막 계시-啓示다. (4)여섯 명의 중요 예언자-아담·아브라함·모세·예수·모하멧 중에서도 모하멧이 가장 위대한 마지막 예언자. (5)세말-世末=세상종말 에 나팔이 울리고 모든 이가 알라의 심판-審判을 받게 된다. (6)인간의 구원-救援은 모두 예정되어 있다. 그리고 신도들이 지킬 오행-五行으론 (1)알라 외엔 다른 신이 없고……. "모하멧은 알라의 예언자-豫言者"라는 기본신조-基本信條를 날마다 고백한다. (2)매일 다섯 번씩 메카를 향하여 예배-禮拜한다. (3)구빈세-救貧稅=돈을 내라를 내야 한다. (4)라마단 달-알라의 계시의 달 엔 30일 동안 금식-禁食을 한다. (5)일생에 적어도 한번은 메카에 순례-巡禮를 해야 한다. 등이 이슬람의 율법-律法이다. 이 종교를 믿는 사람이 이 세상에서 가장 악질이다. 그들은 지금도 세계도처에서 너 죽이고 나 죽는다는 테러를 자행하고 있다. "신은-하나님=유일신:唯一神 하나다"라는 그들의 주장은……. 이슬람의 세계에서는 오직 한 길 알라의 길로 통한다. 모하메드가 받아 적었다는 코란은 절대 적이다. 신은 "알라 뿐이다"라는 것이다. 하나님의 아들 예수를 믿는 자는 없어져야 한다는 그들의 그릇된 생각에서다. "원수라도 동등하게"란 코란의 한 구절을 무시한 채 이 세상에서 제일 무서운 테러 집단이 되어 세계도처에서 잔인한 폭력을 가하는 바람에 세계경찰이라고 하는 미국도 9.11테러를 당해 무고한 수천의 민간인이 억울한 죽음을 당했다. 죽으면 모두 신-神인데! 어린이가 죽으면 모두 천사天使된다고 하는데……. 하늘에서 일하는 천사가 어려서 날개가 약해 머나먼 하늘에서 못 오나! 기독의 발상지와 예수의 탄생지인 죽음의 땅 이스라엘은 중동의 화약고다. 지금도 이슬람교도들의 끝없는 테러에 시달리고 있다. 우리나라는 7대종교가 있으나 종교인간에 큰 다툼은 없다! 옛부터 에루살렘은 무슬림에 도전을 받고……. 로마군에 시달리다가 결국 로마에 점령당하여 멸망의 길로 들었으나 끈 질 긴 민족성 때문에 살아남았다. 한마디로 전쟁과 갈등의 역사를 앓고 살아온 민족이다! 적군에게 쫓겨 사막의 절벽 위 마사다로 도망쳐 성을 쌓고 3년을 버텨오다가 결국 969명이 자결을 했다. 그 성안에는 단 한명도 살아있는 생명체가 없었다는 기록이다. 요한계시록에 있는 종말론이 정복당함을 두려워해 자결한 그들에겐 합당한 문구였을 지도 모른다! 지금도 종말론을 이야기하며 신도들을 모으고 있다. 그렇다. 지구상의 생명체는 단 한 번의 종말이 온다. 그것은 피할 수 없는 죽음이다. 요한계시록을 잘 이해하면 종말이 아니라 소망을 기록한 책이다. 고대나 지금이나 예수는 자기가 태어난 이스라엘이 끊임없는 테러에 시달리는데 하늘에서 아버지인 하느님 눈치만보고 이러지도 못하고 저러지도 못하고 팔짱낀 채 구경만하고 있는 모양이다! 그러한 시기를 보내고……. 대한민국의 "전능하신 하나님 교회"광고문항을 보니 우리나라도 아닌 공산국가인 중국에 내려 왔다는 것이다. 예수가 구름을 타고 내려왔다면, 하루를 거르지 않고 죽이고 죽는……. 자기가 태어난 이스라엘에 가서 폭력을 멈추게 하는 것이 인류를 구하는 게 아닌가? 광고비가 몇 천만 원 일진데! 계속광고를 하겠다는 것이다. 거짓말 잘하는 성직자와 종교인들이란……. 그래서 이 세상의 최고의 영업사원은 최고의 거짓말쟁이이며 최고로 잘 속는 사람은 종교인이다. 반비례하여 신도가 많은 종단의 성직자는 최고로 거짓말을 잘하는 사람이다.

이 세상에서 가장 아름다운 이름은 어머니다. 어머니를 생각하면 사랑이다. 종교인이여! 어머니가 자식을 사랑하는 것처럼 사랑을 하라. 그것이 종교로 가는 지름길이다.

길······.

남해 보리암-文學記行

"뭐야!" 문인협회원들과 남해군 금산錦山-705미터 가슴부위에 자리 잡고 앉아 있는 보리암-보제암: 菩=보리-보·提=끌-제·庵=암자-암 으로 문학여행-文學旅行을 가려고 출발지인 김해시민의 종각 주차장에 아침 일찍 도착하여보니 회원이 모였는데······. 여성회원은 목도리를 하거나 머플러를 하였고 남자회원은 후드가 달린 점퍼 옷을 입고서 왔다. 곧 찬바람이 불어와 꿈틀대던 뭇 생명들이 몸을 움츠리는 계절인 겨울 입구에 대다수 회원들은 두터운 복장이다. 그러한 데 난 반코트에 구두를 신고 서류가방까지 들고 왔으니 모양세가 '영, 아니올시 다!'이다. 월례 때 같이 동행할 수 있는 회원은 신청을 하라고 하였으나······. 중형관광버스로 간다 하여 나는 포기를 하고선 행여 자리가 나면 갈 것이고 그도 아니면 예총 회관에서 시간을 때우려했는데 관광버스가 아니고 고맙게도 남성회원한분과 여성회원한분이 봉고차를 직접 운행하게 되어 나도 동행하게 되었다. 문인협회이 된 뒤 해마다 한 두 번은 문학 여행을 다녔다. 조금 불편한 것은 조용히 문학적 구상을 하고 다녀와야 하는데······. 여느 관광여행 처럼 버스 안의 놀이문화가 그간에 나에겐 조금은 불편스러웠다. 물론 개개인 의 취향은 다르겠지만! 마음이 통하는 사람과 함께 거친 언어들을 융화시키고 응축하여 세상에서 가장 아름다운 말을 만들어내는 문인들과의 여행길이기에 참았다. 글을 쓰면서 만난 인연인 사람들과 정다운 이야기를 나누며 여행하는 길······. 바쁘게 돌아가는 세상에 이만큼 즐거운 일이 있으랴! 차는 부드럽게 남해고속도로를 매끄럽게 달렸다. 여성회원이 운전을 하여서 인가! 도란도란 담소를 나누며 여행을 가니 기분 역시 업 되었고 꼭 가고 싶었던 곳이어서 조금은 들떴다. 보리암의 해수관음상을 언론보도에서 많이 보았기에 무척이나 궁금하여 언젠가 꼭 가서 실물을 봐야겠다는 마음속 다짐이 있었기에 오늘 소원 푸리를 하게 된 것이다. 숨 가프 게 달려온 차가 점심을 해결하려 사천시내로 들어서 해안가 식당에 도착하였다. 같은 코스를 여행했던 회원이 추천한 식당에 들어서니 청정해역의 수산물이 한가득인 밥상을 보고 모두들 탄성을 자아냈다. 아침 식사를 거르고 와서인가! 아니면 푸짐한 남도인심의 정성어린 대접인가!

　…….

　허리띠를 느슨하게 풀고 다음 행선지인 남해의 길로 들어섰다. 남해군 창선면과 삼동면을 잇는 창선교 위를 달리는 차창 넘어 풍경을 바라보니 능선 위로 흐드러진 완연한 가을이다. 풍부한 산자락을 펼쳐앉은 마을 앞에 거대한 바다를 일구는 어부들의 흔적인 죽방렴-竹防簾이 군데군데 똬리를 틀고 앉아 있다. 창선교 아래 지족해협은 물살이 시속 13~15킬로미터로 전국에서 두 번째로 거세다고 한다. 이곳은 좁은 물길이라 하여 '손도'라고도 한다. 물의 흐름을 보고 있으면 마치 냇물이 세차게 흐르는 것처럼 유속이 빠르다. 이러한 지족해협에 죽방렴이 자리하고 있다. 죽방렴이란……. 세찬물살이 지나는 좁은 물목에 V자 모양으로 말뚝을 세우고 그 둘레에 대나무를 쪼개서 만든 발-箊이나 그물을 쳐서 썰물 때 안으로 들어와 나가지 못 하는 "물고기 함정"을 만들어 고기를 잡는 어구를 말한다. 대나무 어사리라고 불리는 죽방렴은 두 물머리나 아니면 간만의 차이가 큰 해역에서 예부터 사용되던 것으로서 하루에 두어 번 배를 타고 들어가 멸치를 건져내는데 이렇게 잡은 "죽방렴 멸치"는 신선도가 높아 남해의 최고의 명성을 자랑하며 높은 가격에 거래되고 있다. 죽방렴은 지족해협에 23개가 있으며 남해와 사천 사이에 21개가 있다. 1960년대만 하더라도 하동과 거제도에도 있었지만 배들의 운항에 걸림돌이었고 소득이 떨어져 철거를 해버렸다고 한다. 현재는 전 세계적으로 필리핀에 흡사한 것이 있기는 하나 남해바다 일대가 유일하다고 한다. 죽방렴의 역사는 수백 년 전으로 올라간다. 1469년도에 편찬된 「경상도속찬지리지」에는 "남해 방전-죽방렴에서 멸치·홍어·문어가 잡힌다"는 내용이 있다. 550년도 더 지난 지금까지의 그 형태는 똑 같은 모형이다. 다만 죽방렴을 만드는 자재는 대나무 에서 그물로 바뀌기도 했지만⋯⋯. 이 죽방렴은 2010년 8월 18일 국가지정 명승에 포함됐다. 남해는 우리나라 네 번째로 큰 섬이었으나 1973년 하동에서 남해로 연결되는 660미터의 현수교가 완성되어 이젠 섬이라고 생각이 되지 않았다. 굽이굽이 해안도로를 따라 펼쳐진 바다풍경이 도시의 공해에 찌든 눈을 깨끗이 씻어 주는 것 같다. 야트막한 고개를 넘어서 좌회전을 하여 경사가 완만한 내리막길 좁은 길로 들어서자⋯⋯. 길가 마을엔 서로 간에 어깨를 맞대고 앉아 있는 고만고만한 형형색색의 작은 집들엔 주인의 나이를 닮았을 것 같은 문패들이 나의 시선을 잡으며 고향의 정취를 느끼게 했다. 과거의 모습을 기억하며 현재를 살아가는 사람들의 흔적들이 흐릿하게 각인된 골목길은 느림의 미학인가! 조각돌로 담을 쌓은 골목길은 어느 예술조각가의 솜씨인가! 세련된 맛은 없지만 셀 수 없을⋯⋯. 크고 작은 수많은 조각돌을 있을 자리에 꼭 있게끔 모나지 않고 아담하게 담장을 쌓은 수재-手才는 누구인 가? 감탄-感歎이 저절로 나온다. 과거와 현재가 공존하는 골목길 담장 안 집집에서 들리는 경비견-警備狗들의 "비상"고함소리를 뒤로하고 비좁은 골목길 을 더듬고 나서 차는 농로 길을 지나 땅 끄트머리에 멈춰 섰다. 차에서 내리자 나를 반기듯 차가운 습기를 한가득 머금은 바닷바람이 불어와 목덜미를 간질이고 머리칼들을 한꺼번에 일으켜 세운다. 눈앞에 펼쳐진 풍경은 남해군 삼동면 물건리 앞 바다 끝에 물건방조어부림-勿巾防潮魚付林으로 조성됐던 제 150호 천 년 기념물로 지정된 수가지 늙은 나무들이 바닷바람을 막아주는 역할을 하느라 몸통군데군데 나 있는 상처투성이 흔적들은 부지런한 어부의 손톱 끝처럼 갈라져 세월의 흔적을 말해주듯 처연-悽然했고⋯⋯. 장구한 세월동

길⋯⋯.

안 육지로 오르려고 몸부림쳐도 단 한 번도 오르지 못하여 시도 때도 없이 틈만 나면 행패를 부리는 파도의 성난 욕심을 달래주던 각진 돌들이 바닷물에 다듬어져 몽돌로 변하여 섬 끝자락을 누르고 있었다. 바닷물은 숨고르기를 하느라 조용했다. 가는 길을 비기지 않는 몽돌에게 수없이 매질을 하여 바닷물은 시퍼런 멍이 들었을까! 각진 돌들은 파도를 만나 아름다워졌을까! 파도는 성나면 성난 대로 아니면 아닌 대로 돌을 어루만졌을까! 그러한 몽돌에는 바다의 뭇 사연이 새겨져있을까! 잘생긴 돌 하나 아무도 모르게 슬쩍 가져가 책상위에 올려두면 도란도란 바다이야기를 들을 수 있을까. "절대 반출 금지"이여서일까! 크고 작은 몽돌들은 모두가 있어야할 곳에 있어야할 것처럼 잘 정돈되어 있었다. 만-灣을 경계로 갈라선 방파제는 폭풍우에 성난 파도를 막아주는 역할을 했을 것이고 입구에 빨간색 등대와 흰색 등대는 늙은 물건방조 어부림과 세월을 마주하고 서서 어민들의 삶의 길을 인도 했을 것이다! 물수재비게임을 한 뒤 몇 컷의 기념사진을 찍은 후 차는 역순으로 돌아 야트막한 급경사 오르막길을 늙어 혜소 병이 걸린 환자의 숨소리처럼 게걸거리며 산마루를 힘겹게 올랐다. 이름 하여 독일마을…….

"아! 저런 민족 저런 지도자가 있는 나라라면 우리가 차관을 줬다가 돈을 못 받아도 좋다"라는 이 말은……. 당시에 우리나라는 한국전쟁으로 인하여 피폐해진 국가재건에 필요한 돈이 없었다. 그래서 박대통령-당시 최고위원이 미국으로 건너가 케네디 대통령을 만나 필요한 자금을 지원받으려 했으나……. 구테타를 일으켜 정권을 잡았다하여 자기 나라 어느 부족추장정도의 낮은 대접으로 냉대를 하였다한다. 박대통령이 만남의 장소에 들어갔는데 자리에서 일어나지도 않았다는 것이다. 그래서 같은 분단국가 이였던 서독에게 상업차관 3천 만 달러를 부탁 했으나 담보가 없어 진행이 어려워지자. 5000명의 탄광광부와 3000명의 간호조무사를 담보로 차관을 얻었다. 자료에 의하면 광부 65명이 사고와 병으로 사망을 했고 간호사는 19명이 이국에서의 외로움과

부모형제 고국산천이 그리워 우울증으로 19명이 자살을 했으며 26명이 병으로 사망을 했다는 것이다. 그렇지만 독일인들은 시체를 닦는 간호사를 보고 천사라고 했다는 것이다. 1964년 선거로 대통령이 된 박정희대통령을 서독이 초청을 했다. 당시엔 우리나라에는 대통령 전용기도 없었고 민항기도 없었다. 그래서 미국의 민간 항공기를 전세계약을 하였으나 미국서 구테타로 정권을 잡은 대통령은 미국국적 항공기를 탈수 없다고 하여 취소를 해버리기도 했다……. 할 수 없어 독일 민간 루프트한자 항공사의 본에서 일본 도쿄 상용노선을 변경시켜 일반인 승객과 함께 타고 독일로 갔다. 7개 도시를 경유해 서독 쾰른 공항까지 가는 데 무려 28시간이 걸렸다. 서독에 도착하여 첫 방문지에 일어난 일이다. 서독에 파견된 광부들이 지하 4,000미터 숨 막히는 지열 속에서 석탄을 캐내고 간호사들이 시체를 닦아내는 등의 일을 하면서 외화를 벌어들인 것에 대한 노고를 위로하고 차관을 구하러 서독을 방문한 박정희 전 대통령을 환영하는 기념식 단상을 향해 걸어가는데……. 애국가가 울리자 이곳저곳에서 흐느끼는 소리가 나기 시작했다. 그 광경을 힐끗힐끗 보면서 느린 걸음으로 단상에 올라간 대통령은 준비한 연설 원고를 옆으로 밀쳐내고 눈물을 흘리며 "이게 무슨 꼴입니까. 내 가슴에서 피눈물이 납니다. 우리 생전에는 이룩하지 못하더라도 후손들에게만큼은 잘사는 나라를 물려줍시다."라고 외치고 그들에게 "미안하다"는 말을 하고는 울음이 복받쳐 말을 더 이어가지 못하고 대통령이 눈물을 흘리며 단상에서 내려와 육영수영부인과 함께 간호사와 광부들 끌어안자……. 강당 안은 곧 울음바다가 되는 광경을 TV로 지켜보던 「에르하르트」 서독수상이 눈시울을 붉히며한 말이다. 그들과의 만남을 끝내고 독일의 초대 경제부 장관을 지내기도 하였던 "루트비히 에르하르트"총리는 정상회담에서 한국의 경제발전에 도움이 되는 조언-助言을 했다. 그는 박대통령의 손을 잡고 "한국은 산이 많던데 산이 많으면 농업도 어렵고 경제발전도 어렵다. 고속도로를 깔아야 한다. 고속도로를 깔면 자동차가 다녀야 한다. 자동차를 만들려면 철이 필요하니 제철공장을 만들어야 한다. 차가 달리려면 연료도 필요하니 정유공장도 필요하다. 그리고 경제가 안정되려면 중소기업을 육성해야 한다"는 등의 조언을 해 주었다. 정상회담에서 광부와 간호사의 월급을 담보로 1억 5천 마르크를 또다시 지원을 받았다. 많은 돈을 지원받은 대통령은 서독 아우토반 속도제한이 없는 도로, 고속도로를 달리는 차를 세우고 차 밖으로 나와 정상회담서 서독 수상이 조원해준 말이 생각나서 고속도로에 입을 맞추자 수행원들이 모두 울었다는 일화가 있다. 아우토반은 차가 달리는 곳이다. 그래서 경부고속도로를 건설했으며 철강 산업에 공들여 현제의 세계 상위 철강생산국이 되었고 정유공장을 만들게 지원하였으며……. 라인 강의 기적을 보고 한강의 기적을 이루게 했던 것이다. 이러한 사업을 진행하는 데는 반대여론도 많았으나 그보다도 언제나 돈이 부족하였다. 할 수 없어 철천지원수인 일본에게 국민의 온갖 반대저항에도……. 지금도 말썽인 한일 회담을 열어 대일청구권 문제를 관철시켜 8억 달러를 받아냈다. 그러나 턱없이 부족한 돈이었다. 그래서 독일로 가서 자금을 지원 받은 것이다. 그러한 피눈물 나는 외교를 하여……. 한국전쟁으로 인하여 100만 여명이 죽고 20만 여명의 미망인이 생겨났으며 10만 여명의 전쟁고아와 천만 이산가족이 발생 했다. 그로 인하여 세계에서 가장 가난한 인도 다음으로 가난한 나라였지만 지금의 경제대국의 기초를 튼튼하게 만든 것이다. 당시엔 북한이 우리보다 잘 살았다. 지금은 남북 간의 경제적 차이는 28대 1이라는 경제적인 부의 격차가 벌어져 있다고 한다. 박대통령은 농촌에서 태어나 찢어지게 가나했던 어린 시절을 생각하곤 열악한 농촌주거환경 개선을 위하여 새마을 사업운동 사업을 벌여 국민의 삶의 질을 높인 것이 세계적으로 인정을 받아……. 지금도 70여 개국에서 수많은 사람이 찾아와서 교육을 받아가고 있다고 한다. 닉슨대통령이 "저런 훌륭한 지도자는 처음 보았다"고 칭찬을 했고 지금의 러시아의 푸틴대통령은 "박정희 대통령 관련된 책은 어떠한 책이라도 구입하라"고 특별지시를 했으며 시진핑 중국의 국가주석은 박근혜를 만나 새마을운동에 관한 자료를 부탁하여 자료를 보내주었다고 한다. 두 분 다 국가 최고의 지도자가 되기 전의 일화다. 박대통령이 작은딸 근령양의 도움을 받아 작사 작곡한 새마을 노래가 나의 손 전화의 벨도착신호음 이다. 동사무소에서 서류를 작성 중 갑자기 "새벽종이 울렸네/새아침이 밝았네/너도나도 일어나/새마을을 가꾸세/살기 좋은 내 마을/우리 힘으로 만드세"라 는 새마을노래가 전화벨이 소리. 나오자. 직원들과 민원을 보려온 시민들이 하고 있던 일을 모두 멈추고 일제히 나를 바라보는 웃기는 일이 벌어지기도 했다. 빨리 벨을 멈추어야 하는데 서류작성을 끝내고 받으려고……. 나의 또래 사람은 보릿고개시절의 생각이 날 것이고 젊은 세대들은 무슨 고리타분한 노래야 할 것이다. 새마을 노래와 유행했던 노래는 한운사 작사 "잘살아보세"란 노래였다.

"잘살아보세/잘살아보세/우리도 한번/잘살아보세/금수나 강산/어 여뿐 나 라/한마음으로/가꾸어 가면/알뜰한 살림/재미도 절로/부귀영화도/우리 것이 다/잘살아보세/잘살아보세/우리도 한번/잘살아보세/잘살아보세"

이 노래는 KBS합창단이 취입한 노래가 곧잘 흘러나왔다. 1967과 1968년에 대大 한해旱害=가뭄.가 왔다. 당시 보릿고개 시절에 가뭄이 2년 동안 계속되어 살기가 어려워지자 총각은 서울로 처녀들은 대도시로 식모살이를 하기위해 농촌을 떠났다. 당시에 "부녀자 가출 방지기간"이라 현수막이 길거리에 설치되 기도 했었다. 그 시절에 가수 문주란이 불렸던 동숙의 노래가 있다. 너무나도 그님을 사랑 했기에/ 그리움이 변하여 사모 친 미움/ 원한 맺은 마음에 잘못 생각에? 한때 사랑했던 사람을 죽이게 된 사연을 노래 한 것이다. 당시엔 가난하여 시골 여성들은 문교부 해택을 못 받았다. 이 말은 초등하교도 못 다녔다는 말이다. 객지에 나와 12시간 노동을 하면서 돈을 벌어 야간학교에 다니면서 한글을 가르치는 선생님을 사랑하였는데 그 선생님이 배반을 하고 부잣집 여성과 결혼을 한 것이다. 주야 12시간 맞교대를 하면서 돈을 벌어 학비를 보태 명문대를 나온 장래를 약속한 그가 미워서 저지른 살인 사건이 여성 잡지에 실린 것이다. 그 사연을 노랫말로 만든 것이다. 보릿고개란 가을 농사를 지어 겨울에 먹고 나면 식량이 바닥난다. 보리가 5-6월에 수확하는데……. 양지바른 쪽에 일부 보리가 익는다. 보리 목을 따서 가마솥에 쪄내어 맷돌에 부비면 보리 알갱이가 나온다. 그것을 먹고 살면서 보리가 빨리 익기를 기다리던 시절이 보릿고개 시절이다. 요즘 신세대들은 무슨 전설의 고향이야기인가? 할 것이다. 우리세대는 그렇게 어렵게 살았다. 허리띠를 졸라매며 그렇게 살기 어려운 시절에 대한민국의 최고의 통치자인 박정희대통령은 오직 국민을 위해서 밤 낮을 가리지 않고 국정에 힘을 쏟았기에 지금의 경제부강의 나라가 된 것이다. 한국전쟁으로 인하여 피폐해진 국가를 재건하기위하여 농경산업에서 산업사회로 국가 정책을 꾸준히 추진하여……. "100년이 되어도 회생할 수 없다"는 어느 한국전참전 장교의 말이 무색할 정도로 고도성장을 하여 60여 년 만에 이젠 국민소득 4만 달러라는 목표로 항진해 갈수 있도록 기초를 튼튼하게 만든 것이다. 박대통령의 서거 후……. 양변기 물통 안에 벽돌 한 개가 들어 있었다는 것이다. 물을 절약하기 위해 살아생전 물 한 방울이라도 절약하기위해 영부인이었던 육영수 여사님이 넣어 두었던 것이다. 국민을 위해 마음 씀씀이를 생각하니 가슴이 뭉클해진다. 국군의 최고의 통수권자인 그의 특별명령에 인간이 얼마만큼 고통을 참을 수 있는가의 한계점에 도달할 특수교육을 무사히 받고 대북테러부대 팀장이 되어 두 차례 북파 되어 임무를 훌륭히 완수 했지만 공상군경 국가유공자가 되었다. 그러나 단 한 번도 후회를 해 본적이 없다. 그래서 손 전화벨도 새마을 노래로……. 민주주의를 가장 역행한 대통령이고 세계의 두 번째 빈국에서 지금의 세계상위 그룹 경제 대국을 이루게 한 대통령이란 두 가지 평가를 하고 있는데 그분의 잘하고 잘못한 업적은 후대 역사가들의 몫이다.

남해의 독일마을은 1963년부터 우리나라 누나들이 간호사자격으로 독일나라에 취업을 하기위해 파견되어 근무 중 그곳에서 현지인과 결혼해 살다가 노년이 다 되어 귀국하여 정착-定着해 자그마한 마을을 이루어 살고 있는 곳이다. 산마루에서부터 타고 내린 그림 같은 이국적-異國的인 예쁜 집들엔 그곳에 살고 있는 사람들은 보이지 않았다. 고국에서 남아있는 여생을 조용히 보내고 싶어 하는 그들은 관광객의 잦은 왕래로 무척이나 불편했으리라……. 특히 이방인인 남편-독일인 에겐 더 심했을 지도 모른다! 앞서 이야기 했듯 그 누나들이 벌어들인 외화는 당시의 지긋지긋한 보릿고개시절도 마무리 하는데 큰 도움을 주었고 경제발전의 밑거름이 됐다. 얼굴과 언어-言語와 풍경-諷經도 모두가 낯선 머나먼 이국땅에서 겪었을 고생을 생각하니 불현듯 짠한 마음이 든다. 이국땅에서 얼마나 오랫동안 살았느냐가 궁금하기도 하겠지만 그들에겐 어떻게 살았느냐가 더 중요할 것이다. 배경이 아름답게 찍히는 포인트엔 어김없이 관광객들이 줄지어 서있다. 우리일행도 한 컷 찰칵……. 마을 구경을 끝으로 차는 역순으로 경사가 급한 내리막길을 내려와 우회전을 하여 속력을 가하여 달리자 차창 밖의 메마른 풍경이 뭐가 급한지 버스와 보폭을 맞추어 덩달아 조급하게 달음질친다! 왼쪽 바다위에 떠 있는 작은 배들이 너울에 흔들리는 것을 시샘하듯! 차도 같이 따라 흔들거리며 남해바다를 왼쪽 옆구리에 끼고서 굽이굽이 해안 도로를 아슬아슬하게 달리기를 한참……. 그러자 이내 오른쪽으로 금산이 모습을 드러냈다. 금산 끝자락을 붙잡고 차가 지그재그 굽은 길을 몇 구비를 돌고 돌자 왼쪽으로 자그마한 어촌-漁村과 1킬로여 미터 상주해수욕장이 눈에 들어온다. 늦은 가을이라 그런지 해수욕장 백사장엔 사람의 흔적은 보이지 않았다. 보리암으로 가기위해 숨 가쁘게 달려온 차는 금산 초입-初入주차광장에 들어섰다. 남해의 소금강으로 불리는 금산-錦山은 그리 높지 않은 산이지만 산 전체를 둘러싸고 있는 기암괴석-奇巖塊石이 아름다운 해안-海岸과 맞물려 절경을 이루고 있는 이곳엔 전국 3대 기도처중의 하나로 유명한 보리암자가 자리 잡고 있다. 금산의 원래 이름은 보광산이었다. 금산이라고 이름이 바뀐 이유는? 신라 문무왕 3년-663년 에 이 산에 보광사를 창건 하면서 붙여진 이름이다. 금산은 조선 건국이전에 이성계-李成桂가 조선의 개국을 앞두고 보광사 선은전-璿恩殿에서 이백 일간 기도를 올렸는데……. 산신의 영험-靈驗을 얻어 등극하였다는 전설로

길…….

유명하다. 조선이 자신의 뜻대로 개국되자 그 보답으로 산을 온통 비단으로 덮겠다고 한 것에서 금錦=비단 금 산으로 개명됐다는 것이다. 마치 고운비단치마를 입고 있는 것처럼 수려하고 눈부신 비경이 곳곳에 숨어 있는 금산에는 제1경인 쌍홍문을 비롯하여 38경을 모두 감상할 수 있다는데 흔히들 남한의 금강산이라고 불리기도 한다. 전설이 풍경이 되어 흐르는 이곳이 남해의 아니……. 불교의 골든 혼일까! 제1주차장에서 금산 가슴-제2주차장 까지? 가려고 그곳까지 왕래하는 대중교통을 갈아탔다. 하늘 높은 줄 모르고 서 있는 금산은 산을 좋아하는 산악인들이 쉽게 오를 수 있는 코스일 것이지만! 급경사 커브 길이 너무 힘들다고 연신 큰소리로 투덜대며 기어오르던 버스는 제2의 주차장에 헐떡거리던 숨을 멈췄다. 차에서 내리자 주변의 고운 빛깔을 품어내는 단풍잎이 우릴 반긴다! 회원들은 여러 짝으로 나누어 앞서거니 뒤서거니 보폭을 맞추어 길을 재촉하였다. 다음 풍경을 알지 못하고 걸음이 멈춘 곳엔 아마! 미지의 세계가 펼쳐질 것이다. 붙박이 뭇 생명들이 몸 불리기를 중단하는 계절이어서 인가. 발길을 멈추게 하고 시선-視線을 붙잡는 풍경은……. 산 중턱 군데군데엔 게으름피고 앉아 있던 늦은 가을이 앗 차! 실수 한번 없이 찾아오는 겨울을 위해 떠날 채비-踩備를 서두르고 있었다. 도도한 매력을 지닌 금산은 산세가 높아서인지 가을이 뱃장을 부렸던 모양이다! 높이만으로는 산세를 짐작할 수 없는 금산의 줄기 아담한 몸체 안엔 다채로운 산세를 끓어 안고 있다. 기도하려 오르내렸던 길이 적당히 넓어 보이지만 초보인 나에겐 버거운 숲길이다. 어그정거린 발걸음으로 야트막한 오르막길을 오르고 나니 쉽게 길을 내주지 않고 버티고 있던 고집불통 산이 잠시 평지를 내 놓는다. 먼 곳을 조망할 수 없어 발길에 체이는 잡풀에 시선을 주면서 걷는다. 길 주변에 관광객이 오가며 쌓은 키 낮은 돌탑이 잠시 시선을 붙잡는다. 그들의 소원이 고스란히 남아 있길 빈다. 하늘이 낮아지면 그냥 지나가지 못하고 잠시 쉬어가는 비구름을 머리에다이고 있기도 하고……. 이유 없이 볼기짝을 후려치는 매서운 칼바람을 맞으며 때론 자리를 내주면서! 계절의

길…….

시샘 앞에서도 굴하지 않고, 고산이어서 크게 몸집을 늘리지도 못한 길섶에서 뜻밖에 만난 야생화들을……. 누가 돌봐주지 않아도 혼자의 힘으로 길가에 핀 이름을 알 수 없는 여러 무리의 꽃들을 누가 여리다 할까. 바람막이 없는 산 정상에서 수많은 세월을 견디어낸 나무들의 질긴 생명력에 감탄이 저절로 나온다. 굴곡이 없는 인생이 없듯 아무리 순한 산이라도 비탈을 품고 있어 개개인의 체력차이가 조금씩 보이지만 혼자가 아닌 동료들과 같이하는 길을 빠른 걸음과 느린 걸음에 보폭을 맞추며 사각거리는 황톳길 걸음걸음에 이어지는 살가운 대화 속에 정들어가는 여행길이다. 흙 한줌 바람 한줄기도 어제와는 사뭇 다르다. 오르기는 어렵지만 눈이 즐거운 것은 산줄기 따라 펼쳐진 오색 물결을 자연이 부려 놓았기 때문이다. 산을 오르내리며 관광객들이 돌을 주워서 만든 키 낮은 돌탑이 세련되지는 못하지만 잠시 눈길을 붙잡는다. 정상이 멀지 않았는데 산은 여전히 긴장을 풀지 않는다. 가파른 산길이 발을 더디게 하는 것은 정상이 가까움이다. 시퍼런 서슬을 세우고 우거진 가지사이를 헤매다가 가쳐버린 햇살에 빠져나오려 용을 썼나! 갑자기 심상치 않은 바람이 휩쓸고 지나자 휘청거리는 나무위로 하늘이 파랗다. 초겨울 입구에 바지런히 오르다보니 이내 찬 기운이 사라지고 이마에 땀이 배어나온다. 아직 남아있는 길을 향해 마음과 몸을 재정비를 하면서 금산 어깨8부 능선 에 다다르자 막혀있던 조망이 조금 트인다. 세상의 빠름을 뒤로하고 편한 마음으로 뒷짐을 지고 가는데, 갑자기 아랫배와 왼쪽가슴에 심한 통증이 오자 발 디딤도 불편하다. 목적지는 아직 먼 곳에 있는데……. 산이 높아 산소부족인가! 천연 황금물질 피톤치드를 품어내는 편백나무가 길가 군데군데에 장승처럼! 빽빽이 서있는 것을 보았는데도 숨이 차다. 편백나무는 일반 수목보다 5.5배나 되는 피톤치드를 방출시킨다고 한다. 그렇다면 산소부 족은 아니다. 점심을 잘 못 먹었나! 누군가 말했다. 산에서 삶에도 그 끝은 가늠할 수 없다고 한 불길한 말이 번뜩 떠오른다. 인간이 살아가는데 어제는 없고 내일이 있다는 게 얼마나 다행한 일인가 싶다.

『가슴에 통증이 느껴지면, 약을 삼키지 말고 혀 밑에 넣고 서서히 녹여서 복용합니다. 5분 후에도 가슴통증이 지속되면 1정을 더 복합니다. 15분 이내에 3정 이상 복용하면 안 되고 통증이 지속되면 응급실로 가셔야 합니다』

"니트로글리세린"비상약을 봉고차 가방 안에 두고 와서 먹을 수도 없고 오늘 자칫 소방 헬기를 타는 것 아닌가. 아니면 죽을 것이고! 가던 걸음 잠시 멈추고서 이 걱정 저 걱정 태산인데……. 금산의 품속 산신이 자신과 함께 생을 이어가는 자연과 동물들에게 풍요로운 삶을 이어가게 농사를 잘 지은 모양이다! 약이라도 올리듯 길섶에서 다람쥐가 양 볼이 불룩하도록 먹이를 물고서 고통에 쩔쩔매는 나를 바라보고 있다. 다람쥐는 가을엔 마누라를 여럿이 얻어 양식을 수확하고 겨울이 되면 모두 쫓아낸 뒤 1급 시각장애 여자하나를 얻어 데리고 산다고 한다. 그리곤 자기는 달고 맛있는 튼실한 알밤을 먹고 마누라에겐 쓰디쓴 도토리 파치만 준다는 것이다. 쓰다고 불평하는 마누라 말에…….

"내가 먹는 것도 쓰다."

거짓말을 한다는 못된 다람쥐가 약을 올리니 통증 더 심해지는 것 같다! 장님 마누라도 쫓아 내면 될 것을…….

"짐승이지만, 북풍이 몰아치는 동짓달 긴긴밤에 거시기는 해야지요."

"씨부랄 놈!"

…….

"왜, 산을 오르느냐?"는 질문에 "거기 산이 있기에-Because·it·is there 오른다." 는 세계적인 등반가 조지 말로니-GEONGE MALLORY 가 남긴 명언이라 하지 만……. 참으로 명쾌한듯하면서도 시쳇말로 표현-表現을 빌리자면 2% 부족한 말이기도 하다. 세계적인 등반가의 입에서 나온 대답이 이와 같다면, 일반인들에게 딱 부러진 대답을 얻기는 쉽지 않아 보인다. 그저 "산이 좋아서" "산이

길…….

보이기에"라는 대답이 메아리가 되어 돌아 올 것이다. 금산의 험한 협곡을 올라오느라 힘들어하는 바람에게 길을 내주느라 키 한번 제대로 키워보지 못한 작은 나무들이 무리지어 있는 곳에 나는 무엇 때문에 이 고생을 하며 산을 오르는가? 산 앞에서는 모두가 평등하다는데……. 점점 더 심하게 통증이 계속되어 이젠 죽는 구나 싶었다. 누군들 가파른 산길을 오르고 내림에 즐거워 만할까! 싱그러운 바람이 드나들던 오솔길을 따라 게으른 발걸음으로 고통을 참고서 금산 목능선=끝 근처에 다다르자. 급하게 왼쪽으로 꺾이며 계단으로 내려가는 보리암 입구로 가는 길이 나타났다. 엉거주춤한 자세로 급하게 발걸음을 재촉하여 화장실로 달려갔다. 다행이도 머피의 법칙이 나에겐 통하지 않았나!

『머피의 법칙』

1949년 미국 항공 엔지니어인 "에드워드 머피-Edward A. Murphy. Jr. 1948~1990" 가 충격완화장치 실험이 실패로 끝나자 "잘못될 가능성이 있는 것은 항상 잘못된다-Anything that can go wrong will go wrong"고 말한 데서 유래된 것으로……. 원하지 않은 방향으로 일이 진행될 때 사용하는 말이다.

일상생활에서 "개똥도 약으로 쓰려고 찾으면 없다"라든지 또는 "못난 년은 넘어지면 자갈밭에 넘어지고……. 뒤로 넘어 졌는데도 코가 깨어 졌다"는 우리네 속담도 이 법칙에 속한다. 머피의 법칙과는 상반되는 "샐리의 법칙-Sally s law"은 1989년 영화 「해리가 샐리를 만났을 때」의 여자 주인공의 이름을 딴 법칙으로……. 좀 더 대중적인 버전은 "잘될 일은 잘되게 돼 있다. 란 -Everything. that can work. will work 『이프름의 법칙-Yhprum. s Law』 뜻은 우리네 속담에 "예쁜 여자는 넘어져도 가지 밭에 넘어 진다"다시 말해 잘될 가능성이 있는 것은 항상 잘되는 경우를 빗댄 말이다. 예컨대 일어날 확률이 1퍼센트밖에 되지 않는 나쁜 사건이 계속 벌어지면 머피의 법칙에 해당되든 것이고 일어날 확률이 1퍼센트밖에 되지 않는 좋은 사건이 계속되면 샐리의 법칙에 해당되는 것이다.

　세상의 모든 일이 예상과는 달리 꼬이기만 해서 잘못 될 가능성이 있는 것은 반드시 잘못되고 만다는 현대판머피의 법칙의 예를 들면…….

　공부를 안 하면 몰라서 틀리고 공부를 너무 많이 하면 헷갈려서 틀린다. 그래서 수능 끝나면 술부터 배우는 것이다.

　급해서 택시를 기다리면 빈 택시가 반대편에만 다닌다. 건너가 타려 하지만 이상하게도 차가 씽씽 달려 반대편으로 갈수가 없다. 목숨을 걸고 건너자 말자 기다렸던 쪽에서 빈 택시가 간다.

　기다리던 전화가 신발신고 사립문을 막 나서려는데 전화 벨소리가 들린다. 뒤돌아 가서 받으려고 신발 끈을 반도 못 풀었는데 전화가 끊긴다. 다시 올까 기다리다 약속 시간에 늦어 절교가 되었다. 억수로 약이 오르지만 어쩌랴.

　…….머피의 법칙이 통하려면 볼일 볼 사람이 줄지어서 있어야하는데 다행이도 화장실엔 볼일 보는 사람이 없어 급하고 급한 용무를 편안하게 끝내고 밖으로 나오니 아랫배 아픔도 가슴통증도 이내 사라졌다.
　오랜 세월동안 한자리에 머무른 사찰의 나이를 닮은 곳곳의 문패가 나를 맞이하였다. 아마도 오래전의 갖가지 신비한 이야기들이 많이 숨어 있을 것이다. 만불전-萬佛殿 앞에서 발걸음을 잠시 멈추고 오른손으로 문설주를 잡고서 가부좌 모습으로 좌부동-座浮動=도리방석 에 앉아 있는 부처를 바라보니 포동포동 살이 붙어 기름기가 자르르 흐르듯 한 얼굴로 보일 듯 말 듯 입가에 얇은 미소를 머금고 나를 바라보며!
　"봐라! 비우니 편하지 않느냐? 쓸데없는 것을 가득 담고 있으니 배가 아픈 것이니라. 비워야 채울 것 이다. 너! 머리통에 있는 잡념-雜念도 모두 비워라. 그러면 정신도 맑아 질 것이로다."

  그렇게 나에게 말하는 것 같았다! 누가 모르나. 쓸데없는 똥은 시원하게 싸야 하는 법, 배가고파야 먹을 것 아닌가? 그러면 채워야 할 것이고. 해탈-解脫과 108 번뇌-煩惱가 별것 아니네! "깨우치려면 비워야 하는 법"비우면 채워진다는 불가-佛家의 진리 살아오는 동안 나 같은 범인이 알리가 없다. 나도 한마디 하겠다. "지혜의 빛을 보려면 머리부터 비워라"……그렇다면 오늘 나는 득도-得道를 한 것인가! 이 생각 저 생각을 하며 오늘의 목적인 해수관음상을 보려고 목책계단으로 발걸음을 재촉하였더니? 힘들게 올라온 이유가 눈앞에 펼쳐졌다. 끊어짐 없이 연결된 산줄기 끝과 해안선이 꿈길처럼 아스라하게 이어진 풍경을 보니 오늘 힘들게 올라온 보상으로 충분하다. 암자 앞에 저 멀리 바닷가 백사장에서 여름이면 뭇 인간 군상들이 반라로 해수욕을 즐기는 모습을 바라보며 해수관음상은 바다에 뛰어들어 수영하는 꿈을 몇 번이나 꾸었을까? 하늘의 신과 금산의 신이 지켜주고 소원을 들어준다는 금산 절벽 끝에 서있는 해수관음상 발아래 입을 반쯤 벌리고 있는 불전 함으로 쪼르르 달려가 율곡 할아버지가 부끄러울까봐 반으로 접어 얼굴을 가리고 불전 함에 넣은 뒤 제단 바닥에 넙죽 엎드려 큰 절을 하였다. 소원 들어 달라고……. "무슨 소원이던지 한 가지는 꼭 들어준다."는 그러한 임무-任務를 가진 관음상이라고 귀 넘어 들었는데 나만이 아니고 모두 들었나! 경쟁이라도 하듯 너도나도 불전 함에 시줏돈을 넣는다. 대다수가 일천 원짜리를 접어서 넣은 뒤 넙죽 엎드려 절을 하고 일어나서 두 손바닥을 모아 남무아미타불-南無阿彌陀佛 남무관세음보살-南無觀世音菩薩을 옹알거리며 합장을 한다. 그러한데 양쪽 눈에 시커먼 고약-선글라스를 쓴 을 붙인! 멀라고 자기마음대로 잘생긴 중년 여자가 떠돌이 바람에 긴 머리카락이 헝클리자 고개를 살짝 옆으로 저친 뒤……. 바람에 휘날리는 머리카락을 왼손으로 잡고 요염-妖艶 스리 웃으며 오른손에 일만 원짜리 지폐를 모두들 보란 듯이 살랑살랑 흔든 뒤 짝~악 펴서 불전 함에

길…….
92

넣는 것 아닌가. "저런 시러비할 여자!"이럴 줄 알았으면 신사임당을 넣을 것을……. 정말로 후회막급이다. 시줏돈을 많이 낸 저 여자의 소원-所願이 우선권 아니겠는가! 갑자기 김해문인협회가 매년 발행하는 2011년도 김해문학 24집 107페이지에 수록된 완성도 높은 박수현시인의 "로또"시가 생각났다.

전광판이 개밥바라기처럼 반짝인다/우리 집 일층 가게/일확천금이 있다고 유혹한다/ 중략: 황금꽃을 피우고 싶은 갈망/우리의 삶도 대박 나고 싶다/나도/ 출퇴근길마다 슬쩍슬쩍 곁눈질로/목단꽃을 피워본다.

삶에 찌들려 사는 이 땅의 하층민……. 아니. 어느 누구라도 인생 역전이 된다는 복권방 앞에서 곁눈질 안 해본 사람이 있을까! 살아온 시간보다 살아가야 할 시간이 짧은 인생. 삶의 터전으로 돌아가는 터벅거리는 거친 발자국 소리를 내면서 오늘 귀향 때 복권 방 앞에서 고단한 발걸음 잠시 멈추고 누가 볼까봐 좌우로 두리번거리면서 왼쪽 궁둥이에 있는 주머니 속의 지갑에 손을……. 아서라. 말아라. "한 가지 소원을 꼭 들어준다는데도?"그럴 줄 알았으면 신사임당 할머니가 어두워 답답하겠지만! 시주하는 건데. 이건 순전히 내 생각인 아까 잘 생긴 여자가 불전 함에 집어넣은 만 원짜리 파란색 돈이 내 가슴을 파랗게 멍들이고 빠이빠이 하는 것 같다. 내 생각이 짧았나! 채워지지 않는 욕망은 이기심에서 일어나는 갈등이다. 내가 세상으로 부터 너무 많은 것을 기대하고 있는 것인가! 아집-我執과 허세-虛勢를 없애는 방법은 나 자신을 들여다 볼 수 있어야하는데도 어려운 일이다.

"자기 자신 낮추-下心=하심 고 남을 높여 보는 심성을 길러라."

자주 들려주시던 어머니의 훈육-訓育말씀이 오늘에서야 새삼 가슴에 와 닿는 것은 무엇인가? 세상을 더 변화시키려면 자기 자신부터 변화하여야 한다는 평범한 진리를 왜 실천하지 못하고 있단 말인가. 서로가 존중을 안 하여 일어나는 분쟁들의 해결은 양보하는 마음이다. 해서 세상의 모든 평화는 모두 자신에게 있다. 그러나 지금의 내 마음은 시주한 돈이 은색 띠를 두룬

길…….

단풍잎이 아니어서 마음이 꾸리하다. 돈이 신의 마음을 음직일수 있을까? 인간은 음직일수 있다는데……. 내 생각이 짧았나! 이곳에서 기도했던 사람들은 마음에 담은 욕심을 드러내지 않고 기도를 할까?

　요즘 종교계에선 돈 때문에 구설수에 오르내리고 있다. 물론 성직자도 신이 아닌 사람이기에 먹고 살아야 한다. 그러나 너무 탐욕에 두 눈이 어두워 문제가 발생한다. 절에 가면 곳곳에 어김없이 불전 함이 있다. 죽은 뒤 다시 사람으로 태어나 현세보다 더 좋은 삶을 바라는 불자의 신분으로 부처가 내려다보고 있는데 시줏돈을 안 넣을 불자는 없을 것이다! 저 옛날 고다마 싯다르타가 사랑하는 가족과 장차 왕으로 계승될 지위마저 내동댕이쳐 버리고 인간의 생로병사-生老病死에서 깨달음을 얻고 탁발구걸을 하며 살다가 죽을 땐 흙으로 빚은 그릇하나와 시체를 덮을 걸레처럼 헤어진 옷 한 벌이었다. 세상의 모든 종교도 하나의 사업체다. 그러하니 불법적인 일들이 끝없이 우리주의에서 일어나자 비난의 소리가 하늘을 찌른다. 성직자는 어쩔 수 없이 거짓말을 하거나 편법을 사용한다. 이승을 떠난 어느 중이 평소 자주했던 말이 새삼스럽게 떠오른다. "무소유-無所有"……무소유란 아무것도 갖지 말란 뜻이 아니고 "가질 것은 갖되 불필요한 것은 버려라"는 아주 평범한 말이다. 빈손으로 태어나 빈손으로 간다-空手來 空手去는 것이 숙명-宿命이요 진리-眞理를 모르는 사람이 없을 것이다. 그러한데도 올바른 사회의 도덕적지표가 되어야 할 중들이 만행-萬行을 해야 할 진데……. 작금의 대다수의 중들의 처신을 보면 기가 찬다. 예전엔 중들의 절대대다수가 돈과 권력의 명예보다는 도-道와 진리에 관심이 많았고, 이 때문에 가진 것을 모두 버리고 속세를 떠나온 사람들이었다. 그래서 불가-佛家에선 "중 벼슬은 닭 벼슬만도 못하다"는 승가의 속담이 있다. 온갖 세속적인 것을 박차고 출가한 중이 다시 세속적인 벼슬에 연연함을 꼬집어서 생겨난 말이다. 조선시대의 큰 중이였던 서산 대사 휴정-休靜은 영원한 구도의 명저인 그의 선가귀감-禪家龜鑑에서 "출가하여 수행하는 중이 되는 것이 어찌 작은 일이랴. 편하고 한가함은 구해서가 아니며 따뜻이 입고 배불리 먹으려고 한 것도 아니며 명에나 지위 또는 재물을 구해서도 아니다. 오로지 생과 사의 괴로움에 벗어나려는 것이며 번뇌의 속박을 끊으려는 것이고 부처의 지혜와 자비를 이어 수많은 중생들을 건지기 위해서다."라고 했다. 근본 적인 문제는 속세를 떠날 당시의 그 "출가정신마음가짐"이 "지금도 있느냐"의 물음에 답할 수 있는 중이 얼마나 될까? 내가 무엇을 얻으려고 사랑하는 부모형제와 일가친척과 수많은 지인들을 등지고 수행하는 중이 되었는가를 다시 원점으로 돌아가 보면 알게 될 것이다. 가장 나쁜 것이란 가장 좋았던 것이 타락하는 경우다. 진정한 종교는 어디까지나 개인적이고 개체적인 것이다. 집단과 조직을 이루어 그곳에 얽혀들면 그 순간부터 순수와 진심이 자신도 모르게 사라지고 온갖 비리와 갈등과 세속적인 타락의 길로 들어서게 되는 것이다. 종교나 국가도 돈 앞에선 대번에 힘을 잃는다. 그래서 지금의 세상엔 돈의 힘이 국가를 지탱해주고 개인의 삶도 풍족하게 한다. 불교사상의 궁극적인 목표는 그들이 최고신-最高神=得道의 경지에 통달하는 니르바나-Nirvana 열반 인데 이 열반이란 자신을 희생 사랑하는 마음 선행 그리고 고뇌하는 모든 욕망을 배제하는 수련을 통하여 자신은 극복한 자만이 얻을 수 있는 영적인 단계이며 이 열반의 달성은 두 단계로 나누어진다. 즉 속세에서 얻을 수 있는 완성의 단계 즉 개체가 영원으로 합쳐지는 단계를 말하는 것이다. 불교 사상이 승려들에게 요구하는 도덕적 기준 역시 매우 엄격-嚴格하다. 살생과 남의 것을 소유하는 행위 간음 거짓말 음주 그리고 금이나 은의 소유가 엄격히 금지 하고 있다. 그래서 이세상의 모든 성직자-聖職者는 도덕적 지표-道德的指標가 되어야 밝은 세상을 유지되는 것이다. 지표란, 가르치는 표지를 말하는 것이다. 승려들은 선과 악 진실과 거짓을 항상 확인하고 선택하면서 살아야 된다. 이러한 선택의 과정이 그들의 삶을 통일시키고 가치 있게 이끌어주기 때문이다. 이러한 태도가 어떤 때는 이 세상이 축복과 저주와 선과 악으로 구성되기 때문에 저주와 악으로부터 이웃을 구하기

위하여 이웃과 타 종교인에게 자신이 확신하는 절대 신념의 내용을 선택하도록 강요하게 되는 데……. 한마디로 세상의 모든 종교 활동은 궁극적으로 상대방에 대한 사랑의 표시인 것이다. 다만, 이러한 태도는 타종교 상황에서는 독선적이라고 평가 될 수밖에 없다! 종교인은 "가장 원숙한 인간이다"라고 한다. 가장 통일된 삶을 영위하는 사람이 종교인이기 때문이다. 종교인은 절대가치를 추구하기 위하여 자신의 세속적 삶을 희생하면서 이웃을 사랑하고 봉사하면서 살아야 한다. 지금의 중들은 구도의 길은 너무 힘들어 고급대형승용차를 타거나 아니면 손전화로 신도를 모으거나 시줏돈을 요구하는 세상이 되었다. 작금의 조계종 행태를 보면 81석의 종회의석을 놓고 종권 간에 각축이 치열하게 벌어지곤 한다. 해산 선언과 각종 종책을 비롯한 이름 바꿔 활동을 하는가 하면 서거 철이면 합종연횡등 여의도 정치가 무색할 정도이다. 일부 타락한 중들은 카지노를 드나들면서 도박을 하고 있다. 만약에 돈을 딴다면 다행이다. 그러나 카지노도 하나의 사업체. 어리바리한자들이 돈을 따가게 할 사업을 하지 않는다는 것을 모른 자들만이 드나들어 패가망신을 하게 게임기를 설치 해둔 곳이다. 그래서 업의 굴레인……. 습관이 무섭다는 것이다. 진짜 종교는 교회나 절에서가 아니라 자기 자신이 삶 속에서 진실을 스스로 발견해 나가야 한다. 따라서 진정한 종교인이란 개념화된 신이나 부처에 의존하지 않고 교단의 조직에도 매이지 않아야하며 무엇이 참 진리이고 어떤 것이 진짜 신인지 자기 스스로 묻고 탐구하여 알아차리고 배워가는 것이다. 그래야 온갖 두려움으로부터 자기의 마음속에 자리 잡고 있는 이기심과 끓어오르는 야심을 해방시킨 뒤 함께 살아가는 이웃에 눈을 돌려 즐거움과 괴로움을 나누어 가져야 한다. 그렇게 해야 종교인으로서 제 몫을 다 했다고 볼 수 있는 것이다. 수행자의 분수를 망각한 채 독선과 아집我執으로 화해를 모르는 일부의 중들은 그 어리석음에서 빨리 깨어나길 바란다. "21세기에 잘 팔리는 것은? ……두려움이다"그러니 시주 많이 하고 헌금 많이 하라. 자리가 보장될 것이니! 그러면 두려움은 자연 없어 질 것이다.

인간과는 달리 신-神은 공평하다는데……. 뇌물이 크던 작던 이곳을 찾아 기도한 모든 사람에게 동등한 자비를 베풀겠지 하는 바람이다. 기독교·불교·이슬람교 등의 종교가 사후 세계를 약속하는 인간의 정신세계를 점령하였다. 그러나 세상의 신자들은 현세의 풍요로운 삶을 더 갈망한 것이다. 그래서인가! 해수관음상아래 시주함에 갖가지 수많은 소원이 계속해서 날아든다. 삶이 두려워질 때 찾아와서 크고 작은 액수의 돈을 넣으면서 간절히 빌었을 소원들에는 갖가지의 바람이 많았을 텐데……! 누구의 기도가 더 간절했을까? 모두가 속았을 것이다. 그러나 그곳엔 불자들의 발길은 여전 할 것이다. 모두가 부질없는 짓이건만! 신화를 만들어 내는 성직자 거짓말이 사람의 마음을 더 허탈하게 만든다. 이곳 주지승은 날마다. 대갓집 시어머니에게서 곳간 열쇠를 물러 받은 며느리 기분이 들것이다.

고개를 들어 정상을 바라보니? 가까이 다가가면 코가 닳을 듯이 가파르게 솟은 바윗돌들에서 떨어지지 않으려고 가까스로 붙잡고 있는 온갖 나무들이 매달려있는 아슬아슬한 풍경들은 노련한 정원사의 손길에 잘 다듬어진 분재 같이 보여 나의 시선을 한 동안 붙잡는다. 나의 짧은 문장력으로는 금산의 아름다운 비경-秘境을 표현할 길이 없다. 가장이란 수식어를 붙여줄까. 남해의 가장 아름다운……?

깎아지른 벼랑 바위너설들이 날카롭게 버텨내고 서있는 그곳엔 흙 한줌 없는 돌 틈새에 뿌리를 내리고 수십 년의 세월을 살아오면서 날짐승을 비롯한 바람과 구름의 쉼터를 제공했던 잘 다듬어진 분재 같은 나무들! 돌은 그늘이 주는 나무가 고마워 눈이나 비가 내리면 나무를 위해 수분을 흡수하려고 얼마나 노력을 했을까! 산 어깨에 가부좌를 틀고 공중부양하고 있는 자세로 앉아있는 돌들이 아슬아슬하다. 오랜 세월동안 자연이 만들어낸 비경에 감탄이 저절로 나온다. 마침 위대한 작가가 만든 전시장의 진열된 작품처럼 바위가 저마다 폼을 잡고 서 있는 절경과 가만히 시선조차 버거운 돌들……. 암자

길…….

바로 뒤 오른쪽으로 비스듬히 앉아 졸음이 와서 기울어져 있는 듯이 보이는 바위가 하나가! 금산 산신령이 계절감기라도 걸려 재치기라도 살짝 하면 깜짝 놀라 와그르르 쏟아져 내릴 것만 같은 느낌이 들어 발걸음마저도 모두 조심이다. 금방이라도 쏟아 질것 같은 기암-奇巖들이 즐비한 정상아래 자리 잡고 앉아 있는 암자에서 거주하는 사람들의 강심장은 알아줄만 하다. 불심으로 공포를 이겨내고 편히 잠을 잘까? 무척이나 궁금하다. 설혹 바위가 덮쳐 죽으면 윤회-輪廻 될 것이니……. 괜한 나만의 걱정인가! 바라다 보이는 곳곳의 풍경은 내가 살고 있는 곳과는 전혀 다른 세상으로 보였다. 절집을 지으면서 군데군데 상처를 냈으나 말끔히 지워내지 못한 곳곳의 상처를 금산은 넉넉한 마음으로 보듬어 않고 있다. 그래서 이성계가 이곳에서 기도하던 중에 개국-開國의 꿈을 꾸어 이씨왕조를 세워졌다는 전설이 만들어 졌단 말인가. 우리나라 대다수 절간은 거짓전설과 거짓설화로 억지 역사를 만들어 전통성을 자랑하고 있다. 자기들의 거처가 우월하다는 것을 인식시키기 위해서일 것이다. 그래야 불자들이 많이 찾아들 것이고 사업-시줏돈.이 잘 될 것이다. 이곳을 찾은 성실한 불자들의 굳건한 믿음을 희망으로 만들 것이기에 불전 함에는 어제처럼 오늘도 시간이 흐른다. 오늘도 수많은 사람들이 스쳐가겠지만 불전 함에 담겨진 그들의 소망과 염원-念願이 꼭 남아 있길 바란다. 남무관세음보살-南無觀世音菩薩…….

해넘이가 빨라진 계절이어서 인가! 하루 종일 대지의 뭇 생물들을 펄펄 살아 숨 쉬게 하느라 힘이 빠진 초겨울 햇살이 온 힘을 다하여 남해바다 청정물결위에 주홍빛 그물을 치자! 보리암자 처마 밑에도 노을이 스며든다. 숨 막힐 것 같은 남해바다 일몰의 아름다움에 어떻게 표현을 할 수 없다. 바닷새도 밤샘할 곳을 찾아 바지런히 날갯짓을 하는 바다위엔 ……. 발그레해진 바다 위를 지나던 바람이 잠시 쉬려고 발을 내리니 바닷물이 노을을 끓어않고 춤을 춘다. 물비늘에 간지럼을 견디지 못한 바람무리가 흩어져 상주해수욕장 앞바다를 덮고 있던 해무-海霧를 걷어낸 뒤 홀몸으로 오르기 힘들 텐데! 갯냄새 흙냄새를 가슴에 한가득 끓어 않고 금산계곡을 더듬으며 산비탈을 힘겹게 올라온 떠돌이 바람에게 보리암자 처마 끝에 매달린 풍경-워낭=風磬이 "가파른 계곡을 올라오느라 힘들었을 텐데 잠시 쉬었다가"라 부르고 바람이 "고맙다"며! 풍경을 어루만지자 풍경이 어설프게 금강경-金剛經을 읊으니 워낭소리는 이별의 노래가 된 듯 귓속을 간질인다. 겨울을 재촉하는 살가운 떠돌이 바람에 단풍은 더욱 선명해 질 것이다. 아무튼 해수관음상 앞에서 바라본 발아래 풍경들은 금산을 힘들게 오른 보상으로 충분 했다. 이젠 집으로 돌아갈 시간이다. 홀가분한 마음으로 산을 내려가기위해 암자를 나서는 길 오르막 계단 난간보호대는 대나무를 엮어 울타리 만들었는데 그 언저리엔 시누대가 즐비하게 서서 가림-佳林을 하고 있었다. 풍경을 울린 뒤 까불까불 덤벙대며 뒤에서 따라오던 떠돌이바람 한 무리가 뭐가 급했던지 이내 내 목 언저리를 간지럼 태우고 앞서 갔는데……. 시누대밭에서 잠시 쉬면서 두런두런 담소를 나누고 있었다. 혹독한 겨울을 견디어낸 나무는 더 진한 나이테를 만들듯 이번 여행으로 나는 좋은 글이 나오지 않을까싶어 눈에 보이지 않는 흐름에 마음을 맡겨본다. 단체여행 중 이번 여행처럼 편하게 다녀온 적은 없다. 이 땅의 새싹인 어린이집원장이어서 일까. 어린이를 다루듯 섬세하게 운전을 하여주신 여성회원의 아름다운 노고일 것이다! 길은 떠나가서 본 사람에게만 보인다. 오늘도 길 위에서 오래오래 기억할 수 있는 추억하나를 만들었다. 그 아름다운 추억들을 손가방에 꾹꾹 눌러 담았다. 물길이 그 흔적을 만들어 내듯 내가 쓴 이 기록도 먼 훗날 자그마한 역사의 기록물로 영원히 남을 것이다!

건강한 대한민국 남자라면
꼭 가야한 길…….

타임머신 논산 제2훈련소←과거로

『1966년 게으른 가을은 머뭇거리고 성급한 겨울이 기웃 거리는 제 2훈련소가 있는 논산역』

논산역 개찰구를 빠져 역 광장을 나오면 우선 눈에 띈 것은 백 바가지가 아닌 흑 바가지들이 보인다. 어깨에는 흰 줄을 둘렀고 검은색 화이바에 검게 탄 무뚝뚝한 얼굴에 전체적인 이미지는 까무잡잡한데 헌병들처럼 몽둥이를 들었고 호루라기를 목에 걸고 있다. 이들은 논산훈련소 기간 병들인 즉, 조교들이다. 입영 장정의 두려움의 대상 1호였다. 번개, 번개를 부리는 사람으로. 오늘부터 논산훈련소에 입소하는 장정들은 번개돌이다. 수송열차에서 꾸역꾸역 밀려나오는 얼굴이 까무잡잡한 장정들에게 질서란 것은 없다. 어디가 어딘지 모르는 그냥 순박하고 어리바리한……. 그리고 겁에 잔뜩 질린 무리일 뿐이다. 그리고 또한 이들을 이끌어갈 리더도 없다. 그러니 역 광장에 나오면 우왕좌왕할 수밖에 없는데, 이를 미연에 방지하는 데는 조교들의 숙련된 통솔력이 절대적인 것이다. 사방에서 쏟아지는 호루라기 소리 뒤이어 들리는 소리소리는 "사열종대"사열종대? 사열종대가 뭔지. 그런데도 사열종대를 만드는 데는 대단한 희생이 뒤따른다.

"어쭈구리! 이 새끼들. 동작 봐. 굼벵이처럼 굴거야? 번개처럼 움직여라!"

듣기 거북한 욕설과 무지비한 몽둥이세례다. 왜 맞는지 모른다. 분명히 앞 사람 따라 줄을 섰는데 엉덩이에 불이 난다. 왜 틀리는지 모른다. 분명히 재빠른 동작으로 대열 속에 들어서서 대오를 형성했는데 굼벵이라고 욕을 듣는다. 오리 키우는 농장에 가본 일이 있는가? 오리는 이동할 때 나름대로 열을 짓는다. 그러나 사람이 뒤에서 쫓으면 혼란스럽게 대열 이 흩어진다. 장정들의 꼴이 그 꼴이다. 그래도 어떻게 열을 맞추니 단상에 서 있던 인솔 장교가, 키 큰 사람은 앞에 서고 키 작은 놈은 뒤로 가란다. 호루라기 소리 등등의 소음에 그 소리에 갑자기 대열이 혼란에 빠진 듯 흩어져 돌고 소용돌이 를 일으킨다. 영문도 모르고 중간에서 어리둥절한 모습으로 사태를 파악해 보려는 키 작은 장정에게 조교가 달려와 욕을 퍼붓는다.

"야, 이 엿밥 같은 놈아! 말이 안 들려. 키 작은 놈이 가운데 서면 어떻게 해. 뒤로 가! 맨 뒤로."

엿밥이라는 것을 정리하자면 이렇다. 먼저 보리를 발아시켜 싹이 1cm 쯤 자라면 말린다. 말린 보리와 싹을 맷돌로 반쯤 으깨어 갈아, 찬물에 담가두었다 가 그 물을 달이면 엿물이 되고, 뜨는 껍질을 엿밥이라 하여 따로 분리하는데, 이는 쓸데없는 쓰레기이다. 키가 작은 장정은 졸지에 엿밥이 되어 제일 뒤로 밀리는 수모를 당한다. 이때부터 반쯤 군기를 잡는다. 공포심을 심어주는 것이 통솔하기가 쉽다. 그렇게 사열종대씩 집합시켜 놓고는 우측 사열부터 이동이 시작된다. 행렬 옆으로 몸빼부대도 따라 행군한다. 소위 이동상점? 이동슈퍼이다. 훈련받을 때 꼭 필요한 소품을 파는 상인들이다.

그들과 함께 논산훈련소의 장정 집합대기소로 행군하는 것이다. 여전히 오합지졸이다. 조교들의 호루라기에 약간씩 발을 맞춰가면서 비포장도로의 먼지를 날리며 행군을 한다. 행렬의 꽁무니에 선 키가 작은 장정들은 먼지를 뒤집어쓰게 마련인데 일정이 늦다고 속보를 시킨다. 속보란 육상경기에서의 경보와 같다고 보면 된다. 그런데 선두에 서면 속보든, 구보든, 반보-걸음 든 아무 영향이 없지만 행렬의 뒤는 거의 2배나 3배 정도 속도를 내지 않으면 따라 갈 수가 없다. 즉, 키 큰 사람의 경보-속보 면 뒷줄 키 작은 장정들은

건강한 대한민국 남자라면 꼭 가야한 길…….

마라톤인 셈이다. 키가 작아 당하는 수모가 가당찮다. 먼지로 뒤덮인 채 뛰다시피 행군하여 오후 1시경에 도착한 장정 대기소의 드넓은 연병장은 타 시도의 병력들로 메워진다.

"에고 죽겠구먼! 늙은 형님이 흙먼지 다 덮어쓰고, 비라먹을 좀 천천히 오면 하늘이 무너지나?"

누군가 투덜댄다. 그때는 모른다. "이동!"하면 왜 구보인지를……. 일정에 맞추어야 하기 때문이다. 다시 인원파악이 시작된다. 이 인원파악은 군청 공무원인 병사계와 훈련소 간의 인수인계를 위한 인원파악이다. 병사계는 인원파악이 끝나자 훈련 잘 받으라고 당부한 후 떠나 버린다. 병사계가 떠난 후, 조교들은 장정들을 40명씩 구분해서 앉힌다. 아니 그냥 앉힌 것이 아니라 "앉아 서" "앉아 서"를 몇 번이나 반복시키는 이 조교는 소를 몰고 오듯 힘들여 끌고 와서 힘이 빠졌는지! 호로라기 한 번 불면 "앉아" 두 번은 "서"라며 "앞으로 일상화되니 까먹지 말라"고 한다. 이후로 열심히 호로라기 소리에 놀아나게 된다.

"앞 줄 셋째 줄까지 조교 앞으로."

명령 발은 기가 막히게 받는다. 앞으로 나선 키 큰 장정들을 인솔해 조교는 어디론가 갔다가 10여분 후 돌아오는데 오! 밥이다. 말로만 듣던 군대 짬밥이다. 첫 대면한 군대 밥은 삼층밥이다. 두 사람씩 조를 이루어 은색이 반짝이는 식깡·밥통 을 들고 오는 무리, 가슴 앞에 식기를 수북이 안고 오는 무리, 스푼을 들고 오는 무리, 그런데 젓가락을 들고 오는 무리는 없었다. 그때 알게 된다. 군대는 젓가락이 없고, 스푼은 생명 같이 간수해야 된다는 것을. 만약 스푼을 잃어버리면 어떻게 될까?

첫째: 원시적인 손으로 음식물을 집어 먹어야 한다.

둘째: 죽기를 각오하고 타인의 것을 훔쳐야 된다.

셋째: 그것도 여의치 않으면 군번으로 퍼먹어야 한다.

줄을 서서 앞으로 나가면 먼저 알루미늄 그릇 2개와 스푼 한 개가 차례차례

지급되었고……. 끝자리에 배식용 식깡에서 무럭무럭 김이 오르는 게 보인다. 그 배식용 커다란 식깡-한 말들이 알루미늄 통으로 40인분의 국과 밥이 담긴다. 앞에 줄을 서면 밥 탄 냄새가 코를 찌른다. 고약한 시어머니가 있다면 밥을 한 며느리는 죽었다고 치면 되지만, 군대서 밥 타는 걸 챙겨줄 상관은 없다. 얼마나 많이 탔는지는 모르지만 밥알 색깔이 붉다 못해 검다. 속리산 법주사 쇠솥보다야 작지만 그래도 1개 중대는 먹일 만큼 큰 가마솥에 기름버너를 사용하는데, 이 버너의 노즐 구경이 좁아 불꽃이 솥의 한 부분만 가열하니, 솥 내부로 열이 골고루 전달되지 않아, 취사반의 어지간히 숙달된 고참이 아니고는 거의 3층 밥을 짓게 마련이다. 그런데 문제는 취사반의 고참은 일을 안 한다. 즉, 요령 만 피우면서 졸병만 뭐 나게 부리는 것이다. 그리고 그 솥의 밥을 그네들은 먹지 않는다. 대신 하사관 이상 장교용 밥은 따로 짓는데 이건 아예 하얀 쌀밥이다. 취사병들은 그 밥을 먹었다. 그러니 훈련병 내지 대기 중인 장병에게 먹일 밥알에 신경 쓸 필요가 없다. 그리고 먹는 쪽에서야 3층 밥 중 까맣게 탄 1층이든……. 알맞게 뜸을 들인 2층의 잘 된 밥이든-화근내야 나겠지만. 생쌀이 그냥 씹히는 3층 밥이든, 돌이 버석거려 도 많이만 먹으면 불만이 있을 리 없다. 원래 훈련병 위장은 돌도 소화시키기 마련이다. 설사 배탈이 난다 해도 숯으로 된 밥알이야 소화제로 적격이 아니냐 말이다. 그 밥을 배식 받고 난 다음 국을 타는데, 국자 하나 가관이다. 식기와 똑같은 식기에 나무 손잡이가 어설프게 달린 것이다. 이것으로 국통 안을 휘휘 저었다가 적당량을 퍼서 식기에 부어 주는데, 냄새가 좀 야릇하다. 그 다음 차례는 김치를 준다. 비스킷 만하게 얇게 썬 무 두 쪽이다. 초등학교 학생들의 지우개처럼 희멀건 것을 밥 위에 달랑 올려 준다. 드넓은 연병장 여기저기에서 밥 냄새가 진동한다. 2열종대로 행군하다 멈춘 채 제자리에 앉아 열을 지은 모양으로 맨땅에 앉아 밥 을 먹는데, 처음 맡아 보는 역겨운 밥 냄새-아마 가마니 속의 쌀과 보리를 가마솥에 넣고 물을 부은 후, 휘휘 저어 떠오르는 지푸라기 만 건져내고 끓였을 것이다 가 식욕을 싹 가시게 한다. 군대 밥이 냄새가

건강한 대한민국 남자라면 꼭 가야할 길…….

나는 것은 쌀과 보리를 보관하는 창고에서 출하할 때, 입고 된 순서로 나와야 될 것이 이놈 저놈 좋은 쌀을 빼돌리다 보니, 항상 오래 된 것만 보급되어 그렇기도 하고, 정부가 보유하는 정부미 중 오래된 것만 군대에 할당하기 때문이란 설이 있다. 밥이야 이미 포기한 것이고, 국을 들여다보니 시퍼런 무 이파리 한 개가 그릇 속에 뱀이 따리를 튼 것처럼 담겨 있고, 그 위로 대가리만 있는 도루묵의 맹한 눈알이 노려본다. 째려보는 도루묵 눈알을 보니 군대 좋다는 말이 말짱 거짓말이고 말짱 도루묵이다. 무 이파리는 크기대로 자란 것을 밑동만 잘라 그냥 국속에 넣었을 테니 어떤 것은 한 자가 넘는 것도 있다. 그리고 도루묵은 내장도 빼지 않고, 아니 고기 상자 째로 국솥에 넣었다가 고기 상자만 들어내는 경우가 더 많았을 테고! 국이 끓으면 커다란 국자로 휘휘 저어준다. 그 소용돌이에 도루묵의 살점은 다 떨어져 부스러기가 되고, 뼈와 내장은 서로 엉키기도 하고, 다른 국거리에 달라붙기도 하는데, 가장 난처할 때가 콩나물과 생선의 만남이다. 특히 콩나물과 갈치의 만남은 거의 환상적이다. 갈치의 살점은 도루묵처럼 부스러기가 되어 국물에 녹아버렸는지 보이지 않고, 뼈와 콩나물의 두 종류가 엉켜져서 엉킨 크기가 다양하여 큰 놈은 축구공만 하고! 작은 놈도 주먹만 하다. 어떻게 떼어내어 먹어야 되는지 상상이나 해보라. 건더기 들어내면 국솥 안에 국물의 양은 얼마일까? 갈치 뼈가 콩나물과 엉키어 박혀 있으니 먹을 수가 없다. 고춧가루는 들어가는 둥 마는 둥 하여 역한 생선비린내가 코를 자극한다. 하여튼 "식사 끝, 남은 음식은 짬밥殘飯통으로"조교가 지시하니 잔 밥통이 가득하다. 군대는 기다림의 연속이다. 어디서 무슨 일이 진행되고 있는지도 모른 채 연병장에 죽치고 앉아서 앞 사람 등에 머리를 대고 졸거나, 연병장 바닥을 헤매면서 시간을 때운다. 그렇게 시간을 때우면서 아침에 떠나 온 고향집이 벌써 그리울 장정도 있을 것이고, 입영전야의 밤늦게 퍼마신 여자가 있던 술자리가 떠올려지기도 할 것이다. 다음날 다시 연병장에 출신 지역 병력끼리 모여 앉았다. 신체검사를 한단다. 차례가 올 때까지 대기에 또 대기다. 신체검사는 대한민국의 국군으로서 맡은 바 책무를 다할 수 있는 체격의 최소조건을 갖추었느냐를 먼저 따진다. 고향에서 받은 1차 신체검사 결과를 본 후에 징집영장을 보내지만, 신체검사 이후 입소까지의 대기기간이 들쭉날쭉한 탓에…… 그 기간 동안의 변동 상황을 체크해보고, 또 질병의 감염 여부도 확인해야 되기 때문이다. 예방주사를 놓는데 쿡 찌르고만 만다. 과연 주사약이 들어갔는지 의심스러울 뿐이다. 필기시험도 친다. 아라비아 숫자로 1에서 100까지 쓰게 하고 또 고향집 주소, 부모님 성함 등을 쓰게 하는 것은 한글을 깨우치지 못한 사람들 때문이다. 결혼하여 애아비인 장정들 많다. 호적에 착오가 생겨 늦게 온 장병도 있고 입대를 기피하다가 서른넷이나 다섯이 되어서 잡혀 입대하는 장정들도 많다. 또한 미군과 월남전에 참전 중이어서 병력보충에…… 문교부 해택을 전혀 받지 못한 무학자초등학교도 못 다닌 사람.도 신체만 건강하면 입영을 했다.

"4열 종대, 맨 우측 열부터 막사 안으로 들어간다. 실시!"

꾸역꾸역 끌려 들어가는 기분으로 들어가 보니 햇살 밝은 곳에 있다가 들어와서인지 막사 안은 껌껌하다. 휘휘 둘러보니 온갖 보급품이 햇살이 들어오는 창을 가리고 쌓여 있다. 각종 보급품의 품목에 따라 기간 병들이 한 명씩 서서 장정들이지나 가면 대소 불문하고 한 개씩 안겨준다.

런닝셔츠, 팬츠, 동내의, 군복 상하, 양말 두 컬레, 통일화※일제시대 혹은 625 때의 찌까다비의 개량종, 두꺼운 캔퍼스 천으로 몸통을 만들고 등산화 밑창 모양의 고무 밑창에 캔퍼스천 접촉 부위와 앞부분에 고무를 덧대어 꽤나 실하다. 월남전 때 장글화의 가죽 부분이 고무라고 생각하면 된다. 이 신발을 훈련기간 내내 신어야 한다. 군화, 모자에다가 손수건까지 공짜로 한 살림 챙긴 거다. 대소불문하고 지급하기 때문에 혼란이 인다. 눈썰미가 좋은 놈은 지가 받은 통일화 문수가 형편없이 틀리다고…… 발밑에 놓인 비슷한 크기와 재빨리 바꿔치기하다가 들켜 사정없이 엉덩이 프리킥을 당한다. 이런 놈을 고문관이라 했다. 줄은 끝없이 돌고 도는 것 같다. 먼저 수령한

건강한 대한민국 남자라면 꼭 가야한 길…….

순서대로 다시 연병장에 열을 짓고 세우더니 군복으로 갈아입되 서로 사이즈가 맞는 것을 교환해도 좋다고 한다. 확실히 군대는 요령이다. 지급할 때는 일일이 사이즈 별로 지급 할 수 없으니 장정들끼리 서로 맞추어 보고 교환한다. 그래도 자기 사이즈에 맞지 않을 경우에는 창고 속의 물건에서 골라주면 빠른 시간에 피복지급이 끝나는 거다. 얼렁뚱땅 지급된 옷으로 갈아입고는 사회에서 입고 온 옷은 모두 시멘트 봉투에 담아서 단단히 포장하란다.

"너희들이 입고 온 옷은 모두 그 봉투에 넣어 단단히 포장한다. 포장이 끝나면 너희 집 주소를 쓰고, 발송주소는 논산훈련소라 적는다. 고향집 주소 모르는 놈 있으면 앞으로 나와!"

집 주소 모르는 장정은 없는 것 같지만! 그래도 있다. 군대는 별의 별 인간이 다 모이는 곳이다. 그래서 별의별 일 같지 않은 게 일이 되어 고생시킨다.

"조교님! 저는 면과 동리는 아는디요. 번지수를 모르지라."

자기가 살았는데도 번지를 모르는데 살아보지도 않은 조교가 어떻게 알아 이 고문관아! 에고 저놈 원산폭격이다. 커다란 나무통 안으로 운동화를 이놈 꺼 저놈 꺼 모두 던져 진다. 고향집 어머니가 받아 보시고 또 눈물 글썽일, 귀하디귀한 아들의 체취가 묻은 물건이 발송을 기다린다. 군복을 갈아입은 장정들은 40명씩 무리지어 어디론가 데리고 간다. 얼마 후 도착한 곳은 연무대 입구에서 별로 떨어지지 않은 곳에 위치한 제28연대 5중대 3소대 간판 앞이다. 40명 단위의 무리가 1개 소대로 편성되어 내무반으로 들어가면서 저절로 중대가 되고 대대가 되어 그렇게 소대가 결정된 셈이다. 처음 내무반에 들어서면 황량한 들판 같은 느낌이 든다. 좌우로 휑한 창문, 텅 빈 관물 대, 시골집 마루보다 헐거워 보이는 침상의 널판자들, 좌우로 마주보는 침상 한가운데 넓적한 통로가 활주로처럼 곧게 뻗어 있고 그 끝은 내무반 뒷문이다. 인솔한 하사가 2열로 통로-복도에 정렬하여 키 크기대로 좌우로 마주 보게도 하고, 마주 보고 줄을 바꾸어 서보기도 하는 게, 어떤 기준보다는 적당한 분위기를 찾는 것 같다. 바꾸어 말하면 얼굴이 천한 놈만 모여서도 안 되니, 촌티

길……

확실한 녀석하고 좀 **빤빤한** 녀석 섞어둔다고 보면 될까. 말하자면 키가 순서대로 내림차순이든 오름차순이든 골고루 되면 좋고, 좌우 둘러보아 그놈이 그놈 같이 튀는 놈이 없으면 무난하다. 그렇게 제자리를 정하고 번호가 정해질 동안, 하사의 끊임없는 욕설과 폭행이 따르는데……. 욕이야 뭐 지역마다 엇비슷한 욕이 다 그런 것이지만 어떤 것은 듣기에 민망하다. 조선 팔도의 욕이란 욕을 다 알고 있는 훈련소 조교 입은 시골마을 공동우물터 앞 미나리밭인 시궁창보다도 더 더럽다. 폭행은 아주 묘하다. 손바닥이나 수도가 아닌 팔뚝-팔꿈치와 손목사이.으로 가슴을 치거나 찍는데, 이건 폭행의 흔적은 나지 않고 맞는 쪽은 타격이 큰 편이다. 입대 전 군 생활을 마친 선배들의 말에의하면 "군대 생활이 괴롭다는 것은 내무반 생활이 80% 이상 차지한다"는 것이다. 내무반 생활은 거의 매일 공포분위기로 갈 때가 많은데 이건 대체로 단체기합이기 때문일 것이고, 단체기합은 또한 단체를 통솔하기 위한 수단이기도 하다.

"전원 침상 끝에 정렬"혹은 "침상 3열에 정렬"하는 명령을 이다. 빠른 정렬과 함께 요구되는 것은 벗은 통일화-신발.는 정해진 위치 정렬이다. 숙달되기 위해서는 반복훈련이 첩경이다. 입에서 단내가 나도록 단련시켰다. 아무리 생각해도 '별 것'아닌 것에서 그렇게 군대 생활은 시작된다.

그 다음이 침상 끝에 정렬해 앉기다. 즉, 양반다리라고, 두 발목을 서로 교차해서 앉는데-스님들의 가부좌 자세도 됨. 두 손은 주먹을 살짝 쥐어 무릎 위에 가볍게 올려놓는데 이때 팔꿈치가 펴진 자세가 차렷이고, 굽은 자세는 열중쉬어이며, 쉬어 자세는 두 주먹이 무릎에서 떨어져도 되는 걸 의미한다. 그렇게 단정히 앉아서 소지품 검사를 받는다.

"사회에서 가져 온 모든 물건은 하나도 빠짐없이 침상 끝선에 꺼내 놓는다. 만약에 하나라도 숨기는 놈이 발각 될 시엔 죽었다고 각오하라 전원실시!"

건강한 대한민국 남자라면 꼭 가야한 길…….

한강철교 기압 한번이면 모두 KO

주머니에 든 건 모두들 모자에 담고. 시계도 반지도 내놓아야 한다. 돈도 내놓아야 하고, 있는 것 없는 것 다 내놓아야지, 감추어두었다가는 개인기합 내지 단체기합이다. 물건들은 분류해서 일단 압수당한다. 돈도 일정금액 이상은 영치대상이고, 결혼반지도 압수당한다. 훈련받을 때 정신해이 방지 차원이란다. 즉, 고향생각의 빌미를 빼앗는 것이다. 그리고는 압수물품 리스트를 만들어 행정반에 보관해 두었다가 퇴 소식 때 모두 돌려준단다. 그런데 교묘히 감추는 장병이 있다. 들통이나 단체 기압이다. 첫 단체기압은 폭력을 쓰지 않는다. 이후로 자주 듣는 말 "군기확립"이라느니 "군인정신 배이게 해 주기" "군대 매운 맛 보여주기"등……. 단체기압엔 다리 힘을 빼는 앉아 일어서와 오리걸음이 있었으며 팔다리에 동시 힘을 빼는 한강철교가 있다. 한강철교는 앞사람이 뒤 사람 어깨에 발을 걸어 다리를 만든다. 그러니까, 양팔이 다리를 받쳐주는 교각이 되는 것이다. 악질 조교는 연결된 훈련병들의 등을 걸어가기도 한다. 한강철교 기합 10분이면 천하장사도 녹다운 된다.

사회에서 따라 왔던 것이 모두 제거되었다. 이제 몸과 마음을 비워야 한다.

길…….

나라가 준 보급품을 모셔라……. 처음 입소하면 관물 대 정리정돈에 각별히 신경을 쓰도록 만드는 것은 내무반장들의 몫이다. 침상 안쪽 벽에 각목과 판자로 짜놓은, 병사들의 옷이 차곡차곡 개어져 있는 곳이 관물 대다. 이곳은 군인 개개인에게 지급된 보급품 모든 것이 망라되어 한눈에 다 보이도록 진열해 놓은 곳이다. 군인의 살림이 얼마나 단출한가를 보여주는 또 다른 방법이다. 개인의 피복을 관리하는데 제일 중요한! 원통형 잡낭은 따블빽 -W−Bag이라 부른다. 원래는 Duffle천으로 만든 Bag이여서 더블 백이다. 대한민국 보급부대의 재고현황 리스트라는 양식에도 엄연히 따블빽이라 표기되어 있다. 이런 식으로 군대용어는 잡탕 조어이어서. 식깡은 먹을 식食에 깡통의 CAN이다. 더플인지 따블인지 그 속에 든 내용물을 몽땅 쏟아놓고 순서대로 차곡차곡 개어 올린다. 제일 밑은 따블백이다. 길이 20Cm 정도에 높이는 2Cm로 접어 정면에서 보면 직사각형이 되어야 한다. 그 위에 야전잠바, 역시 동일한 요령이다. 그 위에 야전잠바 내피, 그리고는 군복과 동내의, 런닝, 팬티 순으로 같은 요령으로 쌓아둔 후, 양말을 접어 제일 위에 모시면 된다. 쉬워 보이지만 직사각형을 각이 지게 보이려고 각대기를 사용해도 손재주가 없으면 고생한다. 군화도 깨끗이 닦아 옷 뒤에 놓고 훈련소 생활 내내 바라만 본다. 차곡차곡 개어 놓은 관물 옆에 치약과 칫솔, 세면비누를 비치하고 관물 대 위 선반에 철모와 벨트, 수통을 정렬한다. 그 다음 모포를 갠다. 이 펄럭이는 모포를 어떻게, 어떻게 접으면 기가 막힐 정도로 접힌다. 마치 라면 박스 안에 넣고 포장한 것처럼 각이 져 있다. 모포 3개를 포개어 관물 대 아래 침상 바닥에 놓는다. 마지막으로 내 것이라는 표식으로 이름표를 붙인다. 내무반장은 이름표를 나누어주면서 관물대의 가로대에 붙이라지만 풀은 없지, 밥알은 내일 아침에나 구경할 텐데, 모두 이름표를 들고 멍해진다.

　"치약으로 붙인다. 실시."

　과연 군대이다. 빼딱하게 붙었으면 떼어서 다시 붙여도 착착 붙는다. 치약 풀은 훈련 6주간을 그대로 붙어 있어서 오히려 낫다. 군대 보급품은 가끔

용도가 달리 쓰일 수 있음을 잠깐 열거하면 철모-알철모 는 고참의 세수 물 데우는 데는 최고이고, 수통 컵은 PX 에서 사온 라면 하나를 끓이기에 딱 맞다. 버클에 광을 내는 데에는 치약이 좋고, 총구를 닦는 꼬질 대는 급하면 손바닥 때리는 회초리다. M1소총과 함께 따라다니는 이 도구는 손잡이가 어른 손가락만한 크기에 중심부를 관통하여 T형으로 볼트로 연결된 가느다란 쇠파이프로 구성되어 있다. 이 쇠파이프는 끝 부분이 바늘귀처럼 생겼고, 반대편은 수나사가 달려 있는 토막과 양끝이 암 수 나사인 토막들로 구성되어 낚시 대처럼 길게 연결하게 되어 있다. 바늘귀처럼 생긴 부분에 기름을 묻힌 수입포를 꿰어 총열 내부의 녹이나 불순물을 닦아내는 기구다. 이때 총열 내부에 기름의 잔존여부는 훈련병의 판단능력으로 결정하기에는 기준이 애매하다. 즉, 기름이 많다고 기합, 기름이 적다고 기합이니 적응하기가 힘들다. 총신과 개머리판에 기름이 적다, 많다 하여 꼬질대로 손바닥을 맞기도 한다. 검열관의 눈에 기름을 칠했다가 깨끗이 닦아낸 것으로 보여야 합격이다. 꼬질대의 손잡이 양끝은 일자와 십자형 드라이브가 마련되어 있다. 이 꼬질대로 총 구멍을 들락날락 쑤시는 동작이 남녀가 섹스를 할 때의 남자의 성기와의 같은 기능이 닮았다고 해서 조교들의 입에서 18번으로 나오는 말이다.

"꼬질대를 앞세우고, 눈썹이 휘날리도록 뛰어온다. 실시!"

그 다음은 개인화기의 관리다. 처음 개인화기 검사 때 개머리판 밑 덮개의 상태불량은 하나의 사건이 됐다. 항상 땅에 닿는 부분, 그래서 개머리판이 닿지 못하게 씌워둔 철판 하나의 청소 상태를 군대말로 수입상태 때문에 기합에 기합인데 M1총 고리를 이빨로 물고 있어 보라. 4.3kg의 총을 이빨로 물고 있어야 된다. 총기 검사의 절차가 복잡한 것이 또 고문관을 만든다. 일단 횡대로 "앞에 총"하고 도열해 있으면, 지휘관 혹은 검열관이 지나가다가 누군가의 앞에서 정지하는 그 순간이 검열관에게 지명을 당한 것인데 "훈련병 누구누구"하고 관등성명을 대야 한다. 그런 후 검열관의 손이 총에 닿으면 그냥 총을 놓아버려야 한다. 총이야 땅에 떨어지든 말든 그 경우는 훈련병

아니 피검자의 소관이 아니다.

검열관의 숙련된 동작에 따를 뿐, 검열관은 노리쇠를 후퇴시켜 약실을 검사해보고, 손가락으로 슬쩍 만져 손에 기름이 묻나 안 묻나 확인해보고, 총구를 들여다보아 총열 내부의 이물질 여부와 광택여부를 검사한 다음 노리쇠를 닫고, 총을 한 바퀴 돌려 방아틀뭉치를 검사한 후, 처음 총을 잡은 방향으로 피검자에게 던진다. 돌려주는 게 아니고 30㎝ 정도의 거리에서 던지면 이제 땅에 떨어뜨리느냐 받느냐의 소관은 피검자에게 달렸고, 만약에 떨어뜨렸다면 얼마나 끔찍할지 상상만 해보도록……. 1파운드짜리 곡괭이자루를 들고 있던 조교가 엎드려뻗쳐를 시킨 후 빳다를 친다. 그것도 내려치고 올려치고 난 후 중앙을 치는 삼각타법은 왕고참이 아니면 맞는 녀석을 반죽음 시킨다! 그 다음 복장의 청결함과 단정함을 점검하고 속옷까지 검사하고 요대에 붙어 있는 버클의 광택도 조사한다. 군대의 바클-요대=조임 쇠라고 한다.의 표면은 금색으로 도금이 된 철판인데, 훈련받으면서 긁힌 자국을 샌드페이퍼로 갈고 갈아서 치약을 발라 광내는 것도 일중의 일이다. 이 버클의 두께가 꽤나 두껍다. 아이러니하게 야간 훈련 시에는 광택을 없앴다고 검댕을 발라야 된다. 그리고 또 하나, 똥 약으로 군화 광택내기다. 군대에서 지급하는 개인에게가 아니고 내무반 비품. 구두약을 똥 약이라 부른다. 사회의 구두약은 발라서 솔질 내지는 헝겊으로 문지르면 광택이 나지만, 군대의 똥 약은 발라서 문지르면 약이 가죽에 스며들지 않고 목욕할 때 때 밀리듯 밀려버린다. 그런데도 그 구두약으로 광을 내는 도사(?)가 한 중대에 한 명쯤은 나온다. 거의 장인의 수준에 가까운 귀신같은 구두 닦는 솜씨다. 그 똥 약으로 구두의 광은 내지 못할망정 가장 가죽답게 깨끗하게 검고 반들반들하게 아니 파리가 앉으려다 미끄러져 낭상-落傷을 할 정도로 닦아둬야 한다. 개인점검이 끝나면 내무반 청소를 점검하는데 이걸 준비하는데 또 죽인다. 흰 장갑을 끼고 슬쩍 문질러보는데 내무반 구석이든 창틀이든 어디든 먼지가 하나라도 있으면 찍힌다. 그때는 죽었다고 복창해야 된다. 그러니 준비가 얼마나 철저한지

건강한 대한민국 남자라면 꼭 가야한 길…….

111

내무사열 실시 10분 전에 내무반 복도에 물청소-일본말로 미스나누시 를 해야 한다. 복도에 물을 부어 철버덕거리며 여기저기 문질러 닦은 후 온갖 것을 다 동원 하여 물을 퍼내고……. 물이 새는 보트에 들어온 물을 퍼내듯이 남은 물기를 모포까지 동원하여 빨아들인다. 그렇게 해서 준비가 끝나면 내무반장이 예비검열까지 해본다. 이렇게 내무사열 준비를 끝나고 침상 3선에 정위치하여 끔찍한 내무사열이 그냥 지나가면 다행이지만, 지적당했다 하면 그날은 언 해피 데이-Unhappy Day 다. 관물정돈이 내무생활을 괴롭힌다. 철저한 정리정돈과 보급품의 정리위치도 통일되어야 하고, 각도도 정확한 절도를 요구한다. 조금이라도 어긋나면 내무반에 진열된 관물전체를 통로 바닥에 내 팽겨 쳐 진다. 아수라장이 따로 없다. 널브러져 있는 것을 원상태로 정리한다고 난리법석을 떤다. 특히 점호시간에 자주 벌어지는 단골메뉴나 같다. 그리고 내무사열은 꼭 토요일 오후에 받는다. 왜? 토요일 오후부터는 휴무니까. 이런 내무사열도 한 번 받으면 국방부 시계는 1주일이 간다.

꼬질 대?=성기 수난을 당하는 날이다. 29연대 훈련소 공동목욕탕에서 샤워를 하고 오니……. 꼬질 대 검사를 받는 날이다. 신병검사 때 하면 될 텐데, 외출과 외박도 나가지 못하는 훈련병에게 성병검사는 왜 하는지 모르겠다만 거시기로 밤송이 까라면 까야지 별 수 있냐. 모두 발가벗고 침상 일선에 나란히 선다. 마주보는 모습들이 가관 이라고 해야 될 게다. 키순으로 번호를 붙여 놓아서 도레미파솔라시도, 도레미파솔라시도로 분대별 키는 고르지만 사타구니 꼬질 대는 제멋대로다. 그야말로 가지각색이다. 짧은 것과 긴 것, 가는 것과 굵은 것, 꼬부라진 것이나, 큰 양놈 주먹만 한 고환위에 도토리만한 성기가 달랑 얹어져 있는 모습도 있고. 포경과 반포경도 있으니 똑같을 수는 없을 것! 각각의 특색을 갖춘 소시지 전시장일 것이다. 꼬질 대 역할을 해본 놈도 있을 것이고, KS에 Q마크는 모르겠다만 KS 숫총각은 몇 명이나 될까? 여군 장교가 하얀 선이 들어간 완장을 찬 기간 병과 내무반을 들어선다.

길…….

모두가 어리벙벙한 표정으로 일제히 여군 장교를 바라본다.

"차렷."

차렷하면 눈은 45° 각도로 정면을 보아야 하는데 모든 훈련병은 시키지 않는 자세로 눈깔들은 여군의 가슴으로 초점이 모아진다. 뱁새눈처럼 가리고 어쩌구 할 틈도 없이 성인이 된 후 아니 머리통 굵어지고 처음으로 여자 앞에 알몸을……

이 여군은 아마 군의관이 아닐까? 아예 훈병들을 벌거벗은 버드나무 취급을 하는지 전혀 어색함이 없이 들어와서 다짜고짜 침상 일선에 서 있는 맨 첫 녀석의 성기를 뿌리서부터 귀두 쪽으로 손가락으로 쫙 훑어 내린다.

으악~입속에서 비명소리가 터질 것 같았지만! 훈련병들은 다행히 침만 꿀꺽 삼킨다. 여군의 섬섬옥수는 섬섬옥수가 아니라 흡입판이 달린 다족동물의 발 같다. 엉겁결에 엉덩이를 뒤로 빼지만……. 꼬질 대는 그녀의 손에서 훑음을 당하는 수난을 겪고 만다. 이건 성폭행이 아니라 성희롱 아냐? 그렇게 검사해 나가는 여군보다 당하는 훈련병의 반응이 더 재미있다. 그래도 여자보고 흥분되어 성기고개를 꼿꼿이 쳐드는 놈이 있다. 그걸 가만히 둘 위생병이 아니다. 손가락으로 딱 한번 퉁기면 부시시 고무풍선에서 바람이 빠지듯 고개 숙인 남자가 된다. 그렇게 성병 검사를 끝낸다.

이발을 한단다. 그것도 바리캉만-이발 기계. 달랑 들고 와서 이발사도 훈련병들에게서 자체 조달한다.

"사회에서 이발사 했던 놈 나와."

이런 식이다. 그렇게 해서 나가면 군대에서 대접받는다는 '열외'가 된다. 열외列外 다시 말하면 줄을 안서도 된다는 말이고, 줄 속에 있지 않고 줄밖으로 나와 있으라는 의미도 된다. 단체기합 주기 전에 "너" "너" "너"하고 세 명을 나오게 하고, 열중에게 기합을 주면 그 세 명은 열외의 신분이라 단체기합을 면하는, 오히려 구경하는 입장이 된다. 군대에서는 열외가 거의 99% 행운이라고 보면 된다. 입대할 때 고향에서 이발하고 오는 경우가 많지만, 담당 조교는

건강한 대한민국 남자라면 꼭 가야한 길…….

사회기분을 싹 없애준다는데, 사회에서 온 이발사들은 꼼꼼하게 바리강질을 하자. 이를 본 군인 이발사가 냅다 소리를 대지른다.

"야, 임마! 여기가 너네 이발소 안방이냐? 그렇게 늘어터지게 이발을 하면 해 넘기 전엔 끝나지 못한다. 이렇게 깎아."

시범을 보인다. 소위 말해서 십자형 이발이다. 바리강질을 얼마나 잘 하는지! 그 긴 머리카락들이 그냥 툭툭 떨어지는데, 앞에서 뒤로 몇 번, 좌에서 우로 몇 번, 귀 둘레 한 바퀴 그럼 끝이지만, 문제는 바리강의 날이 무딘데도 속도를 내다 보니 깎이는 머리카락만큼 뽑히는 머리카락이 많다는 사실이다. "바리강 하나만 있으면 연대장 사모님 머리손질도 멋지게 해낸다."는 조교는 "군인은 사람이 아니다."그리고 "훈련병은 군인이 아니다"라고 정의해준다.

바리깡 하나면……
연대장 사모님 머리도 손질하지

길…….

너무 아파 눈에서 눈물이 좔좔 쏟아진다. 천천히 깎으면 될 것을 성격이 급한 조교와! 군대의 빨리 빨리 명령이 그렇게 숙달되어 있는 것이다! 너나없이 머리카락은 스님처럼 빡 빡 밀어야 했다. 그렇게 머리를 깎아 모두가 민머리가 되었다. 그날 밤 일석점호를 취하는데……. 동작이 굼뜬 동료 때문에 원산폭격이란 기압을 받는다.

"소대원 침상 끝선에 선다. 전원실시."

무슨 일이 벌어질지 모르는 소대원들이 구시렁거리며 침상 끝선에 정열을 하니. 조교는 바둑알을 하나씩 나누어 준다.

"뒤로 돌아서 큰 걸음 일보 앞에 나누어준 바둑알을 놓는다."

침상위에 바둑알을 놓자.

"바둑알위에 머리를 박는다. 실시."

그리도 많이 했던 원산폭격 기압이다. 민머리에 매끄럽고 작은 바둑알위에 민머리로 박고 있으니 그 고통은 해보지 않은 사람은 모른다. 이곳저곳에서 머리를 파고드는 고통에 끙끙거리자. 또 다시 내린 명령 "전원 열중쉬어" 명령이 떨어지자. 양 손을 침상 바닥에서 떼는 순간 중심을 잃어 넘어진 소대원들은 앞으로 밀려 넘어지고 옆으로 넘어져 아수라장이 된다. 그 짓을 몇 번이고 시키는 것이 군대다.

훈련소 훈련과정 제일 첫 날은 8시간 내내 제식훈련이다. 중대전체가 연병장에 모여 각소대별로 조교가 한명씩 앞에 서서 구령을 붙여준다. 초등학교 때부터 열심히 배웠던 열중쉬어! 차렷! 발맞추어 앞으로 갓! 뒤로 돌아 갓! 좌 향 앞으로 갓! 우 향 앞으로 갓! 오 마이 갓! 이게 제대로 되지를 않는다. 도대체 좌우가 갑자기 생각이 나지 않으니……. 대열 안에서 허둥지둥 서로 빡 박고 엉키고, 설키고, 그래도 8시간 안에 제식훈련은 마스터 된다. 문제는 조교가 요령부족인지! 너무 숙달된 건지! 검증이 안 되는 게다. 앞으로 갓,

뒤로 돌아 갓, 오른쪽 옆으로 갓, 왼쪽 옆으로 갓에 익숙해지느라고 무지무지하게 웃어 나중에 배가 고파 훈련을 못 받을 지경이다. 이 정도는 괜찮았는데 느닷없이 여섯시 방향 가야! 열두시 방향 가야! 세시 방향 가야! 아홉시 방향 가야! 가야가야 하니 이게 또 뭔 소리람. 금관가야인지 김해가야인지 아리송해 알아듣지 못하니 술에 취한 미친개에게 쫓기는 오리 때처럼 질서를 잃고 서로 마빡 부딪치고 엉켜서 소대 대열이 제 멋대로 흩어진다. 이 몇 시 방향을 제대로 가르쳐 주는 조교 없다. 모두 눈치껏 터득해야 되는 게 이 시계방향인 것을 다른 소대들이 하는 것을 본 후에서야 알았다. 그러나 제식훈련 조교의 말이 웃긴다.

"아그들아! 그것도 몰라뿌냐? 한국말도 못 알 듣는 거여! 느그들이 시방 시계중앙에 서 있는 거다. 그러니까 느그들 정면이 열두시 방향이다. 그라면 느그들 뒤쪽이 6시 방향이고 그랑께 앞으로 가다가 여섯시 방향으로 가야 허면 뒤로 돌아가야 이 소리다. 그럼 세시방향은? 아홉시 방향은? 느네들 황우석-黃牛石이냐? 그렇게도 반찬대가리가 안 돌아가느냐? 이 소대가리들아! 우향우와 좌 향 좌다, 무두들 알았지라?"

또 이 조교는 말이 굉장히 빠르다.

"뒤로돌아! 열중쉬어! 차렷!"이란 말을 빠르게 명령하면 대열은 엉망진창이 되어버린다. 한마디로 재미있게 교육시키는 요령을 터득한 조교라! 10분간 휴식하고 50분간 웃고 또 웃어 자칫 따분하고 지루한 제식훈련은 웃다가 끝낸다.

각개인의 군번이 나오면-군번이 살인면허 번호라고 함. 인명을 살상할 수 있는 총이 지급 된다. 사격술 기초훈련-P.R.I이 시작이다. 이 사격술 기초훈련은 개인화기를 능숙하게 다룰 수 있도록 하는 게 목적인 바. 서서 쏴, 앉아 쏴, 엎드려 쏴, 의 자세만 배우는데 골병이 들을 정도다. 한손으로 거총을 하라 한다. 그 무거운 M1총이 그냥 철커덕 바닥으로 떨어지기도 한다. 그건 바로 팔 굽혀 펴기나 쪼그려 뛰기를 자초하는 거다. 모든 군대에서 특히 훈련 중 받는 기합은 체력 단련을 하기 위한 체벌 적으로 하는 것이 전부이다. 구보하다. 기합을 받을 때는 오리걸음이 기합 메뉴 중 으뜸이다. 그런데 구보에 지친 몸으로 오리걸음 기합을 받은 후 다시 뛰면 어떻게 될까? 힘이 빠져 후들거리던 하체가 언제 그랬냐는 듯 팽팽하게 힘이 실리는 원리는 뭔지 모르겠지만……. 오리걸음이 아마 경직된 근육을 풀어주는 효과가 있어 그냥 쉬는 것보다 더 하체에 힘이 올라 있을 것이다. 사격자세 훈련 받다가 자세가 불량이면 오리걸음 기합 받는다. 때론 단체로 받는다. 아니 조교가 심심하면 자기마음대로 기합을 준다. 그래도 군대는 좋다. 왜 좋은가? 높은 계급을 단 자의 생각대로 되는 것이니! 계급이 높을수록 좋고 졸병은 많을수록 좋다. 그래서 군대는 직책과 계급이 최고다. "겨누어 총"자세를 흐트러지지 않으면서 티켓의 하단이 가슴구멍의 한가운데 위치한 가늠쇠 상단에 닿도록 조수가 표적을 천천히 움직여 가늠쇠 끝에 둥근 원의 하단이 닿는 순간, 오케이라고 주먹을 쥐어 수신호를 보내면 조수는 표적 한가운데 뚫린 연필구멍을 통해 점을 찍는다. 다시 처음의 반복 또 수신호, 그렇게 3번을 찍어 그 점을 연필로 선을 그어 잇는다. 결과는 삼각형이 그려지는데, 이 삼각형의 한 변의 길이가 1㎝ 정도의 정 삼각형에 가까우면 명사수의 예비 후보가 된다. 만약에 점 3개가 길게 … 일자로 모형이 되었다면 죽었다고 복창하면 된다. 그걸 면하기 위해 서로 가짜를 만들어 주기도 한다. 이 의미 없는 짓거리는 왜 하는지 아는 훈련병이 없다. 그냥 "업 드려 쏴"자세에서 휴식을 취한다고 생각하면 된다. 그러다가 격발 불량이니 하는 요령부득의 소리에 더 혼란해지기도 한다. 군대는 이해라는 개념이 없다. 좁은 의미에서는 훈련소에서만 말이다. 조교인들 조교자격증 딴 것도 아니니……. 체계적인 이론 따위를 알 리가 없어 교관이 시키는 대로 그냥 숙달된 대로 행할 뿐이다. 사격 훈련 중 집중적으로 받는 게 격발요령이다. 쉽게 말하면 방아쇠 당기는 요령이다. 이 요령 훈련에서 훈련병은 원 없이 처녀 젖가슴을 만져본다.

조교 말씀…….

"거총! 준비된 사수는 탄환 일발 장전."

조교의 지시에 따라 노리쇠를 후퇴 하였다 전진시킨다.

이때 탄환은 지급되지 않아 손으로 장전하는 시늉만 한다.

- 엄마젖은 빨기도 하고 만지기도 했지만
  숫처녀 찌찌는 아직……

"사수는 가늠쇠 구멍으로 통하여 수직선과 수평선이 교차되는 지점에 목표
물의 하단을 놓고 숫처녀 젖가슴 만지듯이 방아쇠를 당긴다. 전원실시!"

이때 꼭 나오는 말이 있다.

"조교님! 나는 말입니다. 숫처녀 찌찌를 한 번도 못 만져 봤다 설라무네
어떻게 하면 되지라 유?"

나이 많은 어눌한 최 훈병 말이다.

"야이, 얼빵한 놈아! 설라무네라니……. 너! 멍청도 출신이지? 육실 할 놈!
너 과부하고 결혼했냐?"

조교의 핀잔이다. 설라무네"라는 말은 충청도 사람이 쓰는 모양이다. 궁금한
것은 차가운 방아쇠의 쇳덩어리 감각과 따사하고 뽀송뽀송한 처녀 젖가슴을

왜 동일시하는지. 그 이유는 격발 순간 손가락에 힘이 들어가면 총신이 움직인다. 총 끝이 흔들리면 명중될 수가 없다. 그래서 방아쇠를 살짝 당기는 요령을 잊지 말라고 일러주는 명언이다.

"처녀의 유방을 우악스럽게 다루면 깜짝 놀라 몸부림을 치니 조심해서 다루어라."

그런 비유의 말이다. 격발 연습할 때 사수와 조수로 짝을 지어하는데 조수가 십 원짜리 동전이나 납작 한 돌을 가늠쇠 위에에 올려주어서 그것이 떨어지지 않도록 하는 격발연습을 하기도 한다.

P.R.I훈련이 끝나면 훈련 장소는 영내를 벗어나 야산에서 갖는다. 야산이라 해도 군사구역이라고 형식적인 두 줄의 가시철조망을 둘러쳐 바깥과 단절시켜 놓았다. 모여 앉아 강의를 듣다가 혹은 각개훈련 받는다고 낮은 포복, 높은 포복 배우다 10분 휴식하면 일제히 철조망 쪽으로 달려가서 야전변소에 오줌을 누는데, 이 야외소변기라는 게 비스듬히 세워진 널 판자 세 쪽이 전부다. 오줌 받는 판자 양 쪽에 옆으로 튀지 말라고 받쳐 주는 두 장 그렇게 세 쪽이 땅에서 적당한 높이로 솟아 있는데, 그 적당한 높이가 무릎 근처밖에 안 된다. 훈련병이 쏟아내는 오줌은 그대로 땅 속에 스며들게 되어 있어 수없이 많은 훈련병들이 스쳐간 그 곳은 진한 오줌의 결정체와 널판자가 썩어 갈 정도의 지독한 오줌독일 것이다. 공중변소 남자화장실의 소변보는 모양을 보면 벽면을 향해 돌아선 총살당하는 사형수의 뒷모습이지만! 야외훈련장의 소변보는 장소는 툭 트인 공간이라 그림도 그지없이 좋은데 아차차 어쩌나. 기세 좋게 오줌 누는 훈련병들 앞에 갑자기 아줌마들이 다가선다. 한 둘이 아니라 떼거리로 등에 지고 머리에 이고 또는 양손에 뭔가가 잔뜩 들고 모여든다.

"어~ 어~ 어……."

모두들 정신이 없다. 혈기 왕성한 젊은이인 훈련병들 참았던 오줌이 힘차게 쏟아져 나오는데 급히 멈출 수도 없고 드러난 성기를 바지춤으로 감출 수도 없고 손으로 막을 수도 없는데 이 아줌마들은.

"김밥, 김밥. 둘둘말이 김밥. **빵**이요. **빵**~."

"떡이요, 찹쌀모찌, 있시유, 인절미도 있시유."

군침이 도는 간식꺼리를 철조망 사이로 들이밀며 속살거린다. 이른바 이동식당-移動食堂 격인 이동주부-移動週婦다. 훈련병 성기는 성기가 아니고 "아무나 볼 수 있는 아가야 고추다."로 정의해 준 이동주부 아줌마들이 드디어 나타난 것이다.

"누~누구얏?"

"저리 가소, 저리 가. 음맘 마. 아줌 씨들이 왜 이런다요? 남자들이 소피보고 있는데."

"음마! 내 애인도 아직 보지 않았는디…….. 이게 시방 무슨 일이당가!"

훈련병들은 말은 그렇게 하면서도 은근히 그녀들과 농담을 주고받기를 기대한다. 순전히 아줌마들 태도 때문이다. 그녀들은 훈련병들의 성기를 왕소금에 얻어맞은 오이지 보듯 관심 밖의 일로 생각 한다. 그녀들의 목적은 오직 먹을 것을 파는 것뿐이다. 한 훈련병이 아줌마의 풍만한 가슴을 힐끔거리며 누런 이를 보인다.

"아줌마! 멀라고 누구 마음대로 잘생겨가지고! 나 거시기를 거시기하게 만든다요. 아줌마 우유공장 탱크에 저장된 그 생우유는 안 팔아요?"

그러면 유달리 유방이 큰 아줌마는 부끄러움은커녕 오히려 태연스레 맞받아친다.

"이거는 밤이면 밤마다 우리남편에게만 대주는 거라 너무 비싸서 살 수 있겠시유?"

아무튼 훈련병들의 오줌 누는 자세가 가관이다. 성기를 보이지 않으려고 몸을 돌려 보는 놈, 허리를 비트는 놈, 엉덩이를 뒤로 빼는 놈 등등, 훈련병들이 보인 가지각색의 반응에 비해서 아줌마들은 훈병들의 그 귀한 생김새가 각기 다른 성기를 바람 빠진 풍선 보듯 전혀 관심이 없고 군것질꺼리 강매가 우선이다. 훈련병 성기는 동네에 싸돌아다니는 과부 집 수놈 개 성기보다 못 하다. 아-아-존재의 의미를 상실당한 훈련병 성기는 가련하다. 이동주부는 훈련병들을 먹여 살리는 수호천사라며 이날의 행사-?=훈련받는 장소.를 미리 귀 뜀 받은 꽤나 요령 좋은 녀석들은 오줌 누는 척하며, 아무도 모르게 숨겨둔 돈을 꺼내어 김밥도 사고, 떡과 빵을 사서, 오줌 냄새 진한 들녘에서 아니면, 똥 냄새 가득한 간이변소 안에서 장마철에 썩은 오징어 젓갈에서 나는 냄새처럼 시금 큼큼한 냄새가 잔뜩 베인 성기를 만진 손으로 입안에 가득 밀어 넣고 후다닥 먹어 치운다고 표현해야 되나? 목메어 눈물겹게 먹는다고 해야 하나, 지지리도 못난 것들이라 해야 되나. 애고 더러워라! 거지 똥구멍에 걸려있는 콩나물을 빼어먹든지……. 아니면 어린아이 성기에 붙어있는 밥풀을 떼어먹지, 그 지독한 인분냄새가 진동하는 재래식 변소 안에서 벌어지는 일은 불법 간식시간으로 보면 된다. 철조망을 사이에 둔 생존의 의미를 누가 나무랄 것인가. 다 먹고 살자는 것이 아니겠는가! 앞서도 말했듯이 훈련병의 애로사항은 많고 많지만 모자라는 잠과 배고픔을 이겨내는 일이 보통 인내심으로 견디어낼 게 아니다. 삼시 세 때 그렇게 때맞추어 주는 식사에 왜 배가 고프냐고 물어오면 뭐라 대답할까?

첫째: 식사내용이 부실하다. 영양가가 없는 음식이다. 푸석한 보리밥과 국에 연필 지우게 크기 단무지 한 조각이니 영양이 골고루 돌아가나? 사회에서 먹는 밥은 그래도 반찬이라도 따라오지 않는가. 밥 한 그릇과 국 한 그릇을 먹는 가난한 집이라도 국속에 건더기는 많을 것이다. 가끔은 고기나 생선 맛도 보는데……. 우족무사통과탕牛足無事通過湯 소가 장화 신고 지나간 물로 끓인 국 등의 별명을 가진 국은 기름만 동동 뜨는데 그건 그냥 소기름을 넣은 것이다.

둘째: 간식이 없다. 참이 없다는 말이다.

농사일보다 훈련은 힘든데 먹는 양이 너무 적다. 게다가 돌조차 소화시킬

능력이 있는 위장인데, 금방 먹은 밥이 돌아서면 소화 끝이니 항상 뱃속이
비어 있다.

이동주부 아줌마 '왈' 훈련병 좋은
좆이 아니라 장지. 장지나 좆이나!

　야외훈련이 있는 날이면 교관과 조교들은 이동주부 음식을 못 사먹도록
엄포, 공갈이 포함된 명령을 수없이 남발한다. 남발? 왜? 먹혀들지 않으니
그들로서는 훈련병의 배고픔을 모를 리 없다. 그러나 만에 하나 식중독 사고라
도 나면 누가 책임을 져야 하나. 야외훈련과 간식이란, 모든 훈련병들이
기다리고 기다리는 시간은 "10분간 휴식"시간이다.
　"지금부터 10분간 휴식을 실시하겠다. 변소에 갈 훈병은 잽싸게 다녀와라,
나머지는 앉은 자리에서 담배 한 대 태운다. 실시."
　그 자리에 앉아 있는 놈이나 돈 없고 '빽'없는 그런 훈련병도 있다. 빽(?)
얻어먹을 수 있는 능력을 가진 힘이라고 해 두자. 돈 있는 놈은 또 뭐냐?
애초에 입 소식 할 때 가진 돈을 모두 중대본부에 영치했는데……. 하지만
희한하게 숨기는 솜씨에는 조교도 못 따라 간다. 사회든, 군대든, 감옥 속이든
돈 있는 놈들은 몸이 편하다는 건 다 아는 사실 아닌가. 남모르게 꼬불쳐둔

돈 있는 녀석들은 설사병을 만난 건지! 천만의 말씀이고, 만만의 콩떡이다. 휴식시간마다 변소에 가서는 볼이 미어터지도록 먹어댄다. 전우애를 발휘해서 나누어주는 녀석도 간혹 있었지만……

"집합 0.5초 전."

요란한 호루라기 소리와 함께 들려오는 번개 부리는 조교의 호통에 훈련병은 곧바로 번개돌이가 된다. 술에 취한 미친개에게 쫓겨 질서를 잃은 오리 때처럼 집합장소를 향해 고환에서 워낭소리 나도록! 후다닥 철조망에서 또는 변소에서 번개처럼 달려와 제자리에 도착할 때는 꾸역거리고 먹던 입속의 그 맛있는 것들은 꿀꺽 하고 목으로 넘겨버린다.

"중대, 소대 간격 없이 집합"인원파악을 한다. "앞에서부터 번호"하나, 둘 고개를 옆으로 홱 홱 젖히며 악을 쓰듯이 번호를 불러댄다.

그렇게 시간마다 집합 때마다 인원파악 하느라 몇 분을 잡아먹을 수밖에 없는 게, 가끔 인원이 모자라는 경우가 있다. 배는 고프고, 고된 훈련에 몸은 나른하여 잠은 오고, 고향이 그립고, 처자식이 보고 싶고……. 그래서 10분간 휴식시간에 잠시 눕는다는 게 깊이 잠이 들어 집합하지 못 하는 경우도 자주 있을 것이고, 어쩌다 살짝 돌았는지, 뭔가에 씌었는지, 모르지만! 배고프고 훈련이 힘들어서 그냥 철조망을 건너 고향 앞으로 가는 넋이 나간 녀석도 간혹 있다. 훈련소라고 탈영병이 없을까마는 중대장 이하 줄초상 나는 거 미연에 방지가 최선책이라고, 행군 중 또는 훈련 중에 낙오병이 생기는 것도 미리미리 막자는 것이다.

건강한 대한민국 남자라면 꼭 가야한 길…….

키는 작고 총은 크고 탈영할까? 말까?

훈련병들은 아랫배에 힘을 주어 질러대는 번호는 계속 이어진다.

"마흔 여덟, 마흔 아홉, 오~십."

"번호 그만."

조교가 침을 튀기며 악다구니를 쓴다.

"이런 느기미 씨벌 놈들 보게! 어떤 새끼야? 번호 하나 제대로 못해? 일번부터 번호 다시."

잘하고 있는 번호 세기를 자기마음대로 중단 시켜놓고 다시 하란다. 똥개 훈련시키는 것도 아니고! 오만 인상을 쓰는 조교의 얼굴을 봐서 지레짐작 하건데 상당히 골난 상태다.

"하나, 둘, 셋, 넷……."

빠른 속도로 번호는 그렇게 다시 시작되고……. 조교 돼지 목 따는 소리처럼! 고함 소리가 다시 터지는 것은 오십에서 이다.

"언놈이야? 일어 서! 이 개좆같은 고문관 새끼! 유치원 초등학교 가면 맨 처음 배우는 게 하나, 둘, 셋, 넷, 숫자놀이인데 이 꼴통들아! 마흔 아홉 다음은 쉰이지. 오십이 뭐야? 이 씹도 못 할 놈아?"

진짜 고약한 욕이다. 성 불구자란 뜻의 욕인데! 사내놈이 연애를 못한다면 그건 고자다. 옛날 같으면 내시가 되어 고대광실에서 떵떵거리고 살겠지만 말이다. 욕 중에도 제일 큰 욕을 한다. 장애도 1급장애가 아니고 특급 장애가 아닌가! 정부에서 인정을 안 해주어서 그렇지! 그렇다면 씹할 놈이라고 하면 섹스를 할 수 있으니 욕이 아닌가? 헷갈리네. 분명 쉰도 맞고 오십도 맞긴 맞는데……. 훈련소의 조교법-法은 틀리는 모양이다. 중간 대열에서 양반이 고을 수령의 잔치 집에 초대되어 짚신을 신고 가다가 똥 밟은 얼굴로 자리에서 일어나 엉거주춤 서있는 훈련병에게 조교가 입에서 침 파편을 무수히 튀기면서 욕을 퍼붓는다. 훈련소 조교의 입은 화장실 바닥 청소하는 걸레다! 조금만이라도 거슬리면 욕을 한다.

"얼룩말은 무늬를 바꾸지 못하지. 너! 이 경상도 보리 문둥이 자식아! 눈썹을 휘날리며 꼬질 대-수입 봉=군대용어로 성기 앞세우고 조교 앞으로."

희한하다. 전국 각 지역에서 징병된 그 많은 훈련병 중에서 경상도 출신 알아보는 게……. 그게 나중에 알고 보니 경상도에서는 하나 둘 셋이 아니고, 하나 둘 서이 이고, 마흔 아홉 쉰이 아니고 마흔 아홉 오십이고, 쉰아홉 육십이고, 예순 일흔 여든은 다 도망가고 그냥 오십 육십 칠십 팔십 구십 백으로 센단다. 2~30여년 남짓한 숫자 세기 버릇이 군에 왔다고 갑자기 고쳐지나? 이런 느기미 떠거랄! 하필이면 '쉰'에서 경상도 보리 문둥-한센병자.이가 아니고 문동-文童= 글동무 이가 앉아있을 게 뭐람! 같은 학교 동창인가! 하여튼 지적받은 훈련병 고환에서 워낭소리가 날정도의 빠른 속도로 꼬질 대 앞세우고 조교 앞으로 득달같이 달려 나간 녀석이 시범케이스로 쪼인트가 작살난다.

군대 좋은 거 또 있다. 시범케이스에 걸려들면 그건 좆 되는 거다. 당하는 놈보다 곁에서 지켜보는 놈이 더 쫄리고 겁먹는다. 조교의 군화발이 녀석의 정강이를 살짝만 차도 그 통증 맞아 본 자는 알 것이다. 군화 신은 발로 타격을 가한다는 것은 태권도 기본은 모르더라도 태권도 4단의 실력을 가진 자가 맨발로 가격하는 것과 맞먹는데⋯⋯. 그 정강이가 견디어 낼까? 태권도 무단이라도 워카라 불리는 군화 신고 싸우면 4단 짜리하고도 맞상대가 된다. 아파 울고 서러워 운다. 그리고 그치지 않고 운다고 또 맞는다. 맞는 걸 보는 훈련병 중 누구 하나 끽 소리도 못한다. 그냥 속으로 그 조교가 오뉴월 장맛비 맞은 똥개를 먼지가 나도록 패듯이 반쯤 죽이는 상상이나 해보는 수밖에 없다. 인간을 삶이 찌들면 하늘을 원망하고, 고된 군 생활에 졸병은 빨리 돌지 않은 국방부 시계를 원망한다. 하늘을 원망한다 해서 형편이 나아질 리 없고! 늘어 터진 시계를 원망한대서 금방 고참 되는 것도 아닐 것!

"무슨 명령을 내리던 불평불만을 하지 말라"고함을 대지른다.

이것이 대한민국 훈련소 조교의 마음대로 법이다. 그 와중에 대열 중에서 누군가가 너무하다고 작은 소리로 투덜거리자. 그 조교 귀 한번 밝다. 귀신도 울고 간다는 훈련소 조교 귀는⋯⋯.

"조교 귀는 하도 밝아 훈병들의 눈알이 돌아가는 소리도 들을 수 있다." 엄포를 놓는다.

"느그미 떡을할 조교 놈 귀엔 돋보기안경을 끼었나! 그렇잖으면 귓구멍이 시력이 좋은 건가! 말소리가 보이게⋯⋯."

"언놈이야? 다 떨어진 충청도 핫바지구멍에서 주책없이 좆 대가리 비집고 나온 것처럼 구시렁거리고 나선 놈."

그 말에 마을 공동우물터에서 미친개들 싸움에 찬물을 끼 언 듯! 교육장분위기가 갑자기 조용하다. 아무반응이 없자. 뽈따구 난 조교 왈⋯⋯.

"남의 집 부엌에 들어가 고추 가루 훔쳐 먹은 것처럼 구시렁거린 훈병님께서는 아름다운 말로 할 때 어서 빨랑 나오세요."

길⋯⋯.

밤에 배곯은 도둑이 남의 집 부엌에 들어가 급하게 훔쳐 먹은 것이 하필 청양고춧가루를 입 안 가득 먹고 매워서 투덜거리는 소리란 뜻이다. 욕지거리를 했다가 존대 말로 할 땐 화가 아주 많이 났다는 뜻이다. 지적하고 나오라는데 배길 훈련병은 없다. 참지 못한 자기 입이 원망스러울 뿐이다.

"저기 내는 말입니다 이, 머시기냐 하면, 말입니다. 조교님이 하시는 말씀이 조금 거시기 해서 한말이지 불평불만이 있어 그런 소리 한 게 아닌데……. 조교님! 와, 이럽니껴?."

대열 중간에서 덩치가 큰 훈병이 어리바리한 얼굴로 엉거주춤하게 서서 조교에게 통하지도 않는 변명을 너스레하게 늘어놓는다.

"내가 제대로 찍었지? 머시기는 서부경남 말이고 거시기는 동부전남 말이니너! 전라남도와 경상남도 경계선을 나누는 섬진강이 있는 하동군 출신이지? 습관은 변하지 않는 것이여, 군 인사 기록카드에 잉크도 안 마른 새까만 쫄병 놈이."

호적에 잉크로 보아서는 조교가 안 말랐고 나이로 보아서도 조교가 새까만 놈이다. 그렇지만 지적당하고 불려나갈 훈병은 겁에 질린 얼굴을 하고 "절마 자슥이 알려주지도 않은 내 고향을 어떻게 알까!"하는 얼굴로 주춤주춤 조교 앞으로 나가서 화난 조교를 정면으로 바라보지도 못 하고 고개를 돌려 애써 외면한다. 괜한 허세를 부리다가 된통 걸린 것이다.

"일마야! 똑바로 서! 열중 쉬어. 차렷."

조교의 명령에 나무늘보처럼 몸을 움직인 다음 부동자세로 얻어맞을 자세를 취한다.

"얼라, 이 새끼! 동작 굼뜨는 것 봐라! 셧업, 마우스-Shutup Mouse."

갑작스런 영어에 무슨 말인지도 몰라 적당히 어리둥절한 얼굴을 하고 자기를 멍하니 바라보고서있는 훈련병에게

"나불거린 주둥이 꼭 다물어."

쓰벌! 놈의 조교새끼 국산말로 하면 될 것을 머나먼 태평양 바다건너 온

건강한 대한민국 남자라면 꼭 가야한 길…….

꼬부랑말을 해가지고 그렇잖아도 주눅이든 훈병에게 제법 많은 겁을 준다. "입을 다물라니……. 그럼 봐 주는 건가!" "아니다." "그렇다면?"서남터 사형장에서 사형 집행하는 망나니가 칼춤을 추면서 사형수에게 "자기야! 많이 아프게 죽여줄까? 아프지 않게 죽여줄까?"하며 막걸리를 입 안 가득 머금고 목을 칠 칼에다 술을 품어내면서 묻는 격이다. 그게 아니다. 입안이 터지고 이빨 부러진 것 정비하려면 견적서에 정비요금이 왕창 나오니 그것을 미연에 방지하기 위해서다.

"입 다물어! 더 꽉 다물어라 일마야."

소리와 더불어 조교의 오른손주먹이 허공의 바람을 가른다. "퍽!"3.5인치 로켓포 한방에 '억'소리와 함께 조교 앞에서 엄동설한에 불어대는 칼바람에 추워서 사시나무처럼 떨고 있던! 훈병이 발목 썩은 장승처럼 맥없이 나가떨어진다.

조교 글마 자슥 펀치 한번 세다. 입을 꾹 다물지 않은 상태에서 단거리

직사포 한방에 이빨 몇 개가 빠진 훈련병이 있어 조교들도 무척 조심한다. 치료비 견적서 내는 치과군의관을 원망하랴? 자기 주먹 센 것을 원망하랴? 치료비 물려주고 영창가야 된다. 이어지는 조교의 말……. "남군-男軍은 성기로 밤송이 까는 것과 여군-軍女에서는 여자의 성기로 침상에 튀어 나온 못 빼는 것이라는 말이다. 남자 성기를 나뭇가지로 말하며, 여자는 성기는 펜치처럼 못 대가리를 물어서 빼라는 비유 말이다. 가시 돋친 밤송이를 부드러운 성기로 어떻게 깔 수 있겠는가? 여자의 성기로는 나무에 박혀있는 못을 물어 뺄 수는 없다. 부연해서 설명하자면 시키면 시키는 대로 하고, 패면 패는 대로 당하라는 말이다. 알겠나?"높은 계급이 말하면 가장 권위 있는 말이 되며 졸병이 말하면 자조적인 체념을 뜻한다. 도대체 말도 아닌 소리지만……. 이러하든 저러하든 아무튼 간에 조교의 설명에 공감을 표시하는 것이 훈련병으로선 예의! 일 것이다. 훈련병들은 훈련장을 감싸고 있는 산이 따라 울 정도로 아랫배에 힘을 주어 큰소리로 "잘 알았습니다."

　불려나가 얻어맞은 훈련병은 조교보다 덩치도크고 나이도 15세나 더 많은 훈병이다. 나이로 보나 힘으로 보아선 상대가 안 되지만! 상명 하복을 중시하는 군이란 특수 집단에서 행해지는 것을 보고만 있을 수밖에 없다. 군대선 계급과 직책이다. 막내 동생보다 더 어린 조교에게 당한 훈병은 억울해서 또 운다. 억울하다고 맞장 뜰 수 없는 노릇이니 어쩔 도리가 없다. 차일피일 입대연기를 하다가 늦은 나이에 붙들려온 것 아닌가 참아야지……. 당시에 부잣집 자식은 군 면제 돈 없는 자식은 군 입대라는 자조적인 말들이 난무하던 시절이다. 더구나 월남전에 강제로 차출하여 보내던 시절이고 해병대원은 무조건 한번은 다녀와야 했다. 빽이 있거나 부자 집 애비들이 병역비리를 안 할 수 있겠는가!

유전면제 (有錢免除)   무전입대 (無錢入隊)

아무튼 국방부시계는 거꾸로 걸려있어도 잘도 돌 것이다. 훈련 분위기가 구타 사건 바람에 가라앉으면 다른 조교가 나서서 분위기를 쇄신시킨다. 이른바 바쁘게 가는 길 비켜주지 않는다고 행패를 부리던 떠돌이 바람도 잠깐 쉬어간다는 훈련병들의 자유시간인데……. 이게 별로 많은 시간도 아니면서 가장 자주 활용한다. 점심식사 후 강의가 많은 시간에는 모두가 앉아서 졸기 마련이다. 앞 사람 등에 이마를 대고 고개를 숙이면 뒷덜미에 닿는 햇살은 왜 그리 따사한지 그렇게 잠이 들면 코까지 골게 된다. 제일 앞줄은 그냥 꾸벅꾸벅 졸고, 다음 줄부터는 다들 그렇게 고개 숙여 잠들면 백약이 무효다. 그래서 중간 중간에 잠 깨라고 야담도 들려주고 오락시간도 만들어 "울려고 내가왔나" 훈병들에겐 제일 슬픈 대중가요도 불러보곤 한다. 강의 1/3, 조는 데 1/3, 잠 깨려고 악다구니 쓰는 데 자유시간의 1/3, 그렇게 앉아서 듣는 훈련은 시간도 잘 간다. 훈련소 조교나 교관들이 훈련병에게 해주는 재미있는 레퍼토리는 어딜 가나 똑 같다. 음담패설은 야하면 야할수록 좋다. 그래야 훈련병들은 얘기 끝나고 10분간은 잠을 자지 않는다. 그 10분 동안 각개전투란 무엇이며 은폐와 엄폐의 차이점은 무엇이냐? 하고 나오면 또

졸기 시작한다. 일반적으로 옛날 옛적으로 시작되는 얘기는 전설과 설화라 정확한 시대도 없다. 삼국시대인지! 고려시대인지 혹은 조선시대인지! 애매모호-曖昧模糊하다. 나오는 풍물 및 제도들도 마구 뒤섞여 있다. "옛날 옛적 어느 산골 마을에 아들 하나를 둔 재산도 많고 얼굴 어여쁜 젊은 과부가 살았는데……." 어느 날로 시작해보라. 흐물흐물 썩은 동태 눈깔 같이 흐려져 졸린 눈 뚜껑이 갑자기 번쩍 떠진다. 그 과부의 존재가 바로 환상의 여인으로 다가온다. 피 끓는 젊은 놈들을 여자 구경도 못하게 가두어둔 훈련소 아니냐? 밤이면 밤마다. 모포가 텐트를 치면서 딸딸이=手淫-수음 를 하는데! 그 짓을 방지하기위해서 당시의 화랑담배에 금욕을 방지하는 약품이 첨가되어 있다고 한다. 그렇다면 담배를 피우지 않는 병사들은……. 여하튼 이야기는 그렇게 이어진다. 끝나면 또 다른 얘기를 한다. 그래서군대 좋다. 시간 때우기 얘기도 하고. 졸리는 훈련병 잠 깨우는 얘기도 하고. 가끔 시찰 나오는 교육감독관 눈에도 중대 단위로 이산저산 기슭에 모여 교육받는 훈련병 모습이 보기 좋지만 어느 중대든 그렇게 자유 시간으로 보내면서 하루를 보내는 것이다.

교관은 지휘봉을 차드걸이에 걸어놓고 이야기를 시작한다.

"너희들 왜! 개구리는 사람이 지나가면 오줌을 싸는지 아나?"

속으로는 교관님만 알지 아무도 모른다고 생각하며, 훈련병들의 교관의 입만 보며 껌벅인다. 인간은 눈에 말이 보이지 않는 데도 상대가 말을 하면 입을 쳐다본다. 말 하는 사람은 상대방의 눈을 쳐다본다. 귀로 듣는지를 눈을 통해 확인한다.

교관의 이야기~ 어느 시골에 시집 갈 나이가 된 처녀가 살고 있었다. 어느 가을날, 논에서 집안 식구와 동네 사람들이 모여 벼 베기를 하고 있었겠다. 품앗이로 벼 베기를 하다 보니 새참과 점심을 집에서 마련하여 함지박에 이고 논두렁을 왔다 갔다 해야 된다. 그날은 함지박을 이고 동네 아주머니와 어머니 뒤를 따라 논두렁길을 가고 있었는데, 아차! 급히 서두르다가 소변보는 걸 잊어버렸다. 소피가 급하니 할 수 있나. 그냥 논두렁에서 해결해야 된다. 그때 촌의 여인네들은 지금의 팬티 대용인 고쟁이를 입었다. 이 고쟁이는 배꼽 밑에서부터 엉치 뼈 있는 곳까지 길게 바느질이 안된 상태다. 앉으면서 손으로 옷을 벌리면 여인네들의 용변을 쉬 볼 수 있게 만들어졌다. 이 고쟁이 겉에 검정 무명치마를 입은 이 처녀는 논두렁에 살포시 앉아 볼일을 보는데 공교롭게도 그곳에 개구리가 겨울잠 잘 준비로 구덩이를 파고 있었다. 또 그 곁에 새앙 쥐가 풀뿌리를 헤집어 자고 있었다. 갑자기 하늘이 캄캄해지더니 뽀~옹! 하는 소리와 함께 뜨거운 물대포가 머리 위로 쏟아졌다. 뽀~옹! 소리는 보리밥을 많이 먹은 처녀의 방귀소리이고, 뜨거운 물은 처녀의 소피였다. 하늘이 캄캄해진 것은 처녀가 검정색 무명치마로 엉덩이를 가리고 발목까지 덮어서였다. 개구리와 쥐의 입장에서는 벌건 대낮에 뜨거운 비까지 내리니 천지개벽인 셈이다. 개구리는 팔짝 뛰어 지상으로 나오니……. 아! 인간의 풍만한 엉덩이가 머리를 짓누르고 가까이서 감히 방뇨-放尿를 하고 있지 않은가.

"그래, 네가 내게 오줌을 갈겼다 이거지? 너도 맛 좀 봐라."

뜨거운 오줌으로 샤워한 개구리는 뜨거운 빗물-오줌에 놀라서 팔짝 뛰며 오줌을 누고 도망갔단다. 그때부터 개구리는 사람만 보면 팔짝 뛰며 오줌을 누는 것이다. 한편 잠을 자다 뜨듯한 오줌을 덮어쓴 새앙 쥐가 풀 섶을 헤치고 나와 보니, 희멀건 물체에서 뜨거운 물이 계속 나온다. 이리 피하고 저리 피한다고 정신이 없는 와중에 갑자기 물줄기가 뚝 그치더니, 보라! 숲속 중앙에 쥐구멍이 있지 않은가? 또 쏟아지면 큰일이다. 대피 처는 오직 저 구멍뿐이다. 새앙 쥐는 팔짝 뛰어 그 구멍으로 들어갔다. 처녀가 오줌을 다 누고 막 일어서려고 치마 자락을 치켜 올리는 순간에, 빛이 치마 속까지 들어가 새앙 쥐의 눈이 밝아진 것이다. 그 순간에 새앙 쥐가 몸속으로 들어오니, 이번에는 처녀가 깜짝 놀라서 '오메'하고 벌떡 일어서버렸다. 구멍으로 들어간 쥐가 살펴보니 막다른 골목이다. '따뜻해서 좋으나 길이 없구나, 내가 피해 있을 곳이 아니야.'새앙 쥐가 막 몸을 돌리는 순간에 들어왔던 입구가 닫혀버린다. 그야말로 독 안에 든 쥐가 되어버린 것이다. 이제 둘 다 난리가 났다. 쥐는 나갈 틈을 노려보니 약간 구멍이 열린다. 머리를 쏙 내미는 순간 도로 닫힌다. 계속 열렸다 닫혔다 하니, 나갈 기회가 없어 전진과 후퇴를 되풀이한다. 처녀는 몸속에 이물질이 들어와 꼬물거리는 것이 놀랍고 두렵고 간지럽고 열이 난다. 발걸음을 빨리 할수록 몸이 비비꼬이는 것 같고, 숨이 가빠오고 얼굴이 화끈거린다. 뭐 안에 갇힌 새앙 쥐는 숨이 막히고 밖의 처녀는 숨이 가쁘다. 견디다 못한 처녀는 음식 담은 함지박을 내려놓고 산으로 뛰어가니 저 엉덩이 좀 보소. 쥐가 요동치는 대로 처녀 엉덩이가 요상하게 흔들며 간다. 이를 본 어머니

"언년아! 일을 거들다 말고 어디 가느냐?"

"엄니! 나 시방 용변 보러가요."

"저 년이 설사가 났나? 금방 볼일 보더니."

딸이 내려놓은 함지박을 함께 이고 논으로 갔다. 새참 오는 것을 기다리던 동네 아저씨 눈에 이 처녀가 보였다.

"어이! 최 서방, 인제 자네 딸 언년이도 시집보내야 쓰겠네! 저 궁둥이 좀 봐."

눈이 게슴츠레하게 변하면서 하는 말이다.

"예끼, 이 사람아 얼라를 보고 못 허는 소리가 없어."

최 서방은 여전히 낮질한다고 눈길 한 번 돌리지 않는다.

한편 숨이 막힌 새앙 쥐는 구멍 밖으로 머리를 내밀고 보니 쏜살같이 달리는 처녀의 발걸음에 중심을 잡고 뛰어내릴 수가 없다. 잘못하면 떨어져 죽을 것 같아서 다시 들어갔다. 자꾸 들락날락하다 보니 멀미가 난다. 처녀는 흥분될 대로 되어 있고 새앙 쥐는 지칠 대로 지쳤으니 둘 다 야단법석이다.

엄지손가락만한 새앙 쥐에게는 처녀의 달리는 속도가 광속으로 달리는 우주선만큼이나 빠르게 느껴진다. 높이도 너무 높아 떨어지면 바로 죽는다.

"애구 새앙 쥐 살려!"

숲으로 숨어들어간 언년이는 이제는 홱 돌아버린다. 몸속에 무엇인가 들어
간 것이 확실하니 끄집어내어야 한다. 온몸을 비틀고 야릇한 신음소리를
내면서 손가락으로 성기 속을 휘저어 보나 잡히는 것이 없다. 언년이가 냅다
뛰는 바람에 더욱 정신이 혼란해진 새앙 쥐의 눈앞에는 열렸다가 닫히고
닫히면 열리는 입구에서 밝은 빛이 비쳤다 그쳤다 또 비쳤다가 어두워지니
흡사 나이트클럽의 점멸하는 조명이다. 그런데 이번에는 손가락이 비집고
들어와 쥐를 잡으려 하니 질 겁을 해서 안쪽으로 바짝 붙어버렸다. 아무리
휘저어 봐도 잡히는 것이 없는 대신에 언년이의 몸은 자신도 모르게 흥분에
떨리고 있었다. 마침 이때 이웃 동네 청년이 나무를 하러 숲에 들어왔다가
이 야릇한 광경을 보게 된다. 흠칫 놀라 나무 뒤에 숨어서 보니, 친구 집에
놀러 갔다가 담 너머로 몇 번 본 적이 있는 언년이가 아닌가? 그 얌전하고
예쁜 언년이가 검정 치마를 활딱 걷어 올리고 고쟁이 사이를 벌려 옥 같이
하얀 허벅지를 다 드러내놓고, 또 손은 그 부위를 집요하게 만지고 있지
않는가.

"아니, 저럴 수가! 원래 언년이는 저런 처자였다 말일시. 그렇다면……."

총각은 언년이가 행실이 발랑 까진 여자로 단정하고는 앞으로 나갔더니
언년이는 다급하다. 몸은 어딘가로 빨려가지, 가끔 본 적이 있는 총각이
불쑥 나타나니 부끄러워서 환장하겠지만, 몸속에서 꼼지락거리는 물질을
끄집어내어야 한다. 언년이는 속으로 애걸한다.

"이거 좀 **빼서** 언년이 좀 살려 주세요. 총각 구경하지만 말고 이거 좀
빼 주소."

총각이 보니 언년이 손으로 제 사타구니를 가리키며 눈으로는 간절히
애원한다. "맞구나 맞아, 아직 시집도 안 간 것이 남자를 밝힌다 이거지!
그럼 좋지."

총각이 바지를 끌어내리고 망설임 없이 언년이 몸 위에 걸터앉아 사정없이
성기를 밀어 넣어버렸다. 그 순간 갑작스런 통증과 함께 언년이의 몸은 절정에

길……

이르러 비명이 크게 터진다. 새앙 쥐는 언년이의 손가락이 물러나면서 약간의 빛이 보이자 잽싸게 입구로 향하는데 갑자기 문이 더 열린다. 총각이 언년이의 가랑이를 더 벌렸던 것이다. 찬스다. 새앙 쥐가 뛰어나가는 순간 웬 몽둥이가 불쑥 들어온다. 피할 틈도 없다. 쥐는 다짜고짜 몽둥이 끝을 물어버렸다. 언년이는 클라이맥스의 비명과 함께 총각의 거칠게 몰아 부치는 힘에 아파 소리 지르고……

"워매, 아픈거. 요것이 머시다냐? 시방. 언년이 보지가 나 자지를 물어 뿌렀네!. 엄청 아파뿐마 이."

총각은 날카로운 쥐의 이빨에 물려 비명을 지르면서 몸을 일으키면서 성기를 빼버린 것이다. 그 순간에 쥐는 정말 쥐도 새도 모르게 빠져나와 "걸음아 나 살려라"도망을 가버렸다. 이제 숲에는 황홀감에 거의 정신을 잃은 언년이가 흥분이 가라앉지 않아 몸을 비틀며 숨을 고르고 있고. 쥐에 물린 총각은 여전히 비명을 지르며 뒹굴고 있다. 그 다음이 어찌 되었을까? 총각의 충격은 당장에 여성혐오증으로 나타났다. 언년이 성기가 자기 성기를 물어버린 것으로 착각을 하고 있는 것이다……. 그 후 언년이의 충격은 단 한 가지의 답을 원하고 있었다. 이유여하를 막론하고 처녀의 속살을 보여준 것뿐만 아니라 몸까지 허락해준 셈이 되었으니 그 총각과 결혼해야만 했다. 그리고 또 한 가지, 그들이 숲에서 그렇게 해프닝을 벌인 다음, 숲 밖으로 각각 도망치듯 나오는 것이 동네 사람들 눈에 띈 것이다. 이 사람은 총각을 봤고 저 사람은 처녀를 봤는데 둘이서 이런저런 얘기 끝에 사타구니 움켜쥐고 뛰어가던 총각하고, 얼굴이 빨갛게 상기되어 뛰어나오는 처녀 얘기를 하다가, 그게 몇 날 몇 시쯤에 있었던 일이냐? 아니 그렇다면 그 둘이 좋아하는 사인가 봐! 그렇게 두 마을에 소문이 났으니 당사자들보다 부모들이 더 급하다. 그러나 총각은 어떤 처녀와도 결혼하지 않겠단다. 또 왜냐고 이유를 대보라고 해도 대답도 못한다. 만약 결혼을 하여 성관계를 가질 때……. 또 물리면 어떡하느냐고 묻지도 못하는 총각. 하지만 소문에 소문이 꼬리를 물고, 처녀

집에서는 매일같이 채근한다. 남의 처녀 앞길 막아놓고 결혼하지 않겠다는 심보가 뭐냐고 따져온다. 총각은 책임져야 된다는 강박감에 마침내 결혼을 결심한다. 첫날밤이다. 신랑은 색시의 족두리를 내려놓고 겉옷 속옷 다 벗겨놓은 것까지는 잘 했지만, 막상 신부의 몸을 안으려니 그때 피가 나도록 물려서 겁나게 아프던 기억이 떠올라 겁이 난다. 또 물면 어쩌나? 또 물면 어쩌나. 신부의 반응을 보기 위해 쪼그리고 앉아 신랑은 자기 성기로 신부의 성기에 가까이 대고 "아나 물어라, 또 물어 봐라."집적거리기만 계속한다. 신부로서는 이 해괴한 짓거리가 무엇인지 알 수 없다. 원래 남녀가 만나 합일하는 절차가 이런 것인가 하고 오직 신랑이 들어오기만 기다리는데 계속해서 "아나 물어라, 아나 물어라."하며 덤볐다 물러섰다 덤볐다 물러서니 드디어 신부 몸이 달아오른다. 옳지, 이 기분이었구나! 신부는 그때 절정에 나가떨어졌던 경험이 떠올라 점점 더 흥분된다. 한편 시집 장가보낸 첫날밤, 창호지며 어디며 간에 침을 발라 구멍을 뚫어 첫날밤 치루는 것을 봐주는 게 우리들 풍습이다. 혼인하지 않겠다고 고집을 부리던 총각을 겨우 불러다 치룬 혼례에 속궁합이나 잘 맞추려나 걱정인 장모도 그 대열에 끼여 있는데 신랑이 하는 짓이 너무 해괴하다. 신부 열 올리는 것이 알고 하는지 모르고 하는지 알 수도 없거니와, 당하는 신부보다 몰래 구경하는 마을 아낙네들이 더 몸이 달아오른다. 남편이 죽기 전에 자주 관계를 가졌던 밤일(?) 생각에 몸이 바짝 달아오른 과부아줌마는

"에그 내가 못 살아! 못 살 것이여."

흥분을 참지 못하고 마룻바닥에 발랑 드러눕는데 엉덩이가 얼마나 무거운지 쿵-소리가 울린다. 하마나, 하마나 기다리던 신부, 이 소리에 놀라 벌떡 일어난다고 엉덩이부터 들썩하는 바람에 "아나 물어라."하고 신랑이 성기를 들이미는 찰나 궁합이 딱 맞아버렸다. 깜짝 놀란 신랑이 얼른 몸을 빼려하나, 신랑의 몸이 자기 안에 들어와서 정신이 든 신부는 "워매! 거그, 거그."(거그란 호남지방 사투리로 남녀의 성기를 지칭하는 말이다) 하면서 왈칵 신랑을 끌어안아버리

길…….
136

니……. 신랑은 꼼짝 못하고 속으로 산에서 당했던 끔찍끔찍한 아픔을 상상하며 벌벌 떨었다. 그런데 어렵쇼, 물지를 않는다. 이유는 모르겠지만 물리지 않았으니 원이 없다. 이리하여 신랑 신부는 첫날밤의 운우지정을 나누었다.

교관은 이야기 끝으로 조교의 이야기가 시작 된다.

낙지 머리통에 얽힌 조교의 이야기~ "저 최 훈련병처럼 마누라와 토끼 같은 아그쌔끼를 두고 남편이 입대를 했지러! 장가 일찍 가서 새색시와 밤마다 나누는 섹스 하는 재미 땜시 군대 요리 저리 피하다가 다 늦은 나이로 잡혀왔지. 아마 그 새 애는 셋이나 싸질러놓고 덜컥 군에 잡혀왔으니 홀로 된 여우같은 마누라 낮에는 연로하신 시부모 모시고 살림 사느라고 바삐 돌지만 밤만 되면 남편 생각나서 밤이면 밤마다 잠을 못 자네. 그렁께 독수공방에 팔짝 뛰고 싶을 만큼 미칠 지경이랑께. 아마 최 훈병의 마누라도 요즘 그런 기분일 거여 아마 지금쯤, 쪼깐 미치고 있을 거싱께."

"쓰벌놈의 새끼. 우리나라의 야담전집을 고아서 쳐먹었나? 씹어서 먹었나? 저 새끼는 꼭 나를 물고 늘어져야."

듣는 최 훈련병의 몸이 근질근질한다. 그러나 어쩌랴 재미난 얘기 중간에 끊었다가는 그 뒤가 캥긴다. 속이 좁아 나이 값도 못하고 한창 어린 조교에게 다툰다는 것은 뒷일이 찜찜하여 모른 척 해버린다.

"야들아! 느그들 멍석이나 덕석을 아냐? 내 백과사전 동나게 생겼네! 글코롬 갤차주어도 모르냐? 어유 그것도 모른감마 이. 백과사전이 전부 찢어질 판국이다."

훈련병들을 흘낏 쳐다보고 은근히 웃는 조교의 눈길이 별로 마음에 안 든다.

"벼~엉신 육갑하네! 지지고 뽁고 너 마음대로 하냐? 멍석, 덕석 모르는 양반은 없시유. 근디 갑자기 덕석과 멍석은 왜 나오냐?"

군데군데서 구시렁거린다. 멍석이나 덕석은 볏 집으로 촘촘하게 짠 깔개로 멍석은 적은 것으로 곡식 고추 등을 말릴 때 사용하고 덕석은 겨울에 추울 때 소 등에도 덮어주고 많은 곡식을 말릴 때 사용한다. 농어촌에서는 꼭 필요한 물건이라 틈만 나면 여러 개 마련하여 둘둘 말아 마루 밑 시원한 곳에 보관한다. 멍석은 크게 짜서 말아놓으면 둘레가 전봇대보다 더 굵다.

"긍께 멍석은 말일시 아! 그런 거 있지. 멍석말이라고 마을에서 불효한 자, 강간 내지는 간통한 자들을 둘둘 말아서 몽둥이 타작-두들겨 패는 것을 하여 버릇을 고칠 때 또는 고문용으로 쓰는 것이다. 사람 눕혀 놓고 둘둘 말아 매 타작할 때 쓰는 거 그 멍석이 이 집 마루 밑에도 있으당께! 그날은 날이 쪼까 더분 날이라 온 식구가 마루에서 아침식사를 하고 있으당께. 마침 옆집 머슴이 와서 "영감님 식사하십니까?"인사를 하고는 "멍석 좀 빌려갈랍니다."라고 허니 "응 마루 밑에 있으니 가져가게"했더라 말씀이여. 머슴이 마루 앞으로 다가서다가 막내를 안고 밥을 먹고 있는 이집 며느리를 보면서 속으로 당신 남편 제대할 때가 몇 개월 남았나를 생각해보다가 실없는 짓이라면서 마루 밑을 기어서 들어갔지……. 마루 밑에는 멍석과 덕석들이 엇갈려 있었던 거여. 아, 머슴이 그 무거운 멍석을 덕석 아래서 빼내려니 좀 힘이 들어 뿌러 휴~하고 숨을 쉬자고 고개를 드는데 머리 위에 마루 널판의 옹이구멍이 엄지와 검지를 합하여 보이며 요로코롬헌 거이 있었어 근디 거기서 뭣이 보였게?"

좌중에서 꿀꺽 침을 넘기는 소리가 여기저기서 난다. 훈련소 교관이나 조교들의 이야기야 주제가 항상 끈적끈적한 음담패설 아니냐! 그러니 뭣이 보였는지는 미루어 짐작하고 훈련병들이 군침을 흘리는 것이다.

"아 글씨 이집 며느리의 거시기가 보이는 거야. 뭐 노 팬티였냐구? 야들이 몰라도 한참 모르네! 그땐 여자들 밑이 뻥 뚫린 고쟁이 입었지라. 그 위에 치마만 둘렀제 이. 맞지? 뭣시여 너희들 입대할 비슷한 시기에 입대했는데 그 때 무슨 고쟁이냐고! 야 임마! 그건 그거고 이건 이거여 아그드리 따질 거 따제야제 긍께 이 메누리 정지에서 가마솥에 밥을 한다고 무지 더웠서라

마침 앉은 곳에 옹이구멍이 있어 시원한 바람이 솔솔 나오잖컸냐 너 임마 더울 때 어디가 땀 쩨일 많이 나 맞아뿌렀네! 사타구니 아니여……. 그래 시원하라고 요리조리 자리를 잡다보니 두 구멍이 딱 맞아뿌렀네 오매 잡것 죽여주네 그걸 본 머슴 눈알이 팽 돌아뿌렀어 그때 머슴들 장가 한번 가는 게 소원이 아니등가 힘은 남아돌지 색시는 없지 우물가 지게지고 가다가 처녀만 보면 뽈끈 일어서는 거시기 때문에 낭패 얼마나 볼 때냐 아 근디 이건 하늘이 준 기회랑께. 머슴은 구멍 밑에다 내렸던 멍석을 다시 쌓고 잠뱅이를 벗고 틈새를 비집고 들어가 누워서 퉁퉁 부은 거시기를 냅다 위로 꽂아 뿌렀서야. 마침 입을 벌리고 밥을 입속에 넣으려는 순간 아랫도리에 뜨거운 것이 밀고 들어오네. 아차 밑에 머슴이 있었구나. 자식 낳으면서 알 것 다 알고 농할 때로 농해진 몸 여자 나이 서른 넘으면 잠자리 참맛 안다고 안혀 그렇게 몸 만들어 놓고 군에 가버린 야속한 사람땜시 밤마다 잠을 못이루는디 이거 웬 떡이람 몸을 지킬려니 이미 몸속에 들어왔지 소리를 냅다 질렀다간 동네방네 소문나겄지! 이를 워째 이를 워째 하는 동안 몸이 점점 달아오르네 워매 너들 지금 뭐헌다냐? 한 잔 먹고 계속헐건디 좀 기달려봐 야!"

　반합 속 뚜껑으로 식깡에 담긴 물을 한 잔 가득 퍼서 쭈욱 마신다. 또 한 잔 더 마시고 꺼억 트림 한번 하고는 줄지어 앉아 있는 훈련병들을 휘 둘러본다. 조교는 제 풀에 지가 흥분된 것이다.

　"쯧쯧 군대가 아그들 다 잡아뿌렀네 이. 아 고새를 못 참는당가? 어디까지 했지라? 나 많이 먹응께 건망증이 워낙 심혀서. 아, 너희들 눈길이 영 안 좋네, 느네들 집 마루에 옹이구멍이 있나 없나 글씨 그걸 모릉께. 최 훈병아! 너만 마누라 자식새끼 두고 온 것 아닝께 뱁새눈으로 나를 째려보지 말그라."

　능청스럽게 나이 많은 최 훈병을 여전히 갖고 논다. 중대원 중 결혼하고 입영한 훈병들이 27명이다. 그들은 고향에 두고 온 마누라와 자식을 생각하고 있을 것이다!

건강한 대한민국 남자라면 꼭 가야한 길…….

"가지가 들락날락 할 만큼 커다란 구멍 있어 워매 좋은 거! 그럼 머슴이 고생안해뿌렸지. 자 더 들더라고 이. 이제 며느리 눈에는 아무 것도 보이지 않네 밥이 코로 들어가는지 입으로 들어가는지 국 떠다가 고추장 찍었다가 김치 집어 국그릇에 넣고 호박잎 쌈 사서 상위에 그냥 놓고 얼굴은 붉어지니 연신 소매로 이마며 콧등이며 땀을 훔친다. 아 홍콩이 다 되어 가는디 시아버지가 '아가야! 숭늉이 다 됐냐 한 그릇 떠와라'시방 그 말이 귀에 들어올리가 없지 '아니 아가야 내 말이 안 들리느냐?종착역 다 되어 가는디. 설혹 들리더라도 안 돼, 홍콩가고 나서야 물 떠오겠다 이거야. 며느리 다 된 밥에 재를 뿌릴 수는 없고 안고 있던 아기의 엉뎅이를 힘껏 꼬집어버렸네 며느리 작전하나 끝내주네. 군대왔으면 분대장 감이제! 최 훈병 느그 각시 델고 와 뽑거라 선임하사 자리 부족한데 하사관 학교 갈 필요 없응께. 시방 물 떠올 군번이 아녀 하며 우는 아기 달랜다고 아기를 마구 흔들어댄다 이제 터놓고 찧고 까불어대니 마루가 다 들썩거려뿌렀네 애고 최 훈병 집 마루 올매나 실헐까 궁금하다야 워머 시아버지 화가 단단히 났뿌렀네 그랴 그런데 최 훈병 니 입대할 때 실수한 거 아녀 마누라 거시기에 쇠통-자물쇠 채워놓고 와야제 생각해바라 이. 자물통 채웠제? 채웠으면 느그 마누라 아닌갑다. 입속에 밥 가득 든 거 까먹고 야! 하고 대답을 하다가 들썩거리며 엉덩방아 찟는 메누리 대문에 마루가 흔들려서 그만 밥이 목에 걸려 화가 더 났뿌렀네 켁켁거리며 '저 년이 시애비 죽일려냐 물 안 가져오냐'고함을 지르는 그 순간에 며느리도 홍콩에 도착했지러 시아버지 고함소리에 며느리 크라이막스의 비명소리는 묻혀뿌렀당께 며느리 엉뎅이가 마루바닥에서 상승하다가 그만 쿵 하고 마루바닥을 치니 그 울림에 시아버지 목에 걸린 밥이 넘어갔다. 볼일 끝난 며느리 황급히 일어나 부엌으로 가서 가픈 숨 좀 돌리고 땀 좀 닦을 동안 아! 시아버지가 며느리 일어선 자리를 보니 이게 왠 낙지대갈빡이여…… 아래 머슴은 지금 진퇴양난이지라 아 글씨 커질 때로 커진 거시기가 옹이구멍에 꽉 쫄려 빠지지를 않는 거여 마루 위의 시아버지 속으로 '저년이 저걸 감추려고 물 뜨러 안간 거여 괘심하게 이제 나가 먹을 것이여'하며 젓가락으로 잡으니 미끌거려 안 잡히는 것이다. 젓가락으로 잡으려고 자꾸 미끄러진다. 할 수없이 시아버지는 젓가락으로 낙지 대갈빡을 찔러뿐께 머슴 너무 아파서 용을 썼더니 껍데기 좀 상하고 빠진 거여 '어허 이눔 낙지가 마루 밑으로 빠져버렸네 총각 낙지대가리가 빠졌네 자네가 주워서 잡숫게'눈이 나쁜 시아버지는 머슴의 거시기를 낙지머리통으로 볼 수밖에 없어 며느리도 살고 낙지대그빡도 살았다. 그 동네가 바다를 끼고 있어 낙지를 가끔 잡았지 낙지 못 먹어 섭섭한 시아버지 빼고는 모든 게 잘 되었어라. 그 머슴 복 받을 꺼여! 복을……. 아 글씨 말이여 최 훈병 휴가를 가려면 아득하지? 천 날에서 75일 쪼깐 덜 빼면 워매 구백삼십일이나 독수공방한 마누라 홍콩 보냈으니 암 복 받고말고 이야그 끝!"

조교는 훈련병들의 얼굴을 쫙 훑어보고 난 뒤 일부러 최 훈련병의 얼굴을 뚫어져라 쳐다본다.

"열불 났제? 참어라. 그렇지만 재미있었지?"

최 훈련병은 약이 단단히 올라있다. 결혼을 하고 입대한 훈련병들은 여간 찝찝할 것이다. 약이 바짝 오른 최 훈련병이 교관을 향해 "저도 이야기를 하고 싶은데요."하고 건의를 하자 교관의 허락이 떨어진다.

양반 중의 양반이라는 곽-郭씨~ 훈련병의 이야기

한양으로 과거 보러 가는 길목에 주막집이 있었다. 이곳의 주모는 시집가자 마자 남편을 잃어 시집에서 남편 잡아먹은 팔자 센 년이라면서 쫓겨났다. 이리저리 떠돌다가 나이 많은 할머니가 운영하는 주막에 새끼주모가 되어 주인을 도우며 살았다. 세월이 흘러 할머니가 세상을 뜨면서 과부에게 주막을 물려주어 주모가 되었다. 음식 솜씨와 장사 수완이 좋은 과부는 이 주막을 더욱 번창하게 일으켰으나 속으로는 아들 하나 있었으면 하는 바람이 간절했 다. 그래서 드나드는 손님들을 유심히 살펴보았지만 마음에 드는 자가 하나도 없어 세월만 흘렀다. 그렇게 세월만 보내던 어느 날 밤의 꿈에 과부는 아침 일찍 일어나 대문을 여니, 난데없이 마치 기다렸다는 듯이 영롱한 구슬 하나가 또르르 마당으로 굴러 들어오지 않는가! 얼른 주어서 누가 볼세라 치마폭에 감싸는데, 풍채 좋은 남자 셋이 갑자기 나타나 그 구슬은 자기가 흘린 것이라며 세 사람 다 돌려달라고 손을 내민다. 과부가 내 집으로 굴러 들어왔으니 줄 수 없다고 하자, 그럼 그냥 봐서 누구 것인지 확인하고 돌려주겠다며 과부의 치마폭을 잡는다. "보여 달라" "안 된다"며 세 남자와 과부가 실랑이를 벌리다가 넷이 함께 넘어졌다. 그 바람에 잠을 깬 과부 "이상타! 무슨 꿈이 왜 이럴까? 구슬을 얻는 꿈은 사내애를 임신한다는 태몽이라는데."날이 밝자 과부는 용하다는 이웃 할머니에게 갔다. 꿈 얘기를 들은 할미는 아들 얻을 꿈이란다. 누군가 대문 밖에 강보에 싸인 아들을 두고 갈 것 같다고 해몽해서 과부의 마음을 즐겁게 해주었다. 그날 과부는 잠시도 가만있지 못하고 대문을 들락날락 했지만 그날따라 길손조차 없었다. 이윽고 저녁이 되어 등에 불을 밝혀 대문 앞에 걸고 있으니 선비 차림의 남자 셋이 저만큼에서 걸어오지 않는가. 과부의 가슴이 그 순간 콩콩 울린다. 저 사람들은 꿈에 나타난 그 사람들이 아닌가!

"어~흠, 주모! 방이 있는가?"

"네! 네! 어서 오세요. 자 이 방으로 드시지요."

넓적한 방에 세 사람을 안내해주고 부엌으로 들어간 과부는 제정신이 아니다.

"어쩜 저렇게 세 사람이 한 결 같이 잘 생겼을까! 할미가 해몽한 꿈은 반밖에 못 맞혔어. 저 셋 중 한 사람이 나와 인연을 맺으면 아들이 생길거야. 그런데 누가 인연을 맺을 자인가. 과부 마음대로 고를 수도 없고."

난감해진 과부는 고르지 못하면 어쩌나하고 걱정이다.

"셋과 다 인연을 맺는 거다."

그렇게 과부는 자기마음대로 마음을 다잡았다.

길…….

"까지 것, 아들을 점지해준다는데 셋이면 어떻고 열이면 어떠냐? 사내 구경 안한 지 10년도 넘었는데 오늘 밤은 그냥 안 넘어간다."

그렇게 자기생각대로 마음을 다잡은 주모는 그들에게 깍듯이 대해주고 한 사람씩 기회가 생길 때마다 몇 시경에 자기 방에 와 달라고 넌지시 꾀였다. 일은 딱딱 맞아 떨어져 세 사람과 두어 시간 간격으로 인연을 맺게 되었다. 이제 날이 밝아 세 나그네들은 떠났다. 어젯밤 일에 겸연쩍어 하면서 그들이 떠나자 과부는 신령님께 빌고 빌었다. 과연 그 달에 있을 게 없자 과부는 뛸 듯이 기뻐하며 조신하게 행동을 한다. 달이 차서 떡두꺼비 같이 훤한 아들을 얻게 된 과부는 아이에게 줄 성이 없어 고민하던 중……

고高 이李 정鄭씨 성을 가진 세 사람 중 한 사람임은 틀림없는데 누구인지는 하느님도 모른다. 그래서 과부는 세 글자를 파자破字를 하여 이것저것 모아 다시 편자編字를 했다. 高에서 돼지해밑변 ㅗ와 입구口를 李에서 아들 子변을 鄭에서 B 부방 변을 취했으니 삼부 郭부방변씨라. 누구는 상것의 성이라지만 이들은 한양에 과거 보러가는 선비들이니 양반 중에 양반 성씨이다. 라고 이야기를 끝낸다.

그런데 하필? 앞전의 결혼하여 입대한 훈련병들을 약을 올려 이야기한 성질고약한 조교의 성이 곽 씨 아닌가. 재미지게 이야기를 끝낸 훈련병이 떨떠름한 얼굴로 조교를 바라본다. 곽 씨 조교의 얼굴을 보니, 부부싸움 중 남편에게 얻어맞고 친정으로 피신해 있는 마누라를 찾으려온 사위 놈을 바라보는 장인의 눈길보다 더 험악한 눈으로 훈련병을 흘겨보고 있다. 피식피식 웃고 있던 교관이 조교를 향해 "바람난 과부가 조금은 꺼림하지만! 관계를 가진 선비 세 사람이 양반들이니 곽 씨들은 양반 중에 양반이다."라는 말에, 조교 얼굴에 이내 평정이 찾아들고!

"오늘 정훈교육 끝. 중대 4열종대로 헤쳐모여! 지금부터 귀대한다. 1소대부터 행군 앞으로……. 행군 간에 군가를 한다. 군가는 진짜사나이……. 군가시작 한~나 두~울 세~에엣 네~엣."

건강한 대한민국 남자라면 꼭 가야한 길…….

"사나이로 태어나서 할일도 만타만!!!"

훈련병들의 군가소리는 굶주린 하이에나 울음같이 퍼져나가는고! ……게으른 산 그림자가 황산벌을 향해 오고 있다.

사선에서

25m 즉, 천인치 영점사격이 끝난 다음에 기록사격이 있다. 이 기록사격을 하는 날은 전 중대에 비상이 걸려 모두 너무 긴장하여 기가 질리는 날이기도 하다. 좋게 말해서 잡담 한마디 없는 날이기도 하고, 훈련병이 실수를 해도 조교들이 폭언을 하거나 기합을 주지도 않는다. 그 대신 전체적으로 단체기합을 받는다는 느낌이 든다. 분위기가 엄숙하기도 하다. 사격장의 군기는 센 정도가 아니다. 모두 정신을 바짝 차려 한마디, 한마디 명령에 일사불란하게 움직여야 한다. 개인적으로 가려운 것도 긁어서는 안 되는 게 사격장 군기다. 일단 사격장에 오면 사격 조와 확인 조로 나눈다. 사격 조는 다시 사수와 조수 2개 조로 나누어 사대에 오르게 되고, 확인 조는 표적이 있는 곳으로 간다. 이 표적은 사람의 상반신 모양으로 사대의 번호 수만큼 줄지어 서 있는데, 그 아래로는 사람들이 안전하게 다닐 수 있게 호가 깊이 파여 있다. 참호가 깊다 해도 일어서면 총알받이가 된다. 그 호 속에 엎드려 사격이 시작되면 막대기에 달린 확인 표시판으로 명중과 불 명중을 위로 올려준다. 그러므로 사대에서 표적지까지 확인하기 위해 갈 필요가 없다.

사대에서는 정신통일을 외치면서 사격만 하면 되지만, 표적대의 확인 조는 실수하면 본인부터 표적이 된다는 게 문제였다. 그래서 교통호와 같은 그 호 속에서 제일 먼저 당하는 것이 원산폭격이다. 특히 원산폭격은 중고등학교 학창시절 체육시간에 단골로 당하는 기합이 아닌가? 머리를 땅에 박고 두 발을 붙이든, 벌리든 그것은 제재하는 쪽의 아량이며 두 손은 등 뒤로 깍지를 끼는데, 이 경우 땅에 닿는 부분은 머리와 두 발뿐이니 몸은 아치를 그리게 된다. 이 자세는 꽤나 견고해서 다른 사람이 올라타도 견디어내는 체질이 있고, 이 자세에서 빳다도 맞는다. 그럴 경우 맞는 엉덩이보다 힘을 더 받는 머리 부분이 빠개질 것 같이 아프다. 이 원산폭격의 변용에 박격포가 있다. 박격포의 주 공격대상은 쓰고 다니는 철모다. 이 철모의 둥글게 융기된 부분과 머리의 둥그런 부분이 서로 닿은 채 물구나무를 서는데, 이때 발은 벽에 갖다 대거나 관물 대에 걸치게 된다. 그리고 두 손은 마찬가지로 열중쉬어이다. 모두 열을 지어 기합 받는 자세에서 맨 끝 쪽 한 녀석을 슬쩍 차서 넘어뜨리면 연달아 넘어뜨려지는데 그게 바로 도미노현상이다. 내무반 침상 같으면 요란한 소리를 내며 모두 쓰러질 것이지만 참호 속 시멘트 바닥은 팔꿈치 피부를 벗겨지게 만든다. 이런 식으로 모두 일사불란하게 정신통일이 되어야 총기사고를 미연에 방지할 수가 있다. 실제로 일어났던 경우도 있었으니까. 역시 군에는 고문관과 고문관이 함께 있는 것이니 골고루 편하다.

고문관-顧問官 사전적 해석은 이러하다.

자문에 의하여 의견을 진술하는 직책임자.

정부에서 고문으로 초빙하여 쓰는 사람.

속어로는 유식하다고 불러왔더니 영 아니올시다. 6·25전쟁 때 한국군의 군속들이나 또는 고위직에 있었던 자들이 미군의 전속 고문관들을 이리저리 속이고 자기의 이익만 챙기는 경우가 많았다. 이 경우 속절없이 당하던 고문관들을 싸잡아 불렀던 고문관을 군대에서는 바보, 멍청이, 문제아 등의 돌출행동을 하는 병사들에게 말하는 것이다 고문관 때문에 간혹 단체로 체벌을 받는다. 그래서 훈련병은 단체생활에 의한 빳다-공병 곡갱이 자루로 궁둥이를 때리는 것가 있다. 개인적으로는 극히 저질이 조교에 의해 "빳다"를 들었다.

빳다 치는 폼이 이종범이 보다 더 낫지?

　사격을 마친 조는 희비가 엇갈린다. 9발 사격을 명중하여 합격한 훈련병은 느긋하게 열을 지어 앉아서 담배 한 대를 피우고 있고, 사격술불량이든 격발불량이든 총이 엉터리-영점수정이 절대 안 되는 총이 있다. 쉽게 말하자면 총열 내부가 너무 닳아 총알이 제멋대로 날아간다. 이든 불합격한 자들은 전 중대원의 사격이 완료될 때까지 계속 오리걸음, 쪼그려 뛰기, 푸샵-업 드려 뻗쳐.을 해야 한다. 그리고 담배를 피우는 놈이든, 쪼그려 뛰기를 하는 놈이든 사격 시 견착-肩着불량으로 오른쪽 광대뼈 근처에 멍이든 놈들이 꽤나 된다. M1은 반동의 파워가 공포심을 불러일으키기에 충분하다. P.R.I일 때 "엎드려 쏴"자세는 거총을 하는 동작에서 개머리판 손잡이 부분을 꽉 잡아 뒤로 당겨서 개머리판 밑 덮개 부분이 어깨의 오목한 부분에 꽉 밀착시켜야 되는데, 조교들은 그 자세를 취하게 해놓고는 무작위로 지휘봉으로 개머리판 윗부분을 쫙 찍어본다. 이때 밀착이 잘 안 되면 총이 아래로 빠지는데 그러면 뺑뺑이 도는 거다. 그리고 겁을 준다. 총알이 나가는 그 힘만큼의 반동력이 어깨뼈를 치면, 그 뼈는 박 살이 난다는 거다. 안 쏘아 봤으니 아나? 광대뼈의 멍은 총을 쥔 손가락 중 엄지손가락이 광대뼈에 밀착된 상태에서도 반동을 받아 광대뼈를 타격했기 때문이다. 말하자면 자기 손으로 자기 얼굴을 때린 것이다. 야간사격 까지 끝나면 그 다음은 CR 사격이 기다린다. 이 CR사격은 할 때도 있고 하지 않을 때도 있다. 그래서 훈병들은 이제 실탄 8발이 든 탄창을 익숙하게 노리쇠를 후퇴시켜 장착할 수 있고, 약실 안에 실탄이 있는 가. 없는 가를 약지를 넣어 검사해볼 수도 있었고, 탄피를 못 찾아 마구 헤매던 기억도 가지면서 총에 대해서는 대충은 끝을 낸다. 훈련일정에 따르면 다음 순서로 수류탄 투척이 남았고 그 다음 은 각개훈련의 백미인 돌격이 있다. 돌격이 아니라 분대 공격, 소대공격, 중대공격을 배운다.

겨울 소나기와 수제비

외상구름이 없다는 논산훈련소는 저 먼 삼국시대 백제와 신라가 마지막 큰 전쟁을 벌였던 황산벌에 있다. 김유신의 부장인 화랑관창 그리고 계백장군 의 혼이 서려 있는 황산벌……. 서기 660년 라당연합군과 계백장군의 백제군이 마지막으로 벌인 전투, 황산벌전투는 신라군의 장수 김유신과 백제군의 결사 부대인 계백장군의 전투가, 역사상 수많은 전쟁사 중에서 우리의 심금을 더욱 많이 울려주는 이야기이다. 처자식을 손수 목을 베어 먼저 보낸 계백장군 과 연전연패의 신라군과 사로잡혔다가 너무 어리다고 풀어주면 다시 말 갈아타고 창 바꿔들고 백제군에 달려들던 화랑관창은 끝내 죽어가고 그 기백에 신라군은 용기를 얻어 백제를 멸하는데……. 진정한 우리의 선조였던 계백장군과 화랑관창의 충성과 용맹은 지금도 우리 민족의 정신 속에 도도히 흘러내리고 있는 곳이다. 그리고 그들의 피가 붉게 물들었을 황산벌의 논산훈 련소는 구름이 끼었다 하면 꼭 비가 온다 해서 생긴 말이 "외상구름이 없다"는 논산훈련소, 말하자면 현찰-비가 온다. 박치기다. 게릴라성 폭우와 비슷하다. 그런 구름이 띄엄띄엄 하늘 가장자리를 잡고 있는 날 각개 전투 교육을 받는 날이다. 교육은 완만한 경사를 이루는 능선에서 시작했는데, 낮은 포복에서부터 높은 포복을 하다 보니 곳곳에 서릿발이 날카롭다. 햇볕에 닿기만 해도 녹는 서리가 여기저기에 하얗게 덮였는데, 땅이 워낙 비옥하여 곡창지대라 일컫는 이곳에 나타나는 서리는 그렇게 땅이 찰진 곳에서 많이 생긴다. 땅이 찰진 논산훈련소에 비가 내리면 통일화 밑창에 달라붙는 그 황토진흙들의 무게와 땅바닥에 달라붙어 발길을 못 떼게 했던 끈끈함, 정말 걷기 힘든 땅이다. 그런 땅이 아닌 산 능선이다. 엎드려뻗쳐! 취침! 기상! 낮은 포복, 높은 포복 등등을 해치워야 되는데, 낮은 포복은 배와 가슴 부분이 땅에 닿은 채 총은 멜빵을 오른손 엄지에 걸어 끌다시피 해야 되고, 앞으로 전진 시 왼손과 오른쪽 발만 이용해 기어가야 하는데 이때 얼굴은 옆으로 돌려야 된다. 그러지 않고 고개를 들면 적의 시야에 노출되기 때문이다. 이 낮은 포복은 적의 진지를 향해 소리 없이 접근하기 위해서 최대한 자세를 낮추고 소음을 줄여야 한다. 다음은 높은 포복, 이건 총을 양손의 손목 위에 가로놓고 팔꿈치와 두 무릎으로 재빨리 기는 것인데, 자갈밭을 만난 날이면 작살나는 건 무릎과 팔꿈치다. 심지어 훈련복까지 해어진다. 그래서 조교들은 일부러 자갈밭만 골라서 시키기도 한다.

나 지금 훈련이 힘들어 집에 갈려고

길…….

각개전투, 참말이지 훈련소에서 처음 군사용어를 배우면 황당하다. 이건 가방끈이 길거나 짧거나 상관없이 무슨 뜻을 의미 하는지 모르는 것이 더 많다. 각개전투란 "각 개인이 전투를 수행할 수 있는 능력을 의미한다."는 것을 한참 후에 알게 된다. P.R.I도 그렇다. 그냥 우리말로 사격술예비훈련이라 하면 될 터인데 피. 말리고, 알. 배기고, 이. 갈리는 외래어 쓸 게 뭐람……

그리고 행군, 아니 제식훈련 때 배운 말, 오-伍와 열-列을 맞춘다. 종대집합, 횡대집합. 가로, 세로도 헷갈리는 무학자의 농사꾼 아들에게는 황당한 명령이다. 그래도 훈련이 다 끝나면 그게 뭔지 대충 알게 되는 게 군대다. 그래서 군대가 좋다는 거다. 그런데 오-伍는 다섯 명이 한 조인데 사열종대로 행군할 때도 오와 열을 맞추라한다. 그 각개전투 교육도 마찬가지다. 군사용어가 마구 쏟아지는 판국에 이걸 또 암기해야 된다. 예를 들면 엄폐와 은폐다. 조선팔도 돌대가리가 다 모인 데가 훈련소다. 초등학교 때 한 반 모두 일등 나오는 거 봤냐? 반의 성적분포도는 다이아몬드 형으로 일등과 꼴찌가 양끝에 각 1명씩 있고, 나머지는 중간쯤이다. 군대에서 이걸 그리면 진짜 다이아몬드 형이다. 왜? 뿌리는 뾰족하고 위로는 평평한 반지에 꽂히는 가공된 다이아몬드 말이다. 그 다이아몬드를 거꾸로 놓은 모양을 상상해 봐. 머리가 둔한 놈이 전체의 50%는 넘을 것이다. 엄폐와 은폐는 군대 생활 내내 헷갈리게 한다. 발음도 비슷하고 용도도 비슷하다. 다만 직선이냐? 곡선이냐? 만 다를 뿐이다. 예를 들면 내 앞에 담이 있다. 그리고 담 건너편에 적이 있는데 적의 눈에는 내가 보이지 않는다. 보이지 않으니 직사화기로 겨냥도 못한다. 그렇지만 담 뒤에 있다는 것은 안다. 그래서 야포부대를 부른다. XX지점에 한 방 꽝! 포탄은 포물선을 그리며 날아오다가 재수가 좋으면 담을 살짝 넘어 터진다. 그러면 나는 포탄의 파편에 맞을 것이다. 이 경우가 은폐와 엄폐다. 포탄이 내 머리 위로 날아와 터져도 내 몸이 안전하도록 사방에 담을 쌓으면 엄폐고, 적의 시야 에서만 보이지 않는 게 은폐다. 타조라는 날지 못하는 새, 잡으려 하면 가장 빠른 속도로 도망 가다가 역부족이면 얼굴만 모래 속에 묻는다든가? 무서운 장면을 안 보겠다고 눈을 감는 것도 은폐일 것이다. 각개전투에 행군대형이 있다. 중대 대형으로 어떻게 소대를 배치하고, 소대 대형에서는 각 분대가 어떤 모양새를 유지해야 되며, 어떤 모양새일 경우 몇 번 소총수는 어느 자리를 고수하여 걷는다. 등등. 머리가 나쁜 병정은 진짜 병정놀이가 참으로 힘들다. 그래서 매사가 반복훈련에 반복훈련이다. 그리고 끊임없는 암기다. 암기해야 될 게 너무나 많다. 불침번수칙, 보초수칙이 제일 먼저 나온다. 군대 생활은 요령이라고 하는 요령인데…….이게 사회에서 생긴 요령이 아니고 FM에 있는 요령이다. 가령 누워서 철조망 통과하기다. 철조망이 얼기설기 그물처럼 지상 30cm 높이로 쳐 있는데 거길 통과하는 "요령 몇 가지"라는 요령이 꾀부리는 요령으로 바뀐 것뿐이다. 철조망 통과하기 요령 하나는 위로 건너가기, 요령 둘은 우회하기, 요령 셋은 아래로 통과하기. 단, 아래로 통과 시에는 총기휴대는 몸의 길이와 일자로 통일하고 노리쇠 고리가 위로 올라가지 않게 휴대한다. 등등이 있지만 훈련에서는 바짝 긴장을 한다. 철조망을 통과 실제 훈련장에 가면 사격장 이상으로 모두가 긴장을 한다. "철조망을 통과 할 때 절대로 일어나지 말라"는 교관과 조교의 엄포 아니 사정을 한다. 중기관총-LMG으로 실탄 사격을 한다. 그러나 크게 걱정은 하지 않아도 된다. 철조망이 그물처럼 되어 있어 일어날 수가 없다. 그 다음에 총검술 16개 동작. 이것은 머리가 둔하고 신경이 둔하면 심한 상처를 입기도 한다. 즉, 동료의 칼에 찔릴 수도 있다는 말이다. 예를 들어 "좌로 돌아 찌르기"가 있다고 치자. 그런데 고문관이 우로 돌아 찔러 했다면 둘 중 하나는 후송감이다. 그래서 총검술 할 때는 좌우 전후 간격을 엄청 넓게 잡는다. 이 총검술은 하루 만에 되는 게 아니다. 전 중대가 일사불란해야 된다. 그 다음이 태권도다. 훈련소에서는 기본형인 천지 형만 배우면 된다. 점심시간이 가까워오는데 논산 훈련소 하늘에 구름이 더 많아진다. 12월 겨울의 점심 무렵 비가 올 것인가? 눈이 올 것인가? 하늘 한 번 쳐다보고, 저 산 아래에서 배식차가 오나 내려다보고, 배식 차가 보이면 오전일과가

길…….

끝난다. 그놈의 총검술 16개 동작에 온몸이 땀투성이인데 "쉬어"하면 옷깃으로 스며드는 바람은 왜 그리 찬지 으스스 떨리기도 한다. 오전일과가 끝났다. 배식을 시작하는데 메뉴는 수제비다. 따끈따끈한 국물이 있는 수제비, 고향집 어머니가 밀가루 반죽 잘 되 라고 홍두깨가 없어 대신 다듬질 방망이로 밀어 얇게 편 칼국수나, 잘 반죽된 밀가루 뭉치를 한주먹만큼 떼어 왼손에 들고 오른손으로 엄지와 검지를 얇게 뜯어 끓는 멸치다시 물에 넣던 수제비! 추운 날의 별미였을 텐데 훈련소에서도 마찬가지다. 먹어도, 먹어도 고픈 훈련 병 배에다가 고향 냄새 물씬 나는 수제비 한 그릇씩을 받아 들고서 명령을 기다린다.

"식사 개시!"

"감사히 먹겠습니다."

뜨거운 국물부터 훌훌 마신다. 국물이 찌르르 뱃속을 지난다. 그 따뜻한 맛을 느긋하게 즐기는 판에 갑자기 쏴아! 머리 위로 소나기가 퍼붓는다. 한겨울에 웬 비? 서해안 쪽은 기후 변덕이 심하다고 하더니…….

국물을 마시고 건더기만 남은 수제비 그릇에 약 1분간 쏟아진 비가 다 들어갔나? 불과 1분여, 허허벌판에서 비를 맞고 나니 식기에 빗물이 반이다. 허기진 배를 채우려고 모두들 먹어 치운다. 소낙비에 수제비 말아먹는 기분이 어떨까? 다 식어버린 밀가루 덩어리를 찬물에 헹구어 먹어보면. 왜! 그 별미라고나 할까. 밀가루냄새 풀 풀 풍기는 덜 익은 수제비를 빗물에 말아 빈속을 채우던 그 맛! 외상구름 없는 황산벌의 겨울 소나기가 수제비국물이 되고 만다. 그 소나기 덕분에 오후일과는 진흙바닥에서 끝이 난다. 언제 비가 왔냐는 듯이 구름은 재빨리 물러나고 대지를 덥히려고 진종일 힘쓴 창백한 태양이 훈련병들을 조금은 따뜻하게 해주려 하지만! 막힌 곳 없이 탁 트인 산기슭에서 바람은 시원하다가도 차갑게, 차갑다가도 시원하게, 다 해어진 훈련병들의 옷깃을 스친다. 총검술 16개 동작에 기합이 몇 번 들어갔는지 기억도 가물가물 하고, 천지 형을 익히던 태권도에도 기합이 몇 번이나 들어갔

건강한 대한민국 남자라면 꼭 가야한 길…….

151

는지 모르지만, 둘 다 아랫배에 힘을 주라고 한다. 그래야 힘이 솟는단다. 뭘 모르시는 말인가! 단전에 힘을 주는 게 아니고 단전에 힘을 모아서 사지로 골고루 보내는 건데, 어쨌든 아랫배에 힘을 주면 훈련병은 배가 더 고파질 것이다. 훈련은 전투다.

입소한 지 벌써 3주째. 위문공연⋯⋯. 그 시절의 신파극

오늘은 연대 연병장에서 연예인들이 공연하는 위문공연의 날이다. 28연대, 29연대, 31연대의 모든 병력이 모였다. 연예인 이금희씨, 제법 큰 체구에 약간 뚱뚱한 편인데 "키다리 미스터 김"이란 노래를 부르면서 얼마나 흔들어댔는지 훈련병들의 고함소리와 휘파람 소리가 그 드넓은 연병장에 시끄럽게 울려 퍼진다. 사이키델릭 음악에 맞추어 맘보나 춘다. 흔드는 것 자체만 해도 엄청난 폭발력을 갖고 있다. 위문공연의 또 다른 맛은 훈련병들이 참여할 수 있다는데 있다. 잡기에 능한 훈련병이 한껏 끼를 발산할 수 있다는 게 얼마나 신나는 일인가. 각 연대에서 두 명씩 대표로 나와서 장기자랑을 벌인다. 29연대 대표로 나온 훈련병이 노래 일발 장전하여 군대 사정에 기가 막히게 맞도록 "굳세어라 금순아"를 개작하여 부른다.

"눈보라가 휘날리는/차디 찬 모포 밑에서/팬티 벗고 이를 잡는 훈련병 신세/큰 이는 어디로 가고/작은 이만 남아 있느냐/허벅 궁둥이 빡빡 긁으며/이를 잡는 훈련병 신세"

군대의 이가 많이 있어 이를 잡는 약주머니를 목걸이로 만들어 걸고 다닌다. "굳세어라 훈련병아"때문에 연무대 연병장은 폭소의 물결이 마구 일렁인다.

사회자의 부름에 나간 훈병⋯⋯. 앞줄에 훈련소장을 가운데 모시고 연대장들이 앉아 있고 그 옆으로 장교, 여군장교, 여군하사관 등 본부요원들에다가 그 뒤로 빽빽한 내일의 군인인 훈련병들이 새까맣게 앉아 있다.

격려의 휘파람 소리와 28연대 파이팅! 28연대 훈병이 나가자 사기를 돋구어주는 28연대 병력들, 무대에서 끼를 살리기 위해 군악대의 기타를 빌린다.

길⋯⋯.

기타를 들자. 여기저기서 또다시 "파이팅"이 터져 나온다. 사회에서 갈고 닦은 기타 솜씨의 끼를 마음 것 발휘 한다.

"가는 봄 오는 봄"의 전주곡을 너무 잘 친다.

"비둘기가 울던 그 밤에/눈보라가 치던 그 밤에/어린 몸 갈 곳 없어/낯선 거리 헤매이네/나무에게 물어봐도/별들에게 물어봐도/어머님 계신 곳은 알 수 없어라/찾을 길 없어라"

노래의 뒤를 이어 처량한 독백이 시작된다.

"친애하는 훈련병 여러분, 오늘도 힘든 훈련에 얼마나 수고가 많으십니까?"

군악대가 "가는 봄 오는 봄"배경의 슬픈 멜로디를 연주해 준다.

"마치 초봄의 녹음처럼 곰곰이 커나가는 이 나라의 주인공인 훈련병의 한 사람으로서 백의민족의 고귀한 혈통을 한 줄기 이어 받아 가지고 여러분을 대면하는 오늘 이 성스러운 날을 맞이함에 있어 얼마나 감사한지 모르겠습니다. 저는 날이면 날마다 달이면 달마다 오는 것이 아닙니다. 저는 서울특별시 용산구 한강철교 옆에서 부모형제와 어울려 남부러울 것 없이 살았는데 어찌하다 6·25전쟁으로 부모형제를 다 잃고 집은 폭격에 폭삭 내려앉았으니 갈 곳이 없어 이 거리 저 거리를 정처 없이 헤매다가 오늘날에야 이곳에 발을 옮겼던 것입니다. 만장-萬場하신 훈련병 여러분 저 거리의 눈물겨운 군상들을 보십시오. 거리마다 헐벗고 굶주리며 방황하는 가련한 저들을 보십시오. 이들도 한때는 행복하였으나 지금은 가혹한 운명으로 불행에 처해 환경의 지배를 받고 금전에 타락을 받아 참혹한 현실에 놓여 있지만 저들에게서 장차 대통령이 나올지 장차관이 나올지 그 누가 안단 말입니까? 공자는 도척을 위하여 눈물을 흘렸고 석가모니는 고해의 중생을 위하여 눈물을 흘렸다고 합니다. 얼마나 깨끗하고 존경스러운 눈물이겠습니까? 그리고 갈 곳 없어 울고 있는 저들의 눈물인들 공자나 석가모니가 흘린 눈물과 다를 바가 있겠습니까? 방울방울 흐르는 눈물은 인생의 엑기스가 정화된 구슬이 아니겠습니까? 날이 밝아 옵니다. 달이 밝아 옵니다. 인류의 서광에 대지가 빛나고 새로운

건강한 대한민국 남자라면 꼭 가야한 길……

감흥이 수백 명의 가슴에 용솟음치는 이 때 우리는 무엇보다 갈 곳 없는 저들에게 새로운 길을 열어줘야 하고 배움의 터전을 만들어 주는 한편 눈물로 얼룩진 저들을 사랑하여 주시면 감사하겠습니다. 자! 도와주십시오. 도와주시면 감사하겠습니다."

신파극은 눈물샘을 자극시킨다. 훈련병은 대사는 끝나가면서 울음이 묻어 나고 노래의 2절을 위해서 끝을 맺으니, 장내는 박수소리가 끊이지 않고 군악대 전원이 일어서서 팡파레를 울려준다.

2절의 노래가 시작되니 사회자가 모자를 벗어 들고 관중석을 돌아다니면서 "한 푼만 줍쇼."라는 구걸 모습에 장내에는 폭소가 터진다. 사회자는 마이크에 대고 "감사합니다."를 연신하면서 엄지손가락을 손바닥 안으로 구부리고, 네 손가락으로 오므렸다 폈다 잼잼 을 하며 돈을 달라는 몸짓으로 맨 앞줄에 앉아 있는 간부 석 앞을 지나며 중대 인사계_{중대 인사계는 가정으로 말하면 어머니 격 이다.}에게 손을 내민다. 돈이 없는 모양이다. 그런 인사계의 모습이 더 우스운지 "돈 없는 인사계님은 나보다 더 거지"라는 사회자의 말에 폭소가 터진다. 28연대는 확실히 히트를 친 것이다.

31연대 대표는 무대에 오르다가 발을 헛디뎌 넘어졌다가 다시 일어서서 무대 계단 턱을 발길질하며

"워메, 죽것네! 이 잡것 때문에. 성문장갱이가 홀랑당 까져버렸네."

갑자기 터져 나온 전라도 사투리에 화답하듯

"야, 임마! 그랑께 넘어질 때는 아주 조심해서 넘어져야지."

같은 사투리가 터져 나온다.

그 말을 듣고 모자 창을 뒤로 '휙'재끼며

"야, 임마라니? 듣는 임마 기분 나쁘다. 넘어지는 놈이 조심해서 넘어지는 거 봤냐? 조심하면 넘어지지 않지."

조심해서 넘어지라는 소리에 연대장님이 박장대소하고 무대 아래에 있는 사람들이 와~웃는다. 군대는 사투리 경연장이다. 전국 각 지방에서 다 모여드

니 별의별 소리를 다 듣게 되는데 같은 경상도도 부산 다르고, 대구 다르고, 진주가 다르듯이 전라도도 전라남북도가 다 다르다. 그래서 사투리 때문에 웃는 경우가 많다.

히죽 웃으며 마이크를 잡은 31연대 대표는

"더럽게 죄송험니다만! 지가 노래도 잘 헝께 잘 들어뿌시요 이. 노래도 흘러 30년, 인생 흘러 30년, 당신이 즐거울 때나 당신이 슬플 때나 불렀던 노래가 있습니다. 이재호가 불렀던 비 내리는 호남선 D마이너 트로트 4/4박자입니다."

그 무렵 유행하던 사라지고 없는 변사 흉내를 낸다. 밴드는 "비 내리는 호남선"시그널을 깔아준다.

"때는 바야흐로 아주까리-피마자. 동백꽃과 향기로운 난초가 피는 여름철이었다. 흘러가는 북한산을 뒤로 하고 서울의 한강을 건너 목포행 완행열차에 몸을 싣는 한 여인이 있었으니, 그 여인은 시골에 살고 있던 김춘자가 아니었던가."

우리 영화 초창기 시절에 변사는 뜻도 없고 이치에 맞지도 않는 그냥 입에서 나오면 나오는 대로 횡설수설한다.

"에잇 더러운 계집, 잘 사나 못 사나 인사 한마디도 없단 말인가. 돈 없는 바보 같은 놈은 죽으란 말인가. 아~죽자니 청춘이요, 살자니 고생이라. 금성 아래 달빛만 비치고 영산강 건너로 기차의 기적소리는 내 청춘의 길을 인도하여 주는구나. 잘 있어라. 삼각산아 다시보자 한강수야, 고국산천을 떠나고 싶으나, 시절이 하수상해 울밑에 봉선화는 필듯 말듯, 담 옆에 사꾸라 꽃도 필듯 말듯, 나의 연애가 실패하면 미국으로 아니 배만 있으면 영국으로 임이 없는 이 몸이 다정한들 무얼 하나. 춘자야, 춘자야, 너의 청춘의 길을 찾아라. 잘 가거라, 춘자야."

하는 말이 너무 엉터리인데도 워낙 슬픔에 목 메인 듯 구슬프게 대사를 읊어대니 모두들 웃고 만다. 그러나 엉터리 신파조 대사보다 그의 노래 솜씨는

건강한 대한민국 남자라면 꼭 가야한 길…….

일품이다. 비 내리는 호남선이 논산역은 지나던가? 훈련병 모두 힘차게 따라 부른다.

목이 메인 이별가를/불러야 옳으냐/돌아서서 피눈물을/흘려야 옳으냐/사랑이란 이런가요/비 내리는 호남선에…… . 훈련병들은 사랑하는 사람들을 뒤에 두고 나라의 부름에 답하여 온 것이다. 이별가는 대전역에서 울리는 게 아니라 연무대 연병장에서 울린다. 훈련병들은 합창하며 노스탈지아에 젖어든다.

일요일은 쉬는 날이다. 아니 훈련만 없는 날이다. 기상시간은 똑같고 일석점호도 똑같지만 연무극장에 영화를 보러 가는 날이기도 하다. 밥 먹고 설거지하고, 양치질을 하고 나면 종교를 가진 훈련병들은 영내에 있는 교회로 가는 기독교인이나 불교관으로 가는 불교신도들이지만, 비종교인-非宗敎人도 많이 간다. 왜? 사역을 피하기 위해서다. 일요일 사역은 언제나 있다.

"전달, 각~악~소대 사역병 10명씩 중대본부 앞으로 선착순 집합."

이 애매한 명령, 누가 나서야 되는가? 내무반에 스무 명이 있는데 열 명 집합하면 그 열 명을 누가 고른단 말이냐? 이런 경우를 처음 당할 때는 어느 내무반이나 경을 치른다. 서로 미루다가 기간 병들에게 몽땅 단체기합을 당하기 때문이다. 그래서 각 내무반마다 약관을 만들어 사역병에 충원시킨다.

제일 흔한 게 번호 순이다. 오늘까지 소대 번호로 20번까지 사역을 갔다 왔다면 다음은 21번부터인데 교회에 가거나 불교 관에 가고 해서 빠진 자리를 다음 번호들이 쏙쏙 채워나가야 된다. 그래서 훈련소에서는 너나 할 것 없이 다 신앙심이 깊다. 사회나 군대나 줄을 잘 서야 되는 경우가 얼마나 많으냐? 군대는 특히 줄서기에 요령이란 도를 통하는 게 편한 군대 생활을 보장한다.

맨 앞줄은 사역에 걸릴 확률이 90% 이상이다. 덩치들이 크다 보니 교육장에 갈 때마다 차드 걸이, 차드 등 교육기자재를 운반해야 된다. 가운데 줄은 얻어터질 확률이 많다. 맨 앞줄은 매일 마주치는 얼굴 들이다. 안면이 받쳐

길…… .

잘 때리지 않는다. 게다가 사역도 도맡아하지 않는가. 그리고 맨 뒷줄까지 일부러 가서 펠 수도 없으니 가운데쯤 서서 몇 놈 촉대 뼈를 워카 발로 까버리고 돌아서는 게다. 그래서 뒷줄이 비교적 편안하게 훈련소 생활을 할 수 있다. 고참들이 뒤에 서니까 일부러 뒷줄부터 뭔가를 시키기도 한다. 인간은 가끔씩은 무척 게으르고 그 게으름을 이용하는 자들은 약간씩 득도 본다. 맨 뒷줄에 가기 싫어 중간쯤에서 행패를 부린다.

울밑에 논 한마지기하고도 바꿀 수 없는
이등병 계급장

건강한 대한민국 남자라면 꼭 가야한 길……

157

울 밑에-집 앞에 있는 논 세 마지기와도 바꿀 수 없는 이등병 계급장……. 논 세 마지기-600평 하고 이등병 계급장은 안 바꾼다.

전반기 훈련이 끝나면 퇴退소식을 한다. 퇴소 식 그 전날 저녁에 계급장을 나누어준다. 초록색 헝겊 위에 붉은 우단을 오려붙인 이등병 계급장은 어깨에 붙이는 견장이고, 반짝반짝 빛나는 계급장은 군모에 단다. 그야말로 피땀 흘려 딴 계급장이니 담 밑의 금싸라기 땅과 바꿀 수 없다. 견장을 바늘로 꿰매며 이등병들은 어수선한 마음이다. 퇴소 식에서 연대장의 축사 가끝나고 훈련병의 대표로 답사가 이어진다.

"훈련 동기생 여러분, 여러분의 퇴소 식을 환영합니다. 그동안의 고난과 역경을 인내와 하면 된다는 신념으로 이겨내고 드디어 우리는 오늘 이 기쁜 자리를 맞이하였습니다. 우리는 이제 지난 몇 주간을 진정한 추억으로 간직하고 대한민국의 굳건한 군인의 길로 떠나게 됩니다. 이제는 군인으로서 한몫을 하도록 우리를 무에서 유로 이끌어주신 연대장님 이하 중대장님, 관계 교관님, 그리고 자상한 지도편달로 우리를 돌봐주신 내무반장님께 감사드립니다. 그리고 돌아보면 감개무량한 훈련소 신병시절의 여운이 길게 남을 것 같네요. 전우님들, 그동안 우리의 땀방울이 배였고 우리의 목이 터져라 불렀던 함성이 서려 있을 것 같은 저 훈련장을 두고 우리는 뿔뿔이 흩어져야 합니다. 제각기 똑같은 내용물이 든 따블빽을 들고 말입니다. 고맙습니다. 동기님들의 앞날에 행운이 깃들길 진심으로 기원합니다." 훈련병을 답사答謝를 끝으로……. 각자의 주특기에 따라 소위 특과라는 병과는 행정 병기 병참 헌병 등은 전술보다는 행정을 배워야 한다. 그래서 그들은 수송학교나 운전학교, 병기학교 등으로 공부하러 가고, 전투병과는 전투력 향상을 위해 2주간의 후반기 교육을 받아야 한다. 기갑과 포병 병과는 별도의 학교로 간다. 통신병과 등등, 그러나 그때까지 훈련병은 모른다. 어느 병과로 분류되었는지 알 수가 없다. 원래 군대에서의 주특기는 3단계로 나누어진다. 1로 시작되면 전투병과다. 1.0은 중간 분류이고 1.0.0이나 1.0.1 로 세분류되며 7은 행정이다. 7.0.0은 부관 주특기이다. 7.6.0은

길…….

보급이 주특기이고, 9로 나가면 보건위생이 된다. 위생병이나 취사 병, 이발병이 여기에 속한다. 그걸 받기 위해 훈련병은 배출대로 가야 한다. 그러면 다시는 훈련소 구경을 못한다. 아니 훈련소 쪽으로는 너무나 힘든 교육을 받아서! "논산훈련소 쪽을 보고서 오줌도 누지 않는다"라는 말은 배출대로 가는 병사들의 공통어다. 훈련소를 영원히 떠나는 것이다. 그래서 시원하다고 해야 하나, 섭섭해 하는 훈병은 하나도 없는 것이다. 따블백 안에 개인보급품을 챙겨 넣고, 군화를 신고, 새 군복-지급 후 거의 입지 않았음 을 입고, 반짝이는 계급장이 달린 창 넓은 군모를 쓰고 열을 지어 배출대로 나간다. 이웃 29연대 갓 입소한 훈련병은 부러워 어쩔 줄을 모른다.

군대는 여러분의 숨겨진 능력을 찾아줄 것이다.
군대는 여러분이 쉽게 좌절하고 포기하려는 나약함을 치료해준다.
군대는 결코 낭비의 시간이 될 수 없다.
군대는 보다 나은 내일을 준비하는 시간이다.
그리고 군대는 건장한 사나이들의 영원한 마음의 고향이 되는 곳이다.

건전지 없는 국방부 시계는 잘도 돌아! 어느 날……. 논산훈련소의 배출대輩出待에서 단련된 체구! 검게 그을린 얼굴에 이등병 계급장을 모자에 단 신병들이 각기의 주특기 임무를 받고 입소 때와는 달리 씩씩하게 질서정연한 발걸음으로 논산역으로 향하고 있다.

대한민국 젊은 청춘이여……. 사랑이 그리울 땐 흙탕물을 마시고 무작정 떠나고 싶을 땐 군대 짬밥을 먹어 보아라!

건강한 대한민국 남자라면 꼭 가야할 길…….

어머니의 길······.

  세상에서 제일 아름다운 모습은 임산부라고 생각을 한다. 볼록한 뱃속에는 신-神도 만들지 못하는 생명이 자라고 있기 때문이다. 한문글자 생-生이란 글자를 보면 소우-牛글자에 한일-─자를 밑에 붙이면 날생-生글자가 된다. 한 생명이 태어남은 소가 통나무 다리를 건너는 것처럼 어렵게 태어나는 뜻에서 그러한 글자를 쓰는 것이다. 임신을 하게 되면 아기가 태어날 때까지 음식도 가려먹어야 되고 몸가짐도 정갈해야하는 등 아름다운 마음을 유지하기 때문이! 10여 개월 동안 뱃속의 태아가 성장을 하여 세상에 나오면서 처음으로 먹는 음식이 어머니의 양수를 먹는다. 그래서 세상에서 제일 아름다운 이름이 어머니다. 그럴진대······. 최근 어머니-계모.의 아동학대 문제가 사회적인 이슈가 되었다. 2013년 8월 경상북도 칠곡군에서 계모에게 학대를 당하여 숨진 8세 여자아이의 사연을 보면 "거실에서 TV를 보는데 시끄럽게 한다"는 이유로 계모가 방바닥에 엎드려 있은 아이를 수차례 발로 심하게 밟고 일으켜 세운 뒤 권투선수가 샌드백을 치듯 배를 때려 그 후유증으로 인하여 사망에 이르게 된 것이다. 인생의 3분의 1정도를 살아온 35세의 여인이 말 못하는 짐승에게도 못할 짓을 저질렀다는 게 소름이 끼친다. 생모는 "숨진 아이의 몸은 성한 곳이 업을 정도로 구타의 흔적이 남아 있어 그동안 아이가 겪었을 고통과 공포는 상상하기도 힘이 든다."라고 말했다. 그렇게 악독한 짓을 한 계모는 구속되기 전 이웃 주민들을 상대로 자신의 선처를 바라는 탄원서를 받아 법원에 제출을 하였다한다. 자신의 잘못을 반성하기는커녕 앞으로 있을 재판에서 유리한 자료를 확보하는 데 골몰한 것이다. 이 계모는 의붓딸이 병사病死한 것처럼 은폐하려 했는가하면⋯⋯. 친언니에게 죄를 뒤집어씌우려 했다. 동생을 발로 차 죽게 한 것을 보고도 "내가 동생의 인형을 뺏으려다 싸움이 벌어져 동생의 배를 발로 차서 장 파열로 숨졌다"고 거짓 자백을 했던 언니의 사연에 모든 사람은 분노할 것이다! 죽어가는 아이의 모습을 스마트폰으로 촬영을 하여 보여주면서 시킨 대로 말하지 않으면 동생처럼 죽을 수 있다는 무언의 압력을 가 했다는 것이다. 실제로 언니는 "계모가 시키는 대로 하지 않으면 동생처럼 죽을지 몰라 무서웠다"고 말했다는 것이다. 경찰 조사에 따르면 2013년 8월 14일 계모가 오후 6시경 10여 차례 발로 배를 밟고 오후 6시경 15차례 배를 주먹으로 때린 뒤 이틀간 병원에 데려가지도 않고 방치해 16일 6시경 숨을 거뒀다. 부검 결과 사인은 발로 배를 맞아 생긴 복막염이 악화돼 소장에 구멍이 난 것으로 판명 되었다는 것이다. ⋯⋯이 사건과 유사한 사건이 같은 시기인 2013년에 울산에서도 일어났다. 이 역시 40세의 계모에 의해 일어났다. 계모는 약 55분 동안 여덟 살 의붓딸의 옆구리, 배, 가슴을 무차별적으로 때려 약 1시간 만에 숨지게 했다. 조사결과 "갈비뼈 총 24개 중 16개가 부러지면서 폐를 손상시킨 것이 직접적인 사망 원인이다"라고 한다. 이 두 사건을 두고 그들에게 내려질 형량에 왈가왈부 하고 있다. 중형이 내려져야 하겠지만⋯⋯.

이러한 사건은 현시대에 와서 갑자기 많이 이혼이 늘면서 친부모가 아닌 계부나 계모와 살게 되는 아이들이 늘어나면서 그 숫자는 증가하고 있다. "계모"라는 소리를 듣지 않으려고 친부모 못지않게 더더욱 의붓자식에게 잘하는 사람이 더 많을 것이다! 경제가 어려워지면서 아동학대 사례는 해마다 늘고 있다는 보고다. 2012년의 통계에 잡힌 것만 하드라도 6403건 이라고 한다. 아동학대 행위는 84%가 친부모에 의한 학대 사건이라는 데 문제다. 이러한 사건을 계기로 아이들에게 부모의 노릇을 제대로 하고 있는지 되돌아보아야 하며 사회와 국가도 일련의 사건을 많은 관심을 기울려야 할 것이다. 위의 사건들에서 나는 숨진 아이들이 얼마나 심한 고통으로 죽어갔을 가를 생각하면 온 몸에 소름이 돋아난다. 칠곡군 사건의 경우 배를 때리고 밟아 장염으로 2일간 방치하여 고통스럽게 하여 숨지게 하였고 울산의 경우 폐가 손상되면 그 고통으로 소리도 내지 못한다는 고통을 안겨주어 숨지게 했다는데 공분公憤이 간다. 북파공작원들의 특수 교육 중 미국 FBI 교육 지침서엔 적진에 침투하여 보초병을 제거할 때 소리를 지르지 못하게 죽이는 방법이 많이 수록 되어 있다. 첫째 보초 경계병의 뒤로 다가가 왼손으로 입을 막고 왼쪽 귀밑에서 오른쪽 귀밑까지 절단을 가하고 여의치 않으면 허파를 깊숙이 찌르는 것이다. 양쪽 귀밑엔 머리로 가는 동맥이 흐르기 때문에 빨리 숨을 거둔다. 또한 울대가 있어 소리를 지르지 못하기 때문이다. 당해보지는 안했지만 허파가 칼날에 손상되면 얼마나 고통이 큰지 소리를 대지르지 못 한다는 것이다.

아래 글은 "북파공작원"상권 105페이지에서부터 실린 글이다.

어머니란 말이 나와도 숙연해지고 우는 대원이 많았다. 지구상에 최고악질……? 아니 정예특수 부대원이지만 눈물을 잘 흘렸다. 나 역시 어렸기 때문에 곧잘 어린애 심성으로 돌아가 눈물을 찔끔거렸다. 그때 어머니에 대한 그리움 때문에 소설 "늙어가는 고향" 속에 어머니에 대한 시가 30분 낭송이란 국내 시인들 중 제일 긴 시가 발표되어 미국 샌프란시스코 라디오 서울에 방송되었고 KBS라디오 이주향의 책 마을 산책에서 2002년 구정설날 귀향길에 30분간 책 내용과 시가 특집 방송되었다. 남자들만의 거친 세계 특히 목숨을 초개같이 버려야하는 특수요원들은 어머니 소리만 들어도 숨소리가 들리지 않을 정도로 조용하여진다. 여성들이 모르는 남자들의 세계다. 그래서 남성을 잘 알려면 군을 다룬 글들을 많이 읽으면 남편들 통제법을 알아 원만한 가정을 가꾸어 나가는데 많은 도움을 준다고 한다. 몇 번이나 쓰지 않으려다 쓰게 된 내용이다. 자해라고나 할까 아니면 얼마나 고통을 참을 수 있는가를 실험하는 것이라고 해야 할지 모르겠다.

조교가 "오늘은 너희들 좆 대갈빡에 다마 박는 날이다."하면서 칫솔과 도루코 면도날을 개인 지급하고서 하는 말이 "칫솔대를 2cm 길이로 절단한 다음 한쪽은 바늘과 같이 반대쪽은 외경을 5m/m 크기 정도로 만들어라 그리고 나서 크기가 외경 4m/m 정도의 작은 구슬을 만든다. 표면은 상처가 없이 광이 나도록 만들기 바란다. 오후 4시에 검사를 하겠다. 이상이다 질문 할 사람은 지금 하길 바란다."

"쩌그 머시기냐 하면 말이지요. 그걸 멀라고 만든 다요?"

"그것은 4시에 검사 완료 후에 자세하게 설명을 하겠다."

"어찌꼬롬 반질반질하게 광을 내 뿐다요?"

"너희들 자대에서나 훈련 끝나고 버클과 계급장 광내는데 치약을 사용했을 것이다. 치약으로 하면 된다. 대충대충 요령 피운 놈은 고생 좀 할 꺼다."

조교는 히죽 웃으면서 휭 하니 나가 버린다.

"군대 참말로 웃기는구만! 머새다가 쓸 것이다. 자세히 갤차주면 입에 쥐가 나나 욕은 당골래무당처럼 씨부렁거리면서 궁금해서 물으면 버버리가 되어 얼버무린 당께. 저 새끼들 속은 생솔가지 땐 굴뚝이여! 도통 알 수가 있어야제, 별짓거리 다 해보네 참말로……."

"부대장 얼라들 딱총알로 사용하려는가!"

"다마야, 다마! 네놈 조오지 머리통에다 박는다 안 카드나 조교 말할 때 너 귓구멍은 외출 갔나. 외박 갔나. 아니면 휴가를 갔나. 일마야! 정신 좀 차려라!"

"병신 깝죽거리기는 어찌꼬롬 거기에다 박는 다냐? 쪼다야! 앵조가린 아구지 볼테이를 그냥 한방……."

"시끄럽다 일마야 죽통 입 닫아라. 일하자"

조교가 가르쳐 준대로 바늘과 다마를 만들기 시작하였다. 보통 고역이 아니었다. 2cm로 먼저 절단하여 만들려다가 낭패를 당하였다. 손으로 잡고 깎아 내는데 너무 힘이 들어 못하고 PX로 달려가 다시 칫솔을 사왔다. 순식간에 칫솔이 20여 개가 팔리자 PX장이 무엇 때문에 칫솔을 사 가느냐고 묻자 전후 사정을 이야기하자 PX장이 껄껄 웃으면서 만드는 요령을 가르쳐 주어서 쉽게 만들 수가 있었다. 칫솔대를 잡고 표면이 거친 시멘트벽에나 돌에다 문지르면 거칠지만 닳아져간다. 어느 정도 윤곽이 잡히면 도루코 면도날로 다듬는다. 끝이 바늘처럼 날카롭게 만든 다음 2cm로 절단하여 치약으로 광을 낸다. 뾰족한 쪽 반대 5m/m외경 끝을 반원형으로 다듬는다. 성기 살가죽을 뚫고 바늘이 지날 때 구슬을 부착시켜 바늘과 구슬이 동시에 통과하면서 구슬 성기 가죽 속에 남는다. 헝겊에다 치약을 짜서 바르고 그 위에다 칫솔대 바늘을 문지르면 표면이 흠집이 없어진다. 구슬 역시 바늘을 절단하고 난 끝을 조금 깎아 내 바늘 뒤끝보다 작아지면 4m/m정도 절단하여 바늘과 같은 방식으로 광을 내면 된다. 특히 구슬은 흠집이 있으면 절대로 안 된다. 구슬에 흠집이 있으면 여성과 성교할 때 흠집이 스치면서 상처가 나서 농이 생겨 제거시켜야 하기 때문에 아주 잘 만들어야 한다.

"일마자석 실성기가 있나 마스크는 와 쪼개노?" 칫솔대를 벽에 문지르다 웃고 있는 임 일병에게 최 일병이 시비를 건다.

"임 일병 귓구멍이 시력이 없나? 대답 좀 해라 농띠 치다가 나이방선글라스을 쓴 조교한테 떼뜸질당해 죽어서 무덤에 들어가는 것 당할끼다."

"야! 최 일병 좆 대가리에다 다마 박을려면 군의관과 간호장교가 올 것 아니냐? 보드라운 삭신 간호장교가 좆을 만져 가지고 서뿔면발기되면 큰 일인디 말이여. 그것 걱정이데이!"

"내 말은 비암 대갈빡처럼 서불면 어쪼꺼이냐 이말이제!"

"글마자석 쓰잘데 없는 걱정 말고 조오지 머리통에 포장처서 공기가 안 통해 꾸룽내 나는 꼴가지 끼어 있으니 퍼득 변소깐에 가서 씻고 오너라! 꿈도 좋다. 보드라운 손으로 꾸룽내 나는 조오지 대갈빼이를 멀라고 만지냐?"

조교가 자세한 설명을 안 하고 가버렸으니 나 역시 궁금하였다. 성기를 개복하고 다마를 넣고 꿰매야 하는지 그러려면 마취를 해야 하기 때문에 dums간호장교가 틀림없이 올 것이다. 논산훈련소에서 성병 검사 때 침상 끝선에 세워 두고 가제로 성기를 감싼 다음 성기 뿌리 속에서부터 쥐어 짠 간호장교 생각이 나서다. 구슬을 만들면서 과연 이걸로 성기에다 구슬을 어떻게 한다는 건지 궁금해 하던 중 4시가 되어 조교 두 명이 왔다. 그런데 못 보던 병사가 쥐가 구멍에서 나와 주위를 기웃거리듯이 막사 안을 기웃거리더니 들어왔다.

"자석 겁도 없이 처음 보는 놈이 마스크를 웃는 것. 쪼개기는……!' 임 일병이 한마디 한다. 같이 온 조교가 "전 대원 바늘과 다마를 들고서 침상 끝선에 선다. 실시!" 구시렁거리며 일어서자.

"전 대원은 허리띠를 풀고 팬티를 무릎아래까지 내린다." 생판 처음 보는 놈 앞에서 사나이 밑천을 드러내려니 약간 창피했지만 남자들만의 세계이니까 모두 조교의 지시에 따른다.

"느기미 떡을 할 처음 보는 놈한테 좆 대가리 신고식이라니 군대 좋다" 불평하면서 모두 침상 끝선에 앉는다. 침상에 걸터앉으니 웃음이 절로 나온다. 별의 별 모양의 성기 모습이다. 쏘시지 전시장 같다.

"지금부터 여러분의 인내심을 키워 줄 특별 차출된 조교 인사가 있겠다. 모두 조교에게 주목!"

조교가 소개하자 대원들 성기를 구경하던 조교는 내무반 입구에 부동자세로 서서 경례를 한다.

"충~웅성"

"방금 소개받은 남한산성 출신 김 종대입니다. 지금부터 다마 박는 시범을 보이겠습니다." 조교의 말에 내무반은 갑자기 공기 흐름도 멈춰버린 것 같다.

"아참, 시범 보이기 전에 다마를 박으면 여러분이 궁금해 하실까봐서 제 것을 보여 드리겠습니다."하더니 바지를 벗고 사각 흰 팬티 사이로 김 남한산성은 자기 성기를 꺼내어 성기 중간 껍데기를 잡고 내무반을 행진을 한다.

어머니의 길…….

대원들 눈의 동공은 조교의 성기에다 초점을 두고 멈춰버렸다. 잠시 후 모두 배꼽을 잡고 웃는다. 검게 그을린 특수부대원들의 양쪽 침상 끝에 전시된 성기를 구경하면서 가던 조교가 최 일병 앞을 지나가다가 넘어진 것이다. 최 일병 성기는 탱크 포신처럼 서 있었기 때문이다. 전부 축 늘어져 왕소금 맞은 오이지처럼 늘어져 머리를 숙이고 있었는데 최 일병 성기는 곧 사정할 듯이 발기되어 있었다. 그 모습을 곁눈질 하다가 조교가 내무반 통로에 넘어져 버린 것이다. 뒤에 안 일이지만 최 일병은 비누가 없어 치약으로 성기를 씻은 것이다. 그래서 성기가 발기되었던 것이다. 최 일병은 넘어진 조교의 성기를 내려다보더니

"쓰벌놈의 새끼 지놈도 좆 대갈빡 신고식을 한다. 이말이제?" 최 일병의 육두문자는 여전하다.

"꾸룽내 나는 조오지가 왕소금 맞은 오이장아찌 같은데 가스나들이 보면 기도 안차겠다!"

양쪽 침상에 성기를 꺼내 놓고 앉아서 구경하는 사이로 탱크 포신처럼 세워 가지고 보무도 당당하게 걸어갔으면 박수라도 쳐주었을 텐데 머리통이 쳐지니 성기 중간 껍데기를 오른손 엄지와 검지손가락으로 대원들이 잘 보이라고 잡고 걸어가니 안 웃을 사람이 누가 있겠는가. 내무반 통로를 왕복하고 왕소금 맞은 물건을 팬티 속으로 원 위치 시키고 히죽 웃은 뒤 눈길은 최 일병 성기에 초점을 두고

"저는 남한산성은 이것입니다." 손가락을 세 개를 펴서 보였다. 남한산성 육군 교도소다. 세 번 사고를 친 전과자다. 현시대 같으면 제대다. 그러나 그때는 월남전 파병 때다. 행진을 마친 차출된 조교는 손가락으로 아래를 가르치면서 여러분 연장에다

이거 박아 놓으면 청량리역 뒷골목이나 답십리 588골목, 미아리 텍사스촌 대전 역전 골목, 대구 자갈마당, 광주 양동뒷골목, 부산 완월동 들러서 여자들과 빠구리연애 할 때 돈도 안 받고 공짜로 한탕 뛸 수가 있으니 설명 잘 들으

길 ……
166

세요? 결혼하면 마누라 바람 안 피웁니다."

"자석 조오지를 연장이라 카나 구멍 뚫는 연장……. 말이 되네!"

일장연설이 끝나자

"누구든 시범으로 내가 직접 박아 드리겠습니다. 지원자 나오십시오!"

중간대열에 서 있던 임 일병이 손을 번쩍 들고서

"나는 말이여! 그 말나올 줄 폴세 알아 뿌렀소! 나가 바로 임 시범이요. 어쩌깨라 시범이가 먼저 해야 되겠지라? 여기 바늘과 다마가 있씅께 받으시오. 잘 만들었지라이, 훈련 끝나면 휴가 가는디 한번 써 묵어야 것는디 참말로 그곳 가이네들이 계매붙을 때 좋아합니까?"

휴식시간이면 임 일병은 입대 전 자기 집안이 거부고 뼈대 있는 임꺽정 후손집안이여 체격은 물론 성기가 말의 성기만하여 여자들과 빠구리만 하면 여자들이 소 등짝에 붙은 진드기 같이 붙어 떨어지질 안할라 하여 애를 먹고 토요일과 일요일 되면 추첨하여 만난다고 장황하게 이야기를 하였는데 오늘 들통이 난 것이다. 임 일병 성기를 본 최 일병

"절마자석 조오지 보그래이 저것 가지고 밤일 하것나? 조오지 깝데이가 부끄럽다고 포장치고 있는데 얼라 조오지 아이가!"

"저 놈은 뺑긋하면 임꺽정 후손 피를 받아 통뼈이고 학교 치칸 벽에다 오줌을 갈기면 유리창을 넘어간다고 카더니 오늘 뽀록이 났구나? 내는 창피스러버서 같이 못 논다. 얼라 고추도 아니고 그게 뭐고……."

"왔다! 진짜로 성질 건드러뿐마! 지금 부끄러워서 글제 가이네만 보면 끄떡 끄떡 영도다리랑깨 그래쌌네! 참말로……."

"일마가 퉁소부나 언제 부산 영도다리를 보았냐? 영도다리 좋아 하네 밥솥에 쪄 놓은 가지 같은 조오지를 가지고 떽깔을 쓰냐?"

"최 일병 너 무슨 씨잘대가리 없는 소리 허냐? 보이기는 적게 보여도 내 것은 자라 좃 이랑께 그러네!"

"자라 대그빡보면 들어갔다 나왔다 안글드냐? 내 좃이 그렇다!"

"절마자석 떽깔쓰기는 대갈빼이 포장치고-포경. 있는데 그나? 병원에 가서 포장 친 대갈빡 제단하고 바느질-포경수술 하거라. 얼라 자석아!"

"음맘마! 그것이 무신귀신 씨나락 까먹는 소리여 여자만 보면 대그빡이 나온당께! 최 일병 나 고자 아닌께 걱정, 염려 붙들어 매고 있어라. 조교님! 정말로 다마를 박으면 여자들이 좋다. 그요?"

"거짓말 안하요. 더구나 질나이 술집여자들이 홍콩 가고 달나라까지 갔다 왔다 그러더라고요 밤샘 만지작거리더라고요"

"워머 좋은 거 싸게 박아 주시오! 그래서 내 이름이 임 시범 이지라!"
웃옷까지 벗어버리고 나체가 되어 춤을 춘다.

"조금 아픕니다."

"아푸면 얼마나 아푸꺼이요, 나 참아 뽈랑께 염려 붙들어 매시고 하씨요! 음미 좋은 거 기분이 째질라 그네 음미 좋은 거!"

임 일병이 침상에 걸터앉는다.

"자 여러분도 제가 하는 것을 똑똑히 보시고 따라서 하시면 간단합니다."
전부 목을 빼고 조교의 손동작을 본다.

"맨 처음 소독을 합니다."

소독 액을 솜에 듬뿍 부어 성기를 닦아 낸다.

"앞전 제 꼬질대 보일 때처럼 성기 표피를 잡아당깁니다."

그러면 종이를 접은 상태가 된다. 성기 표피가 2cm정도 접힌다. 그 중간을 6시간 동안 공들여 만든 플라스틱 바늘이 통과하면서 뒤따라 구슬도 통과하여 야 된다. 바늘은 빠져 나오고 구슬만 접혀진 성기 표피사이에 남게 한다. 그 다음 테레마이신 항생제 캡슐을 분리하면 가루가 나오는데 상처 난 양쪽에 수북하게 쏟고 붕대로 감으면 성기 귀 뚫기 작업은 끝난다. 설명은 간단하다. 임 일병 말처럼 간호장교 보드라운 손이 만져줄 물건이 아니라 무지막지하게 가장 예민한 성기를 마취도 하지 않고 볏 집으로 만든 가마니를 꿰매는 바늘처럼 살 가를 뚫고 지나가는 바늘 뒤에 다마를 통과 시켜야 한다.

"지금 찌를 것이요?"

"알았소. 언능 언능 하시요."

"잠깐만 참으시오! 보기가 상그라우면 고개를 돌리든지 하고 1분도 안 걸리요."

"그래라 금방 되는 구만이라 아……. 나가 누구요 시방 이름이 임 시범이니께 참을라요. 싸게 찔러 뿌시오."

시범조교가 임 일병 성기 표피를 겹쳐 잡고 플라스틱 바늘을 통과시키자

"어머 아파뿐거! 왔다매 죽겠네! 겁나게 아픈디!"

"좀 참으시오 엄살은……."

임 일병은 양발 뒤 굽을 들고 발가락을 오므리면서 달달 떤다. 무척이나 아픈 모양이다. 두 손으로 무릎 누르면서 스프링 위에 있는 꼭두각시 인형처럼 떨고 있다. 조교는 아프지 않다고 몇 번이나 강조하지만 보는 우리는 더 겁이 난다. 세상에 집단으로 성기에 다마를 박는 자해훈련을 시키는 곳이 있을까? 의문투성이 였지만 군대는 성기로 밤송이를 까라면 까고 여자 성기로 내무반 침상 못을 **빼라면 빼는** 곳이 군대이다.

"오매 조교는… 아픈께 아프다 글제! 아이구 아파 죽것네! 느기미 떡을 할……. 아이구 내 좆 대갈빡이야 솔찬히 아파뿌네 조교님! 쌩 구멍을 내뿐깨 겁나게 아파 뿐마요!"

"나는 손수 네 개를 박았소 아까 안 봤소 옥수수 같은 거……?"

"왔다 당신은 남한산성인께 글제!"

구경하는 우리들은 걱정이 태산이다. 손수 직접 해야 한단다. 세상천지에 이런 훈련도 있단 말인가? 인간 백정도 그러지는 못할 것이다. 그 예민한 곳에 소의 코를 뚫듯이 구멍을 내라니 옷 꿰매는 바늘도 아니고 5mm크기 놋쇠 젓가락 같은 바늘을 통과시키는 구슬 박기라니 등에서 식은땀이 난다. 어디선가 나무관세음보살 소리가 들린다. 스님이 염불을 하고 있다.

"완마! 개 좆도 못 하것소."

어머니의 길…….

임 일병이 벌떡 일어서더니 도망을 간다.

"홍콩이고 달나라고 못 갔으면 못 갔지 좆 대가리에다가 다마는 안 박을라요."

"인제 다됐는데 어딜 갑니까?"

구경하던 대원들도 놀라고 조교가 깜짝 놀라서 내무반 출입구를 막아 버린다. 되돌아오는 임 일병 성기에는 반쯤 통과된 프리스틱 바늘이 성기에 뿔이 난 것처럼 보인다. 모두 웃자 임 일병도 내려다보더니

"아니 지금 박아져 있는데 얼마 안 아프고 재리핸마이."

임 일병은 고개를 돌린 채 진동기계에 서 있는 것처럼 발을 달달 떨고 있다.

"임 시범 씨는 그것도 못 참고 그 난리를 칩니까?"

"내자아지는 껍데기가 두꺼운께 잘 안 뚫어져서 글지요. 바늘 끝을 뽀족하게 맹글어야 하는디 끝터리가 무뎌 갖고 처음 들어가 중간쯤 통과 할 때가 많이 아프고 그 뒤는 애리합디다."

결국 반은 강제 반은 제 발로 걸어가 마지막 작업을 끝내고 웃는다.

"이런 니기미 떡을 할! 무슨 꼴이여 대갈통이 붕대를 감고 뉴스에 나갈 일이네!"

"나는 했쓩께 언넝 해보시오."

"한나도 안 아프든마! 나가 웃길라고 그런거제 무단시 엄살을 해갖고 전부 얼굴이 노랏게 돼 부렀네. 짠해라 어쩌께라 훈련이란디."

먼저 했다고 대원들 약을 올리고 있다.

"강 하사님 꼬치는 아직 안 익어 갔고 보들보들해서 잘 들어가 것지라."

"모기가 문 것만큼 아퍼요! 강 하사님은 어린께 쪼끔 더 아푸겠지라?"

"안 아프기야 하겠느냐 만, 너가 참았으니 우리 모두 참을 것이다."

"머 참을 만 합디다."

"정말이지? 거짓말 아니지?" 내가 묻자 정색을 하며 손을 내젓는다.

"멀라고 거짓말 할꺼요! 근디 솔직히 말해서 겁나 불게 아프든디. 어쩌께라

까라면 까야제 안 그요!"

　임 일병 말을 도저히 감을 잡을 수 없다.

"제가 해주께라?"

"관두어라."

"알아서 해뿌시오. 바늘 들어갈 때 살 찢어지는 소리가 들립니다."

　또다시 겁을 주면서 성큼성큼 내무반을 왕복하면서 대원들 성기 품평을 한다. 하사 체면에 남한테 부탁할 수도 없고 눈을 지그시 한번 감고 왼손엄지와 검지로 성기 표피를 잡아당겨 약지로 성기 몸체를 누르니 표피가 반듯하게 펴졌다. 이를 악물고 오른손에 잡혀 있는 바늘을 표피에다 갖다 대니 양발가락이 오그라들었다. 무척이나 아파서다. 잠시 숨을 고른 뒤 있는 힘을 다하여 찔러 밀었더니 반쯤 통과되었다. 눈에서 눈물이 두서너 방울이 떨어졌다. 얼마나 힘을 쓰고 아픔을 참았던지 무릎 아래가 후둘 떨리고 등에는 식은땀이 났다. 일단 반쯤 통과되니 큰 통증은 없다.

　임 일병 말처럼 살 찢어지는 소리가 들렸다. 바늘이 완전히 통과할 때 구슬 역시 바늘과 접착된 상태실제는 분리된 것에서 통과 시켜야 한다. 바늘이 통과되면 구멍이 막히니까 실수하면 재차 통과시켜서 표피 안에 안착시켜야 한다. 너무 표피를 적게 접으면 구슬이 있을 공간이 적어져서 바늘 통과된 상처가 아물지 않아서 다른 곳을 뚫어서 해야 한다. 피는 많이 나지는 않는다. 잘 뚫어서 약간 비치다가 만다. 1주일간 술도 참고 마이신 매일 한 알씩 먹으면 1주일이면 상처가 아문다. 처음에는 절반 정도가 손수 하였고 두 번째부터는 전 대원이 교대로 시술하였다. 세 번을 하였는데 두 번째가 제일 힘들었다. 처음 할 때 고통 때문이다. 세 번째는 자신이 생겨 모두 거침없이 하였다. 몇몇 대원은 상처가 잘 아물지 않아 혼이 났지만 그것보다 이상하게도 성기 발기가 자주 되어 혼이 난 것이다. 상처 부위에 딱지가 아물어들 때 간지러워 발기가 잘 일어 난 것이다. 발기되면 상처가 아물다가 표피가 늘어나니 상처 부위가 벌어지는 것이다. 첫째 병균감염 차단이고 둘째 술만 안

먹으면 일주일 뒤면 성관계를 가져도 될 만큼 상처는 아물었다.

박고 나서 두 세 시간 불편하지만 10시간 정도 지나면 구보하는데도 지장이 없다. 아주 간단하였다. 그러니까 구슬이 살 속에 있는 것이다. 칫솔대 재료는 살 속에 있어도 부작용이 절대로 없다. 필요 없을 시에는……? 성기가 발기되면 개구리 눈알처럼 성기에 돋아 오른다. 면도칼로 살짝 내리치면 **빠져나온다.** 아주 간단하다. 제거한 후 그대로 두어도 상처는 잘 아문다.

교도소에서 행해졌던 것을 특수부대원들에게 자기 몸에 자해를 거침없이 할 수 있게 만들기 위하여 도입된 것이다. 우리사회에서 건달이나 조폭일원 중 일부가 문신이나 자해를 하여 드러내 보이는데 웃기는 일이다.

나는 이 세상에서 그들보다 더 겁나는 사람이 있다. 너 죽고 나죽는다. 라는 사람이다. 죽이고 죽어버린다는 사람 바로 특수부대 요원이다. 얼마나 무서운 가. 널 죽이고 같이 죽는다는데 어떻게 대처해야 하겠는가?

이러한 것들은 극기 훈련 일부에 속한다. 얼마나 참고 견디는가를 테스트한다고 보아야 할 것이다. 교관은 작전 중 사로잡히거나 하체에 큰 부상을 당하였을 때 자결을 은연중 강조했다. 의무병이 동행하지 않은 것도 그 때문이다. 우리들은 손수 청산칼리로 자살용 캡슐을 만들었다. 하나만 가져도 뒤는데 모두가 다섯 알 이상 만들어 지녔다. 훈련이 거의 끝나갈 때 임무를 끝낸……. 늙은 군견을 데리고 소양강 강가로 갔다. 준비한 싸이나 청산칼리.가 들어있는 캡슐 하나를 소고기 통조림 고기 속에 넣어 개에게 주었다. 그 것을 먹은 개는 입에서 노란 거품을 토하며 발톱에서 피가 나도록 격렬하게 땅을 팠다. 30초정도 지나자. 앞발에서 경련이 일어난 것처럼 몇 번 심하게 떨다가 숨을 거두었다. 북파 되어 큰 부상을 입거나 사로잡히면 극약을 먹고 자살을 하여야 한다. 그러니까. 얼마나 빨리 죽느냐? 실험을 해 본 것이다. 개가 죽어가는 모습에 나도 모르게 흘린 눈물을 떠돌아 바람이 이내 훔쳐 달아났다. 북파 전 손바닥 안에 들어갈 정도의 작은 자살용 데린져 권총이 내게 지급 되었고 부하들에겐 끝에 극약이 묻어 있는 소형 칼이 지급되었다. 그러나 제일 **효과가**

빠른 극약중의 극약인 청산칼리를 준비한 것이다. 위의 이야기는 마취도 안하고 생살을 뚫는 자해 훈련도 받게 하여 인간 병기로 만들어 졌지만 대원들 모두는 많은 고통을 받지 않고 빨리 죽고 싶다는 것이다. 특수 훈련을 5개월동안 받는 과정에서 고통을 참는 교육을 받았지만 죽음은 짧은 순간에 죽고 싶어 하는 것이 인간의 본능이라는 것이다. 늙은이들의 소원은 "안 아프고 빨리 죽는 것이다."라고 한다.

　적과 격전이 벌어지면 가장 중요한 것은 엄폐-掩蔽=Cover와 은폐-隱蔽 =Concealment를 제대로 활용해야 살아남을 수 있다. 어떤 사람도 총알을 피할 만큼 빠르지 못하기 때문에 총알을 막을 만한 든든한 장소를 확보를 하던 가 엄폐란 총을 쏘는 내 자신을 상대가 알아보지 못하도록 숨어 있던 가 아니면 은폐하든 2가지 가운데 빠른 선택을 하여야 한다. 엄폐란 총알로부터 보호해줄 뿐만 아니라 보이는 것을 막아 주는 것을 가리킨 말이다. 은폐는 엄폐의 하위 개념이란 것을 숙지해야 한다. 적과 교육 중 적을 어디를 쏠 것인가를 사수 개인의 판단에 하겠지만 단 한방에 적을 제압해야 하기 때문에 실제 교전상태일 때 야간교전이야 구분하여 사격은 어렵지만 주간에 피아간 교전일 때는 틀린다. 사실 총알이라는 것은 어디를 맞아도 치명적이다. 특히 총에 맞고 치료를 안 한다면 계속되는 출혈 속에서 고통스럽게 죽음을 맞는다. 야간이라면 이런 죽음은 호사스런 죽음일 것이다. 주간이면 수십 발을 맞고 걸레가 되어 죽기 때문이다. 사수는 "반드시"일발에 적을 사살하여야 한다. 좀 더 구체적으로 설명하면 적을 단 한발에 끝내려면 머리에 대한 사격이 월등히 효과적이다. 특히 총알이 골수-Medulla 를 명중시키면 적은 총 한번 못 쏘고 국수 가락처럼 늘어지게 된다.
　그러나 머리에 대고 쏜다고 해서 모두 이런 효과가 나타나는 것이 아니다. 머리라는 것은 단단하고 두꺼운 뼈가 뇌를 감싸고 있는 구조인 데다가 앞부분에 는 상당한 부비강-Sinus 이 존재한다. 그리하여 실제 총격전에서는 머리를 명중시켰으나 적은 죽기는커녕 쓰러뜨리지 조차 못하는 "드문"경우도 있다. 적이 기관총을 사격한다면 나 자신이 당하는 것이다. 모든 일에서는 머피법칙이 일어날 수도 있다는 것을 유념해야 한다. 머피의 법칙은 인간의 삶에서 가장 많이 적용되는 법칙들 중의 하나다. 아무리 뛰어난 특수부대원이라도 머피의 장난에서 나만 자유로울 수 없기 때문이다. 어떤 교관은 월남전에서 겪은 것이라면서 몸 상반신-아랫배.에 대한 사격을 강조했다. 상반신에 대한 사격이후에도 별다른 효과가 없는 경우에만 머리통을 쏘라는 것이었다. 그러나 이런 방식은 특등사수가 아닐 때 자신의 사격술의 불신 때문이다. 위 2가지 방법을 잘 배합할 수도 있다. 몸통에 점사를 하고 머리에 점사 하는 방법이다. 방탄조끼를 입었더라도 몸에 충격을 입을 것이고 충격 속에 헤매는 사이 정확히 머리를 사격할 수도 있다. "어디를 쏠 것인가를 알기 위해서는 인체를 이해하여야 한다. 우선 가슴부위를 쏘아 심장과 폐부를 명중시키면 소기의 저지력을 얻을 수 있다.

위의 글에서 보았듯이 사람의 폐가 손상되면 말할 수 없는 고통이 따른다는 것이다. 명사수가 아니면 배를 쏘아라는 것이다. 배를 맞으면 온몸에 힘이 빠진다는 교육을 받았다. 울산 사건의 경우 계모에게 얻어맞아서 24개의 갈비 중 16개가 부러져 폐를 손상시켜 사망케 하였으니 그 고통 형언하기 어렵다. 칠곡군의 사건에 희생된 아이는 장 파열로 힘이 빠져 이틀간 고통을 당하여 숨졌다니……. 이 세상의 생물은 반드시 죽게 된다. 인간이 바라는 것은 고통 없이 죽는 게 유일한 소망일 것이다.

계모들이 저지른 사건들은 죄가 없는 어린자식을 세상에서 제일 아름다운 이름이라는 어머니에 의해 고통을 주어서 저질러진 흉악한 사건이라는데 엄한 죄로 다스려야 한다는 사회적 공분으로 인하여 시끄럽다. 나는 이러한 사건을 접하고 왜! 혼자 살지 계모란 이름으로 들어가 반인륜적인 행동을 하여 자기 생에 평생 고통-죄인으로 수감생활.으로 살아갈 짓을 하느냐는 것이다. 빤하지 않은가! 아내와 헤어졌던 사별을 했던 정상적인 가정이 아님을 알고

길…….
174

재혼을 했을 텐데……. 그렇다면 의붓딸의 어머니 노릇을 하기위한 각오도 했을 것이다. 미국의 심리학자 해리 할로가 붉은 털을 가진 원숭이를 활용해 했던 "엄마 실험"의 결과는 "따스한 사랑"이 가장 중요하다는 걸 보여주었다고 한다. 갓 태어난 붉은 털 원숭이 새끼들을 어미 품에서 떼어내 인공으로 만든 인형인 가짜 어미와 살도록 한 실험이었다. 한 마리는 가슴에 젖병이 달린 "철사로 만든 어미"였고 다른 한 마리는 솜과 천으로 만든 스킨십이 가능한 "담요-인형.어미"였는데 새끼 원숭이들은 배가 고파 우유를 찾을 때 빼놓고는 "담요 어미"의 품을 떠나지 않았다는 실험 결과다. 나는 허약 체질로 태어났다. 병치레를 자주 하였고 잠을 늦게 자는 버릇이 있었다. 그러한 나를 어머니는 끓어 안고 옛날이야기를 해주었다. 이야기를 듣고 따스한 어머니의 품에서 잠이 들곤 하였다. 수많은 이야기를 들었기에 지금의 소설가가 됐는지도 모른다. 말 못하는 짐승이나 만물의 영장이라는 사람도 어머니의 따뜻한 품을 찾는다는 것이다. 부모님의 품은 어리고 약한 아이에겐 가장 따뜻한 약이라는 것이다. 어릴 적에 이미 두 발로도 얼마든지 혼자 뛰어다닐 수 있었던 시절에 부모를 향해 팔을 뻗어 안아달라고 조르던 기억들이 있을 것이다! 부모님이 볼일 보려 나들이간 사이 눈썹달이 되어버린 할머니의 등에 업혀 잠들었던 기억과 함께……. 사연이야 어떠하던 간에 두 사건이 친모 친딸이 아니었으니 서로 간에 서먹한 감정이야 있었을 것이다. 감싸않고 살면 될 일인데……. 이세상의 어머니는 언제나 자식들의 비바람을 막아주는 지붕이 되고 싶은 마음이다. 품고 떠나보내고 하는 것이 어머니들의 삶이다. 불현듯 탱고리듬으로 1970년대에 히트했던 대중가요 "님"의 첫 소절 "목숨보다 더 귀한 사랑이건만"이란 노랫말이 떠오른다. 서로 간에 사랑을 했더라면! 2014년 5월 16일 아침 9시 58분경 진도 앞바다에서 세월호에 탑승한 여학생이 침몰沈沒하는 배의 객실에서 엄습掩襲하는 죽음을 예감하고! "나중에 말 못할까 봐 문자를 보내놓는다. 엄마! 사랑해"라는 말이 어머니의 휴대폰에 저장되어 있다는 언론 보도에 온 국민은 눈 밑에 슬픔을 그렸을 것이다! 지금 이글을

어머니의 길…….

찍으면서 나도 슬픔을 눈 밑에 그리고 있다. 어머니는 살아생전 아무리 휴대폰이 낡아도 버리지 않고 병든 가슴이지만……. 차가운 바닷물 속에서 숨겨간 사랑하는 딸을 안듯 따뜻한 가슴에 꼭 끓어 안고 살아갈 것이다! 나 믿는 종교는 없지만 모녀간의 슬픈 사연을 접하고 보니 통화의 혁명을 일으킨 스티브잡스가 하늘로 갔으니 천상에 있는 딸과 통화가 이루어지도록 기독교인들이 하느님께 부탁을 하였으면 한다.

앞서의 악행을 저지른 두 계모가 아래 글을 읽는다면 많은 뉘우침이 들것이다. 추운 겨울이 지나고 날씨가 제법 따뜻한 느낌이 드는 아침나절이다. 아파트 정문을 나서자. 한손엔 목화송이처럼 하얀 애완견 말티즈를 왼손으로 안고 오른손은 파지를 한 가득 실은 작은 손수레에 끌고 적당히 가파른 길은 오르고 있는 할머니를 보고 발걸음을 멈추고 유심히 바라보았다. 할머니의 형색으로 보아선 애완견을 키우지 못할 것 같아 보여서다. 그러한데 관리를 얼마나 잘 하였기에 애완견은 만개된 목화송이보다 더 깨끗했다. 애완견을 키우는 데는 많은 돈이 들어간다. 파지를 주어서 판돈으로 애완견을 키우는 할머니는 천사와 같은 마음으로 자식을 키울 때처럼 아니면 귀여운 손자손녀를 돌보는 것처럼 아름다운 마음으로 키우고 계실 것이다! 우리 집에도 애완견이 있다. 막내딸이 구해와 키우다가 결혼을 하여 직장 생활 때문에 두고 가서 우리 부부가 관리를 하고 있다. 해피가 우리 집에 온지도 벌써 8년이 되었다. 처음 나하고 대면할 때는 손수건으로 포장을 하면 쏙 감싸않을 정도로 아주 작았다. 처음 키워보는 애완견이고 어린강아지라고 우유를 먹였더니 설사를 하여 병원에 가서 주사를 맞고 간신히 살렸다. 하루는 술 취한 사람처럼 중심을 잃고 비틀거리더니 시간이 흐를수록 입술이 새파래지면서 정신을 못 차리고 아무 곳에서나 이리 쿵 저리 쿵하고 부딪혀 또 병원에 가려고 각시와 차를 타고 시내곳곳을 누볐지만 늦은 시간이라 가축병원은 일과가 끝나 일반 종합 병원에 찾아가 치료를 부탁하자 "가축은 절대로 볼 수 없다면서

길…….
176

가축병원도 당번 있으니 그곳으로 가라"하여 어딘지 몰라서 119에 물으니 자세히 가르쳐 주어 찾아 갔더니⋯⋯. 목에 뭔가 걸려서 숨을 쉬지를 못하는데 조금만 늦었어도 살리지 못했을 거라며 진공청소기 같은 기계를 목구멍에 넣어 흡입시켜 이물질을 꺼내 살려냈다. 가축병원도 당번이 있는 줄 처음 알았다. 애완동물을 키우는 사람이 많은 모양이다. 이렇게 애완견 초보자를 골탕을 먹이던 해피는 하루도 사고를 안치는 날이 없었다. 제일 큰 골치거리가 변과 소변을 가리지 못한 것이다. 변은 하루에 한 두 번이면 되지만 소변은 수놈이라 영역 표시를 한답시고 새로 본 물건은 빼놓지 않고 다리를 들고 갈기는 것이다. 제일 거북스러운 것은 각시가 자기보곤 엄마라 하고 날더러 아빠라고 해피에게 가르치는 것이 여간 찜찜했다. 내가 개 아빠라니! 그러나 아빠란 말도 시간이 흐르자 익숙해 졌다. 6개월이 지나자 변은 베란다깔 판에서 하게 가르쳐 길들여졌으나, 소변은 베란다에서도 하지만 간혹 거실과 방에서도 하는 것이다. 침대보도 몇 번을 빨았는지 수도 헤아리지 못할 정도다. 소변냄새 때문에 말이 아니었다. 할 수 없어 20만원을 들여 중성 수술을 해주었다. 그러나 효과는 미미했다. 아주 어렸을 때 해야 하는데 너무 커서해서 약간의 효과만 있다는 것이다. 버리고 싶었지만 그러지 못한 것은 정이 들어서다. 밖에 갔다 들어오면 반가워 꼬리를 흔들며 요즘 유행하는 비보이-B-boy 들이 추는 춤동작을 하면서 데굴데굴 구른다. 그 모습을 보면 미웠던 마음이 싹 가신다. 작고한 김대중 전 대통령 일화가 생각난다. 치아와를 키웠다고 한다. 털이 많이 빠지는 치아와를 이희호 여사는 별로 달갑지 않게 생각하고 키우고 있지만, 확대는 하지 않았다고 한다. 두 분 다 기독교인이다. 어느 날 열려진 대문사이로 집을 나가버려, 애견이 집을 나간 사실을 전화를 드렸더니 국회서 바로 집으로 달려 왔더란 것이다. 결국은 잊어먹었다고 하였다. 이렇듯 애완견을 키우다보면 가족 같다. 얼마나 걱정이 되었으면 국회서 황급히 달려왔을까! 해피가 집에 오기 전에는 보신탕도 먹었는데 우리 식구가 된 뒤부턴 보신탕 먹지 않고 있다. 그것만이 아니다. 어느 날 점심을 먹으려 김해시에서 유명한 한우고기전문점으로 가다가 골목길에서 개 중탕하는 집 앞을 지나게 됐다. 적당히 고약한 인상을 가진 남자와 자기마음대로 못생긴 여자가 차에서 개 목덜미를 잡아 끌어내리는 것을 목격하게 됐다. 차에는 다섯 마리 개가 있었는데, 세 마리는 누가 봐도 애완견이었고 두 마리는 늙어서 힘이 없고 바짝 마른 도사견이었다. 누구내 집에서 수년 동안 가족과 재산을 지켜주었을 텐데! 고이 묻어주지는 못할지언정 약제용으로 팔다니! 너무나 마음이 아팠다. 눈치를 챘을까! 차에서 내리지 않으려고 몸부림을 치는 늙은 개를 보고 가슴이 먹먹해왔다. 애완견 세 마리는 목덜미를 잡힌 채 아무반항도 못하고 작업장으로 들어갔다. 갑자기 멀미 현상이 나타나더니 등에 땀이 주르르 흘려 내렸다. 30여분을 꼼작 않고 도로변 그늘에서 앉아 있다가 밥 먹기를 포기하고 결국 집으로 돌아와야 했다. 도저히 먹을 수가 없었다. 그들은 내가 가게간판을 가자미눈이 되어 지켜보는 동안 숨을 거두었을 것이다! 몇 날을 그 생각이 떠올라 잠을 설치기도 했다. 날이 갈수록 이렇게 마음이 약해지기 시작한 것이다. 우리나라에 애완동물을 키우는 가구가 500만 가구정도인데 한 해 버려지는 반려동물-伴侶動物이 8만여 마리라고 한다. 신고 안 된 것을 합하면 80만 마리는 될 것이라고 한다. 유기동물보호소로 들어온 이들은 열흘 안에 주인이 나타나지 않으면 입양되거나 안락사 된다고 한다. 반려동물을 키우는 인구가 1000만 명이 넘어가는 반면, 의식은 좀처럼 나아지지 않는 현실이다. 필요에 따라 물건을 사듯 생명을 사고, 이용하고, 버리는 인간의 이기심이 서글프다. 이젠 밥에서부터 간식은 내가 거의 도맡아주고 있다. 간식도 7~8가지는 기본이다. 그런데 사료나 간식이 사람 음식보다 몇 배나 비싸다. 각시와 여행이라도 가면 개 호텔에 보내기도 한다. 그 또한 경비가 만만치 않다. 나는 목욕탕서 이발을 하면 8천원인데 일마는 4만 5천원이다. 요사이는 양말이 들어 있는 함에 영역표시를 하고 내 가방에도 간혹 한다. 양말을 신거나 가방을 들면 내가 출타하는 것을 알기에 밉다고 그러한 것 같다. 집에 들어오면 현관입구에서 어김없이 양말을 벗긴다. 벗긴 뒤

물고선 사정없이 흔들어 버린다. 왜 이제 오느냐? 란 듯이 화풀이를 하는 것 같아 웃음이 절로 난다. 각시는 고전 무용을 하는데…… 옷 방문만 열렸다하면 비싼 무용복에 번개같이 다리를 들고 소변을 갈기는 것이다. 고함을 치고 질겁하지만. 다리를 들었다하면 아무리 고함을 쳐도 고개를 돌려 빤히 바라보면서 볼일을 다보고 만다. 배가 고프면 킹킹거리며 나에게 다가와 꼬리를 흔든다. 모른 채 하고 TV를 보고 있으면 소파에 놓여 있는 리모컨을 앞발로 두드리면서 할퀸다. 그것도 이미 소변을 갈겨 기능이 절반은 작동되지 않은 것인데 TV 그만보고 밥이나 간식을 달란 것이다! 자리에서 빨리 안 일어나면 밥그릇이 있는 뒤어가 앞발로 그릇을 두드린 뒤 나를 빤히 쳐다본다. 그래도 모른 채 하면, 세 번 정도 두드리다 반응이 없으면 밥그릇을 물고 와서 내 앞에 던지듯! 내동댕이친다. 그럴 때면 "엄마에게 허락 받아와"하면 마누라 앞에 가서 킹킹거린다. "해피 맘마주세요"란 소리를 듣고 달려와서 리모컨을 앞발로 다시 두드린다. "손"하면 앞발을 교차로주고 나서 뽀뽀를 한 뒤 바닥에 내려가 나를 빤히 바라보며 엎드려있다. 비만이란 소릴 들은 뒤부턴 밥 주라는 허락을 받고 오라고 해피에게 말하면 각시는 "안 돼! 하루 세끼를 꼬박꼬박 챙겨먹는 개가 어디 있어."라고 소리는 치는 것에 불만인지! 각시가 있는 방에 들어갔다가 허락도 안 받고, 허락받은 것처럼 슬며시 그냥 나온다. 엄마 방에 들어가 허락을 받은 것처럼 나에게 거짓행동을 하는 것이다. 말을 안들을 때 한대 쥐어박고 싶어도 너무나 사람 말을 잘 알아들어 슬쩍 겁이 나기도해 그만둔다. 사료에 육포나 통조림을 섞어 주는데 양을 적게 주면 먹지를 않는다. 생선은 절대로 주지 않고 육 고기를 주는데 "사람음식을 먹으면 병이 온다"하여 별도로 기름기를 제거하고 삶아서 준다. 양념을 한 고기는 물에 씻어준다. 그럴 때는 각시 모르게 주는데 들키면 난리법석이다. "병이 걸리면 당신이 책임지라"는 것이다. 설마 내가 해피 빨리 죽게 하려고 그럴까! 성질나면 사정없이 물어 피가 줄줄 흐른다. 20 번도 더 물려 흉터가 있다. 사람끼리 다투어 피가 날정도의 상처가 났다면…… 말 못하는 짐승이기에 참는다. 그런 일을 저질러 놓고도 소파에 앉아 있으면 내 허벅지를 베고 편안하게 잠을 잔다. 그러한 모습을 보면 웃음이 저절로 나온다. 각시가 화장을 하면 시무룩해져 침대 밑으로 숨어버리거나 거실 소파 밑에 엎드려 버린다. 각시가 "갔다 올 태니 집 잘 봐"인사해도 들은 채 만 채다. 이젠 해피의 그러한 행동이 정이 들어 각시가 같다버리자고 하여도 이젠 내가 말릴 것이다. 각시가 더 예뻐하지만! 나는 길을 가다가 애완견을 데리고 다닌 사람을 보면 유심히 얼굴을 쳐다보거나 보거나 뒤돌아본다. 아무리 보아도 착한 사람일 것 같아서다. 내가 키워보니 마음이 착하지 못하면 절대 로⋯⋯. 절대로 키우지 못할 것이라고 생각하기 때문이다. 털을 깎아줄려고 애견미용실에 갔더니 "너무 잘 먹여 비만이라며 체중감량을 해야 한다"는 것이다. 그럴 것이다. 내가 먹는 육고기국 고기 덩어리 3/2는 각시 모르게 해피에게 먹였으니! 각시는 모두 당신책임이라고 잔소리에 또 잔소리다. "해피가 먼저 죽으면 화장을 하여 두었다가 내가 죽으면 옆에 같이 묻어주고, 만약에 내가 먼저 죽은 뒤⋯⋯. 해피가 죽으면 내 묘 옆에 묻어주라"고 각시에게 말하였더니 배꼽을 잡고 웃었다. 내가 국가유공자이니 아마 최초로 유공자묘 역에 묻히는 개일 것이다! 심신산골에 혼자 무덤 속에 있으면 무섭고 쓸쓸하기 도 할 것 아닌가! 살아서나 죽어서나 우리 집 경비대장이기에⋯⋯. 말을 못하는 짐승도 가족이 되면 위와 같이 마음이 변하는 것이다. 매일 한 두 번은 변을 치운다. 부모가 또는 부부간에 치매가 와서 아무 곳에나 용변을 본다면 해피의 용변을 치우듯 아무 불평 없이 치우겠는가를 수없이 생각을 해 본다. 때론 집필하다가 피로하면 각시가 잠에서 깰까봐 집필실 침대에서 해피와 잠을 잔다. 해피 배에 손바닥을 얹고 자면 따스하다. 인간과 짐승과의 인연도 이렇게 따스한데 자식을 잔혹하게 구타하여 죽음에 이르게 한 계모들의 행동에 치가 떨린다. 그들이 형을 마치고 사회로 돌아오면 정상적인 생활을 하는데 많은 괴로움이 뒤 따를 것이다!

아래의 글은 2002년 12월 20일에 출간된 "북파공작원"하권 107페이지에
실린 글을 책이 발간 된지 12년이 지난 2014년 2월 11일 네이버 강평원 블러그에
"어딘가"란 닉네임을 가진 분이 올려놓은 글이다.

『제대를 앞두고 다시 내가 작전으로 앗은 생명들 때문에 괴로워졌다. 어둠
속에서 그것도 막사 안의 적들을 밖에서 공격했으니 그들의 얼굴도 보지
못했다는 게 그나마 위안이 되었다. 만약에 얼굴을 보았다면 틀림없이 꿈에
나올 것이다. 그리고 군의 작전이고 명령에 따랐을 뿐이라고 핑계를 대보았지만
내 속에서 받아들여지지를 않는다. 몸은 특수부대원이지만 마음은 양심을
가진 인간이다. 나의 이 죄책감을 어떻게 해소할 수 있을까? 제대 5일 전,
술과 과자를 PX에서 샀다. 소대원들이 모두 사역을 나간 틈을 타서 인근의
인적이 드문 곳으로 가서 평평한 돌을 골라 술과 과자를 펼쳤다. 그리고 북녘을
향하여 제를 지낸 다음 술 한 병을 모두 뿌렸다. 그들 역시 인간이다. 통수권자가
시키니 군인의 신분으로서 임무를 다 한 것뿐이었다. 그래, 단지 군인이기
때문이다. 그래서 군인을 사람이라고 부르지 않는다. 그들은 적이었지만 다
같은 단군의 자손이다. 그들 나름대로 죽음은 억울했을 것이다. 억울하게
죽은 영혼들은 저승을 못 가고 구천을 떠돌아다녀야 한다. 그들을 인도하여
저승으로 보내는 것이 죽은 그들에게 좋고 나에게도 자그마한 속죄의 한
방법이기 때문이었다.』

북파공작원의 임무를 끝내고 차출 당했던 부대로 원대 복귀하여 전역
날짜를 기다리면서 했던 행동이다. 방송사 PD나 신문사 기자들이 꼭 하는
질문은 "많은 북한군이 팀장인 선생님의 명령에 의해 희생 많이 됐는데 지금
심정이 어떠하냐?"고 물었다. "길을 가다가 화물차에 가득 싫고 도살장으로
가는 짐승을 보면 토악질이 나오려하여 오랫동안 바라보지도 못한다. 또한
TV를 보다가 물고기나 짐승을 잡는 장면이 나오면 채널을 바꾸어 버린다"고
했다. 군의 최고의 통수권자인 대통령의 특별명령에 의해 만들어진 북파공작
원 팀장이었던 나는 복무기간 중 행한 행동이지만 언제나 속죄한 마음으로

살고 있다. 군인은 군번을 받으면 그것이 살인면허가 되는 것이다. 영국의 첩보영화 007같은 번호를 받은 요원처럼……. 전쟁이 났거나 특수임무를 받았을 때만 적용되는 현역시절의 한시적 번호다. 그러한 권한을 가지고 행했던 인명살상행의도 평생 죄가 되어 자신을 괴롭힌다. 2013년 방영한 KBS 1TV 정전 60주년 특집 4부작인 "DMZ"프로 1부 7월 27일 토요일 오후 9시 40분에 방영한 "금지된 땅"과 2부 28일 일요일 9시 40분에 방영한 "끝나지 않은 전쟁"에 출연제의를 1년 전에 받았다. "서울로 올라와서 녹화를 했으면 좋겠다."는 연락을 받고 "정전 후 휴전선에서 근무한 전역 자가 수천만 명이 될 것이고 북파공작원이 몇 천 명이라는데 서울에서 찾아서 하지 못 간다"고 하자. 녹화 팀 6명이 김해로 와서 김해시청 2층 소 회의실에서 녹화를 하겠다는 연락을 받고 녹화 장소를 들어서자 담당 피디가 헐크자세를 취하면서 웃자. 녹화 세트를 설치하던 기술진이 하던 일을 멈추고 일제히 웃었다. "왜 웃느냐?" 는 물음에 "북파공작원 중 제일 악질부대인 테러부대 팀장이라서 천하장사 씨름꾼 체격인줄 알았는데 너무 외소 한 체격이라서 웃었다"는 것이다. 녹화를 끝마치고 "자료에 의하면 선생님의 작전명령에 의해 40여명이 죽고 수많은 사람이 부상을 당했다는데……. 국가의 최고의 통수권자인 대통령의 특별지시 에 만들어진 부대의 침투조 팀장시절 저질러진 행위지만 죄책감이 없느냐?"는 질문과 "후회를 해 본적이 없느냐?"며 질문에 "당시에 저질러졌던 일들에 대하여 지금에 와서 생각을 해보니 신문기자들의 질문처럼……. 김일성은 경계가 삼엄하여 어려웠고……. 그의 아들 김정일의 경계는 조금 느슨했을 텐데! 그때에 제거를 했으면, 툭 하면 말썽부리는 지금의 김정은 태어나지 않았을 것이고! 김일성 왕조는 사라졌을 것인데……."라고 대답을 해 주었다. 테러부대에 차출되어 인간이 얼마만큼 고통을 참을 수 있는가의 혹독한 훈련을 끝내고 2번의 북파 되어 테러부대 이야기 담아 집필 출간하여 지금까지 베스트셀러인 "북파공작원"영화 계약당시 영화의 엔딩장면에 내가 출연하여 걸어가는 뒷모습이 나타나면서 "위와 같은 한민족 간에 저질러진 비극의 주인공은 국가의 최고의 통치자의 희생물이었다."는 자막이 나오게 하기로 계약이 이루어 졌다. 언젠가 영화화 될 것이다! KBS 1tv 방영 몇 날이 지난 후 길을 가던 중 처음 보는 어르신이 "반갑습니다. 술을 한잔 사겠습니다."하며 손을 잡는 갑작스런 행동에 의아해 하며 머뭇거리자. "방송에 나오는 것을 보았습니다. 선생님 같은 분은 국가에서 먹여 살려야지요."하면서 같이 동행하기를 권하였다. "방송에 나오는 것을 보았다지만, 날 알아보겠습니까?'란 질문에 "눈썹을 보고 알았고, 방영 때 입은 옷을 입고 있어 알았습니다."하였다. 나는 눈썹이 거의 흰색이다. 그래서 빨리 알아 본 모양이었다. 술은 못하기에 음료수를 마시며 그가 궁금해 하는 이야기를 잠시 나누었다. 이러한 일들이 간혹 벌어지기도 하고……. 가게 주인이 알아보며 음료수를 공짜로 주기도 한다. 이럴 때면 북에서 보복을 하려고 마음만 먹으면 꼼짝없이 당하겠구나 하는 생각이 든다.

나는 알카에다 식 극단주의자들이 행했던 것처럼 북한군에게 테러를 가했던 공작원 시절에 겪은 그날의 일들이 뇌리에서 지워지지 않아 정신적 고통과 PTSS-Post traumatic Stress Syndrome 외상 후 스트레스 증후군 에 시달리고 있다. 친딸을 잃은 어머니는 사형에 처해달라고 법원 앞에서 시위를 하고 있고 관련 단체에서도 엄벌을 해달라고 시위에 동참하고 있다. 이슬람 율법인 샤리아를 엄격히 따르는 이란에서는 "눈에는 눈, 이에는 이"라는 "키사스-報復=qisas"원칙에 따라 살인범을 유족의 입회하에 사형에 처한다고 한다. 대한민국에선 피해가족에겐 요원-遙遠한 일이다. 그렇게 된다면 우발적인 살인이 아니고는 계획적인 살인은 많이 줄어질 텐데!

소록도 - 小鹿島

▶▶아~슬픈 사연들이 가득한 섬 길······.

오늘은 김해문인협회에서 매년 빼먹지 않고 시행하는 봄 문학 여행을 전남 고흥군에 있는 소록도-小鹿島로 가기로 한 날이다. 나는 처음으로 가는 지역이여서 무척이나 들떴다. 1916년 고흥군 소록도에 「도립 소록도 자혜병원」을 설립해 강제수용 시작하여 1935년 조선 나癩예방령을 도입하여 강제노역 비롯하여 단종수술과 생체실험 등 악행을 저지른 곳이다. 또한 '1945년에는 병원운영 주도권을 둘러싼 다툼으로 인하여 마을 대표 84명이 학살됐다. 그러한 비극을 겪고 난 뒤 1963년에 한센인 강제수용제도가 폐지되었다. 한센 병-나균-癩菌·Mycobacri-um leprae 이란 이병은 피부와 눈과 손발의 감각신경이 운동신경을 침범해 생기는 병을 가지고 있는 환자들을 말한다. 협회회원과 가족, 그리고 문학을 좋아하는 사람을 한 가득 태운 버스는 동 김해 톨게이트를 벗어나자 기계의 둔중한 소리를 내며 속력을 내기 시작 했다. 나의 들뜬 마음과는 달리 하늘은 어제보다 많이 낮아져서 오랜만에 친정에 갔다 빈손으로 오는 며느리를 바라보는 욕심 많고 성질 못된······. 시어머니 얼굴이다! 꾸리무리 한 날씨에 가랑비까지 내리기 시작했다.

이슬비내리는 길을 걸으며/봄비에 젖어서 길을 걸으며/나 혼자 쓸쓸히 빗방울 소리에/마음을 달래도/외로운 가슴을 달랠 길 없네/한없이 적시는 내 눈 위에는 빗방울 떨어져 눈물이 되었나 한없이 흐르네

소울 대부인 박인수 가수가 부른 "봄비"노래가 어울리는 비 내리는 봄 날씨다. 원한과 피와 눈물이 스민 섬을 탐방하려가는 나에게 들뜨지 말라는 하늘의 경고인 것 같다! 진주를 지나자 흩뿌리던 비는 그쳤지만……. 자연은 예측 불허다. 변덕을 부리던 날씨가 안정을 찾았지만 하늘은 여전히 찌뿌둥한 상태다. 차 창밖으로 손 내밀면 금방이라도 잡힐 듯한! 내가 태어난 순천시 별량면 두고리 도홍부락을 번개같이 스쳐지나 거친 숨을 몰아쉬며 4시간여를 달려온 버스는 소록도 해변 끄트머리 주차장에 도착하였다. 밖으로 나오니 싱그러운 향기와 짭조름한 바닷물냄새가 도시공해에 찌든 코를 간질이며 코끝 때를 시원하게 닦아주었고 초여름 빛이 아슴아슴 소록도에 숨어들고 있었으며 칭얼거리는 아기를 달래는 엄마의 가슴처럼 넉넉한 고흥만 바닷물은 소록도를 끌어안고 있어! 소록도를 울리는 삶은 잠시 뭍으로 외출중인 바람 때문에 조용했다. 바다는 바다대로 산은 산대로 아름다운 소록도의 풍광이 시선을 잡았다. 바닷가 산책로를 따라 섬을 둘러보기 위하여 발걸음을 옮기는 곳마다 슬픈 사연이 기록된 간판이 있어 그곳에서 생활하고 있는 사람들을 이해하는데 큰 도움이 됐다. 섬의 설명문은 ……. 한마디로 말해 섬 자체가 슬픔이었다. 얼마나 많은 시간을 거치고 나서야 가족들 간에 슬픔을 이겨냈을 까? 산책로 입구에 들어서면 부터 오른쪽 바다에 서로 간에 손을 잡고 나란히 떠있는 듯한! 두개의 작은 섬이 산책로 끝을 다할 때 까지 나를 유혹誘惑 하였다. 생이별의 마당인 원한怨恨의 넘을 재에서 환골탈태換骨奪胎 후 재회를 언약하고 사랑하는 가족과 헤어지면서 "잘 가라. 또 오너라. 건강하게 계세요. 또 오겠습니다."애간장을 녹이는 가족 간에 간절한 부탁의 끝으로 각기의 다른 삶의 길을 떠나면서 두 눈에서 흘렸을! 소설가적 상상의 두 방울 눈물로 보였기 때문이다. 부모형제가 보고 싶어도 섬에 갇힌 채 뭍으로 가려해도 가지 못해 통한의 눈물을 흘리며 환자들이 우는 소리는 뭍으로 오르려고 몸부림쳐도 오르지 못해 처절하게 울부짖는 파도소리를 점점 닮아갔을 것이다! 세상과 동떨어진 삶을 사는 사람들이 살고 있는 곳으로 찾아가는 길은 해변을 따라 이어져 잘 다듬어서 그린 풍경화 속으로 들어가는 것 같다! 병동을 지나 완만한 길을 따라 걷다보니 잠시 발걸음을 멈추게 하는 풍경이 펼쳐졌다. 숲속에 숨어 있던 집들이 들어났다. 나의 발길은 붉은 벽돌로 지은 두개의 자그마한 *늙은 건물입구에 발을 멈췄다. 길 끝에 서있는 그곳……. 건물 안으로 들어서자 해부실-解剖室과 거세실-去勢室로 나뉘어 진 바닥엔 환자들의 고통의 흔적만큼 세월의 때가 켜켜이 묻은 시체해부대와 단종-斷種 수술을 할 때 사용한 것으로 보이는 나무로 만든 수술대가 옆방에 있고 국방색 천이 낡아 떨어진, 환자나 시체를 옮길 때 사용한 것으로 보이는 들것이 흉한모습으로 삐딱하게 벽에 기댄 채 당시의 그 모습 그대로 놓여 있어 불현듯 나의 머릿속에선 건물 입간판의 슬픈 설명문을 재생한 *흑 백 활동사진이 돌기 시작 했다! 이곳이 바로 악랄한 일본 의사들이 생체실험-生體實驗도 했다는 곳이다. 눈을 들어 벽면을 바라보니, 일제하 제4대 수호-周訪正奉원장시절 그의 명령을 거역한 벌로 감금실에 갇혔다 풀려나면서 단종수술을 받았다는 이동-李東씨가 지은 시-詩가 걸려 있었다.

그 옛날 나의 사춘기에 꿈꾸던
사랑의 꿈은 깨어지고
여기 나의 25세 젊음을
파열해 가는 수술대 위에서
내 청춘을 통곡하며 누워 있노라
장래 손자를 보겠다던 어머니의 모습
내 수술대 위에서 가물거린다
정관을 차단하는 차가운 메스가
국부에 닿을 때
모래알처럼 번성하라던
신의 섭리를 역행하는 메스를 보고
지하의 히포크라테스는

길…….

186

오늘도 통곡한다.

　차가운 나무수술대위에서 손발이 결박된 채 가자미눈이 되어……. 어둑한 수술실에서 전기 불에 반사되어 번득이는 날카로운 메스를 바라보며 공포에 떨었던 기억을 시詩로 쓴 글을 읽어가는 중 "장래 손자를 보겠다던 어머니의 모습"에 이르자 갑자기 눈앞이 흐릿해지면서 나를 숙연케 했다. 지금이야 의학이 발달되어 간단하게 복강 경으로 정관 수술을 하지만! 당시에는 고환睾丸을 제거하는 중성 수술을 했다고 한다. 나무로 만든 수술대는 단종 수술할 때 피가 잘 흐르도록 비스듬하게 놓여있는데……. 수술대 하부에 흐르는 피를 받을 수 있는 구멍이 뚫려 있어 당시의 수술실의 열악함을 보여주고 있었다. 그 강제의 수술로 어머니의 소망을 이루어주지 못하게 된 이동 씨의 슬픈 마음과 손자를 바라던 어머니의 애틋한 마음을 가늠할 수 있는 시 한편에 눈가가 젖어들고 가슴이 먹먹해짐은 나만이 느끼는 연민憐憫이 아닐 것으로 생각이 든다. 그 수술로 인하여 천륜의 끈을 인의 적으로 잘라 버린 것이 아닌가. 수술대에는 시술당하는 환자들의 피가 스며있을 것이며 벽면에는 마취도 안 된 상태서 강제적으로 단종수술을 받으며 참기 힘든 고통과 억울함으로 질러대는 비명소리가 각인 돼있을 것이다! 능소화陵所花처럼 처연悽然하게 떨어진 한 젊은이의 꿈이 좌절됨에 더 애달프다. 깊이 생각하니 머릿속이 멍해져 밖으로 나와 거세실과 단종실 건물이 어깨를 나란히 하고 앉아있는 감금실로 향했다. 이미 천형天刑을 받고 있는데! 어찌하여 인간이 신의 명을 어기고 또 다른 벌을 내릴 수 있단 말인가. 예부터 한센 병은 불치의 병이라 하여 하늘이 내린 벌이라고 전해져 왔다. 병이 더 이상 진행되는 것을 막을 수는 있어도 완치가 어렵다고 한다. 그래서 천형이라고 옛 부터 불리어지고 있는 것이다. 다만 환자들은 신체적장애가 있을 뿐 일반인과 접촉을 해도 감염되지 않는다고 한다. 쉼 호흡으로 가슴을 누르고선 멍한 정신으로 들어간 감금실엔 화장실과 같이 딸린 비좁은 공간 안쪽 벽에 억울함을 호소하는 당시의 환자였던 김정균 씨의 글이 나의 눈에 클로즈업되었다.

> 아무 죄가 없어도 불문곡직하고 가두어 놓고
> 왜 말까지 못하게 하고 어째서 밥도 안 주느냐
> 억울한 호소는 들을 자가 없으니
> 무릎 꿇고 주께 호소하기를
> 주의 말씀에 따라 내가 참아야 될 줄 아옵니다
> 내가 불신자였다면 이 생명 가치 없을 바에는
> 분노를 기어코 폭발시킬 것이오나
> 주로 인해 내가 참아야 될 줄 아옵니다
> 이 속에서 신경통으로 무지한 고통을 당할 때
> 하도 괴로워서 이불껍질을 뜯어
> 목매달아 죽으려 했지만
> 내 주의 위로하시는 은혜로
> 참고 살아온 것을 주께 감사하나이다
> 저희들은 반성문을 쓰라고 날마다 요구받았어도
> 양심을 속이는 반성문을 쓸 수가 없었노라

악랄한 일본의사들에게 인간이하의 취급을 받으며 감금실에 갇혀서 가타부타 말도 못하고 감내하기 힘든 고통을 겪으면서도 하느님을 믿고 참은 그가 지금껏 살아온 삶을 감사하다는 표현이 정말 아이러니하다. 끝내는 그 역시 단종실-斷種室에서 거세-祛勢당했거나 아니면 해부실에서 잔혹한 생체실험을 당했을지도! 그래서 지구상에 인간이 제일 악독하다는 것이다. 그것은 그들이 믿는 신-神들만이 할 수 있는 짓을 인간이 하고 있었던 것이다.

나는 청소년 시기에는 기독교를 믿었다. 그러나 지금은 무교 인이다. 나는 1948년 11월 6일 생인데, 1966년 11월 16일에 18세의 어린나이에 군에 자원입대하여 육군부사관학교를 국군 창설된 후 제일 어린 나이로 졸업하고 세상에서 제일 악질부대인! 북파공작원 테러부대에 강제차출 되어 인간으로서 도저히 감내하기 힘들 정도의 특수훈련을 끝내고 침투조 팀장에 임명된 뒤 8명의 부하들을 데리고 북한에 침투하여 테러를 하기위해 출발선에선 우리들에게 기독교에선 목사가 불교계에선 법사가 와서 테러에 성공하고 모두 돌아와 달라는 기도를 해 주었다. 사람을 죽이려가는 우리들에게 많이 죽이고 오라니! 그 후로 나는 성직자의 이중성격을 비난하게 되었다.

"그분-예수은 천지가 창조되기 전부터 스스로 계신 분입니다. 그러나 가장 비천한 인간의 몸으로 이 세상에서 출생 하셨습니다. 2천여 년 전 이스라엘에서 가난한 목수의 아들로 말-馬=마구간.의 집에서 출생을 했습니다. 그는 33년간 그 땅에서 살면서 천상에서 최고의 신인 자기 아버지의 나라에 가게 되면 불멸 영생한다면서 자기가 곧 천당으로 가는 길이요. 생명이라고 말씀 하셨습니다. 하늘나라가 너희를 기다린다. 하였지만……. 그분은 십자가에 매달려 못을 박히는 형을 받고 죽임을 당했습니다."

교회에서 수없이 들은 설교. 십자가에 매달아 사형을 시키는 것은 로마시대에 가장 흉악한 죄수를 매달아 죽이는 처형의 도구이다. 기독교인이 혀가 닳도록 전도하는 하느님의 독신자인 예수가 가장 흉악한 죄수로 잡혀 죽었다는 것이다. 그런데……. 반전이 일어난다. 죽은 지 사흘 만에 부활-復活 했다는 것이다. 여러 명이 처형을 당했는데……. 혼자만 살아난 것이다. 그리곤 하늘나라로 올라가서 자기아버지 오른쪽에 앉았다고 한다.

"장차 그분이 죽은 사람과 살아 있는 사람을 심판하려 오실 것이다. 우리는 해보다 더 빛나는 그분의 얼굴을 뵙게 될 것이다. 그분의 재림을 눈이 빠지게 기다리고 있는 것입니다."

해보다 더 빛나는 얼굴을 어떻게 본다는 말인가? 종교인의 거짓말은 끝이 없다.

"아담과 이브처럼 흙으로 만들지 왜! 가난한 나라 유대 땅에서 살고 있는 목수의 아들로 태어났다."고 하지⋯⋯. 목수의 마누라와 섹스를 했다는 것이데! 우리나라 법으론 간통죄에 해당 된다. 천주교 쪽에선 마리아가 동정녀라고 한다. 숫처녀라는 것이다. 섹스를 하지 않고 아이를 출산 한다는 말인가? 자기 아버지가 하느님인데 하늘에서 내려다보면 다 보일 텐데⋯⋯. "하나밖에 없는 아들이 제일 고통스럽게 죽는다는 십자가 형벌을 당하는데 보고만 있었느냐?"물으면 대답을 못한다.

　종교인들의 말에의 하면 기독교인은 죽으면 천당에서 영구히 편히 산다고 한다. 그렇다면 이승이 힘들어서 기독교인이 된 것이 아닌가. 자살이라도 하여 빨리 천당에 가야 될 것이며! 불교인도 이승의 삶이 힘들어 불교를 믿는 게 아닌가. 그렇다면 불교의 끝인 죽어서 이 세상으로 다시 윤회-輪廻하여 더 좋은 삶을 살기위해서는 빨리 죽어야 고생을 덜 하는 것이 아닌가! 하는 나의 생각이다. 빨리 죽는 것도 죄라면 할 말이 없다. 종교인의 억지 주장을 누가 말릴 소냐! 인간은 죽음을 피할 수 없다. 인간만이 아니라 이 세상 생물은 언젠가는 꼭 죽는다. 성경과 불경을 비롯하여 코란의 주 내용은 삶의 보편적 가치가 내재된 민중-民衆의 소리를 기록한 것이다. 핵심 내용은 인간 사랑이다. 신이나타나 인간에게 한 말을 기록한 것이 아니라 만물의 영장인 인간이 서로 간에 화합하며 살아가야할 도리를 기록한 것이다. 사랑을 하면 잘못이 있어도 용서가 된다. 그러나 천지가 생성된 후 신은 단 한 번도 나타나지 않았다. 그래서 인간에게 단 한 번도 용서의 근원-根源인 사랑을 베풀지 않는 것이다. 그러니까. 한마디로 요약하면 천지간에 신은 존재치 않는다는 말이다. 영화 벤허를 보면 야곱의 아들 유다-벤허.는 친구의 배반으로 집안이 풍지박살 이 나고 4년간 노예생활을 하기도 한다. 노예에서 풀러난 유다는 나병에 감염된 뒤 토굴 속에 숨어살고 있는 어머니와 여동생 만난다. 복수를 결심한 유다는 자신을 배반한 오타바우스 메살라와 서로 간에 목숨을 걸고 전차경기를 하여 승리하지만 예수의 가르침 때문에 결국 메살라를 용서한다. 영화는⋯⋯.

길⋯⋯.

예수가 십자가에 못 박혀 죽은 사형장에 갔던 어머니와 여동생의 몸에 예수의 피가 닿자 나병이 즉석에서 완쾌 되는 장면으로 끝난다. 하늘에 정말 예수가 있다면 쏟아지는 비에 피 몇 방울 섞어주면 지구상에 나병은 완전 퇴치될 것인데! 멀쩡한 사람들을 죄를 뒤집어 씌어 맨살을 문질러 잘 아물지 않는 상처까지 내는 신들이 나쁘며……. 그것을 하늘에서 보고만 있는 예수는 두 배로 더 나쁘다. 진짜로 예수가 신이 되었다면! 말이다.

종교-宗敎=religion 의 태동-胎動은 인간이 영원히 살고 싶다는 염원 때문에 예부터 죽은 이를 추모-追慕하여 제단-祭壇을 쌓고 하늘에다 제사를 지내며 절대자를 찾으면서부터다. 그러다가 자연적으로 생긴 게 토테미즘과 샤머니 즘이라는 원시적인 신앙이었다. 대자연의 모든 것엔 생명체인 정령-精靈이 있다고 믿는 토테미즘은 우리나라에도 없지 않아 특정한 사물은 터부시-禁忌하 는 것은 우리 주변에서 얼마든지 볼 수 있는가 하면……. 샤머니즘의 잔재인 점술행위-占術行爲는 지금까지도 사라지기커녕 마치 민속예술처럼 공공연히 우리 가까이에서 행하여지고 있다. 그러한 원시적인 신앙이 오늘날과 같은 여러 가지로 모양새를 제대로 갖춘 종교로 발전하여 온 것이다.

종교를 크게 삼등분 하여보면……? 불교는 인생 자체를 고해-苦海라 하여 고통의 원인인 번뇌로부터 해탈-解脫=벗어남 함으로써 삶이 자유로울 수 있다고 한다. 지금으로 부터 약 2천 5백 년 전에 인도 카필타 왕국의 왕자 싯타르타 고타마가 그 창시자-創始者다. 그의 사상을 네 가지로 요약하여 보면, 인생의 자체가 바로 괴로움이라는 고-苦 괴로움의 원인으로서 번뇌라고도 하는 집-集의 열 두 가지인= 인연-因緣 무명-無明 행-行 식-識 명색-名色 육근-六根 촉-觸 수-受 취-取 유-有 생-生 노사-老死 등으로부터 해탈하는 멸-滅의 구체적인 방법인 도-道인데……. 도는 여덟 가지인 팔정도-八正道로서 정견-正見바르게 봄· 정사-正思생각을 바르게 함· 정어-正語말을 바르게 함· 정업-正業행동을 바르게 함

· 정명-正命생활을 바르게 함· 정념-正念마음을 바르게 가짐· 정정-正定마음을 바르게 안정시킴· 정정진-正精進바르게 노력함 등이다. 그리고 전생-前生의 업보에 따라 여섯 가지인 지옥-地獄 아귀-餓鬼 축생-畜生 수라-修羅 인간-人間 천상-天上의 삶을 거듭한다는 윤회탁생-輪廻託生의 교리를 내놓고 있다. 그들의 주장대로 죽어서 나 아닌 다른 사람의 몸으로 이 세상으로 다시 태어나 이전보다 더 풍요로운 삶을 살고 있는 사람이 있을까? 지금의 시대엔 중들에게 경어-敬語=스님.를 쓰지만 내가 어렸을 땐 시줏돈을 받으려 다니는 중들에겐 하대-下隊를 하였다. 물질만능주의가 되버린 이 시대에 죄지은 사람이 많아서인가! 무소유를 주장하는 불교의 가르침은 자본주의 세상에선 어쩐지……. 꺼림하다. 대다수 사찰은 수억에서 수십억씩 들여 지은 건물이며! 자연을 훼손 하여 풍경이 좋은 곳에 들어서 있다. 목탁을 두드린다 해서 돈이 나오는 것도 아니고! 부처는 길에서 자고 길에서 수행하며 중생을 가르쳤다고 했다. 그러한데 요즘 절간에 가보면 고급 대형 고급승용차가……. 불교에서는 삼라만상실유불성-森羅萬象 悉有佛性이라 하여 생명을 지닌 것은 인간뿐만이 아니라 그것이 식물이나 동물이나 인간과 똑같은 고귀한 존재로서 그 어떤 것이라도 부처가 될 수 있는 본성을 가지고 있다는 것이다. 이에 불교의 중들은 살생을 피하기 위해 그들의 식사에서 절대로 육식을 먹지 않으며 오직 풀잎채소과 식물열매 과실과 곡물.만을 먹어야 한다. 자신의 생존을 위하여 고기나 식물의 줄기를 먹다는 것은 그것이 가축이 되었건 채소이었건 혹은 야생의 동식물이었건 간에 결과적으로 살생하는 일이 되기 때문이다. 그렇다면 불교신자가 아닌 사람들은 매일 살생죄-殺生罪를 저지르고 있는 셈이다. 그러나 기독교에선 "지구상의 생명체는 필연적으로 자신들이 살기위해서는 인간이건 동물이건 또는 생물이건 죽이지 않고는 살 수 없기에 이러한 일은 숙명적으로 인간이 범할 수밖에 없는 것을 죄가 아니다"라고 한다. 해서 서구의 철학자 야스퍼스가 이러한 진리를 기독교의 원죄와 구분하여 "공동죄-公同罪=Mitschuld 라고 불렀던 것이다. 그래서 옛 부터 중들은 숲속 길을 자신도 모르는 사이에 땅에서

기어가는 벌레를 밟아 죽일까봐 성긴-敞繫 짚신을 신고 다녔다. 혹시 잘못해서 벌레를 밟았더라도 짚신바닥이 올이 성겨서 생긴 바닥의 구멍을 통해 살 수도 있기 때문에서다. 벌레도 죽이면 죄가 되기 때문이다. 그러나 기독교에서는 "인간이 생존을 위해서 짐승을 잡아먹는 것을 보고 살생이라고 하거나 죄악이라고 하지 않는다"하면서도 "생명의 영성-靈性은 공생공존-共生共存의 가치……. 인간과 자연의 미물-微物들의 생명도 소중히 여겨야한다"는 설교에는 괴리가 있는 것이다. 현 시대에 중들은 너나없이 차를 굴린다. 또한 견고한 밑창인 신발을 신는다.

이슬람교-회교 또는 회회교 는 모하멧-Mdhammed 이 창시한 것으로서 현제 세계적으로 가톨릭과 거의 맞먹는 신도수를 가진 거대한 종교다. 코란에 기본교리인 육신-六信은

(1)알라-하나님. 외엔 다른 신을 둘 수 없다.

(2)알라와 인간 사이엔 천사-天使라는 중개자-仲介者가 있다.

(3)코란-Koran.은 알라의 마지막 계시-啓示다.

(4)여섯 명의 중요 예언자-아담·아브라함·모세·예수·모하멧 중에서도 모하멧이 가장 위대한 마지막 예언자다.

(5)세말-世末=세상종말 에 나팔이 울리고 모든 이가 알라의 심판-審判을 받게 된다.

(6)인간의 구원-救援은 모두 예정되어 있다.

그리고 신도들이 지킬 오행-五行으론

(1)알라 외엔 다른 신이 없고, "모하멧은 알라의 예언자-豫言者"라는 기본 신조-基本信條를 날마다 고백한다.

(2)매일 다섯 번씩 메카를 향하여 예배-禮拜한다.

(3)구빈세-救貧稅=돈을 내라.를 내야 한다.

(4)라마단 달-알라의 계시의 달엔 30일 동안 금식-禁食을 한다.

(5)일생에 적어도 한번은 메카에 순례-巡禮를 해야 한다. 등이 이슬람의 율법-律法이다. 이 종교의 신도들은 유일신-하나님 을 믿는 교도들이다. "하나님을 믿지 않고 예수를 믿는 사람은 없어져야 한다"고 테러를 자행하는 집단이다. 그래서 기독의 발상지였고 예수의 탄생지인 죽음의 땅 이스라엘은 중동의 화약고다. 지금도 이슬람교도들의 끝없는 테러에 시달리고 있다. 필리핀은 국민의 75%가 가톨릭이고 25%가 이슬람이다. 44년 동안 정부군-가톨릭.과 반군-이슬람.의 내전으로 인하여 18만 여명이 희생되었다고 한다. 18여 년 동안 주변국의 평화협상을 중재하고 있다. 우리나라는 7대종교가 있으나 다행이도 종교인간에 큰 다툼은 없다. 옛 부터 에루살렘은 무슬림에 도전을 받고……. 로마군에 시달리다가 결국 로마에 점령당하여 멸망의 길로 들었으나 끈질긴 민족성 때문에 살아남았다. 한마디로 전쟁과 갈등의 역사를 않고 살아온 민족이다! 적군에게 쫓겨 사막의 절벽 위 마사다로 도망쳐 성을 쌓고 3년을 버텨오다가 결국 견디지 못하고 969명이 자결을 했다. 그 성안에는 단 한명도 살아있는 생명체가 없었다는 기록이다. 요한계시록에 있는 종말론이 정복당함을 두려워해 자결한 그들에겐 합당한 문구였을 지도 모른다! 한때는, 아니 지금도 종말론을 이야기하며 신도들을 모으고 있다. 그렇다. 지구상의 생명체는 단 한 번의 종말이 온다. 그것은 피할 수 없는 죽음이다. 요한 계시록을 잘 이해하면 종말이 아니라 소망을 기록한 책이다. 고대나 지금이나 예수는 자기가 태어난 이스라엘이 끊임 없는 테러에 시달리는데 하늘에서 아버지인 하느님 눈치만보고 이러지도 못하고 저러지도 못하고 팔짱낀 채 구경만하고 있는 모양이다! 그리스도교는 인생의 궁극적인 목적과 인간의 죽음에 대한 의문을 하느님이 자신의 외아들 예수 그리스도를 통하여 인간에게 직접 가르쳐 주었다고 설교를 하고 있다. 하느님이 누구이며……. 어떻게 하면 죽음을 극복하여 영원히 살 수 있는가? 라는 명제 아래 참 행복에 이르는 방법을 계시-啓示-드러내 보임.하고 있으므로 그리스도교를 계시-啓示의 종교라 한다. 그리스도교 성직자들은 인간은 모두가 죄인이라는 것이다.

내가 생각하기에는 하느님이 죄인인데! 왜냐고? 예수도 신의 창조물인 -creature.아담과 이브처럼 흙으로 만들지 남의 아내인 마리아에게 수태-受胎하게 하여 아들 예수를 태어나게 했느냐는 것이다. 이세상의 법으론 간통죄에 속한다. 우리나라 간통 법을 없애자 하는 무리가 혹시? 그리스도교 성직자! 그러면 세상은 개판이 될 것인데……. 죽은 카사노바가 하늘에서 내려다보고 장탄식을 하며 일찍 죽은걸 무척이나 억울해할 것이다. 비아그라 주가는 천정부지로 치솟을 것이고! 성경 어디엔가 이런 구절이 있다. 너의 이웃을 탐 하……?

　한동안 각 언론에서 이태석 신부의 죽음과 그의 공적을 다루었다. 그는 의사로서 사제 서품을 받고 이 세상에서 제일 가난한 곳인 남 수단 톤즈지역에서 가난과 굶주림으로 죽어가는 사람들을 치료 해 주었다. 남 수단 북쪽 아랍계와 남쪽의 원주민과 내전으로 200만 명이 죽었고, 오랜 내전으로 인하여 가난과 질병이 만연한 곳에서. 그러한 그가 의료 봉사 활동 중 병에 걸려 죽어갔다. 그렇게 착한 일을 한 그분을 하늘에 신이 있다면 구해 주었어야 한다. 하늘에 환자가 많아서 데려 갔다면 이해가 가지만! 그러나 죽을 때 제일 고통스럽게 죽는다는 암이란 병을 주어서…….
　통화의 혁명을 일으킨 스티브잡스도 암으로 하늘로 갔다. 하늘에도 통화의 품질이 나아져 지구의 성직자와 소통이 잘 될 같은 느낌이다. 그러면 한결 나아진 세상이 될까!

　모든 교리를 따르면 현세보다 더 나은 삶이 주어진다고 하지만! 이 모든 것은 성직자가 먹고 살기위해서 신도를 모아놓고 거짓말로 유인하는 사업방법 -事業方法을 기록해둔 것이다. 모든 종교의 장에 가면 돈 돈 돈이다. 일도 하지 않고 입說敎으로 먹고 사는데! 돈이 없으면 그들도 인간인데, 주기도문을 외우고 또는 불경을 외우고 목탁을 두드린다 해서 음식이 나오지 않는다.

먹지 않고 어떻게 살 것인가? 내가 생각 컨데……. 다수多數 성직자는 사기꾼에 조폭 같은 자 들이다! 그 어느 누구도 천당을 갔다가 온자가 없으며 또한 죽은 뒤 이 세상으로 윤회 되어 보다 나은 삶을 살아가는 사람은 없다. 성직자들의 재물에 대한 탐욕-greed 은 끝이 없어! 신도들에게 하는 말은 언제나 죄를 이야기하여 공포-恐怖를 조성하고 헌금-獻金과 많은 시주-施主요구하고 있다. 어수룩한 신도들만 이용당하고 있는 것이다.

　샤머니즘인 점술행위-占術行爲도 마찬가지다. 돈을 많이 주면 모든 일이 더 잘 풀린다고 거짓말을 한다. 그렇게 남의 운명을 잘 알고……. 해결방법을 알면……. 자기 운명의 해결방법을 알아내서 빌게이츠처럼 돈을 왕창 벌어 편한 여생을 보내지 뭐하려 방구석에서 상위에 엽전을 굴리거나 쌀알을 고루는 짓을 하며 공갈협박으로 공포조성-恐怖造成하여 돈을 뜯어내고 있느냐는 말이다. 공포는 인간의 본능이다. 그래서 거짓말로 유인하는 종교 교리에 빠져 들게 된다. 전남 순천시 한 금융기관에 근무하던 김모씨(54·여)는 한 고객 통장에 들어있던 예금을 자신이 다니던 교회 목사 부인의 통장으로 이체했다. 6일간 5000만 원에서 1억 원씩 모두 10차례에 걸쳐 총 5억 원을 이체했다. 이 예금은 자신의 남편이 운영하는 회사의 사업자금이었다. 그런데 헌금한 5억 원은 교회목사와 부인이 교회에 쓰지 않고 전자제품이나 고가 의류를 구입하는데 모두 쓴 것이다. 그간에 총 13억 원을 헌금했다한다. 얼마나 감언이설로 신도를 꼬여 냈을까! 결국 헌금한 사람과 목사부인을 횡령죄로 구속하고 목사는 같은 혐의로 불구속 입건 됐고 횡령한 돈 때문에 회사는 부도에 몰릴 처지가 됐다는 언론들의 보도다. 자기가 하느님이나 마찬가지이니 육체관계를 가져야한다고 자매를 한방에서 거시기한 목사도 있었다. 한때, 네팔·티베트 불교에서는 여자가 결혼하면은 무조건 첫날밤 중놈이 먼저 배관공사-첫날밤-섹스 했다. 그래서 온 나라가 성병이 창궐하기도 했다. 절에 불상을 보면 한손은 손바닥을 펴 보이고 한손은 엄지손가락과 중지손가락을 맞대어 동그라미를 하고 있다. 돈을 주든지 아니면 여자 거시기를 달라는 표시다! 매일 밤 목탁을 치듯이 딸딸이=수음-手淫만 칠 수 없을 것 아닌가! 그래서 공갈 협박을 하여! 자기들에게 육체관계를 맺어야한다고 감언이설을 한 것이다. 괜히 욕이 나오네, "씹 할 놈들!"아니 욕이 아니지! "씹 못 할 놈들"이지. 욕 같은 욕을 하니 속이 후련하다! 절에 가서 신도들이 불전-佛錢함에 돈을 넣지 않으면 목탁소리가 적어진다고 한다. 열나게 두드려봤자 돈이 안 되어서 힘이 빠져서 그렇다는 것이다. 성경을 비롯하여 코란과 경전은 번역자들의 오역-誤譯된 것이 지금의 종교다툼이 됐다. 그 한 예를 들자면 구약성서의 시, 기도 등이 처음 시작한 때는 기원전 1,000년이었는데 그 방대한 기록이 계속 쌓여서 기원전 100년경에 마지막 권이 쓰여 졌으며 세계 2천개 이상의 언어로 번역되었고 지금도 번역 중이라고 한다. 19세기까지 성경은 기독교의 역사책이기도 하지만 과학 책으로 여겨지기도 했는데……. 창조 속의 성경이야기-세상과 세상의 모든 것을 하나님이 엿새 만에 창조하셨다. "영국성공회 신부 80%는 믿지 않는데"라고 했다 를 믿고 있었는데……. 찰스 다윈의 진화론-모든 생물은 환경에 적응하면서 서서히 변해 왔다는 학설과 그 증거를 들고 나오자 종교계에서 큰 소동이 난 것이다. 성경학자들이 반박 성명을 냈고 많은 작가들을 동원하여 책을 써서 신의 창조를 거듭 주장하였고, 성경을 변역하기에 열을 올렸다.

세계도처에서 성경이 마구 번역되면서 번역이 잘못되어 어쩌구니 없는 실수를 저지르기도 했다. 그 한 예로 킹 제임스 영역성서-King James Version=영국 제임스 1세의 명령을 받아 편집 발행한 영역 성경 의 1612년 판에서는 시편 119장 161절의 "권세가-Princes 들이 나를 까닭 없이 박해하오나"로 잘못 번역하여 인쇄하는 엄청난 실수를 저질렀고……. 1631년 판에서는 십계명에서 "not"이란 단어를 빠뜨리는 바람에 일 곱 번째 계명이 "너희는 간음해야 한다-Thous Haltcommit Adultery"로 바뀌었으며……. 1966년 판에서도 시편 122장 6절 "예루살렘에 평화가 깃들도록 기도-Pray.하라"는 내용에서 "r"이 빠지는 바람에 "예루살렘에 평화가 깃들도록 대가-Pay 를 치러야 한다"는 뜻으로 번역되기도 하였다.

이렇듯 왕의 명령을 받고 편찬한 작가라도 실수를 하기마련이다. 한때 TV서 노자도덕경-老子道德經 명 강의로 이름을 날리던 모 대학 김용옥-金容沃 교수가 강의하는 것을 시청을 했던 경남 창원시 모 가정주부가 "엉터리로 번역하여 강의를 한다"고 한 뒤……. 자신이 도덕경을 번역하여 출간하였다. 그 책이 베스트셀러가 되었다. 김 교수는 "깨갱"꼬리를 내리고 TV화면 밖으로 어느 날 사라졌다. 원래 도덕경은 5천 자字로 상·하권이다. 십계경-十戒經과 차설십사지신지품-次設十四指身之品을 합하여 3권으로 이루어져 있다. 노자도덕경이 발견된 것은 당-唐: AD. 618~684년 나라 때 돈황-燉煌에서 발견되어 당나라가 국보로 지정해 내려오다가……. 장개석-蔣介石이 모택동-毛澤東에 의해 대만으로 쫓겨 갈 때 국보급 사서史書를 모두 가지고 갔는데, 노자의 친필-親筆인 진본-眞本이 1985년에 발견되어 영인본으로 세상에 빛을 보게 되었던 것이다.

아무리 유명한 교수라도 한문번역을 잘못하면 그런 창피-猖披를 당한다. 나도 어려서 한문공부를 많이 하여 사서-논어·맹자·중용·대학까지 익혀 지금도 책을 보지 않고 대학 서문을 외울 정도다. 그간에 가야 역사소설을 4권을 집필 출간했지만 집필 때마다 과연 내가 올바르게 역주 했나를 고민 했다. 일반인이 보기에는 최고학문을 가르치는 교수의 번역이 옳은 줄 알겠지만! 천만에 말씀이다. 한문은 뜻풀이에 해박한 지식이 없으면 어느 누구이던 오역-誤譯을 할 수 밖에 없다. 내가 집필한 책도 몇 십 년씩 출판사원문교정에 종사한 편집부장도 실수를 하여 애를 먹은 적이 있다.

2003년 5월에 노무현 대통령 장인 권오석 씨가 빨치산이아니라 것을 추적하여 집필한 실화 다큐소설『지리산 킬링필드』책 표지 영문자「KILLING FIELDS」를「KILLING FILEDS」로 잘못되고 서문에 저자의 이름도 강평원을 강편원으로 잘못 기록된 것이다. 책 표지담당자에게서 사과는 받았지만 이미 초판 5천부가 나간 뒤에 알았다. 출간 후 노무현 전 대통령과 권양숙 영부인께 따로 보냈고 청와대 민원실에도 보냈는데……. 책이 나에게 오기 전에 김해 중부경찰서에서 청와대에서 연락이 왔다며 만나자는 형사의 전화를 받고 예총사무실에서 만나 초판 5천부를 찍는다는 것을 확인하고 돌아갔을 정도의 책이었지만……. 독자는 저자의 실수로 알 것이다. 그것만이 아니다.『아리랑 시원지를 찾아서』는 고대사를 인용을 하면서 인용된 책 저자와 자료로 사용했던 신문 이름을 교정과정에서 실수를 해서 빼먹는 바람에 표절 시비가 된 것이다. 저자를 잘 알고 있었기에 출판사 대표와 동행하여 실수를 인정하고 원만하게 넘어갔다. 이렇듯 출판사의 실수도 독자는 저자의 잘못으로 생각한다. 21세기 첨단 기계인 컴퓨터도 사용자 잘못으로 기록되는데……. 고대에는 뜻글자 한문에서 소리글인 한글 번역은 수 없이 많은 오역誤譯을 했을 것이다. 성경이나 불경이 제대로 번역되지 않은 교리로 인하여 서로 간 우월하다는 다툼은 절대로 끝나지 않을 것이다! 내가 보아온 종교인 대다수가 성경을 비롯하여 코란과 불경에 기록되어있는 교리는 신神이한 말이 아닌 것을 너무도 잘 알기에 교리를 지키지 않았고! 내가 알고 있는 모든 종교인은 종교를 매개체로 나쁜 짓을 일반인보다도 열배 정도는 많이 하였다. 모든 종교가 신도들에게 가르치는 교리대로 행동을 한다면 이세상이 바로 그들이 주장하는 천국이다. 설혹 잘 번역된 책이라도 너무 광신 적인 믿음은 뭇사람들을 불편케 하기도 한다. 모든 신은 하늘에 있는 것이 아니라 사람의 마음속이 있다는 것이다. 세상의 모든 역사는 흔적을 남긴다. 그 흔적은 기록으로 남긴다. 그 임무는 이 땅의 문인이다. 작가들은 흔히 "1인 공화국"으로 불리거니와, 그들의 창작한 작품 역시 독자적인 의미와 가치를 지닌 독립적 실체로 보아야 옳을 것이다. 그럼에도 불구하고 대다수 작품들이 순전히 독립적獨立的이기만한 존재가 아니어서 자기가 집필한 다른 작품들과 다른 사람의 작품을 포함하여.다채로운 방식으로 연결 되어 있기 마련이다. 마치 우리네 삶이 그러하듯 말이다.

재밌는 이야기를 해보겠다. 북파공작원 훈련 때의 일이다. 48년의 세월이 흘렀지만 지금도 주소를 기억하고 있다. 경기도 부천군 소사읍 범박리 신앙촌

CD 86통 2호에 사는 부하가 있었는데. 그의 여동생이 팀장인 나에게 자기 오빠를 잘 봐달라고 곧잘 편지를 보내왔다. 그런데 편지가 올 때 마다 내용은 하느님으로 시작하여 끝에는 하느님으로 끝난다. 부하역시 하느님을 입에 달고 산다. 하루는 정찰 훈련을 하면서 선두정찰병이 지뢰 인계철선을 건드려 지뢰가 폭발된 대형사고가 났다. 창자가 배 밖으로 튀어 나온 사병을 비롯하여 다리가 절단된 중환자와 경미한 부상자가 1명인데 하느님을 믿은 부하가 경미하게 입었다. 위생병이 중환자에게 달려가자. 하느님을 믿는 부하는 하느님을 찾는 게 아니고 "아이구! 어머니 나죽네"어머니를 소리쳐 부르면서 고통을 호소하다가 위생병에게 소총을 겨누면서 "나부터 치료해 달라"고 하여 총에 맞을까봐 위생병이 어쩔 줄 몰라 당황해 하는 것을 목격했다. 나는 부상당한 부하가 "하느님! 살려주세요"하고 하느님을 먼저 부를 줄 알았는 데 그러질 않았다. 어머니를 부른다 해서 어머니가 오지도 못할 것이고 하느님 이 내려다보고 달려와 치료 해주는 것이 아니라. 위생병이 해주는 것이라는 것을 부하는 알고 있었다. 훈련 중 크고 작은 사고가 나는데 하나같이 "어머니" 를 불렀다. 태어나 어머니의 사랑을 제일 많이 받았기 때문일 것이다. 지구상에 서 인간끼리 평화롭게 살려면 서로 간에 용서의 근원인 무조건적인 사랑이라는 것이다. 사랑하면 용서를 할 수 있기 때문이다. 그러나 어수룩한 대다수의 종교인은 모르고 있는 것이다!

마크 스트로먼(41) 기독교도인 그는 2001년 9·11테러 이후 미국의 대표적 '증오범죄자'가 됐다. 테러 열흘 뒤, 보복으로 유색인종에게 무차별 총격을 가해 힌두교도를 포함한 2명이 텍사스 주 댈러스 노상에서 영문도 모른 채 숨을 거뒀다. 법정은 최고형인 사형을 선고하였다. 범죄 후 10년인 올해 사형이 집행될 것이라 한다. 그런 스트르먼에게 손을 내민 건, 다름 아닌 세 번째 피해자였다. 방글라데시 출신의 라이스뷰이얀(37)은 당시 얼굴에 총을 맞고 사경을 헤맸다. 결국 오른쪽 눈이 시력을 잃었다. 그런 그가 지금

스트르먼을 살리려 백방으로 뛰어다닌다. 인터넷에서 서명운동을 벌이고, 몇 차례나 주 고위층을 만나 탄원서를 넣었다한다. 왜! 뷰이얀은 원수에게 은혜를 베푸는 걸까. 그는 미 공영라디오방송-NPR 인터뷰에서 "이슬람교도라면 당연한 일"이라 말했다고 한다. "많은 이가 오해하지만…… 내가 배운 종교는 미움보다 용서를 가르쳤습니다. 신실한 부모님 역시 '가해자가 이교도라도 화해하라'고 조언했지요. 스트로먼을 만난 뒤 믿음이 더욱 단단해졌습니다. 그 역시 피해자였어요. 잘못된 오해가 그를 고통으로 내몬 겁니다. 기독교 역시 복수를 가르치진 않잖아요."물론 이런 일은 말처럼 쉽지 않다. 그런 뷰이얀은 지금도 악몽에 시달린다. 그러나 지난 세월 한 번도 울지 않았다. 안타깝게 숨진 이들이 있는 한 눈물도 사치였다. '스트르먼에게 다시 한 번 기회를 주고 이슬람에 대한 미국인들의 오해를 풀자.'그게 삶의 버팀목이 됐다. 진심은 통했다. 악마를 죽였다며 당당해하던 스트르먼. 하지만 뷰이얀이 내민 손에 고개를 숙였다. 희생자들에게 공개 사과했고, 최근엔 지역사회 이슬람 커뮤니티에 가입했다. 미 뉴욕타임스와 서면인터뷰에서 "진짜 '믿음'이 뭔지를 보았다"고 털어놓았다. "죽음은 두렵지 않습니다. 겸허히 죗값을 치르겠습니다. 희생자들에게 죄송할 뿐이에요. 마음은 편안합니다. 뷰이얀 덕분에 세상의 모든 종교는 사랑이 바탕이란 걸 깨달았어요. 그는 용서받아선 안 될 사람을 용서했어요. 성경을 실천한 건 뷰이얀 입니다."스트르먼의 삶은 얼마 남지 않았다. 극적인 사면이 이뤄질지…….

　복수만이 해결자로 보였던 스트르먼이 10년이라는 긴 세월동안 죽음을 앞두고 자신의 잘못을 깨우친 결과물은 "화해와 용서"란 것이다.

　그래서 이 세상의 모든 종교의 교리-敎理는 어머니가 자식들을 사랑하는 것과 같은 아름다운 내용들이다. 사랑의 큰 뜻은 "인간만이 할 수 있는 가장 아름다운 미덕인 용서다!"그러나 천지가 생성된 이래 아직까지 신이 나타나 죄지은 사람들을 사랑의 근원인 용서를 하지 않았다. 그래서 구원을 받은 사람은 단 한사람도 없다. 수많은 환자가 감금실에서 고문-拷問에 비명을

지르고 또는 거세실에서 단종-고환이 제거 되면서.을 당하면서 너무 아프고 억울해
서 발버둥치고 소리쳐도 인간을 고통에서 해방 시킨다는 그 잘난 신-神……
그 누구도 신의 사랑의 손길을 받아보지 못했다는 것이다. 물론 신과의 대화는
소리 없음일 것이다. 그 소리는 아무나 들을 수 없을 것이며 들리지도 않을
것이다. 오직 성직자의 설교 주 내용인……. 믿음을 요구하고 있는 신과
믿는 사람만이 나누고 들을 수 있을 것이다! 그래서 종교는 신도들을 미치게
만드는 것이다. 내가 생각하는 신이란 인간이 만들어낸 존재-存在라고 생각한
다. "죄는 미워하되 사람은 미워하지 말라"는 "레미제라블"의 교훈이 떠오른다.
인간은 신처럼 완벽하지 않은 미완성-未完成의 존재다. 기독교에서 주장하는
완벽한 신은 왜? 인간을 창조할 때 완벽하게 만들지 않았을까. 라는 답을
"종교 믿어 구원을 받으라"는 성직자에게 요구 하였지만 누구하나 확실한
답을 내놓지 않았다. 누구나 꿈이 있을 것이다. 또한 세속적인 작은 욕심이
있을 것이다. 그러나 대다수 세상 사람들에겐 오직 자식을 바라는 것에는
모두가 원대-願大한 욕심일 것이다. 세상에 태어나 남기고가는 것은 오직
자신의 핏줄-흔적=痕迹인 자식이기에! 의학이 발달된 지금의 시대에선 그 꿈과
욕심을 깡그리 없애버린 애절하고 슬픔이 한가득 내재된 당시의 사연은
흐르는 세월 따라 살아있는 역사로 남을 것이다.

　　정오의 시간이 다 되어 가는데 대지를 밝히고 만물에게 생기를 주는 태양이
구름 커튼을 재끼고 나와 같이 해주면 좋으련만 하늘은 얼굴을 들어내지
않고 있다. 시대의 증인이며 양심의 최후의 보루인 이 시대 작가들 단체인
김해문인들의 방문에 신이 있다면 부끄러워서일까! 그들이 70여년을 정성들여
돌봐온 우듬지가 가지런히 다듬어진 수가지의 아름다운 수목들이 질서 있게
가득찬정원은 기독교인들이 말하는 에덴의 동산이 아닐까 싶다! 회색빛 도시
에서 공해에 찌들어가는 우리보다 좋은 환경에 생활하는 그들이 어쩌면
우리들 보다 더 행복할지도 모른다. 물론 그들의 눈물과 피와 땀을 먹고

길…….

자랐을 것이다! 기대했던 그곳에서 생활하고 있는 주민은 접촉이 허락 되지 않았다. 기념관 광장엔 바지런했던……. 연노하신 어머니의 손톱처럼 군데군데 몸이 갈라진 채 옛 기억을 더듬는 늙어버린 느티나무가 그늘을 만들어 관광객을 끌어 모아 잠시의 휴식처를 제공하고 있었으며 고흥만 바닷물은 섬을 끓어 않고 숨고르기를 하고 있다! 소록도의 아름다운 풍광을 숨겨놓고 몰래보고 싶은 마음만은 나만의 욕심일까. 고흥만의 점점이 포개진 크고 작은 섬들은 그리움으로 그 곳의 사람들에겐 다가 왔을 것이다. 곳곳의 낙엽처럼 떠있는 작은 배들의 익숙한 풍경은 그리움으로 변할 것이다. 평생을 바다와 삶을 함께 살아 왔지만 바다의 마음을 알 수 없는 어부는 언제나 자신들에게 넉넉한 먹을거리를 내주는 바다에 그물을 내려놓고 집으로 돌아오면서 밤새 많은 고기가 들어 있기를 빌었을 것 같다. 바다가 허락한 만큼 아니, 바람이 자비를 베푸는 데로 거두어들이는 어부들의 삶이 풍요-豊饒했을까! 다도해 청정해역 그곳사람들은 바다로 생을 살고 있으면서 먹을 것을 많이 주는 바다를 고맙게 생각하고 삶을 살아갈 것이다. 풍요로운 바다에서 욕심 없이 살아갈 사람들의 마음을 어렴프시나마 행복한 삶의 의미를 알 것 같다. 언제나 가족을 생각하는 어부의 마음이 배안에 그득하길 바란다. 이 생각 저 생각에 잠시 휴식을 취한 뒤 곳곳을 돌며 방문 기념사진 몇 컷을 찍고 다음 행선지로 가기위해 발길은 돌렸다. 올 때의 역순으로 바닷가 산책로 계단을 바지런히 내려오다 꼼지락 꼼지락거리는 바닷가 뭇 생명을 바라보다가 잘못 걷는 바람에 심봉사가 헛다리짚어서 덤벙대듯 덤벙이다가 눈길에 마주친……. 어느 뉘게 보이려고 클로즈업 되어온 두 장면?

바람도 잠시 외출중인 소록도 해변 산책로 계단에서 후드를 쓰고 고개를 숙인 채 우두커니 앉아 바닷새울음소리에 귀를 기울이고 이따금씩 담배연기를 허공-虛空에 내 품으며 오가는 배를 멍하니 바라보는 무척이나 쓸쓸해 보이는 저 나그네……. 지레짐작하건데 성냥을 수없이 그으며 긴 그리움을 소각하느라 아마 그의 앞에는 담배꽁초가 질서 없이 쌓였을 것 같다!

또 다른 장면은……? 연보라색 스카프를 머리에 둘러쓰고 순백 실로 짠 숄을 오픈된 어깨에 걸친 채 직선으로 3센티미터 정도의 넓이로 잘게 주름진 빨간 실크치마를 살랑이며 구찌 브라운 숄더백을 앞뒤로 흔들고 걸어가는 모습이 엄마 잃은 아기사슴이 귀를 기울이고 자기를 애타게 찾는 엄마목소리 들으려고 조용히 걷는 것처럼! 외롭게 바닷가를 거닐어 슬퍼 보이는 저 여인……. 저들은 무슨 사연이 있어 소록도를 찾아와 내 눈을 유혹誘惑하는 행동을 하고 있을까. 분명 저들도 무슨 사연이 있을 듯하다! 하는 행동으로 보아 아마도 간절한 소원하나 안고 왔을 것 같은 느낌이다. 나는 이상하게도 바다를 찾는 사람들이 마음에 들기도 한다. 왠지 누구에게 말 못 할 가슴 아픈 사연들이 있을 것 같기도 하고! 해서 때론 사람은 많이 슬퍼할 시간이 필요하며 그리움과 고독에 몸부림도 쳐봐야 한다.

소록도 비련-悲戀=슬픈 사랑

분홍빛 바닷물에 담금질하던 석양도 지고
녹동포구-浦口엔 희미한 가로등 불빛이 밤을 열고 있다
문득 생각이 나서 찾아온 그리움이 멈춰 버린 곳
포구를 간간히 지나는 떠돌이바람은 조용히 불고
별빛과 달빛을 머금은 물결은 희미하게 살랑거린다
살랑거리는 물결 따라 흔들리는 나룻배는
오늘도 오지 않은 그대를 기다리고
나만 홀로 헛된 한숨을 내쉴 뿐이다

사랑하는 여인아 오늘도 만나지 못해
짝 잃고 슬피 우는 바닷새 울음소리에
그대를 향한 그리움의 둑이 터져 버렸다
혼자 외로워 견디기 힘든 이 시간

솔숲 사이에서 거친 숨소리로 나타나
내 이름 석 자 나직이 부르며 다가와
쿵쾅거리는 내 가슴에 살며시 안겨주길 소망한다

고흥만-灣물속 달과 수많은 별들이 잔물결과 노닥이는데
나의 간절한 기다림의 시간은
타다 남은 담배꽁초만 질서 없이 쌓여만 가고
나는 몇 번이나 성냥을 그으며 긴 기다림을 소각한다

얼마나 많은 시간이 너를 잊어버리게 할는지
너 잊어버림으로써 자유로울 수 있다면
사랑이란 구속이 아니란 것을 알았을 텐데
방황하고 헤매는 나를 두고 떠난 내 사랑을
이 생명 다하도록 잊을 수 없다는 것 알면서도
기억 속의 그대 지우려고 가슴에 빗장을 걸어두었다

이별은 헤어짐이 아니라 또 다른 기다림인 것을
내 가슴속 깊은 곳에 작은 눈물 호수 만들어 놓고
그대 이름 석 자 아직까지 지우지 못하였다

소록도 끝자락산책로에 줄지어선 가로등 아래
이따금씩 사람들이 길을 오고 가는데
옛 기억 속에 나에게 다가오는 사람이 있다
언제나 마음속에 실루엣 내 사랑 여인이

깜빡거리는 늙은 가로등 기대서서
가슴속에 만들어둔 작은 눈물 호수 둑을 터버린 채
풀벌레울음과 하모니 되어 펑펑 소리 내어 울어버렸다

산들바람 부는 포구 물속에 잠긴 달과 별들은

소록도·小鹿島

하얀 파문의 리듬에 고요히 흔들리는데
오늘도 그대의 작은 숨소리를 듣고 싶어
엄마 잃은 아기사슴처럼 조용한 발소리로 귀 기울이고
슬픈 사연을 머금고 있는 유방 섬을 곁눈질하며
소록도 바닷길 목책산책로를 거닐고 있다

소록도 이야기가 너무 슬퍼서 바다가 깊은가! 바다가 깊어서 이야기가 슬픈가! 그래서 그곳사람들의 삶이 슬픈가! 뭍으로 외출중인 바람 때문에 외로워! 외출을 끝내고 빨리 돌아오기를 기다리면서 바다에서 목을 내밀고 있는 두개의 작은 섬에 눈길이 갔다. 아까의 생각과의 반대로 섬의 사연을 가늠해봤다. 단종대에서 또는 감금실에서 너무 억울해서 두 눈에서 흘린 환자들의 눈물이 응고-凝固되어 형상화-形象化되지 않았나! 상상의 나래가 머릿속에서 생성되고 있었다. 다른 한편으론 인간의 벌을 다스린 신이 하늘에서 소록도의 참혹한 광경을 보고 있다면 "아무리 악독한 벌을 내리는 신이라도 양심에 가책을 받아 두 눈에서 흘린 눈물방울이 바다에 떨어져 응고 되어 섬이 되었다!"라는 나만의 전설을 만들고 싶다.

그러나……?

나의 생각과는 정 반대임을 알게 된 것은 다른 여행지를 이동하기위해 버스를 타려고 주차장으로 가던 중 불현듯 내가 처음부터 추측하고 있던 섬일 것이야! 그러한 바람으로 발길을 돌려 해변 끄트머리에 자리 잡고 앉아 있는 자그마한 편의점으로 가서 버스 안에 준비되어 꼭 필요 없는……. 작은 유리병에 담긴 따뜻한 고급커피를 사며 편의점 사장에게 여쭈어 알게 됐다.
"사장님! 앞쪽바다에 나란히 떠있는 두 개의 작은 섬 이름이 있습니까?"
"유방 섬입니다."
그는 거침없이 말해놓고 나를 빤히 바라보고 싱긋 웃었다. 왜 웃을까?

아마도 봉곳한 유방엔 뭇 남성들의 야릇한 시선이 머문다는 유방이란 말을 해놓고 보니 쑥스러워서일까! 편의점 주인의 얼굴을 자세히 훑어보니 수많은 사람들을 상대하면서 익힌 듯 참 수덕-修德한 얼굴이다.

"내 생각과는 빗나갔지만! 섬 이름이 지어져있군요? 언제부터 그렇게 부르게 됐다요?"

"손님은 어떻게 생각하고 있는지 모르요만! 저 섬을 자세히 쳐다보면 유방처럼 안 생겝습디까? 다르게 보면 유방확대수술을 한 큰 양 색시 젖 마게 같이 보이기도 하고요! 나가 이곳에 장사를 시작한지 솔찮이 오래됐소. 매일 수많은 관광객이 왔지만 섬 이름을 묻는 사람은 손님이 처음이요. 그란디 멀라고 묻소?"

대답을 끝내고 궁금하다는 눈초리로 바라보았다.

"나는 눈물 섬으로 생각을 했습니다. 말씀을 듣고 보니 유방처럼 생겼습니다. 저는 경남 김해시 살고 있는 소설가 입니다. 이상하게 저렇게 작은 섬도 이름이 있을까 궁금하여 가던 발걸음을 돌려 사장님께 여쭈어 보는 겁니다. 섬 이름이 있다면 작품을 써보려고 그요."

"글라요? 책이 나오면 꼭 사서 읽어 볼라요. 눈물 섬이라. 눈물 섬……. 두 방울 눈물이라. 그것 말이 되네! 근디. 선생님은 김해서 산담시롬 경상도 사투리 말씨가 아니고 전라도 말씨 같은디!"

"아! 예. 출생지는 순천시와 벌교읍 중간인 별량면입니다. 지금도 형제들이 살고 있고요."

"그요 이? 아따, 겁나게 반가운거! 악수나 한번 합시다. 나도 고향이 순천이요. 연락처를 주실람니까?"

지갑에서 명함을 꺼내 건네준 뒤 물품 계산을 끝내고 나오는 나를 불러 세우고 덤으로 냉커피 캔을 하나 들고 와서 손에 쥐어 주면서

"다음에 시간이 있으면 한 번 더 관광 오십시요."

섬 인심이 야멸치다는 말은 옛 말인 것 같다! 밖으로 나와서 다시 바라보니 바다위에 떠 있는 유방처럼 보이기도 했고 상점 주인의 말처럼 물에 떠있는 브래지어에다 비유해도 될 것 같아 보인다! 왜, 유방 섬이라 불렸을까? 그 사연을 알 수 있다면 더 좋으련만……. 고흥군 어민은 시를 짓는 시인보다 더 아름다운 마음으로 섬 이름을 지었을 것 같다! 나의 상상의 나래는 또다시 흔들거리는 버스의 몸부림에도 꼬리에 꼬리를 물고 있다. 환자들의 애절한 사연이 담긴 단종대 막사 벽에 걸려있는 이동 씨가 지었던 시와 연계되어 유방 섬의 슬픈 전설이 생성되기 시작 하였다. 한센 병 환자 중 두 청춘 남녀가 사랑하고 있었다. 그러나 자식을 낳으면 병을 대물림을 한다는 일본의 사들에 어리석은 인식에 의해 강제적으로 단종수술을 받았다는 애인의 말을 듣고서 사랑하는 사람의 자식을 가질 수 없다는 절망에 빠져버린 여인이 극단적인 행위로 유방을 칼로 잘라 바다위에 던져 버렸다! 그도 아니면? 비련의 사랑에 스스로 바다에 뛰어들어 생을 마감한 여인의 시신이 신들이 산다는 하늘을 바라보며 필요 없게 된 자신의 유방을 조물주에게 보여주듯 처연한 모습으로 바다에 떠있는 형상으로 보여 진다면 유방 섬의 전설이 될 것이다! 조선 최초 소프라노이자 대중가수이며 여성으로서 첫 국비-國費유학 생이고 신-新여성의 우상이었던 윤심덕이 유부남 김우진-金祐鎭과의 사랑이 이루어질 수 없음을 알고 자살을 암시한 내용으로 "다뉴브 강의 잔물결"에 직접가사를 붙인

> 광막한 황야를 달리는 인생아
> 너의 가는 곳 그 어데이냐
> 쓸쓸한 세상 험악한 고해-苦海에
> 너는 무엇을 찾으려 하느냐
> 눈물로 된 이 세상에
> 나죽으면 그만일까
> 행복 찾는 인생들아 너 찾는 것 설움(허무)

노래를 녹음하면서 하염없이 울었다는 "사의 찬미-死의 燦美"의 사연 같다. 음반이 나오기 전 연인과 귀국 중에 현해탄 바다배위에서 연인인 김우진을 끌어안고 함께 자살情死한 시체가 나란히 손을 잡고 하늘을 바라보는 형극으로 떠있었다는 설-說이 있다. ※ 동아일보: 1924년 8월 5-10일자.

또 다른 설은 외국으로 도피 살았을 것이라는 설도 있다. 사건은 언론에 보도되면서……. 사고 발생 일주일 후 발매된 앨범은 당시로서는 전대미문의 판매고를 올렸다한다. 그 사건이 유방 섬과 오버랩 되어 눈물샘을 자극 했다. 그렇게 소록도 슬픈 이야기를 만드는 내가 어쩌면 잔인한지도 모르겠다! 비련의 여인 윤심덕의 노래가사 내용처럼 소록도 유방섬유래도 젊은 연인들의 슬픈 사랑으로 연상한다면 사의 찬미가 아닐까. 죽음이 어찌 아름답고 빛나겠느냐만! 한때는 진정한 사랑 앞에 목숨도 구걸하지 않았던 지조 깊은 대한민국 여성들이 아닌가. 지금 시대엔 상당수의 사람들은 사랑을 뒤 굽이 닳은 신발처럼 여기는 세태에……. 소록도 유방 섬의 슬픈 전설은 그렇게 만들어져 머릿속에 각인되고 있다. 우리회원들은 이번 문학여행을 하면서 작품을 어떻게 구상하고 있을까. 유방 섬이든 눈물 섬이든 이러하든 저러하든 아무튼 간에 슬픈 사연이 가득한 섬이 아닌가! 하늘에서 내려다보면 "아기사슴을 닮았다"해서 소록도-小鹿島라고 이름 지어진 섬을 자연의 숨결이 보듬고 있었으며……. 온갖 나무들과 꽃들의 숨소리는 향기로운 바람이 되어 길을 만들어서 수많은 사람들이 찾아오게 하고 자연은 그곳 사람들의 아픔을 끓어않고서 계절을 가불하여 나타난 고추잠자리! 두 마리와 한가로운 시간을 보내고 있었다. 자기 몸을 녹여 땅을 만나 흐르는 물은 제 갈 길을 가다가 길이 없으면 돌아간다. 또한 낭떠러지 절벽에선 거침없이 수직으로 떨어져 길을 찾아가듯 그곳 사람들은 그렇게 자연처럼 순응하며 운명을 거슬리지 않고 숙명-宿命처럼 앞으로도 두루뭉술하게 살아갈 것이며! 간절한 소원을 비는 기도는 희망으로 날아오를 것이다. 또한 이 세상 생물은 언젠가는 꼭 죽는다는 것을 알고 있음에……. 사-死후엔 이승의 벽을 넘어 새로운 삶을 살수 있다는 믿음으로

소록도-小鹿島

간-세월의 고통을 참고 살아 왔을 것이다. 신체발부-身體髮膚 수지부모-受知父母
란 것을 알고 있을 것이다. 깨끗하게 자기 몸을 지키지 못해 불효-不孝함에도
이젠 슬퍼하지 않을 것이다. 천하를 호령하였던 군주의 삶도 하루삶이 고단했
던 거지도 이승의 삶은 어떻든 간에 인생은 미완성-未完成이다. 그들이 한
많고 원도 많았던 이승을 하직한 후 기독교인들이바라는 천국에서 편히
살게끔. 아니면 불교인들이바라는 죽은 뒤 이 세상에 다른 몸으로 윤회-輪廻하
여 현제보다 더 나은 삶을 누릴 수 있다는 것을 믿어 왔듯! 이승의 미완성
삶의 완성을 위해 우리기술로 만든 나로호 우주선을 타고 뭍으로 가고 싶어도
못 갔던 옛날과 달리 지금은 연육교로 연결되어 마음대로 가듯이 그렇게
가서 자신들이 추구-追驅했던 곳에 모두 무사히 천국-天國=paradise 에 안착하여
이승에서 받았던 고통을 그들이 믿었던 신에게서 꼭 보상받기를 바라는
간절한 나의 마음이다.

　아멘……. 남무아미타불-南無阿彌陀佛 남무관세음보살-南無觀世音菩薩…….

　마지막 여행지 외 나로도 주차장에서 버스는 슬픔을 한가득 싫고 집으로
돌아갈 채비-踩備를 서두르는데……. 승차하려던 발길을 멈추게 하고 시선을
붙잡게 하는 풍경은 뭍에서 곳곳을 다니면서 자기들 마음대로 훼방을 부린
뒤! 늦은 외출을 끝내고 서둘러 돌아온 떠돌이 바람이 고흥만을 덮고 있는
해무-海霧를 이내몰아내고 바다를 흔들어 깨운 뒤 게으름을 피우고 낮잠을
자고 있던 바닷물에게 얼음장을 놓으며 나무라자 퍼드덕 잠에서 깨어난
바다가 예사롭지 않게 몸을 뒤척이며 술렁거리더니……. 바닷물은 갈기를
세워 이빨을 드러내고 입에서 하얀 거품을 뿜어내며 옥빛 혀를 날름거리면서
매일 반복적으로 하였던 일처럼 있는 힘을 다하여 뭍으로 오르려고 하지만
오르지 못하자 연신 투덜거리며 외 나로도 해변 자갈밭에서 널뛰기를 하며
섬을 울리고……. 몽돌에 겁 없이 달려들어 부딪친 파도의 성난 욕심을 몽돌이
잘게 부서 놓는 풍경은 한 폭의 그림을 연상케 하고 있다. 각진 돌을 몽돌로

길…….

만들기까지 수많은 세월동안 바닷물은 살을 깎아내는 아픔에 비명을 지르며 파도와 싸웠을 것이다. 수많은 세월이 만들어낸 자연의 풍광에 저절로 감탄이 나온다. 눈앞에 펼쳐진 아름다운 풍경은 기억 속에 오랫동안 붙잡아 둘 것이다. 삼복더위를 기다리는 외 나로도 숲은 진초록이며 하늘빛은 여전히 회색이다. 내 가슴속에도 빛이 있다면 오늘은 아마 회색일 것이다. 누구나 여행-旅行= expedition 을 하기위하여 출발할 땐 설레는 마음으로 가서 돌아 올 때는 풍성豊盛 = satisfying 한 마음으로 온다지만! 온종일 날씨까지 우중충하여 이번 문학여행 은 명치끝이 아릿하여 관광버스 춤도 추지 않았고 노래한곡 부르지도 않은 채 먹먹한 가슴으로 돌아왔다.

　※ 흙 백사진-오래되어 황토색으로 변해가는 사진.
　※ 늙은 집-오랜 세월에 낡아진 집.

길 - 路 = 동해안······.

백암온천 여행기

일상의 힘들었던 짐들을 잠시 벗어두고. "자! 떠나자. 동해 바다로 3등 3등 완행열차 기차를 타고······."동해-東海바다에 살고 있는 고래를 잡으러 가자는 대중가요 노래가사처럼 동해안으로 가는 기차가 없어 관광버스를 타고 동해안을 따라 1박 2일 여행을 가는 날이다. 어제 하루 종일 대지를 달구던 해는 심술 난 시어머니 얼굴처럼 회색 커튼을 두른 구름 때문에 얼굴을 드러내지 않는다. 시간은 벌써 8시를 조금 넘어 섰다. 고래가 몸부림치고 은빛고기들이 펄떡이며 갈매기 유연한 날개 짓에 어우러져 바닷새들의 도란거림이 있는 곳 꿈이 있는 소녀 가슴처럼 일렁이는 바다 위에 따사로운 햇살이 황금 백사장에 뿌려지면 작은 파도 이랑 사이로 보석이 뿌려진 듯 반짝이는 아름다운 풍광이 어우러지는 환상의 동해-東海안으로 떠나자······.

아침 8시 30분 둔 중한 기계음을 내고 관광버스는 움직이기 시작했다. 나는 들뜬 마음으로 푸르디푸른 동해 바다의 풍경을 머릿속에 떠올려본다. 어느새 버스는 경주를 지나 동해안으로 접어들고 있었다. 검푸른 동해 바다를 우측으로 험준한 태산준령-泰山峻嶺이 만들어 준 마지막 작품인 기암절벽-奇岩絶壁을 좌측으로 아슬아슬하게 끼고 가쁜 숨을 몰아쉬며 달리고 있다. 그 기암절벽은 파도치는 바닷물을 향해 이어져 있는데 차가운 겨울바람은 큰 섬을 휘돌아 작은 섬을 징검다리 삼아 뭍으로 건너 온 뒤 생명을 다한 갈대숲에 머무른다. 살~가락 거리는 갈잎들의 속 울음소리와 억새풀꽃의 하모니가 어우러져 보이는 환상의 바깥 풍경이 막내둥이 머릿속에 각인 되고 있다.

취한 듯 파도소리……. 차창 밖으로 손을 내밀면 잡힐 듯 작은 섬……. 금방이라도 가슴을 적셔 올 것 같은 검푸른 동해 바닷물이 나를 반긴다. 산 끄트머리 해안가 곳곳엔 어디서나 존재할 듯 어부의 순박하고 넉넉한 마음이 가득한 사람들이 옹기종기 모여서 살고 있을 어촌마을이 드문드문 펼쳐진다. 나는 왼쪽과 오른쪽을 수없이 번갈아 보며 자연이 만들어준 천혜의 절경을 보면서 버스 창문을 열지 못해 그냥 들뜬 마음으로 맑고 깨끗한 바닷물을 보고 심호흡을 하였다. 나는 가만히 있는데 버스의 바깥 풍경이 시시각각 변하여 유혹한다. "이리와"이번엔 오른쪽 창문 밖으로 넘실대는 바다 위 갈매기 떼가 "조금만 기다려……." 이번엔 왼쪽의 창문 쪽 깎아지른 절벽 산신들이 가꾸어 놓은 소나무 분재가 아슬아슬하게 바위 끝에 매달려 유혹하였다.

폐가 터질 듯이 거친 소리를 내며 헐떡거리고 달리던 관광버스는 화진포해수욕장 휴게소에서 서서히 속도를 줄이며 멈춰 섰다. 하늘빛과 바다 빛이 만나는 끝없이 펼쳐진 수평선을 보니 일상에 웅크렸던 작은 가슴이 푸른 바다를 안을 수 있을 만큼 넓어진다. 참았던 생리현상을 해결하고 잠시 동해의 찬바람을 두 팔 벌려 끌어안았다. 속삭이는 파도 소리에 잠이 들고 바닷새들의 도란거림에 잠이 깨는 어촌 마을 백사장에서 떠들썩하게 웃고 떠들던 지난여름의 알몸인파가 거짓말처럼 사라진 그 조용한 묵상-黙想에 잠긴 해변 길을 따라 눈이 시리도록 푸른 빛 바다가 펼쳐진다. 뭍으로 오르려던 파도가 갑자기 고래의 몸부림처럼 요동친다. 넘실대는 파도 속에 목을 내민 크고 작은 섬들은 파도 위에서 덩실덩실 춤을 춘다. 피서 철이 지난 해변 백사장을 한가롭게 거닐고 있는 몇 무리 연인들이 모래위에 자신들의 족적-足跡을 새겨주고 있다. 화진포 찬바람에 가픈 숨을 진정시키고 몸을 식힌 버스는 서서히 움직이기 시작하였다. 굽이굽이 몇 굽이를 돌고 돌았는지 아스라하다. 일상적인 관광버스 안이라면 쿵쾅거리는 흥겨운 경음악 노랫가락에 촌부-村婦들의 혼란스런 막춤도 있으련만……. "철새는 날아가고"잔잔한 경음악이 흐르고 있다. 창 밖에 펼쳐진 풍광에 모두 탄성-歎聲을 지른다. 나는 머릿속 원고지를 채우고 있는데 앞쪽에서 갑자기 누군가 큰 소리 쳤다.

"저기 해가 떴다. 야! 해를 보니 오늘 기찬 날이다."

시간은 정오를 지났는데 새삼스럽게 해는……. 모처럼 친정집에 갔다가 빈손으로 사립문을 들어서는 며느리를 바라보는 용심 난 시어머니 얼굴상이었 던 하늘이 구름 커튼 살짝 열고 그 틈새로 아침 해가 얼굴을 살며시 내민 것이다. 꾸리무리 하던 하늘과 바다가 생기가 돌기 시작하였다. 점점 해가 나온 틈새-闔塞가 커진다. 그 틈새로 살며시 나온 햇볕이 공상영화에 나올 것 같은 괴물촉수-怪物觸鬚처럼 동해바다 위를 이리저리 더듬는다. 그러자 검은 실루엣으로 누워 있던 바다 가 갑자기 보석을 뿌린 듯 반짝이고……. 해안 절벽엔 일제히 타오르는 아름다운 오색 단풍잎에 햇살이 주저앉아 게으름 피고 있어 눈길을 놓아주질 않는다. 바다는 너무 변덕이 심했다. 한두 시간 전만 하여도 해변 끝자락에 게딱지 같이 더덕더덕 붙어 있던 크기와 형형색색-形形色色어촌의 집들을 통째로 집어삼킬 듯이 달려들던 성난 파도가 잠시 숨을 고르는 순간 하늘에는 태양이 점점 더 크게 벌어지는 구름 사이로 황금 빛살을 사방으로 내쏘며 검푸른 동해 바다를 현란하게 물들이자. 바닷물은 들숨과 날숨으로 동해바다를 펄펄 살아 넘치는 기운으로 일렁이게 한다. 바다는 태양 빛을 받고 일렁인다. 은빛 고기비늘처럼……! 작은 물결 위에 영롱한 눈동자처럼 물비늘이 반짝인다. 바다 저 끝 수평선에는 고깃배의 항적-航跡뒤를 동행하는 은빛 날개 갈매기 율동……. 발아래 수십 미터 절벽아래서 이어진 해변 백사장에 지난날 어부들에게 패대기 질 당해 수모-受侮를 겪고 할복-割腹한 알몸을 그대로 드러낸 오징어가 일광욕을 하고 있다. 아니, 무명천처럼 건조대에 매달려서 끝없이 펼쳐져 있다. 몇 수십 날을 오한이들 냉동고에서 지내다가 몇 날은 뜨거운 태양 볕 아래 견디어

내야할 저 처절한 모습이 안쓰럽다. 인적이 드문 백사장에 회색 구름이 움직인다. 앞으로 빠르게 움직인다. 그러다 옆으로 소용돌이치다가 갑자기 비상-飛上한다. 창공으로 떠올라 흰 구름으로 변했다. 자세히 보니 갈매기 떼의 비상이다.

※ 갈매기 등은 회색이고 배 밑은 흰색이다.

글로서는 그 감동을 형언할 수 없다. 푸르다 못해 검푸르게 맑은 빛이 많이 나는 늦은 가을 하늘로 변하였다. 따사로운 햇살이 산골 다랑이 전답-田畓과 계곡 천-泉에 고루고루 뿌려주고 있다. 계절은 초겨울이건만 태양을 가린 구름이 어느새 흔적도 없이 사라지자 갑자기 높아진 하늘에 때 이른 눈썹달이 두둥실 떠 있다. 눈앞에 펼쳐지는 바다 위는 작은 고깃배들이 초원 위에 풀어놓은 소 떼처럼 한가롭게 보인다. 마치 누가 연출이라도 한 듯 이번엔 구름 한 점 없이 깨끗했던 맑은 하늘엔 목화솜 같은 양털구름이 태양 주위를 감싼다. 설렘임이 있다. 이 세상에 태어난 뒤 처음 본 것 같은 이 느낌……. 이 시간 이대로 멈추고 동화속의 신선神仙이 되고 싶다. 상상해 보라. 눈앞에서 펼쳐지는 풍경은 하늘엔 태양과 하현달 사이를 양털구름이 가끔 나타났다 사라지고 높은 산 끝자락에 앉아 있는 올망졸망한 그림 같은 예쁜 색색의 조그마한 어촌마을 집들 주변에는 띄엄띄엄 집단을 이룬 도로변에 생을 마감한 억새풀 틈새를 소금기를 머금은 떠돌이 바람 한 무리가 헤집고 지나간다. 해풍에 흔들려 살~각 거리는 억새풀꽃 하모니, 그러한 풍경이 몇 시간 동안 이어졌으니 말이다. 고래의 몸부림 같은 파도와 은빛 고기비늘 같은 작은 이랑사이 보석같이 반짝이는 물비늘들과 갈매기 유연한 비상…….

그 변덕-變德스럽던 동해 바다를 옆으로 하고 버스는 서서히 좌회전하여 불영사佛影寺를 가기 위하여 온산이 울긋불긋 타오르는 천측산-天씋山끝자락을 잡고서 차근차근 더듬어 가기 시작하였다. 바다 구경은 끝났지만 우리 산수山樹가 빚어내는 그 편안함과 운치-韻致는 오래도록 여운을 남겨줄 계곡으로 들어섰다. 산 정상에서 내려오며 붉은 단풍을 간발의 차이로 위에서 부터 햇살이 헤엄쳐가고 있다. 지그재그를 하면서 버스는 늙어 해소기침을 하는 할아버지 숨소리처럼 게걸스런 소리를 하면서 불영 계곡을 굽이굽이를 좌우로 기우뚱거리며 돌기 시작한다. 우측은 가파른 산자락을 타고서 그 끝자락에 도로가 나있다. 수를 헤아릴 수 없을 정도의 계곡 굽이다. 발아래는 천축산에서 흘러내린 물이 계곡 천泉을 만들어 맑은 물이 군데군데 고여 있는데 유수流水는 없다. 왼쪽 절벽 암반에 수많은 크고 작은 소나무 분재들이 영화화면처럼 펼쳐지고 있다. 수 십리길 낭떠러지 절벽에 간신히 발을 딛고 서있는 온갖 나무들의 질긴 생명력……. 나는 그간의 삶에서 저 아슬아슬하게 매달린 나무처럼 살아 왔는지도 모른다! 그 분재들이 나의 눈 뚜껑을 화들짝 열리게 했다. 분재 전시장 같은 장면! 동양화 병풍 같은 그 장면을 몇 폭을 보았는지 기억도 아리송하다. 모두들의 입에선 연신탄성이 저절로 나온다. 하나같이 다른 모양의 분재들의 틈새로 갈 길 잃은 떠돌이 바람 한 무리가 나뭇가지들을 간지럼피고 천축산 산그늘에 힘 빠진 초겨울 햇살은 나무틈새를 비집고 다니고 있어 추위에 떠는 상수리나무 잎 하나가 바동거리며 떨어지지 않으려 측은하게 매달려 있다. 엄마의 손을 놓지 않으려는 아가야 손처럼……. 이제 곧 북녘에서 불어오는 칼바람에 손 시려 모두 놓아 버릴 텐데! 그 모습이 나의 눈길을 유혹誘惑 하고 있다. 아무리 작은 것들이라 할지라도 이 세상에서 사라진다는 것은 그게 하찮은 나무 잎이 됐던 다른 뭐가 됐던 무척이나 슬픈 일이다. 생성生成과 소멸消滅이 비록세상의 모든 것들이 가지는 숙명宿命이라 해도 말이다. 떨어지지 않으려고 발버둥치는 나뭇잎이 한동안 눈앞에 아른거려 나의 모습 같아 더욱 슬퍼진다. 작별의 손짓 같은 풍경에 어찌 마음이 잔잔할 수 있겠는가. 무엇으로 알 수 있을까. 마음속의 깊은 어둠의 깊이를……. 이 세상엔 영원한 것은 없다는 걸 안다. 한때는 세상의 모든 길이 나의 앞에 열려있다고 생각 했는데 어느새 그 길은 허공虛空으로 접어들고 있다. 신을 믿지는 않지만 삶이 헐거울 때마다 하늘에 답을 요구했다. 그럴 땐 거짓욕망慾望은 사라지고 참된 욕망이 나타나기도 하여 따라오지 않는 마음을 수도하는 중처럼 길에 부려놓기도 하였다. 그러다 삶이 팍팍하면

길…….

사는 게 이게 아닌데 그런 생각이 불현듯 들면 붉은 얼굴이 되어 오늘처럼 길을 떠나기도 했다.

불영 계곡 소담-笑談한 우리의 경치는 그리움으로 나를 반긴다. 세월이 흐른 뒤 나는 그리움으로 다시 찾아오면 계곡은 또다시 그리움으로 나를 맞이할 것이다. 그래서 우리는 여행을 계속 하는지 모른다. 그러나 한 번 떠나면 세월은 같은 얼굴을 가지고 찾아오지 않을 것이다. 그래서 눈물은 삼킬 수 있을지라도 그리움은 삼킬 수 없다. 불영 계곡 40리 굽은 길을 버스는 좌우로 기우뚱거리면서 거친 숨을 몰아쉬기를 또한 몇 번인가? 태고-太古의 신비를 천축산 가슴 깊은 곳에 숨겨 놓은 불영사 초입-初入에 둔탁한 기계 음으로 헐떡이던 버스가 숨을 멈추었다. 기력을 되찾은 햇살이 헤엄치고 있는 곳엔 온산이 울 긋 불 긋 타오르는 만산홍엽-滿山紅葉이다. 산 정상에서 내려오며 군데군데 초록에 노란 물감을 덧칠한 풍경과 더불어 색색의 단풍은 간발의 차이로 산맥위에서부터 능선을 따라 가을과 함께 흐르고 있다. 내가 살고 있는 남녘가을 발걸음보다 북녘가을 발걸음이 더 빠른 모양이다. 광장 주차장엔 풍요로운 가을 냄새가 물씬 풍긴다. 삶의 행복과 축복이 가득한 이 가을이란 계절에 천축 산에서 가꾼 갖가지 알곡식을 수확하여 파는 여인들이 좌판을 늘어놓고 관광객을 기다리고 있었다.

천축산 불영사 경상북도 울진군 서면 하원리 천축산에 자리하고 있는 사찰로서 대한불교 조계종 제11교구 본사인 불국사 말사-末寺이다. 651년 진덕-女王 5년에 의상-義湘이 창건하였다. 유백유-儒柳伯가 쓴 "천축산불영사기"에 의하면 의상대사가 경주로부터 동해안을 따라 단하 동-丹霞洞에 들어가서 해운 봉-海運峰에 올라 북쪽을 바라보니 서역의 천축산을 옮겨온 듯한 기세가 있었다. 서역의 천축산은 전한-前漢이 망한 뒤 후한-後漢때 다섯 나라로 나뉘어져 이름 하여 5천축국-五天竺國이었다. 중국 대륙의 운남성과 사천성이고 남으로는 서장성과 인도북부지방이며 북으로는 신강성과 천산-天山북쪽지방이고 서쪽으로는 신강성 서쪽 유럽의 일부지방이다. 그 가운데에 있는 신강성과 청해성 그리고 인도북쪽 서장성 서북부 쪽 중천축국-中天竺國으로 갈라져 이름 하여 오천축국이다. 동·남·북·서·중 다섯 천축국으로 나뉘어졌다. 다섯 천축국 중 특히 불교가 강성했던 나라가 중천축국 인데 중천축국 나라는 고대 환인씨古代 桓仁氏 BC. 8936년 때부터 불교가 뿌리 내린 곳이다. 그래서 중천축국은 불교의 성지-聖地였던 것이다. 그 중에서 가장 불교의 발상지라고 할 수 있는 곳은 천산 근처 돈황-燉煌지방이다. 서장성 서부인도 북경지대와 곤륜 산맥으로 이어진 총령 지대이다. 중천축의 강역은 정확히 말해서 곤륜산 남쪽과 서장성 서북이며 지금의 감숙성 돈황까지 걸쳐 있다. 같은 천축국이라도 서쪽에 있는 천축국은 파라문교-婆羅門敎의 성지였다. 특히 파라 문교가 성행하던 유럽 일부와 신강성 서부에는 광범위하게 미신적인 종교가 성행하던 지역이다. 대다수 역사가들은 김해 가야국 김수로왕의 허황옥왕비가 인도에서 온 것이 아니라 중국대륙 사천성-쓰촨 성도 밑 안악현 아리 지방에서 왔다는 것이다. 우리나라 아리랑(낭)-阿里娘노랫말은 안악현 아리지 방에서 허황옥이가 전란을 피하기 위하여 부모님을 두고 아리 지방을 떠나면서 지은 아리랑이란 사-詩가 우리말로 아리랑 노래 가사가 된 것이다. 또한 다른 한편으로는 불교발상지를 중국 천산 기슭아래 돈황지방이라고 주장하는 것도 허황옥의 오빠 장유화상 사당이 중국 사천성 성도 옆 아리지방 허 씨들의 집성촌 마을에 있기 때문이다. 의상대사가 서역 여행 중 중국대륙 천축산을 보고 와서 천축산 이라고 지은 것이다. 의상대사는 불영 계곡 물위에서 다섯 부처님 영상이 떠오르는 모습을 보고 기이하게 여겨 내려가 살펴보니 독룡-毒龍이 살고 있는 큰 폭포가 있었다. 의상은 독룡에게 불법-佛法을 설-說하며 그 곳에다 절을 지으려 하였으나 독룡이 말을 듣지 않으므로 신비로운 주문을 외워 독룡을 쫓은 뒤 용지-龍池를 메워 절을 지었다. 동쪽에 청련전 3칸과 무영탑-無影塔 1좌를 세우고 천축산 불영사라 하였다. 676년 문무왕 16년에 의상이 다시 불영사를 향해 가다가 선사 촌에 이르렀는데 한 노인이 "우리 부처님이 돌아오셨구나"하면서 기뻐하였다. 그 뒤로부터 마을 사람들은 불영사를 부처님이 돌아오신 것이라 하여 불귀사-佛歸寺라고 불렀다. 의상은 불영사에서 9년을 살았으며 뒤에 원효대사도 이곳에 와서 의상과 함께 수행하였다한다. 뒤에 청련전과 무영탑료는 환희료-歡喜寮와 환생전-還生殿으로 불리기도 하였다고한다. 이문-李文이 지은 "환생전기"에 의하면 옛날에 백극제가 울진군 현령으로 부임한지 3개월 만에 급병을 얻어 횡사-橫死를하니 그 부인이 비통함을 이기지 못하여 불영사로 와서 남편의 시신이 담긴 관을 탑전-塔前에 옮겨 지극한 정성의 기도로 3일 만에 남편이 되살아 관을 뚫고 나오자 기뻐서 탑료-塔寮를 환희료로. 불전-佛殿을 환생전이라 하고 "법화경"7권을 금자-金字로 사경-寫經하여 부처님 은혜에 보답하였다고 한다. 창건 이후 여러 차례 중수를 거쳤으며 1396년 태조 5년에 화재로 인하여 나한전만 남기고 모두 소실되었던 것을 1년이 지난 후 소운-小雲이 중건하였다. 그 뒤 1500년 연산군 6년에는 양성-養性이 중건하였고 선조 때에는 성원-性元이 목어ㆍ법고ㆍ범종ㆍ바라 등을 조성하여 승도의 상주물-常住物로 제공하였고 남쪽 절벽 밑에 남쪽에 암자를 지었으며 의상이 시창-始創한 청련전 을 옛터에 중건한 뒤 동전-東殿이라 하였다. 임진왜란 전에 영산전-靈山殿과 서전-西殿을 건립하였으나 임진왜란 때 영산전 만이 남고 모두 전소되었다. 성원전은 1609년 광해군 1년 선당-禪堂을 건립하였고 불전과 승사를 중건하였다. 1701년 숙종 27년에는 진성-眞性이 중수하였고 1721년에는 천옥-天玉이 중건하였다. 그 뒤 혜능-惠能이 요사체를 신축하였으며 재헌-在軒과 유일-有逸이 원통전-圓通殿을 중수하고 청련암-靑蓮庵을 이건-移建하였다. 1899년과 1906년에는 설운-雪雲이 절을 중수하고 선방을 신축하였다. 현재 있는 당우로는 보물 제 730호인 응진전을 비롯하여 국락전ㆍ대웅보전ㆍ명부전ㆍ조사전ㆍ칠성각ㆍ범종각ㆍ산신각ㆍ황화당ㆍ설선당ㆍ응향각 등이 있다. 문화재로는 경상북도 유형문화재 제135호인 삼층석탑을 비롯하여 경상북도 문화재자료 제162호인 양성당부도-養性堂浮屠 그밖에도 대웅전 축대 밑에 있는

길-路=동해안 …….

석구石龜와 배례석拜禮石 불영사사적비 등이 있다. 이 절의 동쪽에는 삼각봉三角峰 아래에는 좌망대와 오룡대 남쪽에는 향로봉 청라봉 종암봉 서쪽에는 부용성 학소대 북쪽에는 금탑봉 의상대 원효굴 용혈龍血 있는데 모두 **빼어난** 경관을 이루고 있는 천축산 불영사와 불영 계곡의 주변 경관이다. 불영 계곡 깊은 산자락을 끼고 단정히 앉아 있는 크고 작은 사찰들이 의상대사와 원효대사 등 수많은 고승들의 불심이 차곡차곡 쌓여 그 오랜 세월을 견뎌왔나 보다. 오호라⋯⋯. 불영 계곡 초입부터 시작된 절벽 암반에 발을 딛고 아슬아슬하게 서있던 분재들은 의상대사와 원효대사가 부처님의 가르침을 받들고 천축산 산신령과 같이 힘들여 잘 기른 것인가! 삶과 죽음을 무너뜨린 성불成佛이나 된 듯이 나는 부초浮草처럼 살다간 천 년 전 신라 덕승德僧들의 그 발자국을 더듬어 보았다. 불영사를 탐방하고 기념품을 파는 상가 앞에서 잠시 휴식을 취했다.

가을도 떠나버린 천축산
품속에 감추어진 불영사
늙은 절 추녀 밑 토방에
부지런함이 모여 있구나
누구를 기다렸나
토담 틈에 늦게 핀 들국화 꽃
노란 얼굴에 외로움 층층이 서려 있구나
갈길 잃은 떠도는 바람 한 점
추녀 밑에 달린 풍경風磬에 머무르고
게으른 산 그림자 그늘진 오솔길
저녁 서리 내려
이젠 그만 돌아서야 하는데

옴 살바 못 자 모지 사다 야 사바 하
옴 살바 못 자 모지 사다 야 사바 하

길⋯⋯.

옴 살바 못 자 모지 사다 야 사바 하

참회진언-懺悔眞言하는 불공소리
부지런함이 모여 있는 법당 앞
진한 향불 냄새와 염불소리는
갈길 먼 나그네 발 잡는구나
······.

버스에 오르기 전 천축산 알곡식 도토리로 만든 묵과 천축산 산신-山神이
길러 놓은······! 갖가지 산나물을 들깨기름으로 버무린 안주에 불영 계곡
맑은 물로 빚은 동동주 한잔씩 걸쳤다. 목구멍은 타고 내려간 잘 익은 막걸리는
뱃속에 가서야 짜르르 위장에 도착했다는 신호를 보내온다. 잘 익은 연시-軟柿
를 한입 물고 버스를 탔다. 길의 끝에서 계절과 마주한 불영사를 뒤로하고
다시 꼬불꼬불 길을 따라 버스는 부처님과 의상대사 원효대사 발자취를
지우면서 다음 코스를 향해 달렸다.

현세-現世에 한 무리 지나가는 바람이련가! 내세-來世의 긴~ 삶을 동경-動徑하
면서 살았을까! 두 대사님의 유랑-流浪인생을 반추해 본다.

불영사 구비 구비를 우왕좌왕하는 버스 때문에 동동주에 연시감이 뱃속에서
요동치니 입에서는 달갑지 않은 곳 감 냄새가 나기 시작했다. 차창 밖은
벌써 어둠이 깔리기 시작한다. 해풍의 끈끈한 소금기를 없앨 샤워를 하기
위하여 백암온천에 도착하여 따뜻한 휴식처인 객실에서 들뜬 기분을 가라앉히
며 여장을 풀고 온천탕으로.
······.
시간은 오전 6시10분 앞에 도달하기 직전이다.
간단한 샤워 후 올라오니······. 버스 기사님이 좋은 자리를 찾아가려면

빨리 빨리 준비하란다. 멋진 일출을 보려면 서둘러야 된다면서 시동을 켜니 산골짝 백암온천이 갑자기 술렁인다. 신식 걸망을 등에 지고 밖을 나서니 초겨울 바람이 얼굴에 닿아 정신이 맑아진다. 버스는 라이트를 켜고 다시 어제의 역순으로 어둠 속을 미끄러져 나가더니 이내 달리기 시작하였다. 아직 밖은 어둠 속이다. 30여 분 달려 온 버스는 자그마한 간이 휴게소에서 정차하였다. 차에서 내려 바닷가로 갔다. 내 인생 반백년-人生 半百年을 넘게 살아온 동안 동해의 일출을 직접 보지 못해 오늘은 볼 수 있겠지! 생각을 하면서 질서 있는 파도가 어둠을 한 입씩 물고 부지런히 사라지는 장관을 바라보면서 바닷가를 거닐었다. 질서 있게 파도는 태초-太初의 모습 그대로 그냥 듬직하게 앉아 있는 바위를 때리고 나면 다~그르르 자갈돌 구르는 소리……. 닦이고 씻겨 져 작은 알갱이 모래를 만들고 있다. 바위에 부셔진 파도는 수많은 물거품을 을 만들어 바위와 자갈과 모래들의 아픈 사연을 물거품 속에 간직한 채 물속으로 사라진다. 바닷물은 오늘도 뭍으로 오르려고 몸부림을 치지만 오르지 못하고 백사장에서 널뛰기를 하고 있다. 거친 바닷바람을 받으면서 견디어온 동해의 우직-愚直한 섬들은 크고 작은 남해의 섬들보다 강직-剛直한 바윗돌로 되어 있기에 풀 한 포기도 없어 먼-여행에 지쳐 돌아온 바닷새의 쉼터도 없어 보였다.

>   푸른 바닷가의 높은 언덕 끝자락에 서
>   내 마음 둘 곳 없어 바위 앉아본다
>   거울처럼 잔잔한 바다 가 조용히 일렁인다
>   아스라이 섬을 뒤로하고 떠나는
>   고깃배 항적-航跡위에 물새들이 동행하고
>   오밀조밀한 아름다운 자그마한 섬들은
>   부딪히는 파도에 아무런 대꾸 없이
>   그저 듬직하게 앉아 있다
>   고깃배가 바삐 드나드는

길…….

땀과 눈물이 스민 섬
지아비 잃은 여인은
오늘도 선착장 에 홀로서서
오가는 배를 보고 눈물 짓는다
망부-望夫의 설움을 아는가
갈매기도 따라 운다
태산준령-泰山峻嶺의 마지막 솜씨
기암절벽-奇岩絕壁끝에
외로이 매달린 항구에는
젊음이 활개 치는 소란함의 흔적도 없고
썩어문드러진 그물만
망부-磯婦치마폭처럼
해풍 따라 춤을 춘다
귀 항 하는 뱃고동은
애잔한 가락처럼 가슴 적셔 주는데
혼자 걷기엔 너무나 쓸쓸한 바닷가
아무도 기다려 주지 않는 늙어버린 항구
옛 추억의 끝자락에서 건져 올린 그리움도
아름다운 기억들마저 고스란히 남겨두고
정처 없이 발길을 돌렸다

저문 뱃고동소리 들으며……

　뭍에서 외출을 끝내고 돌아온 바람에 의해 바다가 서서히 잠에서 깨어나고 있는 것이다. 희뿌연 물안개와 어둠을 한 입씩 물고 사라지는 파도의 부지런함이 어우러져 펄펄 살아 숨을 쉬고 있다. 바위틈에 밤새 추위에 떨던 갈매기들의 힘찬 비상-飛上이 시작되었다. 갈매기 떼들의 아침식사 준비로 장관이 시작된 것이다. 나는 바닷가 돌 위에 서서 동해의 일출을 기다렸다. 잠시도 쉬지 않고 질서 있게 어둠을 한 입씩 물고 사라지던 파도가 갑자기 질서를 잊고

내달려와 얼음장을 놓더니! 내가 서 있는 바위를 때리고 사라진다. 수많은 물보라한테 얻어맞았다. 파도가 갑자기 고래 몸부림처럼 요동을 친 것이다. 저 멀리 지나가던 배의 항적-航跡이 다다른 것이다. "오매! 추워라."음지쪽 사냥꾼 고환이 떨 듯 온몸에 오한이 난다. 철썩, 바위가 내는 신음소리는 나의 비명과 함께 파도는 수많은 물거품을 물속으로 감추고 사라진다. 파도는 이유 없이 나를 쫓아낸다. 파도의 혀가 조각칼이 되어 공포에 떨고 있는……. 산 끄트머리에 서있는 각진 돌을 다듬으며 "위험해! 멀리 떨어져서 기다려"하는 것 같다!

　　망망-茫茫한 수평선 위로 어제 서쪽 바다에서 담금질하던 태양이 밤새 원기를 회복하고! 오늘 대지를 달구기 위해 동해에서 떠올라 아침의 싱그러운 기운이 넓디넓은 바다로 퍼지면 금빛으로 자잘하게 퍼덕거리는 아침바다 파도와 파도 이랑사이를 붉은 색조로 넘실거리게 하고 간간이 불어오는 해풍에 날리는 물보라가 아침 빛살을 되쏘며 잘디잘게 깨어지길 바랐는데……. 동해의 장엄-莊嚴한 일출의 장관은 나에게 허락하지 않았다. "워메! 흔들리는 것"물벼락 맞고 양반 체면에 떨린다는 말은 못하고 오늘도 하늘은 심술이 난 시어머니 얼굴이다! 떠오르지 않는 해를 기다리면서 사진 찍기에 바쁜 사람들을 보다가 나는 무심코 고개를 들어 하늘을 보니 잿빛 하늘에서는 이미 새벽을 여는 여명이 사라지고 하늘엔 회색 구름이 갈라지면서 그 틈새로 붉은 태양의 옷자락이 비집고 나오고 있다. 그 옷자락 끝인! 땅 끝 해변 백사장에 불어오는 바람에 동행한 파수-波首가 선착장을 때리자 작은 알갱이 초록빛 물비늘이 햇볕을 타고 분홍잿빛 하늘로 솟구친다. 벌써 전에 해가 솟아 오른 것을 모르고 추위에 떨며 물보라를 맞은 것이다. 결국 동해의 일출은 다음으로 미루고 다음 행선지를 향해 출발하였다.

　　…….

　　구룡포 항으로 가는 해안도로는 마치 소라게 집처럼 생겼다. 급경사 커브 길을 차는 산 끝과 바다 끝을 양손으로 잡고 아슬아슬하게 돌고 있다. 때론 한숨짓고 때론 웃음을 지으면서 구비 구비 넘던 나의 인생길을 닮아 보이는 길이다. 창밖으로 보이는 해안절벽에 매달려 있는 분재 같은 나무들은 살려는 본능에 의해서일까! 황폐한 돌 벽에 삶의 뿌리를 내리고 서있는 모습은 모두가 키가 낮고 애처롭게 보였다. 그 절경을 보기엔 너무나 아찔한 순간들이 수도 없이 반복되었고 하늘에서 내려온 가을이 억새풀꽃밭에 머물러있는데 어제의 하늘보다는 오늘 하늘이 더 높아 보인다! 어쩌다 보이는 손바닥만한 작은 섬에서 느끼는 동해의 작은 섬 모습은 하늘만큼 넓은 감동으로 내게 다가온다. 쪽빛 바다의 파도와 모진 해풍을 받으며 아름다운 자태를 뽐내고 있는 절벽 틈새에 생을 마감한 들풀들이 정겹다. 그 절벽아래 바닷가는 때 묻지 않은 바위들이 태고의 모습을 그대로 간직한 채 장승처럼 우두커니 서 있다. 급경사 커브 길에 속도를 제어하는 브레이크 마찰음 소리가 수도 셀 수 없을 만큼 반복의 연속이었지만 주변 경관은 한 폭의 수채화 같다.

······.

선착장에 즐비하게 늘어선 좌판-坐板에 가득 쌓인 물품을 살펴보니 고향에 있는 어머니의 마음이 나에게 다가오는 것 같아! 싱싱한 미역과 적당히 말린 과메기를 사서 차에 실었다. 어머니가 살아생전 자식들에게 먹이려고 먹을거리를 살 때처럼······. 어머니 혼자 먹으려고 이렇게 마음이 두근 거리지는 않았을 것이다! 그러나 집에 도착하여 마누라한테 한소리 들었다.

"포항은 제철소가 있어 청정해역이 아니지 않느냐?"

마누라 말에 궁색한 변명을 하였다.

"바닷가에 가니 노인이 좌판 앞에 앉아 추위에 떨고 있어 호주머니에 자물통을 안 채웠나 돈이 나와 버려 할 수 없이 샀노라고."

"자물통을 채워도 당신 손이 열쇠인데!"

맞는 말이다. 솔직히 말해 바닷바람에 추위에 떨면서 호객 하는 할머니 모습이 시골서 농사일을 하고 계시는 어머니의 모습 같아서다. 어쩌면 보이지 않은 어머니 같은 믿음이 호주머니에 손이 간 것이다. 객지에 살고 있는 자식들이 명절 때 고향을 찾아가면 어머니는 새벽녘에 대구광역시 북구 초입에 있는 만평로터리만한 크기의! 함지박에 논밭에서 거두어들인 곡식을 한가득담아 머리가 내려앉을만한 무게를 머리에 이고서 기차역 광장에서 열리는 번개 장터에서 자판을 늘어놓고 앉아 있는 모습을 나는 보았기에…….그런 어머니의 얼굴이 오버랩 되어 사준 것이다. 한편으로는 청정해역인 줄 알았다. 기억에 꼭 남을 것을 보고 왔다. 바다에 오른손을 육지엔 왼손이 무너지는 하늘을 받치려는 듯이 만든 엄청 큰손의 조형물이다. 눈에 보이는 것은 짧은 시간의 흔적이 될 것이다. 구룡포-九龍浦항구의 차가운 바닷바람을 뒤로하고 서둘러 다음 목적지인 감은사-感恩寺로 가기 위해 차는 배추벌레처럼 아스팔트 위를 기어가기 시작하였다. 차창 밖을 보니 작은 골짜기 끝자락에 촘촘히 자리 잡고 앉은 형형색색-形形色色의 고만고만한 예쁜 집들이 보석같이 보이는 작은 항구들이 연이어 펼쳐진다. 항구와 항구 그 틈새 사이에 작은 모래밭에는 간혹 가을 여행을 온 사람들이 거닐고 있다. 산들바람에 흔들리는 작은 은빛 물비늘에 간지럼 당하며! 풍성하지도 못한 채 생을 마감한 갈대숲이 군데군데 어우러져 있는 해변을 뒤로하고 차는 감은사 표지를 보고 발걸음을 더 빨리하고 있다.

   …….

감은사는 경상북도 월성군 양북면 용당리 동해안에 있던 사찰이다. 681년에 신문왕이 부왕인 문무왕의 뜻을 이어 창건하였으며 사지-寺地의 부근인 동해 바다에는 문무왕의 해중릉-海中陵인 대왕암-大王巖이 있다. 문무왕은 해변에 절을 세워 불력-佛力으로 왜구를 격퇴시키려 하였으나 완공하기 전에 위독하게 되었다. 문무왕은 승려 지의-智義에게 "내가 죽은 후 나라를 지키는 용이 되어 불법을 받들고 나라를 지킬 것이다"란 유언을 하고 죽자 이에 따라 화장한 뒤 동해에 안장하였으며 신문왕이 부왕의 뜻을 받들어 절을 완공하고 감은사라 하였다. 그때 금당-金堂아래에 용혈-용이 드나들 수 있는 구멍=수로을 파서 용이 된 문무왕이 해류를 타고 출입할 수 있도록 세심한 배려를 하여 만들었는데……. 지금은 풀만 무성한 연못이 된 뚝 가장자리에 형성된 갈대밭에 개개비 한 쌍이 울부짖고 있었다.

"워메, 시끄러워라 고이 잠든 용왕님 깨어나실라!"

682년 5월 신문왕은 동해의 호국용이 된 아버지 문무왕과 삼십삼천-三十三天의 아들로 태어난 신라 명장 김유신으로부터 나라를 지킬 보물인 신비스러운 피리 만파식적-萬波息笛을 얻었다. 만파식적이란 신라 31대 신문왕 2년-682년에 용으로부터 영험스러움에 속하며 "멈출 만한데 움직이기로"로 분류할 수도 있다. 삼국유사 권2 기이-紀異 만파 식 적조와 삼국사기 권32 잡지 제 1악조-樂條에 실려 있다. 신문왕이 아버지 문무왕을 위하여 동해변에 감은사를 지었다. 신문왕 2년에 해관-海官이 동해안에 작은 산이 감은사를 향하여 온다 하여 일관으로 하여 점을 쳐보니 "해룡-海龍이 된 문무왕과 천신-天神이 된 김유신이 수성-守成의 보배를 주려고 하니 나가서 받아라."하였다. 이견대-利見臺에 가서 보니 부산-浮山=바다에 떠있는 것처럼 보이는 산.은 거북이 머리 같았고 그 위에 대나무가 있었는데 낮에는 둘로 나뉘어 지고 밤에는 하나로 합쳐졌다. 폭풍우가 일어난 지 9일이 지나 왕이 그 산에 올라가니 용이 그 대나무로 피리를 만들면 천하가 태평성대 해 질 것이라 하여 그것을 가지고 나와 피리를 만들어 보관하였다. 나라에 근심이 생길 때 이 피리를 불면 평온해져서 만파식적이라 이름을 붙였다. 그 뒤 효소 왕 때 이적-異蹟이 거듭 일어나 "만 만파식적"이라 하였다. 감은사지가 있던 안에서 종소리 또는 물 끓는 소리가 난다는 이야기가 지금도 전하여 오는데……. 이로 보아 만파식적의 소리로 왜적을 물리쳤다는 등의 설화의 근거로는 이러한 지형적 특수성과 기상변화에 기인하여 나는 소리로 일어났던 결과가 아닌가 한다. 만파식적은 악기로서 단군신화-檀君神話의 천부인-天符印 진평왕의 천사옥대-天賜玉帶 이성계의 금척-金尺등과 같이 건국할 때마다 거듭 나타난 신성한 물건과 비슷한 성격을 지닌다. 꼭 건국신화처럼 짐승도 등장한다. 통일을 이룩한 문무왕에 이어서 즉위한 아들 신문왕은 정치적 힘의 결핍과 왜구들의 침입이라는 문젯거리를 타결하기

위하여 지배계층의 정통성과 동질성을 재확인할 필요가 있었기 때문이다. 따라서 강력한 왕권을 상징할 수 있는 신물-神物을 등장시킨 엉터리 신화를 만들었으리라 추측해 볼 수 있다. 이렇게 해서 통일신라의 건국신화가 구체적 모습을 갖추면서 형성될 수 있었으나 그 의미가 왕권에 관한 것으로 한정되었고 사회조직원리와 이념을 구현하고 있지는 않아서 신화의 기능이 약화되었음을 알 수 있다. 만파식적은 삼국사기와 삼국유사에 기록된 설화일 뿐이다. 황룡사 사천왕사-黃龍寺의 四天王寺등과 함께 호국의 사찰로서 명맥을 이어 왔으나 언제 폐사-廢寺 되었는지는 밝혀지지 않고 있다. 절터에는 국보 112호인 삼층석 탑 두 개가 있다. 나는 웅장한 탑을 만든 신라 장인의 손 땀 냄새를 맡을 수 있었다. 탑의 제일 윗부분인 찰주-擦柱의 높이까지 현존하는 우리나라 석탑 중에서 제일 높은 것이다. 이 탑은 고선사-高仙寺의 삼층석탑을 비롯한 나원리의 오층석탑 등과 함께 신라 통일기의 탑파 양식을 따르고 있다. 1966년 이 쌍 탑 중 서편 삼층석탑에서 임금이 타는 수레의 형태인 보련형-寶輦形=국립중 앙박물관에서 소장하고 있음.사리함이 발견되었는데 현재 보물 제366호로 지정되 어 있다고 한다. 천년의 세월을 같이한 감은사지 우직한 3층 석탑은 아버지 은혜를 갚지 못해 세웠다는 것이다. 저승에서 아버지를 만나 그 은혜를 갚으며 함께하고 있을까? 설화든 구전으로 내려온 전설이든 그 위대한 삼국통일의 대과업을 이룩한 문무대왕릉-文武大王陵은 해변에서 200미터 떨어진 바다에 있는 수중릉은-水中陵=사적 제158호.대왕암이라고도 불린다. 문무왕은 백제와 고구려를 평정하고 당나라 21 년만인 681년에 죽자 그 유언에 따라 동해에 장례를 지냈다. 그의 유언은 불교법식에 따라 화장한 뒤 동해에 묻으면 용이 되어 동해로 침입하는 왜구를 막겠다는 것이다. 이에 따라 화장한 유골을 동해의 입구에 있는 큰 바위 위에 장사 지냈으므로 그 뒤 이 바위를 대왕암 또는 대왕바위로 부르게 되었다. 이 능은 해변에서 가까운 바다 가운데 있는 그다지 크지 않은 자연바위이다. 그 남쪽으로 보다 작은 바위가 이어져 있으며 그 둘레로 썰물 때만 보이는 작은 바위들이 간격을 두고 배치되어 있어

길 …….
228

마치 호-虎석처럼 보이고 있다. 대왕암에 올라보면 마치 동서남북 사방으로 바닷물이 들어오고 나가는 수로-水路를 마련한 것처럼 보인다.

특히 동쪽으로 나있는 수로는 파도를 따라 들어오는 바닷물이 외부에 부딪혀 수로를 따라 들어오고 나감으로서 큰 파도가 쳐도 안쪽의 공간에는 바다의 수면이 항상 잔잔하게 유지되게 되어 있다. 이 안쪽 공간은 비교적 넓은 수면을 차지하고 있고 그 가운데는 남북으로 길게 놓인 넓적하고도 큰 돌이 놓여 있는데 수면은 이 돌을 약간 덮을 정도로 유지되고 있다. 따라서 문무왕 유골을 이 돌 밑에 어떤 장치를 해서 보관한 것으로 추정하고 있다.

지금까지 수중발굴조사가 실시되지 않아 이 판석-板石처럼 생긴 판 밑에 어떠한 시설이 만들어 마련되어 있는지는 정확히 알 수 없다. 다만 사방으로 마련된 수로-水路와 아울러 안쪽의 공간을 마련하기 위하여 바위를 인위적으로 파낸 흔적이 있는 것으로 보아 삼국사기-三國史記 삼국유사-三國遺事 유전-由典의 기록에 나타난 것처럼 문무왕의 수중릉일 것으로 믿어지고 있다. 더구나 바위 안쪽에 마련된 공간에 사방으로 수로를 마련하고 있는 것은 부처님의 사라-舍利를 보관한 탑의 형식에 비유되고 있다. 즉, 내부로 들어갈 수 있도록 사방에 문이 마련되어 있는 인도의 산치 탑의 경우나 백제 무왕 때 만들어졌다고 알려진 전북 익산 미륵사 석탑 하부의 사방에 마련한 것과 같은 불탑형식이 적용되어 사방에 수로를 마련한 것으로 보기도 한다. 지금까지 그러한 예가 없는 특이한 형태의 무덤이라고 할 수 있다. 문무대왕이 동해의 용이 되어 수로를 타고 감은사지까지 들어왔다 갔다하는 것에 대한 설화이지만 나는 감은사지 좌측 입구 언덕에 큰 소나무 가지가 남쪽으로 향해 있는 두 개 큰 가지가 있는 것을 보고 또 한 번 감탄하였다. 유일한 나무 한 그루의 가지는 동해 입구가 잘 보이도록 가지가 두 개가 길게 옆으로 뻗어져 있다. 아무리 설화이고 구전으로 전해온 이야기이건 소나무 가지는 나에게 많은 생각을 하게 하였다. "참"동해의 찬물을 떠나 아들이 만들어준 절에 와서 부처께 공들이고 나무 가지에 몸을 칭칭 감고 따뜻한 햇볕을 받으면서 침략해

들어오는 왜구가 없나 살펴보았을 것 같은 느낌이 들었다. 쌍 탑의 웅장함도 큰 소나무와 함께 내 머릿속에 각인 되어버린 아주 감명 깊은 여행 코스였다. 설화-說話든 신화-神話든 구전-口傳이든 문무왕 전설-傳說은 그렇게 이어져 왔다. 신라의 흔적-痕迹은 희미하지만 역사의 흔적은 말해 주고 있다. 그곳의 역사는 긴 인고의 세월에 신라인과 현대인이 어우러져 동행하고 있었다.

......

마지막 탐방 지 골굴사-骨窟寺 경상북도 경주시 양북면 소재 골굴 암자가 있는 기림사 찾아갔다. 보물 제581호가 있는 곳이다. 골굴암마애여래좌상-骨窟庵磨崖如來坐像이 바위산에 있다. 이 여래좌상은 통일신라 후기의 불상 모습이다. 골굴암마애여래좌상 높이는 4미터이다. 골굴사를 찾는 길은 호젓한 산중도로를 타는 것에서부터 시작되었다. 덕동 저수지를 버스 창 밖에 달고서 달린다. 추령재 고갯길 주변은 강원도 산길 못지않은 오묘-奧妙한 절경-絶景이다. 왼쪽에 넓은 저수지를 끼고 꼬불꼬불 돌아가는 형세가 어울려져 물결 위에 아름다운 그림을 만들어 내고 있다. 사찰로 가는 길이어서 그런가! 물위에 그려져 있는! 그림을 바라보며 달리는 길이 주는 특유의 평화스러움이 마음까지 전해온다. 중간, 중간 경사가 급한 고갯길이 보너스로 아랫도리고환-睾丸까지 전달되어 짜릿한 쾌감-快感을 안겨준다. 너무나 짜릿하여 바지에 실수를 할 번하였다. 추령 터널을 지나자 토함산과 함월산의 협곡을 달리다보니 기림사 입간판이 주마등-走馬燈처럼 지나간다. 14번 국도를 타고 가다, 좌회전하니 골굴사가 나타났다. 너무나 조용해서 발 거름마저 조심해지는 것은 나만이 느끼는 감동일까! 멀리에 있는 부처의 마음이 내 곁으로 가까이 다가온 듯하다! 주차장을 지나 몇 걸음 걸었다. 하늘까지 닿을 듯 높게 솟은 절벽은 너무 비좁은 계곡속이어서 그렇게 느껴지는 걸까. 절벽곳곳에 자연석굴이 드러나 있다. 여행 끝날 하이라이트인 마애불은 석굴 가장 높은 곳에 자리 잡고 있었다. 자연이 만든 동굴을 이용하여 조성한 12개의 석굴 중 가장 윗부분에 마애불이 새겨져 있다. 또한 조선시대의 화가 정선-鄭敾이 그린 골굴 석굴에는 목조전실-木造前室이 묘사-描寫되어 있었으나……. 지금은 보이지 않고 곳곳에 가구-架構흔적만 남아 있을 뿐이다. 아득한 옛 이야기를 품고 있는 부처에게 첫 눈인사를 하고 돌계단을 천천히 오르기 시작했지만 부처는 저 멀리에 있다. 목표가 보이니 발걸음에 더 힘이 실린다. 안한다고 누가 머라고 나무라지도 않는데 세월 따라 흐르는 계절은 실수 한번 없이 찾아와서 머무르고 있다. 그래서인가 비탈길 좁은 길도 가을과 함께 나를 따라 걷는다. 가파른 산 오름은 내안에 잠들어 있던 거인을 깨우는 것이다. 3분의 2정도 올라왔을까. 재미있는 안내간판이 숨찬 발길을 잠시 쉬어가라고 붙잡는다. 남근-男根=성기 바위와 산신당의 여근-女根=성기 의 설명이다. 불가에서 웬 음란-淫亂한 이야기이고 진풍경인가 싶겠지만! 토속신앙-土俗信仰을 아우른 불교 모습이라고 하기엔 어쩐지 꺼림직 하다. 그래서인가 혓바닥 늘어뜨린 초목들 사이에서 숨죽여 수음-手淫=핸디프리 하듯 바스락거리는 벌거숭이 바람에 요염-妖艷한 남근 바위 위태로운 교태-驕態에 달아오른 몸뚱어리를 신열-辛烈로 달구어 내는 듯하다! 예전부터 여기에는 자식이 잉태-孕胎하기를 기원하는 보살-菩薩들과 처사-處士들이 줄을 이었다고 한다. 그 풍속을 받아들여 지금도 사찰 내 남근바위와 산신당이 당당히 한자리를 독차지하고 있다는 뜻이기도 하다. 부녀자들이 남근바위를 참배한 뒤 여근-女根 계곡 앞에서 밤샘 기도하면 소원성취의 증거로 여궁-女穴=지궁 에 정수가 가득이 고여서……. 흘러 넘쳐 팬티가 흠뻑 젖었다는 이야기는 해학적-諧謔的으로 다가온다. 이곳 오른쪽에 있는 칠성단과 신중단에는 산신들이 명당자리를 차지하고 있었다. 돌계단이 끝나니 아슬아슬한 바위길이 이어진다. 풍경은 위험한 곳이 더 아름답다는 말이 실감난다. 꿈결 같은 밑을 내려다보니 방금 지나온 길이 수 십 미터 낭떠러지 길 저 아래엔 한 번도 본적이 없는 깨끗한 세상으로 펼쳐져 있다. 부처를 보려온 내가 한없이 나를 들여다보게 할 풍경에 조바심은 점점 커지는데 발걸음이 더뎌지는 것은 미끄러운 돌길이여서 자연스럽게 부처의 나라로 가기 위한 낮은 몸자세가 만들어진다. 끝까지 호락호락하지 않는 산을 오르기

길-路=동해안…….

231

위해 두 손과 두 발을 사용하여 힘겹게 아스라한 절벽 끝을 잡고 돌자 바위에 부처가 미소를 지으며 나를 맞이하였다. 태산을 등짐지고 1천 여 년이 넘는 그 오랜 세월 동안 모진 풍상-風傷을 견디어온 부처의 얼굴이 감탄을 자아내게 한다. 경주 인공석굴암 부처와 분명 차이가 많이 났다. 마애불은 석질-石質이 고르지 않아 무릎 아래가 떨어져 나가고 가슴과 광배 일부가 손상되었으나 전체적으로 강건한 조각 수법으로 되어 있다. 처음 갔던 여행길에서 마주쳤던 얼굴이 낯선 얼굴이 아닌 것 같아 뒤로돌아 보았던 것처럼…… . 어디서 본 것 같은 얼굴인 듯 그 마애불의 잔잔한 미소는 천 년 전 신라인-新羅人의 미소를 짓고 나를 반겨주었다. 비와 풍화작용-風化作用으로 인한 손상을 막기 위하여 햇볕이 통과할 수 있는 지붕을 설치하여 두었다. 돌의 굴곡을 살려 돌을새김 한 이 여래좌상은 소발-素髮의 머리 위에는 육계가 큼직하게 솟아 있고 얼굴 윤곽이 뚜렷하다. 반쯤 뜬 눈은 길게 조각되었고 코는 크지 않으나 뚜렷하게 각이 져서 타원형의 눈썹으로 이어져 있는데 그 사이로 백호공-白毫孔이 큼직하게 표현되었다. 인중은 짧고 입술은 두꺼운데 입가에 희미한 미소를 짓고 있으며 두 귀는 길고 크다. 어깨는 거의 수평을 이루면서 넓지만 목과 가슴 위의 부분이 많이 손상되었다. 입체감이 두드러진 얼굴에 비하여 신체는 평면적이어서 신체의 조형성-造形性이 감소되어 있다. 법의-法衣는 통견-通肩인 데 옷 주름은 평판-平板을 겹쳐 놓은 듯 두 팔과 가슴 하반신에서 규칙적인 평행선을 그리고 겨드랑이 사이에서는 V자형으로 표현되어 팔과 상체의 굴곡을 나타내고 있다. 가슴 좌우에는 아래로 쳐진 옷깃이 보이며 옷깃 사이로 평행선 옷 주름을 비스듬하게 표현하였다. 유난히 작게 표현된 왼손은 배 앞에서 손바닥을 위로 향하여 약지와 엄지를 맞대었으며 오른팔은 풍화작용-風化作用으로 인하여 많이 손상되었으나 무릎 위에 얹은 듯하다. 암벽에 그대로 새긴 광배는 머리 주위 끝이 뾰족한 단판-單瓣에 연꽃을 배치하여 두광-頭光으로 삼았으며…… . 두광과 불신-佛身사이에는 율동적인 화염 문이 음각 되어있다. 대좌 부분은 마멸이 심하여 윤곽이 불분명하나 구름무늬 같은 각선-刻線의 흔적이 보인다. 이 마애불은 V자형 옷 주름 등이 867년에 조성된 축서 사비로 불좌상과 유사하여 조성 시기는 통일신라 후기인 9세기 후반기로 추정된다고 한다. 그곳에 앉아서 잠시 동안 명상에 잠겨본다. 석불주변을 둘러싸고 있는 대나무 숲에 좁은 계곡 틈 사이를 간신히 빠져 나온 바람이 많이 힘들었나! 잠시 머물다간다. 청아한 댓잎 소리에 부처의 미소까지 겹쳐져 마음이 깨끗해지니……. 저 산 아래 미러둔 일이 많은데 그 걱정마져 미러두게 한다. 석불 앞에서 발아래 세상을 내려다보니 마치 내가 신선-神仙이 되어 속세-俗世를 내려다보는 것 같다. 내가 그 동안 작은 것에 왜! 그리 연연-戀戀하고 괴로워하였던가 싶어 그저 입가에 미소가 스민다. 오늘 골굴사 부처가 주는 깨달음이 이것인가 싶다. 나도 오늘에서야 해탈-解脫을 한 것인가! 마애불에서 내려와 왼쪽 언덕으로 가니 오륜탑이 있다. 모든 덕-德과 지혜-智慧를 갖추었음을 뜻한다는 설명문-說明文이 가슴으로 다가온다. 전해 내려온 이야기들이 해학적-諧謔的으로 끝나면 좋으련만……. 교리가 밀교-密敎라고 하니 여간 씁쓸하다. 빠름과 느림의 미학이 공존하는 골굴사는 한국 선무도의 총 본산이고 TV에서 선무도 수련하는 장면을 보았지만 별로 신통한 것이 아니었다. 시범도장이 야외에 있었으나 수련생도 스님도 못 보았다. 제법 관광객이 있으나 선무도 내력을 설명해 준 사람도 없었다. 수련생 모집 전단 지를 보니 골굴사 불법-佛法 내용을 조금 알 수 있었다. 우리보다 후진국인 태국의 미신적-迷信的종교 하나인 밀교의 원천으로 남녀의 성을 중심으로 전교하기 위해 바위에 성기를 양각-陽刻 하였고 남자 심벌모양의 바위귀두에 빨간 천을 감아 두었다. 불임 여성이 그 바위를 만지면 임신을 한다는 어리석은 자들이 꾸며놓은 이야기이다. 산부인과 병원도 아니고 불임여성이 바글바글 한다니 절을 찾는 불자들의 잘못인가! 거짓을 전교한 사이비종단-似而非宗團의 잘못인가! 지금이야 아기를 가질 수 없는 불임환자의 부부는 정자나 난자를 제공받아 아기를 가질 수 있지만 옛날에는 절에 가서 중들과 관계를 가져 아기를 임신하기도 하였다. 깊은 산속에 있는 절이고 당사자가 발설안하면 비밀이 유지 됐기에 그러한 일이 다수 있었다는 것이다. 불공 들인다고 임신은 절대 안 된다는 것은 누구나 알고 있는 사실 아닌가? 배관공-섹스 일을 끝낸 중은 아기가 태어나거든 아기 옷섶에 자기가 좋아하는 고유색! 이를테면 빨강 천을 가지고 골무처럼 만들어 달아주라고 했다. 그래야 아기가 복을 받고 무병장수한다는 거짓말을 한 것이다. 시주받으려 이 마을 저 마을 다니면서 그것을 달고 있는 아이들을 보고 "저 아이는 내 딸 저 아이는 내 아들이다."라고 했다는 것이다. 지금도 그런 일이 있을 것이다!

밀교란 6세기 이후부터 천축국을 여행했던 신라 스님들이 연구한 것이라고 보아야 할 것이다. 구법여행-求法旅行을 완성하였던 혜초는 고행으로 대변되는 신라 구법승들의 전통을 계승한 인물이었다고 볼 수 있는데……. 그러나 신라 불교 사상에 혜초의 위치는 밀교 연구에 있었다고 한다. "왕오천축국전"에 대한 연구자로서 독일의 월터폭스-Walter Fucts 박사는 혜초를 금강지→불공→ 혜초로, 이어지는 정통 밀교의 계승자라고 말한 바 있다. 그러나 밀교 승려들의 법통에서 보면 불공 금강지 등과 관련을 맺은 신라인으로서 혜통-惠通을 들고 있다. 우리나라 학자 가운데서도 이 혜통을 혜초와 동일인이 아닌가! 의심하는 학자도 있다. 그러나 혜통은 삼국유사에 그 이름을 전하는 바에 의하면 혜초와 는 전혀 무관한 인물이다. 그렇다면 혜초의 밀교와 신라의 신인종-神印宗 과는 무슨 차이가 날까? 신라 신인종의 경우에는 밀교의 주술을 국태민안-國泰民安 양재-禳災호국 등 실제적이고 세속적인면의 신비성으로 미화하고 있다. 명랑 법사가 사천왕사를 짓고 당군-唐軍을 주술로 몰아냈다는 등의 기록이 이를 뒷받침한다. 또 밀본-密本스님이 주술-呪術로서 못된 요괴-妖怪를 몰아냈다는 등의 기사 또한 신라 밀교의 현실적 기복성이 전혀 발견되지 않는다. 오히려 스승과 더불어 밀교의 경전을 연구했다는 등의 기사가 전할 따름이다. 따라서 그는 밀교의 전통성과 순수성 등에 관심을 보였다고 보는 것이 타당하다. 밀교의 주술성을 현실적으로 응용하는 것은 방편의 면으로서는 타당하지 만……. 그 원리에서 보면 세속화될 개연성이 있기 때문이다. 신라의 여러 종파들 가운데 밀교 관련 학파들이 상당한 호응을 받았던 것은 당시의 시대상황이 매우 복잡다단-複雜多端했기 때문이다.

통일을 향한 정복 전쟁과 통일 후에 일어나던 각종 모반사건-謀叛事件등은 정치적 혼란을 야기 시키고 있었다. 따라서 불안한 정서 속에서는 불교의 종교성과 신비성 등이 호응을 얻을 수밖에 없었다. 그러나 혜초의 시대는 통일 후 백 년 쯤 지난 시기이다. 더 이상 사회의 혼란은 없었으며 오히려 주술성-呪術聲이 팽배해지는데 따른 각종 위험물이 노정-露呈되던 때였다.

따라서 혜초는 신라의 밀교에 대해서는 상당히 부정적인 시각을 가질 수밖에 없었다. 전통 밀교란 바로 "깨달음의 추구"였다. 만다라-Mandara 의 경우에는 깨달음을 형상화한 구도-求道일 뿐 그 자체를 신비화-神秘話하는 일은 없었다. 결국 혜초는 그 본고장의 밀교를 통해 불교 대중화를 시도한 인물이라고 볼 수 있다. 그러나 불행히도 혜초에 관련된 자료들은 거의 남아 있지 않다. 밀교 사상가로서는 별로 내세울게 없는 "왕오천축국전"의 일부분만이 전해올 따름이다. 몇 년 전 KBS 한국방송공사에서는 "혜초의 길을 따라서"라는 다큐멘터리를 인도 현지에서 녹화한 적이 있었다. 그러나 인도의 풍물기행에만 초점을 맞추었을 뿐 그의 내면세계······. 즉 밀교 연구에 대한 그의 애정은 전혀 방영될 수 없었다. 앞으로는 그와 같은 관심의 연구가 절실히 필요하다고 생각한다. 아무튼 혜초의 구법여행에는 다음과 같은 목표가 있었다고 볼 수 있다. 첫째→성지 참배·둘째→밀교 연구·셋째→남다른 고행-苦行의 실현 등이다. 그가 남긴 이 한 편의 시는 당시의 구법여행길이 얼마나 극심한 고행이었나를 단적으로 보여주고 있다.

> 그대는 티벳 땅이 멀다고 한탄하지만
> 나는 동쪽으로 가는 길이
> 먼 것을 애달파하네
> 길은 거칠고 히말라야는 높아

길-路=동해안······.

험한 골짜기에는 도둑도 많구나
나는 새도 높은 봉우리에 놀라고
사람은 가는 통나무다리를 건너기 어려워라
평생 눈물 한번 흘린 적 없었으나
오늘에야 한없이 눈물 흘러내리는구나

신라의 덕승-德僧 혜초는 구법여행을 하면서 몸소 겪고 연구한 밀교인데 반해 이곳 밀교와는 정반대임을 우리 처사님과 보살님들은 꼭 알아두어야 사이비 종교에 현혹되지 않을 것이다. 어리석은 처사들과 보살들이 있긴 많이 있는 모양이다. 그래서 밀교가 존재하는 모양이다. 바위만 만지면 임신을 한다면 석가모니 정력이 고갈되어 남아 있을까? 길에서 태어나 길 위에서 세상을 떠난 '깨달은이'붓다-부처님 는 출가 후로는 시체를 덮는 천 조각으로 된, 옷과 흙으로 빚은 밥그릇 하나밖에 없었던 그였다. 그렇지만 부처님이 걸었던 길 위에는 그의 사후 2500여 년의 세월이 흐른 지금 대다수 대한민국 승려들과 사찰들은 그가 걸었던 길을 없애고 있으니 참으로 한심하다!

우리나라엔 4세기 후반에 들어왔는데 불교가 전래 된 것으로 인하여 한반도 고대세계에 정치·경제·문화에 혁명적인 사건이 시작되었다. 애니미즘이라는 원시신앙에서 음양과 무속의 신화시대를 거쳐 우리나라에도 바야흐로 종교의 시대가 점차도래하게 된 것이다. 7세기 후반에서야 삼국통일로 인해 불국토가 지상에 실현 되었다. 사회는 활기에 넘쳐흘렀고 사람들은 희망으로 들떠 있었다. 후로 고려를 건국한 주도세력은 향촌의 토대를 둔 호족豪族이었고 그들의 사상적 토대는 선종禪宗이었다. 신라 말 중앙 권력의 힘이 무력화되자 강력한 세력으로서 등장한 호족들은 반 신라적이었으며 그들의 주관심사는 자기가 통치하는 지방의 정치적, 경제적 통제력을 굳건히 하는데 이용되기도 했다. 불교 경전의 연구에 온 힘을 다하는 교종敎宗과는 달리 선종은 참선參禪을 강조한다. 누구나 깨우침을 통해 부처가 될 수 있다는 선종은 호족과 새로운 사회를 갈망하는 일반민중이 신분제로 신분상승을 할 수 없는 신라 말의 지식인들에게도 커다란 호응을 받았다. 한편 선종과 함께 호족들에게 새로운 국가건립의 당위성을 제공한 것은 미륵사상-彌勒思想이었다. 미륵은 부처님의 왕림한 이후 후세를 통치할 부처로서 미륵은 어지러운 현실을 구원해 줄 상징으로 민중에게 각인 된 것이다. 불교를 믿고 깨우치면 누구나 부처가 되고! 부처의 후세인 미륵불이란 부처는 지금 같은 어려운 세상에 나타나 구원-救援해 주어야하거늘 나타나지 않은 걸 보니 불교도 모두 뻥이 아닌가! 부다-佛陀=Buddha.의 가르침은 최초의 대중 종교였다. 불교는 지금으로부터 약 2,500여 년 전 기원전 약 563년부터 483년 사이에 인도 북동부 지역에 살았던 싯다르타 고타마 왕자에 의해 창설되었다. 그는 "부다"라는 이름으로 알려져 있는데 범어의 "깨달음을 얻은 자"라는 명칭이다. 당시 인도의 종교계는 필연적인 윤회-輪廻사상을 가르치는 브라만 계급에 의해 독점되고 있었으나 싯다르타는 그들의 가르침을 받아 드리지 않고 나이란 자나 강변의 우루벨라 지방으로 들어가 6년을 머물다 마침내 보리수 나무아래서 해탈을 하고 "깨친 자"-득도자=得道者 라는 의미가 있는 부다-佛陀=Buddha 가 열반에 들어가 된 것이다. 부다 가 주장하는 네 가지 진리는

첫째: 이 세상은 모두 고해의 바다라는 것
둘째: 욕망이 이러한 고뇌를 부르며
셋째: 욕망을 참으면 고뇌를 이기며
넷째: 이러한 욕망 을 참기 위해서는 정견-正見 정어-正語 정업-正業 정명-正命 정념-正念 정정-正定 정사유-正思惟 정정진-正精進의 팔정도-八正道를 따라야 한다는 것이다.

그의 사상을 네 가지로 요약하면 인생의 자체가 바로 괴로움이라는 고-苦

……. 괴로움의 원인으로서 번뇌라고도 하는 집-集-12:인연-因緣=무명-無明·
행-行· 식-識· 명색-名色· 육근-六根· 촉-觸· 수-受· 취-取· 유-有· 생-生· 노사-老死
등으로부터 해탈하는 멸-滅의 구체적인 방법인 도-道인데……. 부다의 깨우침
과 구함을 위한 이러한 설법은 브라만 계급을 포함한 모든 대중에게 지금까지
베풀어지고 있다. 부다 가 다섯 명의 동료 수도승을 상대로 베푼 최초의
설법 즉 불교의 핵심이 되기도 하는 그 설법에서는 다음과 같은 네 가지
진리를 보여 주고 있다. 그리고 전생-前生의 업보에 따라 여섯 가지의…….
"지옥-地獄· 아귀-餓鬼· 축생-畜生· 수라-修羅· 인간-人間· 천상-天上"삶을 거듭한다
는 윤회탁생-輪廻託生의 교리를 내놓고 있다.

　　첫째: 세상이 곧 고뇌이다. 아무도 출생과 죽음에서 해방 못한다.

　　둘째: 고뇌의 원인은 지속적인 고뇌를 벗어나는 욕심에서 비롯된다.

　　셋째: 욕망을 참은 무념 의 상태만이 고뇌를 벗어나는 유일한 길이다.

　　넷째: 이러한 열매를 얻기 위해서는 올바른 도리· 올바른 언어· 올바른
행동· 올바른 생활· 올바른 목표와 노력· 올바른 기억· 올바른 명상 그리고
올바른 신념의 팔정도-八正道에 정진해야한다 라는 말씀이었다.

　　불교사상의 궁극적인 목표는 그들이 최고신-最高神=득도: 得道의 경지에 통달
하는 니르바나-Nirvana 열반이다. 이 열반이란 자신을 희생·사랑하는 마음
·선행 그리고 고뇌하는 모든 욕망을 배제하는 수련을 통하여 자신은 극복한
자만이 얻을 수 있는 영적인 단계이며 이 열반의 달성은 두 단계로 나누어진다.
즉 속세에서 얻을 수 있는 완성의 단계 즉 개체가 영원으로 합쳐지는 단계이다.
불교사상은 종교 의식의 준수가 핵심이 되는 바라문교와는 달리 도덕적인
원칙에 입각한 삶을 추구하는데 모든 중점을 두고 있으며 희생과 기도 그리고
제사와 사제를 원하는 신들을 인정하기보다는 죽은 인간의 영혼은 다른
육체를 가지고 이 세상에 다시 태어나는 것이 계속된다는 윤회-輪廻사상을
강조하고 있다. 불교 사상이 승려들에게 요구하는 도덕적 기준 역시 매우

엄격하게 하고 있다. 살생과 남의 것을 소유하는 행위, 간음, 거짓말, 음주 그리고 금이나 은의 소유가 엄격히 금지 되어있는 것이다.

그래서 이세상의 모든 성직자聖職者는 도덕적 지표道德的指標가 되어야 밝은 세상을 유지되는 것이다. "종교인은 가장 원숙한 인간이다"라고 한다. 가장 통일된 삶을 영위하는 사람이 종교인이기 때문이다. 종교인은 절대가치를 추구하기 위하여 자신의 세속적世俗的 삶을 희생하면서 이웃을 사랑하고 봉사하면서 살아간다. 그들은 선과 악, 진실과 거짓을 항상 확인하고 선택하면서 살아간다. 이러한 선택의 과정이 그들의 삶을 통일시키고 가치 있게 이끌어 주기 때문이다. 이러한 태도가 어떤 때는 이 세상이 축복과 저주와 선과 악으로 구성되기 때문에 저주呪呪와 악으로부터 이웃을 구하기 위하여 이웃과 타 종교인에게 자신이 확신하는 절대 신념의 내용을 선택하도록 강요하게 된다. 한마디로 세상의 모든 종교 활동은 상대방에 대한 사랑의 표시인 것이다. 다만, 이러한 태도는 타종교他宗敎 종교상황에서는 독선적이라고 평가 될 수밖에 없다. 그 독선적인 태도의 정도가 심할 때 이를 광신狂信주의라고 이르게 된다. 종교적 확신이 가장 원숙한 인간의 조건이 되기도 하고 독선과 광신의 현상으로 판정되기도 하는 이유가 무엇인가? 종교인의 절대 신념체계에 대한 절대 확신이 자신의 삶을 통일시키는 힘이 된다. 이 경우 자신의 종교적 교리와 그에 대한 확신은 내면적 성숙의 원동력으로 작용한다. 그러나 종교적 교리가 축복과 저주의 외적 조건을 가름하는 기준으로 쓰여 질 때는 배타적排他的이고 광신적狂信的인 성격을 지니게 된다. 예컨대 한 종교의 교리에서도 같은 조건으로 받아드리지 않는다. 현대 종교학의 입장에서는 한 종교의 세계관이 다른 종교보다 우수하다는 객관적인 증거를 찾을 길이 없다. 이처럼 인류사회의 건강한 상식에서 받아들여질 수 없는 주장을 하게 되는 결과에 이를 때 그러한 종교적 주장과 행동을 현대사회에서 독선적獨善的이고 배타적이며 나아가서 광신적이라고 말한다. 여기서 종교교리의 내적 수용과 대 사회적용의 두 차원을 가려 볼 필요가 있다. 현대 사회는 종교의 자유가 보장된다. 종교의 자유에는 "신앙의 자유와" 와 "전교의 자유"로 대별된다. 이들은 양심의 자유와 행동의 자유라는 현대적 자유 개념의 전형적인 종교적 측면을 각각 보여준다. 이곳을 찾는 신도들은 "신앙의 자유" 개념을 선택하였을 테고! 행동의 자유를 탐닉한 신도들만 어리석은 건가! 불임을 해결할 수 있다고 거짓말한 이곳 종단은 양심의 자유에서 부끄러울 수밖에 없을 것이다. 다多종교 상황에 처한 한국종교의 비전은 한국문화 창조 작업에 동참하여야 할 것인데 염려되어 한소리 해본 것이다. ×도 모르면서……

인간의 모임체인 사회-Society 는 본질적으로 도덕사회이다. 어떠한 인간사회이든 도덕성을 지향해야만 성립 될 수 있고 도덕사회를 증대해 가야만 유지될 수 있다. 도덕이 무너지면 극단의 경우 소돔과 고모라 성처럼 되는 것이 인간사회다. 그런데 이 같이 중요한 도덕성이 사람들이 바라는 수준만큼 높지 않은 것이 인간사회의 특징이다. 어느 시대, 어느 사회 할 것 없이 부서지고 있다고 늘 개탄하는 것이 도덕성이다. 그래서 어느 사회나 이를 증대시키려고 끊임없이 노력한다. 거기에 꼭 필요한 존재가 성직자나 사회의 지도층이다. 맑스는 목사와 신부를 비롯한 승려 등의 성직자를 노동하는 사람들의 기생충-寄生蟲이라 하였다. 그들은 지식-知識으로도 노동-勞動으로도 아무 것도 생산해 내지 못하다고 혹평-酷評하였다. 그렇다면 왜 사회에는 이를 이끌어 가는 성직자 등의 존재가 필요로 하는가? 그 이유는 그들이 도덕적 지표가 되기 때문이다. 그들은 사람들의 마음가짐과 행동거지의 본보기가 되는데 이를 우리는 도덕적 지표-道德的 指標 한다. 지도자는 사람이 무엇을 어떻게 해야 하고 어떻게 행동해서는 안 되는가를 가르치는 지표이다.

그래서 그들의 지위와 역할에 의거해서 가장 엄격히 수행해야 할 도덕적 지표이다. 이 지표가 지표로서 기능을 다하지 못할 때 맑스 말처럼 근로자에게 빌붙어 얻어먹는 기생충-寄生蟲이 되는 것이다. 그것도 이 세상을 혼돈스럽게 하는 가장 더럽고 추한 기생충이 된다. 이곳 기림사 승려들이 위에서 열거한 부류는 아닐 거야……! 어리석은 보살님들을 꼬드겨 그런 종교가 번창하면

길…….

안 되지. 후진국 태국이 아니고서야 대한민국 땅에서 그런 종교가 없길 바란다. 이러한 내용을 믿고 다닌다면! 이곳에 다니는 여신도들 얼굴이 보고 싶다. 그러한 행위들이 이루어지고 있다면 차라리 밀교-密膠 남녀가 같이 그 짓 하다가 접착되는 교라고 이름 지어 주고 싶은 마음이 간절하다. 색광증-色狂症에 걸린 파괴승과 불임여성들이 바글바글하는 절에는. 오늘도 승복을 걸친 광수狂狩들이 가부좌하고 있을 것 아닌가! 나 혼자만 의 걱정일까? 보물 제581호 월성 골굴암 마애 여래좌상 옆에 남자들 심벌 거시기 머리모형에 피가 난 것처럼 빨간 천으로 묶어 놓았다니 한심한 중생들아! "남무관세음보살-南舞觀世音菩薩" 어리석은 중생은 부처님 손바닥 안에 있다는데……. 인구가 많아 손바닥 안에 다 들어갈 수 없어 그따위 사이비 중이 창궐하여 존재한단 말인가. 양반이 잔칫집에 가서 음식 잘 먹고 마지막 밥술에 돌 씹은 맛이다. 허나 어쩌랴! 그게 우리네 삶의 한쪽에서 같이 존재하는 것을……. 절에 가면 부처님을 보면 한 손은 달라고 손바닥을 펴 보이고, 한 손은 동그라미 혈穴=구멍을 만들고 있는데 돈을 달라고 하는지! 여인들의 배꼽 아래 은밀한 밑천 거시기구멍을 달라고 하는지! 해설을 못하겠네. 잡놈이라고 할까 봐! 부처님과 중생을 연결해 주는 중들이 그러한 행동을 해서야! "남무관세음보살 기어중죄 금일참회-綺語重罪今日懺悔-발림 말한 죄업 오늘 참회합니다."

    …….

하루 종일 파도와 싸운 동해의 작은 섬 어깨위로 해가 내려앉는다. 둘 다 많이 피로 했을 것이다! 노을빛에 발그레 진 바다의 파도와 해변도로변에 늘어선 억새풀 꽃이 이별의 손짓을 한다. 굽이굽이 심술궂던 길이 버스의 숨을 고르게 하는 평지길이 이어진다. 이번 겨울작품구상 여행길은 많은 것을 생각할 수 있는 시간 여행길이 아닌 나의 후작 자료를 위한 짧은 여행길이 었다. 1박 2일의 여행길 출발할 때는 설레는 가슴으로 가서 돌아 올 땐 풍성한 가슴으로 왔건만! 그래도 그 무엇인가 잃어버린 듯 아쉬움이 있다. 산 능선을 따라 오던 붉은 노을이 차창옆구리에 붙잡고 떨어질세라 질주를 한다! ……양산을 지나 차는 부산 강서 인터체인지를 돌고 있다. 어스름이 스멀거리는 고속도로 저 멀리 나 들목 전광판에 김해-金海란 불빛이 명멸-明滅하고 있다.

　※ 위의 소설은 월간 한국소설에 상재되었던 글이다. 자연묘사가 잘된 에세이 형식으로 쓴 글인데……. 평론가가 박학다식-博學多識하다는 평론을 했다. 최고학문을 가르치는 대학교수는 박학다식소리를 잘 안하는 편이다. 이 글은 김해에서 1박 2일 여행을 하면서 기행문형식으로 집필했다. 몇 군데 시-詩를 심어서 쓴 글이다. 그래서 문예반과 문창과 학생들이 기행문을 쓸 때 도움이 된다고 하였고……. 실제 같은 여행코스로 잡아서 여행 후 기행문을 써서 서로 간에 읽어보고 토론을 했다는 연락을 받은 글이다.

문인의 길……. 도덕적 가치

10개의 문화 예술단체에서 가장 썩어버린 현실의 문학단체!

지역 문학의 미래가 어둡다. 그 발전 방향은…….
2009년 경남문학 가을호 김복근 경남문인협지부장 권두칼럼을 보고

문단-文壇이라면 문인들의 사회를 일컫는 말이니 그 현주소가 어떻다고
말하기가 여간 조심스럽지 않다. 보고들은 것이 아직 적기 때문이다.

문화 권력의 검은 휘장은 걷혀야 한다.

이 지방이라는 용어는 봉건적이며 중심과 주변을 이분화 하는 비민주적
개념이다. 그래서 언제부터인가 우리는 지역이라는 용어를 쓰고 있다. 그것으
로 인하여 중앙의 권력과 지방의 복종이라는 이상한 권력 관계에서 지방은
언제나 수탈당하고 배제 당했다. 나의 경우 2002년도부터 지금까지 연이어
문예 진흥 기금을 신청했으나 탈락됐다. 2002년 중편소설「늙어가는 고향」
을 신청하였으나 탈락했는데, 이 책은 서울소재 도서출판 '생각하는 백성'에서
출판하여 2002년 구정 귀향길인 2월 13일 KBS라디오 수원대 이주향 철학과
교수가 진행하는 책 마을 산책 프로에서 국내에 출판된 책 중 명절날 고향을
생각게 하고 부모님을 그리워하는 내용이 제일 잘 묘사된 책으로 선정되어
특집으로 30분간 방송됐으며, 미국 샌프란시스코 교민 방송에서 책속에 수록

된 "쓸쓸한 귀향길"이란 제목의 시-21페이지 한편 낭송시간 27분.가 방송되어 교민들의 심금을 울리기도 했다. 한때 경남 문학관 2층에는 KBS에서 방송했던 "고향"의 사계절 시가 대형표구로 제작되어 걸려있기도 했다. 2002년 12월에 서울소재 도서출판 선영사에서 출판되어 베스트셀러가 된, 내가 북파공작원 팀장이 되어 두 차례 북한에 침투하여 테러를 가한 실체를 다룬 실화소설「OHC 북파공작원 상·하 권」책이 출판되어 조선일보와 연합뉴스 등에 보도 되자. 지방신문에 크게 다뤘고 주간지에서 특집과 월간지에서 대서특필했으며……. 서울 MBC라디오 초대석에서 문학박사인 숭실대학교 장원재교수와 30분간 방송했고, 국군의 방송 문화가 산책에서 1시간 특집방송 했으며 2013년 7월 27과 28일 2일에 걸쳐 KBS 1텔레비전 정전 60주년 다큐멘터리 DMZ 1부 "금지된 땅"과 2부 "끝나지 않은 전쟁"에 출연했다. 이 책은 영화계약과 더불어 일본어로 출판 계약 완료와 일본서 휴대폰에 원문을 다운 받아 볼 수 있도록 전자화 구축 되어 실행하고 있다. 2004년 10월에 서울소재 도서출판 청어에서 출판한 『아리랑 시원지-始原地』를 찾아서」는 초고가 완성 되었을 때 지방 신문에 특종 보도되었고 서울에 있는『뉴스매거진』주간지에서 A.4 6페이지 분량을 특집기사 했으며……. 마산 MBC라디오 사람과 사람들… 이란 프로에서 3일간 방송을 했다. 책이 출판되기도 전에 언론에서 특집으로 다룬 것은 극히 이례적이다. 또한 2003년 출간한 한국전쟁 전후에 일어났던 민간인 학살 사건을 다룬 다큐멘터리 실화소설 "지리산 킬링필드"는 사단 법인 한국소설가 협회서 대작-大作이라고 하였고 출판되기 전에 주간지와 월간지에서 특집으로 다루었으며 노무현 대통령과 권양숙 영부인께도 보내져 받았다는 회신을 받았다. 책속 한 꼭지에 노대통령 장인인 권오석 씨가 빨갱이가 아니라는 것을 당시의 증인들의 증언을 녹취하여 수록하였기 때문이다. 이러한 책들이 어떤 출판사에서 사장이 자기 어머니 49제 때 책을 놓고 빌기도 했으며, 칼라전면 광고를 했다. 내가 북파공작원 테러부대 팀장으로 훈련과정에서 2차례 침투과정을 다룬 책 경우 3개의 중앙지와 2개의 스포츠신문에 약 10개월간 칼라와 흑백으로 5단 전면광고를 하였다. 작게는 몇 천만에서 2억여 억 원을 훨씬 넘게 광고를 한 것이다. 첫 시집『잃어버린 첫사랑』에 실린 시에서 4편의 시가 대중가요로 작곡되어 문화의 전당에서 발표함과 동시에 음반으로 출시되었다. 2007년 출간한『만가輓歌』는 서울대학교 법학연구소 한인섭 교수가 책속의 견벽청야-거창양민학살사건 의 내용 28페이지 분량을 전재 할 수 있도록 해달라는 부탁을 받고 허락하여 CD로 출간된 전자책을 전국에 있는 학교와 도서관에 자료로 사용케 하였고 나에게 보내 왔다.

나는 1999년에 51세의 늦깎이로 등단 후 15년 동안 장편소설 12편-17권을 비롯하여 소설집 2권과 시집 2권 출간하고 중 단편소설 19편 집필 다작을 했다. 그간에 출간된 책 20권이 문화관광부 지정 우수도서로 선정되어 모두 전자책으로 만들어져 있다. 또한 국립중앙도서관에선『쌍어속의 가야사-베스트셀러』전자책으로 만들어-저작권 있음 도서관에가 예약해야 볼 수 있도록 하였고『저승공화국TV특파원-전2권-스테디셀러』과『애기하사 꼬마하사 병영일기-전2권』를 원고료를 지불하고 전자책으로 만들어 누구나 다운받아 볼 수 있게 해 두었다. 국가전자도서관엔『애기하사 꼬마하사 병영일기』와『저승공화국TV특파원-스테디셀러』을 ≪신문학소설 100년 대표소설≫로『임나가야』와 『저승공화국TV특파원』소설집『신들의 재판』을 ≪한국교육학술 정보원≫에 『아리랑 시원지를 찾아서-베스트셀러』와『쌍어속의 가야사-베스트셀러와 스테디셀러』역사소설은 ≪국가지식포털≫에서 전자책으로 만들어 ≪국사편찬위원≫에서 자료로 사용하게하고 있다.『북파공작원-전2권-베스트셀러와 스테디셀러』과『저승공화국TV특파원-전2권-스테디셀러』을 ≪한국과학기술원≫에 저장되어 있다.

또한『아리랑 시원지를 찾아서』베스트셀러와『임나가야』베스트셀러다. 두 역사소설은 가야사를 다룬 역사소설로는 처음 베스트셀러가 되었다. 2011

년에 출간한 나의 두 번째 시집『지독한 그리움이다』그간 7년 동안 베스트셀러 시집이 없었는데……. 베스트셀러가 되었다. 또한 3개월도 안되어 국립중앙도서관 보존서고에 들어갔으며 이곳 김해도서관에도 보존서고에 들어갔다. 2011년 2월에서 2014년 6월 23일 까지 서울신문에 가로 20센티미터 세로17센티미터 크기의 칼라와 흑백 광고를 월 6~9회씩 3년 4개월을 출판사에서 했다. 우리나라 출판사상 시집을 몇 억원 원을 이렇게 오랜 기간 광고는 처음이라고 한다. 그간에 출간된 책 중 19권이 문화관광부 지정 우수도서로 선정되어 전자책으로 만들어져 있다. 이러한 책들이 진흥 기금에서 탈락됐다면……. 어떠한 책에 지원을 해주는지 심사위원들의 자질이 나는 무척 궁금하다. 들리는 소문에 의하면 지방에서 올려 보낸 원고는 숫제 읽어보지도 않는다고 한다. 심사의 객관성을 위해 원고에 작가 이름을 기재하지 못하게 하고 있지만……. 믿을 수 없다는 것이다. 들리는 소문에 의하면, 암암리 연줄로 심사위원을 알아내어 단체서 압력을 넣어서 정작 작품성이 있는 작가 받아야 할 지원금이 별 볼일 없는 자기들 단체에 속해있는 수준 낮은 작가 작품에 지원케 한다는 것이다. 그래서 이러한 부조리가 근본적으로 해결되지 않는다고 한다. 문화 예술 분야에서는 그렇게 헤매는 사이 어쩌면 우리 문학은 더 깊은 수렁으로 빠져들고 있는 건지도 모른다. 그래서 문학 시장은 예전과는 다르게 변화하고 있다. 그것도 안 좋은 쪽으로 말이다. 그런데, 그렇다면 모든 문학인 모두가 같은 처지인가 하면 그렇지는 않다. 여건이 어려우면 어려울수록 뜨는 작가는 많은 지원을 받아 더욱 높이 뜨고 있다. 뜨는 작가들에겐 "배고픈 문인"이 무능력한 사람들로 보일 것이다. 같은 문인이라는 타이틀을 달고 나란히 앉는 것조차 창피하다고 할지도 모른다. 그들은 문학을 여가餘技 해서는 안 된다고 말할 것이다. 문학의 영향력이 얼마나 큰 것인가를 아는 사람들이 재주가 남아서 한다는 건 말이 안 된다. 문학은 온 몸과 온 인생을 던져 해볼 만한 가치가 있는 것이라고……. 그래서 한권 의 책을 탈고하고 나면 산고産苦에 비유하지 않는가! 남들은 골방에서 피를 찍어서 원고를

길…….
246

쓰고 있다고 표현을 하는데……. 내가 생각하기론 문제의 핵심은 첫째: 작가들이 너무 공부를 하지 않는데서이고! 둘째: 정의를 상실한 우리 사회가 원인일수 있을 것이다. 우리국민들이 책을 안 읽는 경향은 그래서 생겨난 것이니 탓할 필요도 없고 좋은 책만 나오면 책은 팔린다. 물론 최근의 조사결과를보면 도시생활자 성인 100명 중 82명은 전혀 책을 보지 않는다고 한다. 나는그보다 훨씬 낮을 것으로 생각한다. 국민 1인당 월간 독서량은 0.8권이라는 통계조사다. 조사한 160개국에서 맨 끝이니 말해서 무엇 하겠는가. 이것이 문화적으로 어느 수준인가는 굳이 외국과 비교할 수 없다 본다. 아프리카 사람들보다 독서량이 적기 때문이다. 남을 탓하기 좋아하는 사람들은 이유를 만들어 낸다. 신문이 소설보다 더 재미있기 때문이라는 견해라든가. TV를 비롯하여 게임 비디오 등이 만연해 있는 것도 한 원인으로 지적한다.

오늘의 문학 위기는 첨단 과학 발달과 예술 콘텐츠 다양화 결과로 문자문화의 일반적 쇠퇴 현상이라고 보아야 할 것이다. 그러나 한국문학은 이런 일반적 현상 외에 몇 가지 다른 요인이 추가되어 더 심각해졌다. 이를테면 8-90년대부터 일기 시작한 시인詩人 대량화……. 소설 스토리 대하大廈화와 비평의 자본 촉탁囑託화다. 소설 토지와 태백산맥과 혼불 등 대하소설류가 90년대 반짝세일의 호황을 맞아 마치 스토리의 양이 질을 능가하는 듯했다. 하지만 이런 세일 현상은 시장 마케팅 전략가에 의한 인위적이고 일시적 자본의 위력일뿐……. 한국소설이 대하처럼 그런 도도한 미래가 보장될 수 없었다. 지금의 독자는 흥미진진한 신문연재 소설조차 외면한다. 그러다보니 신문연재소설이 점차 사라지고 있다. 시류는 어차피 고급성의 추구이고. 소설예술 역시 그런 순도 높은 고급 작품 생산을 위해 긴 스토리뿐 아니라, 생명이 긴 작품의 혼을 담기 위한 고통스럽고 치열한 요랜 담금질이 필요하다. 지금의 작가들이 반성하고 인정해야 한다. 읽을 만한 책을 던져주지 못하고 있다. 그 수준 높아진 독자들에게 말이다. 무엇보다 우리문학에는 전문성이 부족하다. 독자의 지적 수준은 세계적 수준과 어깨를 나란히 하고 있는데 문학인은 제자리걸음을 하고 있는 것이다. 예를 들어 의사가 소설을 쓴다면 의사세계나 의학적 지식이 보다 심도 있게 다뤄질 것이다. 그러나 불행하게도 한국어 시장은, 의사가 의사노릇 하는 것보다 소설을 써서 더 많은 부와 명예를 얻을 수 있다는 가능성을 전혀 보여주지 못 하고 있는 것이다. 검 판사 출신 중에 소설을 쓰겠다는 사람이 없는 이유 또한 마찬가지이다. 그런 전문인 중에 소설가가 등장해야 하고, 소설가는 공부를 통해 전문가를 능가한 소설을 내놓아야 한다. "이름 모를 산에 꽃이 피어 있고……. 이름 모를 새가 울고, 벌 나비가 꽃밭에 춤추고 있다."따위의 추상적인 서술은 이젠 통하지 않는 시대가 되었음을 모든 작가는 알아야 한다. 겉만 살짝살짝 만지며 대충 지나가는 것도 통하지 않는 시대다. 모든 예술 장르가 시대에 따라 그 이론을 새롭게 정립하고 작가 마다 표현을 달리해도 인간의 본능과 욕망을 지배하지는 못했다. 새로운 이데아의 추구란 미명으로 우리는 새로운 사조를 만들고 그것을 변명하기 위한 사변적 논리를 펴고 있는 것은 아닌지! 예술은 특히 문학은 영원히 인간을 이야기할 뿐인 것이다. 의사가 의사의 사회를 다룬 소설을 읽고 그 전문성을 배울게 있어야 하고 법관이 법조계 비화를 다룬 소설에서 '아하'그런 것이 구나! 하고 깨닫는 초전문성이 있어야 할 것이다. 비단 소설만이 아니다. 모든 장르의 문학도 마찬 가지다. 그런 치열함을 갖추지 못하고 그저 구시대 창작 풍토에 젖어 대충대충 넘어가며 그저 추상적인 인간 내면의 갈등이나 묘사하는 따위 문학으로는 이 시대에 문인 행세를 할 수 없는 시대가 왔다. 따라서 사회 정의가 살아 있어야 문학도 살아난다는 점도 매우 중요한 부분이다. 정의는 알다시피 질서와 조화인데……. 우리는 이 두 단어를 너무 가볍게 여기는 경향이 있다. 법을 위반하고서도 태연하며 적발되면 나만 재수가 나빠서 걸렸다고 생각을 한다. 여럿이 있는 자리에서는 스스로 목소리를 내야 남이 알아준다는 식의 미개한 생각들로 가득하다. 무심히 내뱉은 약속 따위는 지켜도 그만이고 안 지켜도 그만이라는 식의 자기 위주 견해가 만연해 있다. 이래서는 문학시장의 기초라는 추리소설조차 성립될 수가 없다. 이와 같이 대충 살펴봐도 문학을 둘러싸고 있는 시장 형편이 이 모양인데 그 어지러운 가운데 문인들의 사회라는 문단이 버티고 있다. 세월이 흐를수록 점점 알아주는 사람이 없어지는 풍토에서, 우리 문인들은 명예를 위해 자존심으로 버티고 있다.

최고의 독자는 작가 자신이다

바야흐로 21세기는 문화의 세기로 불리고 있다. 그래서 일까! 2006년 11월 22일 동아일보 사회면에 직업 만족도 20위중에서 1위 사진작가에서 2위 작가가 차지했으며……. 인문학 위기라고 하는 지금 인문과학 연구원이 6위 인문사회 계열 교수가 8위이며 인문계 중등교사가 11위를 차지했다는 것이다. 이러한 현상은 시류-時流에 편승이 아닌가! 한다. 시대흐름은 이러할 진대 문인들은 변화를 헤쳐 나가겠다는 의지도 없고 그저 과거의 영화에 젖어 있는지도 모르겠다. 현 문학도들은 현실이 어떤지도 모르고 선배들이 누린 명예와 권위-權威만을 열망하는 나머지 오늘도 습작에 여념이 없을 것이다. 악화가 양화를 구축한다는 논리에서 보면 어쩌면 이런 환경이 문학을 위해서 좋은 것인지도 모를 일이다. 아무리 거듭 강조해도 부족함이 없는 것은 작가들의 반성 부분이다. 열악한 환경과 황당한 경험에서 위대한 작가와 명작이 태어난 예는 수 없이 많다. 프랑스 여류작가 사강은 1952년 소르본 대학 입학시험에 떨어지면서 세계적 베스트셀러가 된「슬픔이여 안녕」을 쓰기 시작했고, 밀턴의「실락원」은 첫 출판에서 40부 밖에 팔리지 않았다고 한다. 500여권의 탐정소설을 쓴 존 그레시는 7백번 이상 출판을 거절당한 아픔을 경험했고, 「죄와 벌」의 작가 도스토예프스키는 빚을 갚기 위해 소설을 썼다. 또「갈매기의 꿈」과「러브 스토리」「밝고 아름다운 것들」등도 모두가 12번 이상 출판을 거절당했고……. 미국의 위대한 시인 중 하나인 에밀리 디킨스의 시는 생전에 단 7편만이 발표되었으며,「대표 시-가을날」의 독일의 릴케,「대표 시-해변의 묘지」의 프랑스 발레리 등 두 시인의 시집은 500부 이상 팔린 적이 없고, 라이너 마리아 릴케는 인세를 받아본 적이 거의 없었다고 한다. 그들의 책들이 지금에 와서 베스트셀러가 되어있다. 그렇다 해서 모든 작품이 언젠가는 빛을 본다는 말이 아니다. 문학의 기본에 충실했을 때만 그것을 기대할 수 있다는 것이다. 문학의 기본에 충실했던 한 작가의 예를 들자면, 20세기 대표적 문호인 헤밍웨이는 유난히 스페인을 사랑했다. 그의 스페인 사랑은 32세 때 스페인을 여행한 뒤 투우에 심취하여 「오후의 죽음」을 발표하면서 부터다. 그 스페인에 파시스트 반란이 일어나자 4만 달러의 거금을 선 듯 보냈는가 하면 나나통신의 특파원으로 직접 건너가 내란의 진실을 전 세계에 알리기도 했다. 그러나 내란은 그의 기대를 저버리고 프랑코 쪽의 승리로 끝났다. 그는 쿠바의 아바나에 머물며 「누구를 위하여 종을 울리나」를 써 내란에 희생된 영령들 앞에 바친 것이다. 그리고 계속 쿠바에 머물며 10년 동안 침묵을 지킨다, 그 10년 침묵의 이야기를 「노인과 바다」로 입을 연 것이다. 노인과 바다의 심연에는 스페인을 생각하는 마음이 깔려 있다. 이 작품은 그의 문학과 도덕성이 집약된 금자탑이라는 평가를 받았고 53년 플리처상에 이어 54년 노벨문학상을 받았다. 중요한 것은 그가 「노인과 바다」를 쓰는 데는 6개월 걸렸지만 이후 8개월 동안 200번이나 원고를 수정한 뒤 세상에 발표했다는 사실이다. 우리나라에도 다녀간 바 있는 프랑스의 인기 작가 베르나르베르베르는 자신의 출세작 「개미」를 120번이나 고쳐 썼다고 고백한 바 있다. 그래서 최고의 독자는 필자 자신이라는 것이다. 수십에서 수 백 번 자신의 원고를 읽고 교정해야 좋은 책이 나오는 것이다. 이와 같은 것을 보더라도 일관된 문학정신을 성숙시켜 가는 일이 완벽주의는 아니지만 전문가가 보고 탄성을 지를만한 전문성이 없는 문학은 앞으로 기생할 공간이 없어질 것이다. 문장-文章도 보다 더 간결하고 군더더기가 없어야 할 것임은 말할 것도 없다. 한국 문단의 현주소에는 아직도 인내와 끈기가 없는, 가볍고 감성적이기만 한 문학이 판을 치고 있다. 현재에 안주할

길…….

수 없다면 변화에 적극적이어야 한다. 나 역시 변화에 편승하지 못하고 있는 것이 아닌가! 알고 보면 변화야말로 영원한 것이다. 이대로든가 정지 상태는 곧 퇴보나 부패로 이어 질수도 있다.

또 하나 짚고 넘어가지 않을 수 없는 것은. 우리나라는 아직 지연이라든가 학연과 혈연에 매여 엄정할 때에 엄정하지 못하는……. 그런 수준을 벗어나지 못하고 있다. "오로지 예술적 재능으로만 평가받아야 하는 비정한 문화예술계에 무슨 학연-學緣과 지연地緣에 패거리가 있느냐?"고 반문하는 이들도 많겠지만, 그건 천만의 말씀이다. 물론 발군의 실력을 지닌 예술가군-群은 예외지만……. 상당수 예술인의 빛과 그림자는 그러한 끈에 의해 좌지우지되기 일쑤다. 그래서 문학에서의 지역주의와 연고주의가 정치사회보다 더 심각하고 썩어 빠진지도 모른다. 한 발 물러서서 의견을 피력할 때면 그렇게 논리정연하고 설득력 있을 수가 없는데……. 막상 심사라도 맡기면 지연 학연의 고리를 넘어서지 못해 신망을 잃어버리는 사례가 끊임없이 되풀이되고 있다. 내가 속해 있는 단체에서 백일장 심사하는 과정에서 벌어진 일이다. 중앙에서도 알아주는 원로수필가가 심사하여 장원을 뽑았는데 어느 여성시인이 심사가 잘못됐다며 탈락된 작품을 풀어 헤쳐 자기가 교편을 잡았던 학교아이 이름을 들먹거리며 찾아내 장원으로 밀어부쳐 결국 상이 바뀌는 것을 보았다. 그러한 일이 있는 뒤부턴, 그런 몰상식한 여자가 보기 싫은지 모임에 발길을 끊고 있다. "서로 끌고 밀어주어야 하며 우리가 세상을 바꾼다."말인즉 옳다. 이 돌개바람 치는 세상에서 서로가 도와주고 용기를 불어넣어줄 수 있다면 그보다 더 아름다운 일이 없기 때문이다. 그러나 어느 쪽도 아닌 누군가도 생각을 해 주어야 한다. 그들에겐 영원한 이방인이며 개밥에 도토리 같은 신세임에 서랴! 지연도 크게 봐서 이와 다름없다. 저마다 소속된 조직이나 단체 안에서 동향끼리 은밀隱密한 모임이 이어진다. 처음만나는 사람끼리도 동향이라는 전제는 조건 없이 친화하는 매개체가 된다. 그러나 이 끈끈한 연대가 무조건적인 친화로 이어지면서 무리를 짓고 "힘이 모이면 세상도 바꿀 수 있다'라고 생각하게 된다. 문제는 이처럼 세상까지 바꿔보자는 학연과 지연의 진정한 본질이다. 지역주위와 학연과 지연으로 얽혀 들끓는 우리 사회의 속내를 자세히 들여다보면 재미있는 것을 발견하게 된다. 우선 대부분의 사람이 학창시절이나 지역사회에서 일면식도 없었던 경우가 대다수라는 점이다. 둘째, 면식이 없기 때문에 상대가 어떤 이상과 뜻을 지니고 사는지, 인격과 품성이 어떤지조차 모른다는 사실이다. 이와 같은 일상화가 이루어진 과정-過政으로 보면……. 결국 학연과 지연의 중시는 그냥 학교나 지역이 같다는 이유로 서로 끌어주고 뭉쳐서 세상까지 바꾸어 내야 한다는 지극히 단선적인 사고에서 나오는 셈이다. 이 같은 방식으로 뭉쳐진 동질의 집단과 배타적 패거리 문화 권력이 바꾸어 낼 세상은 불을 보듯 뻔하다. 뜻이 다른 개인이 서로의 이해를 교묘하게 감추고 세상을 "잘 말아먹자"는 것이기 때문이다. 대 문호 괴테는 이렇게 외쳤다. "함성을 지르거나 정의 깃발을 세우지 않고, 활동하지 못한 자는 획일-劃-적인 소심한 자이거나 아니면 위선자이거나 사기꾼이다. 이런 패거리는 수가 많고 도당 만들기를 좋아한다."란 정곡을 찌르는 이 말……. 이런 패거리 집단 문학인들의 본질은 교활하고 정의의 혼이 없는 자들이다. 그들은 자기 자신의 마음이 상처 입었거나 이미 병을 앓고 있음이다. 문학인 자신의 명예는 한국문학인의 명예다. 이러한 불명예스러운 자들과 결코 동반자가 되어서는 안 된다. 작금의 우리 사회는 정치·사화 문화예술 등 모든 분야가 패거리들의 손아귀에 들어 있다고 해도 지나친 말은 아닐 것이다. 특히 예술분야에서는 문학부분이 더 심하다. 이의 폐단을 극복하는 길은 뜻있는 사람들끼리 모이는 동인-同人 모임이 아닐까 한다. 동인모임은 뜻이 같고 이상이 같은 사람들과의 소중한 만남을 중시한다. 같은 이상과 가치관으로 맺어지는 끈끈한 연대는 세상사는 맛을 느끼게 하고 서로에게 꿈과 희망을 불어넣어 준다. 이들 단체 같이 모든 단체들도 자각과 의식개혁운동이 절실한 때다. 일부 출판계에서 베스트셀러를 조작하거나……. 또는 한국 문단 관련 몇몇의 단체에서 세 불리기 위해 돈을 받고

길…….

등단시켜주는 따위 파렴치-破廉恥한은 제쳐 놓고라도 현재 한국 문단에서 주어지는 수 없이 많은 문학상 중 객관적으로 그 가치와 권위가 존중되는 경우가 많지 않다는 사실이 패거리 집단에서 행해지고 있다는 것을 증명한다. 그래서 공공성을 표방하는 문학상 수상작품의 가치를 누구보다 존중해야 할 제도를 문학인들 스스로 부정하는 풍토가 만연되다보니 일반인들은 문학인 전체를 불신하게 되어 버렸다. 누가 어떤 문학상을 받았다 해도→축하를 하면서도→작품성을 인정하는 데는 그렇게 인색할 수가 없다. 그 이유는 상을 받는 작가의 작품성을 보면 왜! 그러한 작품이 문학성이 있어 상을 주었을까? 할 정도로 수준이하 작품이라는 것이다. 지역에서 활동하고 있는 문학인이라면 지역작가의 이력은 손바닥 안처럼 모두 꿰뚫고 있다. 내가 속해 있는 단체에서나 지역에도 해마다 많은 상들이 주어지고 있다. 상을 받는 작가들의 잡품을 접하고 고개를 갸웃 거린 것이 한 두 번이 아니다. 상을 받는 사람들의 작품이란 대다수 자기 돈을 수 백 만원씩 주고 지역 출판사에서 500~1000권씩이나 출판을 하여 처치 곤란하자 여기저기 무료로 책을 나누어 주고 있다. 프로작가들 입장에서 보면 자비-自費 출판한 책은 문학적 가치가 아주 낮은 것으로 보고 있기 때문이다. 어떻게 보면 프로 작가의 세계에선 그런 류의 책은 책이 아니라고 정의하고 있다. 나는 경남 문인협회에서 매년 수상하는 경남문학상에『눈물보다 서럽게 젖은 그리운 얼굴하나』장편소설을 응모했지만 수상하지 못했다. 다른 사람의 시집이 수상 했다. 이 책은『늙어가는 고향』중편소설을 장편으로 만든 것이다. 설날 수원대학교 철학과 이주향교수와 KBS라디오 "책 마을 산책"이란 프로에서 설날 고향이 그립고 부모님이 생각나게 하는 내용의 책으로 선정되어 내가 서울로 올라가 30분간 설날 특집 방송을 하였다. 녹음된 테이프 2개를 방송국에 서 보내와 가지고 있다. 이주향교수는 노무현대통령의 국민과 대화프로에서 사회를 보았던 교수다. 공영방송에서 설날 특집방송을 했다면 완성도 높은 책이라는 것이다! 그 후 8편의 중 단편이 상재된 소설집『묻지마 관광』으로 응모를 했다. 이 책은 스테디셀러-Steady seller 되었고 한동안 일반 대출 1위를 했다고 한다. 그러나 또 다른 분의 시집이 수상을 하였다.

소설을 비롯하여 수필·시·시조·동시·아동문학 등이 문학적 가치-완성도가 타 작가에 비해 월등한 면이 있다면……. 대형 출판사에서 기획출판 해 주겠다고 원고를 자기에게 달라고 애원 할 것이며! 작가는 유리한 조건에서 계약이 성립될 것이고 높은 인세를 받을 것이다. 또한 방송 출연도 할 것이고, 신문이나 잡지에 대대적인 광고와 서평이 줄을 이을 것이며 전문작가 대우도 받을 것이다. 또한 선수금-출판 전에 인세를 받고 을 받고 계약에 의한-원고청탁 출판을 할 수 있다. 자비출판은 유치원생 그림일기도 출판 해 준다. 우리 속담에 "보리 주는데 참외 안 주랴"라는 옛 말이 있다. 저자가 출판에 드는 비용을 전부 부담하여, 출판사 측에서는 이익이 있는데……. 출판을 안 해줄리 없다. 이러한 책들과 선거철만 되면 쏟아져 나오는 대다수 검증 안 된 대필한 정치인들 자서전 같은 저급 책들 때문에 문학적 가치가 월등한 책들마저 같은 급으로 취급당한다. 솔직히 말해 베스트셀러-Best seller 한권을 집필하려면……. 글을 써서 출판하기까지 그 고통은 이루 말할 수 없다. 그것은 작가 스스로 알고 있는 일이 아니던가. 그렇게 몇 개월을 또는 몇 년을 걸쳐 피를 토하고 뼈를 깎는 노력으로 집필하여 출간 되어 나오면 돈을 주고 서점가서 사는 게 아니라, "책 한권 주시오"라는 말이 서슴없이 나온다. 나와 같은 전업 작가에겐 여간 곤혹스러운 게 아니다. 그러한 풍토는 자비 출간하여 공짜로 나누어 준 사람들 때문에, 사회 전체가 책이란 의례히 공짜로 주는구나! 하는 인식이 만연 돼 버렸기 때문이다!

지역에서 소규모 출판사에서 소수문학지-시조·수필·동시·시 를 자비 출간한 자에게 문학상을 수여하는 패거리 집단을 보면 토악질이 나오려 한다. 나는 장편소설 12편-17권과 소설집 2권을 비롯하여 시집 3권을 모두 기획 출간

하였다. 앞서 이야기 했듯 지역 문화상에 신청 하였지만……. 번번이 탈락 하였다. 4-5권의 동시집을 자비출간한 사람과 또는 시조집 몇 권을 자비출간한 사람들에게 상이 수여 된 것이다. 그것만이 아니었다. 자비 출간하면서 출판 비를 주지 않아 법적다툼이 벌어질 상항에 처한 자에게 상을 주었다고 비아냥대 는 것을 보았다. 도덕성에 문제가 있는 자에게 상을 주었으니 말이다. 그자와 내가 김해시 문화상에 신청을 하였는데 그자※가 상을 받았고 나는 떨어졌다. 이유를 알고 보니 로비도 엄청 했지만……. 자비로 출간하여 5,00여권을 이곳저 곳에 공짜로 주었으니 4권만 출간을 해도 2,000여 명이 그자의 책을 보았을 테고! 나는 출판사에서 저자 보관 자료로 10-30여권을 주니 어떤 때는 우리회원 도 못주기도 한다. 나는 상을 받은 그들이 낸 책의 작품의 완성도를 너무 잘 알고 있기에 웃을 수밖에 없었다. 특히 내가 살고 있는 김해는 신흥 대도시로 전국 몇 안 되는……. 인구가 기하급수 적으로 늘어나 경남의 제2의 도시이다. 그 반비례하여 등단하여 활동하는 김해 문인협회 회원이 80여명에 이른다. 함에도 경남 문학상이나 도 문화상이 20여 년 동안 주어지지 않고 있음을 어떻게 생각 하느냐?고 묻고 싶다. 경남 문학상도 내가 문단에 들어온 후 16년 동안 한 사람도 못 받았으며 심사위원도 한사람도 위촉되지 않았다. 나는 문학상의 명예나 상금에는 추호도 관심이 없다. "그런데 왜 응모를 하는 가?"김해시청 문화관광과 국장과 담당과장의 권유로 응모를 했던 것이다. "선생님의 작품과 작품 활동을 보아서 충분하다며 우리지역에서 도 문화상을 받은 지가 20여 년인데 그 후로 없다"는 것이다. 나는 출간된 책이 모두 기획 출간된 책이다. 자비로 출간한 책들은 문학적 가치가 없다. 평론가와 비평가가 완성도가 높은 책이라고 비평과 평론을 잘했던 못했던 자비로 출간한 책은 책이 아니란 뜻도 된다. 기획 출판된 책은 왕성도가 매우 높다는 것이다. 그러니까 "출판사 대표가 평론가와 비평가 보다 한수 위다"고 했다. 아무리 유명한 사람이 추천사·보증서 를 써주어도 완성도가 낮으면 출판사 대표는 출판을 할 수 없는 것이다. 출판사 대표는 사업가다. 자기회사가 출판한 책이 안 팔리면 망하는 것이다. 지금의 소설책들은 거의 전작全作=탈고한 원고 소설이 대부분이다. 연재소설은 연재중 독자의 반응을 보고 고칠 수도 있고……. 따라서 완성도가 낮으면 출간을 포기할 수도 있다. 그러나 전작소설은 출판사로서는 위험을 감수해야 한다. 잘못 출판하였다간 출판사가 문을 닫을 수도 있기 때문이다. 몇 천 만원 또는 몇 억을 광고하여 출판한 책이 팔리지 않은 다면 출판사로서는 그 짐을 감당하기 어려울 것이다. 바보가 아닌 이상 완성도가 낮은 책을 출판하여 망하는 짓은 안한다는 것이다. 그러니까 자비로 출판한 책은 책이 아니라는 뜻이다. 그러한데도 작품성이 없는 책을 부끄럼도 없이 마구 발간하는 것을 보면 참 씁쓸하다. 문단에 나오기 위하여 몇몇 발군의 실력을 가진 초보 문인도 자비로 출간하여 문단에 나온 경우는 있다. 소설로 등단하여서 기획출간을 못한 극소수 선배·동료·후배들도 자비출판을 한다. 그때나 지금이나 등단에 수차례 떨어지고 나면……. 자비출판이 문인이라는 직함을 가지고 살아가는 한 방편임에는 틀림없었다. 허나 지금은 잘살게 돼서! 또 글을 쓰고 싶은 사람이 기약 없는 습작시대를 거치고 그 중에 재능이 남다르거나 일이 잘 풀려서 자비출판으로 대번에 등단에 성공하기도 한다. 유치원생 그림일기도 출판 비를 제공하면 출판을 해 준다. 그런류의 책을 완성도 높은 책이라 할 수 있나? 나는 출판사에 원고를 보내면……. 세권만 빼고 2~3일 안에 계약이 성립 되었다. 어떤 출판사는 다른 출판사와 먼저 계약을 할까봐 출판사 대표가 비행기를 타고 와서 김해공항 커피숍에서 계약서를 작성을 하기도 했고, 인세를 먼저 입금을 시키기도 했다.

치졸하고 비열하고 비겁한 패거리문학 인들

옛날과 달리 지금은 잘살아 돈의 여유가 있어! 변변치 못한 글들을 모아 자기 돈으로 출판하여 내가 이러한 유명(?)문인이다! 하고 광고하는데……. 시비하는 것은 절대 아니다. 일부 이러한 책을 쓴 작가들에게 문학상과 출판자금을 지원해 주는 것을 이해 할 수 없다고 단체 안에 회원들이 쑥덕거리는 것을 자주 목격하기 때문이다. 그 원인은 심사를 맡은 사람들의 의식과 자질 부족함은 둘째요, 수준이 똑같이 저질패거리이며 심리가 악질이라는 것이다. 자기가 추구했던 문학의 이상과 영혼을 팔아먹는 자들은 문학계의 낙오자이기에 퇴출되어야 한다. 이렇게 끝나지 않고 해마다 반복되는 심사원들에게 신뢰상실-信賴喪失=distrustful 한 문학계는 지탄을 받아야할 것이다. 영국 시인 토머스 그레이는 그의 유명한 시『시골 묘지에서 쓴 비가-悲歌』에서 다음과 같이 썼다. "고요한 맑은 빛을 발하는 수많은 보석들이/깊이를 알 수 없는 어두운 동굴 속에 잠겨 있고/수많은 꽃들이 아무도 가지 않는 황야에서 그 향기를 헛되이 뿌린다."그레이가 노래한 이렇게 슬픈 현상은 자연에서만 일어나지 않고 인간 사회에서도 쉽게 찾아볼 수 있다. 무질서하고 모순된 사회 현상을 바로잡기 위해 유토피아적인 비전으로 진실만을 추구한다는 문단의 경우에도 예외는 아니다. 이런 상황 때문에 1990년대에 어느 젊은 문학평론가가 문단을 지배하는 문화 권력의 문제점을 지적해서 한참 동안 적지 않은 논란을 일으켰지만 찻잔 속의 태풍으로 끝났다고 한다. 그로 인하여 우리 문단의 주류를 이루는 문화 권력은 문학의 질적 향상을 이룩하는 등 많은 부분 긍정적으로 작용했지만 부정적인 결과를 초래할 때가 없지 않았다는 것이다. 이를테면 문화 권력이 학연과 지연 또는 이념을 비롯하여 지역감정까지 들먹이며 높은 벽을 쌓았기 때문에……. 문학적인 재능은 있지만 서클에서 소외된 사람은 절망하거나 그것에 대한 반작용으로 새로이 생겨난 많은 수의 문예지는 소외 그룹에 작품발표의 지면을 넓혀주고 문학 인구의 저변 확대를 유도했다. 그러나 그것 또한 문학의 질적 저하를 가져올 수 있는 위험을 노출시켰다. 그러한 일들은 프로 작가들이 보기엔 문학인으로 활동하기엔 수준이 현저히 낮은 패거리 화 된 문학계에서 기생충 같은 일부 몰지각한 문학단체회원들과 지역에서 끼리끼리 패거리들이 단합되어 긴밀하게 연결된 관계-tight coupling 를 통하여 밀어주기 식 소행이라 말하기도 한다. 정당성과 객관성을 잃어버린 그들의 악의에 찬 행동은 엄벌에 처할 만하고 문단에서 내 쫓아야 한다. 인과-因果 이법-理法에서 볼 때 그러한 무리들은 문학인으로서 길은 언젠가 업화-業火속에서 소멸되어 갈 것이다. 문학 작품에 전념하지 않고 패거리 불리기에만 열중하는 그런 풍조는 이미 문학계 전반에 만연되고 있다. 자기와 뜻을 같이하는 자는 깨끗하고 정당하며 다른 생각을 가진 사람은 부도덕하고 부정하다는 편협-偏狹한 태도를 가지고 있는 것이 문제다. 이런 자들은 문학단체에서 퇴출 돼야 한다고 사회단체서 거론하는 것은 문학인의 수치다. 문학단체마다 전국 도처에서 문학인 저변확대를 위한 행사를 하고 있음에도 일부 이러한 패거리 집단의 몰지각 행동 때문에 문학 시장은 갈수록 점점 더 위축되고 독서 인구가 급격히 줄고 있는 현실이 이를 반증 한다. 이러한 일들 때문에 문학인 사회의 반목 현상도 가볍게 보아 넘길 수준이 아니다. 서로 상대의 문학을 존중하는 아름다운 모습을 안타깝게도 보기 힘들어 졌고……. 상대를 폄하-貶下하기에 혈안이 되어있다. 한 나라의 지성을 대표하는 문학인임을 자처하면서 우선 자기를, 그리고 자기가 속한 소집단의 이익만을 생각하는 풍토가 되어가고 있는 것이다. 불인정-不認定과 자기 집단 생각만 하는 소박한 이기주의 풍토가 만연 되었다는 것이다. 이런 자들이 "나는 문화 예술인이다"라면 우쭐대며 돌아다니는 모습을 보면 웃음이 절로난 다. 잘못을 지적하면 단체에 위신을 추락 시켰다고 미친개패거리처럼 때를 지어 제명을 하겠다고 얼음장을 놓는다. 이러한 이유는 문학 인구 즉 작가가 필요 이상으로 양산된 데서 그 원인을 찾아 볼 수 있다. 다중의 사상 형성에 영향을 주는 문학이 "가벼운 쓰기 놀이" "너도나도 책 만들기"정도로 대중화혹 은 전락.된 느낌마저 갖게 되는 세태에서 치열한 작가정신을 유지하기가 매우 힘들어 졌기 때문이다. 그렇다고 해서 작가가 독자 앞에 너무 초연한 자세로 군림하는 것도 문제 일 수 있지만! 너무 몸을 난삽하게 놀려 독자를 유혹하며 희롱하는 것도 좋을 수 없다. 문학은 재치나 기술이 아니라 고통과 실패를 기꺼이 감내하는 마음의 자세에서 비롯된다.

내가 접한 경남 지역에서 문협단체에서 수여하는 상들 대다수가 소수小數=독
자의 수 문학이다. 그렇다면 대중문학과 소수문학의 차이를 보자.

한국문학을 대표하는 것이 산문이라면, 산문을 대표하는 것이 소설이다.
소설이란, 작가의 풍부한 어휘·상상력·깔끔한 문장·탄탄한 구성력을 바탕으
로 인간의 삶이나 사회의 모습을 형상 하여 인생을 표현하는 언어 예술이다.
따라서 한편의 소설이 씌어지는 과정에는 필연적으로 등장인물의 심리와
성격이 묘사되고 적절한 사건이 물 흐르듯 자연스럽게 전 개 되면서 작가가
말 하고자 하는 주제가 부각되기 마련이다. 물론 소설은 작가의 성향에 따라
소설을 써내는 기법과 형식이 달라 질 수도 있다. 예컨대 인간의 내면, 즉
의식의 흐름을 추적해 나가는 소설이 있는가 하면 철저히 사건의주로 상황을
이끌어 가는 소설도 있다. 이렇듯 작가들은 저마다 독특한 목소리를 내며
자기만의 작품 세계를 보여준다. 우리는 그것을 흔히 한 작가의 특성 또는
개성이라고 하며 아무리 실험적 소설이라 해도 이러한 기본 요소를 소홀히
하면 실패로 끝난다. 1920년대 중반부터 1930년대 중반까지 우리 문단에서
맹위를 떨쳤던 카프문학-프롤레타리아 문학 을 선두에서 이끌었던 박영희와
김기진은, 그러나 소설에 대한 이론만은 서로가 달랐다. 박영희는 "소설은
사상이다"라며 주체사상만을 지나치게 강요한 반면에, 김기진은 "소설은 건축
이다"라면서 구성 등 소설이 지녀야 할 여러 요소들의 중요성도 함께 강조했다.
우리가 주목해야 할 점은 후자이다. 소설이 문학이기 위해서는 주제와 문제는
물론 구성의 중요성을 간과해서는 안 된다. 치밀한 구성일수록 그만큼 설득력
이 강하다. 구성이 제대로 안 되면 군더더기 문장들이 끼어들고……. 그러다가
보면 작품이 지루해져서 망가지기 일쑤이다. 그동안 여러 곳에서 출판을
했는데 출판사 측에서는 팔리는 책을 집필 해 달라고 했다. 팔리지 않을
책을 무엇 하려 그 고통을 감내하며 집필하여 사장 시키느냐는 것이다. 그러니
까 독자가 없는 책은 책이 아니라는 뜻이다. 작품성이 없는 책은 출판되어

서점 가판대에 올려보지도 못하고 파지 장으로 가는 것이 절반이며 1주일을 못 견디고 재고 처리되는 것이 60%라고 한다. 그러니까 많이 팔린다는 것은 어떤 면으로든 좋은 일이며 그것이 작가의 역량을 얘기하는 것이다. 판매 부수와 작품의 평가가 별개일 수는 있다. 상업성과 통속성은 경계해야 되겠지만……. 누가 뭐래도 작가는 대중성은 존중을 해야 될 것이다. 어떻든 잘 안 팔린다는 것이 어떤 명분으로든 장점이 될 수는 없으며 작품성이라든지 예술성 때문에 대중성을 확보할 수 없다는 논리는 세울 수가 없다. 혹시 순수작가와 대중작가라는 구분이 허용된다면 순수작가는 대중작가의 독자사회학을 탐구해야 하며 자신의 작품이 팔리지 않는 것이 순수성이나 작품성 때문이라는 어리석은 착각은 떨쳐버려야 한다.

우리가 무심히 쓰고 있는 소설이라는 말은……. 장자莊子의 외물편-外物篇에 처음 등장했다고 한다. 원문에 담긴 뜻을 살펴보면 당시의 소설은 "그저 저자거리에 떠돌아다니는 그렇고 그런 이야기들"정도의 수준으로만 평가받고 있었음이 확인된다. 그러나 만약 소설이 계속해서 "그렇고 그런 이야기"의 수준에만 머물러 있었다고 한다면……. 기원전 290년에 세상을 떠난 장자 이후 오늘까지 과연 명맥을 유지해올 수가 있었을 것인가. 소설이 허구-Fiction 이면서도 오늘날 융숭한 대접을 받는 가장 큰 이유는 인간의 삶을 통찰하고 시대를 꿰뚫어보는 혜안을 갖게 해주는 자양분 때문이다. 즉 허구는 현실-fact 에의 유추라는 불가분의 관계에 있기 때 문이다. 그러므로 독자들은 소설을 읽을 때 단순한 "이야기"만을 기대하지는 않는다. 독자들이 궁금한 것은 도대체 이 글의 작가는 왜 이 이야기를 힘들여 만들었을까? 에 대한 해답이다. 즉, 독자들은 아무 음식이나 가리지 않고 먹는 저자거리의 배고픈 낭인-浪人이 아니라 진정 맛의 가치를 알고 음미하고 체험 하려는 미식가인 것이다. 해서 소설이 한때 시정-市井의 잔소리나 하찮은 소일거리로밖에 인식되지 못하던 시절이 이었다고 하지만 인간의 의식이 점점 더 개화되고 문명-文明이 고도화될

길…….

수록 소설이 인생의 표현이요, 인간성-人間性의 탐구를 지향한 예술 장르로서 인식되어 왔다. 그것은 곧 소설 역시 그 지위가 전과는 비교가 되지 않을 정도로까지 격상-格上되어 왔다는 뜻이다.

소설을 인간학이라 했을 때 소설은 근본적으로 인간을 탐구하는 이야기의 구조라고 해석할 수 있다. 인간을 탐구한다는 것은 인간 그 자체만을 탐구하는 것을 의미하지는 않는다. 인간과 연관된 사회와 그 사회를 구성하는 여러 사항들과 긴밀하게 관계하고 있음을 지나쳐서는 안 된다. 사회를 구성하는 여러 사항이란 인간 서로간의 관계를 형성하는 외적인 것들과 인간 스스로 사회에 대응해서 삶을 영위하는 인간 자신의 모습으로 대별할 수 있을 것이다. 다른 한편으론 묘사이다. 일부 시에서도 그렇지만……. 소설에서 보여주는 가장 큰 특징은 무엇을 묘사하든지 일원적이거나 단선적이 아니라는 것이다. 어떤 작가의 글은 다각적 묘사-description from different viewpoints 를 바탕으로 전개시키기도 한다. 이러한 글들을 우리는 다원적 사실주의-open pluralist realism 라 규정해 버리는 것이다. 어느 것을 소설의 중심으로 삼아 이야기를 전개하든 그것은 작가의 몫이다. 그러나 작가가 그 어느 하나라도 소홀하게 생각해서 소설을 구성했을 때 소설은 균형을 잃어버린다. 소설 균형의 언밸런스는 소설의 진정성에 회의를 가져오게 하고 소설의 가장 주관적인 구조인 시-詩와의 구별을 회의하게 만든다. 이 경우 시는 물론 서정시를 말한다. 서사시에 뿌리를 둔 소설과 통틀어 시라고 말하는 서정시와 구별되는 첫째 이유는 이 부근이다. 시가 작가 자신의 모습을 드러내 인간과 세계를 해석한다면 소설은 세계를 해석하면서 자신을 가능한 한 감추게 된다. 자신을 감추면서 인간과 사회 그리고 인간의 삶을 해석하고 추구하게 된다. 추구의 방법은 이야기라고 하는 형식을 통해서다. 인간과 인간과의 관계 그리고 사회, 이야기 구조가 소설을 인간학이라고 했을 때 이 점은 반드시 전제되어야 한다. 소설에서 말하는 서사정신은 이것을 바탕으로 말해지는 것이라고 할 수 있다.

문학인으로서의 갖추어야할 최소한의 예의

　모든 작가는 문학의 가치를 믿어야하며 설령 어떤 유혹誘惑이나 곤곤困困함이 삶을 괴롭힌다 할지라도 문학의 정통성正統誠과 순수성純粹誠을 끝까지 지켜야할 것이다. 그러기 위해서는 작가는 오직 창작에만 몰두하면서 독특한 문학 세계를 구축해야 좋은 작품이 나올 것이며 자기만의 언어와 문체의 색깔을 외곬으로 고수하면 잘 숙성된 순도 높은 글들을 집필 할 것이다. 흔히들 시나 수필은 소수 문학이라고 한다. 앞서 이야기 하였지만⋯⋯. 문학을 대표하는 것이 산문이라면 산문을 대표하는 것이 대중 문학인 소설이란, 논리에서 보면 한국문학인의 정서를 대표하는 것은 소설가다. 소설가들의 특징은 문인 중에도 프로작가들⋯⋯. 즉 전업 작가라야 좋은 작품을 창작할 수 있다. 시나 수필 등은 직업을 가지고 해 나갈 수 있지만 소설은 전업에 몰두하지 않으면 어렵기 때문이다. 어떤 문학이나 자기만의 끼를 발휘 해야만 그 전문성을 독자는 인정해 줄 것이다. 문학에는 등급이 없다. 자기가 쓰고자하는 장르에 최고가 돼야 하기 때문에 끈임 없는 노력이 필요하다. 문학이란, 사람들이 살아가는 이야기를 통해 사람을 이해하고 사람에게 가까이 다가가기 위해 있어야 하는데⋯⋯. 문학이 사람 이해에 장애 요인으로 작용하거나 인간 정신을 훼손毁損하는 일이 생겨나는 경우를, 작가가 양산되다보니 심심찮게 보게 되는 것이다. 지금은 신문과 문예지가 얼마나 많은가. 대형서점에 가보면 등단할 수가 있는 문예지가. 월간과 계간 합쳐서 수도 헤아릴 수 없을 만큼 많다. 그러니 자신만 열심히 노력한다면 문인이 되기는 쉬울 것이다. 내가 속해 있는 단체에선 2~3년 사이에 지방에서 어줍지 않은 문인이 출간하는 계간지 에서 아주 많이 등단을 했다. 그 잡지에서 소설가로 등단했다는 사람에게 기회를 주려고 1년에 한 번씩 출간하는 문학지에 나의 글을 상재를 포기했다. 그러나 그들은 등단 작품을 상재를 안 하는 것이다. 경력 난에 소설가라고 등재 했지만 그들의 소설은 단 한편도 보지 못했다. 과연 소설 등단작이

길⋯⋯.

있는지 심히 의심스러운 것이다! 이런 문학지들 때문에 그만큼 등단할 수 있는 길이 많으니까 말이다. 하지만 이시대의 시류가 그래서 일까. 더러는 글 쓰는 것을 너무 쉽게 알고……. 문단에 데뷔하는 것을 어렵지 않게 생각하는 문학 지망생들이 더러는 있는 것 같다. 글을 쓴다는 것은 자기 영혼과의 피나는 싸움이다. 온갖 노력과 지식을 동원하여 작품을 써야 하는 것이다. 노력 없이 쉽게 알고 덤벼드는 것은 문학을 하는 사람의 자세가 아니다. 좋은 글들은 그만큼 사람들에게 아련한 여운을 남기게 되고……. 또한 은은한 향기를 뿜어내게 마련이다. 요즘 우리 지역을 포함한 각 지역에 건전한 문학 활동을 위협하는 우려할만한 증세가 나타나고 있다. 어름 하고 저급한문예지에 보낸 글이……. 어떠한 간교-姦巧에 의해 신인상을 받고 지역 문인협회에 가입되어 한 달에 한 번하는 모임에도 참석을 않고 문학지에 어줍지 않은 글이나 실어보려는 얍삽한 그들의 심보를 보면 헛웃음이 저절로 난다. 이런 증세를 해소해 나가는 것이 지역 문학이 진정으로 발전하는 길이라고 생각하며 몇 가지 의견을 제시해 본다.

첫째: 문학 지망생의 등단의 꿈을 악용하여 근래 검증이 안 된 문예지가 중앙이나 지방에서 범람하고……. 거기에 상업성까지 가미되어 아직 기성 문인으로 보기에는 습작인과 그 변별력이 떨어지는 작품을 매호 몇 명씩 추천 당선시켜 신인상을 양산함으로써 해당 장르 문인들조차 그 잡지 출신을 인정하지 않는 자기모순을 낳고 있다. 특히 지방의 동아리 형태에서 회비를 모아 발행하는 저급의 회지에서 등단시키는 것은 이해하지만……. (자기식구 이니까!) 그 잡지에서 등단되었다고 이력에 넣어 광고하는 것은 "나는 수준 낮은 문학인이다."라고 고백하는 것과 같은 것이다. 단, 검증된 중앙지의 경우 심사위원의 명예 때문에 수준 높은 작품들이 추천되지만! 일부 지방에서 검증 안 된 채 발행되는 작품집이나 자그마한 지역 백일장에서 장원한 사람을 등단시키는 일이 허다하다. 이러한 일들이 지역문학의 수준을 동반 하향시키

는 일련의 상황들에 우리 문학-지망생 인 들이 스스로 자신과 문학주변 상황을 직시하고 바른 정체성과 창작 방향을 찾아야 할 것이다. 따라서 지역 문단의 일부 리더가 추천하는 문예지가 작가 스스로도 기꺼이 인정할만한 공정한 문예지인가를 살펴보고 전국적 문단에서 알아줄만한 잡지인가를 자세히 알아볼 필요가 있다. 자칫 좋은 작품을 엉뚱한 곳에 발표함으로써 문학사에 단 한 줄의 의미도 부여받지 못하는 부끄러움으로 남을 수도 있음을 인식해야 한다. 등단 과정의 불투명성-不透明成 정실-正失에 의한 추천-推薦 잡지사와 수상 자 사이의 묘한 커넥션 등의 저급한 메커니즘을 끼고 있는 곳으로 자신이 휩쓸린다면 문학 생활의 큰 치욕-恥辱이 될 것이다.

"그간 시 쓰기를 멈춘 적은 없었어요. 모아서 엮을 생각은 못하고 쓰는 족족 지인들에게 휴대전화 문자메시지로 날려주다 보니, 두 번째 시집까지 20년 넘게 걸렸네요."소설가 겸 시인인 문형렬은 1982년 조선일보 신춘문예시 부문 에 당선돼 시집『꿈에 보는 폭설-청하』을 냈다. 하지만 독자에게는 장편소 설『바다로 가는 자전거-문학과 지성사』『어느 이등병의 편지-다온 북스』 같은 소설로 더 익숙한 작가이기도 하다. 불교방송과 영남일보 기자로 일하며 온전히 시작에 전념할 시간이 부족하기도 했다. 그런 그가 23년 만에 두 번째 시집『해가 지면 울고 싶다』펴 냈다.

"10년 전요? 제 작품에 불만이 많았죠. 글은 갈수록 엉망이 되어 갔고, 우울증에 걸리면서 '계속 글을 써야 하나'회의가 들었어요."1995년 '문학과사회' 에 소설『내가 사랑한 캔디』로 등단한 소설가 백민석은 '목화 밭 엽기전' '죽은 올빼미 농장'등 장·단편을 가리지 않는 왕성한 작품 활동으로 모던하고 지적인 이야기꾼이란 평가를 받았다. 그랬던 그가 2003년 문단에서 돌연 잠적했다. 휴식과 재충전이 아닌 절필 목적의 잠적이었다.

"회사에 취직해 8, 9년쯤 일을 했습니다. 전문대-서울예대 문창과 출신이라

직장인으로서 경쟁력을 갖추려고 4년제 대학-방송통신대 영문과 을 다시 다녀 학위도 땄지요. 대학 리포트 쓰는 것 말고는 일절 글을 쓰지도 남의 작품을 읽지도 않았어요.",작품 활동을 재개하기로 한 뒤 가장 많이 받은 질문은 "그때 왜 절필했느냐"와 "왜 다시 돌아왔느냐"였다. 작가는 이번 책에 수록된 자전적 단편 '사랑과 증오의 이모티콘'으로 대답을 대신했다. 집필 지음 작가가 느꼈던 정서 마비 상태와 성마른 언행으로 인한 주변인과의 불화, 그리고 그것을 극복한 뒤 다시 찾은 글쓰기의 욕망. 문단 복귀의 결심이 서면서 다니던 직장도 그만 두었다. "10년 만에 다른 작가의 소설을 읽고 '다들 정말 열심히 쓰는구나'하고 생각했어요. 나도 열심히 쓰자고 마음먹었지요. 요즘은 아침 6시에 일어나 소설을 쓰기 시작해 밥 먹고 산책하는 것 말고는 밤 12시까지 글만 씁니다."란, 동아일보 2013년 11월 28일자 문화면에 실린 일부의 글이다. 한사람은 23년 만에, 다른 또 한사람은 10년 만에 작품집을 냈다는 데…… 크나큰 의미를 두고 특집 기사화한 것이다!

……문인이 글을 쓴다는 것이 어떤 의미인지를 말해주고 있다. 등단 했다하여 유명 문인이 될 수 없다. 해마다 신문사에서 주관하는 신춘문예에 각 장르별로 하려하게 등단하지만……

2013년 조선일보 신춘문예에 총 2091명이며 총 편수는 모두6053편이다. 분야별로 중편소설 287편·단편소설 568편·시 4308편·시조 449편·희곡 88편·동화 225편·시나리오 82편·문학평론 13편·영화평론 33편이 응모하였다 한다.

등단을 위하여 이렇게 치열한 경쟁을 벌여 등단을 해도……. 5년이 지나도록 책 한권 기획 출간을 못하는 작가가 60%가 넘는다고 한다. 소설의 경우 1년에 단편소설 2편만 집필하여도 5년이면 한권의 소설집을 출간할 수 있는데 말이다. 정호승 시인이 11집 시집을 낸 후 MBC TV에서 인터뷰를 하였는데……

"시와 소설로 등단을 하여서 그간에 11권의 시집을 출간 했으나 언제나 마음속에 소설을 집필을 하고 싶은 마음 있어 40대에 직장을 그만두고 소설을 집필해 보았으나 완성도가 낮아 포기를 했다."는 요지의 방송을 했다. 그렇게 소설 집필은 어렵다. 그래서 소설가를 "작은 신-神 이라고 부르는 것이다. 수필 같은 경우 일기나 같은 것이 아닌가! "수필은 문학이 아니다"했지만 지금은 그 수가 많아져 문학으로 취급하고 있다. 수-首가 많아 지면 단체가 된다. 무리를 지어서 "문학이다" 우기는데 어쩔 것인가! 우리 사회가 그렇게 변해가는 것이다. 일기 같은 신변잡기-身邊雜記글을 잘 정제하여 쓰면 수필이 되는 것이다. 우리는 한때 일기를 꼭 쓰고 잠들었지 않았던가! 일상생활에서 보고 느낀 것을 잘 쓰면 생활 수필이 되는 것이다. 그래서 누구나 쓸 수 있는 것이 수필이다. 이러한 글도 한 달에 4편만 써도 2년이면 한 권의 수필집이 되는 것이다. 그러니까 너 나 없이 어느 장르나 끈임 없는 노력 없인 좋은 작품을 쓸 수 없는 것이다. 5년이 넘도록 아니 어떤 사람은 10년에서 심지어 20년의 문단 생활을 하면서도 작품집하나 출간 못 하면서 "내가 문인이다"하고 단체 간부자리나 한번 해보려고! 이곳저곳을 기웃 거린다. 그런 사람을 보면 토악질이 나오려 한다. 어느 누가 말하든 문화 예술인은 오직 작품으로 평가하기 때문이다. 아마도 자격지심에서 그런지 모르지만! 이런 사람이 꼭 남을 헐뜯고 비방이나 하고 다닌다. 나는 등단지가 내세울만한 게 못되어 살을 깎아 내는 노력으로 여러 장르 글을 집필 모두 기획 출판을 하여 중앙에서 인정받아 사단법인 한국소설가 협회 중앙위원에 위촉되었다. (기획 출간하면 무조건 등단 인정)

둘째: 문인이라는 이름에 문학인 스스로가 남다른 가치를 부여하지 않으면 안 된다고 생각한다. 문인의 이름의 남발은 자칫 건전한 창작 활동을 하는 문인에게 깊은 상처와 함께 창작 욕구를 저하시키거나⋯⋯. 그 반대로 자기만족에 빠져 교만驕慢하고 작품 수준을 정지시키는 위험한 결과를 가져올 수도

있기 때문이다. 가령 등단 회원이 전체회원의 절반도 안 되면서 "문인협회" "작가회"등으로 혼용-混用함으로써 문학을 좋아하는 지역민이나 독자들을 호도해서는 안 된다. 소위 문인은 학창시절 문예반이나 취미 클럽의 문학 동호회와는 본질적으로 다른 전문 예술가들이기 때문이다. 그에 대하여 남다른 의식과 책임이 있어야한다. 그림을 그린다하여 모두가 화가라고 부르지 않고 노래를 한다하여 모두가 가수가 아니듯이, 문학 동호회와 문인협회는 그 수준과 지향점이 달리하는 집단이 되어야 하기 때문이다.

  셋째: 지역문학 지망생을 지도하고 이끄는 이른바 지역의 문단 지도자가 과연 전국적인 문단으로 볼 때 그 능력과 소양이 잘 갖추어져 있고 문학에 큰 영향을 줄만한 작품다운 작품을 집필 출간 했는가 이다. 작품집 한권 없는 자가 또는 자비로 한두 권 책을 출판한 사람이 주제를 모르고 스스로 대단한 작가인양 우쭐 거리면서 지역에서 유명 작가인 것처럼 행동하며……. 사기꾼이 달변이듯이 감언이설-甘言利說로 동조자나 같은 수준의 무리로 패거리를 만들어 확장된 세력-勢力을 등에 업고 투표를 하여 감투를 뒤집어쓰는 것이 종종 목격되기 때문이다. 이러한 자 들은 "인격 장애-personal disorder"자들 이라고 생각 할 수밖에 없다. 내가 가입해 있는 몇몇 단체에서도 지부장 투표과정에서 떨어진 패거리는 모임에 탈퇴 하여 자기 패거리를 만들어 활동을 하고 있으며……. 하찮은 일로 고소고발을 일삼고 있기도 한다. 소위 문화 예술인이라는 자들이 자기 패거리가 아니면 안 된다는 식으로 속내를 훤히 들여 보이는 것은 이 땅의 문화 예술인으로 자격이 없다. 정치패거리보다 수준이 현저히 낮은 집단패거리이다. 어느 선거이든 승자와 패자는 반드시 있는 것이다. 그런 것이 이 세상의 이치다. 그러한 것도 모르는 사람이 선거에서 패배하였다하여 저질세력을 규합해 단체로 행동을 하는 것은 문화 예술인으로 서 취할 행동이 아님을 알아야 한다.

넷째: 소위 우물 안 개구리 식 폐쇄적(閉鎖的)인 지역 문단 활동에서 벗어나야 한다. 자신들만의 나르시스를 즐기는 동네 문학 활동을 지양해야 한다. 이 지역의 문학이 곧 중앙문학의 모델이 될 수 있고……. 지역 문인이 중앙 문예지에서도 충분히 인정받음으로써 한국 문단을 이끌어 갈 수 있도록 양질의 문학 단체와 교류하고 외부 문인을 초청하여 지역문학인이 재충전할 수 있는 자극과 정보 흡수의 기회를 자주 가져야 할 것이다. 그리함으로써 지역에 새롭게 유입된 역량 있는 문인이 함께 참여할 수 있는 문화적 공간을 마련하여 지역문학의 상승작용을 일으켜야 한다.

마지막으로 자기에게 냉철하게 질문해 보라. 우리 지역에 진정 중앙으로 내놓아도 부끄럽지 않을 만한 문인이 있는가! 그러한 것을 갈구하고 있는가! 스스로 노력하고 있는가! 내가 등단코자 하는 잡지가 너무 쉽게 나를 문학 세상에 내보내고 있지는 않는가! 문학이란 작가가 깊은 고뇌와 사회적 현실에 대한 깊은 성찰의 조우(遭遇)를 통해 탄생하는 생산물(生産物)이다. 작가가 자신의 작품이 불만족스럽다면 그것은 작가 자신의 고뇌의 깊이가 부족했든지 아니면 사회적 현실에 대한 통찰이 정곡을 찌르지 못했든지 두 가지 중의 하나라고밖에 볼 수 없다. 작가가 자신의 작품을 불량(不良=완성도 미달.)이라고 구호(口號=변명.)로 메울 수는 없다. 작가는 누가 뭐라고 하여도 오직 작품으로 말해야 한다. 고통스럽고 힘겨워도 장구한 문학의 길을 가고자 한다면 취미의 차원을 벗어나 언어를 통한 역사성·사회성·인류의 바른 가치관과 철학을 노래할 수 있는 역량을 키우기 위해 자기 단련의 과정을 각오하고 있는지 심각히 되새겨 봐야 한다. 그것이 지역 문인의 문학 작품을 기다리는 독자와 지역민에게 문학인이 해야 할 일이라고 생각한다. 그러므로 문학적 함량미달(含量未達)로 가득한 패거리 집단의 옹호와 밀어주기 갈라먹기 너는 안 된다는 님비(NIMBY : Not In My Back Yard) 현상이 만연되어 버린 세상……! 돈과 패거리 단체 부산물(副産物) 세력화 등으로 도덕성이 결여된 유희적 문학은 일시적 관심의 대상이 될 수 있을지 몰라도 시간이 흐르면 언젠가 소멸消滅될 것이다. 그러한 정신이 부족한 작가의 양산으로 인하여 이런 거품에 휩싸인다면 우리의 문학은 그 나머지의 자리도 유지하지 못할 것이다. 항간에 떠도는 소문에 의하면 각종 문학상에 문학적 업적이 변변치 못한 원로에게 순번대로 상을 주고 있는 현실의 문단을 정치패거리보다 못하는 저질 집단이라고 욕을 하고 있다. 오직 작품으로 평가를 내려야할 냉엄한 문화예술계에서 먼저 등단했다고 또는 문단 집행부에 그 잘난 감투를 뒤집어썼다고 상이 주어지고 있는 현상을……. "올림픽 경기에서 감독이나 코치 또는 고참 운동선수에게 금메달을 수여하지 뭣 하려 돈들이고 힘들여 경기를 하느냐? 문학단체서 하는 것처럼 하지!"라는 비아냥거림을 들을 것이다. 스포츠 경기에선 오직 실력에 의해 상이 주어지고 있다. 먼저 운동을 하였다 해서……. 또는 체육협회 회장이라서 상이 주어지지 않는다. 공로상이 주어지는 것이 타당한 이치다. 이런 집단의 문학적 수준은 현저히 낮은 초등학교 저학년의 수준이고 왜! 저런 사람을 등단시켰는지 의심이 들어 그들의 등단 지를 다시 한 번 확인하게 된다. 그들의 약력에 시집: 000외, 시조집: 000등, 수필집: 000외 다수 이렇게 상재되어 있다. 시집이 외, 몇 권인지·시조집이 등 몇 권인지·수필집 다수란~ 몇 권인지·얼마나 많이 집필을 하여 숫자를 못 셀 정도의 책을 집필하였는지 모르게 해 놓은 것이다. 알고 보면 2~3권 집필한 주제에 많은 작품을 집필한 것처럼 독자들의 눈속임을 하고 있는 것이다. 참으로 치졸한 방법이다. 그러한 잔머리를 작품에 열중하면 좋으련만……. 김해시청 문화관광과 국장과 과장이 경남 문학상과 경남문화상에 신청하라며 도 문화상자료를 가져오라 하여 사과 상자 세 상자 분량의 자료를 시청에 주었다. 두 번 제출 하였지만……. 수상하지 못 했다. 경남 문학상에도 두 번 응모 했지만 수상하지 못 했다. 수상하지 못한 이유를 시간이 지난 뒤에 알았다. 상을 심사하는 과정을 지켜본 사람이 수상자의 순서가 있다는 것이다. 문학 단체에 고위직이나 원로에게 우선순위라는 것이다. 그 후로는 내 스스로 포기했다. 제출된 작품을 읽어보지도 않고 수상자를 결정한 것을 보았다고 했다. 그 말을 듣고 참으로 씁쓸했다. 내가 김해 문인협회에 가입 후 16년 동안 김해 문인협회원들 중에서 두 가지 상을 받은 사람이 없고 심사위원에 위촉 된 사람도 없었다. 자기들 끼리 해먹는 것이다. 한마디로 인간성이 더럽고 고약한 놈들이다. 53만 명의 대도시인 김해 문인협회 회원이 80여명인데……. 참! 슬픈 일이다. 문인협회에 발전을 기여 했다면 공로상이 적합할 텐데! 흐름은 그렇지 않아 이 땅의 예술인의 자존심을 먹칠하게 만들 만한! 듣기 힘한 욕을 먹고 같은 급으로 폄하-貶下 되고 있어 참 슬프다. 몇 년 이상 문단경력이 있어야 상을 받을 자격이 있다는 수상조건을 만든 자-者=놈 들이 지역 원로 문인이라는 것이다. 그래야만 변변치 못한 문학 활동을 하면서 지역에서 주는 상이라도 받아 보자는 묘한 술수를 쓴 것이다. 이들도 문제이지만! 그들에게 동조하여 표리부동-表裏不同하는 무리들이 있다는 게 문학단체의 길은 암울하다. 내가 하고 싶은 말은 스포츠 경기처럼 신인들도 출전하여 정정당당하게 경기를 하여 좋은 성적을 거둔 사람에게 상을 주는 것처럼……. 문화예술계도 신인 원로 구별 없이 완성도 높은 작품이 상을 받을 수 있도록 자질 높은 심사원들의 자세가 필요하다는 것을 지적함이다. 또한 지역 문학상에 외부의 신뢰가가는 인사들이 공정한 심사를 보아 우수한 작품에 시상을 하여야 하는데 이력이나 경력도, 문학 작품으로도 인지도가 없는 단체 회원에게 심사를 맡겨 상의 격을 깎아 내려서 상의 가벼치를 떨어뜨리는 일들을 하고 있다. "무슨 말이냐?" 하면 문학적 수준으로 보아서 초등학생 정도의 실력을 가진 사람이 대학교수의 작품을 심사를 한다는 게! 외양간의 소가 들어도 웃을 일이다. 인간의 말을 듣고 소가 웃을까만! 그런 실력으로 심사를 본 사람의 저의가 의심스럽다고 회원들이 수군대는 것을 모르는 것이 더 안타깝다. 올림픽에 나갔는데……. 선배나 단체의 우두머리가 "이번에는 내가 금메달을 딸 차례니 너는 천천히 내 뒤를 따라 오라. 또는 오늘은 선배가 금메달을 따야하니 너는 천천히 뒤에서 뛰어 오너라"는 것과 같은 것이다. 내가 보는 한국 문단의 현주소는 이렇게, 아직도 현실을 직시하지 못하고 있다. 옛날 같으면 선비란 자-者들이……. 그 따위 짓을 하고 있는 것이다. 나의 두 번째 시집 『지독한 그리움이다』는 출간 3개월 만에 국립 중앙도서관에 보존 서고에 들어갔다. 내가 살고 있는 김해도서관에도 보존서고에 들어갔으며 2011년 2월부터 2014년 6월 23일자까지 서울신문-1일=18만부 발행에 가로 20센티미터 세로 17센티미터 크기의 흑백과 칼라 광고를 월 6회에서 9회를 하고 있다. 몇 억의 광고비를 들여 출판사에서 광고를 하고 있는 것이다. 이 책은 우리나라 시집이 7년간 베스트셀러-Best seller가 없었는데……. 베스트셀러가 되었다고 한다. 이 책을 권위 있다는 『통영문학상』에 응모 했지만 떨어 졌다. 심사위원이 경남문인협회 시조 시인이라……. 잘 알고 있다. 출판사 유통부에 있는 친구에게 들은 말이다. "시조를 쓰는 사람이 문학인이라고 행세를 하는 시대는 오래전에 지났다. 옛날엔 어깨에 힘을 주었지만 지금의 세상엔 시조집은 팔리지도 않아 서점에선 책으로 취급도 안 한다. 단 한권도 서점에선 안 팔려 출판사들에선 무릎아래 문인들로 취급한다."라고 했다. 심사를 보는 사람들이 문학수준이 초등학교 실력이니……. 자기기준에 맞은 초등생이 쓴 것 같은 완성도가 아주 낮은 작품에 상을 수여케 하고 있는 것이다. 이러한 짓거리를 없애려면 한시라도 빨리 지역 문학 단체에서 만이라도 구태의 허물을 벗어 던지고 거듭 다시 태어나야 할 것이며 문학인은 대한민국 예술단체의 도덕적 지표-道德的指標가 되어야 할 것이다. 지표란 가는 곳을 가리키는 표지 아닌가. 표지가 제대로 서있어야 바른 길을 갈 수 있다. 한국문화예술단체 10곳 중 제일 썩어 빠진 곳이 문학단체라고 욕을 먹고 있다. 이 시대 문학인은 명예와 자존심하나로 버티고 있는 것이 아닌가! 작가는 시대의 증인-證人이며 이 땅에 양심-良心의 최후-最後 보루-堡壘이다. 이러한 문학인이 되려면 이기적인 패거리집단에! 휘둘리지 말고……. 순도 높은 창작에 매진해야만 앞으로 문단의 존재의 가치가 될 것이다.

『문단은 순결한 영혼들의 세계이다. 창조적인 바보들이 어울리는 장이다. 사심이 없는 곳이다. 정직한 곳이다. 거짓말을 않는 곳이다. 모함하지 않는 곳이다. 싸워도 정정당당하게 싸우는 곳이다. 외로운 곳이다. 고통을 즐기는 곳이다. 슬픔을 이기는 곳이다. 가난을 즐기는 곳이다. 약고, 눈치 빠르고, 간교하고, 교활한 자들의 무대가 아니다. 정치판도 아니고 돛대기 시장판도 아니다. 이권으로 유혹하는 장사판은 더더욱 아니다. 얼마 전까지만 해도 우리는 진실이 승리한다고 배웠다. 하지만 지금은 "속아 넘어가지 않는다"가 "속아 넘어갈 수 있다"는 현실이기에 소름이 끼치는 것이다. 위선이 진실이 되는 문단을 상상해보라! 문단의 사물화私物化를 막아야 한다. 파당을 지어 득세하면 그 문단권력이 모든 걸 사물화 할 수 있다. 그걸 빌미로 세력을 확장하는 그 참상을 상상해 보라. 어느 문예지에서 시상施賞의 비리에 대해 읽는 적이 있지만……. 앞으로 문학상이 부지기수로 불어날 것이다. 문학상을 상품화하는 기업체가 생겨날지도 모른다. 이런 꼴을 보려고 문학인생을 택했단 말인가. 진정한 문인의 정신은 반역에 있다. 비판정신 말이다. 비판정신이 없으면 문인이 아니다. 창작은 새로움의 제시다. 같은 사물을 달리 볼 수 있는 게 반역이다. 그 정신은 창작의 기반이다. 썩지 말아야 한다. 이해득실에 눈독을 들이는 지성이라면 그건 지성이 아니다. 거짓과 위선에 농락당하는 지성은 또 다른 가면일 뿐이다. 눈치 보는 지성도 가면일 뿐이다. 무슨 덕을 보려고 자신의 거룩한 모습에 흠을 내려하는가. 다시 생각하자. 내가 왜 문인이 되었는지. 그 자문自問에 성실히 자답自答해 보자』

위의 글은 월간 한국소설 2009년 11월호 권두언에 실린 경기대학교 김용만 초빙교수 글의 일부에서 보듯이……. 모든 문화예술의 씨앗을 생산하는 문학단체의 현실을 구정물 통으로 비유比喩하고 있다.

문학인의 첫 번째의 예의는 같이 활동하는 문인이 작품을 출간 했으면

길…….

축하하는 의미로 공짜 책을 바라지 말고 한권쯤은 구입해 보는 것이다. 2007년 출간한-김해와 창원지역 보도연맹민간인학살사건이 자세하게 기록된. 실화소설 "만가-輓歌"출판계약을 할 때 저자보관용을 15권으로 하여 우리회원에게 주지 못하고 집행부에만 2권을 주었더니……. 모임에서 지부장이 발간 소식을 회원에게 알리는 기회도 주지 않고 김해문학에 책속에 발간 소식도 누락 시켜버렸다. 지역에서 활동하는 문인이라면 지역사건을 자세히 다룬 책을 꼭 구해 보아야 할 것이다. 더욱이 이 책은 서울대학교 법학연구소에서 지대한 관심을 가지고 연구했으며 한인섭교수가 전국 민간인 학살사건을 종합 편집하여……. 내가 전재를 허락해준 만가 책속의 한 꼭지인 "거창양민학살사건"과 함께 전자책으로 만들어 2008년 4월에 전국도서관과 각 학교 도서관에 무상으로 보내졌다고 연락이 왔고 나에게도 고맙다는 인사의 편지에 사인을 해서 자료가 담긴 CD를 보내 왔다. 2009년에 출간한 "눈물보다 서럽게 젖은 그리운 얼굴하나"역시 20부를 저자보관 용으로 받아 회원 9명에게 우편으로 보냈다. 이 책도 회원모두에게 주지 못하여. 월례회의 때 주면 우편요금 3000천원을 주릴 수 있었으나 다른 회원에게 미안해서다. 이 책 역시 지부장이 발간 소식을 알려야 하는데……. 그렇지 않아 내 스스로 발간 소식과 전 회원에게 주지 못함을 사과 했다. 출판사에서 인세로 공제하고 구입하여 전 회원에게 고루 나누어 주면 되지 인색하게 그러느냐? 말을 할 회원도 더러는 있을 것이다. 행여 그런 마음을 가진 사람이 있다면 옳은 마음이 아니다. 피를 찍어내는 고통을 감수하고 만들어낸 생산물인데……. 어찌 공짜를 바라는가! 단돈 1만원이 아까워 그러는 것이 나의 명예를 걸고 절대 아니다. "잃어버린 첫사랑"이란 시집을 받은 신입 회원-라옥분 시인.이 책값을 대신하여 거하게 술을 사고 식사까지 대접을 해주었다. 난 일평생 여성에게-가족을 빼고. 식사 대접을 받아보는 첫 일이다. 생이 남아 있는 한 잊어지지 않을 일이다. 나는 우리 회원 중에 책을 출간하여 서점에 진열되어 있다면 어떤 시간을 쪼개서라도 책을 구입할 것이다. 월례모임에 "공짜 책을 받지도 말고 책을 주면 무조건 책값을 주자"고 건의도 해 보았다. 스타벅스 커피 두잔 값이면 될 책값인데! "그동안 수고했습니다. 정말로 축하합니다."하고 따뜻한 커피라도 마셔 봐야 하겠다. 주머니가 텅텅 빌지라도 그러한 기회가 수번 일어나길 진심으로 바란다. 같은 문학인의 자세이며 축하해줄만한 일이 이 이상 더 기쁜 일이 있겠는가? 허나 아직 까지 활동하고 있는 80여 회원 중 내 책을 구입하여 읽고 있다는 회원이 단 한사람도 없다. 이러한 현실에 문학인으로 많이 서글프다. 그래서 2013년에 출간한 "아리랑은"3명의 여성회원들에게 책값을 받고 팔았다. 완성도가 낮아서 그러나! 중앙 언론이나 지방언론에서 일부의 책들을 특집 보도를 하며 완성도 높은 책이라고 하는데……. 우리회원들 수준으로 보아서 완성도가 아주 낮은 책 이여서 그러나! 그간에 김해 문인들의 출간 기념회가 세 번 있었다. 모두 참석하여 축하비가든 봉투를 주었다. 아무튼 각설하고……. 두 번째는 문학인끼리 만나서 인사를 나눌 땐 상대방 존칭을 선배님! 시인님! 작가님! 그도 아니면 성을 딴 선생님이라고 불러야 하는데……. 이름 뒤에 씨자를 사용하여 부르는 것을 종종 본다. 소위 문학인이라는 사람이 뱃사람이나, 노가다 판에서 험한 일을 하는, 또는 비속어를 생산하는 시정잡배들의 모임에서 쓰는 언어 아니면 사창가 뒷골목에서 몸을 파는 똥갈보들이 사용하는 언어 같은! 노동현장에서 쓰는 거친 입들이 되어! 씨자를 붙여 존칭을 쓰다니……. 문학인의 기본이 안 된 사람이다. 씨란 좆 물·정액 을 말하는 것으로 최하의 존칭을 쓸 때 사용하는 말인데도 모임에서 사용하는 것을 보면 다시 한 번 그 사람의 얼굴을 바라보게 된다. 틀림없이 가문이 그러한 집안 출신 일게다! 그러지 않고서야 어찌 그런 거친 말을 이 땅의 문인에게 사용할 수 있겠는가! 나는 문단에 나온 후 예술을 하는 사람에겐 씨자를 붙여 사용해 본적이 없다. 입이 거친 소설가인 나도 작품 외는 사람의 존칭을 씨자를 써서 불러 보거나 인사를 해 본적도 없다. 소설이란 작품에는 때론. 저잣거리 그렇고 그런 일들과 종종 등장인물이 시정잡배의 이야기 거리를 다루기 때문에 씨자의 존칭을 쓰는 것이다. 글을 쓰는 문인을 옛날부터 선비라고 하지 않았는가. 문학을 하는 사람은 상대방 존칭에 신경을 써야하는 것이 기본 예의다. 그런 예의도 모른 사람의 언행은 잘못 추한 가문에 내력을 표하는 것이다. 단 둘이 만나서 이야기 할 땐 상관없는 일일 수도 있겠지만……! 우리협회 고문이라는 자가 여성 회원에게 씨자를 붙여 말하자. 그 자리에서 엄청 큰 화를 내면서 지적을 하였지만 그 후로도……. 나에게도 그 따위 말을 쓰는 것이다. 어려서 부터 도덕성이 없는 집구석에서 배운 것을 고치기란 어려운 것이다. 단체 회원이 모여 있을 땐 상대방의 인격을 격하시키는 것임을 알아야한다. 얼마 전 제 1회 김해문학상과 작품상 시상식에서 축사를 하는 사람이 수상하는 회원의 이름을 거론 하면서 누구 씨라고 하며 축사를 하는 것을 보고 내 얼굴이 붉어졌다. 소위 한국문인협회 경남 지부장이 그랬다. 이 땅의 아름다운 언어를 다듬고 창조해 내는 사람이 문인이 아닌가! 세 번째는 출간한 작가들이 보내준 책을 받으면 바빠서 책은 읽지는 못하더라도 책을 잘 받았다. 수고했다든지 축하한다든지 전화나 편지 로 답을 해주는 것이 글을 쓰는 사람의 최소한 기본 예의다. 나에게도 전국 도처에서 월 수권의 책들이 온다. 작품은 받은 즉시 전화로 축하해준다. 글을 쓰고 책을 출간하기가 어렵다는 것을 너무나 잘 알고 있기에……. 고맙게 도 나를 기억하고 돈을 들여 우편으로 보내준 것이 너무 감사하여 보내준 책을 다 읽기 전에는 절대로 책장에 들어가지 않는다. 암으로 작고한 어느 선배작가의 말이 생각이 난다. "글쓰기란 암보다 더 큰 고통이다."라 했다. 그의 병상으로 인터뷰하려간 기자가 "그런데 그 고통스런 글을 뭘 하려 쓰느냐?" 질문에 "내가 쓴 글이 출간되어 서점 진열대에 수북이 쌓여있는 모습을 보면 그동안의 고통은 일순간에 사라지고 가슴속에서 터져 나오는 희열은 격어보지 못한 사람은 알 수 없다. 그래서 글을 쓴다."고했다. 임산부가 생과 사를 넘는 산고를 이겨내고 출산하여 아기를 첫 대면했을 때의 희열-喜悅과 같은 것이리라! 그러한데 경남 문인협회 회원이 되어 그동안 출간한 책 21권을 교체된 문인협회지부장들에게 보냈다. 단 한사람도 그 편리한 전화 한통 없었다. 그러한 자들이 내가 속한 단체장이라니 참 씁쓸했다. 아마 그들은 그런 고통도 없이 그동안 출간한 대다수 책들을 아주 쉽게 자비 출판을 하였을 것이다! 위에서 지적한 그렇고 그러한 사람들이라고 볼 수밖에 없다. 그런 자들은 글쓰기 고통을 모르고 완성도가 낮은 저급 글을⋯⋯. 쉽게 자기돈 몇 백 만원을 들여 자비출판을 한 자들일 것이다! 그러한 자들에게 머리를 굽 신 거리면서 따라다니는 패거리를 보면 아랫배에 힘주어 가래를 끓어 올려 그냥 얼굴에 뱉어버리고 싶다. 최소한의 문학인으로 기본이 안 된 자들을 단체장으로 세웠다는 게 경남문인들의 대단한 수치다. 우리는 어려서부터 고맙다는 말을 수없이 배웠고 살아가면서 사용하고 있다. 어린아이가 커가는 과정에서 어른이 무엇을 주면 고맙습니다. 감사 합니다.를 갈쳐 주고 있다. 그러한데 경남문인협회 지부장들은 자식에게 그러한 예의의 말도 안 가르치 나! 그 애비 그 아들도 빤하다. 위의 글을 읽고서 화가 나면⋯⋯. 아니면 부끄러워서 붉은 얼굴이 된 사람이 있을 것이다! 절대로 화내지 말라. 자신이 그러한 부류가 아니면 그만 아닌가⋯⋯! 나는 2010년 경남 문인협회서 매년 실시하는 경남 문학상에 "눈물보다 서럽게 젖은 그리운 얼굴하나"란 장편 소설을 응모하였다. 이 책은 2002년 2월 13일 구정 귀경 일에 KBS『책 마을 산책』이란 프로에서 그동안 국내에서 출간된 책 중 명절날 부모님이 보고 싶고 고향이 생각나게 하는 내용으로 가득한 책으로 선정되어 30분간 특집 방송한-중편 늙어가는 고향. 소설을 7년이 지난 뒤 장편으로 만든 책이다. 당시에 출판사로 부터 원고를 청탁받고 집필을 하던 중⋯⋯. 정계에 진출하려 던 나의 각시 친구의 남편 부탁으로 자서전을 집필하게 되었다. 출판사와의 계약을 어겨가면서 정치인 자서전을 집필한 동기는 그 정치인이 출판기념을 하기위해 청첩장을 지인들에게 보냈는데⋯⋯. 모 신문사 논설위원에게 집필을 부탁하였으나 너무 조잡하여 출간을 못하고 급기야 출판 기념회를 취소하고 급하게 나에게 18일의 기간을 주며 부탁을 하여, 300여 페이지 분량을 완성하여 출간케 해주느라 정작 늙어가는 고향은 중편으로 끝은 내야 했다. 출판사는 구정에 염두를 두고 준비를 했는데……. 내가 약속을 어기는 바람에 160여 페이지분량의 원문에 수 십 면의 삽화와 고향에 관한 국내 시인의 시 몇 편을 군데군데 심어 출판 하였다. 다행이도 KBS에서 수원대학교 철학과 이주향 교수가 진행하는 ≪책 마을 산책≫이라는 프로에서 명절날 고향을 그리워하고 부모님을 생각나게 하는 책으로 선정 되어 30분간 특집 방송하는 바람에 심적 부담을 덜었다. 출판사는 중앙과 지방지에 가로 37센티 세로 17센티 크기의 칼라광고와 서점용 포스터를 제작해 주었고 출판사 대표는 자기 어머니 49제에 책을 놓고 빌었다고 했다. 책 내용 중 "쓸쓸한 귀향길"이란 사詩 내용이 자기어머니가 자기에게 했던 것과 똑같았다고 했다. 당시 책표지 에 부제로 '어머니 당신이 그립습니다.'를 썼는데 방송 때 MC가 물어와 책 본문에 들어있는 "쓸쓸한 귀향길"시가 미국샌프란시스코 한인방송에서 40분 간 낭독방송-장시여서 시 한편낭송시간만 27분소요=시 한편이 21페이지 되어 심금을 울렸던 어머니에 대한 장편소설한권분량을 시로 표현 한 것이라고 했다. 이 시를 읽으신 독자들은 고향을 떠나 객지생활을 하고 있는 자기에게 자기어머니가 했던 내용과 같아 울었다고 많은 연락이 왔다. 또한 대구 수성구 수성우체국 사서함 48호 1563번 이승환 씨께서 "대구에 사는 37살의 총각인, 건장한 남자입니다. 인생에서 한 번의 실수로 넘어져 지금 다시 일어나기 위해서 저 자신의 지난 삶을 많이 반성하고 있는 중입니다. 그러던 중 이곳에서 지인을 통해서 작가님의 책을 접하게 되었고, 많은 감동도 받았고, 많은 뉘우침도 느꼈습니다."란 내용 더한……. 자기어머니에 대한 그리움과 잘못된 자기의 삶을 뉘우치는 글을 A.4 3장에 장문의 글을 보내오기도 했다. 그동안 출간된 책 모두-21권 국립중앙도서관에 들어가 보관 중인데 그중 유일하게 '늙어가는 고향'책만 국립 어린이 청소년 도서관에 들어가 있다. 장편으로 나온 뒤 김해시 한빛 도서관 관장이 100부를 구입하여 도서관과 각 학교에 보냈다고 했다. 그런데, 이 책은 대출이 되면 회수回收가 안 된다는 것이다. 김해시 수많은 도서관 중 현재 김해도서관에 1권이 있을 뿐이다. 또한 책이 출간 될 때마다. 경남문학관에 내가 직접 가서 2권을 기증을 한다. 그런데 경남문학관에도 이 책만 서고에 없다. 일부 독자는 읽어보고 "내용이 너무 좋아 친구들에게 나누어 주겠다며 5부를 구입하겠다"하여 부산 서면로터리 옆 영광도서에 가서 내가 직접 구입해 주기도 하였으며……. 시청 담당 국장과 과장은 올해 김해 책으로 선정 하고 싶다 하였다. 내가 책 완성도가 높다하면 웃을 일이지만! 공영방송인 KBS에서 설날 특집으로 30분간 방송을 하였으니 완성도가 높다는 것을 독자들은 알 것이다. 책 뒷면에 방송원고가 원문 그대로 실려 있다. 이 책은 경남 문학상에 결선에도 못 올라갔다. 총 7명의 작품 7권이 응모 했다고 했다. 최종 결선에 4권이 올라 왔는데 이 책은 그곳에 끼지 못 했다는 것이다. "눈물의 공양"인가! 시집에 밀렸다. 그래서 심사위원명 단을 보니……. 임신행 동화작가 외는 그렇고 그런 사람이다! 그들의 저서를 보니 대다수가 자비 출간이었다. 내가 시로 등단을 하자. 소설가 선배께서 전화가 왔다. "중견 소설가인 자네가 시를 쓰겠다고 등단을 할 필요가 없지 않느냐?'란 질책과 "프로작가인 소설가들은 동화작가를 같은 급으로 생각하고 나머지의 문학 장르의 문인을 허리 아래로 본다"는 것이다. 나를 잘 알고 있는 중앙지 기자들과 지방지 기자들은 "공영방송에서 설날 특집으로 선정하여 방송된 책은 완성도가 아주 높은 책이라고 했다."이러한데도 시집에게 밀려 상에서 떨어짐을 알고 있는 기자가 "경남 문인협회의 엉터리 심사 사실을 크게 보도를 하겠다."하였지만 난 극구 말렸다.

2010년 경남문학 93 겨울호 279페이지에 실린 심사위원 명단이다.

김복근·이광석·전문수·정목일·이우걸·안동원·김일태·이달균·양미경·성선경·강호인·최문석·임신행·김홍섭 이상 14명의 심사위원 중 김해 문인은 없다. 아니 내가 알기론 지금까지 단 한 번도 심사위원에 위촉 된 적이 없다. 올해로 22회인데, 내가 문단에 들어온 후 김해 문인은 아직 한 사람도 수상하지 못했다. 그래서 내가 응모를 했던 것이다. 마산·창원·

진해가 2010년에 통합을 해서 그렇지! 김해 인구가 53만 여명 이며 80여명의 문인이 활동 하고 있는데도……. 참 웃기는 일이다. 통합 전엔 김해시 인구가 경남의 두 번째이다. 내 책이 떨어 졌다 해서 볼멘소리 하는 게 아니다. 내가 집필 출간한 책 "아리랑"을 제외한 19권이 문화체육관광부 우수도서로 선정되어 모두 전자책으로 만들어 졌다. 장편역사소설 아리랑은 계약기간이 남아 있어 안 된 것이다.

2012년에 『묻지마 관광』 소설집을 경남 문학상에 응모했으나 또 시집에게 밀려 떨어졌다. 2012년 6월 10일에 출간된 중단편 8편이 실린 『묻지마 관광』 책은 부산 문인협회 각 장르에서 최고라 하는 중견작가들과 대학교수를 비롯한 평론가들이 한국소설에 3편이 상재되었다는데 놀랐다고 하였다. 월간 한국소설은 작품완성도가 높지 않으면 누구를 막론하고 상재하지 않음을 잘 알고 있었기 때문일 것이다. 출판사를 20년을 넘게 하면서 각종 문학작품을 출판하고 있는……. 시인이며 출판사 오하룡 대표는 "묻지마 관광"을 읽고서 "이야기꾼의 이 한편으로도 확실히 부각 된다."라는 글을 인터넷에 올려두었다. 대통령상을 받고 명장 칭호를 얻은……. 지역에서 활동하는 어른이 "책이 너무나 재미있어 밤을 새우고 다 읽었다"며 지역 예술 축제에 나와서 "어제 친구들을 다섯 명이나 데려 왔는데 없더라."면서 인제대학교에서 정년퇴임한 교수를 데리고 와서 인사를 나누게 하여, 집필에 관한 이야기를 장시간 나누었다. 이 책은 현재 스테디셀러-Steady seller=오랫동안 많이 팔리는 책 가 되어 있다. 또한 한동안 도서관 일반서적 대출 1위였다고 한다. "경비대장"의 한 꼭지는 2002년에 출간 후 지금까지 베스트셀러에 올라 있는 『북파공작원』에서 일부를 우리 집의 애완견을 모티브로 삼아 집필을 한 것이다. "파계승-김해문학 23호 252페이지" "묻지마 관광-김해문학 21호 245~274페이지"등은 김해문학지에 실린 글들이기에 하자는 없다는 것이다. 또한 문화예술위원회에서 조사한 ……. 2012년 1월 1일부터 2012년 12월 31일까지 편람 한 「국립 중앙도서관」에 납본된……. 시 1727권·소설 2196권·수필/산문 1704권·희곡13권·평론711권 ·번역1834권·중 순수문학 단행본에『묻지마 관광』이 42번째로 들어 있다. 외국서적을 포함한 자료들이다. 이 책에는 사단법인 한국소설가협회서 발행하는 월간지『한국소설』에 3편이 상재되었던 작품이 실렸고 그중 "킨 특수부대" 한 꼭지는 한국전쟁 때 우리해병의 통영상륙작전의 이야기와 미군 25사단 킨 특수부대가 마산 진동에서 북한군의 부산함락을 막기 위해 엄청난 희생을 치루면서 작전을 성공하는 실화이다. 마산 시의원에게 이글이 상재된 월간 한국소설 책이 갔으며 2012년 부산 국제 영화제에 시나리오부분에 제출하라는 연락에 출판사에서 제출한 완성도 높은 책이다. 한미합작 영화를 만들기 위해 누군가 시나리오 작업을 하고 있을 것이다! 월간 한국소설에는 완성도가 낮으면 절대로 상재를 안 한다. 책이 출간되어 중견소설가들이 읽어보고 한국소설에 상재된 3편이 상재됨을 놀랐다고 했다. 그렇다면 "자비 출간한 책들이 완성도가 그리 높은가?"상에 응모를 한 것은 20여 년 동안 김해문인협회 회원이 경남문학상과 작품집상을 한 번도 못 받았고. 심사위원에 위촉 된 적이 없었다면서 응모를 하라는 수많은 권고에 응모를 했다. 후에 심사과정을 지켜본 사람의 이야기는 "심사위원이 응모된 책을 읽어보지도 않고 상을 선정을 하더라."라며 "응모해봤자. 5권의 책만 아깝다"는 말에 2013년에는 응모를 포기했다. 앞서의 글에서 보았듯 썩어 버린 문단이다! 그래서 오기도 있어 시집을 준비하고 있다. 비단 경남 문학상의 문제만은 아니다.

  ※ 아래의 글은 김해문학상에서 떨어진 나의 작품과 상을 받은 작품의
    완성도를 독자 여러분이 파단해 보시라고 상재한 글이다. 위에서 지적했
    던 글들을 생각하면서…….

존경하는 선생님께

안녕하십니까, 서울대 법대 한인섭 교수라고 합니다.

저희들이 <거창양민학살사건 자료집>을 간행함에 있어, 선생님의 귀한 글을 자료집의 일부로 수록해주실 것을 동의해주신 데 대해 감사드립니다. 원래 예정은 자료집 한질을 수록에 동의해주신 모든 선생님께 송부해드리고자 했습니다. 하지만 자료의 양이 많아 비용이 매우 증가되고, 또 받으실 경우 보관하기도 쉽지 않을 것 같아, 자료집의 내용이 실린 CD를 한 장 보내드리는 것으로 대신할 수 밖에 없게 되었습니다.

참으로 송구스럽기 그지 없습니다.

현재까지 언론자료, 국회자료, 재판자료, 픽션, 논픽션, 논문 등의 자료정리를 일단락했습니다. 앞으로 정부자료 중 미발굴된 것과 유족들의 자료들을 더 간행했으면 생각하고 있습니다.

이 자료집은 전국의 도서관에 무료배부하고, 또 거창군 및 유족회 등의 유관기관에 배포하는 것으로 했습니다. 유료판매가 아니고 무료로 간행한 것인 만큼, 상업적 출판에서 기대할 수 있는 인세 같은 것을 드릴 수 없음도 송구스럽게 생각합니다.

제 생각에는 앞으로 유사한 자료집들이 많이 나와서, 우리 현대사의 지식을 풍부히 하고 또 유족이나 관련자들의 애통함을 풀어줄 수 있기를 바랍니다.

선생님의 건승을 빕니다.

2008년 4월

한인섭 배

서울대학교 법과대학, ishan@snu.ac.kr   jus.snu.ac.kr/~ishan

위의 글은 한국전쟁당시 경남과 전남 일부에서 우리 군경에 의해 무고한 양민들이 빨치산과 보도연맹원으로 몰려 최소한 소명과 재판 절차도 없이 현장에서 죄를 종결짓고 무참히 학살된 사건을 다룬 실화 다큐소설『지리산 킬링필드』와『만가輓歌』의 한 꼭지사용 할 수 있게 허락에 대한 한인섭 교수의 친필사인이 들어간-사인은 상재를 못함. 감사의 편지 원문을 토씨하나도 빼지 않은 글이다. 이 꼭지는 우리 회원들은 모두 읽어서 알고 있겠지만! 묻어진 역사의 발굴은 시대의 증인이며 양심의 최후의 보루인 이 땅의 작가의 몫이다.

김해문학에 실린 작품…… 거창 양민 학살사건-실화소설

이 소설은 2007년 8월 도서출판『만가-뿌리출판사』와『지리산 킬링필드-선영사』에서 출판한 한국전쟁 전후 민간인 학살사건을 다큐실화 장편소설로 출간했다. 우리회원에게 1권씩 증정하려 했으나 출판사에서 16권만 저자의 보관 자료로 주어 집행부에 2권을 주고 회원에게 주지 못 하였다. 2009년 회원에게 주려고 50권을 주문하였으나 그간에 책이 전부 매절되어 약속을 지키지 못하게 되었다. 하여 서울대법학연구소 한인섭 교수의 부탁으로 책속의 거창양민 학살사건의 한 꼭지를 사용하겠다하여 허락해준 한 꼭지를 떼어내 김해문학에 상재한다. 이 꼭지는 2008년 4월에 다른 민간인 학살사건을 망라한 자료를 합하여 한인섭 교수에 의해 전자책으로 제작되어 전국도서관과 각 학교에 보급시켰다한다. 2008년 4월 19일자로 인터넷에 "거창 양민학살사건 추모공원 자료"관한 글에 "지리산 킬링필드는 1951년 학살이 자행되었던 지리산 주변 여러 곳의 현장들을 찾아다니며 피해 당사들을 만나 생생한 인터뷰를 통해 실상을 낱낱이 파헤친 다큐멘터리 형식의 진실 공개서다."라고 했다. 그렇다. 전남 함평·여수·순천·제주도 43사건·전북 남원·경남 거창·산청·함양·마산진동·김해 등에서 한국전쟁 중 군경에 저질러진 양민학살 사건을 추적하여 꼭지별로 집필한 다큐실화 소설이다.

길…….

※ 학살관련 사진 자료는 이도영 박사께서 미국 국립문서보관소에 30년
만에 비밀해제를 요청해 입수한 사진을 내가 부탁하여 30장이 국내
발간된 책으론 처음 실리도록 허락을 해 주었다. 지면관계상 8장만
실리게 되었다. 아래 글이 2009년 김해문학지 233~268페이지에 실린
글이다.

구덩이에 넣고 사살하는 장면

사살 후 화이바를 안 쓴 미군 감시 하에 확인 작업

길……．

284

한꺼번에 묻어 버림

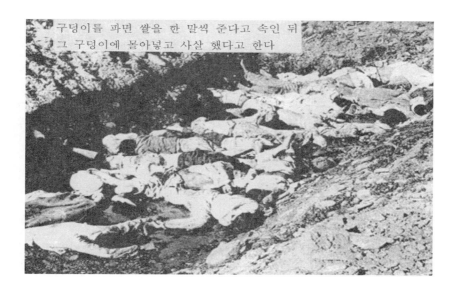

구덩이를 파면 쌀을 한 말씩 준다고 속인 뒤
그 구덩이에 몰아넣고 사살 했다고 한다

강간당한 채 하의가 벗겨 진 여자시신도 보인다

사살 직전 공포에 질려 있는 양민

길······

학살된 시체 속에 어린아이도 보인다

프롤로그

한국전쟁 전 후 민간인 학살실태가 정확하게 밝혀지지 않고 있다. 지금이라도 피해자와 가해자가 모여 밝혀야 할 것이다. 우리는 하늘에 묻는 짓은 이젠 그만 두어야하기 때문이다. 이 땅에는 61년 전 좌우익左右翼이념 대립으로 서로가 많은 인명을 살상을 하였고, 또한 빨갱이를 소탕하는 과정에서 수많은 이웃들은 어느 이름 모를 야산골짝으로 도살당하는 소처럼 끌려가 총살당하여 쓰레기 파묻듯 한 구덩이에 매장 당하였다. 다른 한편으로는 묻을 장소가 없어 강제로 증발한 배에 태워 바다위에서 배를 폭파시켜 수장水葬시켜 버려도 말 못하는 농아 인처럼 침묵으로 일관하였다. 재판도 최소한의 소명의 기회도 없이 죄목도 가해자가 정한대로 현장에서 종결짓고 처형하였다. 당한 가족은 살이 떨리고 뜨거운 피가 역류하였으리라! 항간에서는 해묵은 사건을 들추어내서 무엇 하겠는가? 라는 비판도 있을 것이다. 그러나 폭력적인 살상, 끔찍한 원한과 복수로 얼룩진 지난날의 이 땅에서 저질러졌던 사건의 진상을 모두가 알고 자란 우리 후세들에게 그러한 비극이 다시는 이 땅에서 일어나지 않도록 교육하자는 것이다. 항간에는 추한 역사를 들춰내고 있느냐는 질책도 있지만 당하지 않은 자의 무책임한 발언 일 수도 있다. 지난 역사 속에 광주 민주화 항쟁 국회 증언 때 임신한 딸이 금수禽獸 같은 계엄군 총검에 배를 찔려 뱃속에서 태아가 죽지 않으려고 발버둥치는 것을 목격한 친정어머니의 증언證言-testimony을 들었을 것이다. "더도 말고, 덜도 말고. 가해자도 나 같은 꼴을 당하여 보거라."하고 국회의사당에서 울부짖던 피해자 어머니를 TV화면으로 우리는 지켜보았다.

길……

288

광주 항쟁 때 가해자 가족들도 그렇게 참혹하게 당해보란 뜻이다. 어머니가 죽자 살아 있는 뱃속의 아기의 몸부림을 생각하면 등에 식은땀이 흐른다. 61년 전 이 땅에 사는 힘없는 양민들에겐 그 장면보다 더 끔직한 사건이 수 없이 있었다. 북에서는 변절자로 버림받고 남에서는 "빨갱이"라고 저주받았던 무고한 민간인들에게 이 땅에 살고 있는 누군가는 가해자였고 그것을 보고도 모른 채 "나하고 상관없다"입 다물고 방관하였던 것이다. 다행히도 그때 저질러졌던 억울한 죽음에 대한 진상조사가 이루어지고 있으며 작고한 노무현 전 대통령이 제주 4·3민중저항 때 저질러진 사건에 대해 사과했다. 이로 인하여 이제야 우리는 한반도 전쟁 상흔이 곳곳에 존재하는 현장마다 억울하게 죽어간 민간인 희생자들을 조사할 수 있는 "통합 특별법"이 제정되었고 유골발굴도 하고 있다. 올해로 한국 전쟁이 일어 난지도 61년이 지났지만 전쟁의 상흔傷痕이 치유되기는커녕 고통의 나날 속에 가슴앓이를 하고 있는 유족들의 한을 더 이상 방치할 수는 없는 노릇이기 때문이다. 반세기를 넘길 동안 철저히 은폐 되어온 한국전쟁 전후에 저질러진 민간인 학살사건이 알려지기 시작한 것은 AP통신에 노근리 사건이 보도되면서 전 국민이 관심을 가질 수 있었다. 그 보도로 인하여 전국에서 민간인 학살사건 피해자 모임이 결성되면서 하나 둘씩 당시에 희생당한 사건과 이를 뒷받침할 수 있는 구체적 증거들이 이젠 속속 발견되고 있다. 이런 상황에서 유야무야 그냥 넘어 갈 수는 없다. 군경의 사기에 악영향을 줄 수 있다는 변명과 자료가 불충분하다는 핑계들을 대가며 소극적인 자세만을 취할 수는 더욱 없다는 것이다. 모든 일은 지난 과거사라고 치유를 기다리는 '고' 자세는 지향하여야 한다. 피로 물든 역사는 정확한 재정립이 필요하며 과거의 잘못을 반성하고 그것을 교훈 삼아 다시는 이런 참담한 역사를 만들지 말아야 할 것이다. 민중의 힘으로 단 한 번도 왕의 목을 치지 못한…… 조선 시대부터 거듭 놓쳐버린 개혁의 기회가 우리사회의 뿌리 깊은 보수성을 낳았다.

그러나 멀리 조선시대까지 올라가지 않더라도 일제36년 강점기부터 해방

이후 우리현대사는 국민들에게 체념과 침묵만을 강요해왔다. 침묵을 깨고 '앞에 나선'사람들은 자기 목숨까지 내놓아야 했다. 해방 후부터 한국전쟁에 이르는 기간 국가의 권력에 의해 무참히 학살된 민간인의 숫자가 110만여 명에 이른다는 소장학자들의 주장은 독일 나치의 유태인 학살이나 폴포드정권 하에 저질러진 캄보디아의 킬링필드-KILLING FIELDS에 맞먹을 정도로 끔찍하다. 현대사는 권력의 야만과 광기狂氣에 의한 학살의 역사요 대한민국 산하는 이들 피살자의 시체로 뒤덮인 거대한 무덤이었고 살아남은 가족들의 만가輓歌는 하늘을 울렸다. 이런 슬픔과 무시무시한 공포의 세월은 이 땅의 부모들로 하여금 자식에게 기회주의적인 삶을 교육하도록 만들었다. 그것은 국가의 폭력으로부터 자식을 보호하기위한 본능 이었다. 일제강점기 때는 친일-親日 해방직후엔 친미-親美 대한민국 정부수립 이후엔 친독재가 한국사회의 주류기득권을 형성하게 된 것은 당연한 일이었다. 숱한 역사의 전한기가 있었지만 이들은 처벌받지 않았다. 친일파와 부왜역적-附倭逆賊은 해방직후 재빨리 미, 군정에 빌붙어 극우세력이 됐고 이들은 고스란히 이승만의 독재정권의 앞잡이가 됐다. 3·15와 4·19로 잠시 위기를 맞은 이들 극우세력은 1년 만에 총칼과 탱크를 앞세운 5.16쿠데타와 함께 또 다시 화려하게 부활하여 막강하게 되었다. 그 후 박정희의 죽음과 정권교체에도 불구하고 이들은 끄떡없이 지배 권력을 유지하고 있다. 뿐만 아니라 일부 언론도 그 틈새에 끼어 기생하고 있다. 민간인 학살 범죄자는 몇 번의 정권교체가 있음에도 불구하고 지배 권력의 주변에서나 관변단체 간부와 의원직을 변함없이 장악하고 기득권을 위해 여전히 특별법 제정에 제동을 가하고 있다. 단 한 번도 정의正義를 바로세우지 못한 사회……. 단 한 번도 역사의 범죄를 단죄해보지 못한 국가에서 부모가 자식에게 정의를 가르치기를 바라는 것은 허황된 욕심일 뿐이다. 옛 격언에 "미래에 대비하려면 과거를 잊지 말라"라는 문구가 있다. 바꾸어 생각하면 과거를 기억하지 않은 자에겐 미래도 없다는 뜻으로 해석된다. 우리가 과거를 잊지 않으려고 노력하는 것은 과거의 실수를 다시 반복하지 않기 위함인 것이다. 우리가 과거를 기억하고 자신의 잘못을 되새김으로써 똑같은 실수를 미연에 방지할 뿐만 아니라, 더 발전할 수 있을 것이라고 생각한다. 어쩌면 현시점에서 불과 61년 전의 역사적 사건에 대하여 정의를 내린다는 것은 큰 실수일 수도 있다. 하지만 그렇다고 해서 역사적 사건 자체를 망각해서는 안 될 것이다. 왜냐 하면 이 땅위에 지난날의 비극이 또다시 되풀이 된 다면 우리민족의 미래는 그 누구도 장담할 수 없기 때문이다.

해방 후 이승만·박정희·전두환 삼대 정권이 이어져 오면서 저질러진 국가폭력의 역사에는 한 가지 묘한 공통점이 존재하고 있다. 바로 하나도 빠짐없이 북한이 관계되어 있다는 점이 그것이다. 보도연맹은 알다시피 좌익 사상을 가진 사람들을 교화시키기 위해 조직된 단체란 명분을 가지고 시작했고 조봉암 법살法殺은 그에게 간첩 누명을 씌움으로써 가능했던 사건이다. 인민혁명당 사건역시 애꿎은 사람들에게 "북한의 사주를 받아 국가전복을 꾀하는"자들로 몰아부쳐 처형시킨 사건이다. 마지막으로 녹화사업 역시 "적화사상"사상으로 물든 학생들의 사상을 푸르게 녹화시킨다는 명분하에 시작된 것이었다. 또한 한국전으로 빨치산 소탕과정에서 지리산자락 일대에서 벌어진 양민 학살사건 역시 통치자 잘못 판단으로 저질러진 사건이다. 전두환이 저지른 광주 민주화운동 때 학살사건도 북의 사주에 일어난 반란사건으로 몰아 저지른 사건이다. 삼대 정권이 유지되면서 내려온 이 공통점은 무었을 의미하는가? 바로 남한을 붉은 혁명, 한국적 매카시즘이 국가폭력과 깊숙한 핵을 이루고 있다는 증거다. 그렇다면 이것이 최종적으로 시사하는 의미는 무엇인가? 그것은 남북분단 이후 항상 적화통일을 하려는 북의 야욕이 사실상 남한 극우세력 독재정권의 최대 협력자였다는 것이다. 당시의 정권에 이의를 제기하는 모든 사람을 빨갱이로 몰아세워 죽이는 것을 정당화시키기 위해서 가장 필요한 존재는 바로 눈앞에 당면한 적인 북한이다. 정말 어쩌구니 없다 못해 희극적이기까지 한 이 현실을 뒤늦게 알아 버린 우리국민은 웃을 수밖에

없었다. 서로를 증오해 마지 못하는 두 국가가 사실은 서로의 가장 강력한
협조자라는 것! 이었다. 보도연맹 학살지-虐殺地는 전국 52곳이며 군경 좌
·우 익자 단체 학살 지는 전국 101개 지역에서 일어났다. 이러한 일들은
제노사이드-특정 민족이나 집단의 절멸-切滅을 목적으로 그 구성원을 살해의
충분한 조건은 아니었지만 그 당시에 저질러졌던 일들이 일차적으로 필요한
조건임에는 틀림없었다. 국가 간의 전쟁이나 내전이 제노사이드의 온상이
되었다는 사실은 20세기에 발발했던 크고 작은 전쟁들의 목록을 확인해보는
것만으로도 알 수 있다. 그 이유는 첫째: 전쟁은 제노사이드가 발생하기
쉬운 사회적 심리적 조건들을 마련해준다. 장기적으로 수행되는 심리적 불균
형을 불러일으킨다. 둘째: 총력전-total war.이 시작되면 모든 국가는 정부형태
에 관계없이 훨씬 더 중앙집권적이고 강력한 국가로 탈바꿈하면서, 모든
국민들에게 비밀유지를 제1의 원칙으로 강요한다. 셋째: 전쟁이 시작되면
국가는 "'국민의 이름으로'군을 임의로 활용할 수 있게 된다. 그것은 국가의
최고의 통치자가 적으로부터 국가와 국민을 보호하는데 마지막 쓰는 카드는
전쟁이기 때문이다. 그 임무를 충실히 수행해야할 집단이 군이다. 그 집단에
의해 저질러진 집단 학살 사건이 제노사이드에 적용됐다는데 잘못이다. 전쟁
이란 두 세력 간의 대칭적 갈등-symmetrical con-flict인데 반해……. 제노사이드
는 조직화된 세력이 그렇지 못한 집단을 일방적으로 살육하는 비대칭성한
것이 특징이다. 다시 말해 제노사이드 희생자들은 대부분의 경우 저항하는데
필요한 무력수단을 전혀 또는 거의 갖고 있지 않기 때문이다. 오늘날의 전쟁들
이 절멸 전쟁으로 발전할 소지를 갖고는 있다. 61년 전 이 땅에 군경에 의해
저질러진 양민학살사건을 일부 학자들은 한국전쟁 전후에 벌어진 학살 자체를
제노사이드와 동일시하고 있다. "제노사이드"란 폴란드 출신 유대인 법학자
라파엘 렘킨이 1959년 처음 만든 용어로 "종족학살"의 원뜻에서 확대돼 현재는
"국민·인종·민족·종교집단을 파괴하기 위해 살해하고, 강제이주 등 위해를
가하는 것"을 의미한다. 북아메리카 인디언과 호주의 태즈메이니아 원주민

학살 등의 "프런티어 제노사이드"민족과 종교차이가 원인이 된 보스니아·코소보 인종 청소 등 다양한 유형으로 나타난 데 따른 방증이다. 발생국들이 주로 다종족多種族국가나 식민지 국가였다는 점에서 제노사이드는 언뜻 우리와 다소 먼 얘기처럼 들리기도 한다. 그러나 한국전쟁 전후 전국적으로 일어난 보도연맹 학살사건과 이승만 정권시대 때 저질러진 제주 4·3사건을 조명해보면 제노사이드 안전지대는 없다. 그저 "제도적 억압이 엄청나고 지식인들의 직무 유기가 심각했기 때문에"그 야만의 시대가 망각되었을 뿐이다. 이승만 정권에 의한 제주 4.3사건은 정치적 목적에서 기도된 억압적 성격의 제노사이드이며 5.18 광주민주화 과정에서 저질러진 전남도민과 광주시민 학살사건을 비롯하여 국민 보도연맹 원들의 학살사건과 한국전쟁으로 인한 빨갱이 소탕과정에서 일어난 양민 집단 학살 사건은 제노사이드성 집단 학살의 수준을 훨씬 넘어선……. 사이코패스-Psychopath=반사회 인격 장애로 전락한 자들에 의한 국가범죄사건으로 규정할 수 있다. 사이코패스란 끔찍한 범죄를 저지르면서도 죄의식이나 피해자 고통을 전혀 느끼지 못하는 범죄자를 말한다.

1951년 2월 10일부터 3일 동안 하늬바람이 몰아쳤던 그 사흘 동안을 경남 거창군 신원면의 70대 이상 토박이 어른들은 길이 잊지 못한다. 산이 병풍처럼 둘러싼 이 고요한 분지가 피 비린내 나는 아비규환의 생지옥으로 변해 버렸다. 눈이 포근하게 쌓인 새하얀 분지가 눈 깜짝하는 사이에 시산혈해-屍山血海로 짙붉게 물들어 버렸다. 차마 눈뜨고 바라볼 수 없는 처참한 양민 학살극이 바로 이곳에서 벌어졌던 것이다. 그나마도 국토를 지키고 국민의 생명을 지키는 것을 사명으로 하는 국군의 총격 앞에 선량한 양민들이 무참하게 죽어 가야만 했다. 흥행을 목적으로 한 전쟁 영화를 만드는 아무리 유명한 명감독도 연출할 수 없는 인간 도살장이 산 좋고 물 좋은 명산 지리산 자락에 그저 순한 사람들이 우리나라 역사상 전무후무한 살육의 현장의 주인공이 되어 버렸다. 이때 원통하게 숨겨가며 눈을 감지조차 못한 원혼은 7백 52명.

3살 이하의 천진무구한 젖먹이가 1백 19명, 14살까지의 어린이는 2백 59명, 예순에서 아흔 둘에 이르는 노인들만도 70명이나 된다. 이들에 대한 총살 이유는 공비와 내통했다는 것이었지만 그러고 싶어도 할 수 없는 노약하고 말 모르는 연령층의 죽음이 전체 희생자 가운데 75%에 이르렀다. 참으로 생각만 해도 치가 떨리는 극악무도한 대학살 극이었다. 이것이 바로 거창 양민학살사건이다. "와이카는교? 대장님! 죽어도 말 한마디하고 죽읍시데이. 국민 없는 나라가 어디 있다캅디껴?" 임시수용소 신원초등학교에서 처형장이 된 박산골로 끌려온 한 주민이 빙 둘러쳐진 총부리 앞에서 마지막으로 외친 절규였다. 그러나 이미 산청서 살육 잔치를 끝내고 들이닥친 미친개가 되어 버린 토벌대의 답은 M1총 개머리판으로 항변하는 주민의 턱을 "돌려 쳐"로 말 대신, 아니 비명대신 입에선 부서진 이빨과 피를 쏟게 하였고 군화발로 허벅지를 차서 안 넘어지면 총 개머리판을 높이 들어 위에서 아래로 내려쪘다고 한다. 그러면 늙은이들은 고통의 비명을 지르며 밑 둥 잘린 장승처럼 땅바닥에 넘어져 거북이처럼 기어갔다고 한다.

"아무리 국군이 그렇게 했을까요? 노인들한테요."

"선생님 그런 말 할라카든 내사 입 닫겠소."

"어르신 하도 기가 막혀서 한소리 해본 것이니 노여워 마십시오."

"강 선생이 그 장면을 몬봐부서 그런 소리를 하는데! 피범벅이 된 노인들을 토벌대들에 의해 강제로 일으켜 줄을 세워 놓은 모습을 바라보니, 더 맞지 않으려고 자갈밭 위를 얼마나 다급하게 기어갔던지 풀꼬마라·팔꿈치에서 선지 피가 옷소매에 베어 나와 붉게 물들여 있는 모습을 이 눈으로 봤다카이!"

그러니까 양민들은 죽기 전 인간으로서 감내하기 힘든 고문까지 당한 셈이다. 그리고 M1총의 표적지가 되어 갈기갈기 육신이 찢긴 채 죽어가 구천에 떠도는 원혼이 되었다. 동족을 적으로 둔 이유 때문에 사상도 모르고 이념도 없는 양민들이 무참히 죽어간 마을에는 폐허로 변하였고 마을 주변 산들은 공동묘지로 변하였다. 사람은 죄를 지으면 하늘을 두려워한다. 그러나

길…….

토벌대는 하늘을 두려워 하기는 커녕 양심이 없었다.

감악산-紺岳山기슭의 합동분묘에는 반세기가 지난 세월에도 눈감을 수 없는 주검들이 구천을 떠돌면서 호곡하고 있다. 지금까지 마냥 거창사건이라 불리었던 이 사건. 그러나 유족들은 외로이 거창양민학살사건이라 강변해왔다.

1914년에 생긴 신원면-神院面은 이름 때문인지 끊임없는 참화가 이어졌다. 감악산-紺岳山951m 갈전산-葛田山763m 보록산-保錄山705m 월여산-月如山862m에서 시작되는 옥계천-玉溪川은 장마 때마다 물을 내리쏟아 병자년 수해 때는 1백 5명이 목숨을 잃었고 51년 2월 10일부터 3일간 계속된 참상으로 그 아름다운 산 끝자락에는 시신이 널렸었다. 54년 3월 합동분묘가 생길 때까지 3년 동안 시신이 그대로 방치되어 흘러내린 시즙-屍汁이 옥계천을 적셨다. 참으로 우연일까! 나는 집필하면서 지명-地名을 보고 깜짝 놀랬다. 있을 거-居 창성할 창-昌 · 고을 군-郡 · 귀신 신-神 · 집 원-院 · 얼굴 면-面 "귀신이 창궐하여 사는 고을" "귀신들이 사는 집" "귀신들의 얼굴이 보이는 집들이 있다"뜻의 지역 명칭이다. 지명 때문일까! 752명의 죄 없는 양민이 국군토벌대에 의해 학살당했다. 거창양민학살사건이란 1951년 2월 경상남도 거창군 신원면 일대에서 공비토벌 작전을 벌이던 당시 11사단 9연대 3대대가 주민들이 공비와 내통했다고 잘못 판단하면서 양민을 집단 학살한 사건을 말한다. 인천상륙작전 성공으로 서울을 수복하고 그 여세를 몰아 적도-敵都 평양을 10월 19일에 탈환함으로서 한만국경선-韓滿國境線까지 진격하였다. 그러나 1951년 2월 중공군의 한국전쟁 개입에 따른 1.4후퇴로 정부의 두 번째 부산 피난 그리고 국군과 유엔군의 전면전 반격개시라는 전황의 와중에서 지리산과 백운산 등 산악지대의 공비에 대해 토벌작전이 한창일 때 거창군 신원면 과장리에 2월 5일 새벽 공비가 나타나 경찰지서를 습격하여 이때 교전으로 양측이 30여명의 전사자를 냈는데 이 소식을 전해들은 계엄사령부는 보병 11사단 9연대에 공비 토벌 명령을 내렸고 이에 소령 한동석이 지휘하는 제3대대가 거창군에 주둔하게 되면서 악의 씨앗이 잉태되었다. 신원면에 주둔한 3대대는 대현 · 와룡 · 내탄 · 중유

등 6개 마을의 주민들이 공비와 내통·부역했다는 이유로 골짜기에서 1차로 마을 청장년을 LMG 중기관총으로 학살하였다. 뒤이어 자행된 양민학살사건 전말은 거창에 진주하여 주둔한 토벌대는 주민들을 신원초등학교 운동장으로 모여 피난길에 오른다고 속여 주민들은 학교운동장에 모이게 되면서 시작되었다. 토벌대는 1천여 명의 주민 가운데서 군인 가족과 경찰가족과 공무원 가족들을 가려내고 남은 5백여 명을 박산골 개천가로 몰아넣고 약 2시간여 동안 기관총과 개인화기로 무차별 난사하여 어린이에서 노약자와 부녀자 심지어 임신한 임산부를 비롯하여 갓 결혼해 첫날밤도 치루지 않은 신혼부부까지 학살하였다. 당시 부산에 피난 중이었던 국회에서는 이 사건에 대하여 논란이 벌어졌는데 거창 출신 신중복 국회의원과 전남 고흥 출신 서민호의원은 다음과 같이 주장하였다. "군에서 사전 경고도 없이 마을 모두를 불태우고 젖먹이로부터 아이들 327명을 포함하여 최소한 6백여 명이 박산골 개천에서 총살했고 그 증거를 없애기 위해 구덩이를 파고 시체를 끌어 모아 휘발유를 뿌려 불을 질러 태운 다음 산에 시체를 묻었다. 죽은 사람들의 성별을 보아 여자가 많다는 사실은 빨치산으로 볼 수 없다는 명백한 증거인 것이다."라고 주장하게 되어 마침내 국회조사단이 현지에 파견되게 된다. 그러나 이 사실을 안 토벌대는 가짜 공비 조작극을 연출하여 조사단의 활동을 방해하는 사태가 벌어졌다. 조사단이 현지에 도착하자 당시 계엄사령관 대령 김종원은 미리 거창군 남상면과 신원면 경계사이의 계곡에 공비를 가장시킨 군인과 경찰을 매복시켜 조사단에게 총격을 가함으로써 국회조사단의 현지 조사를 저지시켜 버렸다. 공비들에게서 노획한 무기들로 무장하고서 한 짓이었기에 조사단은 처음에 속을 수 밖에 없었다. 뒤에 이 사실을 거짓으로 밝혀져 1951년 12월 12일 관련자들이 대구 군법 재판에 회부되어 선고받음으로써 명목상 일단락되었다. 김종원은 전 급료 몰수에 파면과 동시에 징역 3년-구형7년 11사단 9연대장이었던 오익균과 3대대장 한동석에게 무기 징역이 각각 선고되었으나 이들은 모두 얼마 안가 대통령의 특사로 풀려났다. 특히 김종원은 경찰의 간부로 다시 등용되었다. 국방장관이던 신성모는 주일대표부 대표로 김종원은 전남 경찰국장을 거쳐 치안국장까지 지냈으며 오익경은 군으로 복귀하였고 한동석은 5.16 이후 강릉 원주시장을 거쳐 보사부 서기관으로 승진했다. 이종대는 사업가로 변신했다. 김종원이는 일본군 하사관 출신으로 알려져 있다. 김 씨 외 당시 지휘선상에 있었던 토벌부대 11사단의 장교들과 거창경찰서 사찰계주임 등은 일본경찰전문 학교를 수료한 사람들로 알려져 있다.

거창 양민 학살사건은 이와 같이 이승만 정권하에서는 진상이 은폐된 채 흐지부지 되고 말았으나 4.19의거 이후 살아남은 유족들이 사건 당시의 신원면장 박영보-朴榮輔를 산 채로 불태워 죽여 버린 사건이 벌어지고 이에 대한 대검찰청의 재수사가 있게 되면서 사건의 진상이 백일하에 드러나게 되었다. 사건 전말은 1950년 11월에 접어들면서 전황은 중공군의 참전으로 전선이 흔들렸다. 이해 11월 25일 국군은 청천강 유역에서 중공군의 강습을 받아 밀리기 시작했다. 12월 2일에는 인천상륙작전으로 어렵게 뺏은 평양을 내놓고 후퇴를 거듭했다. 전선이 이렇게 걷잡을 수 없이 흔들리자 지리산을 주 무대로 활동하던 남부군들도 본격적인 후방 교란작전을 벌이기 시작했다. 산청군 오부면에 아지트를 두고 있던 공비의 활동도 시작됐다. 이 공비부대는 여순麗順-여수 순천민중항거사건 뒤 사건 주모자인 김지회가 토벌대에 쫓기어 잔당 무리를 이끌고 지리산으로 숨어들어 이끄는 남녀혼성부대로 약 5백 명이었다. 거창학살사건이 생기기 꼭 2개월 전인 50년 12월 4일 이들은 밤을 틈타 인접해 있는 거창군 신원면 지서를 공격했다. 당시 신원지서에는 박기호 씨가 차석으로 근무하고 있었다. 박 씨의 증언에 의하면, 그때 지서에는 지서주임을 포함, 8명의 경찰과 12명의 의용 경찰이 공격을 막고 있었다. 적은 4백여 명으로 남녀 혼성부대였다. 북과 꽹과리를 치고 간헐적으로 총을 쏘며 3중 포위망을 형성한 채 서서히 공격해 왔다. 적들은 경찰의 인원 무기 등 상황을 알고 있어 쉽게 함락시킬 수 있었다. 3백 여 평인 신원지서는 돌과 흙으로 3개 방어 초소를 구축했으나 20명의 경찰과 의용 대원으로는

4백 명의 공격에 단 몇 시간도 버틸 수 없는 급박한 상황이었다.

공비들은 밤샘 술을 먹고 농악놀이로 해가며 포위망을 형성한 채 보이는 가축을 모두 잡아 국을 끓이고 밥을 해 먹어가며 쉬엄쉬엄 공격을 해댔다. 이들은 전투의욕을 고취시키기 위해 작은 목표물-神院지서을 앞에 놓고 출정 잔치를 벌이고 있는 듯했다. 5일 밤이 되자 배를 채운 공비들이 북소리를 요란히 울리며 최종 공격을 해왔다. 소낙비같이 퍼붓는 그들의 집중사격에 경찰 3명이 순식간에 순직했다. 의용대원 장규복 씨와 김상기씨도 흉탄에 전사했다. 공비들은 지서 주변의 유리한 지역을 선점하고 있었고 수적으로도 20배가 넘어 더 이상 버티기는 불가능했다. 박대성 지서주임은 어둠을 이용해서 각자 요령 것 도망가도록 지시했다. 그러나 포위망에 걸려 오도 가도 못하는 독 안에 든 쥐의 형국이 돼 버렸다. 그런데 한밤중 갑자기 이들의 공격이 조용해졌다. 이미 향토방위대장 임종섭 씨가 수류탄 공격에 사망하는 등 전투력을 상실하고 있을 때였다. 공비들은 이들에게 퇴로를 열어주고 철수 할 기회를 준 듯했다. 살아남은 경찰 5명과 나머지 대원들은 지서에서 10여리 떨어진 관동 뒷산까지 정신없이 달아나 인원점검을 해보니 10명밖에 없었다. 관동에서 밤샘 감악산을 넘어 사지를 벗어났고 거창읍으로 철수했다. 20명중 경찰 3명 의용대원 7명 등 10명의 전사자를 낸 전투였다. 지서를 뺏긴 후 3일 뒤인 12월 8일 창녕의 경찰부대가 도착 탈환을 시도했으나 이 부대 역시 작전 중 16명의 전사자만 내고 서둘러 되돌아갔다. 경찰은 신원지서의 탈환을 위해 몇 차례 공격을 시도했으나 공비들의 완강한 저항에 부딪쳐 번번이 실패만 하고 물러났다. 거창군 신원면은 이때부터 토벌대가 진주할 때까지 2개월 동안 인공기-人共旗가 걸리고 공비세력권 안에 놓이게 됐다. 경찰은 결국 자체의 힘으로는 수복이 불가능하다는 판단을 내리고 공비토벌전 담사단인 11사단에 지원을 요청했다. 11사단 9연대 산하의 1대대는 함양, 2대대는 하동지역 담당이었다. 3대대가 산청군과 거창군지역을 맡아 거창 농고에 대대본부를 설치하고 51년 2월 6일 신원면으로 출동했다. 거창양민학살사건 당시 11사단이 9연대에 내린 작전명령 5호는 견벽청야堅壁淸野였다. 손자병법孫子兵法에 나오는 말이다. 풀이하면 "확보해야할 거점은 벽을 쌓듯이 견고히 확보하고 포기해야 할 곳은 인원과 물자를 철수시켜 적이 이용할 수 있는 여지를 깨끗하게 없애라."는 뜻이다. 나무랄 데 없는 명령이다. 그러나 이 명령이 사단에서 연대로 연대에서 대대로 하달되는 과정에서 해석이 잘못되어 문제를 일으켰고 비극을 부른 것이다. 신원지서 차석이었던 박기호 씨는 이 작전명령에 대해 당시 현지 군인들은 명령을 거부하거나 공비에게 정보 물자노역을 제공하는 사람은 현장에서 총살하라는 것으로 해석 이 같은 범죄를 저질렀을 것이라고 했다. 사실이 그렇다면 애매한 한자 문장의 작전명령이 얼마나 큰 비극을 불러 왔는지 소름이 끼친다. 더구나 학살당한 3살짜리 이하 젖먹이 1백 19명을 포함해서 14살 이하 어린이 2백 59명 예순 살에서 아흔 두 살까지의 노인 70명이 모두 공비에게 정보물자 노역을 제공할 수 있다는 토벌대 지휘관의 견벽청야 해석에 경악을 금치 못한다. 51년 2월 10일 3대대장 한동석이 공비협력자를 색출한다며 부락민 전부를 신원초등학 교에 모이도록 지시했다. 겁을 먹은 마을 사람들이 산을 넘어 산청 쪽으로 빠져나가자 박격포를 쏘아 피난길을 막았다. 이 때 군의 일부는 와룡리 주민 1백여 명을 탄량골로 끌고 가서 집단 사살해 버렸다. 일부 주민들이 공비를 도운 것은 사실이다.

"부모형제를 죽이겠다. 총을 겨누어 위협하며 도와 달라고 하는데 가슴팍에 철판을 안 깐 이상 어느 강심장이 거절하겠는 교?"

당시에 살아남은 사람의 증언이다. 5일 밤 공비들이 신원 지서를 공격할 때 그들은 분명히 퇴로를 열어 주고 철수할 기회를 주었다. 사실 경찰 병력이 치안이나 담당하였고 전투장비 역시 공비들의 무기체계와는 아주 많은 열세였 다. 말 못하는 짐승도 질서가 있다. 하물며 이성이 있는 인간인데 지리산 토벌대는 짐승보다 더했다. 대항하는 경찰도 퇴로를 개방해 두고 시간을 주었는데 국군토벌대는 민간인이고 대항 능력도 없고 심지어 거동 불편한 노인을 비롯하여 젖먹이 어린 아기까지 사살하였다니 인간으로 할 짓인가? 덕산리 청연부락 70여명도 마을에서 사살되고 가옥도 불태워졌다. 한편 신원 초등학교에 강제 수용됐던 6백여 명의 주민들은 어린이 노약자 3백 59명 포함하여 2개 교실에서 하룻밤을 지낸 다음날인 11일 마을앞산인 박산골에 끌려가 집단으로 총살됐다. 박희구씨는 기적의 생존자다. 당시 생후 4개월인 박 씨는 어머니 김미경 씨의 품에 안겨 교실에 있었다. 어머니 품에 안겨있던 박 씨가 밤새껏 울자 보다 못한 경비병이 애나 달래고 오라며 밖으로 내보냈다. 박 씨는 아기를 안고 친정인 산청으로 달아나 두 목숨을 건졌다. 그러나 박 씨의 아버지와 형제들은 끝내 변을 당했다. 51년 2월 6일은 설날이었다. 주민들은 제사상을 마련했고 일가친척이 종가에 모이기도 했다. 3대대가 경찰대와 방위 병력만 남겨두고 산청으로 철수를 했지만 토벌대는 마을을 휩쓸고 다니면서 온갖 횡포를 부렸다. 제삿술을 뺏어 먹고 취해서 잠든 사이에 공비들의 기습을 받아 11명이 사망했다. 뿐만 아니라 경찰지서와 면사무소도 소실됐다.

"그 팔피 같은 토벌대 글마들이 한강서 얻어터지고 남산에 가서 눈 흘긴 꼴인 기라!"

"공비들에게 당한 것을 죄 없는 마을주민들에게 화풀이를 했단 말입니까?"

"하모! 아침나절부터 초상집에 와서 해거름까지 탁베이와 고기안주를 푸지게 묵고 네발 뻗고 잠을 잔기라. 잔칫날을 알고 있는 공비들도 음식을 얻으러 온기라. 잔칫날은 마당에 포장을 치고 하니 산 위에서 내려다보면 멀리서도 보인다 아이가! 일마 자슥들이 탁베이 진국을 먹었으니 꼭지가 돌아 빠져서 정신 때가리가 어리바리 해져 굼비이 같이 사부작거리다 당한 기라."

공비가 와서 기습 공격하니 당할 수밖에 없었다고 한다.

"말도 마소…. 그 일로 인하여 죄 없는 동네사람한테 패액시럽게 행동한 거라요"

술 취해 잠들어 있을 때 통비분자가 공비에게 연락을 하여 11명이 죽었다고 억지를 부린 것이다. 이 같은 사태가 벌어지자 연대본부에서 불호령이 떨어졌고 때를 같이해 견벽청야堅壁淸野라는 작전명령이 하달된 것이었다. 이 명령을 수행하기 위해 토벌대가 신원에 다시 진주한 것이 비극의 씨앗이 잉태 됐다. 군인들이 전 주민들을 신원초등학교에 모이라고 했다. 노인들은 집에 남아있는 경우도 있었다. 이를 본 군인들은 보는 대로 총을 쏘았다. 신원초등학교 2개 교실에 수용된 사람들은 꼼짝도 할 수 없었다. 군인들은 소를 멋대로 잡아먹었고 교실 안의 책걸상을 끄집어내 부수어 운동장에서 불을 지폈다. 그뿐만 아니라 반반한 부녀자를 골라내어 으슥한 곳으로 끌고 가서 성폭행을 하여 욕심을 채웠다고 유족들은 증언했다. 어린것들은 춥다 집에 가자 조르고 배가 고프다며 울며 보채는데 군인들은 온통 운동장에서 장작불을 지펴놓고 가축을 잡아먹고 술을 가져와 잔치를 벌인 뒤 피난가려고 싸온 주민들의 보따리 뺏어 그 속에서 꺼낸 귀금속 등 금붙이와 골동품들을 골라 짐꾼에 지워 어디론가 가져가 버렸다. 이기운할아버지의 증언이다.

"갓신했시몬 총 맞을 뻔 한기라요. 장교한테 항의하였더니 총을 겨누면서 노리쇠를 당겼다가 '철커덕' 소리 나게 총알을 장전하데요. 토벌대 장교들 모두가 성격이 괴팍스럽데요. 똑똑히 기억되는데 굴래씨염 나 있는 장교는 대위였는데 눈알이 쥐를 잡으려는 게냉이 처럼 고약하여 쳐다만 보아도 깔딱수 하것습디더. 내는 떼뜸질 당하기전엔 글마 자슥 못 잊을 거그만!"

이 할아버지는 먼 산을 쳐다보며 한숨을 쉬었다. 상관에게 발설하다 들켰을 때는 그 자리에서 총을 쏴 죽여 버렸다. 어차피 죽은 목숨이지만 그들은 전투 중 말을 듣지 않는 부하를 즉결처분하듯 현장에서 사살했다. 중유리의 정외식 할아버지는 "베 40필 명주 20필을 거창읍까지 지게로 져다줬더니 곧 팔아먹더라."고 했다. 2월 11일 운명의 날 아침이 되자 거창경찰서 사찰계 형사들과 군 장교 면장 등이 참석한 가운데 성분분석을 했다. 성분분석이래야 경찰과 군인 공무원가족을 골라내는 일뿐이었다. 6백여 명중 5백 19명을 1km남짓한 박산골로 끌고 가 정보장교지휘아래 총살해 버렸고 장작더미를 덮은 후 불을 질러 버렸다. 설 쇠러 왔다가 죽은 인근마을주민 33명도 끼여 있었다. 일가족이 몰살당해 치워줄 사람이 없어 시체는 그대로 방치되어 3년 동안 부패했고 핏물이 흐르는 옥계천-玉溪川에는 가재들이 수도 없이 번식했으며 시체 위에 모여든 까마귀들은 원인도 모르게 죽기도 했다. 유족들은 신원국교에 수용됐던 사망자들이 네 번 죽임을 당했다고 이야기한다.

첫째 죽음이 집단 학살이고 두 번째가 장작더미로 덮은 생화장-生火葬이란 것. 세 번째가 54년 3월 3일음력 박산골의 유골을 모아 주민들이 새로 화장하고 현재의 묘역으로 옮겨 남자 묘, 여자 묘, 아기 묘로 안치한 것이다. 그 해 삼월삼짇날을 이장-移葬일로 잡고 시신을 수습했다. 주민들은 서로 울지 말자고 굳게 약속을 했지만 저절로 흘러내리는 눈물을 주체하지 못했다. 어떤 아주머니는 같이 죽겠다고 불 속에 뛰어들어 만류하는 사람을 더 울리기도 했다. 유족들은 새로 화장한 시신들 중에 머리가 크면 남자로 작으면 여자로 더 작으면 어린 아이로 유골을 나누어 남자는 위쪽에 묻고 여자는 아래쪽에 묻었다. 아이무덤은 그 중간 여자무덤 곁에 작은 봉분을 만들었는데 무덤의 형체가 아빠와 엄마 사이에서 엄마 품에 안겨 젖을 빠는 형극을 이루고 있어 보는 사람의 가슴을 숙연케 하고 있다.

네 번째의 죽음은 5·16군사혁명 직후에 있었다. 묘비가 문제가 됐다. 묘비에는 "일부 미련한 국군의 손에 의하여……."란 글귀가 있었다. 이 비문은 거창국회의원이던 신중목 씨의 간청으로 이은상 씨가 지은 것인데 이후 이은상 씨는 자신이 쓰지 않은 것이라고 극구 부인한 일화를 남기고 있다. 1961년 6월 15일 계엄하의 경남도지사는 최갑중 씨였다. 이날 합동묘지는 경남도의 묘지 개장명령으로 봉분이 파헤쳐지고 비석은 땅속에 묻히게 된 것이다. 이때 파묻힌 묘비는 유족회 측의 끈질긴 호소와 진정 속에서도 철저히 외면돼 오다가 67년 봉분만 겨우 원상 회복됐고 묻혔던 비석은 지난 88년 유족회 측의 손에 파헤쳐져 햇빛을 보게 됐다.

"10일 날 청연부락 사람을 모조리 죽였다카데. 소문을 들었지만 직접 보지

길…….

않은 일이라 아침부터 동네가 어수선했는데 글마들이 온기라. 토벌대 일마들이 보이자 가근방 사람들이 전부 집으로 가서 젊은 사람은 도망치게 하고 늙은이와 아녀자를 비롯하여 어린이만 남았는 기라."

빨갱이도 아녀자에게는 거칠게 다루지 않았기 때문이다.

"내는 음식을 잘못 묵어 배탈이 나서 똥깐에 있었는 기라. 똥개들이 자지러질 듯이 짖어대고 마을사람들이 고삿길을 살거름을 치며 가족들 이름을 부르고 하여 온 마을이 벅신벅신 하더니 조용한 기라. 느치감치 나와 보니 마을사람들이 모두 학교로 가고 마을은 텅 비었제. 토벌대 글마들이 집집마다 다니면서 숨어 있는 사람 찾아낸다고 장도가지에다 총을 쏴 간장과 된장이 담긴 도가지가 깨어져 온 마을이 냄새가 말도 아닌 기라."

"그렇다면 토벌대가 총을 쏜 것은 계획적으로 마을 주민을 학살 할 전주곡이나 마찬가지였네요?"

"일마들이 설레발치며 고삿길을 다닌 기라. 내하고 맞다드랬는데, 글마들 얼굴이 올매나 살천 시럽고! 쌍달가지를 보니 온몸이 산뜩 해 지데 예."

"총을 쏘니 거역 못하고 신원초등학교 운동장으로 마을 주민이 전부 모일수밖에 없지 않습니까? 그러한 낌새를 느꼈습니까?"

"하모예! 글마들 하는 행우지 괴팍 스러워버서 안기라. 올매나 모지락 스럽은 짓을 하는지… 노인네가 엉거주춤한 자세를 하고서 단지걸음 걸이를 하니 사정없이 워카 발로 차니 깨고리 같이 넘어져 굼비 처럼 가니 쫓아가 그대로 밟아버려 기암을 하데 예."

"천벌을 받을 자들입니다! 그 긴박한 순간에 어르신은 어떻게 하여 목숨을 건질 수 있었습니까?"

"헛간에 거름을 파고 숨어서 산기라. 전 날 밤 청연부락에서 사람을 많이 죽여서 그런지 몰라도! 아침에 글마들 얼굴 쌍판을 보니 눈에 핏발이 섯드라카이. 통시에서 볼일 보면서 불각시리 생각하니 이미 마을에 토벌대가 쫙 깔려 있어 산으로 도망치다간 발각되어 총에 맞아 죽을 것 같고 집집마다 찾으려

다녔는데 들킬 것 같아 헛간 구석지에 거름을 파고 도롱이를 걸치고 숨었제. 빨갱이들이 양석을 뺏어가 도가지에다 양석을 넣어 거름을 파고 숨긴 뒤에 그 위에다 똥물을 끼얹어 놓으면 똥 꾸렁내가 나니 건성으로 보고 가기 때문에 살아 났는 기라."

"말을 듣고 보니 기막힌 아이디어입니다. 저희 고향에서도 밀주를 해먹었는데 면에서 조사가 나옵니다. 들키면 벌금도 물고 양이 많을 때는 영창도 갔습니다. 조사가 나온다는 낌새가 있으면 어르신이 하였던 것처럼 술 도가지를 거름 속에 숨기고 걸쭉한 똥물을 끼얹어 숨겼습니다. 쌀이 귀한 때여서 밀주를 금지 하던 시대이었지요."

"· · · · · · ."

"그 고약한 인분냄새를 맡으며 얼마나 지나서 나왔습니까?"

"한식경이나 지나서 나와 보니 마을이 조용한 기라 콩 볶는 것처럼 총소리가 요란하게 들리고 조용해지는가 싶으면 산발적으로 총소리가 몇 번인가 나더니 조용하여 학교 쪽으로 어스렁 거리고 가 보았더니, 산골짝 고개 만디에서 사람들이 겁에 질린 얼굴에 울면서 허겁지겁 내려오는 기라. 다행이다 싶어 거문가리해둔 논까지 가는데 비오기 전 청깨고리 울듯이 울고 내려오던 아지매가 '아재 전부 죽었다'카면서 닭 똥 같은 굵은 눈물을 떨구며 미친 듯이 우는 기라."

그때까지는 영문을 몰랐다고 했다. 마을 사람들이 피난을 가지 않고 내려오기 때문에 큰 걱정은 않고 탄량골에 가니 골짜기는 아비규환 자체였다고 하였다. 소식 듣고 이웃에서 한 걸음에 달려온 유족들의 울음소리가 까마귀 떼 울음소리 보다 더했다고 했다. 총탄에 갈기갈기 찢겨 살점이 너덜거리는 피투성이 시체를 끌어안고 하늘만 쳐다보며 울었다 했다. 성분 조사에 몇 명만 살고 임산부에서부터 거동 불편한 늙은이까지 학살하고 일부 숨이 끊어지지 않은 사람위에 기름을 뿌리고 불을 질러 버린 것이다.

탄량골-11일과 박산골-12일의 집단사살은 두 곳 다 골짜기로 주민들을 몰아넣어 학살한데 비해 청연부락의 76명은 마을 앞 논에 집결된 채 무차별 총탄세례를 받았다. 당시 이 부락에는 40세대의 주민들이 살고 있었다. 남자들은 대부분 피난을 가버렸고 남아 있는 사람은 힘없는 노인과 부녀자 아이들뿐이었다. 이곳의 참극은 3대대가 공비 본거지인 산청군 오부면 일대를 공격하기 위해 떠나고 신원지서를 지키도록 한 경찰부대가 기습당한 다음날의 일이다. 이미 전날 청연부락의 참변소식은 다음날 11일이 되자 신원의 6개리에 쫙 퍼졌다. 군인들은 다시 와룡리 주민들을 피난가야 한다며 몰아 세웠다. 부락민들은 웅성댔지만 공비들 때문에 위험하니 안전한 곳으로 피난시켜 주겠다고 했다. 주민들은 불안하면서도 국군의 말이기에 믿었고 피난채비를 했다. 이미 청연부락의 소식을 듣고 피난길을 나서다가 박격포를 쏘아 길을 막는 바람에 오도 가도 못한 채 겁을 먹고 있는 주민들이었다. 군인들은 빨리 서둘러야 한다며 총으로 돼지를 잡고 밥을 하라고 지시했다.

한쪽에서는 아직 밥이 끓지도 않았는데 마을 입구 쪽에서는 벌써 피난길을 떠난다고 법석이었고 이때 먼저 출발한 사람들은 신원국민학교에 수용돼 다음날-12일 박산골에서 참변을 당했다. 피난 행렬이 신원초등학교 쪽으로 마을마다 줄을 이었는데 와룡리 주민들도 선두와 후미로 나누어 2km정도를 가던 중 10여명의 군인이 중간을 차단시켰다. 탄량골에서 였다. 어른과 아이 할 것 없이 1백 16명의 주민이 골짜기로 밀어 넣어졌다. 골짜기에 갇힌 주민들은 불길한 낌새와 살벌한 분위기에 짓눌려 새파랗게 질려 있었다. 그 때 한 군인이 언덕위에 올라서서 큰소리로

"군인이나 경찰 방위대 가족이 있으면 나오시오 라고 외쳤다."

그 소리를 듣고 눈치 빠른 10명이 손을 들고 골짜기 밖으로 빠져나갔다. 이것이 바로 성분 분석 작업이란 것이었다. 나머지 사람 1백 6명이 이곳에서 모두 총살당한 것이다. 총을 쏘자 안 죽으려고 산으로 기어오르기 시작하였다. 그곳을 향하여 기관총이 집중사격을 하자. 죽기 아니면 살기로 산으로 오르던 사람들이 총에 맞아 피를 분수같이 뿌리며 굴러 떨어지는 장면이 불붙은

볏 짚단이 구르는 광경처럼 보였다한다.

"까꾸막 고바이로 오르던 사람들이 총에 맞아 깨고리처럼 굴러 떨어져 논 기티에 벼 집단처럼 차곡차곡 쌓이데예."

산 중턱에서 총알이 우박 쏟아지듯이 쏟아진 현장에서 기적의 생존자인 임분임 할머니 증언이다. 총소리에 놀라 기절해 있다가 눈을 떠보니 모두가 솔가지 밑에서 불에 거슬려 있고 자신의 치맛자락도 불에 거슬렸으나 화상도 별로 입지 않은 채 살아있더라는 것이다. 물론 임 할머니의 경우도 이날 남편과 친어머니를 잃었다. 아들 셋은 미리 산청으로 피난 보냈기 때문에 참화를 입지 않았다. 탄량골에서 참변을 당한 주민들보다 일찍 피난 나섰던 사람들과 와룡-臥龍 대현-大峴 등 이웃 마을 6개리 주민 6백여 명은 군인들의 총칼에 떠밀리다시피 해서 11일 밤 신원초등학교에 집결했다.

탄량골의 참변소식은 이미 퍼져 있었고 교실 2칸에 빽빽이 들어선 사람들은 아이들의 울음소리와 군인들의 고함소리에 정신을 제대로 차리지도 못한 채 모두 겁에 질려 숨도 쉬지 못할 지경이었다. 겨울밤이 깊어 갈수록 불안은 더해만 갔다. 차가운 교실 바닥에서 밤새 한잠도 못 자고 불안에 떨고 추위에 떨고 있었는데 새벽에 지서주임-박대성과 면장-박영보이 나타났다. 사지-死地에 서 천사를 만난 것처럼 주민들은 반가웠다. 토벌대는 아침이 되자 주민들은 운동장으로 내몰렸다. 지서주임이 교단에 올라서서 군경가족과 방위대가족을 찾아내고 비곡-飛谷사람들은 나오라고 했다. 1백여 명의 사람들이 우르르 몰려 나갔다. 그러자 박주임은 "웬 비곡사람들이 이리 많으냐?"며 짜증을 내고 내려가 버렸.

여기서 제외된 5백 20명의 주민들이 박산골로 끌려갔다. 지휘자는 이종대 소위-당시23세 정보장교였다. 5백 20명중 3명이 살아남았다. 신현덕, 문홍준, 정방원씨 등 세 사람이다. 이들은 총을 난사하기 직전 빙 둘러선 군인들이 총부리 앞에서 이 소위가 뒤처리를 위해 빼돌린 7명중에 포함되어 있었다. 총살 후 흙을 덮고 솔가지를 깔아서 화장시킬 인부로 쓰기 위해서였다. 남은

7명은 지시에 따라 솔가지를 절단해 와서 시체를 덮은 후 불을 질렀다. 그리고 흙을 져다 날라 시체를 대충 덮었다. 작업이 끝나자 다시 이들에게도 총질을 해 댔다. 총알이 쏟아지자 무심결에 엎드렸다가 3명은 살아남았다.

다시 총을 겨누는데 애걸복걸하자 "지금 본 것을 절대 말하지 않겠다."는 다짐을 받고 살려준 것이다. 군인들은 이들을 짐꾼으로 만들어 따라 다니게 했다. 얼마 후 이들은 도망쳐 목숨을 구했다. 3일간의 참극은 이로써 끝났다. 적막한 산촌의 순박한 이 땅의 가난한 농부들은 이렇게 죽어갔다. 이해 2월 6일이 설날이었고 설 쇠러 왔던 주민 33명도 이 사흘 사이에 죽었다. 그래서 전쟁의 피해자는 늘 무고한 사람들이다. 신원유족회가 4·19직후 작성한 사망자 명단에는 이들 외지인의 이름은 빠져있다.

60년 4·19 직전 신원면 합동묘지건립추진위원회가 조직되자 자유당정권의 경남도지사는 도비 50만 환을 묘비건립에 보조했다. 유족들은 이 보조비를 정부의 사죄로 받아들이고 묘비 공사에 박차를 가했다. 4·19 직후 유족들은 피해보상을 요구하는 시위를 벌여 이 문제가 다시 거론되다가 자유당정권이 무너진 보름 뒤 일은 또 터지고 만다. 묘비를 세우기 위해 석물 운반 작업이 한창이던 70년 5월 15일 1백 50여 명의 유족들이 막걸리에 취해 흥분된 상태에서 박영보 씨를 불러 따져보자고 했다. 박 면장은 당시 약 3km 떨어진 양지리에서 양조장을 하고 있었다. 누구라고 할 것 없이 우르르 박 면장 집으로 몰려갔다. 박 면장은 저녁밥상을 받은 자리에서 유족들에게 개처럼 끌려나왔고 와룡리 묘소에 도착했을 때는 경찰서장도 나와 있었다. 주민들이 박면장을 데려나온 것은 당시 성분분석 때 군과 경찰가족이라며 빠져나오는 부락민들을 박 면장이 가로막았기 때문에 더 큰 희생을 냈다는데 있었다.

"사꾸라 박영보는 사죄하라."

유족들의 성난 목소리에 서장이 유족들을 달랬으나 이미 술에 취한데다 흥분된 그들은 야유를 했고 급했던 박 면장은 서장 차를 향해 도망가기 시작했다. 이 모습을 본 유족들은 돌멩이를 던지기 시작했고 박 면장은 서장의 가랑이 아래서 돌팔매에 맞아 죽었다. 사태가 심상치 않자 서장도 돌멩이에 부상을 입고 철수해 버렸다. 유족들은 거창사건 당시와 같이 박 면장 시신 위에 솔가지를 덮고 불을 질러버렸다. 집단살해 사건을 두고도 경찰이 손을 쓰지 못할 만큼 울분이 컸다. 주민들의 위세에 눌려 흐지부지 되듯 하던 이 사건은 마침내 이듬해 터진 5·16 직후 문제가 제기됐다. 거창양민학살사건은 여기서 다시 한 번 굴절된다. 군사정부는 유족회를 반국가단체로 지목했고 문강현 유족회장 등 6명을 구속해 버렸다. 또 박 면장 피살사건 피의자로 유족회원 12명을 구속했다. 뒤이어 6월 15일엔 합동묘소에 대한 묘지개장명령을 내리고 이를 7월 30일 시한으로 공동묘지로 이장토록 행정명령도 내렸다. 그러나 유족들은 뼈를 보고 사람을 가릴 수 없다는 이유를 들어 묘소의 보존을 호소했다. 당국에선 유족들의 호소를 들어 봉분만 파헤치고 위령비는 땅에 묻은 뒤 현장사진을 찍어 상부에 보고하는 식으로 뒤처리를 했다.

이 위령비는 60년 11월 18일 전 유족이 참석한 가운데 엄숙한 제막식을 갖고 봉헌된 것이었다. 이은상 씨가 쓴 것으로 되어있는 이 비문은 거창양민학살사건 희생자들의 무고함을 입증하고 그들의 원혼을 달래는 상징이라고 유족들은 생각하고 있다. 신원은 구사·청수·수원·양지·중유·대현·와룡 ·7개 마을이 산비탈을 깔고 앉은 벽지다. 당시 피난을 떠나버린 6천여 명처럼 모두 고향을 떠나버렸으면 화는 입지 않았을 것이다. 누구의 책임이든 간에 지켜야 할 땅을 제대로 지키지 못해 잠시 공비의 손아귀에 있었다는 것 이외에는 한 치의 잘못도 부끄럼도 없는 주민들이었다. 죽기 전에 이유나 알자며 총부리 앞에서 토해낸 마지막 절규의 대답대신 날아든 총탄에 입을 다물었을 뿐이다. 이것이 천추에 남는 한이다. 지금까지 인류의 역사기록은 자칫 힘 가진 자와 승자의 편에 서기가 쉽다. 거창의 비극도 예외는 아니다. 국내의 출판물들을 살펴보면 그 예를 쉽게 찾을 수 있다. 삼영출판사가 84년 12월 10일 발행한 국사대사전 53페이지에는 이렇게 기록되어 있다.

『거창사건: 1951년 2월 신원면에서 일어난 양민대량학살사건. 공비소탕을 위해 주둔하였던 국군 제11사단 제5연대 연대장 오익경대령 제3대대장 한동석 소령의 견벽청야작전에 의해 감행된 것으로 동년 3월 29일 거창출신 신종목의원의 보고로 공개되었다. 동년 2월 11일 동대대장 직접 지휘로 신원면 지구의 포위작전을 개시하는 동시 누차의 권고에도 불구하고 소개하지 않은 부락민을 신원국민학교에 집합게 한 후 군 경 공무원과 유력인사들의 가족만을 가려낸 뒤 신원면 인민위원장 이하 1백 87명에 대하여 한동석 대대장 중심으로 연대본부작전명령 제5호 부록에 의해 군법 회의 간이재판을 개정 사형을 언도 박산에서 형을 집행하였다…下略』

국어사전에 기록이 얼마나 잘못 기록되어 있는가를 알 수 있다. 차라리 공비로 오인하여 대다수 양민이 억울한 죽음이 있었다든가 교전 중 일부 주민의 희생이 따랐다. 라는 문구가 들어가 있었어도 피해 가족들은 위안을 삼았을 것이라고 했다.

"빨갱이들이 밤에 불각시리 나타나 양석 뺏어가지 젊은 놈들을 산으로 데 불고 가서 시달림을 받고 있는데, 반 미친게이 토벌대 일마들이 마을에 각중에 나타나 애민소리 하며 마을 사람들에게 못된 행우지 한기라. 절마들보다 일마들이 훨씬 까탈시럽제. 일마들 대갈빼이가 돌 인기라 토벌대가 지나가는 곳은 마을 주민은 날포리 목숨이지 산목숨이 아니다 카이. 각중에 사람이 많이 죽어 각살 돈이 있나 한꺼번에 죽어 준비한 각이 있나. 몰살당한 가족은 시체 수습할 사람도 없어 멀리서 소식 듣고 온 씨족들이 가마데이로 시체를 헐겁하게 포장하여 상여도 없이 지게에 지고 가서 매장하였고 나머지 사람은 한 구덩이에 묻어 버렸다 아인교!"
"그렇다면 탄량골이나 박산골 묘역 유골은 누구 것인지 가려낼 수 없겠군요?"
"하모! 아무도 모르는 일이제. 치우지 못한 시체들이 다랑이 논에 늘비한 기라. 멧돼지, 들개들이 시체를 물고 다녀 눈뜨고 못 볼 광경인기라, 빨갱이 글마들보다 토벌대 일마들이 더 썸둑시럽었제. 토벌대 일마들이 부녀자를 강제로 데불고 가서 끌어않고 지랄용천을 떨고 빠구리를 하고 난 뒤 아랫도리 볏겨서 니노지를 칼로 도려내고 유방을 절단해 버린 것을 본 기라. 토벌대 갸들이 호로자석들인 기라."

"집단으로 강간을 하고 음부를 절단했다는 말은 도처에서 들었습니다만, 이곳도 예외는 아니었군요?"

"하모요, 왜놈들이 대동아 전쟁 때 강제로 처이를 공출해 가면서도 아기마젖 먹이가 있는 여자. 있는 여자는 뽑지 않았는데 토벌대 일마들은 옹구바지 입은 젊은 부녀자들과 임신한 여자들 까지 강제로 빠구리를 하고 죽여 버렸다카 이 그런 법이 세상에 어디 있겠는 교?"

유방이 칼에 잘려 피와 젖이 섞이어 있는데 개들이 먹고 있는 것을 목격한 사람도 있었다고 했다. 그들이 지나간 뒤는 온갖 소문과 비어들이 부풀려 입에서 입으로 옮겨져서 가족을 몽땅 잃은 유족을 더 슬프게 하였다고 했다. 대강 시체를 수습하고 고향을 떠난 뒤 오지 않는 사람도 많다고 한다.

"어르신 그동안 올바른 지도자가 없었기 때문입니다. 이젠 정치권이나 언론에서 관심을 가지고 있고 특별법이 곧 통과 될 것 같으니 늦은 감이 있으나 잘 될 것입니다."

"선생 공정하게 잘 써 주이소. 그라고 민주화 보상도 해주어야 되지만 6.25때 피해당한 사람들 거의 다 죽어가고 얼마 안 되니 보상도 우선순위가 있다고 써 주이소?"

"알겠습니다. 정확하게 쓸 테니 몸 건강하게 지내십시오!"

지금도 "너 까불다간 골로 간다."라는 말들이 조직 폭력들에 의해 쓰여 지고 있다. 이 말 뜻을 풀이하면 "골짜기로 데려가 아무도 모르게 죽인다."라는 협박이다. 한국전쟁 전후에 전국도처에서 보도연맹원과 통비자-빨갱이 협조자 들을 으슥한 골짜기로 끌고 가서 죽인데서 생겨난 말이라고 한다. 역사는

길 …….

그 당시 저질러진 사건을 어떠한 변명을 하여도 용서 못할 것이라고 피해자 유족은 절규하였다. 녹취를 끝내고 차에 오르자 차 문을 두들긴다. 문을 열자 자그마한 보자기를 넣어 준다. 거창사과였다.

"강 선생! 가다가 입이 출출할 때 드시소!"

에필로그

　수많 사람에게 상처를 안겨준 한국전쟁은 61년 동안이나 휴전 중이다. 가슴에 원한과 분노를 안은 채 반세기 세월을 살아온, 죄 없이 학살당한 양민 가족, 그리고 전쟁터에서 부상당한 채 아직까지 적정한 보상도 받지 못하고 오늘도 병상에서 죽음을 기다리는 전상자들과 그 가족들에게 이 나라 국민과 정부는 도대체 무엇을 해 주었는가! 반공 이데올로기 속에 빨치산이라고 몰려 학살당한 민간인의 일들, 이를테면 경남 거창 산청 함양 전북남원 전남함평 관내의 지리산 지역 내에서 펼쳐진 빨치산 토벌작전 구역에서 희생된 양민과 경남 창원과 김해지역에서 저질러진 보도연맹원들의 학살사건 등 전국각지에서 일어난 풀리지 않은 수많은 사건은 이 시대에 살고 있는 우리들이 풀어야 할 숙제인 것이다. "작은 나라여서" "힘이 없어서"열강들의 틈바구니 속에서 희생당한 우리들만 불쌍한 민족이라고 체념하기에는 너무 억울하다. 라는 식으로 매듭을 지어서는 안 될 일이다. 한국전쟁 당시 반공 이데올로기 속에 빨치산-부역자 및 통비자 포함이라고 얼마나 많은 사람들이 군경에게 억울하게 개죽음을 당하였던가! 당시에 저질러졌던 민간인 학살에 대한 본격적인 진상 규명 운동이 시작된 지 벌써 3년여가 지났다. 청춘이 백발이 되고 백골이 되어 구천에서 떠돌아 헤맨 지 어언 반세기라는 세월이 흘러 강산이 여섯 번이나 바뀌어서 이제 그 흔적조차 찾아보기 힘든 그야말로 형극의 세월이 흘러 버린 것이다. 우리는 이러한 아픈 역사에서 교훈을 찾아야 한다. 전쟁의 폭력을 통하여 자유·평화가 인간이 살아가는 데 정말 소중하다는 사실을 알고 민간인 학살의 끔찍함을 기억함으로써 인권이 얼마나 중요하고

길 …….

필요한가를 알아야 한다. 거친 땅만 파며 힘겹게 삶을 버텨온 할아버지와 할머니 그리고 어머니 홑치마 폭을 움켜쥔 누이와 동생들……. 차마 펴지도 못한 고사리 손들이 공포와 광란의 골짜기에서 마대를 찢는 소리를 내는 기관총에서 퍼붓는 탄환에 갈기갈기 찢겨서 단숨에 쓸어 지고 총검에 찔려 죽어간 그 날을……! 그 날에 있었던 슬픈 일들을 우리 모두 잊어서는 안 될 것이다. 좌에서 우로, 우에서 좌로 빗발같이 쏟아지는 총탄을 피해 미친개에 게 쫓기는 오리 떼처럼 피해 다니다가 죽어간 불쌍한 영혼들을 잊지 말자!!!

나라를 지키라고 국민이 사준 무기를 가지고 토벌대는 양민을 무참히 학살하였다. 학살사건 당시 M1소총 철갑탄으로 사살하면서……. 일렬종대로 세워두고 몇 명까지 인체를 뚫고 지나가 살상할 수 있는가를 실험하였다는 가해자의 증언도 들었다. 지축을 흔들고 자욱한 포연과 설운雪雲속에 피비린내 풍기던 그 싸움이 멎은 지 반 백년 높고 낮은 연봉은 타고 내린 허허 벌판에서 국군에게 죽임 당한 사람들의 부활한 목숨처럼 들꽃들이 피어 있었다. 높은 고봉을 넘나들던 산새들도 삶과 죽음이 교차되던 그 날 그때처럼 산등성이와 골짜기 곳곳을 넘나들며 귀곡성鬼哭聲을 들었을 것이다. 아슴푸레한 실안개에 휘감긴 지리산 연봉 끝자락에서 고루 내린 비바람도 눈서리도 숨결이 되고 핏줄이 되고 뼈대가 되어……. 그 옛날 옛적부터 조상대대 자자손손 이어갈 깊은 슬기와 밝은 마음씨로 이 땅 위에서 살아가는 어진 사람들의 가슴마다, 간직한 꿈들을 꽃피우고, 열매 맺게 하여 살아가려 했다. 그런데 바보 같은 국군에게 그들은 생 죽임을 당하여 이상도 한껏 펼쳐보지 못한 채 지리산 골짜기 원귀가 되어 울부짖으며 60여 년을 훌쩍 넘겼던 것이다. 이 슬픈 역사를 간직한 한이 서린 땅에서 부모 형제, 일가친척, 다정다감한 이웃을 떠나보내고, 가슴이 멍이든 채 버티어온 유가족, 그들은 억 겁의 모진 세월인양 반백년을 넘을 동안 지금까지 살아온 것도 구천에서 맴돌 영혼들에게 죄송하고 미안해하고 있었다. 더욱이 유족들은 억울하게 떠나보낸 것도 분하고 원통 한데……. 통비자·빨치산협조자와 그 가족라는 더러운 죄목까지 꼬리표를 단채, 황천을 헤매는 그들의 명예 회복을 위해 살고 있다고 하였다. 동지섣달 삭풍이 몰아치면 부모 형제 핏줄을 찾는 울부짖는 소리가 지금 까지도 귓전에 산울림처럼 남아 들리는 것 같아 가슴이 아프다 했다. 계절마다 달이 비워지기도 하고 채워지기도 하는 것처럼 그 비극의 땅에서 살아남은 자들은 오직 그 일을 운명처럼 받아들였다.

자기 품안에서 혹독한 전쟁을 치렀던 이 전적戰跡의 지리산자락에 반백년의 기다림의 긴 세월동안 유족들의 한 맺은 슬픈 만가輓歌소리와 억울하게 죽임을 당하여 황천을 떠도는 원혼들의 귀곡성은 아직까지 끝나지 않았다. 유족들은 영욕의 세월과 회안도 투명한 유리벽에 갇혀 장구한 세월을 견디어 왔다. 이제 지리산 양민 학살사건은……. 무심한 세월처럼 거침없이 흘러 언제인가 역사의 뒤안길로 살아 질 것이다. 차는 어느덧 88고속도로 IC에 들어서고 있다. 뒤돌아보니 벌써 서산에 지는 해가 지리산 머리를 붉게 물들이고 있다.

"쌍방 간 교전을 벌이고 있는 지역에서 움직이는 모든 사람은 민간인이 아니다. 란 정의를 내리고 싸운다."윌리엄 킨-William B. Kean-미 25사단장의 작전 명령 - 교전 수칙에도 나와 있는 이 말……. 교전지역내에 보이는 사람은 모두 적으로 간주하고 허락 없이 죽여도 책임을 묻지 않는다. 란 뜻이다. 그러나 한국전쟁당시에 양민 학살 현장은 교전 상태가 아니었다.

※ 킨 부대는 한국전쟁당시 경남 마산 진동에서 우리해병대와 연합작전을 하여 부산 함락을 막고 혁혁한 전공을 세운 특수부대다. 마산서 고성으로 가는 국도 진동고개 오른쪽에 해병대 전적 기념탑이 있다. 작전에 참가한 우리해병대원 전원이 무공훈장을 받은 곳으로 더 유명하다.

전쟁은 선과 악의 대결이다. 하지만 선을 위해 하였던 전쟁도 결국은 악의 편으로 돌아선다. 바로 그것이 전쟁의 광기-狂氣다.

길…….

이러한 재앙은 우리들의 의식 속에 잠들어 있다. 잠들어 있다는 것은 언제인가 깨어난다는 뜻이기도 하다. 역사도 마찬가지일 것이다. 묻혀 진 역사는 언젠가 반드시 누군가에 의해 발굴되어 햇빛을 볼 것이기 때문이다. 그것은 시대의 증인이며 양심의 최후의 보루인 이 땅의 작가의 몫이다.

위의 작품을 김해문인협회주관하는 문학상에 해당된 것이다. 김해문인들이 작품 활동을 하면서 당 해 년도에 쓴 글을 모아 김해문학이란 제목의 작품집을 출간하는데……. 앞전의 두해 작품집에서 완성도가 높은 작품에 상을 주는 제도다. 그러한데 내 작품이 떨어졌다. 서울대 법학대학 한인섭 교수가 나에게 작품을 사용하겠다하여 허락한 작품이며……. 영화 "청야"제작된 양민학살사건을 다룬 작품이다. 상대방 작품이 문제가 있는 작품이기에……. 다시는 이러한 일이 없기를 바라는 마음에서 경쟁을 했던 작품을 아래에 상재한다.

김해문학 23호에 실린 작품 시-詩

외출을 꿈꾸는 섬

외출을 꿈꾸는
생강꽃 활짝 터진 머리단장 봄을 입고
꽃샘추위도 아랑곳없이
먼 바다 속 외딴섬 하나
발디딜 틈 없어 우거진 숲
다닥다닥 비좁아도 마냥 눌러 붙어 있는
다듬어지지 않은 섬돌들
우뚝 선 길바위는
바람에 꺾어질 듯

수평선에 매달린 측은한 섬 하나

땅 소식 몰고 온 바닷새
우쭈루루 자유롭게 날아들고
찰싹대는 아기 파도 하얀 치맛자락 놓지 않고
나들이 가자고 보채는데

난 어디로 갈까
한 발자욱도 내디딜 수없는
불편함도 모르고
바다 바닥에 붙어 있는 안쓰러움이
가도가도
갈 수 없음에 더욱 떠나고 싶은
먼 여행길

김해문학 24호에 실린 작품

생강꽃 활짝 터진 봄을 입고
꽃샘추위도 아랑곳없이
외출을 꿈꾸는
먼 바다 외딴섬 하나

우거진 숲
다듬어지지 않은 섬돌들
땅 소식 몰고 온 바닷새
우루루~ 자유롭게 날아들고
찰싹대는 아기파도 하얀 치맛자락 놓지 않고
나들이 가자고 보채는데

길…….

난, 한발자국도 내디딜 수 없는
바다 한 가운데 숲섬 하나
가도 가도
갈 수 없음에 더욱 떠나고 싶은 먼 여행길

위의 완성 불량인 시-詩가 김해문학상을 받았다.

※ 독자들께서는 잠시 읽기를 중단하고 위의 두 작품의 완성도를 비교를
해 보기를 바란다.

상을 받은 24호 책에 상재된 것을 보면 미완성 작품임을 독자들은 쉽게
알 것이다. 띄어쓰기도 엉터리이고……. 23호에 실린 글 밑줄이 그려진 아홉
줄을 삭제를 했고 몇 문항을 더 한 것이다. 장님이 아니고서야 어찌 그런
것을 몰랐을까! 옛날 같으면 선비인……. 위의 완성 불량인 시詩가 김해문학상
을 받았다. ……. 현시대의 문학인이 엉터리 작품에 상을 준다는 것은 심사위원
의 자격이 없으며 그들은 문학인 얼굴에 똥칠을 한 것이다! 이들의 역겹고
-disgusting 야비한-despicable 행동으로 작품을 가지고 상을 신청한 사람도
작가라고 뻔뻔스러운 행동을 하였으니……. 모두 같은 족속들이다. 그래도
실명을 쓰지 않음을 다행으로 생각하라.

2013년 김해문학 우수작품집상

김해문학 우수 작품집 상 선정 경위

「2013년 김해문학상 및 김해문학 우수 작품집 상에 응모한 회원작품집은
총 8권이었다. 시집, 소설집, 수필집 등 골고루 분포한 가운데 공정하게 심사가
이루어졌다. 심사위원은 김해문협 3명의 고문과 5명의 임원들로 구성되었다.

먼저 심사를 위한 사전협의를 하였으며 규정에 의한 김해문학상 1명 작품집상 2명을 뽑도록 하되 규정에 맞지 않을 경우나 작품의 우수성이 인정되지 않을 경우에는 김해문학상을 다음 해로 넘기기로 했다. 심사위원들은 작품 검토를 통해 내용, 문체, 문학성, 문협공헌도 등을 토대로 심사를 하였다. 이 과정에서 8명 중 4명이 심사규정에 제시된 회원으로서 활동기간이 모자라 탈락되었다. 또 김해문학상은 다음해로 넘기기로 하였으며 우수작품상 두 분만을 뽑기로 의결하였다. 그 결과 무기명으로 전체 점수를 취합한 결과 양민주, 최석용 회원이 높은 점수를 얻어 수상자로 최종 결정되었다.」라는 심사평이다.

위의 글은 김해문인협회서 당해동안 회원들이 집필한 우수한 작품을 받아 발행하는 책인 2013년 26호 98페이지에 실린 글이다. 수상을 한 그들에겐 미안하지만 자비로 출판한 시집은……. 소설가인 나로서는 완성도가 아주 낮은 책이다. 유치원생 그림일기도 돈을 주면 출간을 해 준다. 나는 그동안 출간한 책의 집필기간이 2~3개월이다. 그래서 매년 책을 기획출간을 하였다. 자비 출간을 한다면 년 2~3권은 할 수 있다.

내가 이글을 상재하는 이유는 『묻지마 관광-327페이지』 단편소설집과 『아리랑은-406페이지』 장편 역사소설이 응모되었기 때문이다. 사실 나는 김해문학상엔 두 번에 걸쳐 응모 했지만 떨어 졌다. 작품집 상은 한번 받았다. 문학상엔 이번에는 응모를 안 하려 했으나……. 협회 회장이 전화를 걸어와 "발간된 책을 제출해 달라"고하여 보냈다. 보내면서 껄 걸음 하였지만! 이번엔 문학상을 주려나! 하는 생각에……. 문학상 규정은 김해문학지 앞서 발행한 두 호에서 우수한 작품을 수여한다. 그렇다면 문체, 문학성과 우수성-완성도 에서 작품집상에서 떨어진 셈이다! 묘사·서술-narrative과 문체-style of writing를 비롯한 예술성藝術成 문학성-文學成에도 이상이 없다고 원로 문인들의 말씀인데 그런 식으로 평을 하여 폄하를 하다니 그들의 속내를 알 수가 없다.

길…….

앞서 이야기 했지만……. "묻지마 관광"은 8편의 중단편이 상재되어 있으며 도서관 일반 서적 대출 1위를 한동안 했다는 열락을 받았고 현재 인터넷 서점에서 스테디셀러-Steady seller이고 비기닝셀러-Beginning 가 되어 있다. 지금도 김해도서관에 3권이 있는데 1~2권씩 매월 대출되고 있다. 상재된 8편 중 "길" "Kean-특수부대" "만가-輓歌=상엿소리"등의 3편은 사단법인 한국소설가 협회서 월간으로 발행하는 소설 전문지에 상재되었던 완성도 높은 작품들이다. 특히 "킨 특수부대"는 한국 전쟁당시 우리나라 해병대 통영상륙작전과 미 25사단-월리엄 킨=사단장이 지휘하여 임시정부가 있는 부산 함락을 막은 마산진동지역의 치열한 전투의 실화를 방탕으로 한 실화 소설이다. 이 부대의 활약이 없었으면……. 지금의 대한민국은 역사 속으로 사라졌을 것이다! 월간 한국소설에 상재되어 나온 뒤 마산시 시 위원에게 한국소설 책이 갔다. 또한 2012년 부산 국제 영화제에서 시나리오부분에 응모하라는 연락을 받고 출판사에서 제출하였다. 한미 합작 영화를 만들기 위해서 인데……. 아마! 누군가 시나리오를 집필하고 있을 것이다! 단편소설 "길"은 한국소설 월평을 하는 대학교수이고 평론가인 그는 "이 소설을 집필한 작가는 박학다식-博學多識 한 사람이다."라고 했다. 최고의 학문을 가르치는 교수들은 박학다식이라는 말에 인색하다는 것은 널리 알려진 사실이다. 그리고 대학 문창과 학생들과 고등학교 문예반 학생들이 이 소설을 읽고 같은 코스로 여행을 하면서 작문법을 배웠다는 연락이 왔다.

아래 글은 월간 한국소설 107~135페이지에 실린 실화소설 "만가-輓歌=상엿소리"읽고 문창과 교수가 학생들에게 가르친 교육 자료를……. 인터넷에 올린 글이다.

≪소설 공부≫

→ 직접 서술과 간접서술 ←

소설에 있어 일인칭 시점의 유형 중 직접서술과 간접서술이 있다. 이 두 서술방식은 크게 소설 내의 주된 사건이 서술 주체의 체험인지 아니면 타인의 체험인지의 여부로 구분할 수 있다.

직접서술은 일인칭 서술자가 자신의 체험을 바탕으로 한 이야기를 능동적으로 이끌어나가며 분석하고 해명한다. 물론 서술한 경험이 타자가 경험한 것일 수도 있지만 그것을 서술자가 관찰하여 서술자의 관점으로 서술한 것이므로 서술주체와 초점주체가 일치한다.

직접서술이 나타난 소설 - 이봉순, 「프리지어 향기」 (계간 『문학과 창작』 2006 가을호)

이 소설은 '나'가 언니를 바라보며 그동안 자신과 자신의 가족이 겪었던 여러 가지 경험들을 쭉 회상하며 말하는 방식으로 구성되어 있다. 가족들의 체험이긴 하지만 주인공 '나'의 시각으로 관찰하고 서술한 것이므로 직접서술이 주를 이룬다고 할 수 있다.

- 셋째 언니가 홍역을 앓아 죽은 기억에 대한 서술
〈고향에서 홍역은 통과의례 같은 것이어서 홍역 하는 아이가 있는 집에 부러 찾아가서 음식을 먹거나 놀다가 와서 자연스레 옮도록 했다. 누구나 한 번 치러야 한다고 생각했기 때문에 셋째언니가 고열이 나고 헛소리를 해도 큰언니는 열꽃이 벌겋게 핀 얼굴에 물수건을 해주었을 뿐이었다. 셋째언니는 큰언니와 동네 사람들에 의해 홍제동 화장터에서 한줌의 재로 변해 인왕산에 뿌려졌고, 우리는 무섬증으로 살던 방을 옮기면서도 현저동을 벗어나지 못했다. 어머니에 이어 셋째언니의 죽음은 우리에게 크나큰 상실감을 안겨주었다.〉

: '나'는 과거를 회상하며 셋째 언니가 죽은 이유와 그에 따른 상실감을 자신의 시점으로 서술하고 있다.

- 형부가 땅을 사 집을 짓고 이사하던 기억에 대한 서술
〈이사 오던 날, 형부가 대견해 하던 모습이 눈에 선하다. 집안 구석구석을 구경시키면서 처제들, 어느 방에서고 자고 가라고 강권해서 스무 명이나 되는 식구들이 다 함께 잤다. 아마도 그 몇 년이 언니의 삶에서 가장 행복하고 빛나던 시절이 아니었을까. 형부는 그즈음 하숙생처럼 지방을 오가는 일도 줄이고, 집을 연인 어루만지듯 하면서 집에서 지내는 날이 많아졌다.〉
: 새 집으로 이사 하던 날, 언니와 형부의 모습과 기분을 '나'의 관점으로 서술하고 있다.

이 소설의 대부분이 직접서술로 되어 있으나 곳곳에 간접서술도 보인다.

- 은하를 통해 들은 언니의 교통사고경위
〈은하가 말하는 사고 경위는 이랬다. 에스 자로 굽은 집 앞 도로 건너편에 생선 차가 왔다. 언니가 생선을 사려고 종종걸음으로 길을 건너던 중, 맞은편에서 오던 초보 운전자가……〉

- 언니를 통해 들은 김씨에 대한 이야기
〈언니를 통해 마저 듣게 된 김씨의 뒷이야기는 이랬다. 김씨는 직업군인으로 전방을 돌며 젊은 날들을 보냈다. 아내가 자주 이사 다니면 아이들 교육에 좋지 않다고 서울에서 살겠다고 해서 월급을 아내에게 주고……〉

'나'가 경험한 내용을 직접 서술한 것과는 달리, 이 부분에서는 언니로부터 들은, 하숙집의 한 남자인 김씨에대해들은 바를 내가 서술하는 간접서술의

방법을 취하고 있다. 여기서 우리는 작품의 시점이 한가지로 고정되어 있는 것이 아니라, 여러 가지 구조가 충분히 같이 사용될 수 있다는 것을 볼 수가 있다.

간접서술은 일인칭 서술자가 타인의 체험을 서술하는 것이다. 자신이 잘 알지 못하는 인물의 일기나 편지를 모아 소개하거나 어떤 인물을 만나서 들은 이야기를 전하는 방식을 취하기도 한다. 그러므로 서술주체와 초점주체는 일치하지 않으며 사건을 바라보고 말하는 초점주체의 시점에 그 초점주체의 이야기를 듣고 있는 서술주체의 시점이 보태진다. 여기서 초점주체와 서술주체의 관계에 따라 다시 둘로 나눠지는데,

① 작품의 주된 사건을 서술하는 초점주체는 사건의 서술자이기는 하나 그 이야기는 작품 전체의 서술주체에 의해 재구성 되는 것이다. 따라서 서술주체 '나'는 그의 이야기 사이에 끼어들기도 하고 그가 이야기 하는 태도 등에 대해 평가하기도하며 주변 상황을 정리하고 요약하기도 한다. 즉, 초점주체와 서술주체의 시점이 분리되어 있다는 것이다.

② 하지만 서술주체 '나'가 작품의 중심이 되는 사건을 전달해 준 '그'의 이야기를 요약해 전달하는 방식을 취할 경우 서술주체는 초점주체와의 사이에 있었던 일들을 객관적으로 서술하다가 초점주체가 이야기한 체험을 듣고 그것을 자기의 시각으로 재정리하여 보여준다. 여기서는 초점주체와 서술주체의 시점이 공존하고 있다.
전자의 서술방식이 주관성이 덜한 간접 서술에 해당한다면 후자는 주관적 간접 서술의 방식이다.

간접서술이 나타난 소설 - 강평원, 「월간 한국소설 만가(輓歌: 상여노래)」

길…….

이 소설은 '나'(강선생)가 김노인을 통해 양민학살사건에 대한 증언을 듣는 형식으로 짜여 있다. '나'는 직접 경험한 일을 서술하는 것이 아니고, 김노인이 직접 경험해서 초점화 한 것을 듣고 서술한다. 이것은 간접 서술의 방식이다. 간접서술은 직접 경험하여 서술하는 것이 아니기 때문에 사건에 대한 초점 주체의 시각이 크게 개입된다. 작품에서는 빨치산이 된 김노인의 이야기와 그것을 보충해 주는 나의 서술로 구성된다. 따라서 이 작품은 간접 서술 중에서도 주관성이 덜한 간접 서술에 해당한다고 볼 수 있다.

- 인육을 먹은 김노인의 증언과 '나'의 구체적 서술
〈"영감님 정말로 인육을 먹었다 말씀이오?"
잠시 말을 중단한 김 노인은 양미간을 한 번 찌푸리더니 입을 연다.
"나도 처음에는 머신지 몰르고 묵었는디 인육을 먹고 3일 뒤에 알았제. 사람고기 인줄 알고 먹는 사람이 있것소?"
"운동선수를 태우고 가던 비행기가 갑자기 추락하여 눈으로 덮인 험준한 산 속에 식품이 떨어져 죽은 인육을 먹고 두 달 이상 견딘 사건이 있어 영화를 보았습니다만 정말 그 당시 그런 일이 있었군요."
"나가 시방 하는 말도 구라(거짓말)까는 것이 아니랑깨로 그러네. 나가 그 사실을 모두 아니깐…… '확' 까발래 뿐다 안 급디요?"
1993년 국내 상영된 영화「엘라이브-Alive」이야기이다. 1972년 10월 전세 비행기가 남미 안데스 산맥에 추락했다. 구조대는 72일 만에 사건 현장에 도착했고, 우루과이 대학 럭비선수 16명을 구조했다. 구조대는 이들이 의외로 건강한 것에 의아했다. 그 궁금증은 이내 풀렸다. 사망한 탑승객의 인육을 먹으며 벼텼던 것이다.〉
: 위의 예문을 보면 김노인은 자신이 경험한 인육 먹은 사건을 이야기 한다. 그러나 나는 그것과 관련 있는 영화를 이야기를 함으로써 인육사건에 대해 좀 더 구체적으로 서술 하고 있다. 하지만 다른 간접소설과 비교되는

것이 있다면 이 글은 인터뷰 형식이라는 점이다. 이 글에서 인터뷰는 사건을 사실적으로 듣기 위해 하는 것이므로 서술자의 개입이 많이 등장 하지는 않는다. 김노인의 말을 그대로 담기위해 직접화법과 사투리를 쓰고 있고 나는 질문을 던지는 역할을 위주로 하여 서술하고 있다.

- 빨치산의 기가 꺾이게 된 계기를 '나'가 정리하여 서술
〈처음에는 버젓이 밤이고 낮이고 밥을 해 먹고 농악놀이를 하면서 약을 올렸으나 토벌대에 60m/m 81m/m곡사포와 57미리 직사포를 비롯하여 3.5인치 무반동 로켓포 등이 토벌대에 보급되자 빨치산 거점에 집중적으로 포 사격이 시작되어 사기가 완전히 꺾이게 된 것이다.
"왔다메, 슝~슝 소리가 나면 겁이 나고 가슴이 벌렁 벌렁해서 돌이나 나무 뒤로 숨기에 바빴지라."〉
: 김노인의 증언을 직접화법으로 서술하다가 서술주체인 '나'가 대략적인 상황을 요약하여 정리한 부분이다.

※ 위의 자료는 김해예총 사무국장이 인터넷을 검색하다가 발견하고 그대로 디스켓에 받아서 나에게 주어 상재한 것이다.

2012년 6월 10일에 출간된 중단편 8편이 실린 『묻지마 관광』책은 부산 문인협회 각 장르에서 최고라 하는 중견작가들이 한국소설에 3편이 상재되었다는데 놀랐다고 하였다. 월간 한국소설은 작품완성도가 높지 않으면 누구를 막론하고 상재하지 않음을 잘 알고 있었기 때문일 것이다. 앞서 이야기 했듯 출판사를 20년을 넘게 하면서 각종 문학작품을 출판한 ……. 시인이기도한 출판사 대표는 "묻지마 관광"을 읽고서 "이야기꾼의 이 한편으로도 확실히 부각 된다."라는 글을 인터넷에 올려두었다. 대통령상을 받고 명장 칭호를 얻은……. 지역에서 활동하는 어른이 "책이 너무나 재미있어 밤을 새우고

길…….

다 읽었다"며 지역 예술 축제에 나와서 "어제 친구들을 다섯 명이나 데려 왔는데 없더라."면서 인제대학교에서 정년퇴임한 교수를 데리고 와서 인사를 나누게 하여, 집필에 관한 이야기를 장시간 나누었다. 이 책은 한동안 도서관 일반서적 대출 1위였다고 한다. 그래서인가! 스테디셀러-Steady seller 가 되었고 비기닝셀러-Beginning 가 된 책이다. "경비대장"의 한 꼭지는 2002년에 출간 후 지금까지 베스트셀러에 올라 있는『북파공작원』에서 일부를 우리 집의 애완견을 모티브로 삼아 집필을 한 것이다. "파계승-김해문학 23호 252페이지" "묻지마 관광-김해문학 21호 245~274페이지"등은 김해문학지에 실린 글들이 기에 하자는 없다는 것이다. 또한 문화예술위원회에서 조사한……. 2012년 1월 1일부터 2012년 12월 31일까지 편람 한「국립 중앙도서관」에 납본된, 시 1727권·소설 2196권·수필/산문 1704권·희곡13권·평론711권·번역1834 권·중 순수문학 단행본에『묻지마 관광』이 42번째로 들어 있다. 외국서적을 포함한 자료들이다. 위의 글을 상재한 이유를 들라하면……. 김해문학 심사평 에 내용, 문체, 문학성과 문협공헌도 등에서 떨어져 상에서 탈락됨에 대한 설명이다. 다르게 말하면 "사단법인 한국소설가 협회"에서 월간으로 발행하는 『한국소설』이 완성도가 없는 글을 싣는다는……!!! 김해문인협회의 심사평이 사단법인 한국소설가협회서 발행하는 월간 한국소설과 작가인 나를 폄하貶下 하고 폄훼-貶毀를 하여서 독자들의 판단을 구해보자는 의미에서다. 심사를 했던 임원들을 살펴보면 김해문인협회 3명의 고문단과 5명의 임원들의 약력을 김해문학 2013년 26호 327페이지 아래서 26연에 실린……. 제 15대 임원들이다. 회장: 이은호·부회장: 양민주·송인필·감사: 이한다·남승열·5명이고 고문 은 기록은 없지만, 협회 회장을 지내고 현제 문인협회서 활동하는 사람이 김해문인협회 규약에 의해서 고문이다. 이 고문이란 직책이 의아하다. 고문의 어원을 알게 된 것은 50여 년 전 논산 훈련소에서 교육을 받을 때 수없이 들었다. 조교들이 하는 말 "아휴! 저 고문관 꼬질대를 앞세우고 조교 앞으로"꼬 질대란 군대용어인 남자 성기를 빗대어 하는 말이다. 불려간 훈련병은 얻어터지거나 기압·체벌.을 받았다. 또한 조교들이 고문관이라고 부르는 동료 때문에……. 같은 체벌을 받거나 혹독한 훈련을 더 받기도 했다. 아무튼 군에서는 어리바리한 사람을 고문관이라 했다.

고문관-顧問官 사전적 해석은 이러하다.
자문에 의하여 의견을 진술하는 직책임자.
정부에서 고문으로 초빙하여 쓰는 사람.
속어로는 유식하다고 불러왔더니 영 아니올시다. 란 뜻이다. 6·25전쟁 때 한국군의 군속들이나 또는 고위직에 있었던 자者들이 미군의 전속 고문관들을 이리저리 속이고 자기의 이익만 챙기는 경우가 많았다. 이 경우 속절없이 당하던 고문관들을 싸잡아 불렀던 고문관을 군대에서는 바보, 멍청이, 문제아 등의 돌출행동을 하는 병사들에게 "고문관"이라고 말하는 것이다. 군대서 쓰는 용어가 무슨 이유로 문학 단체서 쓰는지를 모른다. 고문高文이란뜻이지 물론 알고 있다. 각설하고…….

이분들의 문학적인 업적을 김해문학 제 26호에 282페이지에 실린 김용웅 동시인은 「아동문학평론」 으로 등단하였다. 작품집으론 20여 년 전에! 동시집 『종이비행기의 꿈』 1권이 전부이다. 176페이지에 실린 이병관 시인은 「한글문학」으로 등단하였고 문단생활 20여 년을 했지만! 아직까지 작품집이 없다. 252페이지에 실린 박경용 수필가는 「문학세계」로 등단을 하였고. 작품집 『푸른 깃털 속의 사랑』 외 2권을 출간 했다. 임원들의 약력은…… 191페이지에 실린 이은호 회장은 「새시대문학」과 「수필문학」 추천으로 등단하였고, 321페이지 9연에 2003년에 입회로 되어있으니 문단생활 10년이다. 이분도 아직까지 작품집이 없다. 272페이지에 실린 부회장인 양민주 수필가는 「시와 수필」로 등단했으며 수필집 『아버지의 구두』를 2013년에 출간하였고. 2006년에 입회를 하였으며 이번에 작품집상을 받았다. 162페이지에 실린 부회장인 송인필 시인은 1993년에 입회를 하였고. 1995년에 「시문학」으로 등단 2000년 1월에 『비밀은 바닥에 있다』란 시집을 출간하여 1권이다. 감사인 이한다 수필가는 1999년 이경자! 수필로……. 193페이지 「자유문학」으로 등단을 하였고『이슬방울보다 작은 마음』시집과『황혼에서 이혼으로』수필집을 출간 모두 2권이다. 감사인 남승열 시조시인은 2002년 입회를 하였고, 219페이지 「시조문학」천료,『윤이상의 바다』외. 하였지만……. 약력엔, 2000년 10월에『즐거운 감옥』이란 시조집을 출간을 하여 2권이다. 위의 내용이 확실한지는 모르나! 김해문학 26호에 수록된 것을 발췌한 것이다. 왜! 이렇게 자세하게 상재를 하느냐? 는 김해문인들은 속속들이 알고 있지만……. 이 책을 읽는 독자들은 모르기 때문이다. 앞서 자료에서 밝혔듯 나는 1999년에 문단 나온 지 15년의 기간에 장편소설: 12편-17권 과 소설집: 2권을 비롯하여 시집: 3권 모두를 기획 출간하였고……. 대중가요 38곡을 작사하여 작곡가들의 의해 작곡되어 가수들의 개인 음반도 출시했고 노래방기기에 등록도 되었으며 집필 출간한 책들 중 "베스트셀러 6권"과 "스테디셀러 8권"을 비롯하여 비기닝셀러 -Beginning : 5권 그로잉셀러-Growing : 3권을 집필한 작가다. 독자들은 이 글을 읽기를 잠시 중단하고 강 작가가 왜! 이러한 사실들을……. 지구가 멸하지 않는 한 영원히 남는다는 책에 수록하는가를 생각을 하면 나의 의도를 알 것이다! 심사를 했던 사람들의 작품은 수필집 1권은 자세히 모르나 나머지 책을 모두 자비로……. 출간한 책이다! 그 중 제일 많이 집필한 사람이 수필집 3권을 집필 출간하였다. 나는 추호도 상금이나 상에 관하여 욕심이 없다. 먹고 살만하다. 또한 국가 유공자다. 전임 회장 때 일이다. 김해시 문화상에 내가 해당이라면서 김해 예총사무국장이 회장께 건의를 하였다. 집으로 돌아오는 길에 회장이 나의 차에 동승하게 되었는데……. "김해시 문화상에 자료를 제출하라"고 하였지만 거절을 하였다. 그 이유는 김해 예총 8개 단체에서 문인협회가 상을 받을 차례라는 언질이 있었고 다른 한편으로 시장 재임기간동안 해마다 발간된 책을 보냈건만 잘 받았다는 전화한통이 없었다. 시장인 그도 가야사에 관한 책을 읽고 엮음 책을 발간한 자다. 그러한데……. 그런 몰상식한 자에게 상을 받을 수 없다고 거절을 한 것이다. 그래서 문인협회의 다른 회원이 상을 받았다. 그간에 상에 대한 응모는 관련단체장이나 문단의 선배들의 건유로 응모한 것이다. 그러나 항시 들러리를 섰다. 이번에도 회장이 김해문학상에 자료를 제출하라는 전화를 받고선 "또다시 들러리를 서는 것 아닌가?"하는 생각을 한동안 하다가 이 땅의 희망인 아이들을 가르치는 교육자이었기에 제출하였는데……. 기다렸다. 내가 무었을 기다리겠다는 건가. 끝을 알 수 없는 시간의 절벽 앞에……. 그것은 시간의 절벽이고 문인생활을 해오는 동안 쌓아온 탑이 무너지는 결과였다. "내용·문체·문학성·문협공헌도"에서 제외된 책을 집필했다고 심사평을 보고 내가 너무나도 서글프다. 김해문인협회 임원진이 그렇게 대단한 실력자들이고 자기들 마음대로 권력을 휘두르는 직책인줄 몰랐던 내가 어리석은 바보여서 그 위대한 상에 응모를 했단 것이 가슴 아프다. 문인은 옛 부터 선비-鮮卑=儒學敎育을 받은 君子의 뜻……. 학문-學文과 人格을 닦은 벼슬하지 않은 사람을 가리키는 말이다. 지-智·덕-德·체-體·예-藝를 겸비한 교육적 인간상의 뜻으로 전용되기도 한다로 불리어져왔다. 구전과 민담으로 전해져온 조선 최고의 기생 황진이는 시인·작가·서예가·음악가·무희였고 이름난 기생이다. 그녀가 천하유명 문인-文人과 유학자-儒學者들을 교류-交流하고 살면서 당시 10년 동안 수도-修道를 하여 생불-生佛=살아있는 부처.이라고 불리던 천마산의 지족선사를 유혹하여 파계-破戒를 시켰지만……. 선비와-문인의 정-섹스는 나누지 못했다고 한다. 사랑을 얻을 수는 있어도 선비의 몸은 소유하지 못 했다는 뜻이다. 그 이유는 선비란 지조가 깊다는 것이다.

아래 글이 문제가 된 장편소설 『아리랑』397~398페이지에 상재한 글이 문제의 발단이 되었는가! 하는 생각이고 아리랑 책은 장편 역사소설인데 소설집이라고 하여 상재를 한다.

길…….

사과 글

송인필 선생님께

영운 초등학교 독서실에서 선생님의 인사를 받고 10여분을 생각에 잠겼습니다. 역지사지-易地思之란 성어를 생각하면서……

협회에 들어와서 누구보다 더 친밀한 사이였는데! 사소한 앙금으로 인하여 "아리랑"397~398페이지 글로 인하여 심기를 많이 불편케 하여 죄송합니다. 회장님을 예총에서 만났고 또한 전화로 고문님을 만났는가의 전화도 받았습니다. 올 들어 최고로 더운 날인 6월 16일 박 고문님의 만나자는 전화를 받고 만났습니다. 장시간 여러 이야기가 있었습니다만……. 협회의 의상과 송 선생님께 정식 사과하는 뜻에서 "문서상의 사과 글을 쓰는 게 좋을 것 같다"란 고문님의 사려 깊은 건유에 의해서 글을 쓰게 되었습니다. 이러하든 저러하든 진심으로 사과를 드립니다.

십대사료 멸실 건에 대하여 회장님과 집행부에서도 "아리랑 시원지"와 "임나가야"책에 인용한 참고자료에 없다하였는데……. 참고자료 목록에 보면 조선일보·중앙일보·경남신문·국제신문·경남 도민일보 등이 상재 되어 있습니다. 시간이 흘러 어느 신문에서 보았는지는 기억이 없습니다만……. 사학자들의 역사인식이란 요지의 글에 환단고기를 읽지 말라는 것과 신체호씨와 이병도씨에 관한 역사책 번역 문제를 다루면서 십대사료 멸실 글이 실려 있어 차용하게 된 것입니다. 그래서 참고자료에 신문의 이름을 상재한 것입니다. 신문에 실린 기사에는 송교수의 글이란 말도 없었고 당시엔 컴퓨터를 조작도 못하던 때입니다. 2009년에 배웠습니다. 당시엔 원고를 인제대학 후문 삼거리에 있는 장애인 사무실에 있는 사무 간사에게 권당 300만 원의 수고비를 주고 부탁하여 작업을 하였는데……. 봉사활동하려 온 초등생에게도 작업을 하게 하였다는 이야기도 들었습니다. 아리랑 시원지가 편집상 문제가 있었던 것을 2008년도에 알았고 그 사실을 묻지마 관광 책과 이번 아리랑책등에 상재를 하였던 것입니다. 이러한 사실을 모르고 있는 집행부도 알아야 될 것 같습니다. 선생님이 지적한 토씨하나 틀리지 않게 인용을 했다는데, 남의 글을 차용 할 땐 오타도 나오면 안 되는 걸로 알고 있습니다. 각설하고……. 나이가 드니 사리판단이 흐려집니다. 그냥, 사실대로 밝히려다 크나큰 상처를 준 것 같애! 대단히 미안합니다. -강평원

　관내 학교에 백일장 심사를 갔는데……. 편집장이 생글생글 웃으면서 "선생님 일찍 나오셨습니까?"먼저 인사를 하여서 오해가 풀렸구나 하고 생각을 했다. 그런데 "칼을 품고 웃는다"란 옛말이 생각이 나서 사과의 글을 쓰면서 왜! 문서상 사과를 받으려는지 심히 의심이 가서 복사 본을 남겨두었던 것이다. 보낸 후 잘 받았다는 전화가 왔다. 받아드린다는 것이다. 그 것으로 끝나면 좋으련만……. 그다음 달 모임에서 회장이 "…… 사과문을 받았다는데 송인필 부회장이 보여주지를 않아 모르지만, 아리랑 시원지에서 찾아보아도 참고자료가 없으니 사료멸실을 표절 했다"는 요지의 말을 했다. 사과문을 보았다면 신문 기고란에서 차용했다는 것을 알았을 것이다! 사과문을 회장에게 보여주지도 않는 이유도……. 그러한 참고문헌의 실체도 모르면서 자기마음 데로 판단하고서 회원들이 바라지도 않는 일련의 일들을 자청해서 이야기를 하는지 도저히 이해를 할 수 없었고 우리 회원들은 "무슨 말인지도 모르겠다."고 하였다. 그럴 수밖에 없는 것은 회원들이 아리랑 책이 출간된 것을 절반도 모르고 있고 책표지도 대다수가 보지 못했을 것이다. 집행부만 두 권을 주었기

때문이다. 내가 준 김해문학엔 다른 원고를 상재를 하였고 아리랑 책엔 상재도 안 하였는데 왜! 회장이 시비를 하는지! 이해가 되지를 않았다. "원고의 법적인 문제는 작가의 책임이다"라고 작가와 출판사 간 출간 계약서에 필히 명시된다. 아직까지 자신이 집필한 책 한권 못낸 사람이기에 이해는 하지만……. 사료멸실 자료는 열 가지의 내용이다. 약, 한 페이지 분량이다. "선생님이 먼저 사과문을 받아야지! 편집부에서 먼저 선생님의 글을 인터넷에 상재를 하였으니……."라는 대다수의 회원들 의견이었다. 소설이 아니라고 상재한 것은 다른 회원들의 비난가능성-reprehensibility을 염두에 두고 벌인 일인지! 출간되지 않은 작품은 실질적으로는-essentially 작가에게 상재 할 수 있는 사용-허락-license을 받아야 되는 것이다. 나에 대한 면피-面皮의 글을 인터넷에 배포-상재=distribution를 먼저 하였으니 편집장의 잘못 아닌가? 지금도 왜! 무슨 이유로 임원진에서 나의 작품을 평가절하 하였는지 도저히 이해를 못하고 있다. 소설가를 일컬어 작은 신-神이라고 하는데……. 나만 바보인가! 나는 사단법인 한국상고사학회 회원이고 재야사학자다. 그래서 상고사를 연구하였다.

조선일보 1975년 8월 15일자 보도에는 「영남의 재야 사학자가 식민사관을 퍼뜨리는 이병도를 일본의 고정간첩이라고 대구고등검찰청에 고소를 하였다.」 란 글을 읽고 이병도의 행적을 추적하였는데……. 너무 세월이 많이 흘렀고, 당시엔 컴퓨터 작업을 전혀 할 줄 몰라서 남에게 맡겼기 때문에 더 기억이 나지 않는다. 내 나이 67세다. 늙어서인가! 『아리랑 시원지를 찾아서』 책 351페이지에 상재된 자료의 목록이며 밑줄을 친 자료목록의 5개의 신문 중에서 기사를 취해 사용했으니 자기들이 왈가왈부할 일도 아니다. 생각하면 생각할수록 이상한 사람이다.

참고문헌-參考文獻

(1) 청조강역도-淸朝疆域圖 (2) 일본고사기-日本古事記 (3) 미즈노 유-水野祐 교수 논문 (4) KBS 1TV특집 다큐멘트리 중국에도 전주가 있다. 방송자료 (5) 아리므스 기요이치-有光教一씨 학술자료 (6) 광개토 경호 태왕비문-廣開土境好太王碑文 (7) PSB 대가야 12부 자료 (8) 신선성시록-新選姓氏錄 (9) 고사기-古事記 (10) 일본서기-日本書紀 (11) 동국여지승람-東國輿地勝覽 (12) 오오노 스즈무의 일본어 세계-日本語世界 (13) 이노우에 미쓰오-井上光郎 (14) 編澤論吉全集 (15) 후쿠자와 유키치 시사소언-時事小言 (16) 데러모또 가쯔유끼-寺本克之 위지한전-魏志韓傳 상고사 번역문 (17) 백제본기-百濟本紀 (18) 통전-通典 (19) 중국고금지명대사전-中國古今地名大辭典 (20) 삼국사기 (21)조선일보 (22)중앙일보 (23)경남신문 (24)국제신문 (25)경남도민일보 (26)국립김해박물관 (27)대성동 고분군 (28)산해경-山海經 (29)쌍어속의 가야사 (30)잊혀진 왕국 (31)세종실록 지리지-世宗實錄地理志 (32)오제하본기-五帝夏本紀 (33)고려사절요-高麗史節要 (34)괄지지-括地志 (35)신찬팔도지리지-新撰八道地理志 (36)백제기-百濟伎 (37)신공기-神功紀 (38)웅략기-雄略紀 (39)계체기-繼體記 (40)흠명기-欽明紀 (41)유양잡조선집(신라편) (42)삼국사기(신라본기) (43)중국요령성 치안현 대고려 방진 고씨가보-高氏家譜 (44)해내경 (45)대항경 (46)사기1, 3권 (47)산서경 (48)역대신선통감 1권 (49)백제의자왕본기 (50)자치통감 1권 (51)백화사기 1권 (52)일본서기 7권 (53)일본서기 19권 (54)양서-洋書 (55)송서-宋書 (56)진전씨의 본문(소화21년 3월호 참고 1966년 1월 20일 출판) (57)유학수지.사요취선(조선왕조 때 간행)참고 (58)세종실록지리지 김해도호부-金海都護府 (59)두우통전-杜佑通典 (60)사기-史記 (61)진서-晉書

(62)후한서-後漢書 (63)한서-漢書 (64)삼국지-三國志 (65)남제서-南齊書 (66)주서-周書 (67)삼국유사-三國遺事 (68)수서-隋書 (69)남사-南史 (70)북사-北史 (71)신당서-新唐書 (72)구당서-舊唐書 (73)통지-通志 (74)글란국지-契丹國志 (75)한원-翰苑 (76)태평어람-太平御覽 (77)자치통감-資治通鑑(78)안양한지-按兩漢志(79)가락국기-駕洛國記(80)부상략기 (81)85-GUINESSI (82)숭선전지 (83) 중국 사천성 내강시 문물관리소 비디오테프 사진자료 (84)중국 사천성 안악현 허황옥 관련자료 (85)공주시 무녕왕릉 자료 (86)후한의 역사연대표 (87)EBS 위성박물관기행…….『2004년 10월 20일 도서출판 "청어"출판한 "아리랑 시원지를 찾아서"351페이지에 실린 자료 목록이다.』

역사소설 한편을 집필하는 데는 위와 같은 수많은 자료를 읽고 검토하여 발췌한 후 인용-excerpt=拔萃·引用 하여 집필한다. 일반소설 몇 배나 힘든 작업이다. 그래서 베스트셀러가 되었는지도 모른다. 그러한데 406페이지 아리랑을 출간 후에는 심사평에는 소설집이라고 하고 회원들의 책 발간 소식을 기록하는 곳에도 소설집이라고 하는 편집부의 인식은 참으로 딱하다! 대화체가 없기 때문이란다. 소설을 집필하는 데는 대화체보다 설명체가 더 어렵다. 페이지를 늘리는 데는 대화체를 많이 쓰면 된다. 동력이 떨어지면……. 주위에서 들었던 이야기들을 부풀려 서술하면 많은 페이지를 쑥쑥 늘릴 수 있는 것이다. 그래서 소설가를 작은 신-神 또는 사기꾼이라 한다. 많이 알고……. 남의이야기를 상상력으로 부풀려서 작품의 이야기를 늘리기 때문에서다. 심사를 본 임원진이나 고문들은 단편 소설을 단 한편도 집필하지 않은 사람들이기에 이해는 한다. 김해문학지 26호 329페이지 위에서 아래로 11연에 "강평원 회원 소설집「아리랑」발간"이란 글이 상재되어 있다. 나는 역사장편소설이라고 했다. 책표지에도·인터넷서점 창에도 "지역민이 낸 책"이란 신문기사에도 역사장편소설이라고 하는데, 김해문인협회 임원진은 소설이 아니라고 하더니 이젠 소설집이라고 하니 참으로 한심하다. 이런 사람들이 이 땅의 문인이라니…….

대한민국 국악포털에는 아리랑-arirang 2013년 5월 31일에 인류문화유산 아리랑. 김해서 시작됐다? 지역민이 낸 책 ≪아리랑≫ 강평원 이라는 기사를 인터넷에 올려둔 글이다.

『우리의 대표적 전통 민요인 아리랑이 2000년 전 가야국 김수로왕의 왕비 허황옥이 피난을 가면서 고국산천과 부모형제를 그리워하며 지은 시다? 『임나 가야』와 『아리랑 시원지를 찾아서』 등 가야 제국과 관련한 역사책을 써온 저자는 어느 누구도 상상치 못한 독특한 주장을 펼친다. "장편소설"로 이름 붙었지만 형식은 한반도와 중국. 인도를 아우르는 역사 탐구서다. 저자는 각종 사료에 근거해 해석했다고 하지만 전적으로 추정과 추리에 의존한 것도 많아 "소설"로 불러도 무방할 듯싶다. 어쨌든 저자의 지론에 따르면 지난해 유네스코 인류무형유산으로 등재된 아리랑은 김해시의 것이다.』라고 책을 소개를 해 두었다.

　그러한데 소설집이라는 것이다. 집輯-모을=집이란 단어를 쓰는 책은, 내용이 다른 글을 꼭지별로 모아서 출간한 시집·시화집·시조집·수필집·동시집·동요집·에세이집·산문집·칼럼집·소설집 등의 책을 집이라고 하는 것이다. 이러한 명칭도 모르면서 국어 국문과를 나왔다고 자랑하는 게 웃기는 것 아닌가! 그 대학의 위상과 가르쳤던 교수의 실력이 의심되며 이러한 것도 모르는 편집의원들을 등단시킨 등단지의 심사위원들 문학적 수준이……. 독자와 김해문인협회 회원들은 내가 당한 수모-受侮와 이와 같은 장문-長文을 상재함을 이해 할 것으로 믿는다.

　이런 저런 불편한 소식을 알고 있는 지역 원로 예술인께서 "김해시와 김해 김 씨 가락 종친회에서 가야문화의 토대로 김해시를 적극홍보를 하고 있고 복원사업에 수 천 억의 예산이 들이고 있는 마당에 4권의 고대 가야의 역사

장편소설은 집필하여 3권이 베스트셀러가 되었고 한권은 국사편찬위원에서 자료로 사용하는 등 김해를 위해 각고의 노력을 하는데도……. 김해시에서는 단돈 1원도 지원을 해주지 않고 김해문인협에서는 강 선생을 깔아 짓누르는 짓을 하고 있으니 참으로 00운 집단이다."나에게 화를 내면서 "다른 지역 같으면 문학관을 진즉 지었을 것이고 같이 활동하는 회원이라면 서둘러서 문학상도 제일 먼저 수여케 추천을 했을 텐데! 탈퇴脫退를 해버려라"는 것이다. 나에 약력에 대하여 잘 알고 있는 김해시청 예술 담당 공무원은 "대학 국문과도 안 나왔고 영호남의 지역감정인 호남 출신이 등단 15년 동안 매년 책을 1~2권씩 집필하여 기획출간을 하고 베스트셀러 6권과 스테디셀러 8권을 집필한 것에 대한! 자기들의 자격지심-自激之心에 그런 패악-悖惡스런 행동을 하는 것 아닙니까!"오히려 나에게 화를 내면서 "대전 이남에서 그 많은 책을 짧은 기간에 선생님 같이 완성도 높은 작품을 집필하여 책을 내는 작가는 내가 알기론 없습니다. 선생님의 업적에 많은 관심을 가지고 있어……. 시에서 정밀조사를 했습니다. 내가 김해문학에 등재된 약력엔 임원진인가 집행부인가! 그들의 문학적인 업적은 정말로 너무나 초라하고 비참합니다! 10~20여 년의 문단 생활 중 고작 두 세권의 책을 그것도 자비출판 한 것인데! 연세도 많으신 선생님을 깔보고 그런 버르장머리 없는 짓을 하고 있는 것입니다. 문인협회를 그만두어도 시청에선 선생님의 문학적인 업적을 잘 알고 있습니다."라고 했다. 상재하기에 불편한 욕들을 너무 많이 해서 내 얼굴이 화끈거렸다. 논산훈련소 조교들 욕보다 더 험했다! 협회에 들어온 후 15년 동안 월 모임에 어머니 제삿날이 겹친 딱 하루를 빼고 모두 참석을 했다. 2013년 12월부터 모임에 나가지 않고 있다. 그만 두어야 할까. 고심하고 있다.

장편 소설『아리랑』은 출간 후 각 대학교 도서관에 입고되었다. 책을 읽어본 독자들이 아리랑의 시원지에대한 물음이……. 교수와 학생들의 연락이 왔는데……. "406페이지의 장편에 100여 가지의 참고문헌과 그 외의 자료를 검토하여 처음 밝혀낸 아리랑 가사의 태동의 역사적인 루트를 추적하여 사실 있게 집필한 것에 놀랍고 감동을 받았다"는 것이다. 연락이 온 소장 처는 부산대학교 도서관·서울대 도서관·전북대 도서관·숙명여대 도서관·가천대 도서관· 경북대학교-중앙도서관·단국대학교-율곡기념도서관·천안·동 대학-퇴계 기념도서관-중앙도서관·성균관대학교-중앙학술정보관·고려대학교도서 관·이화여대도서관·연세대학교-원주캠퍼스 학술정보원·건국대학교-상허 기념도서관·성균관대학교-삼성학술정보관·강원대학교-삼척캠퍼스도서관 ·계명대학교-동산도서관·충남대 도서관 등이다. 중견 소설가이고 동화작가 인 선배는 "이번에는 누구도 할 수 없는 역작을 쓰셔서 그저 놀랄 따름입니다. 새로운 역사적 사건의 해석에 감탄을 하면서 더욱 정진하셔서 좋은 작품 많이 쓰기를 기원합니다."라는 전자편지를 보내 왔다. 아리랑도 김해문학상에 응모되었기에 이 책의 발간 이유를 상재한 것이다. 편집장이 국어국문과를 나왔다 해서 하는 말이다. 내가 문단으로 나온 뒤 집필한 책들이 특종과 특집으로 방송과 중앙지와 지방지에 자주 보도가 되던 때……. 창원시에 있는 모 대학 교수가 만나자는 전화가 와서 김해시청 본관 만남의 광장-민원인의 휴게실 에서 만나기로 하여 나갔는데, 교수 두 사람과 그간에 출간 된 책에 관한 이야기들을 나누었고 자기가 근무하는 대학 문창과에 입학을 하라고 권유를 하기위해 왔다고 하였다. 나는 국가유공자여서 자식과 나는 등록금전 액이 4년 동안 면제되기 때문에 생각을 해 볼만 한 일이지만 거절을 했다. 부산 모 대학교수로 있는 문인 후배가 같은 부탁을 하였지만 거절을 하였고, 서울에서도 문창과 대학원에서 일주일에 한번만 강의에 참석을 하면 된다고 입학지원통지서를 보내왔고 전화로도 연락이 왔지만 거절을 했다. 구태여 51세에 문단에 나와서 전문적인 교육을 받을 이유가 나에겐 필요치 않았기 때문이다. 대학 문창과를 나온다 해서 글을 잘 쓰는 게 아니다. 위의 글의 뜻은 학벌이나 스펙에 연연하지 말고 도전과 그리고 꿈 창의력에 힘을 쓰면 좋은 작품이 나오는 것이다. 김해문학상에 응모를 하라는 회장의 전화를 받고 "묻지마 관광"소설집과 장편 역사소설 "아리랑"을 등기로 편집장에게 보냈다. 약, 2주일 후 편집장에게서 전화가 왔다. "김해문학에 광고를 협찬을 받는데 10만 원이라면서 협조를 부탁한다."는 것이다. "묻지마 관광 소설집은 김해문학 25호에 칼라로 반 페이지 발간소식이 상재되었으니 장편 소설 아리랑을 하겠다."하였더니 "아리랑은 나를 욕하는 글이 상재되었으니 못 신겠다."하여 그만두라고 하였다. 책에 욕설을 상재하지 않았는데, 아마도 "문단생활 20여년을 하면서 꼴랑 시집한권 출간"……그 말이 욕으로 생각한 모양이다! 당시의 기분이라면 조선팔도의 거친 욕이란 욕을 다 사용한다 하여 시골 공동우물터 앞 시궁창보다도 더 더럽다는 논산 훈련소 조교입이 되어 훈련병들에게 욕을 하듯이…….

아리랑이 소설이 아니라고 우겨서 기행문인 "길·남해 보리암 문학기행"원고를 보냈는데, 편집이 잘못되었다. 편집부에서 "김해문학에 상재한 작품은 작가가 보내준 작품을 그대로 상재 했다"며 사무국장이 내가 보낸 원고를 출력해 왔다며 회원들에게 보였지만 ……. 잘못 편집된 일부를 상재한다.

상략: 금산이라고 이름이 바뀐 이유는? 신라 문무왕 3년-663에 이 산에 보광사를 창건 하면서 붙여진 이름이다. 금산은 조선 건국이전에 이성계-李成桂 가 조선의 개국을 앞두고 보광사 선은전-璿恩殿에서 이백 일간 기도를 올렸는 데……. 산신의 영험을 얻어 등극하였다는 전설로 유명하다. 조선이 자신의 뜻대로 개국되자 그 보답으로 산을 온통 비단으로 덮겠다고 한 것에서 금-錦비 단 금산으로 개명됐다는 것이다. 마치 고운비단치마를 입고 있는 것처럼 수려하고 눈부신 비경이 곳곳에 숨어 있는 금산에는 제1경인 쌍홍문을 비롯하여 38경을 모두 감상할 수 있다는데 흔히들 남한의 금강산이라고 불리기도 한다. 그래서 이곳이 남해의 아니……. 불교의 골든 혼일까! 제1주차장에서 금산 가슴-제2주차장까지? 가려고 그곳까지 왕래하는 대중교통을 갈아탔다. 하늘 높은 줄 모르고 서 있는 금산은 산을 좋아하는 산악인들이 쉽게 오를

수 있는 코스일 것이지만! 급경사 커브 길이 힘들다고 연신 큰소리로 투덜대며 오르던 버스는 제2의 주차장에 헐떡거리던 숨을 멈췄다. 고운 빛 갈을 품어내는 단풍잎이 우릴 반긴다! 회원들은 여러 짝으로 나누어 앞서거니 뒤서거니 보폭을 맞추어 길을 재촉하였다. 다음 풍경을 알지 못하고 걷는 걸음……. 아마! 미지의 세계가 펼쳐질 것이다. 붙박이 뭇 생명들이 몸 불리기를 중단하는 계절이어서 인가! 발길을 멈추게 하고 시선을 붙잡는 풍경은……. 산 중턱 군데군데엔 게으름피고 앉아 있던 늦은 가을이 떠날 채비-踩備를 서두르고 있었다. 어그정거린 발걸음으로 야트막한 오르막길을 오르고 나니 쉽게 길을 내주지 않던 산이 잠시 평지를 내 놓는다. 하늘이 낮아지면 그냥 지나가지 못하고 잠시 쉬어가는 비구름을 머리에다이고 있기도 하고 볼기짝을 후려치는 매서운 칼바람을 맞으며……. 때론 자리를 내주면서! 길가에 핀 이름을 알수 없는 여러 무리의 꽃들을 누가 여리다 할까. 바람막이 없는 산 정상에서 수많은 세월을 견딘 나무들의 질긴 생명력에 감탄이 저절로 나온다. 사각거리는 황톳길걸음걸음에 이어지는 살가운 대화 속에 정들어가는 여행길이다. 흙 한줌 바람 한줄기도 어제와는 사뭇 다르다. 오르기는 어렵지만 눈은 즐겁다. 정상이 멀지 않았는데……. 산은 긴장을 풀지 않는다. 초겨울 입구에 바지런히 오르다보니 찬 기운이 사라지고 이마에 땀이 배어나온다. 금산 어깨-8부 능선에 다다르자 막혀있던 조망이 트인다. 세상의 빠름을 뒤로하고 편한 마음으로 뒷짐을 지고 가는데, 갑자기 아랫배와 가슴에 심한 통증이 오자 발 디딤도 불편하다. 산이 높아 산소부족인가! 천연 황금물질 피톤치드를 품어내는 편백나무가 길가에 장승처럼! 빽빽이 서있는 것을 보았는데……. 편백나무는 소나무보다 몇 십 배 피톤치드는 방출시킨다는데 산소부족은 아니다. 점심을 잘 못 먹었나!

『가슴에 통증이 느껴지면, 약을 삼키지 말고 혀 밑에 넣고 서서히 녹여서 복용합니다. 5분 후에도 가슴통증이 지속되면 1정을 더 복합니다. 15분 이내에

길…….

3정 이상 복용하면 안 되고 통증이 지속되면 응급실로 가셔야 합니다』

"니트로글리세린"비상약을 봉고차 안에 두고 와서 먹을 수도 없고 오늘 자칫 소방 헬기를 타는 것 아닌가. 아니면 죽을 것이고! 가던 걸음 잠시 멈추고서 이 걱정 저 걱정 태산인데……. 약이라도 올리듯 길섶에서 다람쥐가 양 볼이 불룩하게 먹이를 물고서서 고통에 쩔쩔매는 나를 바라보고 있다. 다람쥐는 가을엔 마누라를 여럿이 얻어 양식을 수확하고 겨울이 되면 모두 쫓아낸 뒤 장님여자하나를 얻어 산다고 한다. 그리곤 자기는 달고 맛있는 튼실한 알밤을 먹고 시각장애인 마누라에겐 쓰디쓴 도토리 파치만 준다는 것이다. 쓰다고 불평하는 마누라 말에…….

"내가 먹는 것도 쓰다."

거짓말을 한다는 못된 다람쥐가 약을 올리니 통증 더 심해지는 것 갔다!

장님 마누라도 쫓아 내면 될 것을…….

"짐승이지만, 북풍이 몰아치는 동짓달 긴긴밤에 거시기는 해야지요."

"씨부랄 놈!"

※ 위의 부분을 전부를 삭제를 해버려서 "니트로글리세린"을 복용해야하는 이유가 없어져버려 밑에 글과 연결이 안 되는 이상한 문맥이 되어버린 것이다. "씨부랄 놈"이란 말이 부적절하다."고 삭제를 하자는 편집장의 연락을 받고 그러하라 했는데……. 그 단어만 삭제를 허용한 것인데, 그와 연결된 문맥을 전부 삭제를 해버린 것이다.

"왜, 산을 오르느냐?"는 질문에 "거기 산이 있기에-Because · it · is there오른다"는 세계적인 등반가 조지 말로니-GEONGE MALLORY가 남긴 명언이라 하지만……. 참, 명쾌한듯하면서도 시쳇말로 표현을 빌리자면 2% 부족한 말이기도 하다. 세계적인 등반가의 입에서 나온 대답이 이와 같다면, 일반인들에게 딱 부러진 대답을 얻기는 쉽지 않아 보인다. 그저 "산이 좋아서" "산이 보이기에" 라는 대답이 메아리가 되어 돌아 올 것이다. 금산의 험한 협곡을 올라오느라 힘들어하는 바람에게 길을 내주느라 키 한번 제대로 키워보지 못한 작은 나무들이 무리지어 있는 곳에 나는 무엇 때문에 이 고생을 하며 산을 오르는가? 산 앞에서는 모두가 평등하다는데……. 점점 더 심하게 통증이 계속되어 이젠 죽는 구나 싶었다. 누군들 가파른 산길을 오르고 내림에 즐거워만할까! 고통을 참으며 금산 목능선-끝 근처에 다다르자. 급하게 왼쪽으로 꺾이며 계단으로 내려가는 길이 보리암 입구로 가는 길이 나타났다. 엉거주춤한 자세로 급한 발걸음을 재촉하여 화장실로 달려갔다. 다행이도 머피의 법칙이 나에겐 통하지 않았나? 볼일 보는 사람이 없어……. 밖으로 나오니 아랫배 아픔도 가슴통증도 이내 사라졌다.

　오랜 세월동안 한자리에 머무른 사찰의 나이를 닮은 곳곳의 문패가 나를 맞이하였다. 아마도 오래전의 갖가지 이야기가 숨어 있을 것이다! 만불전-萬佛 殿 앞에서 발걸음을 잠시 멈추고 문설주를 잡고서 가부좌 모습으로 좌부동座不動 -도리방석에 앉아 있는 부처를 바라보니 포동포동 살이 붙어 기름기가 자르르 흐르듯 한 얼굴로 보일 듯 말 듯 입가에 얇은 미소를 머금고 나를 바라보며!

　"봐라, 비우니 편하지 않느냐? 쓸데없는 것을 가득 담고 있으니 배가 아픈 것이니라. 비워야 채울 것 이다. 너! 머리통에 있는 잡념도 모두 비워라. 그러면 정신도 맑아 질 것이로다."

　그렇게 나에게 말하는 것 같았다! 누가 모르나. 쓸데없는 똥은 시원하게 쏴야 하는 법, 배가고파야 먹을 것 아닌가? 그러면 채워질 것이고. 해탈-解脫과 108 번뇌-煩惱가 별것 아니네! "깨우치려면 비워야 하는 법"비우면 채워진다는 불가의 진리 살아오는 동안 나 같은 범생이 알리가 없다. 나도 한마디 하겠다. "지혜의 빛을 보려면 머리부터 비워라"……그렇다면 오늘 나는 득도-得道를 한 것인가! 이 생각 저 생각을 하며 오늘의 목적인 해수관음상을 보려고 목책계단으로 발걸음을 재촉하였더니? 힘들게 올라온 이유가 눈앞에 펼쳐졌다. 암자 앞에 저 멀리 바닷가 백사장에서 뭇 인간 군상들이 반라로 해수욕을 즐기는 모습을 바라보며 관음상은 바다에 뛰어들어 수영하는 꿈을 몇 번이나 꾸었을까? 하늘의 신과 금산의 신이 지켜주고 소원을 들어준다는 산 절벽 끝에 서있는 해수관음상 발아래 입을 벌리고 있는 불전 함으로 쪼르르 달려가 율곡 할아버지가 부끄러울까봐 반으로 접어 얼굴을 가리고 불전 함에 넣은 뒤 제단 바닥에 넙죽 엎드려 큰 절을 하였다. 소원 들어 달라고……. "무슨 소원이던지 한 가지는 꼭 들어준다."는 그러한 책무를 가진 관음상이라고 귀 넘어 들었는데, 나만이 아니고 모두 들었나! 경쟁이라도 하듯 너도나도 불전 함에 시줏돈을 넣는다. 대다수가 일천 원짜리를 접어서 넣은 뒤 넙죽 엎드려 절을 하고 일어나서 두 손바닥을 모아 합장을 한다. 그러한데 양쪽 눈에 시커먼 고약-선글라스을 붙인! 멀라고 자기마음대로 잘생긴 중년 여자가 떠돌이 바람에 긴 머리가 헝클리자 고개를 살짝 저친 뒤……. 바람에 휘날리는 머리카락을 왼손으로 잡고 요염-妖艶 스리 웃으며 오른손에 일만 원짜리를 모두들 보란 듯이 살랑살랑 흔든 뒤 짝~악 펴서 불전 함에 넣는 것 아닌가. "저런 시러비할 여자!"이럴 줄 알았으면 신사임당을 넣을 것을……. 정말로 후회막급이다. 저 여자가 소원-所願이 우선권 아니겠는가!

※ 위의 "저런 시러비할 여자!"도 부적절하여 "시러비할 여자!"문구를 삭제를 한 모양이다. 고약-선글라스을 붙인! 문구는 선글라스란 단어는 2포인트 적게 하였다. 그런데 김해문학지 25호 258~270페이지에 실린 작품엔 원문과 동일한 글자크기를 해 버려 편집의 잘못됨을 지적하였는데……. 사무국장이 원문을 복사를 해서 왔다면서 잘못이 없다는 것이다. 나의 작품집을 보면 어순이 다른 부분은 원문보다 필히 2포인트 적게 했다. 원문과 동일하게 하려면 고약이란 단어가 필요가 없고 그냥 선글라스 쓴 사람이라고 하면 된다. 같은 크기로 해버려 "선글라스를 붙인!"이라는 문맥에 맞지 않은 단어가 된 것이다. 고약을 에서 "선글라스을"로 되어

"율"이 잘못되어 무슨 뜻인지 모르게 해 버렸다는 것이다. 마지막 교정 때 그러한 부분을 적색 펜으로 문구를 사각으로 표시하여 2포인트 적게 하라고 글로서 기록하고 혹시 잊어 먹을 까봐 그러한 면을 접어서 표시를 했는데 그런 결과가 나왔다. 그러한 곳이 무려 열 곳이다. 김해문인협회에 가입하여 활동한지 14년이 되었지만 원고에 대한 지적은 처음이다. 아니 단 한 번도 빠지지 않고 해마다 원고를 제출해 상재를 하였지만 원고를 가지고 시시비비 하는 일은 처음이다. 이러한 문제는 20여 년간 한곳에서만 문학지를 출간했는데……. 지금의 집행부가 들어서고 출판사를 바꾸어서 일어난 일일 것이다! 김해시 지역에 관한 글을 모아 만드는 책도 작품자의 이름이 바뀌어 다시 출간하는 소동이 벌어지기도 했다. 시를 쓰는 사람이라 그런지! 앞서의 글에서 보았듯 "시러비할 여자" "씨부랄 놈"이란 단어보다 더 험한 음담패설이 세계적인 베스트셀러에 들어 있고……. 국내 유명작가의 문학 전집을 비롯하여, 세상의 거친 언어를 융화시켜 아름다운 말을 만들어 낸다는 유명한 시인들의 글에서도 음담패설이 많이 들어 있다.

문학작품 속에 성-姓과 음담패설-淫談悖說을 살펴보면…….

중앙지에서나 지방지에서 원고 청탁이 자주 들어온다. 그럴 때마다 많은 고민을 하게 된다. 소설을 집필하면서 원색적인 내용을 사용할 수 있는데……. 시詩를 집필할 땐 고민이 많다. 시는 세상에 거친 언어를 융화 시키고 응축시켜서 아름다운 말을 만들어야한다는 생각에서다. 나의 생각이 그른가! 글을 쓰려면 용기가 필요한 것이다. 남을 깨우치려면 기존의 가치관을 가지고는 어렵다. 고정 관념을 깨어야하는데……. 그 일이 만만치 않음을 글을 쓰는 사람들은 알고 있을 것이다! 에로문학-Erotic Literature 에 호색문학-好色文學은 성애-性愛에 관한다소 분명한 세부 묘사를 그 특징으로 삼고 있는 작품의 유형이다. 연애소설이라는 작품들은 대개 "외설문학-Pornography"과 관련된 특정한 성적 세부 묘사를 피하는 것이 통례이다. 그러나 문학에는 성적 소재 그 자체를 하나의 목적으로 사용하는 외설문학을 문학으로 인정하지 않다는 것이 일반적인 견해이다. 문학의 범주 밖이다. 라고 하지만……. 사랑이나 그 성적인 표현은 문학의 영원한 중심 문제들이어서 대부분의 세계명작 속에 어느 정도 들어있다. 외설문학이란 정상적이거나 변태적인 성욕을 자극할 목적으로 쓴 작품을 뜻한다. 이는 크게 두 가지로 나눌 수 있다. 흔히 에로티카-Erotica=春畵라 불리는……. 이성간의 연애의 육체적인 면들을 다룬 것이나 액소티카-Exotica=異國風 라 불리는 비정상적인 변태적인 성행위들을 다룬 작품이다. 이러한 외설문학은 작가 개인에게 도덕적……. 심미적 문제일 뿐만 아니라 국가에 법적인 문제가 되기도 했다. 외설물-猥褻物의 공통-共通된 주제는 사디슴-苛虐性~淫亂症=sadisme・메저키즘-被虐性=淫亂症・물품 음욕증-淫欲症=fetishism・관음증-觀淫症=voyeurism・나르시즘~남색-男色=pederasty 등이다. 성적 소재를 다룰 땐 헬라어로 에피투미아-Epithumia・에로스-Eros・아가페-Aagape 등이 있다. 에피투미아는 동물적인 피 다툼을 뜻한다. 짝을 차지하기위해 목숨을 걸고 싸우는 것이다. ≪인간에게도 간혹 있지만! 미미하다.≫ 에로-TM는 그러한 다툼을 넘어선 정신적 내지 육체적인 사랑을 말함이다. 아가페는 무조건적인 사랑을 말한다.

내가 2000년 9월에 출간한 "저승공화국TV 특파원"책을 읽은 시를 쓰시는 문인협회 여성 한 분이 선생님의 책 내용이 너무 노골적인 음담패설과 성-姓을 다뤄 읽기가 거북 했다며……. 한동안 만날 때 마다 화재거리를 삼았다. 시를 쓰는 분이라 아름다운 문체만 다루다보니 그럴 수도있겠지만! 소설을 집필하는 나는 이해하기 어려웠다. 문학에 있어서 에로티시즘은 무엇인지를 몰라 그러는 것 같다! 문학에서 포르노그라피가 육체적-肉體的 쾌락-快樂을 의미하는 단순하고 간단한 묘사라면……. 에로티시즘은 사랑이나 사회적 삶이라는 개념으로서의 기능에서 재평가 된 묘사-描寫임을 알아야 한다. 에로틱한 것에는 음란한 대목이 있기 마련이다. 흔히 에로틱과 음란 사이를 구별하는 것이 보다 중요한 사안이라고 말한다. 이 경우 에로티즘은 육욕을 바람직한 시각으로 보고 그 육욕의 절정 또는 아름다운 속에서 보여주며……. 건강과 아름다움과 기분 좋은 유희에 관한 느낌을 환기시키는 모든 것이라고 차별화한다. 그와는 반대로 음란함은 오히려 육욕을 비하시켜 말하고 그것을 불결·결함 지저분하고 너절한 농담 등의 저속한 어휘-語彙로 표현-表現하는 것은 구분해야 한다. 그렇다면 시를 쓰는 사람들은 성을 소재로 한 글을 다루지 않을까? 아니다 국내 중견 시인들도 성을 소재로 다양한 시를 쓰고 있다. 국내 몇몇 시인들의 시를 살펴보고 작고하고 없는 김삿갓 시인의 성과 음담패설에 관한 명시를 찾아보자. 그러기에 앞서 문학 작품 속의 성에 관한 인식을 보면……. "생식기능 측면에서의 성은 인간의 본능-本能이자 원천적인 욕망-慾望이다."라고 표현 하고 있다. 특히 남자들은 황제망상-皇帝妄想을 가지고 있다. 옛날 황제들은 자기 마음대로 미인을 품었기 때문이다. 성은 인간 신체의 근원적 기능 중의 하나이면서 종-種을 잇는 중대한 역할을 맡는다. 따라서 성은 삶의 전반에 걸쳐 다루어질 수 있되 특히 인간 존재의 의미를 캐거나 인간 삶의 가능한 이야기로 담는 문학예술 분야에서 성은 당연히 작품의 주제나 제재로 활용 될 수 있다. 다만 성을 살리기 위한 재제로 혹은 그럴 수밖에 없는 당위성과 그럴 수도 있는 상황을 벗어나 감각적인 묘사를 집중적·노골적으로 묘사함으로서 사회에 성적 혼란을 초래한 경우도 없지 않았다. 이러한 현상을 경계하여 법률과 비평 분야에서는 해당 작품을 외설·음란물이니 예술이니 논쟁을 벌이며 판매금지조치 등의 법적 제재를 가하기도 한다. 다행이도 나의 책은 실화를 바탕으로 사회의 부정을 고발한 책으로 판정되어 출판 윤리 위원회에서 19세 이하 판매금지조치 검토 대상에서 제외 됐다.

　　나의 책을 읽고 쓴 비평가협회 이사인 하길남선생의 평론을 보면…….

『강평원의 소설 〈저승공화국 TV특파원〉은 저승사자나 삼신할머니들이 등장인물로 나와서 기괴한 일들이 벌어진다. 한 마디로 말한다면 기상천외의 이야기들이 벌어지는 데……. 그 이야기들은 오늘날 세기말적인 현상을 비꼬는 막가는 상소리들로 가득 차 있다. 음모를 깎고, 부짓깽이로 성기를 쑤시고, 제수씨와 관계를 맺고 윤간을 하는 등 사회 고발적 비평소설이다. 그래서 허구가 주는 재미로 읽힌다. 특히 화자가 이 소설을 쓰면서 단어들을 골라 쓰는데 얼마나 고심했을까 하고 독자들은 혀를 내두르게 될 것이다. 모국어는 문필가들에 의해 갈고 닦인다. 화자가 찾아 쓴 모국어 한 가지만 살펴보면 "질나이"라는 말이 있다. 이 말은 "숙달된 사람"이란 뜻이다. 다시 말하자면 "되풀이되는 동작에 의해서 길들여진 것"이란 뜻이다. 이처럼 작가의 모국어에 다한 애착을 짐작하게 하고 있다. 아마 많은 독자들은 이 글을 읽고 깨닫는 바가 있을 것이다.』라고 평론을 했으며, 칠순이 다 된 어느 문화원 원장은 부인이 볼까봐 이불을 뒤집어쓰고 상·하권을 끝까지 읽었다며 사회 비리를 솔직하게 고발한 책이다. 라고 했다. 솔직히 말하면 원색적인 용어가 많아 조금 찐하다. 아래 일부를 상재한다.

상략: "이제 우리 어디로 갈까?"

"이때깜시 옴시롱, 출장 맛사지 하는데 가보자 해놓고는. 뜬금없이 무슨 소리요?"

"그렇구나! 우리가 지금 종마호텔로 가는 중에 너무 지체했구나. 오늘 이곳에서 막갈 때까지 간 인간 군상을 보자 이 말이 제? 우리도 한 번 참여해 볼까?"

"마음대로 하슈. 나는 구경만 헐 텡께."

"정말이냐? 그럼 내 맘대로 출장 올 여자를 골라볼까. 몸매는 날씬하고 얼굴도 예쁘고 손도 보드랍고 싹싹한 마음씨를 가진 여자라면 더욱 더 좋을 것인데."

"대삼이랑 함께 다니더니 너도 완전히 타락했구먼!"

여태껏 입 꾹 다물고 없는 척하고 있던 삼신할미가 참다못해 한마디 내뱉고 만다.

"할매는 조물주가 있는 중계소로 후딱 가뿌시요."

"안 돼. 나가 지켜봐야 할 꺼여."

"보나마나 음란한 곳인디 뭘 지켜볼라고 허요."

"내사 늙었승게 뭘 봐도 상관없으니 내 걱정은 허덜 말그라."

"보기 숭헐낑게 참말로 할매는 가뿔면 쓰겄그만."

"몸이 피곤하여 맛사지 한 번 받아볼라 하였는데, 삼신 누님 때문에 안 되겠다. 난 도저히 못하겠으니 너가 한번 해볼래?"

"나도 안 됩니다."

"안마 시술소나 출장 맛사지나 비슷한 업종이어서, 몸 사릴 일이 없을 텐데?"

"그래도 안 허것으라."

"아이구야, 열부 났네!"

"열녀가 아니고 열부라고라?"

"평양 감사도 저 싫으면 그만이라더라. 너도 싫으면 말더라고."

우리가 종마호텔로 들어간 시각은 정오가 갓 지난 시간이었다. 그들은 마땅한 인물이 나타날 때까지 호텔 로비에서 기다렸다.

잠시 후 발라당 까진 여자 하나가 작은 여행가방 하나와 핸드백을 가로지기로 어깨에 메고 콜택시에서 내리더니 쥐새끼가 구멍에서 나올 때처럼 사방을 두리번거리며 들어온다.

"저 여자 틀림없이 출장 맛사지 걸인 것 같은데요. 따라 들어갑시다."

여인의 뒤를 따라 3층 303호로 들어갔다.

"띵동! 띵동! 띵동!"

차임벨이 연속해서 울리자 안에서 문 열렸으니 들어오라는 남자의 말소리가 들려온다. 문을 잠그지 않고 기다린 모양이다. 여자가 문을 열고 들어서니 방안이 컴컴하다.

"아자씨! 불을 끄고 있었어요?"

들어온 여자가 이렇게 물으며 전등의 스위치를 찾으려 하자 복도의 조명으로 얼핏 여자의 얼굴을 본 침대 위에 누워 있던 사내는 불 켤 필요 없다면서 황급히 이불을 뒤집어쓴다.

"아자씨, 뭘 그리 부끄러워하세요? 어두워서 코를 베어 먹어도 모르것네! 부끄러움을 많이 타나보네요?"

여자는 남자의 긴장을 풀어주느라 그렇게 말하지만 실내는 비록 어둡기는 하나 얼굴은 알아볼 수 있을 정도이다. 여자가 침대 곁으로 가니 침대 위의 남자의 몸은 거북이처럼 오그라든다. 침대 위의 남자는 최종말 씨다. 회사에서 야근을 마치고 집에 가보았자 아이들은 학교 가고 마누라는 식당에 서빙하러 가고 없다. 그런 텅 빈 집에 가서 별 볼일 없이 드러누워 TV나 보는 무료한 시간을 보내기 싫어 피곤한 몸이나 풀어볼까 하여 사우나가 있는 러브호텔에 들렀던 것이다. 그런데 때밀이가 맛사지 걸 얘기를 하자 귀가 솔깃해졌다. 호텔 사우나에서 땀을 흘리고 나른한 몸으로 객실로 들어온 후 때밀이가 말하던 아가씨나 불러 심심풀이 낮 거리나 한 번 하려고 마음먹은 것이다. 오랫동안 같이 살던 마누라살도 지겨워진 판에 남의 살 맛도 좀 보자며 객실로 올라와서 침대 위에 벌거벗고 드러누워 아가씨가 오길 눈이 빠지게 기다렸는데 문을 열고 들어오는 여자는 하필이면 제수가 없으려니. 제수-남동생의 부인씨가 아닌가. 제수씨는 밝은 데서 어두운 객실로 들어오는 바람에 시숙-남편의 형을 못 보았고, 시숙은 제수씨의 얼굴을 보자, 이불 속으로 자라목이 오그라들듯 팔다리를 감추고 숨은 것이다. 일이 이렇게 된 것은 우연일까? 아니다. 이건 저승사자의 농간이다. 저승사자의 그런 행위에 기가 막혀 말이 안 나올 지경이다. '이걸 워째! 워쩌야 쓰까이.' 이불 속 종말 씨도 어쩌까이 하고……. 구경하는 삼신할미도 대삼이도 속으로 어쩌까이를 연발하고 있다. 침대 위에서 벌어질 육체의 향연을 생각하면 황당하고 거북해서 속이 뒤집힐 노릇이다. 너무한 것 아니냐는 눈치를 대삼이가 보내자. 저승사자는 이빨을 다물고서 윗입술 아랫입술을 뒤집는다. 입도 뻥긋하지 말라는 뜻이다. 어쩔 수 없다는 메시지가 전달된다. 여자는 자진하여 옷을 벗어 한쪽으로 모아 놓는다. 제법 세련된 몸매다. 하는 행동으로 보아 이 분야에 상당히 숙련된 모양이다.

"아자씨, 너무 부끄러워 마씨시요. 나가 이 직업으로 일한 지 벌써 2년이 넘었지만 아저씨처럼 부끄럼 타는 사람은 처음보요! 나는 훤한 밝은 데서 하는 것이 훨씬 좋은데."

여자의 말이 끝나자마자 이불 속의 남자는 비명에 가까운 말로 "불을 켜지 마세요."라고 소리친다. 불을 켜려던 여자는 부끄럼을 참 많이 타는 남자구나 생각하며 이불 속으로 기어든다. 이제 제수씨와 시아주버니가 한 판 레슬링을 벌릴 모양이다. 여자야 시숙을 못 보아서 아무 일도 아니라 할 수 있지만 시숙의 입장으로선 난처하기 그지없다. 옷은 홀러덩 벗어재껴 알몸이라 침대에서 벌떡 일어나 자신의 신분을 밝힐 수도 없고, 그렇다고 동생 마누라와 거시기를 하자니 그런 짓을 할 수도 없고. 여인의 말에 의하면 2년 동안 이 직업으로 일을 해 와서 나름대로 경력이 붙어서인지 아니면 윤락녀나 다른 서비스업에 종사하는 직업여성들이 하는 짓을 남편 모르게 하고 있는 까닭에 스릴을 느껴서인지 아주 대담하게 덤벼든다. 시숙은 큰일 났다고 생각하며 이 위기의 순간을 어떻게 빠져나갈까 하는 궁리를 하기 위해 몸을 움추려 보지만 여인의 손은 인정사정 볼 것 없이 시숙의 성기 대가리를 거머쥔다. 하지만 남자의 거시기는 번데기처럼 오그라든 상태다.

"아그야! 저 남자 거시기는 왜 오그라든다냐?"

저승사자는 남자 거시기가 오그라드니 이상한 생각이 드는 모양이다. 여자가 저리 야하게 밀착해 오면 가을철 수풀 속에 독 오른 뱀처럼 건들이면 고개 꼿꼿이 쳐드는 것처럼 힘이 솟구쳐야 되는 게 정상인데⋯⋯. 이건 완전히 바람 빠진 풍선 짝이다.

"아니, 사자님. 거시기 한 번도 안 해 보셨소? 저자식이, 지금 산통을 깨나, 아니면 모른 척하고 동생 마누라와 거시기를 해야 하나, 이 두 가지 고민 속에 어찌 그것이 고개를 뻣뻣하게 세우것소."

"야! 이놈아, 여자가 훌러덩 벗고 저렇게 비비고 들어오는데 성기대가리를 아래로 처박으면 그게 고자지 남자냐?

"그것이 아니라 섹스를 할 때는 60가지 신경이 똑같이 작용해야 된다고요."

"니가 신경과 의사냐? 그렇게 잘 알 게?"

"아무튼 그렇대요."

"남자가 여자를 볼 때 세 가지 기준으로 본다 이 말입니다."

"너는 3을 그렇게 좋아하느냐?"

"으미, 사자님 머리통 무식이 파도를 치는구먼. 동양에서 미의 기준은 삼백-三白 삼소-三小 삼대-三大라고 일컫지요. 저번에 갤차준 것 같은디! 다시 설명헌께 필이 오지요?"

"모르것는디, 니놈도 내 나이되면, 필이 시계추처럼 왔다리 갔다리 핼 것이다."

"긍께로 재방송 하란 이 말이지라?"

"그려, 니 좆대가리 꼴린대로, 씨부렁 거려 보아라."

"살결이, 이빨이, 눈동자가 희고 입, 손, 발이 적어야 되고 유방, 눈, 궁둥이가 커야 된다는 말씀이요."

"알궂다. 근디, 그럼 너는 삼재수도 믿는 모양이 제?"

"뜬금없이 삼재수가 그서 왜 나옵니까?"

"너야말로 씰데 없는 소리 씨부리지 말고 너 하고 싶은 말이나 계속해 보거라이."

"여자를 볼 때는요 안고 싶은 여자, 안기고 싶은 여자, 안고 싶지 않은 추한 여자 이렇게 세 종류로 분류하지요."

"무엇 때문에?"

"첫째는 안고 싶은 여자란 정감이 있어 보이고 아그 같기도 하고 마누라와 같은 묘한 기분이 드는 여자를 말하는 것이지라.

둘째는 안기고 싶은 여자란 남자들이 사춘기 시절 그러니까 보통 중학교 1~2학년 때쯤 되면 사춘기가 시작될 때지라. 가슴 속으로 짝사랑하는 학교의 여선생님 같기도 하고 엄마와도 비슷하고 옆집 누나 같은 그냥 힘들고 졸립고 할 때 기대고 싶은 푸근한 감정이 느껴지는 여자, 특히 학교 여선생님이나 모성애가 풍기는 그런 여자를 말하는 것이지라.

세 번째는 아무리 예쁘고 세련된 옷을 입고 있어도 행동거지가 여자 같지 않은 여인 즉, 화류계花柳界 냄새를 풍기는 그런 여자. 어딘지 모르게 화냥기가 풍기고 천박하게 느껴지는 그런 여자들이 추하게 보이지라. 이런 여자와는 거시기를 할려고 해도 아랫것이 말을 듣지 않지라."

"씨벌놈이, 아는 것도 많아 옥황상제가 너를 차출 시켰구나!"

"……"

지금 종말 씨는 그 판국이라. 여자가 아무리 주물럭거려도 지금 정신이 딴 데 팔려서 종말 씨 성기는 번데기처럼 바짝 쪼그라들 대로 쪼그라들어 전혀 반응이 없는 것이다. 제대로 서지 않는 물건을 만지작거리다가 심통이 난 여자가 드디어 투덜거리기 시작한다.

"빨리 해요. 하루 종일 아자씨만 보고 있을까요? 다른 곳에서도 아자씨처럼 전 펴 놓고 기다리는 사람이 있으니 후딱 하고 가봐야 된다고요."

여자의 이런 재촉에 남자는 기가 막힐 노릇이다. 하루에 수 곳을 다니며 몸을 파는 모양이다! 빨리 펌프질을 해달라고 졸라대니 말이다. 여자 옆에 두고 고추가 제 기능을 발휘하지 못하면 화대도 아깝거니와 남자 구실을 못한 것은 더더욱 창피한 일이다. 동생 놈 얼굴이 눈앞에 아른거리지, 여자는 씨근덕거리고 있지, 소식이 무소식인 물 조루를 느끼며 남자는 생각한다.

저승사자는 혀를 끌끌 차더니 종말이한데 신호를 보내는 모양이다.

"종말아! 종말아! 네가 큰 죄를 짓는구나."

"아이구, 귀여워라. 인제 일어나네."

"지기미, 씨발년 용천떠네."

저승사자가 여자의 말과 하는 짓거리에 넌들이를 낸다.

"사자영감님, 무슨 그런 쌍스런 욕을 해뿌요. 아그들 듣겠소."

"지금 나가 욕 안 허게 생겼냐? 저년이 시방 시숙 좆 대가리를 잡고 개지랄 떠는 것을 보니 어이구 속 터져 열불나네."

"즉결 처분 헐까요?"

"복상사로 급사시켜버릴까?"

"두고 봅시다. 뭔가로 벌을 주어야지요."

여자도 남자 거시기가 꿈틀거려야, 신호가 와서 옹달샘의 수도꼭지가 열릴 텐데 좀 미진한 모양이다. 그러자 여자는 화장대 위에 있는 크림을 집어 뚜껑을 열고 옹달샘 주변에 떡칠을 하고는 남자 배때기 위에 턱 하니 걸터앉는다. 완전히 질나이 솜씨다.

곧 바로 이어지는 행동이 가관이다. 남자의 거시기 대가리를 억지로 잡아다가 옹달샘에 빠뜨리고는 혼자서 널뛰기를 시작한다. 최종말의 머릿속은 온갖 생각으로 뒤죽박죽인데도 그런 갈등 속에서 하기 싫은 것도 억지로 하면서도 여자가 몇 번 껄떡거리자 남자도 분출하고 만다. 옹달샘에 꼬장물을 일으키고 만 것이다. 억지로 하니 잘 안 되어 자존심이 상해 미칠 지경인데, 이 여자는 사내 기죽이는 미운 짓만 골라서 한다.

"아이구, 아자씨! 보약 좀 먹어야 쓰겠소. 우짜자고 남의 문전만 이렇게 더럽힌당가요."

남녀 간의 섹스를 제대로 하지도 못하고 종말이는 남의 여자가 아닌 동생 마누라의 샘물만 구정물로 만들고 말았다. 자존심이 있는 대로 상한 종말이는 그나마 들키지 않은 것만 해도 천지신명이 도운 것이라 여기고 여자 몰래 안도의 한숨을 내쉬었다. 천지신명이 아니여, 종말 씨. 저승사자가 도운 것이구먼. 사실일까요? 천만의 말씀, 그렇게 싱겁게 끝내려고 작전을 편 것은 분명히 아닐 터. 부끄럽고 창피하고 겁도 나고 찜찜한 종말 씨는 이불을 어설프게 뭉쳐서 감고 누워 있었다. 여자는 자기 시아주버니 배 위에서 널뛰기도 마쳤으니 화장실에 씻으러 갈려고 일어서다가 어둠 속이라 이불자락에 걸려 넘어져 남자 옆에 쓸어졌다. 다시 이불을 걷고 조심스럽게 일어나려고 마음을 먹다가 오늘은 웬 심통이 자꾸 나는지 이불을 걷어차며 급하게 일어나고 말았다. 그 순간 감고 있던 이불이 당기는 바람에 종말이가 침대에서 굴러 떨어졌다. 사람이 운수 사납고 그날 일진이 나쁘면 뒤로 넘어져도 코가 깨어진다고 침대에서 떨어지면서 뒷머리가 방바닥과 사정없이 충돌해버려, 된통 다친 것이다. "쿵"소리와 함께 종말이 입에서 돼지를 잡으려고 목을 딸 때 나오는 것 같은 신음소리에 여자가 깜짝 놀라 벽에 있는 형광등의 스위치를 손바닥으로 눌러 모두 켜버렸다.

종말이는 몸에 전해져 오는 고통 때문에 눈앞에 별이 번쩍! 천장에서는 형광등이 깜빡거리다가 번쩍번쩍! 순간적으로 시아주버니 얼굴을 보고 기겁한 제수씨 두 눈이 번쩍! 여자는 두 손으로 얼굴을 가린다. 못 볼 것을 본 것이다. 이게 어찌된 일이야? 꿈이냐? 생시냐?

"완전히 돌아버리겠지?"

저승사자까지 눈을 반짝이며 대삼이에게 동의를 구한다. 번쩍번쩍! 나이트클럽의 사이키 조명인가. 굴러 떨어진 종말이는 이불을 끌어안고 몸을 웅크리며 벌벌 떨고 시숙 배때기 위에서 신나게 널뛰기 한 여자는 너무 놀라 심장이 벌렁벌렁 떨린다. 여자의 경악을 금치 못하는 표정을 보며 삼신할미가 일갈한다.

"어휴, 저 상판때기를 쇠갈꾸리로 확 글그뿌렸으면 쓰것는디."

"……."

"어쩌까이, 이 일을 어쩐다냐? 에구 쯔쯧."

삼신할미는 혀를 차며 저승사자와 대삼이를 보고 하는 말이

"자네들 하는 일이 참으로 응승 시럽네! 두 놈이 똑같이 작당을 해서는……."

"할매는 무단시 나를 잡을라고요?"

"무단시는 머가 무단시야? 같은 종자끼리 지랄용천을 떨고는……."

"긍께로 따라오지 말고 쉬라고 안헙디까. 머 땀시 어그적거리며 따라와놓고 그라요 시방?"

"어떻게 일을 잘 처리한다 싶었는데! 이제는 물가에 놀고 있는 애기 같구나. 쯔쯧."

"와따, 잔소리 좀 그만 허고 쩌쪽에 있는 낭구-나무 밑에서 시원히 쉬고 계시씨요 이."

"썩어 문들어 지고, 벼락을 맞고 뒈질 놈들."

"뭐라 그래쌌소? 누님, 너무 욕하지 마소. 이 두 년놈은 요로코롬 일이 발단해야 되는구먼요. 내가 뒷조사를 폴쎄 했는디, 이건 아무 것도 아니지라. 여태까지 못된 짓 뒈지게 많이 했는디! 오늘 나한테 된통 걸린 것 뿐잉께로.."

"……."

『※ 위의 부분은 마산 MBC 라디오에서 책에 대한 방송을 할 때 진행을 하는 허정도박사가 "내용이 너무 사실적으로 묘사되어 있는데! 직접 그런 곳에 가보고 집필 하였느냐?'고 자주 질문을 하여 무척이나 곤혹을 치뤘다. 집에서 각시가 들을까봐…….』

아래 글은 집필당시 김해시청에서 부산 쪽으로 500여 미터의 왕복 6차선 대로에서 벌어진 교통사고를 윤색-潤色한 글이다.

…….

"먼저 잡아갈 녀석이 누굽니까? 빨리 한 놈 잡아 본때를 보입시다."

"한 놈 찍어두었다. 그 녀석을 여기서 잡을 거다."

"그놈이 누군데요?"

"오면서 자료를 훑어보았지. 그 녀석 내력을 들어보게나. 자네 캠코더로 한 번 비쳐볼까. 자, 이 파인더로 들여다보면 천계에서 잡은 기록들이 재생될 거다."

"우와! 이런 캠도 있나요?"

"그건 입출력과 송수신 기능이 다 되는 멀티장비야. 자, 시작한다."

그 자는 가난에 찌들 린 집안에서 태어나 어렵게 자라다가 온 식구가 뿔뿔이 흩어지는 지경에 이르렀다. 식구와 헤어진 그는 뒷골목에서 망나니짓을 하며 연명하다가도 끼니를 잇지 못하면 매혈賣血을 해서라도 목숨을 이어가는 비참한 생활로 어린 시절을 보낸다. 나이가 좀 들은 그는 부랑자들이 쉽게 빠지는 주먹세계로 발을 들여 놓으면서 그의 생활에 변화가 생기기 시작했다. 주먹을 인정받아 조직폭력배가 되어 어떤 정치인에게 빈대처럼 붙어 다니면서 생활하다가 쨍! 하고 해가 뜬 것이지, 대박이 터진 거야.

그 정치인도 하잘 것 없는 그런 부류인데 조직깡패들의 압력에다 시장 상권과 유흥업소가 난장판인 그 지역에서 이들의 협박에 못 이긴 주민들이 몰표를 던져버린 거지. 저그들 말로 누이 좋고 매부 좋은 관계를 맺었더란 말이다. 악어와 악어새의 관계나 소도 언덕이 있어야 비비는 것처럼. 소가 손이 있나 발이 있나 등이 간지러우면 긁고 싶어도 별 뾰족한 방법이 없지만 언덕에 비벼대면 가려운 곳을 긁을 수 있지 않느냐? 이 정치인도 보스의 경호원처럼 총재인가, 총재대행인가 하는 사람을 항시 그림자처럼 따라다녀 깡패시절의 의리·충성·믿음·결단력 등을 앞세워 신임을 받은 거지. 배운 게 있나, 가진 것이 있나? 머리 나쁜 쪽으로 굴리는 데는 남다른 재능을 가졌더란 말이야. 바로 부동산 투기로 졸부들이 생겨나니 덩달아 사회적인 문제가 그 시기에 많이 발생한다. 국가공단이나 지방공단 지역……. 그리고 신시가지와 재개발구역 등의 정보를 미리 알아내 타인의 명의로 땅을 사 두었다가 값이 오를 때 되판다는 간단한 산술이다. 거기에다가 땅 살 돈은 은행돈으로 돌려대니 손대지 않고 코 푸는 격이라, 조직생활 할 때 알음알음으로 사귀어둔 자들을 통해 빼낸 정보로 5만 원짜리 땅을 사 두었다가 국가시책 발표나면 땅값은 천정부지로 치솟는다. 이때 팔면 30만원은 거뜬히 받는다. 은행돈 갚고도 다섯 배가 남는다. 이중 10만원은 뚝 떼어 모시고 있는 보스에게 주어도 15만원이 남는다는 산술이니 너도나도 마구 달려드는 시절에 그 작자는 엄청난 부를 움켜진다. 봉급자들이 평생을 모아도 새발에 피도 안 될 돈이니 계층 간의 위화감이 무척 컸다. 그럼에도 재벌들조차 너도나도 목 좋은 땅을 마구 사들이면서 우리의 온 국토가 유린되어 신음하게 된다. 졸지에 살던 집과 땅을 재벌들 손에 넘기고 먹고 살 일거리를 찾아 서울로 모여드는 하층민들의 불만은 폭발한다. 부익부 빈익빈이 눈에 빤히 보이니 공장의 근로자들이 데모를 해댔지만, 이 작자를 비롯해 돈 맛 본 재벌들이 더욱 기성을 부렸다. 이런 와중에 은행들도 덩달아 나섰다. 대출만 해주면 이자 수입이 펑펑 생기니 은행으로서는 대출을 기피할 이유가 없다. 이를 이용한 재벌들이 상상을 불허할 만큼의 거액을 대출받아 오히려 은행의 아킬레스건을 잡아버린다. 이제 은행이 재벌들에게 질질 끌려 다니는 빌미가 되어 IMF니 기아사태니 한보사태니 구조조정이니 퇴출은행이니 대우사태가 벌어지게 되는 것이다. 은행돈 빌렸다가 상환 독촉 받으면 오히려 돈을 더 대출해 주면 그 돈으로 상환하겠다는 기막힌 발상을 하며 돈을 대출해 주지 않으면 손 털고 공장 문 닫겠다고 버티니 대출 담당자나 은행지점장은 제 모가지가 고래심줄이냐? 피아노 강선이냐? 아차 잘못하면 뎅 거랑 모가지 질릴 판이요, 이제는 늪지에 빠진 코끼리 신세라 코로 짚고 일어서면 발이 빠지는 형국이요, 독사한테 물린 쥐 꼴을 만드는 것이다. 독사 이빨은 안으로 굽어 있어 황소개구리 심지어는 두꺼비조차도 못 빠져 나온다. 은행이 이런 재벌과 졸부들에게 물려버려 그들의 요구에 질질 끌려 다니니 땅 투기해서 번 돈을 차명과 가명으로 편법 증여하여 귀때기 피도 안 마른 재벌의 손자새끼는 벌써 몇 백 억만 장자가 되었겠다, 그런 놈이 커서 올바른 인간 몫을 잘도 하겠구나. 특권층 자제들이 공장에 일 나가며 타고 다니는 근로자의 프라이드가 자기의 외제 승용차를 앞질렀다고 집단으로 구타한다. 똥차 주제에 외제 고급차 추월하는 게 건방지다는 이유이다.

파인더를 보던 대삼이가 이런 생각에 빠져 있는 동안 졸지에 졸부 된 이 작자 노는 것이 더 가관이다. 1년에 한 번 갈까 말까 하는 외국에 거금을 주고 몇십 억짜리 별장을 사 두는 둥 국내에 두면 안 된다고 해외로 부지런히 재산을 빼돌린다. 그 돈은 우리들의 근로자가 세금 또박 꼬박 내면서 벌어들인 외화가 아니더냐. 이 작자 이제는 제 자식 군대에 안 보내려고 온갖 방법을 다 동원한다. 물론 돈이면 안 되는 게 없는 우리나라가 한심하지만 말이다. 이렇게 군대 안 가도 된 이 작자의 천금같이 귀한 아들은 빨간색 파란색 색색으로 머리카락을 물들이고 미팅 폰팅 번개팅으로 바쁜 오렌지족이 되어 외제차로 딩가딩가 야! 타! 나 외치면서 온갖 나쁜 짓을 다 저지르고 다닌다.

이 작자만 그렇느냐? 어디. 어느 재벌 계열의 회장 놈은 1천 1백 개가 넘는 은행통장을 갖고 있다 하니……. 그 잔고의 합계가 얼마인지 도대체 궁금하다. 도대체 한 은행에 열 개 이상의 통장을 개설할 수 없을 텐데 무슨 수로 천 개씩이나 갖나. 혹 은행하고 악어와 악어새 놀이했나? 저러다 죽으면 욕심 많은 꿀꿀이 돼지가 될라. 자, 이 작자 이제는 품위유지 차원으로 들어간다. 과거의 자기를 우선 지운다. 거리의 똘마니에서 조직폭력배의 전력을 숨기고 어느 정치인의 보좌관이란 화려한 과거를 위조 날조해 나가는 과정에서 대학교 정치외교학과 출신에 행정고시 출신 관료가 되어 있는 것이다.

신변정리를 끝낸 이 작자는 그때부터 주체할 수 없는 돈으로 주색잡기에 접어든 것이지. 주는 술 잘 처먹고 색은 요새말로 미팅·전화방·묻지마 관광·퇴폐 이발소·터키탕이 변한 증기탕으로·안마소의 출장 맛사지·골프관광·기생관광의 방법으로 동남아로 휩쓸고 다니며 빠징코에다 고스톱에 홀라 등의 도박에다 보신관광까지 천하에 못된 짓을 다하고 다닌 놈이다. 저승사자 88호는 캠코더의 파인더에서 눈을 떼고 그 뒷얘기를 하기 시작했다.

길…….

"그래서 이런 말이 나왔대요. 부동산투기에서 번 돈을 동남아에 나가서 마구 뿌려서, 면전에서는 한국 사람이 최고라고 치켜세우고 뒤돌아서서는 저러니 IMF맞은 나라 놈들이라고 뒤통수에 대고 욕을 한대나요. 진즉에 망할 줄 알아봤다고요."

"그래? 그리고 이 작자는 필리핀에서 너의 조상의 모태-母胎 격인 웅녀-熊女 즉 곰 배때기를 칼로 가르고 빨대를 박아놓고 쓸개담즙을 빨아먹은 놈이야. 천하에 악질이지. 산 짐승에다 그런 짓을 하다니. 아마 그 작자가 이 꽃밭 저 꽃에 물주고, 이 구멍 저 구멍 쑤셔대고, 골키퍼가 있는데도 쑤시고."

"골키퍼라니요?"

"아이구! 이것아, 알면서 왜 그리 능청을 떠냐? 느그덜 말로 대한민국에서는 아무리 차가 밀리더라도 차 대가리를 먼저 박으면 된다면서? 사정없이 승용차 대가리를 밀어 넣고 좆 대가리도 먼저 박은 놈이 임자라면서? 남편이 있는 여자한테 그 짓은 남편인 골키퍼가 있는데도 골을 차면 들어가는 수가 있지. 매일 그 짓이니 물이 남아 있나? 애기 만드는 물말이야."

"아! 남성의 정액 말이군요. 그 물이 바닥나면 거시기는 바람 빠진 풍선이지요."

"그 물을 분출할 때 최고의 쾌감을 얻는데 물이 없어봐라. 타이어에 공기를 넣을 때 공기가 많아야 쉬~소리가 나면서 빨리 들어가듯이, 댐에 물이 많으면 수문을 열었을 때 물이 빠져나가는 힘이 세듯이 섹스의 절정을 좌우하는 호르몬이 바닥나서 그것을 보충하기 위하여 색마가 된 것이지.

그런데 문제는 이 자의 못된 짓에 골문을 제대로 못 지킨 남자가 자살을 해버린 거야. 골키퍼 남편이 골문을 잘못 지켜 골은 들어갔지. 아무리 달래보아도 마누라는 말을 듣지 않고, 사회적인 체면도 있고, 자식들한테 볼 면목도 없고, 힘으로나 돈으로도 안 되고, 결국 골키퍼 마누라도 남의 물 조루 좋아하다가 국제매독에 절단 난 색마한테 병이 옮은 거야. 죽은 남편이 옥황상제께 진정서를 낸 것이지. 원래 자살한 자는 원귀가 되어 구천을 떠도는데 이

자의 억울함을 아신 상제께서 잡아오라 하였지. 그래서 이 작자를 제일 먼저 잡아 치도 곤이를 쳐야 되는 거다. 자 이제 시간이 되었다. 가 보세."

드디어 인간 사냥의 작전이 벌어진다. 그 결과가 벌써 궁금해진다. 그들은 러브호텔인가 관광호텔인가의 앞에서 그 작자가 그 짓을 하고 나오길 기다렸다. 이윽고 그들이 나오는 것이 보였다.

"자! 지금부터 이놈을 잡아가는 것을 찍어라."

그 짓을 하고나오는 과정을 지켜본 저승사자가 작전을 벌이기 시작한다. 호텔 문을 나선 자가용차는 러브호텔에서 도심지로 빠져나가는 길이 비포장도로라 몹시 덜컹거렸다. 사자는 나와 함께 승용차에 타서는 잠시 전 홍콩을 가고 달나라까지 갔다 온 여행의 여운이 남았던지 여자의 손을 색마의 거시기를 만지도록 감정을 이입시켰다. 그랬더니 여자가 즉각 반응을 보여 거시기에 손이 간다. 그렇다면 여자는 수반 가운데 분수대처럼 하늘 끝에 다다르지 못하고 말았던 모양으로 뒷 여운의 아쉬움이 남았던 모양이다. 바깥은 벌써 어둠은 깔리고 전조등이 켜질 시간이 되었다. 사방은 어두워서 선팅한 차는 외부에서 볼 수 없게 되자 발정 난 암캐는 대담해지기 시작한다.

"사자님이 유도한 겁니까?"

"그럼, 들어 봐. 20세기말 천년이 끝나고 새로운 천년이 시작되는 해에 전 세계 언론방송매체에서는 섹스란 단어로 도배질을 하고 소음에 시달리게 했던 사건 있잖아?"

"아! 그 이야그요. 세계경찰국가라고 자처하는 미국의 대통령 클린턴 대통령 이야그 말이군요."

"그래."

"근디 그게 워쨌다는 거요?"

"그 뭐라든가 참, 부적절한 관계라든가?"

"오메, 그런 애매모호한 말을 하여 해석하느라고 세계백과사전 다 닳고 국문학자 머리를 띵하게 하였던 단어. 변소칸인가 화장실이라는 데서 르윈스

길…….
358

키 암캐가 하던 짓."

"인간들 느그덜 말로 쭈쭈바라던가. 아무튼 아이스케키 빨듯이 한 짓. 그 짓거리를 했단 말이다."

그 말을 들은 듯이 색마의 여자가 남자의 지퍼를 열고 거시기를 꺼내어 입속에 넣고 빨아댄다. 남자가 시트를 뒤로 밀어 편안한 자세를 갖는다. 비포장도로에서 그 짓을 하기 시작했다. 생각해 보라. 차가 튀는데 자동이지. 거시기만 물고 있어도 진동 모타 단 것처럼 자극을 줄 텐데 냅다 빨아대니 운전을 하는 상태에서 결과가 어떻게 되겠는가. 대삼이는 그 장면을 계속 촬영하면서 주위도 열심히 살폈다.

"죽을 짓을 하는구먼!"

"남녀가 크라이막스인가, 오르가즘인가, 홍콩 가는 것이라던가. 왜 이리 한국말은 복잡하냐?"

그 지경에 이르면 두 다리를 쭉 뻗을 수밖에.

"아니, 저렇게 두 발을 뻗으면……. 워매 워매 큰일 났구먼! 큰일 났어. 두 다리를 저렇게 뻗으면 엑셀FP리터에 힘이 가고 차는 총알같이 날아가겠네! 앞에 뭐가 있는지 보기는 봤냐?"

울퉁불퉁한 길을 가던 차가 속력을 내는데 아뿔싸! 앞에는 보이는 시커먼 물체, 분뇨차인 탱크로리다. 눈을 감은 색마는 곧 천국에 갈 모양이다. 목에 있는 동맥은 볼펜대만큼 부풀어 오른다. 크라이막스 몇 초 전……. 차도 떨고 색마도 떨고 있는데 워쩌까이 워쩌까이! 대형사고 날 터인데 입살이 보살이더라고, 발을 쭉 뻗으니, 엑셀 페달에 힘이 있는 데로 가해져 비포장도로 에서 차는 발목 잡힌 망아지처럼 뛰고 난리를 친다. 덩달아 쭈쭈바 속도도 빨라지고 절정은 달나라 거쳐 화성입구까지 가려든 순간 "꽝!"끝난 거야.

"그래도, 뒈져도 멋지게 뒈졌구먼!"

"앞에서 달리던 분뇨차에는 돼지 똥과 소똥을 싣고 가는 탱크로리 대형 트럭인데 뒤를 정면으로 헤딩했구먼. 그런 차 뒤따라 갈 때 조심혀야 혀.

미등, 차폭등 브레이크 등이 잘 안 들어오잖아. 들어왔어도 홍콩 가고 달나라 가고 화성까지 갈 참인데 그게 보이냐? 너무 좋아 다리를 있는 대로 뻗어버려 하늘나라 저승공화국 문턱까지 가서 **뻗어버렸지!**"

여자의 머리가 차의 충돌로 압박받는 순간 여자의 입이 꽉 다물어지고 입 안에 들어 있던 거시기는 단두대-斷頭臺로 변한 위아래 이빨이 사형수 목을 자르듯이 성기 밑 둥까지 싹둑 잘라 버렸다. 자동차가 뒤에서 충돌하여 탱크로리 밸브를 부러뜨렸으니 탱크 안에 가득한 가축 분뇨가 흘러내린다. 흘러내린 것이 아니라 소방차 호스에서 물을 풀듯이 죽은 시체 위에 좔좔 쏟아진다. 그 몰골이란……. 분뇨를 뒤집어쓰고 있는 여자의 입은 피로 범벅이 되어 있었으니 그 모습을 상상해 보라. 죽은 시체 입에서 혼 불이 나온다. 그러자 죽은 자의 육신의 혼이 투영된 것을 우리는 볼 수 있었다. 얼떨결에 사고를 당한 색마-色魔의 몸에서 뿌연 혼령이 부시시 일어나서는 절레절레 머리를 흔들며 주위를 돌아보다가 경악해 한다. 똥 범벅이 되어 뒹구는 제 모습과 그의 잘라진 거시기를 물고 절명한 여자의 모습이 적나라하게 펼쳐져 있는 걸 본 것이다.

"이봐! 뭘 봐? 친구, 자넨 참 행복하게 죽었네. 복상사가 아니어서 째끔 유감이지만 그래도 원 없이 정액을 쌌으니 이제 죄 값은 해야지. 안 그냐?"

사자가 그자의 어깨를 툭 친다. 그자가 놀래서 사자를 보다가 더욱 더 놀라는 모습이 캠코드에 클로즈 업 된다. 그의 눈이 믿을 수 없다는 듯 크게 부릅뜨다가 이내 체념으로 바뀐다. 파인더 안에 창백한 안색의 여인의 혼백魂魄이 나타난다. 입속에는 커다랗게 팽창-膨脹한 잘려진 남자의 성서 피가 뚝 떨어진다. 역시 경악한 모습으로 저승사자의 창백한 얼굴을 보며 여자는 비명을 질러보나 목구멍까지 박힌 성기 때문에 소리도 못 낸다. 남자가 그 여자의 입을 보고 깜짝 놀라 자신의 아랫도리를 보더니 그 곳이 온통 피범벅이 라 펄쩍 뛰어오른다.

"이것 봐, 그건 달려 있다 해도 이제 아무 쓸모없어. 너희 두 년 놈은 그런 연장이 필요 없는 곳으로 갈 것이다. 두 귀신은 이제 나를 따라 오게. 자, 김 홍보관 천상으로 올라가자."

이제 두 남녀는 머나먼 황천길을 가야 하는 자기네들의 운명을 받아들인다.

황천, 여기서 잠시 인제 가면 언제 오나 발길이 떨어지지 않은 발걸음으로 꺼이꺼이 곡소리 들으며 간다는 황천의 어원을 살펴보자. 황천 하면 우리는 대개 하늘로 올라가는 줄 알고 있다. 이는 잘못이다. 황천-黃泉이라고 누런 황 샘 천으로 표기하는 것으로 미루어 흙으로 태어난 흙으로 돌아간다는 뜻이다. 흔히들 황천-黃川으로도 해석한다만 이것도 무방하다. 누른 황토물이 솟든 흘러내리든 흙의 의미에는 다름이 없기 때문이다. 혹자는 황천-皇天이라고 상제님이 계시는 천상-天上 천국으로 착각하기도 한다. 삶과 죽음으로 갈라지는 장례 절차의 영결식이 끝나고 상여를 메고 갈 때 상여꾼이 흔드는 워낭소리에 맞추어 부르던 노래들을 미루어 죽은 자는 천상으로 가는 것으로 알려졌지만 말이다. 황천-滉川으로도 불린다. 넓은 강을 건넌다는 의미이다. 한 번 가면 못 온다는 황천길을 따라가는 두 죽은 영혼은 미련이 남아 지상을 내려다본다. 거기에는 어느새 가족들이 모여 있다. 그러나 바람피우며 제명에 못 죽은 남편의 흉한 모습에 뿔따구 난 색마의 마누라는 그 자리에서 관에 담아 땅에 묻고……. 여자 집에서도 남편이 없어 제대로 상을 치르지 못하고 시부모들은 저 년이 내 아들 잡아먹었다고 그 자리에서 관에 담아 초상을 치루는 초라한 모습이 펼쳐지고 있었다. 명심할지어다. 주색잡기-酒色雜技에 능하면 갈 길도 빨라진다는 것이다.

※ 이 책의 주인공 대삼이가 교통사고로 의식을 잃고……. 하늘나라에 가서 옥황상제를 만나고, 그의 허락을 받아 삼신할머니와 저승사자를 모시고 인간세상으로 내려와 죄를 짓는 자에게 벌을 내리는 내용이다. 부산에서 일어난 사건들이다.

2000년 10월에 경기도 고양군에 있는 『민미디어』에서 『저승 공화국 TV 특파원』上·下권이 출간 되었다. 서울에 있는 출판사였는데 출판사 확장으로 …이전을 하면서 동아일보에 원고 모집광고를 해서 600여 페이지 분량의 원고를 출력하여 보냈는데 출간 하겠다하여 계약을 하려 출판사를 찾아 갔더니 "아들이 중학생인데 원고를 읽으면서 하도 웃어 출판하기로 결정을 내렸다."는 것이다. 계획된 날에 출판이 안 되어서 출판사에서 그 손해로 인세 외 1백만 원을 별도로 나에게 보내왔고 동아일보에 1개월간 미리 책이 출간된다는 칼라광고를 했으며 출간 후에도 칼라광고를 했다.

이 책을 한국학술정보원과 한국 청소년개발원에서 윤락행위 문제와 문헌조사를 2005년에 했다.

 ※ 이 책은 문화 관광부에서 한국 신문학 100년 대표 소설로 선정되어 국립중앙도서관에서 나에게 원고료를 지불하고 전자책으로 만들어 저작권 없이 집에서 컴퓨터에서 다운 받아 볼 수 있다. 스테디셀러Stead seller가 된 책이다.

나의 책과는 반대로 정비석의 「자유부인」 염재만의 「반노」 마광수의 「즐거운 사라」는 판금조치가 되었고 장정일의 「내게 거짓말을 해봐」 등과 외국작품으로 D H 로렌스 「채털리 부인의 사랑」 「아들과 연인」 엠마누엘 아루상의 「엠마누엘 부인」 헨리 밀러의 「북회귀선」 제임스 조이스의 「율리시즈」 「젊은 예술가의 초상」 섹스피어의 「로미오와 줄리엣」 셀반테스의 「돈키호테」 복카치오의 「데카메론」 토마스하디의 「테스」 플로베르의 「보봐리부인」 보들레르의 「악의 꽃」 등이 외설시비로 일부는 판금販禁등의 문제가 되었던 작품들이다. 문학예술에 대한 법적인 제재制裁는 창작인의 자유로운 창작의욕을 퇴보退步시키는 것으로 바로 인간에 대한 통제임을 관계 비평가들은 항변抗辯했으나……. 위에 상기한 작품들의 저자는 몇 년간 법적 투쟁으로 혹은 도서 판매금지 조치로 엄청난 경제적-經濟的과 정신적-精神的 손실을 보았다. 그 한 외로 「채털리 부인의 사랑」 작가는 1885년 노팅험의 이스트우드 마을의 탄광부 아들로 태어난 데이비드 허버트 로렌스는 전직 교사로서 학식이 풍부하고 종교 결사주의자들의 종파에 속한 청교도였다. 그는 크롬웰의 독립파 후예인 어머니의 영향을 많이 받았는데…… 그 어머니가 미남이고 찬송가를 잘 부른다는 이유만으로 결혼했지만 거칠고 교양 없는 술꾼 아버지를 미워했다. "무지개"는 로렌스가 "붉은 성욕"이라는 그의 관념-觀念을 처음 표현한 소설이다. 붉은 성욕-性慾이란 피에 대한 자각의 발현이고……. 태양광선의 초점을 본거지로 하는 생명력이다. 당시 자유주의신문 "데일리 뉴스"는 이 책의 첫 번째 서평으로 "구역질나게 하는 책"으로 단정 지었고. 그해 겨울 "무지개"는 스코틀랜드 야드의 청원으로 법정 제소되었다. 외설적-猥褻的인 단어라곤 한마디도 없는 이 책이 "막대한 양의 관념적 외설과 행동적 외설"을 많이 담았다는 구실로 판매 금지 당했다. 출판사 발행인은 로렌스와 결별하고……. 이러한 책을 출판했다는데 대해 독자들에게 사과했을 정도다. 로렌스는 그런 압력에도 좌절하지 않고 되레 대학스승의 아내이며 연상인 프리다를 사랑하게 된다. 그는 푸른 눈의 풍만한 금발 여인에게 접근했고, 여인 역시 로렌스를 위해 남편과 세 아이를 배신하고, 1914 여름에 처가 동네서 결혼식을 올린다. 「채털리 부인의 사랑」은 1926년에 씌어진 작품이다. 물론 그의 아내 프리다의 시중을 받으며 피렌체 지방 어느 별장 소나무 파라솔 밑에서 단숨에 집필했으며, 당장 출판할 수 없었으므로 3가지 유형으로 구분 완성 시켰다. 처음 그의 원본 제목은 「애정」 이었다. 남녀 간에 생기는 자연적인 성욕……. 다시 말해 상냥하고 신비한 불가사의-不可思議 한 힘이 바로 "애정"이라고 믿었기 때문이다. 어쨌거나 "채털리 부인의 사랑"은 책을 내줄 출판사가 없어 부득불 D H 로렌스가 모아둔 돈으로 만들어 낸 이른바 자비 출판형식의 책이다. 1928년 여름이다. 이 책이 나오자마자, 영국의 언론들은 이구동성으로 "똥통"에 비유했고……, 포로노 문학의 대표적 주자라고 폄하貶下발언했다. 그리고 책은 곧 바로 판매금지 된다. 실제로 스위스에서 요양 중이던 로렌스는 살 가망이 없다는 진단을 받고, 병석에 누워있었지만 여전히 그는 꺾이지 않고 당당이 맞섰다. 그 즈음 그가 쓴 "채털리 부인의 사랑에 관하여"에서 "나는 모든 남녀들이 성적인 문제를 충분하고 완전하게, 적절하고, 올바르게 생각할 수 있게 되기를 바람이다"고 밝힌다. 그는 신경에만 연결된 "공허한 성"에 만족하는 문명인들을 비판하면서 성은 생명의성 "두 사람의 피의 흐름의 일치"가 되어야하며 남편과 아내는 "두 개의 피의 강"이고 그 대하는 성행위-性行爲가 피를 흐르게 하는 작업임을 인지시키고 있다고 그는 말했다. "남근은 이 두 개의 대하를 연결하는 역할을 한다. 그것은 두 강의 상이한 속도를 하나의 흐름으로 결합結合 시킨다"라는 것이다. 영국의 여론은 비등한다. 이제 재판부가 아니라. 경찰에서 직접 나서 책을 거두었으며 D H 로렌스의 그림 전시회까지 급습하여 작품을 압수하기에 이른다. 검열관들은 성은 숨어서 몰두해야하는 "더러운 작은 비밀로" 간주看做할 진데 그것을 햇빛 아래로 끌고 나온 정직하고 건강한 에로티즘의 대표주자 로렌스를 음란한 패덕悖德者로 몰아세워……. 영원히 일어날 수 없는 형벌을 가해 버린 것이다. 실제로 D H 로렌스는 지금은 세계 최고의 휴양지인 프로방스에서 1930년 3월 조용히 눈을 감는다. 그러나 이 책을 출판한 펭귄 출판사가 1960년 11월 2일 소송에서 승소했다. 펭귄 출판사가 소설 속 성애 장면을 삭제하지 않고 내기로 결정하자 외설물 검열관이 출판사를 고소했던 것, 소설의 최종본이 완성 된 것은 1928년 1월이었지만 원작 그대로 출판할 수 있게 된 것은 32년이 지나서였다. 영국작가 D H 로렌스가 이 소설을 대중에게 처음 선보인 것은 1928년 7월이다. 국내는 이렇게 알려졌지만 원제는 "채털리 부인의 연인Lady Chatterley, s Lover"이며 원제를 그대로 살린 번역서도 최근에 나왔다. 소설내용은 성불구자 남편이 있는 주인공 코니가 사냥터지기 멜로즈와 성행위-性行爲를 동반한 사랑을 나누고 결국 남편과 이혼을 감행 한다는 내용이다.

대담한 성행위 장면이 상당 부분을 차지해서 당시의 출판사들은 성 묘사와 비속어-卑俗語를 삭제하면 책을 내겠다고 제안했으나 작가는 출판사 제안을 일언지하-一言之下에 거절하고 이탈리아 피렌체에서 자비로 출판을 감행했다. 영어권 조판공들이 "책 내용이 도덕적으로 더럽다."며 인쇄를 작업을 거부해 영어를 모르는 이탈리아 조판공에게 부탁해야 했던 것이다. 이탈리아 조판공들은 소설내용이 섹스에 관한 얘기라는 설명을 듣고 "그런 건 할 수만 있다면 누구나 매일 하는 게 아닌 가"라는 말을 했다고 한다. 책은 날개 돋친 듯 팔렸다. 영국과 미국에서 판금조치-販禁調治를 당했지만 불법해적판이 쏟아져 나와 원가보다 몇 갑절 비싼 값으로 팔렸다. 이를 단속 나온 경관에게 이 책을 선물로 주고 무마했다는 서점 주인도 있었다. 작가가 죽은 뒤인 1932년 영국과 미국에서 일부 삭제 판이 나왔지만 성애묘사가 들어 있는 해적판 유통은 계속됐다. 펭귄출판사의 소송은 유명하다. 시인과 문학비평가와 영문학자를 비롯하여 성직자 까지 합친 35명에 이르는 증인이 이 소설의 외설 시비를 가리기 위해 법정에 섰다. 증인들은 소설을 집으로 갖고 가지도 못했고 재판관이 별도로 정한 특정장소에서……. 서로 떨어져서 읽어야 했다. 검사는 30여 쪽에 이르는 성애 묘사가 꼭 필요한 장면인지 묻자 증언대에 섰던 사람들은 모두가 "지나친 감은 조금 있지만 그렇다."고 대답 했다고 한다. 이 소설에 담긴 주제 의식이 부각된 것은 그때부터다. 음란-淫亂과 호색-好色물로만 알려졌던 이 소설이 실은 정신주의적 삶의 우월성을 강조하는 산업사회의 허위의식을 꼬집었다는 것이다. 남녀 간의 육체적 묘사가 자연주의 생명주의의 구현을 상징한다는 것 등 텍스트의 예술성을 탐색하는 다양한 연구 성과가 나왔다.

예술과 외설-猥褻의 구분을 김창식 교수는 "작품 속의 성행위 묘사-描寫가 궁극적으로 인간과의 깊은 이해와 화합-和合을 지향하고 있느냐 아니면 인간혐오-人間嫌惡나 인간단절에 목표를 두고 있느냐"에 달려있다고도 역설했다.

대체적으로 문학 잡품속의 성은 주제와 유관된 도구로 구사되거나 작품 속의 상황에 자연스럽게 승화되고 있는데-그렇지 않은 경우도 있지만. 반해……. 법 관계자들은 성 그 자체와 한정된 묘사부분만을 보고 판단했다. 이러한 부정적 인식 속의 판단은 인간의 엄숙주의적과 근엄주의적인 도덕관-道德觀의 잣대로만 문학작품을 보려하였고 또한 보아왔기 때문이었다. 실제로 사람들은 작품속의 주인공 못지않게 자유분방-自由分房한 성을 즐기면서도 타인他人의 행위나 표현에 한해서는 "성문란"이라는 잣대로 평가하는 위장된 이중성의 인격이 창작의 표현자유-表現自由를 침해하고 위축되게 한 것이다. 이런 성향은 문학작품에만 한정된 것은 아니다. 인간의 신체에 대해 나름대로의 철학을 가지고 창작활동을 해온 미술교사 김인규는 인간의 몸이 결코 감추어져야 할 것이 아니라는 소신 아래 자신과 부인의 누드사진을 개인홈페이지에 올렸다가 문제가 되고……. 음란물에 대한 유죄판결도 받기 전에 교육청으로부터 「3개월 정직」이라는 부당한 징계를 받았다. 이후 김교사 이야기가 TV토론 프로그램 주제로 다뤄지자 한 패널이 "다 큰 멀쩡한 사람이 그걸 내놓다니 말이 됩니까?"라는 말로 우리 사회 지식층의 미개-未開한 성문화의 수준을 드러냈다.

친구의 일본 북해도 여행을 갔을 때 관광가이드가 한 사람당 10만원씩 거두어 주면 에덴동산으로 데려다준다는 말에 별도의 돈을 지불하고 가서 본 장면의 이야기를 윤색實繪을 한 글이다. 온천탕에 들렸는데……. 그곳에는 남녀 혼탕이었단다. 넓은 탕 안에는 수많은 남여가 홀라당 벗은 채 뒤섞여 있었다는 것이다. "워머 깜짝 놀라라. 이곳이 시방 에덴의 동산이여 뭐여!" 혼탕-混湯이라는 가이드가 사전에 이야기를 하였지만 전라인줄 몰랐단다. 해수욕장처럼 여성들은 비키니를 입고하는 줄 알고 들어간 친구는 깜짝 놀라 기절해 버린! 성기를 감추려고 엉거주춤한 자세로 두 손을 성기를 가리자. 탕 안에 있던 여자들이 재밌다는 듯 웃으며 성기구멍이 잘 보이게 가랑이를 일부러 짝 벌리는 더 란 것이다. 늦가을 벌에 쏘여 반쯤 벌어진 밤송이같이 보이는 성기들의 전시장! "아니, 왜이래! 쪽바리가시네들 앞에서 대한민국사나이 자존심 상하게!" 친구는 부리나케 옆쪽 탕 안으로 뛰어들었는데……. "아이고 워매! 뜨거워라. 느그미떠거랄" 급한 마음에 뛰어든 탕이 하필 열탕熱湯이었다. 비명소리에 탕 안의 모든 이의 시선이 자신에게 쏠리자. 뜨거워진 몸을 시키려고 다시 넓은 냉탕冷湯으로 들어갔더니 이번엔 역으로 너무나 차가워 놀라고……. 뜨거워서 놀라고……. 추워서 놀란 성기가 번데기처럼 줄어들어! 물에 빠진 강아지처럼 냉탕을 어기적거리고 기어 나와서……. 뜨드므리한 온탕으로 들어가 느긋하게 목을 빼고 자기를 보고 웃고 있는 수많은 여자들 유방과 밤송이처럼 반쯤 벌어진 여자들의 성기안의 감 싸음핵=대음순 힐끔거려 보면서 두 손으로 성기를 감싸 쥐고 핸드프리를 하였더니. 악마는 게으른 손을 가지고 논다했다는 말이 있듯……. 기절한 성기를 깨우려고 양손으로 감싸고 열심히 비비기를 한참! 아름다운 수고로움? ……딸달이-수음=手淫 를 하는 친구의 손이 악마의 손보다 나았다는 듯이! 자기의 뜻을 알아차린 성기가 탱크 포신처럼 서서히 일어서더란 것이다. "음~이제 됐군!"탕 밖으로 나와 성기 머리를 끄덕거리며 뒷짐을 지고 팔자걸음으로 비웃던 여자들이 잘 보이게……. 성기를 힘을 주어 탕 주변을 바람난 과부 집 수개처럼 힐끗거리며 여자들의 유방과 성기를 자기 맘대로 보면서 한동안 탕 주위를 활보를 하자. 깔깔거리고 웃던 여자들이 한손을 번쩍 들고 "사이코"하면서 일제히 소리를 질러데드란 것이다. 비라먹을 년들! 정신병자라니 사실은 성기 생김새를 구경하려고 어쭙잖은 워킹을 했는데……. 그런데 백白 성기-무모증=無毛症 도 있더란 것이다. 친구 왈! 자기 성기가 수치심을 느끼고 기절을 했다면 대한민국 법으론 성희롱 죄로 고발할 수도 있는데 란 생각이 들더란 것이다. 우리나라 여성단체에서 주장하는 성희롱 죄로 판단한다면 대한민국 우리할머니들은 모두 성추행 죄에 해당 될 것이다. 손자들의 허락 없이 고추를 자기마음대로 실컷 만졌으니까! 여자들이야 벌거벗으면 성기 구멍이 크거나 작거나 구분이 안 되지만 남자들은 성기가 대소大小로 명확히 구분되기에 세상의 모든 수컷들은 혼탕에 한번 가보기를 소원하지만! 왜소한 성기를 가진 남자를 주눅이 들 수밖에 없을 것이다. 반대로 여자들은 즐긴다고……. 일본 여성들이 외쳤던 사이코란 "최고-最高란 뜻이다"라는 일본 말이라고 가이드가 설명 해주워 기분이 좋다고 하였다. 일본으로 관광을 갔을 때 "사이코"라고 하거든 껴않아 주어라. 겨울연가가 일본에서 인기리 방영되고 있을 때 일본공항에 내리자 일본 팬들이 배용준아윤사마를 향해 사이코라 하여 당황했다는 일화도 있다고 한다. 한 손을 번쩍 들고 "사이코"큰소리를 내지를 때 엄지손가락을 세운 것이다. "기회가 있으면 다시 한 번 더 가보았으면 하는 마음은 흰 연기가 모락모락 피어오르는 굴뚝같지만 비용이 녹녹치 않았다."고 했다. 나도 가족과 함께 북해도-홋가이도 에 4박 5일 여행을 갔었다. 대중탕 탈의장에서 청소하는 젊은 아주머니가 있었고 탈의장 구석에 미모의 아가씨들이 마사지하는 곳이 있는데……. 그 장면이 훤히 보였다. "우리나라에도 이런 곳이 있으면 참 좋을 텐데! 선진국소리도 듣고! 그렇게만 된다면 우리나라 여성들의 거시기를 보기위해 찾아온 사람이 많아 관광수입도 꽤 될 텐데……."친구의 푸념이었다. 김교수를 비판했던 그 패널이 그런 곳에 들어가면 어떻게 반응할까. 미개인 국가에서 벌어지는 추악한 일이라고 할까! 일본은 우리보다 선진국이다. 일본의 이러한 문화는 전쟁으로 인하여 젊은 남자들이 희생을 많아 여자들의 수數가 남자들보다 더 많아지고……. 결국은 전쟁에 필요하고 국가의 경제 발전을 위하여 젊은 일꾼의 양산을 위해 가임 여성들은 길거리에서 아무하고나 섹스를 하도록 묵인 된 것이다. 여자들의 등에 차고 있는 기모노는 야외용 요-깔개라고 보면 된다. 한때는 형이 죽으면 동생이 형수에게 의무적으로 섹스를 해 주어야 했다고 한다. 이러한 일들을 알려주고 선진국에서 출간되는 「섹스 북」들의 칼라사진들을 펼쳐 보여주거나……. 유럽과 미국에 있는 나체촌裸體村에 그 패널을 데려다 놓으면 그의 반응이 어떠했을까? 궁금하다. 비난을 받았던 김교수는 2005년 7월 27일 앞서 두 번의 무죄를 뒤 집고 대법원에

길…….

서 유죄를 선고받았다. 마광수 교수는 이러한 판례를 접하고 한국 문화가 10년은 더 후퇴했다고 평을 했다고 한다. 이즈음 서점가에 나가보면……. 식민지권과 공산권의 민족소설과 이념소설은 오래전에 사라졌고 정치소설과 사회소설을 비롯한 역사소설도 뜸하면서 온통 성-姓을 상품화한 작품들로 성황을 이루고 있다. 영화·연극·미술·음악·걸 그룹·사진예술 등에서도 마치 성의 축제가 벌어진 양 각 장르마다 성을 소재로 뒤범벅이다. 요즘의 걸 그룹의 율동을 보면 가족과 보기엔 민망하다. 이는 곧 성에 대한 사회의 인식이 개방화-開放化 보편화-普遍化 상황에 이르러 있다는 뜻이기도 하다. 따라서 2013년 작금에 「자유부인」이나 「반노」 정도는 외설물이 아니며 「로미오와 줄리엣」 「채털리 부인의 사랑」 「율리시즈」 「데카메론」 「북회귀선」 「엠마뉴엘부인」 「테스」 「보봐리부인」 등은 현재 세계명작 전집이 되어 있고 우리 집 서재에도 버젓이 크게 한자리하고 있다. 결국 외설과 예술의 가치판단-價値判斷은 시류-時流와 시대의 변화에 따라 변할 수밖에 없고 판금에서 복권까지의 과정을 통해 그것을 가르는 절대적-絶對的 기준은 있을 수 없다는 것을 알게 된다. 뿐만 아니다. 당시 음란물로 크게 문제는 되지 않았어도 화제가 되었던 우리의 고전 「춘향전」이 실제로 성희가 농후한 작품이었고, 김동인의 「감자」와 24세 나이로 요절-夭折한 나도향의 「벙어리 삼용이」 「물레방아」 등도 인간을 성욕의 존재로 파악하고 인식하는 작품들이었다. 특히 1922년에 쓴 나도향의 「환희」에서는 모녀간의 성욕을 일깨우는 매개로 성적묘사가 농밀하여 한국판 근친상간-近親相姦의 형체를 드러내는 최초의 작품으로 당시의 시대상황으로 보아 파격적이었다. 시-詩에서도 성 심리를 다룬 명시들이 적지 않았다. 미당 서정주의 「화사집: 1938년 간행」에 나오는 「화사」 「문둥이」 「대낮」과 그 중에서도 「정오의 언덕」 그 대표적인 예다.

정오의 언덕에서

보지마라 너 눈물어린 눈으로는……
소란한 홍소-哄笑의 정오 천심-正午天心에
다붙은 내 입술의 피 묻은 입맞춤과
무한 욕망 그윽한 이 전율을……

아………어찌 참은 것이냐!
슬픈 이는 모두 파촉巴蜀으로 갔어도,
윙윙거리는 불벌의 떼를
꿀과 함께 나는 가슴으로 먹었노라.

시악시야 너는 아름답구나.
내 살결은 수피-樹皮의 검은 빛.
황금 태양을 머리에 달고,
몰약-沒藥 사향-麝香의 훈훈한 이 꽃자리
내 숫사슴의 춤추며 뛰어가자.
웃음 웃는 짐승, 짐승 속으로

화사

사향 박하의 뒤안길이다
아름다운 배암…….
을마나 크다란 슬픔으로 태어났기에
저리도 징그러운 몸둥아리냐
꽃다님 같다
너의 할아버지가 이브를 꼬여내든 달변의 혓바닥이
소리 잃은 채 낼룽거리는 붉은 아가리로
푸른 하늘이다… 물어뜯어라, 원통히 물어뜯어

길…….

다라 나 거라, 저놈의 대가리!

돌팔매를 쏘면서, 쏘면서, 사향 방향길
저놈의 뒤를 따르는 것은
우리 할아버지의 안해가 이브라서 그러는 게 아니라
석유 먹은 듯…… . 석유 먹은 듯……가쁜 숨결이야

바늘에 꼬여 두를까 부다. 꽃다님 보다도 아름다운 빛……
크레오파트라의 피먹은 양 붉게 타오르는 고흔
입설이다……. 숨여라! 베암.

우리 순네는 스믈난 색시. 고양이 같이 고흔 입설……
숨여라! 베암

민족의 서정 시인이 라고 일컫는 소월의 시 「진달래」도 지금까지 해설되어온
"이별의 한을 극복하여 승화시킨 아가페적인 사랑노래"가 아니라 마조히즘적
비정상적-非正常的인 쾌락-快樂을 동경하여 읊은 시라는 해설-소설가 마광수도
있다.

진달래

　나보기가 역겨워
　가실 때에는
　말없이 고이 보내 드리오리다

　영변에 약산
　진달래꽃
　이름 따다 가실 길에 뿌리오리다

가시는 걸음걸음
놓인 그 꽃을
사뿐히 즈려밟고 가시옵소서

나보기가 역겨워
가실 때에는
죽어도 아니 눈물 흘리오리다

이상화의 상징주의적인 시 「나의 침실로」도 에로스-Eros. 사랑의 본능와 타나토스-Thanatos -사=死의 본능가 합일을 이룬 것이라 해설했고……. 역시 애국적 저항시의 백미로 꼽히는 "빼앗긴 들에도 봄은 오는가"도 표면주제는 조국에 대한 사랑이지만 그 이면은 성적 상징을 통한 성욕의 대리배설욕구배설 -代理排泄欲求排設로 가득 차 있다고 소설가 마광수는 해석했다. 성 심리를 바탕으로 명시를 해석한 마광수 소설가는 자작시-야한 여자가 좋다에서 성을 향한 인간들의 엄숙주의와 이중성을 비웃기도 했다. 그는 진한 화장을 한 여자를 남에게 잘 보이고자 하는 인간의 지극히 자연스런 욕구의 표현자로 보았고, 또한 화장을 묻혀있는 보석처럼 자연 그대로의 순수한 인간적 욕망과 감정을 드러내주는 수단으로 보았다

나는 야한 여자가 좋다

나는 야한 여자가 좋다/꼭 금이나 다이아몬드가 아니더라도/양철로 된 귀걸이, 반지, 팔찌를/주렁주렁 늘어뜨린 여자는 아름답다/화장을 많이 한 여자는 더욱더 아름답다/덕지덕지 바른 한 파운드의분粉 아래서/순수한 얼굴은 보석처럼 빛 난 다/아무것도 치장하지 않거나 화장기가 없는 여인은/훨씬 덜 순수해 보 인 다 거짓 같다/감추려 하는 표정이 없이 너무 적나라하게 자신에 넘쳐/나를 압도 한다 뻔뻔스런 독재자처럼/적敵처럼 속물 주의적 애국자처럼/화장한 여인의 얼굴에선 여인의 본능이 빛처럼 흐르고/더 호소적이다 모든 외로운 남성들에게/한층 인간적으로 다가 온 다 게다가/가끔씩

눈물이 화장위에 얼룩져 흐를 때/나는 더욱 감상적으로 슬퍼져서 여인이 사랑스럽다/현실적, 현실적으로 되어 나도 화장을 하고 싶다/분으로 덕지덕지 얼굴을 가리고 싶다/귀걸이. 목걸이, 팔찌라도 하여/내 몸을 주렁주렁 감싸 안고 싶다/현실적으로 진짜 현실적으로

헨리밀러는 성적 방랑벽-放浪癖을 가진 시인이다. 그는 커다란 도시에 혼자 남아 동침-同寢상대를 찾아 거리를 헤매고 쾌락-快樂을 맛볼 수 있는 기회를 놓치지 않으려는 남자의 방랑벽-放浪癖을 즐겨 그리는 작가이다. 그는 어떤 사실을 부풀리고 변형시켜 이야기하기를 즐기는 작가이기도 하다. 실제로 헨리밀러는 자신의 성적인 모험담을 과장해서 묘사-描寫했는데……. 그 과장이 지나쳐 흡사 초현실주의 그림자처럼 사라지기도 하고 또는 갑자기 나타나 엉뚱한 형상으로 자리매김하기도 한다. 헨리밀러는 늘 자신만만하다. 세상의 여자들은……. 헨리밀러가 손을 대는 순간부터 욕정에 의해 액화-液化되어 "음부의 즙"이 그녀들의 허벅지를 따라 흐를 정도라고 너스레를 떤다. 헨리밀러는 그런 너스레가 당연한 표현력이라고 강조한다. 그가 사용하는 상스러운 단어들도 추잡-醜雜하지 않다고 주장한다.「북회귀선」의 여러 대목들이 그러하다. 국내 영화로 상영되어 잘 알고 있겠지만! 딸 하나를 둔 유부남인 화자-話者는 뉴욕의 한 댄스홀에 손님들의 시중을 들고 있는 무용수를 만나 사랑에 빠진다. 그는 자정에 그녀를 불렀다가 새벽에 집에까지 데려다 주기도 한다.

"우리는 택시에 올라탔다 차가 달리고 있는데 갑자기 그녀가 내 몸 위로 기어오르더니 그 위에 걸터앉았다. 그 다음엔 미친 듯이 입맞춤이 이어졌다. 그때 택시가 차선을 벗어나 한쪽으로 기울었다. 우리 두 사람의 이빨이 서로 부딪쳤고 혀를 깨물었다. 그리고 그녀의 사타구니에서 뜨거운 즙이 스프처럼 흘렀다. 그녀의 오르가슴은 끝없이 계속되었기 때문에 나는 그녀가 나의 성기를 닳아 버리게 할 거라고 생각했다."

카섹스 장면을 적나라-赤裸裸하게 묘사-描寫한 것이다.

인간의 "애정의 흐름"과 "관능적 욕구의 흐름"을 한 여자에게 동시에 향하게 할 수 없기 때문에 프로이드의 학설처럼 헨리밀러는 사랑과 성을 분리하는데 앞장섰다. 그는 남자가 단 한명의 사랑하는 여자에게 충실해야한다는 사회적인 통념을 아예 묵살黙殺하고 역행했다. 왜냐하면 남자는 한 여자에게 시달려서 다른 여자들에게 정욕을 품게 되기 때문이라는 것이다. 그는 또한 친구의 아내와 끌어않고 잠을 자는 것은 너무나 당연한 일이라고 생각했다. 헨리밀러의 두 번째 성공작 「섹서스」에서 보여준 에로티즘은 익살과 비극, 꿈과 현실, 이상과 광기가 뒤 섞여 인간 행동의 모든 형태를 포괄적-包括的으로 보여준 작품으로 평가된다. 자기 성찰이 마비되고 정교한 정신적 식이에 의해 굳어버린 세계의 있어서의 육체적 근원은 낙관주의樂觀主義와 비관주의悲觀主義마저 초월할 수밖에 없다. 당연히 미친 듯한 격렬함이 지배하는 세상이다. 이 격렬-激烈함이나 외설성은 모두 생식행의에 따르기 마련인 신비로움이나 고통의 표출-表出과 같은 불순물을 수반하지 않는다. 생기를 회복시키는 경험의 가치, 곧 예지와 창조의 본원이 다시금 되살아나 자리 잡은 것은 너무 헨리밀러를 집중적으로 연구한 애나이스닌은 다음과 같이 주장한다.

"만일 밀러의 작품 속에 생기를 잃은 사람들이 졸고 있는 듯한 상태에서 깨어나게 만들만큼 무서운 힘이 제시되어 있다면……. 우리는 우리 스스로를 축복해야 할 것이다. 왜냐하면 우리 세계의 비극悲劇은 바로 이 세계가 졸음에서 깨어나게 만들 수 있는 것이라곤 이미 하나도 존재하지 않는데 있기 때문이다. 거기에는 이미 격렬-激烈한 몽상-夢想이 없다. 정신을 상쾌-爽快하게 만드는 것이 없다. 깨어나는 일이 없다. 자의식에 의해 생겨난 마취 속에서 인생이나 예술은 우리들 사이에서 빠져나가 지금의 모습을 감추려 하고 있다. 우리는 시간과 더불어 표류하며 환영을 상대로 싸우고 있는 것이다. 우리에게는 수혈이 필요하다. 그리고 밀러의 작품이 우리에게 안겨주는 것이야말로 피 이며 살이다. 마시고 먹고 웃고 요구하고 정열적으로 행동하고 호기심을 느끼는 일들도 우리의 가장 은밀한 창조의 뿌리를 배양-培養하는 단순한 진실이다. 상부구조는 제거되어 있다. 밀러의 작품이 우리에게 안겨주는 것은 우리 시대의 불모의 토양 속에서 고사해버린 세계를 몰아내는 한바탕 훈훈한 바람이다. 이 작품은 그 뿌리 밑으로 파고 들어가 그 뿌리를 소생시키기 위해 그 밑에서 샘물이 솟아오르게 만드는 것이다."라고 했다.

결국 예나 지금이나 문학작품 속의 성의 다룸은 인간의 삶이 지속되는 한 자유로울 수밖에 없다. 문학이 인간의 이야기를 소재로 다루는 한 성性은 원천적 바탕이 될 것이며…… 관계 작품의 감상을 위해서는 이중적 잣대평가를 비끼면 효과를 볼 수 있을 것이다. 물론 창작자는 성을 소재로 다룰 때 궁극적으로 인간과의 깊은 이해와 화합이 목적이 될 수 있도록 작품 속 주제와 상황 속에 승화되어 있도록 묘사해야 함은 기본이다.

나는 시-詩 에서 성기-性器·성행위-性行爲·음담패설-淫談悖說이 들어가 있는 시를 접하고 이것이 순수시다. 라는 생각이 들었다. 짧으면 시인가? 아름다운 문체만 들어가야 시인가? 시도 시대상황-時代狀況에 따라 변하여야 할 것이다. 그렇다면 "죽장-竹杖에 삿갓 쓰고 방랑삼천리-放浪三千里"대중가요로 유명한 떠돌이 천재시인 김삿갓-김병연-김립-金笠은 아름다운 시만 짓고 읊으면서 주유-周遊天下를 했겠는가? 조선후기 정수동시인과 삿갓으로 하늘을 가리고 대나무 지팡이에 짚신을 신고서 한평생을 떠돌아다닌 천재시인 김삿갓은 천하의 욕쟁이 시인이었다. 여기서 김병연의 욕 시를 한번 풀어 헤쳐보자. 풍자-諷刺와 해학-諧謔과 기지로 어우러진 파격적 시풍으로…… 의표를 찌르는 기행-奇行으로 가는 곳마다 전설-傳說을 남기고 사라진 방랑시인-彷浪詩人 김삿갓. 그는 바람처럼 구름처럼 물결 위에 떠도는 부초-浮草처럼 이 땅의 산수와 저잣간을 자기마음대로 넘나든 영원한 자유인이면 풍류 가객이었다. 운명의 사슬은 그로 하여금 집도 처자-妻子도 버리고 잘못된 제도의 멍에를 쓴 천형-天刑의 죄인인양 시대의 응달-凝達을 방황-彷徨하게 만들었지만…… 보라! 그는 마침내 시간과 공간의 올가미로도 붙잡을 수 없는 초탈-超脫의 시선-詩仙으로 우화-羽化하지 않았는가! 김삿갓 하면 평생을 해학과 풍자로 방랑-放浪하던 풍류시인-風流詩人이며 기인-奇人이라는 사실은 누구나 알고 있지만……. 한 점 뜬구름 같고 한줄기 바람 같았던 그의 기구했던 삶의 발자취를 똑똑히 아는 사람은 매우 드물다. 김삿갓은 무슨 까닭에 방랑시인으로서 고달픈 심신을 이끌고 한마당 풍류행야인-風流行野人으로 이 땅의 걸인이 되어 떠돌게 되었을까. 안동 김 씨 족보에 따르면 김삿갓의 본명은 김병연-金炳淵.이다. 그는 1807년-순조7년 3월 13일 시조 김선평-金宣平의 23세손 안근-眼根과 함평 이씨-咸平李氏=함평 이씨.사이의 둘째 아들로 태어났다. 형은 병하-炳河 아우는 병두-炳斗 : 炳浩 출생지는 분명한 기록이 없지만……. 만년에 지은 난고평생사-蘭皐平生時에 "초년자위득락지. 한북지오생장향-初年自謂得樂地 漢北知吾生長鄕"이라 고 하여 한강 이북이라는 점만 밝혔는데……. 근래 들어 경기도 양주군 회천읍 회암리에서 태어났다는 것이 정설로 굳어지고 있다. 그 시대에 제일의 세도가 였던……. 안동 김 씨 문중에서 태어나 잘만하면 과거에 급제하고 높은 벼슬길 에 오를 수도 있었으련만! 죽장-竹杖에 삿갓 쓰고 뜬구름을 벗을 삼아 삼천리 방방곡곡-坊坊曲曲을 방랑하게 된 기구한 운명의 사연은 무엇이었던가? 그것은 미완-未完의 혁명으로 끝난 홍경래-洪景來의 반란에서 비롯되었다. 김삿갓이 문학상의 혁명적 이단자가 된 것은 정치적 혁명가인 홍경래와 비극적 운명의 사슬에 얽혔기 때문이다. 홍경래의 난-洪景來-亂은 선조후기 1811년-순조=11.홍 경래와 우군칙-禹君則등이 중심이 되어 일으킨 대규모 농민반란으로……. 『1811 년 12월부터 이듬해 4월까지 약 5개월간에 걸쳐 일어난 사건』 조선 후기 봉건사회는 17~18세기에 이르러 커다란 변화를 겪게 되었다. 토지겸병이 광범하게 진전되 어 지주전호제-地主佃戶制가 양적으로 팽창되어갔는데……. 특히 이앙법-移秧法 이모작으로 대표되는 농업생산기술의 변화와 상품과 화폐로 경제의 발달이 농민층의 분해가 촉진 되었다. 이 결과 지난날의 봉건지주와는 다른 서민지주 라는 새로운 형태의 지주가 등장하고, 한편으로는 개선된 농업생산기술과 시장의 확대라는 유리한 여건 속에서 차경지-借耕地의 확대를 통하여 상업적

농업을 하는 경영형부농이 성장하였다. 이와는 대조적으로 다수의 소 농민들은 몰락하여 영세빈농·전호-佃戶·무토부농지민-無土富農之民이 되었으며 토지에서 유리된 농민들은 유민이 되거나 임노동으로 생계를 유지할 수밖에 없었다. 이른바 이 시기 농민층 분해는 다수의 소 농민들을 중세사회의 특징인 토지에 대한 긴박을 해체시켜 임노동자로 만들면서 한편으로는 부농과 서민지주로 양극 분해시켜 나갔던 것이다. 상공업은 상품경제의 발달로 인해 부분적으로는 수공업자의 전업화-專業化가 이루어지고 봉건적인 특권 상인에게 도전하는 사상인-私商人들의 활동이 활발해졌으며……. 특히 개성상인이나 의주상인들은 대외무역을 통하여 부를 축적하는 등 상권쟁탈전이 벌어지기도 하였다. 봉건적인 신분질서의 구조에도 부-富를 통한 신분상승-身分上昇의 확대에 의하여 양반의 증가와 평민·천민의 감소로 다수의 몰락양반의 존재라는 새로운 변화가 일어났다. 이에 따라 양반신분의 절대적인 권위도 동요되었다. 이러한 사회와 경제적 변화는 19세기가 되면서 더욱 심화되어 봉건사회-封建社會의 해체를 촉진시켰다. 당시엔 정치적으로 치열하였던 17~18세기의 당쟁이 끝나고 노론에 의한 안동 김 씨 척족-戚族의 일당전제가 성립됨으로써 삼정문란은 농민층 분해를 더욱 촉진시켰고……. 특정상인과 지방 사상인간의 대립도 심화되었다. 더욱이 평안도 지방은 대청무역-對淸貿易이 정부의 규제에도 불구하고 더욱 활발해져서 송나라상인과 만상-灣商인 가운데는 대상인으로 성장한 사람들이 많았다. 또한 18세기를 전후한 시기부터 견직물업과 유기-鍮器=놋쇠 등 수공업생산과 담배 등 상품작물의 재배와 금·은의 수요급증으로 인한 광산개발이 활발하였다. 그에 따라 양반지주와 상인층에 의한 고리대업의 성행으로 소농민의 몰락도 심화되었고……. 일부 농민층은 부를 축적하여 향촌의 향무층-鄕武層으로 진출하였으며 빈농·유민들이 잠채광업-潛採鑛業에 몰려들고 있었다. 이와 같은 사회·경제적 상황에서 이 난은 홍경래·우군칙·김사용-金士用·김창시-金昌始 등으로 대표되는 몰락양반·유랑지식인들의 ≪정감록-鄭鑑錄≫ 등에 의한 이념 제공과 농민층분해과정에서 새로이 성장한 향무 중의 부호와 요호부민饒戶富民 등 부농 서민지주층과 사상인층의 물력物力 및 조직력이 결합되어 10여 년간 준비 되었던 조직적 반란이다. 이들은 역노출신驛奴出身으로 대청무역을 통하여 부를 축적한 가산의 부호 이희저李禧著의 집이 있는 다복동多福洞을 거점으로 삼고, 각지의 부호 부상대고富商大賈들과 연계를 맺는 한편으론 운산 촛대봉 밑에 광산을 열고 광산노동자·빈민·유민 등을 급가고용給價雇用하여 봉기군의 주력부대로 삼았다. 봉기군은 남진군·북진군으로 나뉘어 거병한 지 열흘 만에 별다른 관군의 저항도 받지 않고 가산·곽산·정주·선천先遷한 계층이었다. 그러나 곧 전열을 수습한 관군의 추격을 받은 농민군은 박천·송림·곽산·사송 야 전투에서의 패배를 계기로 급속히 약화되어 정주성으로 후퇴하게 되었다. 농민군의 전세가 이와 같이 급격하게 변화하게 된 것은 주력부대가 지닌 취약성 때문이었다. 농민군은 비록 안동김씨의 세도전권으로 대표되는 봉건지배층에 대한 공동의 이해에도 불구하고, 지휘부인 부농·상인층과 일반병졸을 구성하는 소농·빈농·유민·임금 받는 노동자층이 가지는 상호 대립적 성격으로 인하여 이들 하층민의 자발적인 참여를 유도하지 못하였던 것이다.

『김삿갓의 할아버지인 김익순金益淳이 선천 부사 겸직과 방어사로 재직 중 혁명군에게 항복하여 목숨을 구걸한곳 철산 등 청천강 이북 10여개 지역을 점령 하였다. 이것은 특히 각지의 내응세력들의 적극적인 호응 속에서 가능하였는데……. 내응세력은 주로 좌수·별감·풍현風憲 등 향임鄕任 과 별장別將·천총·파총·별무사別武士 등 무임武任 중의 부호들이었다. 이들은 부농이나 사상인들로 대부분이 납전승향納錢陞鄕-돈으로 벼슬을 산사람이다』

이러한 갈등에 대하여 격문의 내용에는 단지 서북인의 차별대우差別待遇와 세도정권勢道政權의 가렴주구苛斂誅求로 인하여 정진인鄭眞人의 출현 등만을 언급 할 뿐 정작 소농안빈민층의 절박한 문제를 대변하지 않고 있었던 것이다.

이러한 현상은 지휘부가 점령지역에서 이임-里任·면임-面任 등으로 하여금 병졸들을 징발하도록 한 데에서도 단적으로 드러난다. 그러나 일단 정주성으로 퇴각한 농민군은 고립된 채 수적인 면에서나 군비에 있어 몇 배나 우세한 경군-京軍·향군-鄕軍·민병-民兵의 토벌대와 맞서 거의 4개월간 공방전을 펼쳤다. 이러한 강인한 저항은 곧 주력부대의 구성상의 변화에 기인하는데…….

정주성의 농민군은 이전의 급가고용이나 소극적 참여자가 아니라 주로 박천가 산일대의 소 농민들로 구성되었다. 즉, 관군의 초토전술에 피해를 입은 이 지역의 대다수 농민들이 정주성에 퇴각하여 적극적으로 저항하였으며, 관군의 약탈에 피해를 입은 성 밖의 농민들의 협조와 또 지휘부에서도 부자들에게서 가혹한 재산을 징발하여 평등하게 분배를 했기 때문이었다. 결국 관군의 화약매설에 의한 성의 폭파로 농민군은 진압되었고……. 생포자 가운데 1,917명과 홍경래 등 주모자가 모두 처형되었다. 이 난은 비록 실패로 끝나고 말았지만 조선 사회에 큰 타격을 가하여 그 붕괴를 가속화시켰다. 위의 글에서 본봐와 김삿갓은 홍경래와 할아버지가 운명의 사슬로 얽혔기 때문이었다.

홍경래 썩은 세상 둘러엎고 새 세상을 만들고자 혁명군을 일으킨 것은 1811년순조 11년 김병연이 다섯 살 때였다. 앞서 밝힌바 당시 조부 김익순-金益淳은 선천부사 겸 방어사였다. 홍경래군이 인근 고을을 휩쓸고 선천에 쳐들어왔을 때 김익순은 혁명군에게 항복하고 목숨을 구걸했다. 그러나 그것은 잠시 더 살아보려다 영원히 가문에 욕된 이름을 남긴 셈이 되었다. 이듬해 봄에 난이 평정된 뒤 김익순은 모반죄-謀叛罪로 처형당하고 그의 집안은 풍비박산이 나고 말았다. 삼족-三族을 죽임을 당하는 벌은 면했지만……. 역적-逆賊의 자손이라 고향에서 살아갈 수가 없었다. 병하와 병연이 두 형제는 김성수라는 종이 데리고 황해도 곡산으로 도망을 가고. 부모는 아우 병두를 데리고 경기도 광주 땅으로 도망쳐 숨어살았다는 기록이다. 병연이 일곱 살 때 아버지가 화병-火病=홧병으로 죽자 겨우 27세에 과부가 된 어머니는 아들 삼 형제를 데리고 경기도 가평을 거쳐 강원도 두메산골로 들어갔다. 이후에 평창에서 조금 살다가 다시 영월 삼옥리로 이사 했다. 삼옥리는 영월댐 건설문제로 한동안 시끄럽게 논란을 빚었던 동강 기슭의 평화로운 마을이다. 그 동안 알려진 바에 따르면 김삿갓이 가출한 것이 바로 이 삼옥리에 살던 때라고 한다. 그 내용은 이렇다. 김병연이 20세 때인 1827년-순조 27영월 동헌에서 과거 예비고사 격인 백일장이 열렷다. 시제-時題는 "홍경래란 때 가산군수 정시-鄭蓍의 충절사를 논하고 김익순의 하늘에 사무치는 죄상을 한탄하라"는 것이었다. 이 날의 장원은 삼옥리 사는 가난한 선비 김병연이 차지했다. 집에 돌아와 어머니에게 자랑을 했지만……. 기뻐할 줄 알았더니 이게 웬 일인가. 어머니는 눈물을 펑펑 쏟으며 그제 서야 그 동안 숨겨왔던 집안의 내력을 들려주는 것이었다. 김병연은 하늘이 무너지는 듯했다. 역적의 자손인데다가 그 할아버지를 욕질하는 시까지 지어 상을 탔으니 어찌 머리를 바로 들고 하늘을 쳐다보며 살 수 있으랴. 그래서 삿갓으로 얼굴을 가린 채 정처 없는 방랑길을 떠났다는 것이 지금까지 알려진 이야기였다. 하지만 비상한 천재였던 김병연이 나이 스물이 되도록 그처럼 치욕스러운 집안의 내력을 몰랐을 리는 없었을 것이다! 또한 아무리 역적으로 능지처참-陵遲處斬을 당했다고 해도 자신의 할아버지를 "만 번 죽어 마땅한 죄인"이라고 매도하였을리 만무하다. 그리고 방랑길에 나선 곳도 삼옥리 가 아니라 지금의 자신의 묘가 있는 와석리 너머 어둔리에 살던 때라는 설도 있다. 1926년에 나온 강학석-姜學錫의 대동기문-大東奇聞에 이런 대목이 있다. "김병연은 안동 김씨다. 그의 조부 익순이 선천부사로 있을 때 홍경래에게 투항한 죄로 사형을 당하고 그 집안이 폐족-廢族이 되어버렸다. 병연이 스스로 천지간의 죄인이라면서 삿갓을 쓰고 하늘의 해를 보지 않으므로 사람들이 그를 김삿갓이라고 불렀다. 김삿갓은 공령시-功令詩-과체시-科體詩를 잘 지어서 세상에 널리 알려져 있었다. 일찍이 관서지방에 갔을 때의 일이다. 그곳에 노진이란 사람이 공령시를 잘 지었는데 김삿갓보다는 못했다. 그래서 노진은 김삿갓을 관서지방에서 쫓아내려고 김익순을 조롱하는 시를 지었는데 다음과 같았다."

『대대로 이어온다는 나라의 신하 김익순아! 가산군수 정시는 하찮은 벼슬에
불과했지만 너의 가문은 이름난 안동 김 씨 훌륭한 집안에 이름도 장안의
순淳자 항렬이 로다.』

　김삿갓이 이 시를 보고 한번 크게 읊은 뒤에 "참 잘 지었다!"하더니 괴로움을
토하고 다시는 관서 땅을 밟지 않았다. 이러한 여러 가지 기록을 종합해
보건대 김삿갓의 가출과 방랑을 일삼는 것은 빼어난 재주를 타고났건만
출신 성분性分 때문에 구만리 같은 앞날이 막혀버린 좌절감挫折感과 울분이
직접적인 원인이 된 듯하다. 그런 저런 연유로 수년 동안 고민하던 김병연은
가출을 단행했다. 1년 연상의 장수長水 황씨黃氏와 결혼하고 맏아들 학균鶴均
이 태어난 직후인 그의 나이 22세 때였다. 대삿갓 쓰고 대지팡이를 짚고
미투리 신고 방랑길에 나선 김삿갓은 오늘은 이 고을 내일은 저 마을 가가호호
家家戶戶 문전걸식門前乞食하고 박대를 당하며 정처 없이 노숙을 하며 떠돌아다
니기 시작했다. 순조 28년이면 역병이 창궐 하던 시대다. 당시만 하여도
전쟁보다 더 무서운 것이 역병이었다. 그러니까. 상고시대 때는 씨족이나
부족집단 사회이었기 때문에 괴질 병으로 집단이 멸망되어버림으로 역사가
증발 해버린 것으로 볼 수 있다. 전쟁은 끝나면 다시 되돌 와 와서 정착할
수 있었지만……. 당시 역병疫病이 돌면 그 지역은 거의 멸종되었고 일부
살아있는 사람들은 삶의 터전을 떠나야했을 것이다. 100년 전만 하여도 역병은
귀신이나 하늘에서 내린 병으로 알았을 것이다. 역병은 장티프스·발진티프스
·콜레라 같이 열이 나는 병을 말한다. 염병이라고 하는 병이 얼마나 무서운
병인가? 염병에 걸리면 1개월 동안 아팠다고 한다. 1821년 8월31일·순조왕21년
괴질 병이 돌아 열흘 만에 1천 여 명이 설사와 구토 손발이 뒤틀어져 순식간에
죽었다는 기록이 있다. 또한 평안도와 의주에서 10만 명이 죽었다는 기록도
있다. 열이 많이 나는 이 병 이름을 호열자虎列刺라 했다. 호랑이에게 뜻
겨 먹히는 것 같은 고통이 있다. 하여 호열자라는 병명으로 된 것이다. 콜레라는

외국에서 들어온 수입 병이다. 호열자 병에 걸리면 약도 없었다. 당시 콜레라가 창궐하면 희생자가 엄청 났다. 기록에 의하면 1821년 순조 때 10만 명이 죽었으며 1895년 고종 32년 평안북도에서 6만 명이 1900년 광무 때 16,157명이 죽었다는 기록이다. 순조 때 한양 인구가 30만 명이었으니까. 3분의 1이 죽은 것이다. 당시 속수무책-束手無策으로 당하고만 있었다. 조정에서는 병의 정체를 모르고 있었다. 호열자는 원한에 사무친 원귀들이 일으키는 역병으로 알고 있었다. 순식간에 마을 전체를 휩쓸었으며 걸렸다하면 살아남지 못하였다. 조정에서는 원한을 가진 자들이 우물에 독을 풀었다는 소문 을 믿기도 하였다. 호열자 병이 어떤 병인지 어떻게 생기는지 모르고 있었다. 요즘에야 나쁜 병균이 있어 병을 퍼트린다는 것을 누구나 알고 있지만 100년 전만하여도 그런 것을 알 리가 없었기 때문이다. 허기야 세균이 발견되기 전에는 서양에서 도 하늘에다 대고 대포를 쏘았다고 한다. 100년 전 조선의 민중들은 어떻게 대체하였을까? 전염병을 역귀-疫鬼의 소행으로 생각해서 점 염병이 나돌면 지금도 남아 있는 금줄을 쳤다. 왼손 새끼를 꼬아 집 대문에 숯과 고추와 한지를 끼웠고……. 빼놓을 수 없는 것은 부적이었다. 역병마다 특효가 있는 부적-符籍이 따로 있었는데 주로 악귀-惡鬼가 무서워하는 호랑이나 도깨비 그림수준 이었다. 역병-疫病이 돈다는 소문이 들리면 마을차원에서 대책을 세우기도 했다. 돈을 거두어 마을 입구에 장승을 세웠는데 동서남북으로 축 위 대장군을 세우고 마을입구와 대문밖에 황토 흙을 뿌려서 마을과 집안으로 들어오지 못하도록 하였다. 그러나 병마는 이들의 소박한 처방을 무시했다. 그래서 남은 방법은하나. 도망만이 상책이었다. 역병이 한번 돌면 살아남기 힘든 그때 살아남기 위해 피난을 선택했다. 마을은 텅텅 비었다. 수령으로 임명된 관리가 임지에 가지 않고 도망을 갔다고 한다. 버려진 마을에는 매장하지 않은 시체가 즐비했다. 순조 실록 기록에 서울 장안에 하도 죽은 사람이 많아서 장래를 치르지 못해 나쁜 말로말해 시체 썩은 냄새가 장안 에 가득했다는 기록이다. 그 정도로 많이 죽었다는 것이다. 조정에서 대책이란 별수 없었다. 병을 퍼트리는 역귀 "즉"원혼-寃魂을 달래는 제사를 지내는 정도였다. 조선시대에서는 그것 밖에 할 수 없었다. 백성들에게 정신적 의 위안이 되기 때문이다. 느닷없이 찾아와서 순식간에 마을 전체를 휩쓸고 갔다. 그 당시로는 귀신의 소행으로 생각할 수밖에 없었기 때문이다. 1902한국 최초의학 유학생인 김익남이 귀국하여 콜레라균을 보여주었다. 1885년 미국의사 알랜이 근대식 광혜원을 세웠다. 염병다음으로 당시 가장 크게 유행했고 사람들을 오래동안 괴롭혔던 역병은 두창-마마 두창 천연두.으로 불리었다. 이병은 살아 있을 때 걸리지 않았다면 죽은 뒤 무덤 속에서도 걸린다는 병이다. 엄청난 피해주웠던 이병에 걸리면 살아난다. 해도 다리를 절거나 눈이 멀고, 얼굴에 곰보 자국의 흉터가 남는다. 지석영이 일본서 종두 시술법을 배워와 시술하기 전에는 공포에 떨어야했다. 조선시대만 30번이나 크게 번졌다는 기록이다. 지난 수세기 동안 공포의 대상으로 군림했던 두 창은 1959년에 정복되었고 세계적으로는 1976년에 정복되었다. 인간의 힘으로 하나의 질병을 정복한 것은 유사 일에 처음 있는 일이었다. 당시의 시대상황으로 보아 역병에 걸린 것처럼 걸인 같이 보이는 김병연의 모습에 문전-門前 박대-薄待의 수모-受侮를 수 없이 당했을 것이다!

> 구만장천거두난-九萬長天擧頭難
> 구만리 장천 높다 해도 머리 들기 힘들고
> 삼천지활미족선-三千地闊未足宣
> 삼천리 땅 넓다 해도 발 뻗기 힘이 들 구나

그가 뒷날 읊은 자탄-自歎의 한 구절인데 그 당시의 심경을 짐작할 수 있다. 집을 버리고 길을 떠난 김삿갓의 발길은 먼저 금강산으로 향했다. 김삿갓은22세에 집을 떠나 57세로 전라남도 화순군 동복에서 죽을 때까지 35년을 떠돌아 녔지만 특히 금강산을 좋아하여 여러 차례 올랐다고 한다. 그와 같은 시대 사람인 신석우-申錫愚=1805~1865년 의 해장집-海藏集과 황오-黃五=1816~?의 녹차

집-穌比集에 김삿갓과 만난 기록이 나오는바 그가 봄. 가을마다 빠짐없이 찾을 만큼 금강산을 매우 좋아했다고 한다. 지금도 금강산에는 김삿갓이 절경을 읊었다는 전설이 서린 명승이 많다. 따라서 금강산에 관한 시도 7~8편이 전하는데 다음은 그 가운데서도 대표적인 작품이다.

송송백백암암회-松松栢栢岩岩廻
소나무와 소나무 잣나무와 잣나무 바위와 바위를 돌아가니
수수산산처처기-水水山山處處奇
물에 물산에 산 곳곳이 절경이로다!

정해진 곳도 없으려니와 오라는 곳도 없이 떠난 유랑 길 구름 따라 물결 따라 발길 닿는 대로 떠도는 신세……. 행장-行狀이라고 별 것도 없었다. 스스로 읊은 대로 "빈 배처럼 가뿐한"삿갓 쓰고 죽장 짚고 괴나리봇짐 하나 짊어진 것이 다였다. 자신을 노래한 그의 시 영립-詠笠이다.

가뿐한 나의 삿갓 빈 배와 같고/한 번 쓰니 사십 평생 다 가는 구나/소먹이 아이 들에 나서며 쉽게 걸치고/고기잡이 노인 갈매기 벗 삼는 본색이네/술 취하면 바라보던 꽃나무에 걸어놓고/흥이 오르면 달뜬 누각에도 걸치고 오른다/세상사람 의관은 겉꾸밈이 한결 같지만/하늘 가득 비바람 쳐도 홀로 걱정없어라

전라남도 동북 땅을 주유하던 중 하루는 날이 어두워져 하룻밤을 거쳐할 곳을 찾아 해매이다가. 글 읽는 소리에 들어간 곳이 서당이었다. 서당의 학생들이 열심히 공부하는 모습을 바라보고 있던 김삿갓은 갑자기 自知晩知-자지만지. 補知早知-보지조지 라며 소리를 대지르자……. 훈장과 학생들이 자기들을 욕하는 것으로 착각을 하고 김삿갓을 빙 둘러싸고 때리려하자. 김삿갓 왈! "스스로 알려고 하면 늦게 깨달을 것이고. 남의 도움을 받으면 빨리 알게

될 것이다."라고 설명을 하고······.

  김삿갓의 본명-김병연의 자字는 성심-性深 호는 난고-蘭皐였지만 누구에게
도 가르쳐주지 않았다. 그래서 세상 사람들은 그를 삿갓 쓰고 다니는 기아奇異
한 방랑 시인이라고 하여 김삿갓이고. 한문으로는 김립-金笠또는 김사립-金莎笠
김대립-金簑笠이라고 불렀다. 김삿갓은 정히 곤란할 경우에는 자신의 이름이
김란-金鑾이요 자는 이명-而鳴이라고 둘러댔다. 란鸞은 방울 란, 이명은 그러므
로 써 울린다는 해학에 다름 아니었다. 또 호를 물으면 되는대로 아무렇게나
걸치고 다닌다고 하여 지상-芷裳이라고 했으니 이는 궁궁이 풀-구리때.옷이라
는 뜻이다. 홀 홀 단신 빈털터리로 집을 떠난 김삿갓은 정해진 곳도 오라는
곳도 없이 구름 따라 바람 따라 발길 닿는 대로 나라 안을 떠돌아다녔다.
그렇게 주유천하-周遊天下하던 김삿갓은 2년 뒤에 잠깐 집에 돌아와 후사 없이
죽은 형 병하에게 자신의 맏아들 학균을 양자로 입양시키고 둘째아들 익균翼均
이 태어나자 다시 방랑길에 나섰다. 김삿갓이 어떻게 생겼는지 알려주는
기록은 없지만 자신의 시 가운데에 이런 구절이 있어 풍류남아답게 키가
크고 풍채도 늠름했으리라고 짐작하게 해준다.

  내 평생에 긴 허리 굽힐 생각 없는데/이 밤은 다리 뻗기도 힘이 들 구나

  바람 부는 대로 물결치는 대로 떠도는 인생, 세상잡사世上雜事 초탈-超脫하여
풍류 한마당으로 천지간을 배회하니 신선이 따로 없었다. 그래서 김삿갓을
가리켜 "한국의 시선-詩仙"이라고 하는지도 모른다. 하지만······. 신선도 지상에
머무는 한 먹어야만 했으므로 때로는 마을에서 문전걸식을 했고 때로는
산사에서 공양 신세를 지기도 했다. 어쩌다 운율-韻律을 아는 주인을 만나면
제법 환대도 받았을 것이고 또 기막히게 운 좋은 날이면 풍류를 알아 준
어여쁜 기생으로부터 아래와 위로(!)극진한 사랑을 받은 적도 있었으리라.

風情詩-풍정시 **嚔乳三章**-연유삼장

부유기상-父嚔其上 사내는 그 위를 빨고
부연기하-婦嚔其下 계집은 그 아래를 빤다
상하부동-上下不同 위와 아래가 서로 다르지만
기미측동-其味則同 그 맛은 매한가지로다

현시대의 오럴섹스를 빙자한 것이다! 일명 쭈쭈바-오럴섹스라고 하는 섹스는 미국 클린턴 대통령이 변소에서 여직원과 그 짓을 하여 더 유명하지 않는가? 소설을 쓰는 내가 생각해도 너무 음란하다. 널리 알려지고 전해진 김삿갓 시의 특징이 풍자와 해학을 주류로 하거니와……. 오만 불순한 중과 선비를 욕질한 시 가운데는 이런 것도 있다.

僧首團團-승수단단 汗馬-한마 儒頭尖尖-유두첨첨 坐拘腎-좌구신
聲令銅鈴-성령동령 銅鼎-동정 目若黑椒-목약흑초 洛白粥-낙백죽

중놈의 둥글둥글 민대가리는 땀 찬 수소 고환-睾丸 같고
선비 놈의 뾰족뾰족 송곳머리는 앉은 수컷 개 좆-性器같다
악쓰는 소리는 구리 솥에 떨어진 구리방울 같고
치뜬 눈깔은 검은 산초 열매가 흰죽에 떨어진 듯 하고나

어느 날 어느 서당에 들러 잠시 쉬자니 버르장머리 없는 어린학동들이 거지같은 모습의 김삿갓을 깔보고 놀려댔다. 김삿갓이 벽에 한 수 써놓고 서당 학동들에게 이렇게 일러주고 떠났다던가. 어째 다던가.

"이 시는 뜻으로 새기는 것이 아니라 소리 나는 그대로 읽어라."

『書堂乃早至 - 서당은 내조지』 자기 성기-性器이고
『先生來不謁 - 선생은 래불알』 자기 불알-고환=睾丸이다

길…….

386

『房中狗尊物 - 방중에 개존물』방 가운데 선생은 개 정액-淨液
『學生諸未十 - 학생은 제미십』학동들 어머니 성기다

학동들 모친과 선생이 불륜을 저질러 출산한 새끼들이란 뜻이다.
시인의 입에서 상상도 못할 험한 욕설이다. 또 하루는 이런 일도 있었다.
어느 유식한 척하는 부부가 김삿갓의 형색을 보니 무식한 거지같아 밥 먹을
때가 되어도 식사 대접할 마음이 없어 딴에는 파자-破字=글자를 나누어.로
이런 대화를 나누었다.

> 마누라 ; 人+良=밥: 食-식 目+八=갖출: 具-구
> 식구-食具=밥상 차릴까요?
> 서방 ; 月+月=벗: 朋-붕 山+山=나갈: 出-출
> 붕출-朋出=이 친구 가거든…….

파자시의 대가인 김삿갓이 무슨 뜻인지 모를 리 있으랴! 번데기 앞에 주름
잡는 격이 아닌가. 그래서 이렇게 한편의 시를 남기고 떠난다.

> 김삿갓 왈……. 弁者禾重-변자화중아 / 丁口竹天-정구죽천이구나
> 猪種基笑-저종가소이로다. 이산 돼지새끼들아……. 가소롭구나.

한번은 허 씨가 많이 사는 함경도 길주에 갔는데 하룻밤 묵어가려고 이집
저집을 찾아다녔으나 거지같은 형색인 김삿갓을 보고 아무도 받아주지 않고
모두가 문전박대-門前薄待 했다. 달을 등불삼고 별을 동무삼아 외양간 처마
밑에서 배곯은 육신을 쉬게 하며 읊은 슬픈 시다.

> 吉州吉州不吉州-길주길주불길주
> 길주 길주 하지만 길한 고을 아니고
> 許哥許哥不許哥-허가허가불허가

허가 허가 많아도 허가하지 않는 구나

　이렇게 저렇게 모진 세파에 부대끼며 제대로 얻어먹지도 못하고 다녔으니 그의 입에서 아름답고 고상한 시구詩句만 나오지 않았을 것은 불문가지不問可知 아닌가. 김삿갓이 내뱉은 욕설시辱說詩 가운데서 가장 널리 알려진 것이 바로 이십수하二十樹下이다.

> 이십수하삼십객-二十樹下三十客=이씹할 나무 아래 설은 나그네
> 사십촌중오십식-四十村中五十食=망할 놈의 마을에는 쉰밥만 주는구나
> 인간기유칠십사-人間豈有七十事=인간 세상엔 어찌 이런 일이 있는고
> 불여귀가삼십식-不如歸家三十食=집에 돌아가 설은 밥 먹느니만 못하네

　하지만 예나 지금의 세상에도 인정이 죄다 메마른 것이 아니니……. 가난한 살림이지만 따스한 마음씨로 정성껏 외로운 나그네를 대접하는 사람들은 어디에나 있게 마련이다. 그래서 김삿갓은 이런 무제無際의 시 한수를 정표情表 삼아 남기고 떠나기도 했다.

> 四脚松盤粥一器-사각송반죽일기=네 다리 소나무 소반에 죽이 한 그릇
> 天光雲彩共徘徊-천광운체공배회=하늘과 구름에 함께 떠도네
> 主人幕道無顔色-주인막도무안색=주인장 제발 무안해 하지 마소
> 吾愛靑山倒水萊-오애청산도수래=물속의 청산을 나는 사랑한다오.

　그 뿐만 이랴. 풍류호걸 김삿갓 가는 길에 시와 술과 여자도 있었으니 은근 달짝지근하고 감칠맛 나는 사랑의 시편도 많았다.

　산골 처녀 다 커서 어른 같은데/분홍빛 짧은치마 헐렁하게 입었네/맨살 허벅지 다 드러나니 길손이 부끄러워/솔을 타리 깊은 집엔 꽃향기도 물씬 하리

회양을 지나며 「淮陽過次-회양과차」 시를 보면

　　　꽃 냄새 파고드는 사내 한밤중 찾아가니/온갖 꽃 짙게 피어나도 모두 무정
터라/홍련을 꺾고 남포-藍袍로 가니/동정호 가을 물결에 작은 배만 놀라네.

　기생에게 주다-증기=贈妓라는 시인데 여기서 "솔 울타리 깊은 곳"이니 "남포"
니 "동정호"니 하는 것이 모두 여성의 은밀-隱密한 자궁-子宮을 가리킨다. 는
사실은 두말하면 잔소리고 세 번하면 숨 찬다. 작은 배가 놀란다는 말은
남자의 성기가 들어가니……. 여자 성기가 반응을 한다는 뜻이다. 전해오는
이야기에 따르면 김삿갓이 함흥을 거쳐 단천에 갔을 때에 어떤 처녀와 눈이
맞아 3년간 훈장 노릇을 하며 살았다고 하는데 이것이 사실이라면 그는
자신이 처자를 버리고 떠도는 유부남-有婦男임을 밝혔을까, 아니면 그런 사실도
숨겼을까. 나의 생각으로는 오며 가며 짧은 밤을 불태운 떠돌이 사랑이야
풍류가객 김삿갓으로서 한두 번이 아니겠지만! 그가 한 고을에 머물며 수년씩
신장개업을…… 했다는 말은 믿기 어렵다. 김삿갓의 천재성은 과시 체 한시에
서 더욱 뛰어났다는 학자들의 의견도 있지만 아무래도 김삿갓 시의 특성과
비상한 천재성은 그때까지 양반문학의 주류를 이루던 전통 양식의 한시-漢字를
다양한 어휘와 문자를 구사하여 풍자와 기지로 해학이 넘치는 서민문학으로
승화시켰다는 점에 있다고 보면 될 것이다. 세상을 떠돌며 자신의 신세를
한탄하던 심경을 읊은 시는 난고평생시-蘭皐平生時자신의 약전과 마찬가지이
다. 역설적으로 말하면 김병연은 할아버지의 죄로 인해 조선시대 서민들이
핍박받는 고단 삶의 탈출구를 제시하여 주었다고 할 수 있다. 그의 할아버지야
말로 김삿갓의 탄생의 최대의 공로자라고 할 수가 있다. 할아버지 김익순이
아니었다면……. 그는 아마도 모범적이기는 하지만 그저 평범한 벼슬아치로서
일생을 마치고 말았을 것이다! 그는 자신을 절망케 한 할아버지로 말미암아
당대는 물론이요, 지금까지도 수많은 사람들의 연인이 될 수가 있었다. 삼천리

참고문헌

방방곡곡 부초-浮草같이 떠돌다 만년에 자신의 처량한 신세를 한탄한 비감의 시편이 바로 자탄시-自歎詩이다.

아, 천지간의 남아여/내 평생을 아는 자 그 누구냐/부평초같이 삼천리를 흘러 자취는 어지럽고/글을 하노라 사십년을 보냈건만/모두가 헛된 넋두리로다/청운의 꿈 품었어도 이룰 운명 아니니/바라는 바도 아니요/머리가 세는 것도 자연의 이치이니/슬퍼하지도 않으리/고향 길 돌아가는 꿈꾸다 놀라 깨어 앉으니/깊은 밤 고향 그리는 새 울음소리만 애처롭구나

위의 글에서 살펴 본바와 같이 천재시인-天才詩人 김삿갓도 집을 나선 후 거지처럼 천하를 떠돌면 시 한 수에 밥과 술을 구걸하고 남의 집 외양간에서 침실을 펴기도 했을 것이다. 천하를 두루 섭렵하면서 각박한 세상의 인심을 탓하기도 하며 저잣거리에서 노숙을 하며 시정잡배市井雜輩와 어울려 세상에 거친 언어들을 많이 숙지-熟知했을 터이고 인심 좋은 술집 주모의 사랑의 공짜……. 서비스를 받기도하면서 세상 물정을 눈에 보인 그대로의 심경을 글에다 옮겼을 것이다! 그때나 지금이나 시대만 다를 뿐 문인들의 문학적인 감성-感性은 별반 다르지 않을 것이다. 당시의 상황으로 보건데 김삿갓의 음담패설 시는 현대 시선으로 보건데 노골적인 풍자에 의한 욕설로 가득 찬 언어 표현이다. 그렇다 해서 김삿갓의 시가 모두 그렇다는 것이 아니다. 현 시대에 그러한 표현의 시는 현재의 시인들의 숫자에 비해 극소수다. 이 시대에서 시를 쓰고 있는 이들이 김삿갓의 시를 어떻게 평을 하는지 모르지만……. 아래의 글을 읽어보면 욕설이 들어갔지만……. 쌍스럽게 느껴지지 않는다.

토막말~정양-1942

가을 바닷가에 누가 써놓고 간 말
썰물 진 모래밭에 한 줄로 쓴 말
글자가 모두 대문짝만해서
하늘에서 읽기가 더 수월할 것 같다

정순아보고자퍼서죽껏다씨펄

씨펄 근처에 도장 찍힌 발자국이 어지럽다
하늘더러 읽어달라고 이렇게 크게 썼는가
무슨 막말이 이렇게 대책도 없이 아름다운가
손등에 얼음조각을 녹이며 견디던
시리디 시린 통증이 문득 몸에 감긴다
둘러보아도 아무도 없는 가을바다
저만치서 무심한 밀물이 번득이며 온다
바다는 춥고 토막말이 몸에 저리다
얼음조각처럼 사라질 토막말을
저녁놀이 진저리치며 새겨 읽는다

파도소리에 잠이 들고 바닷새의 도란거림에 잠이 깨는 이른 아침 어촌마을 백사장에서 누군가가 헤어진 연인이 그리워 텅 빈 가을 바닷가 모래밭에 오른발을 질질 끌면서 글을 쓴……. 대문짝만한 크기의 거친 글씨체로 새겨놓고 간 "정순아보고자파서죽껏다씨펄"이 대책 없는 한 마디의 말이 에로스의 실체임을 알 수 있다. 한 남자가 여자를 사랑하게 되는 본능은 부나 명예나 권력에 앞서 천하를 얻는 것과 같지 않을까! 외화 "캐스트 어웨이"에서 주인공이 톰 행크스가 무인도에서 모래위에 "HELP"글자를 발로 대문짝만하게 써서 자신의 존재存在를 알리는 것처럼! 모래위에 써놓은 글자를 향해 저 멀리서 무심한 밀물이 이빨을 번득이며 온다. 날마다 뭍으로 오르려다 못 올라 악이 오르고 숨이 찬 바닷물이 하얀 물거품을 입에 물고 달려와서 토해내며 한순간에 글씨를 흔적도 없이 지워 버릴 것이 라는 시구詩句가 글을 읽는 이에게 다급하게 느껴지도록 한다. 하늘나라로 먼저 간 연인에게 보낸 편지라면 이미 내려다보았을 것이니 염려는 덜어도 되겠지만! "정순아보고자파서죽것다"란 글자 없이 "씨펄"글자만 새겨져 있다면……. 나도 상스런 시 문구라고 했을 것이다. 호남 지방에선 "씨팔"이라고 한다. "씨를 팔다"는 즉, 몸을 판다는 뜻이다. 그래서 기다림은 "지독한 그리움이다."보고 싶은 사람을 기다리다 지치면 쌍소리가 나올 수 있는 것이다.

할머니 산소 가는 길에
밤나무 아래서 아빠와 쉬를 했다
아빠가 누는 오줌은 멀리 나가는데
내 오줌은 멀리 안 나간다
내 잠지-성기가 아빠 잠지보다 더 커져서
내 오줌이 멀리멀리 나갔으면 좋겠다
옆집에 불나면 삐용삐용 불도 꺼주고
황사 뒤덮인 아빠차 세차도 해주고
내 이야기를 들은 엄마가 호호호 웃는다
네 색시한테 매일 따스운 밥 얻어먹겠네

『오탁번』

시인은 읽는 이로 하여금 어린 시절로 돌아가게끔 하고 있다. 명절날 부자간에 성묘하려가다가 아무도 보지 않은 산모롱이에서 아버지와 나란히 서서 자기 고추 보다 훨씬 큰 아버지 성기를 곁눈질로 힐끔거리고 바라보며 시원하게 갈기는 소변……. 사내아이라면 한번쯤 해 봄직한 경험담經驗談을 솔직하게 표현한 시구다. 까치발을 하여 아랫도리에 힘을 줘 아버지 오줌줄기보다 더 멀리 보내려고 용을 쓰는 사내아이 얼굴이 떠오른다. 볼일을 본 뒤 성기를 엄지와 검지로 집게 질 하여 위아래로 흔들어 오줌방울을 탈탈 털고 궁둥이를 뒤로 살짝 재낀 뒤 성기를 원위치 시키고 자크를 올리는 모습이! 위의 두 사詩에서 욕설과 성기에 관한 문구文句가 들어 있지만 얼마나 아름다운 문체인가? 가만히 생각하면 절로 웃음이 나온다. 누가 이 글들을 읽고 천박한 시어라 할 것인가? 아래 시는 인터넷에서 낭송시로 떠도는 음담淫談이 짙은! 전라도 사투리 직설법으로 쓴 시를 상재 해 봤다.

폭설-暴雪 「오탁번」

三冬-삼동에도 웬만해선 눈이 내리지 않은
남도 땅 끝 외진 동네에
어느 해 겨울 엄청난 폭설이 내렸다.
이장이 허둥지둥 마이크를 잡았다.

-주민 여러분! 삽들고 회관 앞으로 모이쇼 잉!
눈이 좆나게 내려 부렸당께!

이튼 날 아침 눈을 뜨니
간밤에 또 자가웃 폭설이 내려
비닐하우스가 몽땅 무너져 내렸다.
놀란 이장 허겁지겁 마이크를 잡았다.

-워메, 지랄 나부럿소 잉!
어제 온 눈은 좆도 아닝께 싸게싸게 나오쇼 잉!

왼 종일 눈을 치우느라고
깡그리 녹초가 된 주민들은
회관에 모여 삼겹살에 소주를 마셨다.
그날 밤 집집마다 모과빛 장지문에는

뒷물하는 아낙네의 실루엣이 비쳤다.

다음날 새벽잠에서 깬 이장이
밖을 내다보다가, 앗! 소리쳤다.
우편함과 문패만 **빼꼼** 하게 보일 뿐
온 천지-天地가 흰 눈으로 뒤덮여 있었다.
하느님이 행성-行星만한 떡시루를 뒤엎은 듯
축사 지붕도 폭삭 무너져 내렸다.
좆심 뚝심 다 좋은 이장은
윗목에 놓인 뒷물대야를 내동댕이치며
우주-宇宙의 미아-迷兒가 된 듯 울부짖었다.

-주민 여러분! 워따, 귀신이 곡하겠당게!
인자 우리 동네 몽땅 좆 돼 부렸쇼 잉!

전라도의 사투리로 쓴 이 시에서 "좆나 게"란 어휘는 "된통"또는 "겁나게"아주 많이 등에 쓸 때 하는 말이다. 셋째 꼭지에서 "그날 밤 집집마다 모과빛 장지문에는 뒷물하는 아낙네의 실루엣이 비쳤다."는 뒷물이라는 말은 섹스를 하고 성기를 씻는다는 말인데! 진종일 눈을 치우느라 힘들었을 텐데! 집집마다 연애-전라도 사투리로는 떡을 쳤다. 뺙을 하였다. 빠구리를 했다. 는 게 섹스를 뜻 한다. 했다는 게 해악-諧謔에 가깝다. 나체로 성기를 씻는 모습이 창호지 문에 비쳤기에! 한지 문종이가 오래되어 변색이 되면 누리팅팅한 모과빛색으로 된다. 타임머신을 타고 과거로 가는 것 같은 느낌을 준다. 지금이야 농촌의 현실은 저승사자 소환장만 기다리는 늙은이들만 살고 있어 뒷물-성기를 씻는 모습.을 하는 여인네 나체모습은 보기가 어려울 것이기에……. 좆심 좋은 이장 집의 장지문인가! 여하튼 과거로 돌아가는 느낌을 주는 글이다. 오탁번 시인은 시 한 꼭지를 쓰면서 우리의 아름다운 말을 찾기 위해 밤새도록 국어사전을 뒤진다고 했다. 시에서 사람을 타락게 하는 시가 없다고 한다.

그렇다면……. 김수영 시인의 성-性 시의 전문을 살펴보자.

그것 하고 하고 와서 첫 번째로 여편네와/한던 날의 바로 그 이튼 날 밤은/아니 바로 그 첫 날 밤은 반시간도 넘게 했는데도/여편네가 만족하지 않는다/그년 하고 하듯이 혓바닥이 떨어져 나가게/물어 제끼지는 않았지만 그래도/어지간히 다부지게 해줬는데도/여편네가 만족하지 않는다./이게 아무래도 내가 저의 섹스를 개관-槪觀하고/있는 것을 아는 모양이다/똑똑히는 몰라도 어렴풋이 느껴지는 모양이다/나는 섬찍해서 그전의 둔감한 자신으로 다시 돌아간다/연민-憐憫의 순간이 아니라/속아 사는 연민-憐憫의 순간이다./나는 이것이 쏟고 난 뒤에도 보통 때보다/완연히 한참 더 오래 끌다가 쏟았다/한번 더 고비를 넘을 수도 있었는데 그만큼/지독하게 속이면 내가 곧 속고 만다.

이 시는 아내와 섹스를 하면서 떠오른 생각을 표현한 글이다. 외도를 하면서 오랫동안 시간을 끌어 상대를 만족시켰는데……. 그때를 회상하면서 마누라와 섹스를 하는데 마음대로 아니 되어 마누라를 만족 시키지 못함을 풀어 놓은 글이다. 앞서 이야기 했듯 요즘의 시들에서 이러한 유형의 작품을 쓰는 시인들이 있지만 당시에 노골적인 성 행위묘사를 적나라하게 쓴다는 게 놀랄 따름이다. 이세상의 남자들 모두가 황제망상을 가지고 있다고 한다. 자기 마음대로 여자를 거느리고 싶어서다. 외도를 한 여성도 자기남편의 성적인 불만에서 다른 남자와 외도를 하려는 것을 알기에……. 이에 응하는 남자는 자기 부인에게 하던 섹스보다 더 강하게 해주려는 본능을 잘 표현한 글이다. 위의 시는 김수영 본인이 직접 부정을 저지르고 쓴…….

김민정 시인의 「젓이라는 지름의 좆」에 보면

       네게 좆이 있다면/ 네겐 젖이 있다/그러니 과시하지 마라/유치하다면/시작은 다 너로부터 비롯함일지니…….

  좆, 좆이란 남자들의 성기라는 것은 누구나 다 안다. 전해져 내려온 말에 사내는 좆으로 흥하고 좆으로 망한다했다. 좆이라 나에게도 떠올리기 싫은 슬픈 기억이하나 있다. 1948년 11월 16일생인 내가 1966년 11월 16일에 18세의 어린 몸으로 입영하는 동내 형을 환송 해주려 따라 갔다가 논산 훈련소 현지에서 덜컥 자원입대하여 자대배치 후 북파공작원이 되기 전 중대본부에서 통신병으로 근무 중 인사계가 전입해 왔다. 어리다고 고참병들 PX 심부름을 도맡아 하던 나를……. 어느 날 인사계가 화가 머리끝까지 난 채로 날 불러 세웠다. 바짝 얼어붙은 부동자세로 서있는 나를 보고 위아래를 훑어 본 뒤 하는 말이 "이 새끼 큰 양놈 좆 길이만한 놈이"하며 때리려다 방한모자를 벗기고 보니 너무 어린얼굴이라 그만 두면서 "너, PX에 외상으로 물품 가져오면서 나 사인을 너 맘대로 해서 사용했지?"하는 것이다. "사인전표-詞人錢票는 고참병이 해주어 심부름만 하였습니다."라고 대답하여 얻어맞지 않았는데. 인사계 사인은 정사각형이여서 누구든지 모방하여 사용할 수 있었다. 그런데 사각형 안에 함정-陷穽이 있었다. 사각형을 그리고 마지막 겹치는 곳을 구멍이 뚫릴 정도로 꼭 찍어서 자기만의 표시를 한 것 인데……. 그것을 모르고 너도나도 도용해 쓴 것이다. 월급날 PX에 외상값을 계산하러 갔는데, 엄청난 금액의 외상 전표를 보고 누가 와서 사갔는가를 물어 심부름꾼인 나를 지목하고 혼 줄을 내주려 했는데, 당시 18세에 키도 158센티미터인 나를 때릴 수 없어한 말이다. 군에서 키가 약간 커서……. 아무리 미군 키가 크다 해서, 반비례하여 좆도 커서 그 길이가 내 키 길이만 할까마! 빗대어 한말이다. 얼마 전에 KBS 2TV "미녀들의 수다"란 프로에서 한 여성 출연자가 "키 작은 남성은 루저-loser=패배자"라고 발언해 논란이 빚었는데 "외모와 신체적 차이를 비하

또는 희화하거나 열등한 대상으로 묘사한 것은 인권침해 소지가 있다"며 방송통신심의위원회에서 해당 프로그램의 관계자에 대하여 중징계를 내렸다고 한다. 나 같이 키가 작은 자도 할일은 다하고 산다. 피카소는 155센티미터 키였지만 생에 9만 여장의 그림을 그려서 지금은 세계적인 명화가 되었고 95세까지 장수 하였으며 7명의 부인을 두고! 그 중 40대에 15세 연인을 두었다. 지금의 원조 교제라고 할까! 우리나라를 경제대국으로 갈수 있게 기초를 다져주었던 박정희 전 대통령도 내 키에서 손톱크기만 하게 크다. 만약에 박대통령이 살아있을 때였다면 루저라고 발언한 여성은 아마도 남산 중앙정보부 고문실에서 반죽음 당했을 것이다. 그 여성 죽어도 걱정이네! 박대통령을 저승에서도 높은 자리에 있을 텐데! 나는 나이도 어렸고 키도 적은 체격이었지만……. 국가를 위해한 행위로 "군경: 공상 국가유공자"가 되었다. 1968년 1월 21일 북한 김신조 특수부대원들이 박정희 대통령을 제거하려 서울 도심 복판까지 와서 우리군경에 발각되어 모두 사살되고 김신조만 생포되었다. 당시 우리군은 미군과 함께 월남에서 함께 싸우고 있어 어떻게 할 도리가 없자. 화가 난 박대통령은 "우리도 똑같은 부대를 만들어 김일성의 목을 잘라오라"는 명령에……. 내가 차출되어 인간이 얼마나 견딜 수 있을까? 할 정도의 특수교육을 받고 침투조·浸透組=殺人組 조장·組長으로 임명돼 두 번 북파 되어 적의 내무반과 초소에 테러를 가해 괴멸시키고 복귀 하였다. 2013년 7월 27일 KBS에서 정전 60주년 다큐멘터리 4부작 DMZ 특집프로 1편: 금지된 땅·2편: 끝나지 않은 전쟁·3편: 잊혀 진 사람들·4편: 두 얼굴의 생태계를 방영 했는데 27일 토요일에 방영한 1편 "금지된 땅"과 28일 일요일에 방영한 2편 "끝나지 않은 전쟁"내가 출연하였다. 1편은 휴전선에 고엽제를 뿌린 것에 대한 증언이고. 2편은 내가 북파공작원이 되어 두 번 북한에 침투하여 테러를 가한 증언이다. 김해시청 2층 소 회의실에서 녹화를 하려 입구에 들어서자. 담당 PD가 헐크자세를 취했다. 그러자. 녹화세트를 설치 중이던 일행 6명이 일손을 멈추고 웃음을 터트리는 것이다. 이유를 묻자 "북파공작원 중 제일 악질인 테러부대원의 팀장이라고 하여서 천하장사 씨름꾼의 체격인줄 알았는데……. 너무나 외소해서 웃었다"는 것이다. 2시간의 녹화를 하면서 PD는 "어리고 왜소한 몸으로 그 엄청난 교육을 어떻게 받고 인간 병기兵器가 되어 두 차례 임무를 성공적으로 완수 할 수 있었느냐?"는 질문에 "남편을 일찍 사별하시고 10남매를 키우는 어머니를 위해선 꼭 살아서 전역 후 어머니를 도와야 한다는 생각 때문에 견디어 낼 수 있었다."라고 했다. 북파공작원 상·하 권을 출간 후 서울 MBC 초대석에서 30분간을 방송 때 숭실대하교 문학박사 장원재 교수도 "길거리에서 만나면 그저 평범한 사람으로 보일 것인데! 인간이 얼마나 고통을 견딜 수 있는가? 한계의 훈련을 받았다는데 놀랐다."라고 했으며, 방송이 끝내고 밖으로 나오자. 담당 강동석 PD는 "훈련 내용을 들으니 온 몸에 소름이 돋았다."고 했다. 출간되어 지금까지 베스트셀러가 된 "북파공작원"책에 자세히 서술하였지만……. 사단 내에서 특별 차출된 80명이 훈련을 받아 38명이 교육 중 탈락하고 최종 42명만 정식 대원으로 활약 할 정도의 특수 훈련이다. 타 부대 특수부대원도 책을 읽은 후 "세상에 그렇게 지독한 훈련도 있었느냐?"할 정도의 문의 전화가 왔다. 방송 PD를 비롯한 각 신문사 기자들은 "어리고 외소한 몸으로 어떻게 그런 부대에 차출이 되었느냐?"는 질문에 교육을 받을 때 부하들이 자주한 농담을 들려주었다. "팀장님의 사격술은 사거리 안에 있는 빈대 성기도 고환을 건드리지 않고 명중시킬 수 있는 특급사수다."라고 농담을 했다. 부연 설명하자면 저격용 M-14에 장착된 조준경 사거리 안에 들어온 움직이는 목표물도 하느님이 아버지라도 살릴 수 없다는 뜻이다. 팀원대다수가 명사수들이다. 방송 PD 비롯하여 각 신문기자들에게 "휴전 후 휴전선에서 근무한 사람이 수백만 명이 될 것이고 북파공작원이 몇 천 명일 것인데! 서울서 찾으면 될 것을 많은 경비를 들여서 멀리 김해까지 수고스럽게 찾아오느냐?"는 질문에 "선생님이 휴전선에 고엽제를 뿌렸다고 최초 폭로 하여 중앙일보에 특종으로 보도되었으며 집필된 책으로 인하여 KBS 아침마당에 출연한 기록들로 인하여서이고!

길…….

북파공작원 중 첫 테러를 목적으로 창설된 부대의 팀장으로 두 번 북파
되어 무사히 임무를 수행하고 전역한 후 각 인터넷에 오픈 된 사람이여서
찾기가 쉽다'라고 했다. 형제 중에 체격이 제일 허약하게 태어난 나는 언제나
어머니의 아픈 가슴이었다. 각설하고……. 나도 뭔가 잘 안 풀리면 "에이
느거미 씨팔 개 좆도"란 말을 쓴다. 친구가 "개 좆도가 어느 도-島냐?"해서
나는 대마도 밑에 있는 도가 좆도다. 라고 다음과 같이 설명 해 주었다.
어느 시골에 청상과부가 살았는데 그 집에 젊은 수개가 있었다. 이 개가
날이면 날마다 사고를 쳤다. 허구 한 날 마을 공동 우물터에서 빠구리 짓을
하는 것이다. 물 길려온 동네 아낙네들은 상내 짓하는 장면을 보고 기겁을
하였고 더러는 놀라 옹기 물동이를 떨어뜨리기도 해서 비난의 언성이 전부
과부에게 갔다. 이렇게 말썽을 부리는 수개와 같이 사는 과부는 밤마다 타오르
는 정염情念을 불사르지 못해 뜬 눈으로 보내야 했다. 이러한 과부의 심정을
생각 해 보면 이해가 갈 것이다. 잊을 만하면 독도가 자기들 땅이란다. 그래서
개좆같은 놈들이 사는 섬나라 일본이 내가 생각하는 개좆같은 도-島다!!!

고향

봄이면 논두렁 밭두렁에 솟아오른 삘기를 까먹었고
버들강아지 솜털 벗는 날 실개천에서 가재를 잡으며
할미꽃 핀 동네 옆 동산 묏자리에서 해거름까지 놀았지

여름이면 동네 앞 저수지에서 코흘리개 고치 친구들과
홀러덩 옷 벗어 던지고 멱 감고 놀았지
제비가 되어 강남으로 날아갈 거냐?
두더지가 되어서 땅속으로 들어갈 거냐?
이놈들 게 섯거라 쫓아오며 소리치는
욕쟁이 할부지 참외밭도 서리하여 먹었지

콩깍지 익어가는 늦은 가을날

누룽이 황소 타고 꼴망태 등에 지고 소먹이다가

상수리 도토리 주어다 구슬치기도 하고

산골짝 구석지에서 콩 타작하며 알밤도 구워 먹었지

동지섣달 기나긴 밤 봉창 문풍지가 삭풍에 울 때

친구 놈 사랑방에서 호롱불 밝혀두고

이뿐이 금순이 고 가시네 들과 손목 맞기 민화투놀이

동트는 새벽녘까지 밤샘하고 놀았지

이제 나이 들어 느즈막에 찾은 고향땅

당산 괴목 아래 돌 위에 앉아 옛 생각을 해보니

늙어버린 고향땅은 옛 그대로 이건만

다랭지 논두렁을 두 불알이 요령소리 나도록

진종일 뛰고 놀던 유년시절 고추 친구 하나 없고

머릿속 기억이 빛바랜 흙 백 사진처럼

흘러 가버린 세월 속으로 나를 데려 간다

※ 흙백사진 - 오래되어 황토색으로 변한사진

　이 시는 내가 쓴 소설 『늙어가는 고향』 첫 머리에 실려 있다. 고향 사계절을
담은 글인데, 이글에도 욕설과 성기에 대한 명칭이 몇 군데 들어 있다. 그렇지만
독자는 혐오스럽게 느껴지진 않을 것이다. 농촌출신 나의 나이 정도라면
어린 시절 누구나 겪었을 법한 일들이기 때문이다. 이 책은 설날 귀향길인,
2002년 2월 13일 KBS제일라디오에서 수원대학교 철학과 이주향교수가 진행하
는 책 마을 산책에서 30분간 특집으로 방송했다. 명절날 고향을 생각하고
부모님을 그리워하는 국내 출판된 책 중 내용이 잘 묘사된 책으로 선정되어
이문열 소설가와 김용택 시인 책들은 내용만 5분간 방송했고 나의 책 내용은

내가 서울로 올라가서 30분간 직접특집으로 방송을 했다. 이 시는 진행자의 작가의 약력 설명이 끝나고 성우가 낭송한 후 방송이 진행되었으며……, 미국샌프란시스코 한인 방송에서 1시간동안 진행하는 방송에서 낭독 방송을 했고. 1시간짜리 국군의 방송 김이연 소설가가 진행하는 "문화가 산책"에서 내가 직접 낭송도 하였다. 시의 문구가 들어간 큰 문짝크기의 액자로 만들어져 경남문학관 2층 입구 오른쪽 벽에 한 동안 걸려있었다. 호남 지방에선 "이놈들" "가시네"등은 욕설이며 특히 "가시네"라는 말은 여자애들이 제일 듣기 싫어하는 말이다. 불알이나 고추는 남성 심벌인 성기를 지칭 하는 말이니 시에 부적합 말일 수도 있다. 우리나라 각 지역마다 옛 선인부터 삶의 보편적 가치가 내재된 민중의 노래를 지어서 널리 불리어져 왔다. 그러한 노래에도 부적절한 노랫말이 있다. 그 유명한 민요 "진도아리랑"인데…….

저 건너 저가시나 앞가슴을 보아라
연줄 없는 호박이 두통이나 열렸네…….
씨엄씨 줄라고 명태 국을 끓였는데
아이구나 어쩔거나 빗자루 몽댕이를 끓였네…….

노동요이지만 혜약-慧樂이 넘치는 노래다. 위와 같이 우리가 접하는 문화에는 장르를 구별치 않고 농후한 문맥과 음담패설이 들어 있다. 가슴에서 울어나는 글을 쓸 때 독자가 공감을 한다는 것이다. 물론 시란 세상의 거친 언어를 융화-融和 시키고 응축-凝縮시켜서 아름다운 말을 만든 것이 시라고 한다. 그래서 詩-시 글자를 파자破字를 하면 말씀 언-言과 절 사-寺다. 이 두 글자를 합하면 言+寺=詩 의 글자가 되는 것이다. "절에서 하는 말이니 고운 말이다"란 뜻도 된다. 그래서 좋은 말만 쓰다 보니 한계가 있는 것이다. 도저히 알 수가 없는 억지 글을 써서 글을 쓰는 나도 이해를 못한다. 대학교수로 정년퇴임한 강희근 시인이 어느 시인의 출판 기념회에서 "52만의 대도시 김해시를 한 바퀴 돌면서 생각해도 이해를 못 하는 시가 있다."하였다. 그러한 시집을 기획출판해주는 출판사는 대한민국엔 없다. 2011년 2월에 기획출간 한 "지독한 그리움이다"시집은 이 글을 쓰고 있는 2014년 5월 27일 현재도 출판사에서 광고를 하고 있다. 서울신문 2014년 1월의 신문광고일자다. (1월 1일 6면) · (4일 4면) · (9일 23면) · (11일 17면) · (15일 9면) · (18일 20면) · (23일 22면) · (25일 8면) · (28일 8면)에 가로 17센티 세로 20센티의 크기 광고를 칼라와 흑백으로 3년을 넘게 월 6~9회를 출판사에서 하고 있는 것이다. 서울 신문은 하루 18만부를 발행한다. 저자인 내가 생각해도 광고비가 상상이 안 간다. 이 책은 출간 3개월 만에 국립중앙도서관과 김해도서관에 보존서고에 들어갔다. 극히 드문 일이라는 도서관 관계자의 말이다. 우리나라 출판사상 이렇게 오랜 기간 동안 광고를 하는 것은 처음이라 했다. 그간 7년간 우리나라에서 출간된 시집에서는 베스트셀러가 없었는데……. 이 시집이 베스트셀러가 됐다고 연락이 왔다. 그러나 통영문학상에 응모하였지만 떨어졌다. 독자와 공감하는 글을 쓰면 기획 출간이 이루어진다. 지금의 젊은 시인들은 어려운 글을 나열 해 출간이 어렵다고 했다. 출판 관계자의 말에 따르면 국내 시인 중 기획 출간을 하는 사람은 극소수에 불과하고 대다수는 자비로 몇 백만원씩 주고 출판을 하여 무료로 나누워 주고 있는 실정이라 했다. 마케팅을 하고 출간하려면 5000권을 팔아야 손익 분기점에 이르니 출판사로서는 기획 출판을 하기가 어렵다고 했다. 국무총리실 복권 기금에서 지원해주어서 대형 출판사에서 출간을 해주는 돈 없는 중견시인들의 시집도 1~2백부 나가면 다행이라는 것이다. 전국도서관에 무료기증으로 소진 한다고 출판 유통회사 직원의 말이다. 그러니 독자가 읽기 쉽게 글을 집필 하라는 것이다. 이 시대 독자들은 어렵게 쓰면 읽지를 않는다고 한다. 어려운 한문자가 들어간 시나 은유적으로 쓴 글은 이해를 못하니 읽다가 던져버린다고 했다. 단 몇 초면 지구 반대편 소식을 접 할 수 있는 세상에 느긋하게 옥편을 뒤지거나 국어사전을 봐가며 책을 읽는 독자는 없다는 것이다. 독자가 없는 책은 책이 아니라는

길…….

뜻도 된다. 초등학생 일기도 돈만 주면 책으로 만들어 출판을 해주는데 그러한 책을 책이라 할 수 있느냐? 팔리는 책을 쓰라고 했다. 달리 말하자면 독자가 없는 책은 쓸 필요가 없다는 것이기도 하다. 비단 시 뿐만 아니라 모든 장르의 책도 마찬가지 이지만! 한마디로 말해 작가가 떠올린 시상-詩想그대로 쓰라는 뜻이기도 하다. 현대의 어려운 시란 억지로 고운 말을 만들려고 짧게은유법隱喻法 쓰려다보니 역주-易註를 달지 않고 한문자를 한글 원문 그대로 쓴 경우를 말한다. 즉 뜻글자 한문을 소리글로 바꿔주지 않기 때문이다. 지금시대의 청소년들이나 한문자를 모르는 독자는 주석을 달지 않으면 무슨 뜻인지 모른다.

시詩사랑문화인협의회가 서울 고려대 인촌기념관에서 "현대시와 소통"세미나를 열었다. "시는 어렵다"는 편견을 깨고 독자와 소통-疏通→뜻이 서로 통하여 오해가 없음.범위를 넓히는 방법을 고민하는 자리였다. 세미나 발제문을 보면 2000년대 들어 문단에 등장한 뒤 성장한 '미래파'시인에 대한 비판이 강하게 담겨 있다. 미레파가 노래한 난해한 시들이 독자와의 소통을 방해했고 결국 시의 위기가 심화됐다는 지적이다. 예술원 회원인 성찬경 시인은 난해한 시에 대해 "여기에는 문학의 문제뿐만 아니라 인간의 심리 문제, 즉 허영의 문제가 끼어들었다"고 지적했다. 즉, 시인은 무슨 뜻인지 아는데 남독자讀者이 모른다면 시인이 우월감을 느낄 수 있다는 심리가 어려운 시에 깔려 있다는 것이다. 그는 "까다로운 어휘를 선택함으로써 뜻을 조금 불투명하게 만드는 작업 자체는 하나도 어려운 일이 아니다"라며 "같은 값이면 어려운 표현보다 간명하고 쉬운 편이 좋다"고 강조했다. 고려대 교수인 최동호 시인의 비판은 더 직접적이다. 미래파인 여정 시인이 올 초 낸 시집 '벌레 11호'에 대해 "인간을 치유하는 것이 아니라 인간을 더 깊은 중독의 세계로 끌고 들어가는 '종양의 언어'라며 "사물화 된 인간의 고통을 부패시키고 악성 종양을 유포하는 데 그의 시는 기여한다"고 비판했다. 그는 조연호 시인이 지난해 출간한

'농경시'에 대해선 "들끓는 감정의 산만한 전개는 있지만 그것이 시적 문맥에서 견고한 구조적 조직을 보여주지 않는다. 전체적으로 혼란스러운 감정의 토사물들이 얼크러져 공존하고 있다"고 일갈했다. 이 같은 서정주의 시인들의 비판에 대해 미래파 시인들은 정면반박했다. 여정 시인은 "트로트와 헤비메탈 중 '어떤 게 노래냐'며 논쟁하는 것과 비슷하다"면서 "따뜻한 감정을 가진 시인들은 소통의 시를 쓰면 되고 사회분열적인 예민한 시인들은 다른 시를 쓰면 되는 것 아니냐'라고 말했다. 소통에 대해서는 "소통을 원한다면 산문을 쓰면 된다. 개인적으로 시는 타인과 소통하기 위한 장르가 아니라고 생각한다"고 반박했다. 조연호 시인은 "기존 시가 가진 가치들이 손상되는 것에 두려움을 갖고 있는 분들이 계신 것 같다"며 "제 시가 어렵다는 것에 반감은 없다 결국 취향의 문제"라고 말했다. 그는 " '소통을 부정한다'는 일부 비판엔 공감하기 어렵다. 결국 책을 낸다는 것 자체가 소통 행위다. 다만 좀 다른 종류의 대중을 독자로 상정하고 있는 것"이라고 강조했다. 출판 시장에서는 요즘 베스트셀러 시집을 찾기 어렵다는 황인찬 기자의 취재내용인……. 동아일보 2011년 6월 17일 판 A. 21면에 실린 "詩는 쉬워야"한다. "독자의 취향의 문제"란 토론기사. 한국시는 1970년대 이후 현실주의자와 자유주의로 크게 나뉘었다. 민중시를 표방한 현실주의 시인들은 전통 서정과 이야기 시-詩 형식에 크게 기대 대중성을 확보했다. 자유주의 시인들은 현실을 비판하면서도 문학의 자율성을 추구해 언어와 형식을 실험했지만 난해시-難解詩라는 소리는 듣지 않았다. 그러나 2000년대에 등단한 시인들은 시단-詩壇에서도 "이해하기 어렵다"는 전위시-前衛詩를 대거 들고 나왔다. 그래서 반복시가 등장을 했다. 노랫말처럼……. 취향-趣向문제 맞는 말이다. 선배의 이야기다. 큰 딸이 아버지의 생일날이라고 김해시 문화의 전당에서 소프라노 조수미가 공연을 하는데, 장당 8만원씩 하는 입장권 두 장을 구입하여 "어머니와 같이 보시라"면서 선물을 하드란 것이다. "돈이 아깝더라. 워~워~워하는 노래를 세 번인가 네 번인가 나와서 하는데 가사를 하나도 알아들을 수 없더라."는 것이다.

김해 문화의 전당은 서울아래서는 음향시설이 제일 잘 된 곳이라 한다. 대중가요에 길들여져 있는 그 나이에 그런 공연은 시간만 지루했을 것이고! 16만원의 돈이 아까울 것이다. 나 역시 장당 10만원씩 하는 공연티켓이 곧잘 들어온다. 대중가요가 아니면 관람을 하지 않는다. 입장권은 결국 쓰레기통에 들어간다. 책도 독자의 취향에 맞지 않은 시집은 출간 후 대다수가 파지장破紙場으로 가는 것이다. 그러 한데도 미래파 시인들의 주장인 책을 내는 게 소통疏通이라는데……. 자기들만 알지 독자는 전혀 모르는 글을 써서 소통을 하기위해 그 많은 돈을 들여 출간을 하여 "나도 문인이요"광고를 하는 것이 작금의 질 낮은 문인들의 모습이다.

예술원 회원이고 시인이신 오세영 원로시인은……. "요즘 젊은 시인들이 내놓는 시는 이해하기 힘들다는 독자들이 많다"고 하였으며 신경림 선생 등 원로 시인들은 "이해 안 되는 시는 시가 아니다"라고 말씀하셨다.

이른바 난해 시는 문명사적으로 이해할 부분이 있다. 그 원인은 기독교 문명의 탄생, 르네상스 휴머니즘, 19세기의 사상가 니체, 다윈, 마르크스, 프로이트의 무신론, 20세기의 과학맹신주의 반성 등 서구 문명사 흐름을 보면 알 수 있다. 서구 사회가 처해 있는 중요한 문명사적 상황이라고 하는 것은 허무적인 것이다. 이 세상이 과학적이라고 생각했는데 전부 엉터리라는 것이다. 일종의 허무주의, 무의미, 이 세상은 우연밖에 없는 것이라는 자포자기의 세계관에 빠지게 되면서 그것을 예술작품으로 반영하고자 하는 것이 소위 포스트 모던한 것이다. 그래서 우리 시단의 난해한 시를 쓰는 사람들이 포스트모던의 시, 아방가르드의 시를 쓰고 있는 것이다. 그런데 위에서 지적한 것처럼 소통이 안 된다는데 문제다. 어려운 글들이 나열해 있어 책을 사가지 않아 출판이 어렵다. 그러니 기획 출간이 안 되어 300~1000만원의 자기 돈으로 출간하여 "내가 유명 문인이다"식으로 이곳저곳에 공짜로 책을 나누어 주는 것을 보면 한심하다! 조금 이름 있는 시인들 다수는 정부복권기금이나 문화관광부지원 자금으로 출간.에서 보조해 주는 돈으로 대형 출판사에서 출판해

주고 있다. 시집은 대다수가 자비 출간이다. 나는 그동안 여러 곳에서 출판을 했는데 출판사 측에서는 팔리는 책을 집필 해 달라고 했다. 잘 팔리지 않을 책을 무엇 하려 그 고통을 감내하며 집필 자비출간 하여 사장 시키는지 모르겠다는 것이다. 소설을 제외한 모든 책……. 시조·시·동시·수필·자서전 등은 98%가 자비출판이라고 한다. 이러한 책들은 서점 가판대에 2%도 진열이 안 된다는 것이다. 소설과 동화책은 그런대로 팔린다고 한다. 작품성이 없는 책은 출간되어 서점 가판대에 올려보지도 못하고 파지 장으로 가는 것이 절반이며 1주일을 못 견디고 재고 처리되는 것이 50%라고 한다. 1주일이 되어도 한권도 안 팔린다는 것이다.

「수필 쓰는 성모 씨가 인터넷상의 공간에 이런 게시물을 올린 적이 있다. 책을 내어서 보내 주었는데 감사 인사로 답을 해 오지 않은 이들에 대하여 못마땅한 마음이 든다는 요지의 글이다. 독자들은 대체로 기증되어 온 책은 잘 읽지 않은 경향이 있다. 지난날 책이 아주 귀하던 시절에는 책 한 권 기증 받으면 참으로 기뻤다. 그리고 고마운 마음이 들었다. 거듭해서 읽고 난 다음 소중히 보관했다. 지금은 책의 홍수 시대다. 너도 나도 돈만 있으면 책 찍어내는 일을 주저하지 않는다. 어느 수필가 2000부를 발행하여 그 가운데 자그마치 1800부를 주위에 돌렸다는 이야기까지 들은 적이 있다. 물론 정말 좋은 책을, 정말 순수한 마음으로, 꼭 필요로 하는 곳에다 기증하는 것을 두고 하는 이야기가 아니다. 그러나 자신의 알토란같은 돈으로 발간한 책을 무엇 때문에 기증하는지에 대한 진지한 물음을 던져볼 때가 된 것 같다. 그가 진정으로 받는 분을 존경하는 마음에서 보낸 것인가, 아니면 기왕에 책을 낸 이상 어디엔가 소진을 해야 하니 울며 겨자 먹기로 그리 할 수밖에 없었는가. 그것도 아니라면 자기 자신을 세상에 알리기 위한 방편인가. 굳이 아까운 돈을 들여서 찍은 책 보내어 은근히 감사 인사나 종용할 일이 아니라, 좋은 글을 안 사고 못 배기게 만들 수는 없었을까. 그것이 안쓰러울 따름이다.」

　위의 글은 2014년 2월 7일 동아일보 A. 28면에 실린 곽홍렬 도서출판:
북랜드 편집주간의 글이다. 이분은 출판사 간부직인데도 완성도 낮은 글을
출간하여 내돌리는 멍청한 짓을 꼬집는 글을 중앙 유력지에 올렸다. 출판사로
선 저급 책이라도 많이 출간해야 하는 입장이지 않는가! 내가 속해 있는
단체회원들의 수필집들이 출간되지만 모두가 그런 꼴이다. 지금이야 수필을,
워낙 패거리가 많아서 문학이라고 우기니까. 이해를 해주고 있다고 한다.
그러나 소설을 집필하는 단체는 아직도 수필은……. 문학작가은 새로운 순수
창작-創作이어야 한다. 수필은 문교부의 혜택을 받은 사람이라면 누구 듣지
쓸 수 있다. 초등학교에 들어가면 꼭 쓰는 게 일기다. 일기를 문형과 문체를
잘 다듬어 조금 길게 쓰면 생활 수필이 되는 것이다. 이런 글을 써서 "나는
유명 문인인데"라고 어줍지 않은 글을 수 백 만 원에서 수천만 원의 돈을
주고서 책을 내는 것을 잘 알고 있다. 물론 간혹 완성도 높은 작품집도 있다.
그러나 대다수가 신변잡기의 글이어서 그렇고 그렇다!

　자비출판이란……. 출판사에서는 저자가 돈을 주니까 이익이 있어 출판을
해 주는 것이다. 그러한 자비로 출간된 책들이 문학상을 받아 문단이 발칵
뒤집어지기도 했다. 선거철만 쏟아져 나오는 검증 안 된 자서전과 유치원생
그림일기도 돈을 주면 출판해준다. 그런류의 책을 책이라 할 수 있겠는가!
또한 어느 문인은 자신의 책에 "글은 취미로 쓰면 된다"는 글을 상재하여
출간을 했다. 그러한 글을 써서 자비 출간을 하여 "내가 유명문인입니다"하는
뜻으로 이곳저곳에 책을 내 돌리 것을 보고 기가 막혔다. 그러한 짓은 동인들의
모임에 있는 문인들이 하는 짓일 것이다! 이러한 몰상식한 말은 문인들의
자존심을 건드리는 짓이다. 글을 쓰기 위해 몇 년을……. 또는 신춘문예에
몇 백대 일로 당선되어 등단한 문인들의 마음을 헤아리지 않고 내뱉는 사람을

어찌 이 땅의 문인이라 할 수 있는가? 문학인은 자존감을 갖고 글을 써야한다. 독자가 온밤을 꼬박 새워가며 읽도록 우리 작가들은 완성도 높은 작품을 써야할 의무가 있는 것이다. 그것이 곧 작가의 양심이다. 그래야만 세월이 흐른 뒤 이 나라의 문학사 흐름에 당당히 편입編入될 수 있을 것이다. 문인들의 글은 어느 시대이든 그 시대의 증언록이기 때문이다. 작가란 덫을 놓고 무한정 기다리는 사냥꾼이나 농부가 전답에 씨앗을 뿌려놓고 발아가 잘될지 안 될지 기다리는 신세다. 독자의 판단을 기다림을 말하는 것이다. 출판사에서 기획 출판을 해 주는 것은 그런대로 팔려 이익이 있기 때문이다. 아무리 유명한 평론가나 비평가가 완성도 높은 책이라고 책 평을 하고 추천사推薦詞=보증서를 써주거나……. 또는 각종 문화예술 단체에서 지원금을 받거나 한국문화예술위원회에서 창작지원금을 받아 출간한 책이라도 기획출판을 안 해 주는 것은 출판사 대표가 평론가나 비평가보다 훨씬 위라는 것이다. 서울 대형출판사에서 출간한 시집은 대다수가 어려운 시인들을 위해 국무총리복권위원회의 복권기금을 지원받아 발간한 책으로 무료로 각 기관단체에 배급하고 있다. 어리바리한 문인들 일부는 중앙의 대형출판사에서 출간한 책이기에 완성도 높은 책으로 착각하고 있다. 나는 수 십 군데의 문학 세미나에 참석하여 비평이나 평론가의 강의를 들었다. 그렇게 평론과 비평을 잘한 사람이 자기가 글을 잘 써서 돈을 왕창 벌면 될 것인데……. 그들이 집필하여 출간한 책의 글을 보면 그렇고 그렇다! 또한 등단 처와 등단 지를 보면 구역질이 나올 정도의 저급이다. 동인들의 모임일진데……. 분기마다 조잡한 글들을 모아 책을 발간하여 등단시키면서 패거리를 불려 문학단체 간부직을 차지하고 지역 문학상 심사위원이 되어 자기패거리에게 수상시켜 비난을 받기도 한다. 지역에서 발간한 저급문예지는 수없이 많다. 애매모호한 글을 등단시켜 문학인 전체의 얼굴에 통칠하는 짓을 저지르고 있다. 그래서 무려 10~20여년을 문단 생활을 하면서 자신 장르 책을 단 한권도 집필을 못하면서 문인입네 하고 호기를 부리고 어줍지 않은 실력으로 지역에서 문학교실을 열어 강의를

길…….

408

하는 것을 보면 것을 보면 기도 안찬다. 이러한 사람이 많으니 꼭 자기들끼리 패거리를 만든다. 어쩌다 책을 발간하게 되면 같은 장르의 문인에게 평론을 맡겨 책의 가벼치를 떨어뜨린다. 그렇게 평론을 잘하면 자기 작품이나 완성도 높게 집필하지. 뻰! 하지 않는가. 각설하고……. 출판사 대표는 사업가다. 책을 출판하여 잘 팔려야만 이익을 볼 수 있다. 자기가 망할 일을 절대로 안 한다는 것이다. 그러니까 많이 팔린다는 것은 어떤 면으로든 좋은 일이고! 그것이 작가의 역량-力量을 얘기하는 것이며 작품의 완성도가 매우 높다는 뜻이다. 판매 부수와 작품의 평가가 별개-別個일 수는 있다. 상업성-商業成과 통속성-通俗聲은 경계해야 되겠지만……. 어느 누가 뭐래도 작가는 대중성-大衆性은 존중-尊重을 해야 될 것이다. 어떻든 잘 안 팔린다는 것이 어떤 명분으로든 장점이 될 수는 없으며 작품성이라든지 예술성-藝術性 때문에 대중성을 확보할 수 없다는 논라-論理는 세울 수가 없다. 혹시 순수작가와 대중작가라는 구분이 허용된다면 순수작가는 대중작가의 독자사회학-讀者社會學을 필히 탐구-探求해야 하며……. 자신의 작품이 팔리지 않는 것이 순수성이나 작품성 때문이라는 어리석은 착각은 떨쳐버려야 한다. 시를 쓰는 시인들은 쉽게 이해를 하겠지만! 그들만의 책이 되어서는 안 됨을 이야기한 것이다. 작가는 오로지 독자에 의해 존재한다. 이러한 것은 한글세대에 맞춰 쓰면 많이 해소 될 일이다.

"시러비 할 여자" "씨부랄 놈"이란 문맥이 그렇게 부적절한 문구인가? 편집진에 묻고 싶다. 국어 국문과를 나왔다는 편집장은 작문법에 대하여 나 보다 더 잘 알고 있을 것이고! 책도 많이 읽었을 텐데…….

윤색-潤色자료: 소설가 김지연의 경남문학관 화요문학 강의원고.
한시: 황원갑 소설가 역주 일부를 사용하면서 윤색을 했음

컴퓨터를 끄면서

　이 책은 김해문인협회에서 매년 회원들의 한 해 동안의 작품 활동하면서 쓴 좋은 글을 모아 책을 만드는데……. 그 책에 아리랑에 대한 중요부분을 추려 상재하려 했으나 부적합하다고 하여 상재를 못하였다. 이유는 십대사료 멸실이 표절이고……. 대화체가 없기 때문에 소설이 아니라는 것이다. 십대사료 멸실의 내용은 2004년에 출간한 "아리랑 시원지를 찾아서"26페이지에, 2005년에 출간한 장편 역사소설 "임나가야"61페이지에 실었다. 두 권 다 베스트셀러가 된 책이다. 책 뒷면에 인용한 참고자료를 상재 했다.

　그러한 것도 모르면서 시시비비하는 책 편집 책임자의 전화상 협박성 발언에 기도 안찬 것이다. 자기는 대학 국어국문과를 나왔다며 소설이 아니라는 것이다. 묻고 싶었다. 홍길동지은 허균이 국어 국문과를 나오고 400여 년 전 동의보감을 지은 허준이 한방의대와 국어국문과를 나왔으며 김홍도가 미술대학을 나왔느냐?는 것이다. 인터넷에서 표절한 것 같으니 이 사실을 상재하여 면피를 주겠다는 말에 화도 나고 어이가 없었다. 앞서 말했듯 2권의 책에 인용자료 상재를 했다. 그 잘난 대학 국어국문과를 나온 사람이 20여 년 간 문인생활을 하면서 꼴랑 시집한권 출간했느냐? 묻고 싶다. 책을 집필할 2004년 당시엔 나는 컴퓨터를 하지 못 할 때다. 2009년에 배웠는데도 이메일을 보낼 줄 몰라 부산에 살고 있는 아들이 와서 해주는 실정인데, 인터넷에 다운 받아서 사용했지 않았느냐?고 막무가내로 몰아세우는데……. 그래서 다른 작품을 주었는데, 무려 8곳이 작가의 의도대로 편집이 되지 않아 독자가 읽을 때 무슨 이야기인지 모르게 활자화 되어 버린 것이다. 그간에 책을

20권을 출간했지만, 출판사 편집부 교정담당자가 원고내용을 바꾸거나 삭제하는 일은 단 한 번도 없었다. 더욱 어이가 없는 것은 그런 말을 한 편집장이 나보다 몇 년 앞서 등단을 하여 선배 회원이 되었지만……. 꼴랑 시집 한권을 출간한 사람이 그러한 행패를 부린 것이다. 4명의 편집 위원 중 2명이 시집 한권을 냈고 2명은 책도 내지 못한 회원이다. 이러한 내용을 알고 있는 선배 문인이 "초등학생이 대학교수의 글을 폄하貶下하는 행위를 했으니 참아라"는 것이다. 나는 그간에 월간지와 주간지에 편집 위원을 수년간 했다. 기자증이 발급되는 출판사에서…….

아리랑은 2013년 4월 25일에 출간 되었다. 그간에 출간 된 책은 저자 보관용으로 출판사에서 보통 20~30권을 주는데, 이번에는 10권을 주고 인세를 12%를 주겠다고 하였다. 국내 최고의 작가들도 8~10%로 이상을 주지 않는데……. 필요하면 책값 70%로를 주고 사가라는 것이다. 해서 지부장과 고문에게 한권을 주었다. 5월 회원들의 모임에서 난리가 났다. 아리랑 397~398페이지 상재한 글을 트집 잡아 집행부의 반격이다. 나는 편집장과 나와의 일인데! 술 취한 똥개 꼬리에 불붙은 것처럼 난리 벅구석을 떠는데……. 도저히 이해를 못했다. 다행히 여성회원 한분이 "네 사람이 한 사람을 공격해서 되느냐?"라는 핀잔에 정리가 되었고 나는 그 자리에서 "불편케 했다면 미안하다"고 편집장에게 사과를 했다.

아리랑이 책이 나오기 전인 2012년 10월 19일 다음 카페에 편집장이 올린 글이다.

『김해문학원고-소설 강평원(1)hwp
편집위원에서 결정을 해야겠지만 선생님들의 고견을 여쭙니다.
강평원 회원의 글인데 소설이라고 하십니다.

아무리 봐도 소설적 구조가 아니어서 실기가 저어됩니다.

어찌 해야 되겠는지요. 알려주시면 감사하겠습니다.』

소설이 아니라는 글과 내가 보냈던 원고를 올려두었다. 이 글을 보고 7개월이 지난 후인 2013년 4월에 출간 된 아리랑 장편소설에 상재한 했던 것이다. 자기들이 먼저 면피를 준 것이다. 5월 모임이 끝나고 몇 날 후 회장이 전화를 걸어 왔다. "선생님과 문협에서 오랜 활동을 하고 싶다!"는 말이……. 재명을 시키자는 임원들의 의견! 인듯……. 또 몇 날 후 고문께서 점심을 같이 하자는 연락이 와서 다방 겸 음식점에서 만났는데 "김해문인협회 위상에 흠집이 나서 제명을 하겠다는 집행부의 의견이니 문서상 편집장에게 사과의 글을 쓰면 좋게 넘어갈 것 같으니 그렇게 하는 게 좋을 것 같다"라고 했다. 회장이 그런 뜻으로! 하는 말은 듣고 변호사 사무실에 가서 일련의 일들을 말하고 내가 재명에 해당되느냐?고 물었더니 "사실대로 말을 한 사건을 그대로 상재를 하였고 그들이 먼저 인터넷에 당신이 제출한 글이 소설이아니라는 폄하의 글을 상재하여 그 답으로 상재한 것이고……. 이 문제는 편집장 당사자와 당신과의 일인데 집행부가 관섭할 일이 아니다."란 말을 들었다고 하자. "좋은 게 좋은 것 아니냐?"라며 사과문 쓰기를 권하여 "선생님이 나의입장이 되어보세요? 선생님께서 수필집을 세권을 냈는데 수필이 아니고 조잡한 글이라고 하면은 기분이 어떻겠습니까?"라는 질문에 대답을 못하고 웃었다. 나는 이유를 몰랐다. 전 회원이 있는데서 미안하다고 사과는 했는데! 사실은 자기가 먼저 인터넷에 올렸으니 내가 사과를 받을 입장인데……. 협회 원로이시고 고문이여서 권고를 받아드리기로 하여 아래의 사과 글을 써서 보냈다.

붕괴되고 있는 도덕사회

내가 문단에 나오기 전엔 중소기업을 운영하고 있었다. 그러던 중 승용차 급발진 사고가 나서 오른쪽 발을 크게 다쳐 병원에 입원을 하였다. 깁스를 한 탓에 회사에 출근도 못하여……. "애기하사 꼬마하사 병영일기-上.下"라는 군 생활 이야기를 병상에서 집필하게 되었다. 600여 페이지를 편지지에 40여일 만에 쓴 것이다. 컴퓨터를 못하여 부산에 있는 "끌라모"상호를 가진 디자인을 하는 곳에 권당 300만원을 주고 작업을 하게 하였다. 출간에 대해서 상의를 하던 중 동아일보에 원고를 모집한다는 광고를 보고 원고를 출력하여 송부하였는데 2일 만에 도서출판 "성경"에서 사장이 직접전화로 계약을 하려 김해로 내려오겠다는 연락이 와서 김해공항 커피숍에서 계약을 하게 된 것이다. 출판에 관한 계약사항을 전혀 모르기에……. 계약금 300만원을 받고 초판 1쇄에 6% 2쇄에 7%로 쇄 당 1%씩 올려 10%까지만 인세를 주겠다는 계약기간을 5년으로 하자는 출판사의 계약서에 서명을 하였다. 책이 출간 후 발간소식이 동아일보에 보도가 되자. KBS 아침마당과 라디오에 출연하였고 기독교 방송과 교통방송을 비롯하여 지방신문에 보도가 이어졌다. 책속에 상재된 휴전선 고엽제를 뿌린 사건이 상재되어 있는 내용을 1999년 11월 19일에 중앙일보 사회면에 A.4 크기보다도 더 큰 지면에 특종보도가 나자……. YTN과 MBC TV를 비롯한 각 신문사 기자들이 17명이 집으로 찾아와서 취재를 해 갔다. 2000년 월간중앙 1월호에 무려 8페이지분량 특집으로 상재되었다. 월남에 고엽제를 뿌린 사실은 알고 있지만 휴전선에 고엽제를 뿌렸다는 최초의 폭로였기 때문이다. 미국국방부 대변인과 우리나라 국방부 대변인이 휴전선엔 뿌린 사실이 없다고 언론에서 발표를 하여 책 하권 184페이지에 고엽제를 왜 뿌리게 되었는지를 자세하게 설명된 면을 표시하여 보냈는데 3일 만에 뿌렸다고 번복을 하였다. 전라북도에 있는 육군 부사관 학교에서 "명사의 초대석"이란 제목의 강의를 해 달라고 연락이 와서 가게 되었다. 학교에

도착하자. 교장이 기다리고 있었는데 계급이 장군-준장이었다. "급한 업무가 있었는데 나를 보기위해 미루었다"고 했다. 600여명의 후보생과 간부들이 모인가운데 2시간동안 대강당에서 강의를 마치고 돌아오는 길에 학교 정문까지 나와 배웅을 해주었다. 돌아오는 길에 광주광역시에 있는 광주일보에 들려 문화부 기자들과 책에 관한 이야기를 끝내고 나오려 하자. 기자 두분이 엘리베이터를 타는 곳까지 나와서 문을 열어주며 "먼 길 조심해서 잘 가세요"라고 인사를 했다. 예향의 고장다웠다. 왜 이런 이야기를 하느냐하면 김해지역에 있는 두 곳의 모 언론사에 들렸더니 이야기를 끝내고 나오면 자리에서 일어나지도 않는 것이다. 누구네 집개가 왔다 가는가. 란 듯이……. 내 나이 환갑이 지났다. 또한 우리 회원도 주지 않는 책을 주어도 단 한 줄의 기사도 안 내는 것이다. 참으로 버르장머리가 없다는 것이다. 소설가협회 회원들 가운데 신문사 기자출신이 제법 많다. 2001년에 출간한 "쌍어속의 가야사"책을 경남도청에 상주한 동아일보 강정훈 기자에게 1권을 주고서 이런 저런 이야기를 나누고 기자실을 나오는데 급히 복도를 따라 나오면서 불렀다. 그가 봉투를 내밀었다. "무어냐"고 물었더니 "책값이다"라고 하여 한사코 사냥을 했지만 "책은 공짜로 받는 것이 아니다"라고 한 뒤 급히 돌아서 기자실로 가버렸다. 봉투를 열어보니 2만 원이었다. 책값은 1만 7천원으로 당시엔 비싼 책이었다. 중앙지 기자와 지방지기자들의 수준차를 그때 알았다. 한마디로 말해서 대도시라고 하는 김해시의 모 신문사들이 기자들은 그렇고 그렇다는 것이다. 수억의 돈을 들여 신문에 책 광고를 냈던 출판사들이 김해지역신문에 광고를 내겠다고 하였지만 못하게 하였다. 부산일보에 하였고 모두 중앙지에 광고를 싫게 했다. 그간에 나온 책들 다수가 출간되기 전 후 신문에 보도가 되었다. 지금도 도-道 단의 위상의 중앙언론사 기자들을 만나면 "지금 집필하는 책이 있는가"를 묻는다. 그래서 특종 보도를 하는 것이다. 그러나 김해시에 있는 모 언론사 기자들은 예의범절-道德性=도덕성이 결여되어 있다는 것이다. 모 주간지 신문사는 왜곡된 기사 실었기에 지적을 하였더니 담당기자는 "추석이 며칠 안 남았으니 추석 지나고 찾아뵙겠다"고 약속을 하여놓고 몇 개월이 지났지만 소식이 없다. 예의를 모르는 그런 자가 속해 있는 신문사는 뺀……. 하지 않는가! 마산에 있는 경남 도민일보는 그간에 출간된 책 모두를 출간 전이나 출간 후 크게 보도를 하였다. "아리랑 시원지를 찾아서"장편 역사소설을 집필 중 도민일보 기자가 알고 특종으로 보도를 하는 바람에 마산 MBC라디오에서 1일 30분씩 3일간에 걸쳐 방송을 하게 되어 녹음을 하고 나오는데……. 진행을 맡은 허정도 박사께서 엘리베이터 스위치를 누르면서 "위 기자 ! 선생님이 가시는데 인사를 해야지 뭐 하는가?"하고 나무라는 것이다. 담당기자는 기술진과 녹음테이프를 정리하느라 내가 급히 나간 것을 몰랐던 것이다. 그분은 얼마 후 도민일보사장으로도 재직을 했고 "책을 읽어주는 남자'란 제목의 책을 출간하기도 했다. 무슨 이야기냐? 하면 손님을 배려하는 예의-도덕성=道德性를 말하려는 것이다. 우리는 단군-檀君의 자손 배달의 민족이다. 우리 국조 단군왕검은 건국이념을 홍익인간-弘益人間=Maximum Serviee To Humaity 이념-理念의 바탕으로 건국하였다. 홍익인간이란 "널리 인간을 이롭게 하라"는 의미로 직역되지만……. 흔히는 인본주의·인간존중·복지·민주주의·사랑·박애·봉사·공동체정신·인류애 같은 인류사회가 염원하는"보편적-普遍的"인 생각을 열거해 놓은 것이다. 왜 우리는 배달의 자손인가? 이런 질문은 곧 우리의 정체성-正體性을 묻고 있는 것이다. 정체성은 사람의 본바탕을 말한다. 그러므로 한국인의 본바탕이 무엇이냐고 묻는 경우와 같다. 여기서 본바탕은 뿌리로 주로 한국인의 정신적 근본-根本과 기준이 무엇인가를 말한다. 말하자면 정신적 현주소가 아니라 정신적 뿌리를 묻는 것이 정체성이다. 예의범절이 투철한 너도 배달의 자손이고 나도 한민족 배달인 이라고 할 때 나하고 너 사이에 공통점이라는 것이 곧 한민족 배달의 자손이라는 것이다. 너하고 내가 한민족이므로 너하고 나는 곧 우리가 되는 셈이다. 서로 정신적으로 근본이 같으며 기준이 같다는 공감대-共感帶안에서 사는 곳을 일러 고향이니 조국이니 같은 민족이니 하면서 너와 나는 우리가 되어 공동운명체로서 이 땅에서 산다. 그렇다면 버르장머리 없는 신문사 기자들도 나오는 한 핏줄이며……. 이 땅은 한국으로 우리나라이며 우리 서로 동고동락 同苦同樂하면서 우리 후손들까지 연결해가는 한민족간의 고리라 할 수 있다. 홍익이란 주지하다시피 넓을 홍-弘 이로울 익-益 으로 널리 두루 두루 이롭게 한다는 말이다. 지구상에 유인원 중 이러한 연결고리를 하고 있는 인간의 모임체인 사회-Society는 처음 어떻게 만들어졌을까? 사람들이 처음 만났을 때 무엇을 연결고리로 해서 서로 어울리고 서로 뭉치게 되었을까? 이의 설명에는 유물론-唯物論자와 유심론자-唯心論간에 큰 차이가 있다. 유물론자는 "생산활동"이 사람들을 조직화시켜서 사회를 만들었다고 말하고 유심론자는 공유가치-共有價値가 사람들을 결속시켜서 사회를 만들었다고 말한다. 유물론자들은 사람은 천하없어도 먹지 않고는 못산다. 먹으려면 일을 해야 한다. 먹을 것만 생산하는 게 아니라 입을 것도 주거할 것도 다함께 생산해야한다. 이것이 곧 생산 활동이다. 사람은 혼자서 생산 활동을 하기보다는 여럿이 모여서 공동체로 하여 생산하는 것이 훨씬 효과적으로 많이 생산할 수 있다. 혼자서 일을 하면 능률이 뒤떨어지지만……. 다섯이나 여섯 명이 모여서 단체로 한다면 20명 몫이나 50여명이 일하는 효과가 있어 그만큼 생산을 많이 할 수 있는 것이다. 이렇게 모여서하는 생산 활동이 조직화되어서 조직사회라는 것을 만들어냈다고 유물론자들은 말한다. 그러나 유심론자들은 사람이 모여서 일하는 데는 그 이전에 먼저 충족되어야 하는 것이 있다고 본다. 인간은 동물과 달리 감정이 있고 마음이 있고 의지가 있다. 이성이 있다는 뜻이다. "즉" 깨달음이 있는 것이다. 사람은 감정이 먼저 통하고 마음이 먼저 맞고 의지가 먼저 합쳐져야만 같이 일할 수 있는 존재다. 아무리 생산 활동이 긴요해도 감정과 마음의 의지가 서로 어긋나면 일시적-一時的으로 같이 일할 수 있을 뿐 끝내 헤어지고 만다. 따라서 사람이 일시적으로 같이 모여서 생산 활동을 펴는 데는 "반드시" 이 감정과 마음과 뜻이 하나가 되는 "공유가치"의 형성이 선행되어야하고 그렇게 해서 사회도 비로소 만들어졌다고 생각한다. 유물론자가 맞느냐 유심론자가 맞느냐는 닭이 먼저냐? 달걀이 먼저냐? 의 논쟁처럼 무의미하다. 하지만 주목할 것은 유심론자들이 말하는 공유가치이다. 공유가치는 그 사회 내에 함께 사는 대다수 사람들이 함께 가지고 있는 가치다. 가치는 선, 악과 불의의 미추-美醜에 대한 사람들의 믿음이다. 우리가 흔히 말하는 "38선 이남은 선-善 38선 북쪽은 악-惡" 이라는 말처럼 사람들이 가지는 가치는 보편성도 크지만 지역과 인종의 차이에 따른 특수성도 많이 갖고 있다. 설혹 그렇다 해도 함께 모여 사는 자기들끼리는 가치가 대개 하나로 일치되는 공유가치라는 것이 있다. 이 공유가치는 어느 사회 없이 도덕성을 띄고 있다. 해야 할 일과해서는 안 될 일이 엄격히 구분되어 있는 것이다. 그래서 인간 사회는 본질적으로 "도덕사회-道德社會"이다. 어떠한 인간사회이든 도덕성-道德性을 지향해야만 성립될 수 있고 도덕성을 증대해가 야만 유지 될 수 있다. 도덕이 무너지면 극단의 경우 소돔과 고모라 성처럼 되는 것이 인간사회다. 그런데 이같이 중요한 도덕성이 어느 사회 없이 사람들이 바라는 수준만큼 높지 않은 것이 인간 사회 특징이다. 어느 시대 어느 사회 없이 부서지고 있다고 늘 개탄-慨歎하는 것이 이 도덕성이다. 그래서 어느 사회 없이 이를 증대시키려 끊임없이 노력하고 있다. 그러나 작금의 사회 구석구석엔 님비-NIMBY : Not Inmy Back Yard 현상이 만연하고 있는 것이다. 문단에 들어와서 온갖 수모를 겪고 보니 간혹 종교인들의 말이 어쩌면 옳은 것처럼 느껴지기도 한다. 한때는 옛 선비들의 후계자로 생각을 했는데 일부의 문인단체 저질 문인들의 행패-行悖에…… 도덕이 점점 더 붕괴-崩壞되고 있는 안타까운 이 사회에서 자괴감-自愧感이 들어 붓을 놓고 싶은 심정이다. 허나 어쩌랴 내가 살아가는 동안 겪을 수밖에 없는 현실이 암울-暗鬱하지만 참아야 한다는 것을 이미 알아버렸으니…….

출간 후 베스트셀러가 되었고 국립중앙도서관 보존서고와 김해도서관 보존서고에 들어간 "쌍어속의 가야사" 원고 탈고 후 김해시 송은복 시장이 만나자하여 문화 예술계 담당 계장과 시장 실에서 만나게 되었는데 "시市에서 판권을 사겠다. 얼마에 팔겠느냐?"는 말에 나는 "1억 6천 만 원에 팔겠다"하였더니 시장은 "1억 팔아라."면서 담당 장광범 계장에게 "빨리 검토하라."는 지시를 내렸다. 일이 꼬이려고 그랬는가! 나의 각시 친구 남편이 자서전을 써달라는 부탁이 들어 왔다. 모 신문사 논설위원에게 부탁을 하였는데 내용이 조잡하여 출간을 못하니 18일간의 시간을 주면 부탁을 하여 기존원고 윤색과 내 글을 보태 300페이지 이상의 원고를 완성시켜 주었는데……. 몇 날이 지나고 송은복 시장이 시장 실에서 만나자는 연락이 와서 갔더니 얼굴이 많이 상기된 채 "강 작가가 나를 많이 도와준다면서"하는 게 아닌가! 이유는 곧 시장 선거가 있는데……. 각시의 친구 남편이 시장 선거에 나오려고 자서전을 준비 한 것이다. 부탁한 사람은 자서전 출판기념회를 하겠다고 이미 청첩장을 발송 했는데 취소를 했다고 다급한 부탁에 앞과 뒤를 가리지 않고 실수를 한 것이다! ……그 후로 원고 판권 인수도 물 건너가고 연말이면 손수 전화를 걸어와 "강 작가 무었을 도와줄까?"인사의 말도……. "작가는 절대로 정치인의 자서전을 집필 말라."는 교훈이다! 이 책은 국립중앙도서관에서 저자의 허락 없이 전자책으로 만들었다. 이유를 묻자 "열람이 너무 많아 훼손이 많이 되어 전자책으로 만들었는데 도서관 안에서만 열람이 가능하게 했다."는 것이다. 이 책은 국사편찬위원에서도 자료로 사용한다고 했다. 그 후 최인호 소설가에게 무려 4억 원의 원고료를 주고 수의 계약을 한 「제 4의 제국」이란 가야사 관련 소설을 집필케 하여 부산일보에 연재케 한 다음 MBC에다 수 십 억 원을 지원하여 드라마를 제작케 하여 방송하였지만……. 너무 저조한 시청률과 "왜곡된 내용이다"라고 김해 김 씨 가락종친회에서 방송 불가 가처분을 신청하기도 하였다. 녹화를 지원하기위해 수억을 들여 가야궁궐 세트장을 지어 주기도 했다. 원래 제목인 「제 4의 제국」하지 않고 "김수로"란 제목으로 했다. 방송 후 김수로 소설을 집필한 작가는 "쌍어 속의 가야사"를 참고문헌으로 사용했다고 했다. 최인호 소설가가 집필한

「제 4의 제국」을 읽은 소설가 협회 역사소설을 많이 집필한 선배는 책을 읽고 배꼽을 잡고 웃었다는 것이다. 가야국의 존재는 대한민국에서 태동하지 않았다. 쌍어속의 가야사를 읽어보면 자세히 밝혀져 있다. 내가 쌍어속의 가야사를 집필 후 출간에 들어갈 무렵 가락 종친회에서 "출판 가처분 신청을 하겠다"는 가락종친회의 압력을 받고 "김수로 왕릉은 1대왕의 묘이다. 후대 9명의 왕과 왕비들의 묘는 어디에 있는가를 알려주면 출판을 하지 않겠다"며 원고를 복사하여 가락종친회에 보냈다. 답이 없어 출간한 것이다. 상식적으로 아버지·할아버지·증조할아버지·고조할아버지를 넘어가면……. 자손이 묘 관리를 잘 하지 않는다. 어떤 말이냐? 하면 김해시에 있는 1대 조상 김수로왕의 묘는 잘 관리를 했으면 후대 9명의 왕들의 묘는 더 관리가 잘 되어야 한다는 것이다. 1대왕과 왕비 묘는 있지만 2대부터 10대까지의 묘는 단 한기도 없다는 것이다. 가야국은 중국 광동성에서 태동되었으나……. 당시의 시대상황으로 신생국가의 탄생과 멸망으로 인하여 가야국도 멸망에 이르자. 그 후손들이 멸족을 면하기 위해 김해까지 피난을 와서 선-先주민의 우두머리가 되어 180여 년 동안 통치하고 대륙에 있는 조상 묘를 가져오지 못하여 가묘-家墓를 한 것이다. 한마디로 말하면 제 4의 제국은 대한민국 역사학계에서 인정을 하지 않고 있기에 김수로로 명칭을 변경하여 드라마를 할 수밖에 없었던 것이다. 내가 집필 출간한 역사소설인 쌍어속의 가야사는 김해시에서 역점사업으로 추진하는 가야사 복원사업과 반하는 작품이라서 꾸리하게 생각하고 있는 것이다!

2014년 7월 25일에 출간된 "보고픈 얼굴하나" 시집이 출간이 늦어져 곤란한 일을 겪었다. 이 시집은 1차로 원고를 도서출판 "학고방"에 "탈고한 시집원고가 있는데 출간이 가능하냐."고 먼저 전화를 했는데, 팀장님이 "원고를 보내달라"고 하여 2013년 10월 28일에 보낸 뒤 일주일을 기다려도 소식이 없어 2013년 11월 4일 원고를 다른 출판사에 보내고 우체국에서 3분여를 걸었을까! 학고방에서 출간을 하겠다는 전화가 왔다. 조·최·강 씨들의 성격 급하다는 말이 이래서 나온 것이 아닌 가 싶다. 월요일에 보내고 다음 주 월요일 아침에 연락이 온 것이다. 7일을 못 참아 벌어진 일이다. 나는 지금도 이메일을 보낼 줄 몰라 그 많은 원고를 한꺼번에 인쇄소에서 5부정도 출력을 한 후 한꺼번에 5곳 출판사에 보내어 먼저 연락이 온 출판사에 계약을 하였으나 이번엔 그러하지 않았다. 그간에 출간한 책들이 베스트셀러가 된 "북파공작원" 말고는 2~3일이면 기획출간 확정이 이루어 졌기 때문에 그렇게 된 것이다. 내 책『북파공작원』과 시집『지독한 그리움이다』베스트셀러 두 권을 출간 했던 곳이다. 할 수 없어 그곳에 전화를 하여 양해를 구했다. 이러하든 저러하든 출판계의 어려움에도 시집을 기획 출간해준 도서출판학고방에 감사했다. 출판사에서는 출간할 책들이 50여권이 밀려있었다고 했다. 2014년 2월에 출간 하겠다고 하였으나 4월에 편집이 완료되어 오케이 사인을 하여 교정된 원고를 보냈으나 미루어졌고 또다시 5월말이면 결정이 난다고 사장님께서 연락이 왔지만……. 또다시 6월이 되어도 소식이 없어 내가 사장님께 전화를 하였더니 7월에 출간을 하겠다면서 지금 50여권이 출간 대기 중이라 하여 그러한 사실을 모르고 출간을 재촉하여 미안했다. 나 역시 지역에 예술인과 시청 기자실에 근무하는 기자들이 "책이 언제 출간 되느냐?"는 질문에 출판사에 서 출간 기간을 말해준대로 말하였으나……. 한동안 시청과 예총사무실에 가지를 않았다. 변명하기가 어려워서다. 출판계의 어려움에도 50여권이 출판 대기중이라니 대단한 출판사이다. 그간에 두 권의 책이 출간 되었으나 출판사 에 가보지 않았다. 2013년 KBS 1 텔레비전에서 4일간에 방영된 정전 60주년 다큐멘터리 4부작 DMZ 1~2부(7월 27일과 28일9시 40분에 방영-1부는 휴전선이 야기·2부는 북파공작원 이야기)출연을 해달라면서 서울로 오시면 좋겠다는 연락을 받았으나 "휴전 후 휴전선에서 근무한 사람이 수백만 명이 될 것이고 북파공작원이 몇 천 명일 것인데! 서울서 찾으면 될 것을 그러느냐?"했지만 ……. 일행 6명이 내려와 김해 시청 2층 소회의실에서 녹화를 했다. "많은 경비를 들여서 멀리 김해까지 수고스럽게 찾아오느냐"는 질문에 "선생님이 휴전선에 고엽제를 뿌렸다고 최초 폭로 하여 중앙일보에 특종으로 보도되었고, 북파공작원 중 첫 테러를 목적으로 창설된 부대의 팀장으로 두 번 북파되어 무사히 임무를 수행하고 전역한 후……. 오픈 된 사람이여서 찾기가 쉽다'라고 했다. KBS PD는 "선생님은 국가 유공자이여서 KTX도 무임승차인데 서울로 오시라"고 연락이 왔지만 가지를 않겠다고 해서 6명과 세트 장비를 싣고 내려와 하룻밤을 김해서 자고 아침 10시에 녹화를 한 것이다. 무임승차 권한을 가진 내가 출판사에 가지 않은 것은 내 맘에 들게 책을 편집을 잘해서 출간하기에 그렇게 된 것이다. 출판 계약서도 우편으로 작성을 하였다. 학고방 출판사에서 첫 작품 "아리랑"은 저자 보관용으로 10권을 주었다. 내가 더 필요한 양은 인세에서 공제하고 가져왔다. "보고픈 얼굴하나"시집은 30권이 왔지만……. 우연치 않게 책 출간이 기일이 거짓말이 되어 그분들에게 책을 무료로 주다보니 부족하여 출판사에 20권의 가격을 입금했더니 고맙게도 5권을 더 보내 주어 문학상 응모에 많은 도움이 되었다. 계약서 내용엔 저자가 책이 더 필요할시 책값의 70%가격을 주고 구입하라는 계약이 되어서다. 그런데 이번 책은 80%로 계약이 되어있었다. 인세는 출간 후 6개월마다 결산을 하기로 되어 있어 내가 현금을 출판사에 먼저 입금을 하고 구입하게 된 것이다. 왜? 이 이야기를 하는 것에 궁금할 것이다. 그간에 출간된 책을 6명의 경남문인협회 지부장에게 책을 보냈으나……. 단 한 놈도 "책 잘 받았습니다. 수고 했습니다."전화 한통 없었고 김해문인협회 6명의 지부장도 길 다방·자판기=400원 커피한잔 사는 사람이 없었으며……. 김해시 도요마을에서 살고 있는 부부가 문학인인 최영철 시인과 부인 조명숙 소설가에게 분실될까봐 등기로 책을 보냈고, 같이 출판사도요.를 운영하는 이윤택이란 연출가! 에게 책을 보냈으나 전화 한통 없었다. 무슨 이야기냐? 하면 이 땅에 예술인이란 사람 들이 예의가 없다는 것이다. 하루 벌이 거지도 어린아이도 받으면……. "고맙습니다."고 인사를 한다. 내 말 뜻은 그들보다 현저히 낮은 수준이라는 것이다. 나는 말을 배울 때부터 남에게 돈을 받거나 선물이나 물건을 받으면

"고맙습니다. 감사합니다. 하고 인사를 해야 한다"는 교육을 부모님에게 철저한 교육을 받았다. 앞서 이야기 했지만 나는 자비로 출간을 하여 "내가 유명문인 입니다"하고 이곳저곳에 책을 내돌리는 작가가 아니다. 출판사에서 보존 자료로 보내준 귀한 책을 보낸 것은 "내가 문학인이다"하고 지방에서 나름대로 어깨에 힘주고 다니기에! 책을 보낸 것이다. 사단법인 한국소설가협회에 소속된 소설가들은 절대로 그런 짓을 하지 않는다. 책을 보내면 잘 받았다는 인사의 말이 온다. 그래서 소설가들이 다른 장르 문인들을 무릎 아래로 본다는 것이다. 소설을 집필하기가 그렇게 어렵다는 것이다. 그래서 소설가를 작은 신神 이라고 하는 것이다. 전화로 나를 기억하고 책을 보내주어 고맙다고 인사말을 하거나 육필로 독후감까지 써서 편지로 보내온다. 나도 전국각지에서 수 십 권의 문학지와 시집이 온다. 받으면 다 읽기 전에는 절대로 책장에 들어가지 않는다. 나를 기억하고 귀한! 책을 보내어 준 마음에 감사하여서다. 그래서 받은 즉시 전화를 하거나 읽어본 후 편지로 독후감을 써서 필히 등기로 보낸다. 혹시나 분실될까봐서. 최소한의 문학인으로서 기본 예의다. 사실 내가 속해 있는 문인협회 회원에게도 주지 못한 책이다. 허기야 문단 생활 10~20년을 해도 자신의 장르에 책 한권 출간 못한 자者도 있다. 또한 조사에 따르면 경남 문인협회 회원이 수 백 명이지만…. 기획출간을 하는 작가는 3~4명에 불과하고 나머지는 수 백 만원에서 천여만 원씩 자기 돈으로 출간을 한다는 것이다. 그러니 완성도 높은 작품을 집필하여 출간을 하는 작가의 피나는 노력을 모르기 때문에 그러한 예의 없는 버릇이 있다는 것이다. 그런 자들이 문학상 심사위원이 되어 작품의 수준을 모르고 엉뚱한 작품이나 자기 패거리에게 문학상을 주는 것이다. 내가 살고 있는 지역의 문학상에서 자비로 출간한 시집이 상을 받았다. 물론 베스트셀러가 된 "지독한 그리움이다"책과 겨루어서다. 웃기는 일이 아닌가! 심사위원의 이름을 밝히고 싶은 것을 참는다. 출판사에선 서울신문에 가로 20센티미터에 세로 17센티미터 크기의 칼라와 흑백 광고를 월 6~9회씩 2011년 2월부터 시작하여 2014년 6월 24일자로 끝냈다. 출판사상 시집을 이렇게 긴 기간 동안 하는 것은 처음이라 하였다. 3년이 넘게 한 광고비가 저자인 내가 상상도 안 간다. 이 책은 우리나라에서 7년간 시집은 베스트셀러가 없었는데……. 베스트셀러가 되었다고 했다. 출간 후 3개월 만에 국립 중앙도서관에 보존 서고에 들어갔으며 내가살고 있는 김해도서관에도 보존서고에 들어갔다. 도서관 관계자의 말에 따르면 극히 드문 경우라는 것이다. 어느 문학상에선 심사위원이 7명인데 4명이 그 문학상을 받았다는 것이다. 자기가 상을 받을 땐 심사위원에서 물러나고서 상을 받은 뒤 다시 심사위원이 되었다는 신문에 보도된 일이다. "지독한 그리움이다"시집이 통영 문학상에서 탈락되었다는 것을 알고 있는 기자가 "대서특필을 하겠다"고 하였으나 극구 말렸다. 그 상이 통영시에서 근무하는 통영시장 인척이 받아 언론에 특종과 특집으로 방송되어 상을 반환하는 사건이 있는 말썽이 있는 상이기도하다. 그 상의 심사위원의 발간된 책은 기획 출간이 안 되어 300~1000만원의 자기 돈으로 출간하여 "내가 유명 문인이다"식으로 이곳저곳에 공짜로 책을 나누어 주었던 문인이다. 그래도 시인이라고 지역에서 깐죽거리면서 문학 강의를 한답시고 꼴값을 떠는 것을 보면 가래를 끌어 올려 얼굴에 뱉어 버리고 싶다. 작금의 시단을 보면 조금 이름 있는 시인들 다수가 정부(복권기금이나 문화관광부지원 자금으로 출간)에서 보조해 주는 돈으로 대형 출판사에서 출판해 주고 있다. 시집은 대다수가 자비 출간이다. 나는 그동안 여러 곳에서 출판을 했는데 출판사 측에서는 팔리는 책을 집필 해 달라고 했다. 잘 팔리지 않을 책을 무엇 하려 그 고통을 감내하며 집필 자비출간 하여 사장 시키는지 모르겠다는 것이다. 그러니까 독자가 없는 책은 책이 아니라는 뜻이다. 소설을 제외한 모든 책(시조·시·동시·수필)들은 98%가 자비출판이라고 한다. 이러한 책들은 서점 가판대에 2%도 진열이 안 된다는 것이다. 소설과 동화책은 그런대로 팔린다고 한다. 작품성이 없는 책은 출간되어 서점 가판대에 올려보지도 못하고 파지 장으로 가는 것이 절반이며 1주일을 못 견디고 재고 처리되는

것이 50%라고 한다. 1주일이 되어도 한권도 안 팔린다는 것이다. 자비출판이
란……. 출판사에서는 저자가 돈을 주니까 이익이 있어 출판을 해 주는 것이다.
그러한 자비로 출간된 책들이 문학상을 받아 문단이 발칵 뒤집어지기도
했다. 선거철만 쏟아져 나오는 검증 안 된 대필된 정치인의 자서전과 유치원생
그림일기도 돈을 주면 출판해준다. 그런류의 책을 완성도 높은 책이라 할
수 있겠는가! 또한 어느 문인은 자신의 책에 "글은 취미로 쓰면 된다"는 글을
상재하여 출간을 했다. 그러한 글을 써서 자비 출간을 하여 "내가 유명문인입니
다"하는 뜻으로 이곳저곳에 책을 내 돌리는 것을 보고 기가 막혔다. 그러한
짓은 동인들의 모임에 있는 문인들이 하는 짓일 것이다! 이러한 몰상식한
말은 문인들의 자존심을 건드리는 짓이다. 글을 쓰기 위해 몇 년을…….
또는 신춘문예에 몇 백대 일로 당선하여 등단한 문인들의 마음을 헤아리지
않고 함부로 내뱉는 사람을 어찌 이 땅의 문인이라 할 수 있는가? 문학인은
자존감을 갖고 글을 써야한다. 독자가 온밤을 꼬박 새워가며 읽도록 우리
작가들은 완성도 높은 작품을 써야할 의무가 있는 것이다. 그것이 곧 작가의
양심이다. 그래야만 세월이 흐른 뒤 이 나라의 문학사 흐름에 당당히 편입될
수 있을 것이다. 문인들의 글은 어느 시대이든 그 시대의 양심의 최후의
보루 인이 집필한 증언록이기 때문이다. 작가란 덫을 놓고 무한정 기다리는
사냥꾼이나 농부가 전답에 씨앗을 뿌려놓고 발아가 잘될지 안 될지 기다리는
신세다. 독자의 판단을 기다림을 말하는 것이다. 출판사에서 기획 출판을
해 주는 것은 그런대로 팔려 이익이 있기 때문이다. 아무리 유명한 평론가나
비평가가 완성도 높은 책이라고 책 평을 하고 추천사·보증서를 써주거나…….
또는 각종 문화예술 단체에서 지원금을 받거나 아니면 한국문화예술위원회에
서 창작지원금을 받아 출간한 책이라도 기획출판을 안 해 주는 것은 출판사
대표가 평론가나 비평가보다 훨씬 위라는 것이다. 서울 대형출판사에서 출간
한 시집은 대다수가 자비출간도 어려운 시인들을 위해 국무총리복권위원회의
복권기금을 지원받아 발간한 책으로 무료로 각 기관단체에 배급하고 있다.

서울의 몇몇 대형 출판사에서 출간한 시집이 출판사 마다 차이가 있지만……. 그 회사에서 출간된 시집이 200~300여권이다. 한권에 300만원의 경비가 들어간다면 200권이면 6억이고 300권이면 9억이다. 아무리 대형 출판사라고 해서 몇 억의 거금을 들여 완성도 낮은 시집을 출판 하겠는가? 그래서 자비출판도 못하는 가난한 시인들에게 정부에서 보조해주는 제도가 있어 책을 출간해준다. 요즘 시집이 출간되면 1주일이 되어도 한권도 안 팔린다는 것이다. 그래서 정부에서 지원을 해 주는 것이다. 그러한데도 어리바리한 문인들 일부는 서울 대형 출판사에서 출간되었으니 완성도 높은 책으로 착각하고 있다. 나는 수 십 군데의 문학 세미나에 참석하여 비평가나 평론가의 강의를 들었다. 그렇게 평론과 비평을 잘한 사람이 자기가 글을 잘 써서 돈을 왕창 벌면 될 것인데……. 그들이 집필하여 출간한 책의 글을 보면 그렇고 그렇다! 또한 등단 처와 등단 지를 보면 구역질이 나올 정도의 저급이다. 동인들의 모임일진데……. 분기마다 조잡한 글들을 모아 책을 발간하여 등단시키면서 패거리를 불려 문학단체 간부직을 차지하고 지역 문학상 심사위원이 되어 자기패거리에게 수상시켜 비난을 받기도 한다. 지역 에서 발간한 저급문예지 는 수없이 많다. 애매모호한 글을 등단시켜 문학인 전체의 얼굴에 통칠하는 짓을 저지르고 있다. 문제는 그런 저질 집단의 패거리가 많다는 것이다. 그런 자들이 무려 10~20여년을 문단 생활을 하면서 자신 장르 책을 단 한권도 집필을 못하면서 문인입네 하고 호기를 부리며 꼴값한다고 이곳저곳을 찾아다 니며 문학을 가르친다고 술 취한 미친개 꼬리에 불붙은 것처럼! 설레발을 치고 지역 내 백일장에 심사위원을 한답시고 앉아 있는 것을 보면 구역질이 나오려 한다. 나는 군부대·방송국·도서관·학교·문화원·복지관 등에서 특 강 요청이 와도 모두 거절을 했다. 초창기엔 응 했으나 방송과 신문에 많이 노출되어서다. 북파공작원 팀장이 되어 2번 북한에 침투하여 무사히 임무를 완수하고 전역을 했다. 정부에서 특수임무 종사자 신청을 하라고 서류가 왔지만 그만 두었다. 인후보증서를 작성할 수 없어서다. 전역당시 공작원 중 제일 악질 부대인 테러부대원은 모든 신상기록을 삭제 시켰다. 혹시나 남파된 암살조직의 표적이 되거나 아니면 납치됨을 방지하기 위해서다. 나의 주민등록번호도 변경이 되었고 군에서 찍은 사진도 모두 없애버려 단 한 장도 없다. 부하들의 이름도 모르며 살고 있는 주소도 전혀 모른다. 전역 후 10년 동안 국방부에 거주지를 보고 해야 했다. 그러한 신분으로 살면서 독자들은 북파공작원에 관한 책은 왜 집필 하였는지 의문이 갈 것이다. 이 책은 계약을 했던 출판사가 3번이나 변경되기도 했다. 큰 신문사에서 출판을 하려고 계약을 했으나 군사기밀이 너무 많이 들어 있어 특급 비밀을 삭제를 원하여 3가지를 삭제를 하였으나 더 요구를 하여 내가 계약을 파기했다. 신문사 측에선 정부의 말을 듣지 않으면 세무사찰이 들어온다는 것이다. 참으로 우여곡절이 많은 책이다. 다행이도 베스트셀러가 된 것이다. 영화계약 은 됐지만……. 중간 대리인이 과도한 원작요금을 제시하여 보루 상태다. 언젠가 영화화되겠지만! ……방송과 각 신문 매체에서 보도를 한 북파공작원의 신상을 보면 전과자·무기수·불량아·조직폭력배 등 건전한 사회에 부적합자 들을 차출하여 교육을 시켰다는 보도에 화가나 집필한 것이다. 모두가 거짓말 이다. 당시엔 북한이 우리보다 훨씬 더 잘살았다. 그러한 사람들을 북파 시키면 북에서 자수하여 영웅대접을 받고 살지 무엇 하려 임무를 수행하겠는 가? 휴전선 경계부대에서 근무하면 북에서 우리 측으로 날려 보낸 수 십 가지 삐라·불온문서를 볼 수 있다. 우리나라 나라 삐라는 흑백이지만 북한의 삐라는 칼라로 만든 것인데……. 당시엔 우리나라는 칼라 사진이 없었다. 그 정도로 못살았던 보릿고개 시절이다. 북에서 날려 보낸 삐라 대다수가 월북한 우리 측 병사가 원산 가무 극장에서 환영 받는 장면과 영웅으로 우대를 하여 예쁜 여인과 결혼하여 좋은 집에서 살며 직장도 1등 직장을 제공 했다는 문안을 기록한 삐라 들이다. 만약 내가 사회의 부적합한 불량 신분이면 북에서 자수 해 버리지 희망도 없는 남으로 돌아오지를 않았을……. 신원이 확실하고 장남은 혈통을 이어야하기 때문에 안 되고 한국전쟁 때

길…….

빨치산 가족도 제외되고 심지어 작은 아버지 처가 집 사상까지 조회를 하여 이념적으로 민주주의를 신봉하는 것 까지 조사를 하여 완벽하고 신체도 갑종 체격의 병사를 차출하여 교육시키는데도 절반은 교육 중에 탈락할 정도의 특수교육을 견딘 후 북파 공작원이 되는 것이다. 그런데 신분이 불량한 사람이라니……. 2013년 KBS 1TV 특집 방송 출연 후 여러 방송에서 출연을 부탁했지만 거절했었다. 예술인은 오직 작품으로 말하는 것이다. 각설하고……. 책이 출간되어 5000부가 팔려야 광고비와 운영비의 손익 분기점에 도달한다는 것이다. 잠깐 읽기를 중단하고 본인이 출판사 대표라면 완성도 낮은 책을 출판 하겠는가? 출판사 대표는 사업가다. 책을 출판하여 잘 팔려야만 이익을 볼 수 있다. 자기가 망할 일을 절대로 안 한다는 것이다. 그러니까 많이 팔린다는 것은 어떤 면으로든 좋은 일이고! 그것이 작가의 역량을 얘기하는 것이며 작품의 완성도가 매우 높다는 뜻이다. 판매 부수와 작품의 평가가 별개일 수는 있다. 상업성과 통속성은 경계해야 되겠지만……. 어느 누가 뭐래도 작가는 대중성은 존중을 해야 될 것이다. 어떻든 잘 안 팔린다는 것이 어떤 명분으로든 장점이 될 수는 없으며 작품성이라든지 예술성 때문에 대중성을 확보할 수 없다는 논리는 세울 수가 없다. 혹시 순수작가와 대중작가 라는 구분이 허용된다면 순수작가는 대중작가의 독자사회학을 필히 탐구해야 하며……. 자신의 작품이 팔리지 않는 것이 순수성이나 작품성 때문이라는 어리석은 착각은 떨쳐버려야 한다. "보고픈 얼굴하나"시집 출간 후 전국 수 곳에서 독자들의 육필 편지가 오고 있다. 나는 소설가로 등단을 했지만 이상하게도 시집을 읽은 독자들이 편지로 독후감을 많이 보내온다. 지금의 아이티 세상에 편지라니……. 내가 시인으로 등단한 이유는 20여년의 문단 생활을 한 여성시인이 소설가들의 작품을 비하하는 발언을 하여 "1년 안에 시로 등단하여 시집을 내겠다,"고 큰소리 첫 던 약속을 지키듯 시로 등단을 하여 첫 시집 "잃어버린 첫사랑"을 자비출간이 아닌 기획 출간을 하였다. 시로 등단하자. 등단 지를 본 선배가 "소설가가 시인으로 등단을 하다니…….

지금 시집은 팔리지도 않고 옛날엔 시조 인을 선비로 칭송 했지만…… 지금의 세상에선 문학인으로 취급도 하지 않은 세상이다'라는 꾸지람을 듣고 전후 사정을 이야기 했더니 이해를 했다. 소설가를 비하했던 여성은 20여년의 문단 생활 중 달랑 시집 한권을 출간한 사람이다. 첫 시집 "잃어버린 첫사랑"은 출간 3일 만에 출판사 대표가 "전자책으로 출간을 하겠으니 허락해 달라."고 하여 허락을 했는데 당시에 시집이 전자책으로 만들어지기는 처음이라 하였다. 그간에 출간된 다수의 책이 문화관광부에서 엄선하여 선정된 "우수 전자책·우량 전자책·특수기획 전자책"으로 만들어 졌다. 이러하든 저러하든 아무튼 간에 시집에서 베스트셀러가 나왔고 세권의 시집을 기획 출간을 하였는데 시집을 읽어본 각계각층의 독자들께서 좋은 반응의 독후감을 보내주어 아주 큰 보람을 느끼고 있다.

강평원 시인께

그간도 안녕하시려라 믿습니다.
귀한 시집 <바르프 올릴하나> 잘 받았
습니다. 소설 쓰면서 이처럼 詩心
다듬기가 쉽지 않으실텐데 역시
대단하다는 생각을 합니다.
강 시인의 어머니가 내 어머니 만인의
어머니 입니다. 읽는분들은 다 공감
하고 감동이 크으리라 봅니다.
앞으로도 열심히 쓰시고 열심히
좋은글 많이 남기시기 바랍니다.
2014. 8. 31
오하룡 드림

위의 편지는 2014년 7월 25일 도서출판 "학고방"에서 출간된 제 3시집 "보고픈 얼굴하나"를 읽고 경남 창원시에서 20여년을 운영하고 있는 도서출판 "경남"대표이시며 중견이신 오하룡 시인이 보내온 사연이다. 전화로 하면 간단한 인사일 텐데도 책을 보낼 때마다……. 경남 일원의 문학지와 문인들의 책 대다수를 출간하는 출판사 대표가 왜? 수고스럽게 글을 써서 돈을 들여 우편으로 보낸 것은 예의다. 출판사에서 저자 보관용으로 10권에서 20여권을 주기에 귀한 책을 보내줌을 고마워서 그럴 것이다! 나는 지역에서 활동을 하면서 그간에 출간된 책 21권을 김해시 민선 시장 3명들에게 보냈다. 그러나 그들은 "책을 잘 받았다"는 전화 한통 없었다.

"김해시 문화상을 신청 하십시오."하였지만……. 문화상 받기를 거절하였다. 문화예술의 가치와 기본도 모르는 "몰상식한 자者"들이 선거 때 공약에 "문화예술을 모든 시민이 향유할 수 있는 도시를 만들겠다."는 그들이었다. 그러나 문화예술의 기초를 생산하는 문인들의 행사에 얼굴 한번 보이지 않았다. 그런 자들의 이름이 들어가는 상을 받는다는 게 자존심이 허락하지 않아 거절을 하였다. 그래서 제 3시집은 현 시장에게 주지를 않았다. 민선 1대 송은복과 2대 김종간시장은 임기가 끝난 후 재임 중 불법 자금을 받은 죄로 감옥생활을 하였다. 그들의 이름이 들어간 상을 안 받은 게…….

주지 할 것은 역사는 승자의 편에서 씌워진다.

이상하게도! "보고픈 얼굴하나"의 시집 출간 후 편지와 전화연락이 유난히 많이 왔다. 많은 독자와 소통 하려고 은유隱喩법을 적게 하고 직설直說법을 많이 사용하여 집필을 하였지만…….

"선생님! 오늘도 귀향길엔 자기마음대로 잘생긴 간호사에게 무례하게 주사 맞은 궁둥이 통증처럼 그리움 때문에 눈물이 수양버들 가지처럼 휘날린다. 라는 말은 무슨 뜻입니까?"라는 전화에 "누구십니까?" 묻자 "연세대학교 강남세브란스병원 간호사 입니다. 무례하게 주사를 맞았다는 게 무슨 뜻이지를

길…….

430

몰라 알아보려고 합니다."하면서 깔깔 웃는 것이다. "지금 나이가 몇 살이며 아버지가 계시느냐?"물음에 "살아 계시며 금년 72세이고 저는 23세 입니다."라고 하였다. "내 나이가 올해 67세인데 주사를 맞을 때 궁둥이에 맞게 되면 팬티를 내리고 맞게 되는데……. 주사 놓을 자리인 노인네 궁둥이를 딸아이 같이 어린 아가씨가 찰싹 찰싹 때리는 것은 무례한 짓이라는 재미있게 은유(隱喩)법으로 쓴 글이다."라고 하자. 웃으면서 "잘 알았습니다. 자기마음대로 못생긴 간호사라고하지 않아 고맙습니다."하였다. 나의 막내딸이 현역 수간호사로 근무 중 이다. 주사를 맞으려면 아버지 궁둥이도……. 모두들 알고 있을 것이다. 시집 157페이지에 상재된 글을 읽고 전화를 걸어 왔던 것이다. 글을 써서 남을 깨우친다는 게 어렵다는 것이다. 그래도 써야 한다. 글을 쓴다는 게 남아있는 나의 삶을 지탱해 주는 하나의 근원이기 때문이다.

길

초판 인쇄 2015년 12월 17일
초판 발행 2015년 12월 24일

지   음 ｜ 강 평 원
펴 낸 이 ｜ 하 운 근
펴 낸 곳 ｜ 學古房

주   소 ｜ 경기도 고양시 덕양구 통일로 140 삼송테크노밸리 A동 B224
전   화 ｜ (02)353-9908   편집부(02)356-9903
팩   스 ｜ (02)6959-8234
홈페이지 ｜ http://hakgobang.co.kr/
전자우편 ｜ hakgobang@naver.com, hakgobang@chol.com
등록번호 ｜ 제311-1994-000001호

ISBN   978-89-6071-559-2   03810

값 : 20,000원

이 도서의 국립중앙도서관 출판시도서목록(CIP)은 서지정보유통지원시스템 홈페이지(http://seoji.
nl.go.kr)와 국가자료공동목록시스템(http://www.nl.go.kr/kolisnet)에서 이용하실 수 있습니다.
(CIP제어번호: CIP2015034131)

■ 파본은 교환해 드립니다.